DER ZAR VON BROOKLYN

Ulrich
Schmid

Der Zar von Brooklyn

Roman

Eichborn.**Berlin**

2 3 4 5 6 7 8 9   03 02 01 00

Umschlaggestaltung: Christina Hucke
Satz: Fuldaer Verlagsagentur, Fulda
Druck und Bindung: Wiener Verlag, Himberg
ISBN 3-8218-0832-2

Verlagsverzeichnis schickt gern:
Eichborn Verlag, Kaiserstraße 66, 60329 Frankfurt am Main
www.eichborn.de

Kompliment, Iwan Andrejewitsch –

Kompliment.

Ihre persönliche Sekretärin hat Klasse. Geduldig hat sie sich angehört, was ich ihr zu sagen hatte, und die ganze Zeit hat sie dabei gelächelt, steif zwar, aber entschlossen, wie die Frau im Fernsehen, die ihre Ansage beendet hat und feststellt, daß die Kamera noch immer läuft. Kein Stirnrunzeln, kein Seufzer, kein ungeduldiger Griff zum Telefon. Eiserne Korrektheit. Sie beugte ihren schönen, streng toupierten Kopf kaum merklich zur Seite, und falls sie etwas an mir auszusetzen hatte, zeigte sie es nicht. Klasse. Wenn ich da an die Damen von früher denke, die ihre Nägel betrachtend am Hörer hingen … Natürlich hab ich's ihr leicht gemacht. Ich hatte mich extra gut angezogen für diesen Gang in Ihr Vorzimmer, und die Tatsache, daß ich alle Hürden auf dem Weg vom Eingang bis zur Chefetage elegant genommen hatte, machte mich munter und umgänglich. Kann sein, daß ich etwas ausführlich war, denn plötzlich unterbrach sie mich, nicht ungeduldig, eher kameradschaftlich, streckte ihre Hand aus und sagte: »Zeigen Sie mal her.« Sie nahm das Papierbündel, ließ die Seiten über ihren Daumen springen und legte es vor sich hin auf den Schreibtisch. Dann streckte sie das Kinn und sagte: »So. Und das soll ich nun Herrn Gubin bringen?«

Die leise Belustigung, mit der sie das sagte, spiegelte sich auf dem Gesicht des Wachmanns, der mich hoch bis in den sechzehnten Stock begleitet hatte. Er streckte seinen Bullenleib und sagte etwas, das mir zeigen sollte, daß er mit der Sekretärin auf gutem Fuß stand. Sie ignorierte ihn routiniert. Ich überlegte, was besser klingen würde als ein simples Ja, aber da kam nichts, und so sagte ich: »Ja. Bitte.«

In solchen Momenten entscheiden sich Schicksale. Sie fingerte am Kragen ihrer Bluse herum und schaute etwas ratlos auf mein Dokument. Ich hielt den Atem an – Sie verstehen, Iwan Andrejewitsch, schließlich ging es um Leben und Tod. Oh doch, um nichts Geringeres. Hätte sie abgelehnt, worauf hätte ich noch hoffen können? Wer weiß, was sie alles tut, um ihrem Chef die kostbare Arbeitszeit freizuhalten. Wer weiß, wo sonst Dokumente landen, die ihr junge Männer auf den Schreibtisch legen. Die Sekunden verflossen. Ich betrachtete noch einmal meinen Bericht, mit dem jetzt die unentschlossenen Finger der Sekretärin spielten, und faßte Mut. Wie gut, daß ich ihn sauber getippt und für teures Geld in einwandfreie westliche Form gebracht hatte. Anthrazitfarbener Halbkarton hinten, Klarsichtfolie vorne, solider Spiralrücken. Sauber der Titel, kurz, nicht protzig, nicht zu bescheiden. Von einer optimistischen, etwas studentenhaften Sachlichkeit ist das Ganze, und nichts daran wird Sie an die Dokumente erinnern, mit denen Sie sich früher herumschlagen mußten, diese Wälzer mit verblassender Schrift und fasrigem Papier, die unter Ihren zupackenden Händen zerfielen wie mürbe Semmeln. Argwöhnisch wie ein Spion hatte ich mein Werk durch Moskauer Metrotunnels und Unterführungen zu Ihnen getragen, ängstlich meinen Rücken sichernd, unablässig die Nähe unverdächtiger Hausfrauen suchend. Am Eingang des Hochhauses an der Moskwa, in dem Sie residieren, passierte ich eine Dutzendschaft blasser Herren in blauer Uniform, einen Metalldetektor und eine lächerlich feindliche Rezeptionistin, und als ich mit dem Bullen endlich im Lift stand, begann ich fest an den Erfolg meiner Mission zu glauben. Wie leicht sich Zuversicht einstellt, wenn man so unbeschwert in die Höhe gleitet! Auf diesem Niveau konnte mich die Sekretärin gar nicht mehr abweisen.

Und das tat sie auch nicht.

»Gut«, sagte sie. »Ich werde es ihm geben«. Sie schaute auf die große, zweiflüglige Holztür, hinter der Sie saßen, und legte mein Werk auf ihren Schreibtisch neben das Telefon. Dann lächelte sie noch ein Lächeln in ihr Lächeln hinein, sagte auf Wiedersehen und wandte sich so entschieden ab, daß ich unter normalen Bedingungen augenblicklich gegangen wäre. Aber ich blieb stehen. Ich wollte, daß sie es Ihnen gleich hereinbrachte, ich wollte sehen, wie sie im Zimmer des ›Herrn‹ Gubin verschwand. Dieses ›Herr‹ hat mich übrigens sehr beeindruckt. Tatsächlich, die Zeiten haben sich geändert! Jahrzehntelang waren Sie der Genosse Gubin, eine graue Eminenz mit Tschaika und Eintritt in den Berioska-Geschäften, und hätte es einer gewagt, Sie ›Herr‹ zu nennen, Sie wären ihm an die Gurgel gegangen, stimmt's? Ein dynamischer Mensch wie Sie. ›Herr‹, das war etwas für Ausländer und Volksfeinde, auch wenn natürlich der Nebenklang – Geld! – schon immer etwas Überzeugendes hatte. Und jetzt sitzen Sie in Ihrem Büro im früheren Comecon-Gebäude, sehen schräg hinab auf den Neuen Arbat und die Dächer von Moskau und sind ein Herr, ein Gospodin, einer von diesen Geldsäcken, mit denen Sie früher im Metropol um Kredite feilschten. Das nenn ich Karriere! Kompliment.

Sie schaute hoch, jetzt eine Spur irritiert. Worauf ich noch warte? »Nun«, sagte ich, »verstehen Sie. Ich möchte, daß Sie es ihm jetzt geben. Ich möchte es, entschuldigen Sie, mit eigenen Augen sehen.« Und ich schaute sie so fest und arglos wie möglich an.

»Sie vertrauen mir wohl nicht?«, fragte sie, aber sie lächelte immer noch, kokett diesmal, und gab mir damit Gelegenheit zum Scherzen. »Dochdochdoch«, sagte ich, »natürlich vertraue ich Ihnen, es ist nur« – und ich schaute im Zimmer herum und hatte keine Ahnung, was sein sollte – »also wissen Sie, es wäre einfach schön. Ich könnte dann besser schlafen.« Mein strahlendes Lächeln ging ins Leere, ich räusperte mich und änderte den Ton. »Nein. Im Ernst. Es geht um etwas sehr Wichtiges. Wirklich. Wissen Sie, ich weiß, daß auch Herr Gubin großes Interesse an diesem Bericht hat. Er hat ihn ja bestellt, gewissermaßen.«

Und haben Sie das etwa nicht, Iwan Andrejewitsch? Sie haben mir zwar nicht direkt befohlen, mich an Sie zu wenden, aber habe ich denn eine andere Chance? Hat irgend jemand eine andere Chance bei Ihnen? Sie zwingen den Leuten Ihren Willen auf. Sie kommandieren, und dabei brauchen Sie gar nicht zu sagen, worum's geht, man kapiert's auch so. Ich habe mir vorgestellt, in der Metro, wie Sie das machen. Sie lehnen sich zurück. Das ist das erste. Wenn Sie jemanden zwingen, dann nie aufrecht sitzend oder vorgebeugt. Geht nicht, macht keinem Eindruck. Dann räuspern Sie sich, fassen vielleicht die Gabel, trommeln aufs Tischtuch, nicht laut, aber etwas drohend, und zufrieden stellen Sie fest, ohne aufzuschauen, daß alle Augen im Raum auf Sie gerichtet sind. Stille. Man weiß, jetzt kommt etwas Wichtiges. Etwas Großes. Sie sind für das Große zuständig, nicht wahr, Iwan Andrejewitsch? Sitzungszimmerentscheide – die überlassen Sie ihren Direktoren. Sie gehen ins Restaurant. In Klasselokale. An der Twerskaja, am Ochotnyj Rjad, am Boulevardring. Oder weit draußen, in der Natur, im Country Club. Wegen der Atmosphäre. Wegen der Luft. Und weil Sie sich hinter Wein und Wodka einfach besser machen. Und dann, wenn abgetragen worden ist, wenn Sie sich den Mund an der steifen Leinenserviette bedächtig abgewischt haben, wenn Sie sich zurückgelehnt haben, gewartet haben, bis die Kellnerin den Raum verlassen hat und Sie Ihre Augen in die Ihres Gegenübers versenkt haben – dann sagen Sie diesen einen, kleinen, unerhörten Satz, leise, aber nachdrücklich, und alles schweigt und zittert, obwohl Sie doch gar nicht viel gesagt haben, nicht wirklich, es war alles ganz harmlos, fast nebensächlich, und nie würde ein Außenstehender auf die Idee kommen, daß Sie soeben eine Existenz ruiniert haben – nur Sie wissen es und die stummen Herren im Kreis und Ihr Opfer, das zu Boden schaut und um Fassung ringt, während Sie auf einmal wieder beginnen, mit der Gabel auf das Tischtuch zu trommeln.

»Bestellt?« Sie hatte die Brauen sehr weit hochgezogen, aber das Lächeln in den Mundwinkeln war noch immer da.

»Sozusagen, ja. Fragen Sie ihn doch, ich meine, bitte, also wenn es Ihnen nichts ausmacht, ich wäre Ihnen sehr verbunden. Ich möchte ganz einfach sicher sein, daß er es bekommt. Jetzt gleich. Sie verzeihen.«

Was geht in Ihnen vor, Iwan Andrejewitsch, wenn Sie einen Menschen vernichten? In diesen entscheidenden Momenten, in denen Sie ohne sonderliche Betonung sprechen, ein wenig schleppend, lauernd, aber mit sorgfältig gewähltem Satzbau, und genau auf den Mund des Zuhörers achtend und auf seinen Wimpernschlag? Lächerliche Frage, ich weiß, aber lassen Sie mich für einen Augenblick Sportreporter sein. Also. Was fühlen Sie, wenn Sie mit der Pointe herausrücken? Was geht in Ihnen vor – mental? Was erleben Sie – psychisch? Lassen Sie mich raten: Sie genießen. Stimmt's? Aber was genießen Sie mehr in solchen Momenten, die Freude Ihres Gegenübers, wenn Sie ihm noch eine Chance gegeben haben, oder seine Verwirrung, seine krampfhaft überspielte Niedergeschlagenheit, seinen verzweifelten Versuch, Fassung zu bewahren? Sie haben Macht, Iwan Andrejewitsch, Macht. Ich stelle mir das aufregend vor – menschliche Fische an der Angel zu haben und zuzuschauen, wie sie zappeln und sich die Schuppen abschlagen.

Aber ich vermute nur. Ich habe keine Macht, und drum weiß ich nicht, was in Mächtigen vorgeht. Und Sie wissen ja, wie oft man sich bei diesen Dingen irrt. Vielleicht lachen Sie über meine Einbildung. Vielleicht spüren Sie gar nichts dergleichen, vielleicht schlägt Ihnen das Herz erst höher, wenn Sie die Fische großmütig wieder ins Wasser zurückgleiten lassen und zusehen, wie sie sich ein-, zweimal wenden und dann ruckartig in der Tiefe verschwinden. Vielleicht sind Sie sogar ein weicher Mensch, einer, der fast wider Willen zur Macht gekommen ist und sich ehrlich freut, wenn ihm mit einem netten Partner ein gutes Geschäft gelingt und dem es irgendwie – »irgendwie«, nicht wahr, Iwan Andrejewitsch? – gar nicht recht ist, wenn er andere seine Macht spüren lassen muß. Vielleicht haben Sie sogar Mitleid mit dem einen oder andern Ihrer Opfer, vielleicht quält es Sie, wenn Sie merken, daß es Sie anschaut wie ein erschöpftes Pferd und tonlosen Unsinn redet, während Sie in der Mappe nach weiteren belastenden Dokumenten wühlen. Wissen Sie, was Mitleid ist, Iwan Andrejewitsch?

»Sie möchten sicher sein. Soso.« Sie schaute mit gespielter Bestürzung vor sich hin. Ich schwieg und betrachtete ihr unerhört gebändigtes Haar. Welcher Wille zur Disziplin. Sie atmete schwer, in gespielter Verzweiflung. Ich hoffte. Sie schaute auf. Ich hob verlegen die Schulter und lächelte. Ich liebte sie, ich merkte, daß sie mir gewogen war. Vielleicht mochte sie mich sogar.

»Nun, dann wird mir wohl nichts anderes übrigbleiben.« Mit einem launigen, bezaubernden Lächeln – es machte sie zu einem anderen Menschen – drückte sie auf die Gegensprechanlage, wartete, bis es rauschte und sagte, sie werde eben rasch etwas hereinbringen. Es rauschte noch einmal, sie hörte darin Zustimmung und erhob sich lächelnd und ohne jede Anstrengung, nahm den Bericht unter den Arm, nickte mir fröhlich zu, ging zur Tür, klopfte an und verschwand, ohne zu warten. Ich grinste den Wachmann, der einen Schritt nach hinten getan hatte, triumphierend an, verschränkte die Arme hinter dem Rücken und blickte mit dem forschen Interesse Selbstzufriedener im Zimmer herum, während er mißmutig auf den Boden starrte. Er hätte sich nicht so leicht herumkriegen lassen, das war mal klar.

Wie meinen Sie, Iwan Andrejewitsch?

Gar nicht möglich?

Ach, Sie haben's gemerkt. Aber Sie kommen reichlich spät, das muß ich Ihnen sagen. Natürlich hab ich die Szene erfunden. Oder hätte ich im Stehen tippen sollen, während ich mit Ihrer Sekretärin verhandelte? Nein, Iwan Andrejewitsch, Sie haben recht: Ich habe betrogen. Ein bißchen. Ich kenne weder Ihre Wachleute noch Ihr Vorzimmer. Ich habe keine Ahnung, wie Ihre Sekretärin aussieht. Ich werde sie vielleicht gesehen haben, wenn Sie diese Zeilen lesen, aber jetzt, jetzt, hier an der Schumkina, in Vaters kleiner Wohnung, hinter Sebastians laut summender und deshalb für ihn wohl entbehrlichen elektrischen Schreibmaschine – jetzt habe ich noch keine Ahnung, wie's bei Ihnen am Neuen Arbat aussieht. Aber sehen Sie, ich bin in den letzten Monaten so oft betrogen worden, daß ich Freude bekommen habe am Betrügen. Ehrlich. Macht

Spaß, man muß nur die anfänglichen Widerstände überwinden, und dann stellt sich rasch ein Gefühl ein, das man sonst bei Champagner erwartet. Leicht. Macht Hunger. Und arg war's ja nicht, was ich mir mit Ihnen geleistet habe, das geben Sie zu – es gibt Schlimmeres. Wer wüßte das besser als Sie? Aber von nun an gibt's nur noch die Wahrheit, das schwöre ich. Was Sie in den Händen halten, ist ein Tatsachenbericht, so wahr und schonungslos wie, sagen wir, eine westliche Reportage über russische Mißstände. Ach so, das habe ich ganz vergessen – ich bin Journalist. Besser gesagt, ich war Journalist. Erlauben Sie: Alexander Michailowitsch Zwetkow, für Freunde Sascha, 31 Jahre alt, ledig und durch eine Verkettung unglücklicher Umstände gezwungen, mich an Sie zu wenden. Aber ich will nicht vorgreifen. Lehnen Sie sich zurück, legen Sie die Beine auf die Tischplatte, lassen Sie sich eine Tasse Kaffee bringen und lesen Sie. In zwei, drei Stunden sollten Sie's geschafft haben. Dann, wie gesagt, werden Sie mich verstehen. Mehr erwarte ich nicht. Verständnis genügt. Gerechtigkeit brauche ich keine. Nicht von Ihnen. Von Ihnen am allerwenigsten. Ich zähle sogar darauf, daß Sie kein Interesse an der Gerechtigkeit haben, Iwan Andrejewitsch – wären Sie gerecht, hätte ich von Ihnen nichts zu hoffen. Aber ich weiß, daß Sie klug sind, daß Sie warten und abwägen können und daß Sie sich von guten Argumenten überzeugen lassen.

Na, dann will ich mal los. Ihre Sekretärin ist zurückgekommen, mit leeren Händen und sonderbar leeren Augen – Sie haben sie doch nicht etwa gerügt? Ich danke und verbeuge mich ein wenig, um ihr zu zeigen, wie sehr ich mich über ihren Einsatz freue, aber sie wehrt trocken ab und kehrt ohne weitere Bemerkungen zurück zu ihrer weißen, hellen Sekretärinnenarbeit. Der Wachmann bellt ihr einen fröhlichen, vertraulichen Abschiedsgruß zu, auf den sie so ostentativ nicht reagiert, daß mir der Verdacht kommt, sie wolle mit ihrer Gleichgültigkeit eine Liebesbeziehung verbergen. Um Gottes willen, Iwan Andrejewitsch, diese Klassefrau und dieser quadratische Rüpel – nicht auszuhalten. Stumm gleiten wir ins

Erdgeschoß, und je näher er seinen Wachkameraden und Mitbullen kommt, desto breiter wird sein vulgäres Grinsen. Unten, da gewinnt er, unten, da ist er zu Hause. Wir nicken uns wortlos zu; er nimmt seinen alten Platz neben einer Säule ein, trappelt ein paarmal am Ort und stemmt die Daumen in den Gürtel. Ihm entgeht nichts. Augen wie ein Luchs, und weil er die Haare kurz trägt über den Ohren, hört er auch besser.

Ich aber bin frei. Ich trete auf den Vorplatz, zünde mir eine Zigarette an und schaue hinunter auf den Neuen Arbat, wo die ersten Scheinwerfer leuchten, obwohl es noch nicht dunkel ist. Ein milder Märzabend, hellgelb, vielversprechend, jung. Ich schaue nach Westen in den rotgoldenen Dunst vor der Sonne und spüre, daß ich wieder auf ungeheure Distanzen scharf sehen kann. Wunderbar. Da bin ich ja wieder ganz der Alte. Der Bericht ist bei Ihnen, Iwan Andrejewitsch – welche Erleichterung. Ich werde Tracy anrufen heute abend. Sie hat mir einen langen Brief geschrieben aus New York, voll tollkühner russischer Wendungen und liebenswürdigem, etwas anzüglichem Spott. Und mit herzlichen Grüßen, »unbekannterweise«, an Vater, was familiär und seriös klang und ein leises Versprechen enthielt und mir eine Welle heißen Glücks durchs Zwerchfell jagte. Oder interpretiere ich das wieder mal zu hoffnungsvoll? Egal, ich werde sie anrufen. Ich will ihr von meinen Abenteuern erzählen und vielleicht sogar von Ihnen, Iwan Andrejewitsch. Warum auch nicht? Sie sind ein Mann von Welt und wahrhaftig ein paar Worte über den Atlantik wert. Und ich mag Sie, irgendwie. Sie wissen Bescheid. Sie sind mächtig. Sie kennen mich, und drum kann mir nichts mehr passieren. Was für ein Glück, was für ein ungeheures Glück. Ich bin frei.

I

Der Geruch. Noch während die Maschine über die Landebahn rollte, stieg er mir schon in die Nase. Benzin, alte Kleider, ein Hauch von Schweiß; mürbe, vertraut. Die Luft in Moskau trägt keine Gerüche wie die Luft anderer Städte. Die Moskauer Luft riecht selber, durch alle Gerüche hindurch – durch den süßlichen Wachsgeruch der Schulhäuser und Institute, durch den schwefligen, gemütlichen Gestank der Bahnhöfe, durch die Ölschwaden der Zweitakter auf dem Gartenring und durch die Putzmittelwolken in den Klos der Restaurants. Sogar in der Katzenpisse in den dunklen Ecken der Wohnhäuser schweben noch ein paar Moleküle echte Moskauer Luft, und wenn du am klarsten aller Oktobertage auf den Sperlingshügeln stehst und den Westwind in die Nase ziehst, riechst du sie noch immer. Im Frühling, wenn die Pollen der Birken und der Pappeln fliegen, ist sie am würzigsten; im Sommer, wenn es regnet und der schwarze Boden duftet, am weichsten, im Herbst, wenn die ersten Schneewolken heranziehen, am geheimnisvollsten und im Winter, wenn sich die Fischer auf der Moskwa kleine Zelte bauen, um warm zu bleiben, am reinsten. Wenn ich an der Nagatinskaja Nabereschnaja oder am olympischen Ruderkanal von Krylatskoje spazierengehe, dann reinigt sie mir die Nase, besonders im Winter, und ich kann atmen, ohne das Gefühl zu haben, auf meinen Schleimhäuten klebe noch immer der Hauch von Pfefferminze und Verwesung, der mir an jenem heißen Septembertag in Brighton Beach, an dem ich Markow traf, zum ersten Mal in die Nase stieg. Rein und heilsam ist sie, die Moskauer Luft, und während die anderen Passagiere so schnell wie möglich in die Wärme des Flughafens eilten, blieb ich zuerst einmal neben einem kleinen Fenster in der Gangway stehen, zog die Schultern hoch und streckte die Nase in die kalte Dunkelheit hinaus, in der Motoren dröhnten und Lämpchen blitzten. Ein Polizist beobachtete mich mißtrauisch, aber da ich nur atmete, ließ er mich gewähren. Ich zog den nassen Kerosingeruch in mich hinein und nickte, ohne daß es jemand merkte. Moskauer Luft.

Daß Luft auch anders riechen kann, hat man mir auf dem Land beigebracht, auf der Datscha, auf der Krim oder im Kaukasus, wo uns die Eltern beim Gehen ermahnten, bewußt durchzuatmen, um die Moskauer Kruste auf unseren Lungen abzustoßen. Atmen war etwas Ernstes, und wenn wir mit den Eltern auf den heißen, sandigen Wegen durch die lockeren Kiefernwälder schritten und den Staub einatmeten, der sich in den Lichtsäulen zwischen den Stämmen drehte, war mir manchmal, als gingen wir durch die Kirche. Vater atmete jeweils schon um sechs Uhr früh bewußt, auf einem Felsen am Meer stehend und mit geschlossenen Augen, langsam die dünnen Arme, die aus seinem drallen Körper ragten wie die Beine eines Käfers, der aufgehenden Sonne entgegenreckend. Vater war ein großer Atmer und ein Sonnenanbeter. Warum auch nicht? Sonne ist rar in Rußland. Nicht an Wärme glaubte er, sondern an Licht. Wärme, sagte er, ist nicht das Problem. Wärme haben wir genug: in der Banja, in der Wohnung, wo die Heizung bei offenem Fenster glüht, unter der Pelzmütze. Ein Dummkopf, der friert in Rußland. Seit Chruschtschow braucht hier niemand mehr zu frieren. Aber Licht, Licht suchte er immer, nicht nur auf der Krim, auch in Moskau. Vor allem nach seiner Pensionierung. Hatten sich die Wolken einmal verzogen, stand er schon am Ufer der Moskwa, legte sein Hemd über das Geländer – so, daß die Tasche mit Pfeife und Tabak zur Erde herunterhing –, nahm seine beiden kleinen, abgegriffenen Hanteln, schloß die Augen und begann langsam mit den Armen zu kreisen. Hob er sie, hoben sich seine Mundwinkel zu einem verächtlichen Grinsen, das aber sofort wieder verschwand, wenn er sie senkte und die Luft, die er eine Weile in den Lungen gestaut hatte, ausstieß. Ich saß als Junge oft vor ihm, sah auf die ölige, träge Moskwa hinaus und hörte Schlager aus dem alten Transistorradio, das mir ein entfernter, immer schwitzender Onkel aus Estland mitgebracht hatte. Manchmal stellte ich mir vor, Vater würde die Arme rascher und immer rascher bewegen, würde sachte emporgehoben und mit geschlossenen Augen hinüberschweben zur Mitte des Flusses, ein riesiger menschlicher Kolibri, nicht an Blüten naschend, sondern blind in der Luft hängend wie eine Fledermaus. Wie würden die Passagiere der Schnellboote staunen! Einmal öffnete Vater plötzlich die Augen, sah, wie ich lachte und grinste angestrengt weiterkreisend zurück. Die Spaziergänger beachteten meinen Vater kaum, und ich hatte mir längst abgewöhnt, mich für ihn zu schämen. Nur einmal, als ein Hund an seinen Füßen roch und die Besitzerin des Köters dumm kicherte, während er ahnungslos weiterruderte, wünschte ich mir, wir würden an der Moskwa spazierengehen oder fischen wie die andern.

Aber was nützen dir die besten Gerüche, wenn dir die Nase fehlt, sie zu würdigen? Ich kann nicht klagen in der Hinsicht. Meine Nase sitzt nicht nur mächtig, ja aufsehenerregend in meinem Gesicht, sondern ist auch außerordentlich sensibel, und ich halte sie in den Wind wie ein Pferd, wenn mir ein Abenteuer entgegenweht oder im April die ersten Erdgerüche aus dem faulen Schnee aufsteigen. Gebogen wie bei einem Indianer, aber ohne die feinen Nüstern, etwas grob, mit breitem Rücken, gibt sie meinem Gesicht eine Brutalität, die meiner Seele fehlt, aber viele Leute beeindruckt. Niemand in unserer Familie hat eine derartige Nase. Sie ist kein Erbstück, heruntergereicht durch die Generationen, und deshalb gehört sie mir, mir allein, und ich bin stolz auf sie. Längst ist die Zeit vorbei, da ich mir eine kleine, feine Schauspielernase wünschte, um den Mädchen zu gefallen. Nicht, daß ich stark gelitten hätte, damals, als Junge. Wenn ich nach dem Baden ein Auge schloß und durch die verdunstenden Tropfen des Schwarzen Meers auf die verschwommene, rötliche Steilwand schielte, die mich davon abhielt, am Abend so unbefangen wie die anderen Knaben den Mädchen auf der Uferpromenade zuzuwinken, dann ahnte ich auch die Kraft, die von ihr ausging, und beruhigte mich. Natürlich ist sie mir oft im Weg, nicht nur, wenn ich die Tür des Küchenschranks über dem Herd etwas zu schnell schließe. Sie macht mich auch verletzlich – so viel Angriffsfläche. Groben Nachbarjungen fiel es leicht, mich beim Boxkampf zu treffen, und beim Fußball erziele ich die Tore immer wieder mit der Nase statt mit der Stirn und liege dann auf einer Bank im Umkleideraum, ein langsam sich rötendes Taschentuch vor dem Mund, und höre mit geschlossenen Augen auf den Applaus und das dumpfe Plop der Schüsse. Bei Taufen grapschen die Babies mit ihren feuchten Griffeln nicht nach der Brille wie bei anderen Männern, sondern nach meiner Nase, und wenn mich die Scherenschneider am Arbat fragen, ob ich mein Profil auf schwarzem Papier sehen wolle, dann ist mir, als grinsten sie hämisch.

Doch was kümmert mich das, wenn ich merke, wie neugierig und neidvoll mich meine Mitmenschen mustern? Meine Nase hat tausend Vorteile. Oft werde ich für einen Georgier gehalten, und für akademische Russen ist das gleichbedeutend mit einer verwegenen, künstlerischen Existenz und interessanter Verwandtschaft, also werde ich eingeladen und umschmeichelt, und wenn ich mich dann als simpler Russe entpuppe, stört das keinen mehr: Die Legende hat längst gesiegt. Wenn ich über den Markt schlendere, rufen mich die kaukasischen Verkäuferinnen und halten mir ihre Äpfel oder gedörrten Aprikosen ins Gesicht: Wie sollen einer derartigen Nase die geheimnisvollen, süßen Gerüche des Südens entgehen? Diese Nase erkennt Qualität, auch wenn die Früchte nach nichts aussehen. Im Restaurant sehen die Kellner in mir einen Weinexperten und lassen mich auch dann probieren, wenn gestandene, rotnasige Säufer am Tisch sitzen, die jeden Wein zwischen Chisinau und Baku kennen und gepeinigt zuschauen müssen, wie ich langsam das Glas hochhebe, mit trägen Lidern die Farbe prüfe und den Wein rollen lasse, wie ich dann schnuppere, mißtrauisch wie ein Hase, und endlich den Schluck nehme, den Saft über den

Gaumen spüle und wieder zu den Lippen gleiten lasse, hin und zurück, alles mit ernstem Gesicht, gebannt nach innen horchend, wo mir eine unsichere Stimme sagt, daß dieser Wein vermutlich in Ordnung sei. Doch die alten Säufer merken nichts, und widerwillig, aber gebannt schauen sie zu mir herüber, die verdienten Kenner sowjetischer Weinkultur, schlucken leer, wenn ich den Wein schließlich in die Kehle spediere, und schnipsen Brosamen von ihren Hosen, wenn ich den Kellner mit einem beiläufigen Nicken aus seiner Erstarrung erlöse.

Der junge Mensch im Glashäuschen der Paßkontrolle war eine Stupsnase, eine kleine, hinterlistig starrende Stupsnase mit schiefem Mund. Er nahm meinen Paß gleichmütig entgegen, legte ihn aufgeschlagen vor sich hin und richtete seinen Blick dann wieder auf die Wartenden hinter mir, die vorsichtig, um den Nachbarn nicht zu berühren, die steifen Glieder streckten, vor sich zerzauste, fettige Haare, im Nacken den Pesthauch des Hintermannes. Grün und feindselig leuchtete das Gesicht des Zöllners durch den Schatten der Kabine. Mit Wolfszähnen will ich sie fassen, die dumme Stupsnase. Sie mißtraut mir, sie mißtraut meinem schönen, roten sowjetischen Paß. Sie schätzt den schwedischen Paß und sogar den dänischen, und beim amerikanischen wird sie dumm vor Ehrfurcht. Nur unser Personaldokument läßt sie kalt – ach, wo würde unser edler, proletarischer Ausweis argwöhnischer betrachtet als im Vaterlande selber? Die Neonlampe blendete, ich schloß die Augen und versuchte, das Pochen in der Schläfe zu bekämpfen, indem ich an Galja dachte, die versprochen hatte, sie werde mich abholen. Ob sie sich ein Lächeln gestatten würde, Galja, die Ernste, die Schöne – ein kleines Lächeln nach zwei Wochen? Ob sie Julia zu den Eltern bringen konnte, um ein paar Stunden frei zu sein? Hoffentlich. Das Kind drängt sich überall dazwischen, obwohl es noch nicht einmal krabbeln kann. Es ist laut und es stinkt, doch ich muß es lieben – wenn ich sie liebe, dann liebe ich auch das Kind, sagt Galja. Manchmal zieht Julia die Beinchen an und schreit, bis sie die Kräfte verlassen und das Brüllen in schnatterndes Weinen übergeht, und dann habe ich Mitleid mit ihr. Doch das ist selten. Ob es anders wäre, wenn sie mein Kind wäre? Warum schreit sie auch immer im falschen Moment? Selbst nachts weint sie. Wenn wir vögeln, legt sie manchmal los, als wolle man ihr ans Leben, und schon beim ersten Laut hebt Galja angespannt den Kopf, blickt ins Leere und eilt weg, und ich liege da mit dieser nassen, absurden Erektion. Und natürlich hört das Balg zu weinen auf, bevor sich Galja über die Wiege beugt. Dann kommt sie zurück ins Bett, grinst säuerlich, ganz Mutter, nicht Geliebte, und ich drehe mich weg.

Manchmal, wenn ich nachts in besoffener Seligkeit nach Hause komme, gehe ich in Socken und im Wintermantel zu ihrem Bettchen und halte meinen Zinken ganz dicht an ihr Näschen. Ihre Haut riecht nach Kotze, Brei und salzigen Tränen. Ich lege meine Hand auf ihr Bäuchlein und streichle ihren warmen Kopf, bis sie die Augen öffnet, diese weit auseinanderstehenden, wäßrigen, vom Weinen noch verklebten Augen, und dann sehe ich Serjoscha in ihr, ihren Vater, der Galja halbtot geschlagen hat, als sie ihm sagte, sie werde ihn verlassen. Ich mochte Serjoscha immer, und in diesen Momenten mag ich auch Julia, die mich im Halbdunkel anstarrt, ohne die Lider zu bewegen, den Kopf aber sofort wegdreht, wenn sie ein Geräusch hört – fast wie ihr Vater, dessen Augen auch immer nach lohnenswerteren Gesprächspartnern suchen, wenn ich auf der Straße mit ihm rede. Aber Julia sucht niemanden. Sie folgt gebannt dem Lichtstreifen, den die Scheinwerfer eines Autos über die Zimmerdecke gleiten lassen, und jetzt mag ich sie doch ein wenig, weil sie etwas Sicheres ist, eine Konstante in meinem Leben. Sie ist bei mir, Julia, sie hilft mir, wenn ich nachts überfressen erwache und mich fürchte, weil ich an diesem Abend jemandem etwas Schlechtes gewünscht habe. Aber sie ist auch unbarmherzig: Sie merkt, daß ich weg will, daß ich in meinem schweren Mantel zu schwitzen beginne, und sie verzieht drohend den Mund und lächelt erst wieder, wenn ich sie vorsichtig anblase, wenn ich ihr all meine Sünden – Bifschteks, Zigaretten, Wein und Cognac – ins Näschen puste. Das beruhigt. Sie schließt die Augen, bewegt hungrig die Lippen und schläft ein.

Sie fragen nach Serjoscha, Iwan Andrejewitsch.

Serjoscha ist Ihr Antipode, sozusagen. Ein Mensch mit vielen Qualitäten, aber wenig Macht. Er spielt nur eine Nebenrolle in meinem Bericht, aber er ist mir wichtiger als manch andere, über die ich mehr schreiben werde. Ich mag ihn, wie gesagt, und er mag mich. Hätte ich nicht so ein ausgeprägtes Selbstbewußtsein, ich müßte darüber erstaunt sein, denn Serjoscha ist wirklich ein außergewöhnlicher Mensch. Kein Genie wie die verstopften Fettsäcke der Akademie, denen in grauer Vorzeit einmal ein paar Verse zur kommunistischen Bruderliebe eingefallen sind; kein großer Meister, dem die Frauen Rußlands huldigen, sondern ein ungewöhnlicher Mensch, ein begabter Mensch, einer, der keine Anhänger braucht, die vor ihm Rosen streuen. Keiner von der schüchternen Gruppe. Schön ist Serjoscha, blond und schlank, ein Russe ganz nach dem Geschmack unserer häßlichen Nationalisten, mit hohen Backenknochen und tiefliegenden, grauen Augen. Wo er geht, werden die Menschen unruhig und denken an die Liebe. Eigentlich müßte ich ihn einmal mit Natascha zusammenbringen. Natascha ist die schönste Frau, die ich kenne: intelligent, elegant wie ein Fohlen – Sie werden später noch von ihr hören, Iwan Andrejewitsch. Welch ein Kontrast. Hier die praktische, käufliche Natascha mit den dunklen, kalten Augen, da der vergeistigte, unbestechliche Serjoscha mit seinem hellen Russenblick. Oh, ich bin sicher, sie würden sich gut verstehen. Nataschas Herz schlägt für die Sonderlichen, und Serjoscha sieht in der vollendeten Schönheit das größte aller Geheimnisse. Der einzige Makel, der mir an Serjoscha bewußt geworden ist, sind seine zu kleinen, ewig schwitzenden Hände – es ist, als treibe ihm das Denken den Saft in Glieder, mit denen er nichts anzufangen weiß. Sie hängen an ihm wie degenerierte Tentakel, diese Hände, und wenn er nach Schwerem oder

Spitzem greift, geht meistens etwas schief. Man erschrickt ein wenig, wenn man sein feuchtes Pfötchen zu fassen bekommt, doch das Feuer in seinen Augen vertreibt das Unbehagen schnell. Nach seiner Trennung von Galja soff Serjoscha ein paar Tage lang wie ein Kamel an der Tränke. Dann schloß er sich wochenlang in sein Fakultätszimmerchen ein, versenkte sich in seine Zahlenmeere, und als er wieder auftauchte, war er rein und geläutert. Wie früher fuhr er zu Kongressen, nach Pisa, Brügge und Palo Alto, und wie früher brachte er die Fachwelt zum Staunen. Er ist der Star der Lomonossow-Universität, der Kasparow der Mathematik. Seine Thesen sind kühn, seine Folgerungen zwingend, seine Rhetorik ist blendend, sein Auftreten berückend. Er ist belesen, schlagfertig, charmant – der Westen liegt ihm zu Füßen, er windet Seile aus seinen Verehrern, und drum dachte ich damals, nun sei er auch seine Hirngespinste losgeworden. Die Hirngespinste: Parapsychologie, Telepathie – der ganzen Kram eben. Das, was Galja von ihm weggetrieben hatte. Aber nichts da. Schon nach wenigen Monaten fragte er wieder nach ungewöhnlichen Erlebnissen und erzählte von Menschen, die ihren Todestag ahnen, während sie noch leben und von unvermittelt zahmen Vögeln, die dich anstarren, als wollten sie dir etwas sagen. Ganz besonders interessierte ihn ein alter Mann aus Tula, der ihm erzählt hatte, während eines Wolkenbruchs habe es nicht in die Regentonne in seinem Garten geregnet. Das Wasser dort sei blank und schwarz geblieben; kein Tropfen sei gefallen, obwohl der Kohl daneben in den Fluten fast ersoff. Serjoscha erzählte diese Dinge auch seinen Kollegen, und die schüttelten natürlich den Kopf, doch weil diese Flausen auf seine mathematische Arbeit keinen Einfluß hatte, geschah nichts. Im Gegenteil, mit der Zeit begann man seine Macken zu mögen. Ausländische Spezialisten, die sich an ihm orientierten, rühmten den offenen Geist des Moskauer Kollegen, und die niederländischen und englischen Mathematikerinnen, die an ihm einen Narren gefressen hatten, sprachen beim Cointreau ausführlich von diesem freien, abenteuerlichen Russen und rühmten das Genialische an ihm, das so vielen westlichen Mathematikern – leider, leider – fehle. Serjoschas akademische Unanfechtbarkeit adelt seine Eskapaden, und seine Eskapaden verhelfen seiner Wissenschaft zu noch strahlenderem Glanz. Er wage den Sprung in die Unberechenbarkeit, sagt man; er habe den Mut, sich zu exponieren, ja sich lächerlich zu machen – und dabei stelle er doch nur dem Wissen das Unbekannte, Ungedachte, Undenkbare gegenüber, das schließlich immer ein Motor des wissenschaftlichen Fortschritts gewesen sei. Natürlich weiß niemand genau, wie ernst er es meint, und wenn Serjoscha selber über seine Geschichten lacht, lachen die meisten herzlich mit – bis er sich plötzlich gerade hinsetzt und sie mit einer neuen Pointe erschreckt. Serjoscha erzählt mir immer ausführlich von seinen Erlebnissen im Ausland und fordert mich auf, meine Bekannten nach solchen Geschichten zu fragen. Er will sie sammeln und wissenschaftlich nach Gemeinsamkeiten und Auffälligkeiten absuchen. Beliebt ist er übrigens nur im Ausland. In Rußland hassen ihn die Kollegen, weil er sie nicht besucht und weil er lieber in Moskau bleibt, statt die Offerten westlicher Universitäten anzunehmen. Das soll einer verstehen. Wer in Moskau im Regen steht, statt in Kalifornien in der Sonne zu liegen, dem ist nicht zu helfen. Ja, ich mag Serjoscha. Und aus irgendeinem Grund – ich glaube nicht, daß es mit Galja zu tun hat – mag er mich auch. Unsere Freundschaft hat Jahre überdauert. Wir gehen zu Spartak und Dynamo, auch im Regen. Er fragt mich um Rat, hört ernsthaft zu, wenn ich etwas Halbgares daherrede, und ruft mich jeden Tag an, hartnäckig, auch um zwei Uhr morgens – er nervt, wie ein echter Freund. Rate ich ihm etwas, tut er es auch, und hilft es ihm, rühmt er meine praktische Ader. Nach der Trennung von Galja zog er in seine Wohnung am Sretenski-Pereulok, die er von seinen Großeltern geerbt und durch geschicktes Privatisieren um ein Zimmer vergrößert hat, und dort lebt er nun in hohen, kahlen Räumen, zusammen mit einem stinkenden, angriffigen Köter, den er immer streichelt. Der Gedanke bereitet mir Pein: Serjoschas schmale Seejungfrauenhände auf dem dampfenden Fell dieses ordinären Dakkels, der bekannt dafür ist, daß er jedes Arschloch beschnuppert. Aber was kannst du gegen widerliche Handlungen sagen, wenn sie in einer Dreizimmerwohnung mit Stukkatur in einem Stalin-Haus innerhalb des Boulevard-Rings vollzogen werden? Nicht wahr, Iwan Andrejewitsch – an solcher Lage würden Sie doch jederzeit für Ihre Freundin eine Absteige einrichten.

Serjoscha nimmt es mir übrigens nicht übel, daß ich ihn beerbt habe. Galja hat ihn ja auch nicht meinetwegen verlassen – ich kam später. Aber manchmal habe ich doch ein ungutes Gefühl. Wenn er von den Leuten spricht, die überzeugt sind, aus irgendwelchen Zeichen ihren Todestag erfahren zu haben, geistern auf dem Grund seiner grauen Augen eigenartige Phantome herum, kleine gelbliche Funken, wie man sie sonst bei Ziegen sieht. Mit monotoner Stimme erzählt er von Menschen, die an einem bestimmten Tag auf einem Parkplatz einen Unbekannten sahen, der angestrengt wegsah, aber so wegsah, daß die Leute wußten – wußten, Iwan Andrejewitsch –, daß dieser bedrohliche Rücken nach ihnen Ausschau hielt. Die sich erschrocken das Datum merkten und am gleichen Tag im nächsten Jahr prompt wieder etwas Außergewöhnliches erlebten. Und im Jahr darauf wieder, und so weiter, bis sie sicher waren, daß sie an diesem Tag des Jahres sterben würden, wann auch immer. So redet er, und dann fragt er mich, wie es mit mir stehe. Ich habe schon oft darüber nachgedacht, aber etwas Vernünftiges ist mir noch nie in den Sinn gekommen. Es gab ein paar brenzlige Situationen in meinem Leben, auch Außergewöhnliches. Aber Übersinnliches fehlt. Wenn ich das sage, seufzt er und meint, mir fehle eben das richtige Sinnesorgan. Röntgenstrahlen habe es auch gegeben, bevor man sie messen konnte. Er jedenfalls wisse, wann er sterben werde – am Tag, an dem er Galja verprügelt habe, am 5. Februar. Und jedesmal, wenn er das sagt, senkt er den Kopf, stützt die Ellbogen auf die Knie und preßt seine feinen, weißen Fäuste auf die Augen. Er sieht aus wie großes Insekt, das seine Beute betrachtet. Ich sitze neben ihm und schaue in die Wolken. Was soll ich auch sagen? Daß Prügel nichts Übersinnliches sind, nicht einmal etwas Außergewöhnliches, weiß er selber. Sein Ernst ist mir peinlich. Da sitzt er, der erfolgreiche Wissenschaftler, und trauert der Frau nach, mit der du gestern geschlafen hast. Einmal, als es mir zuviel wurde, fragte ich ihn, was denn mit den Menschen sei, die ihren Todestag auf den 29. Februar festlegten. Da sah ich, daß seine Mundwinkel zuckten. Aber seine Fäuste blieben auf den schönen, grauen Augen.

Galja lächelte nicht nur, sie strahlte, stöckelte mir auf hohen Absätzen entgegen, faßte mein Gesicht mit beiden Händen und küßte mich vorsichtig auf den Mund. »Du stinkst«, sagte sie, es klang zufrieden, und küßte mich noch einmal, länger, wobei sie ihren Unterleib fest an mich preßte, ganz anders als Tracy, die mich nur mit einer Verbeugung nach vorne umarmte, als sei ich ein bißchen aussätzig, und mit ihren Lippen kaum je meine Wangen berührte. Verwirrt zog ich Galja an mich und betrachtete verstohlen ihre neue Frisur und den mir unbekannten Mantel: Ich hatte sie im ersten Moment nicht erkannt und eine Sekunde lang ohne Erkennen auf die fremde Frau gestarrt, die so entschlossen auf mich zukam. Trotz ihres Strahlens war sie mir hart erschienen, sachlich, ohne Zeit für Kinderkram wie Wiedersehensfreude. Ich versteckte meine Erleichterung in der Umarmung und freute mich etwas zu laut über die kleine Balalaika, die sie mir mitgebracht hatte, eine eigenartige, seltene Schnitzerei. Das unspielbare Instrument mit den winzigen Plastiksaiten roch wie der große Holzbär auf unserem Spielplatz, wenn er im Frühling neu gestrichen wurde. Wie findet sie nur solchen Kram? Wenn ich durch Moskau gehe, dann schaue ich weder links noch rechts, sondern denke nach und marschiere rasch und etwas wippend meinem Ziel zu. Galja kann bummeln und schlendern, sogar in der größten Kälte, wenn meine Nase rot wird und ich kaum noch etwas rieche und mit tauben Lippen lalle wie ein blödes Kind. Dann gehe ich noch schneller als sonst, doch Galja zieht mich zurück, und während sie die Auslagen anschaut, sehe ich unser Spiegelbild im Fenster – ein langer Herr mit markantem Gesicht und eine reputierlich verpackte Dame mit feinen, russischen Zügen. Ein schönes Paar.

Langsam schoben wir uns durch das Gewühl der Taxifahrer und der drängelnden Abholer hinaus auf den Parkplatz. Galja öffnete ihre Ledertasche, nahm aus einer Plastiktüte die Scheibenwischer, gab sie mir wortlos und schaute vom Fahrersitz aus zu, wie ich sie montierte. Kein Mensch klaut dir heute in Moskau noch die Scheibenwischer, aber Galja hängt an bewährten Praktiken. Befangen lächelte ich der Skizze hinter den Spiegelungen auf der Scheibe zu und hüpfte so rasch wie möglich zurück in die Wärme. Vorsichtig, den Kopf wie immer leicht vorgereckt, fuhr sie durch den Oktobernieselregen der Leningrader Chaussee entgegen. Sie mußte gerade rechtzeitig gekommen sein. Ihr Schiguli war noch warm, und rasch wurde die Luft wieder heiß. Ich öffnete das kleine Seitenfenster. Hart keuchend verteilten die Scheibenwischer die Flocken und den Dreck, den die Autos vor uns aufwarfen. Ab und zu drückte Galja auf einen Knopf, und dann ergoß sich eine kleine Welle sauberen Wassers über die Scheibe und klärte für einige Sekunden den Blick. Galjas angestrengtes Starren, der nasse, gesättigte Geruch von der Straße, die vertrauten Geräusche und die Wärme machten mich müde. Ich lehnte mich zurück, tastete nach ihrer schmalen, kalten Hand und griff, um sie nicht loslassen zu müssen, ein paarmal gemeinsam mit ihr nach dem Schaltknüppel. Aus den Augenwinkeln sah ich, wie sie, allein jetzt mit sich und dem Verkehr, nachsichtig und erwachsen lächelte, eine Zigarette anzündete und sich im Sitz aufrichtete, erfüllt von liebender Verantwortung. Langsam zogen die hell erleuchteten Häuser der Leningrader Chaussee an uns vorbei, riesige Kreuzfahrtschiffe, eins nach dem andern in der hohen, flüssigen Nacht hinter uns verschwindend.

Daß ich Boris ausgerechnet an jenem Abend kennenlernen mußte, macht mir noch heute zu schaffen. Er hätte doch Galja auch unter anderen Umständen wiederbegegnen können, dieser Schurke, irgendwo am Boulevardring oder vor dem Bolschoi, in Begleitung seiner Mutter zum Beispiel oder einiger seiner Freundinnen, und dann, Iwan Andrejewitsch, dann wäre auch sicher alles ganz anders gekommen. Aber nein, es mußte dieser Abend sein, dieser stille, verregnete, vorzeitlich unschuldige Abend, an dem ich nichts mehr wollte und an nichts mehr dachte und nur noch mit dem Starren des Übermüdeten registrierte, wie souverän Galjas feine Hände die profane Arbeit des Steuerns und Schaltens verrichteten. Und Boris kam ja auch nicht einfach daher, sondern er fuhr in uns hinein, und zwar mit einem riesigen, schwarzen Mercedes, nicht sehr heftig, aber doch so, daß wir derb in den Schiguli vor uns gedrückt wurden. Ein Ruck, ein unterdrückter Schrei Galjas, ein Geräusch, als würden Eiswürfel auf ein Kuchenblech geschüttet. Dann Stille. Benommen stieg ich aus, schüttelte dem Fahrer des Schiguli, einem schmalen, älteren Herrn, die Hand, betrachtete den Schaden an unseren Autos – unerheblich – und wartete. Im Mercedes, der links von uns, mitten auf der Überholspur, zum Stehen gekommen war, rührte sich nichts. Das westlich gehärtete Auto hatte keine Schramme abbekommen und stand in stiller Pracht, knackte leise und versetzte unsere schäbigen Kisten allein schon durch seinen nassen Prospektglanz ins Unrecht. Das zersplitterte Glas auf der Straße leuchtete im Rhythmus seiner Warnblinkanlage. Links und rechts fuhr man langsamer, hinter den Scheiben tauchten neugierige Gesichter auf. Galja zog sich im Rückspiegel die Lippen nach und stieg ebenfalls aus, weiblich langsam sich drehend, die Schuhe sorgfältig aufs Pflaster setzend. Der Alte schaute ihr bewundernd zu.

Da öffnete sich die Fahrertür des Mercedes, und Boris erschien, und ich weiß noch heute, daß ich Idiot in diesem Moment froh war, ihn zu sehen. Es war, als hätten wir alle auf ihn gewartet, als hätten wir ihn gebraucht wie einen Erlöser. Und er schien das zu spüren. Verbindlich lächelte er in unsere Runde, tätschelte dem Verkehrspolizisten, der sich herbeibequemt hatte, wohlwollend die Schulter, hob verzeihend die Arme und lächelte noch einmal, noch verbindlicher, noch souveräner. Dann stellte er sich als Slotkin vor, Boris Andrejewitsch Slotkin, drückte zuerst dem Alten und dann mir die Hand – er hatte für seine Körpergröße erstaunliche Pranken – und drehte sich, als er Galja entdeckte, so abrupt um, daß sein langer Mantel anmutig mitschwang und sich ein süßes, schweres Herrenparfum auf die Unfallszene legte. »Sagen Sie, sind Sie nicht Galja? Galja Wladimirowna? Welch ein Zufall. Nein, sowas. Nach so langer Zeit.« Galja, die sich mit hochgezogenen Schultern halb abgewandt hatte – ihre Haltung, wenn sie der Ansicht ist, es sei an mir, Ordnung zu schaffen –, warf ihm einen längeren, nicht einmal unfreundlichen Blick zu, einen Blick, der mich meine hoffnungslose Müdigkeit noch schmerzhafter spüren ließ, und dann begann sie mit ihm so eifrig und so anmutig über ihre gemeinsame Schulzeit zu plaudern, daß mich der alte Akademiker erstaunt von der Seite betrachtete. Ach, ich gesteh es gern: Boris parlierte freundlich und flexibel, nicht einmal ohne Charme. Dann und wann lächelte er versonnen auf seinen schwarzen Mantel hinunter, und zweimal ließ er, während der Polizist seine Arbeit verrichtete, ein wahrhaft kolossales silbernes Feuerzeug aufblitzen. Ich ertrug sein ausgeruhtes Strahlen nicht, ich mußte ausweichen, und deshalb blickte ich auf seine Beine, die mir etwas zu kurz und reichlich gekrümmt erschienen, die aber seiner Eleganz, warum nur? keinen Abbruch taten. Fassungslos trat ich einen Schritt zurück. Er hatte etwas von einem aufgeregten, agilen Zirkusaffen.

Dem Polizisten stellte sich Boris als Importeur und Besitzer der Ladenkette *Lara* vor, als Mann mit Einfluß also und gleichzeitig – ein dezentes Grinsen – als Gentleman, der als Verursacher dieses bedauerlichen Zwischenfalls den Schaden an allen beteiligten Fahrzeugen bis auf den letzten Rubel begleichen werde; er betonte es mit einem gewinnenden Seitenblick auf Galja. Jedesmal, wenn er sich bewegte, entließ er Parfumwolken. Und er bewegte sich viel, er war der Hauptdarsteller, er drehte sich hierhin und dorthin, stets mit vornehm mitschwingendem Mantel, und wir schauten ihm ergeben zu, die Hände in den Taschen, fröstelnd, steif wie Statisten.

Eine böse Vorahnung überfiel mich. Mit diesem Typen würde ich noch Schwierigkeiten bekommen, Iwan Andrejewitsch, das war klar. Ich nahm alle Kraft zusammen, holte Luft, ballte die Fäuste, stülpte die Lippen vor, wurde größer und breiter – und spuckte aus, schaute an meinem neuen äffischen Feind vorbei zur modernen Tankstelle auf der anderen Straßenseite und las, las was dort stand – MPKA A3S 187. Schön. Schön, so etwas. Wie groß und sauber die Lettern. Wie groß und sauber die Reklametafeln. Wie schäbig sich doch die alten Verkehrssignale dagegen ausnehmen. Ich lächelte, ohne es zu wollen. Boris drehte sich und schaute ratlos in dieselbe Richtung. Er verstand mich nicht. Gut so. Ich winkte Galja und setzte mich ans Steuer.

Im Auto war es kalt geworden, aber bis zur Flotskaja Uliza waren es nur noch wenige Minuten. Ich fuhr. Die Scheinwerfer tanzten. Galja lehnte den Kopf ans Fenster. »Schnösel«, sagte sie, eher nachdenklich als entrüstet. »Was der sich eigentlich einbildet.« Fragend schaute sie zu mir herüber.

»Du meinst Boris? Ach, ich fand ihn ganz nett. Er war wenigstens ansprechbar. Da habe ich in New York ganz anderes erlebt.« Etwas Amerika konnte nicht schaden.

»Du hast dich ja auch nicht gerade hervorgetan.«

»Komm. Der Typ war doch mehr als korrekt, was sollte ich da ... Vergiß das Ganze. Freu dich lieber, daß du ihn wiedergetroffen hast.«

Sie lachte kurz und böse. »Den? Vergiß ihn. Fieser Typ. Neureich. Gott, Sascha, was ist los mit dir? Du kennst doch die Typen. Nach außen hin die größten Schleimer und Menschenfreunde, in Wirklichkeit Verbrecher. Gut angezogen war er ja, das muß man ihm lassen. Meist laufen diese Typen herum, als kämen sie aus der Kolchose. Und wie er gestunken hat. Unerträglich.«

Was hatte sie nur? Wie Kolchosverwalter sehen die Moskauer Neureichen in ihren Maßanzügen und italienischen Schuhen gewiß nicht aus. Ich bog rechts ab in den kleinen Park vor Galjas Haus und stellte den Wagen zwischen den Wolga der Jelagins und den alten, roten Opel der Maximows, der nun schon den vierten Winter in Moskau hinter sich hat und noch immer aussieht wie neu. Der alte Maximow pflegt ihn besser als seine Frau ihr Gärtchen, spürt die Rostflecken auf, bevor sie sichtbar werden, und versteckt ihn im Winter in einem aufklappbaren grauen Metallkasten. Im Frühling beugt er sich noch vor der Schneeschmelze wieder unter die Motorhaube, neben sich einen Blecheimer und eine Flasche Kwas, und wenn man ihn grüßt, zieht er den Kopf vorsichtig zurück, schaut hoch und lächelt, beglückt wie einer, der eben an einer Blume gerochen hat.

Im kleinen Vorraum vor der Innentür saugten uns feuchte, muffige Kartons den Matsch von den Schuhen. Galja ging achtlos an den dunkelgrünen Briefkästen vorbei und stieg vor mir die Treppe hinauf. Ich kam mit der Reisetasche hinterher. Im zweiten Stock hörte der junge Maximow amerikanischen Rock ohne Kopfhörer, im dritten, vor der Tür der Sokolows und der Rybkins, fehlte noch immer das Licht. Ein Chruschtschow-Haus ohne Lift hat auch seine Vorteile: Du kennst auch die Nachbarn der unteren Etagen. Galja öffnete die Haustür, und sofort schlug mir der vertraute Geruch entgegen – der Geruch, den ich in Amerika vermißt hatte, ohne mich an ihn zu erinnern. Wortlos drehte sie das Licht im Flur an. Ich ging ins Wohnzimmer, ließ mich in den Sessel neben dem Bett fallen und horchte. Alles blieb still. Keine Julia.

Verlegen kam Galja auf mich zu, strich mit beiden Händen ihr Kleid glatt und setzte sich auf die Bank hinter dem Eßtisch. Hier, sagte sie leise und wies auf den Blumenstrauß und ein kleines Päckchen auf dem Tisch. Ich stand auf, riß das Papier weg: Ein Photobuch über Amerika. Antiquariat, sowjetisch riechend, mit unscharfen Bildern und langen Texten über kapitalistische Mißwirtschaft und ausgebeutete Schwarze. Ich blätterte ein wenig darin und wühlte dann neben ihren zusammengepreßten Knien in der Tasche. Voilà. Eine teure Seidenbluse, eine metallene Freiheitsstatue, eine Baseballmütze mit Stars and Stripes und ein Stapel Ansichtskarten, Fotos aus den dreißiger Jahren: Hochhäuser, aus denen wie Antennen Stahlträger ragen, ernste Männer in Anzügen vor Feuerwehrautos, Frauen in gestreiften, langen Badekleidern, schwarze Jazztrompeter mit weißen Augen und runden Backen. Galja nahm die Bluse, hielt sie gegen die Lampe, schüttelte betroffen, fast tadelnd den Kopf und sagte, die müsse ja ein Vermögen gekostet haben. Ich grinste sie an, aber vielleicht zu fröhlich und zu weltmännisch, denn ihr Gesicht blieb unbewegt. Sie stand auf, legte die Bluse behutsam aufs Bett, setzte die Mütze auf und blätterte langsam die Karten durch. Der Plastikschirm warf einen grünen Schatten auf Stirn und Nase. Ihr Mund blieb frei, und wieder kam er mir fremd vor, schmal und kühl. Ich stand auf, nahm Galja die Mütze wieder vom Kopf und warf sie auf die Wohnwand. Sie legte die letzte Karte weg, warf einen besorgten Blick auf die Bluse, die sich auf dem gelben Bettüberwurf plötzlich unscheinbar ausnahm, und seufzte. Dann schlug sie die Beine übereinander, legte das Kinn in die Rechte und lächelte mich erwartungsvoll an.

»Nun. Wie war's in Amerika?«

II

Wie war's in Amerika?

In einem Wort?

Als ich mit meinen Eltern zum ersten Mal im Bolschoi war und sie mich fragten, wie's mir gefalle, soll ich ›nicht schlecht‹ geantwortet haben. Ich kann mich nicht daran erinnern. Ich weiß nur noch, daß es mir wirklich gefiel: so dunkelrot, so warm, so laut.

Also: Nicht schlecht.

Die kleinen Läden in Brighton Beach haben mir gefallen, das Meer, die warme, schwere, feuchte New Yorker Luft. Manhattan hat mir gefallen. Die Wolkenkratzer haben mir gefallen, alle, ohne Ausnahme. Je höher, desto besser. Die Brücken über den East River haben mir gefallen. Die farbig eingewickelten Inderinnen mit diesen schrumpeligen schwarzen Schatten unter den Augen. Die bleichen, ernst durch die Straßen eilenden Juden. Die Kellner, die die Spezialitäten des Tages aufsagen wie Pioniere Lenin-Gedichte. Die Gerüche in der Subway, eng verwandt mit den Gerüchen der Moskauer Metro. Mal stickig, mal süß, mal muffig und trotzdem immer gleich. New Yorker müssen sie lieben, diese Luft. Die Fahrgäste, die schweigend, schwankend in Reih und Glied sitzen und Verbrechen planen, genau wie die Moskauer. Die Coke-Verkäufer, die so drollig böse wurden, wenn ich in meinem Coke kein Eis haben wollte. Wie sie das feingesplitterte Zeug wieder ausleerten, wunderbar! Fünfmal mehr Coke mussten sie mir geben, diese Deppen, sie haßten es, oh doch! und je vergnügter sie mich dabei angrinsten, desto mehr haßten sie es. Diese Miene, wenn sie's mir endlich hinstellten! Hier, Banause, wo du her kommst, hat man wohl von Kühlmaschinen noch nichts gehört? Das durchdringende Blau der Briefkästen hat mir gefallen. Wie geduldig und bescheiden sie an den Straßenecken stehen. Die kleinen, verlotterten Schnapsläden haben mir gefallen. Die alten, großen, etwas schräg liegenden Autos mit den Kanten und dem Chrom. Die Highways. Oh, die Highways vor allem! Die farbigen Wälder der Catskills, lodernde Flammen unter unerbittlich blauem Himmel. Die Polizisten im Polohemd, ebenfalls blau. Welch gnadenlose Höflichkeit! Die Fahrt über Land mit Tracy hat mir gefallen. Coney Island, der Blick vom Boardwalk nach Brighton Beach, das Gerumpel der Subway über der Brighton Beach Avenue. Der Blick am Morgen nach Osten, aufs Meer, nach Rußland.

Tracy.

Markow.

Angela Sergejewna.

Tracys rotes Haar, das mich streifte, als sie im Flugzeug ihr Gepäck hochhob. Dick ist ihr Haar, gewellt, fast borstig. Sie saß in der Reihe vor mir, und während die Maschine zur Piste rollte, schaute ich zu, wie ihre langen Locken jedesmal, wenn sie den Kopf von ihrem Sitznachbarn abwandte, dessen Schultern streiften. Ihr Mund leuchtete warm im bleichen, sommersprossigen Gesicht, aber ihre Augen blickten kühl, und je kühler sie blickten, desto interessierter sah ich hin. Sie bannte den Typ neben sich wie eine schöne Hexe; er schaute nur noch zu ihr hinüber und erzählte von seinen Geschäftsreisen und von den vielen begriffsstutzigen Menschen in der russischen Verwaltung, als gestehe er etwas. Ich hätte mithören können, auch wenn ich sechs Reihen weiter hinten gesessen hätte. Manchmal lachte er schallend; sein Lachen kam von unten, ganz unten, und strömte aus ihm heraus, ohne irgendwo anzustoßen. Er legte den dichtbehaarten Kopf auf die Lehne zurück, wenn er lachte, und legte die Arme entspannt auf die Lehne. Vermutlich schloß er auch die Augen. Die Stewardeß strahlte er an, als ob sie eine gute Bekannte sei, und als sie ihm einmal den falschen Drink brachte, tadelte er sie so lieb, als habe sie ihm einen Gefallen getan. Seinen Freund, einen feinen, zähneknirschenden Glatzkopf, beachtete er nicht. Kaum waren wir in der Luft, wurde er persönlich – ›Bill's the name‹ – und redete weiter erbarmungslos auf Tracy ein. Er handelte in Tiefkühltruhen und versuchte, das Produkt seiner Firma im ›russischen Markt‹ einzuführen. Der ›russische Markt‹ sei zwar chaotisch, aber vielversprechend, und wer hier zu spät komme, den bestrafe das Leben, hahaha. Tracy schaute ihn an wie die vernünftige große Schwester den kleinen Bruder, antwortete einsilbig und wandte sich dann ab. Ich konnte sie in der Spiegelung ihres Fensters beobachten, und manchmal war mir, als schiele sie ein wenig nach hinten – nicht um mich zu sehen, sondern um zu spüren, daß sie beobachtet wurde. Der Typ ließ sich nicht beirren und lachte noch häufiger als vorher, aber kürzer.

Ich kannte dieses Lachen. Offen und brutal, als falle ein Kübel Farbe von der Leiter und decke alles zu, die Einwände der anderen ebenso wie die eigenen Zweifel. Sergei Maximowitsch Chudajew lacht so. Fast so. Er lacht die russische Variante von Bills Gewieher, ebenso krachend gleich von Beginn weg, ebenso hämmernd, mit einem ebenso abrupten Schluß. Aber er legt den Kopf dabei nicht zurück. Sergei Maximowitsch hält beim Lachen den Kopf gerade und schaut dich aufmerksam an, und seine Augen lachen nicht mit.

Sergei Maximowitsch steht am Anfang.

Sergei Maximowitsch, der Großindustrielle, der Exkommunist, der Nationalist. Ohne ihn wäre ich nicht nach Amerika gekommen, hätte Gennadi nicht kennengelernt und Tracy nie getroffen. Sie kennen ihn doch, Iwan Andrejewitsch? Sergei Maximowitsch, den trinkfesten Betrüger und großherzigen Gönner, Sergei, der das Wetter macht, der den Alten die Pensionen zahlt, wenn die Sparbank geschlossen bleibt, der den Müttern die Parkanlagen begrünt, den Bergarbeitern die Löhne vorschießt, das Kulturzentrum renoviert und der arme, begabte Journalisten nach Amerika schickt, damit man in Rußland endlich wieder lesen kann, daß die dort drüben auch nur mit Wasser kochen. Sergei Maximowitsch ist verantwortlich dafür, daß ich fahren konnte – er oder meine Reportage über die Bergarbeiter in Kemerowo, wie man's nimmt. Subow, mein Boß, hatte mich nach Kemerowo geschickt. Er wollte wieder einmal etwas Dampf machen, die Regierung unter Druck setzen, die die Löhne der Bergarbeiter zurückhielt, und da unser Spezialist für solche Sachen gerade krank war, fuhr ich hin.

Kemerowo ist nichts Spektakuläres, eine unauffällige Stadt im nördlichen Altai-Gebirge mit gelblichen, langen Gebäuden und großen Plätzen mit Lenindenkmälern. Alles sah nach Routine aus. Es war November, der Wind über der Steppe war schon kalt. Ich tat meine Arbeit, fuhr mit den Kumpels der Engels-Zeche in den Schacht und setzte mich ins Büro des Direktors, in dem es nach Schweiß und Mottenkugeln roch. Dann suchte ich, nur noch an Entspannung denkend, Slawa auf, einen freundlichen, einst spindeldürren Moskauer Studienkollegen, der in der sibirischen Luft rund und rosig geworden war und seine neue Körperfülle sehr zu genießen schien. Und dieser Slawa verleitete mich zu einem konspirativen Treffen mit ein paar gut informierten Unbekannten, die mir die Story erzählten, die dann im *Sputnik* Schlagzeilen machen sollte: daß die Verwaltung der Engels-Zeche Milliarden von Rubeln aus dem Bergbauministerium in Moskau unterschlagen habe, daß sich lokale Verbrecher von dem Geld, das für eine neue Förderanlage bestimmt war, ihren Teil genommen hätten und daß die zuständigen Stellen in Moskau davon wüßten, aber nichts unternähmen, weil ein schöner Teil des Geldes zu ihnen zurückgeflossen sei. Slawa hätte die Geschichte natürlich gerne selber geschrieben, aber sein fataler Standort und die inständigen Bitten seiner Freundin ließen es ihm geraten erscheinen, seinem Moskauer Journalistenkollegen den Vortritt zu gewähren. Subow brauchte einige Tage und sehr viele Telefongespräche, bis er sich entschloß, die Geschichte abzudrucken. Doch offenbar stand niemand in der *Alinaimpex*, die unser defizitäres Blatt finanziert, in geschäftlicher Verbindung zu den Herren in Kemerowo oder ihren Gewährsleuten in der Regierung, und drum wurde die Story gedruckt. Haben Sie den Wirbel mitbekommen, den sie auslöste, Iwan Andrejewitsch? Das unabhängige Fernsehen zog sofort nach und zwang eine ganze Reihe von Ministerialbeamten, sich zu verleugnen. Das Publikum lachte sich krank. Der Direktor der Zeche in Kemerowo war da weniger zimperlich. Ungeniert setzte er sich vor laufender Kamera in einen Sessel und sagte, die Regierung habe ihn betrogen. Was mit dem Geld sei, wisse er nicht. Als man ihm Papiere unter die Nase hielt, auf denen seine Unterschrift zu sehen war, murmelte er etwas von Fälschung und ›betonte‹, den Zeigefinger schwenkend, ›gewisse Elemente‹ hätten ein Interesse daran, ihn und die ganze Oblast in Verruf zu bringen. Und das war's dann auch. Es wurden Untersuchungen eingeleitet, wie üblich, der Staatsanwalt rang sich zu einer Klage durch, aber dann wurde die Sache schubladisiert, und daß ich nach zwei Monaten den großen Reportagepreis erhielt, den Chudajew jedes Jahr vergibt, änderte daran auch nichts mehr. Die Sache war vergessen.

Übrigens wählte mich die Jury gegen den Willen Sergei Maximowitschs, der mir nach der Preisverleihung im Restaurant *Baku* gestand, nur seiner Larissa habe ich es zu verdanken, daß ich geehrt werde. Seine Larissa, ein blutjunger Traum ganz in Weiß, lächelte mir an seinem Gesicht vorbei zu, und zwar so, daß Sergei Maximowitsch es merkte und großzügig darüber hinweggehen konnte. »Wissen Sie, Sascha«, sagte er und legte den Arm um seine Freundin, die sich kätzchenhaft an ihn schmiegte, »ich habe eigentlich nichts übrig für solche Geschichten. Aufklärung und Detektivarbeit, das bringt Unruhe, das sollten wir den Amerikanern überlassen. Unsere russische Gesellschaft verträgt so etwas noch nicht. Das kann kommen, in zehn oder zwanzig Jahren vielleicht, aber vorläufig ist es nicht gut, wenn man die Regierung in Verruf bringt. Ich hätte der Jury meinen Willen aufzwingen können, glauben Sie mir.« Er knurrte zufrieden und kippte ein Gläschen. Larissa schaute ihm von der Seite her in fröhlicher Bestürzung zu. »Aber als Larissa die Geschichte las, war sie begeistert, und weil ihr Vater auch Bergarbeiter war und ihr Herz für die schwarzen Männer schlägt, hat sie mich gebeten, der Jury doch ihren Willen zu lassen, nicht wahr, mein Mäuschen?« Er legte Larissa eine seiner Pranken um den Hals, zog sie zu sich heran und drückte ihr einen Kuß auf die Wange. Kichernd löste sie sich aus der Umarmung, spitzte die Lippen wie zum Kuß und legte Sergei Maximowitsch den rechten Zeigerfinger auf die Nase. Er lehnte sich zurück und blickte auf die vier Frauen im Mini, die im Stechschritt auf der Bühne hin- und hermarschierten, die Oberkörper vor- und zurückbeugten und dazu etwas sangen, das durch den Lärm der Musik nicht zu hören war.

»Glauben Sie wirklich«, fragte ich Sergei Maximowitsch, »daß solche Berichte der Gesellschaft schaden? Sind die Russen nicht reif für die Wahrheit?«

»Ach was, ›reif für die Wahrheit‹, was soll denn das? Die Russen kennen die Wahrheit schon lange, haben sie immer gekannt –«

»Aber die Wahrheit von Kemerowo kannten sie nicht –«

»Müssen sie auch nicht kennen. Sie wissen genug. Sie kennen sie im Prinzip. Glauben Sie, was Sie da geschrieben haben, habe irgend jemanden überrascht? Glauben Sie, die hätten das nicht schon längst gewußt? Unsere russischen Menschen kann man nicht so rasch hinters Licht führen. Wir sind nicht so naiv wie die Amerikaner, wir spüren mehr und wissen uns zu helfen.«

»Das haben wir auch bitter nötig.«

»Ach was, uns geht's doch gut. Schauen Sie sich um. Nichts als singende und tanzende Menschen. Zeigen Sie mir einen, der in den letzten Jahren verhungert ist. Und warum geht's uns gut? Weil wir noch Respekt für das Ganze haben, weil wir die Wahrheit des Ganzen kennen und nicht daran rütteln und nicht alles auseinanderbrechen. Solche Geschichten, wie Sie sie geschrieben haben, die rütteln am Ganzen, ganz allgemein, die bringen das Ganze zu Fall – «

»Was meinst du mit dem Ganzen?« fragte Larissa. Sie hatte sich gerade hingesetzt und wirkte bekümmert.

»Das Ganze ...«, begann Sergei Maximowitsch, aber es interessierte ihn nicht mehr wirklich, und er rief einen Kellner herbei und bestellte eine Flasche Kinsmarauli. »Wenn wir das Ganze nicht mehr haben, dann zerfällt uns alles unter den Händen, dann ist es aus mit Rußland.« Er nickte sich selber zu, konsterniert wie jemand, der soeben erkannt hat, daß er sich ganz tief in die Scheiße geritten hat. Dann lachte er unvermittelt und hob das Glas. »Auf Sie, mein kleiner Journalist; auf dich, meine Bettgenossin, Gott, wie ich deine Brüste liebe! Voll, weich, rund wie Teller. Die schönsten in Rußland! Auf Larissa! Auf Rußland! Und auf die Bergarbeiter.«

Aber er trank noch nicht, sondern hielt inne, das Glas vor der Brust. Larissa und ich hatten uns gerade hingesetzt und schauten uns an, Verbündete wider Willen, weil wir beide stillhalten mußten. Die Bergarbeiter hatten ihn ins Grübeln gebracht. »Arme Schweine, ich weiß gar nicht, warum die immer noch für Jelzin stimmen. Kriegen keinen Lohn und verschaffen uns doch den Strom. Ich mag sie. Sie wühlen in unserer heiligen Erde herum und tauchen schwarz wie die Teufel aus der Hölle auf. Holen Kohle raus, was? Ohne sie hätten wir keine Chance.« Er zog die Lider über seine geröteten, vor Kraft strotzenden Äuglein und leerte sein Glas mit einem Zug. Larissa nahm mit gesenktem Blick einen Schluck, ich nippte und spürte, daß ich müde war. Ein guter Moment zum Gehen. Ich lächelte Larissa zu, dankte Sergei Maximowitsch noch einmal höflich, drückte seine Pranken und kämpfte mich durch die Tanzenden dem Ausgang zu. Auf der Twerskaja überfiel mich ein kalter Wind, und mit gesenktem Kopf eilte ich zur Metro. Hol's der Teufel, wir leben in einem kalten Land. Und hol's der Teufel, Sergei Maximowitsch hat recht. Dieses Land ist das schönste der Welt.

Und darum, Iwan Andrejewitsch, saß ich nun da, in diesem amerikanischen Flugzeug, flog nach Amerika und zog mir unternehmungslustig die weißgraue Luft aus den Düsen über uns in die

Nüstern. Es roch hier gar nicht so sehr anders als in den Maschinen der Aeroflot: nach Polsterreinigung und neuem, hartem Plastik. Der Glatzkopf las in einem Buch und lachte dann und wann gescheit auf. Manchmal, wenn er besonders laut lachen mußte, hob er den Kopf und schaute triumphierend in die Runde, und dann drehte Bill verärgert den Kopf weg und überschüttete Tracy wieder mit Anekdoten. Sie nickte abwesend und schaute immer öfter zum Fenster hinaus. Schließlich erhob sie sich finster und ging auf die Toilette. Der Glatzkopf grinste Bill von der Seite her hämisch an. Als sie zurückkam, sah sie, daß ich in einer Ausgabe der ›Iswestija‹ blätterte, und fragte mich, ob ich Russe sei und ob sie sich zu mir setzen dürfe. Klar doch, selbstverständlich, sagte ich und räumte meine Sachen auf dem Nebensitz weg. Sie strahlte mich an, legte die Beine übereinander, sagte, sie heiße Tracy, Tracy McDougal, und schaute erfüllt vor sich hin.

Was war das nur? Ich sage, ich heiße Sascha, und dann weiß es mein Gegenüber. Tracy kündigte ihren Namen wie ein Ereignis an. Und sie war ja auch ein Ereignis: Ihre kupfrigen Haare leuchteten auf, wenn das Flugzeug etwas kippte und ein Sonnenstrahl durch das Fenster fiel, ihre Augen waren grün, wirklich grün, ihre Finger waren lang und schmal und musikalisch, und sie schaute mich so gelassen und freundlich an wie eine liebe Gärtnersfrau, der der Enkel ein paar Pilze bringt. Von tief innen kam ihr Blick, und dort mußte es ruhig sein wie am Ufer eines schattigen Teichs. Sie trug schwarze Jeans und einen dunkelgrünen Pullover. Ich räusperte mich und sagte, ihre Haare paßten gut zum Pullover. Sie lachte: Ob nicht eher der Pullover zu ihren Haaren passe? Die seien im übrigen echt. Echt, wirklich? Ich beugte mich begeistert vor. Echt, jawohl, sagte sie. Also nicht gefärbt. Ich schluckte, aber ihr letzte Bemerkung freute mich, auch wenn ich nicht genau wußte, warum, und innerlich singend hörte ich zu, wie sie in fließendem Russisch erzählte, sie sei Studentin aus New York – »Columbia-University, Sie kennen sie sicher?« – und habe eben zwei Semester an der Lomonossow-Universität in Moskau studiert. Mit einem

Stipendium der *Reginald F. Hochstaetter and Judy Webber-Edmondson-Stiftung für den Aufbau einer gemeinsamen und friedlichen russisch-amerikanischen Zukunft*, für die sie übrigens in ihrer Freizeit in New York manchmal tätig sei und sich später einmal vielleicht sogar hauptberuflich engagieren werde. Aber das sei ja alles egal, wichtig sei, daß sie Rußland liebe, einfach liebe, weil das Land eine Seele habe, die Amerika fehle, weil die Leute einfach seien – einfach, nicht dumm, Sie wissen, was ich meine: offen für das Wichtige im Leben, nahe am Boden. Wenn sie aus ihrem kleinen Zimmer hoch oben im Wohngebäude der Universität auf die Stadt hinuntergeschaut habe, habe sie gewußt, daß sie immer wieder hierher zurückkehren werde. Einmal, an einem Winternachmittag, als sie den Flocken nachschaute, die ganz, ganz nahe an den Äpfeln vorbeischwebten, die sie auf dem äußeren Fenstersims aufbewahrte, und sie durch das Schneetreiben eine goldene Kuppel habe aufblitzen sehen, sei sie ein paar Sekunden so glücklich gewesen wie noch nie. Auch die beste aller Freundinnen in ihrem Leben habe sie hier gefunden, Natascha. Nie werde sie vergessen, wie sie mit Natascha durch die Gassen am Kreml oder durch den Sokolniki-Park schlenderte oder nachmittags in ihrer kleinen Wohnung am Kulakow-Gäßchen Tee trank und über die Freunde tratschte, die ihr am Abend zuvor die Bude verraucht hatten. Sie rauche ja selber nicht, sagte Tracy, und sie sei auch strikt gegen das Rauchen, aber in Rußland sei das nun eben mal so, und so habe sie es eben hingenommen und sich am Schluß sogar dran gewöhnt. »Nur daß meine Kleider immer so stanken, das mochte ich nicht. Aber mit der Zeit wird sich das bestimmt ändern. In Amerika, da raucht ja kein Mensch mehr, und das ist schon recht angenehm? Ich bin auf jeden Fall froh, daß in den Staaten nicht so viel geraucht wird?«

Warum fragte sie, wenn sie etwas feststellte? War sie nicht sicher, ob ich auch alles verstanden hatte? Egal. Ich ließ sie fragen, schaute beglückt von ihrem Mund auf ihr Haar, blieb mit meinen Augen nirgends unschicklich lang und wunderte mich etwas über ihre Begeisterung. Aber trotzdem war mir alles andere als spöttisch zumute, und ich hätte ihren Überschwang gerne geteilt. Ich fühlte mich geehrt und gedemütigt zugleich.

Und ihr Russisch! Ihre Sätze funkelten nur so. Wäre mein Englisch doch halb so gut! Diese Wortwahl! Sie mußte Puschkin gelesen haben und Lermontow. Ich bat sie, mir und meinem Englisch zuliebe doch Englisch zu sprechen. Sie willigte ein, protestierte graziös – »Ihr Englisch ist doch sehr, sehr gut« –, und ich berichtete über meine Familie, über Mutters Erfolge am Piano, über Sweta und Anna, mein Sprachstudium, über meine Arbeit beim *Sputnik* und zum Schluß über meine glorreiche Reportage in Kemerowo, den Grund meiner Reise. Mir war, als hinge ganz Amerika an meinen Lippen, so konzentriert und liebevoll hörte sie mir zu. Sie nickte in einem fort, genau wie die Damen und Herren der Weltbank, die dir bei Konferenzen und Seminaren zuhören, als ob du der einzige Experte in Rußland seist. Sie gehen immer gefaßt und ernst hinter dir her, die Damen und Herren der Weltbank, wenn du ihnen die russische Realität zeigst. Meistens sagen sie »Oh, wirklich?«, und wenn du etwas sagst, was sie nicht mögen, sagen sie »Oh«. Sogar auf den Kolchosen, wenn der Melker sich großtut vor den Kapitalisten, sagen sie »Oh«, und sie lachen höflich, wenn ihnen der Dolmetscher Witze erzählt. Aber Tracy war nicht einfach höflich. Sie hörte wirklich zu, und sie schaute mich dabei genauso konzentriert an wie Subow, nur freundlicher. Dann und wann sagte sie leise, »Oh, das ist so aufregend«, »wow« oder auf russisch »wirklich?«, und manchmal stülpte sie ihre Unterlippe in unernster Entgeisterung vor, so wie es ihr jugendlicher, grauhaariger Präsident bei Pressekonferenzen tut. Aufgeregt strich sie sich mit den Händen über ihren grünen Pullover, der zu ihren Augen paßte – alles an ihr war Ton in Ton, auch was sie sagte: Jeder ihrer Sätze war eingebettet in einen größeren Zusammenhang, korrekt, vernünftig, einfühlsam. Wenn ich auf Düsteres zu sprechen kam, hob sie die Brauen in die Stirn und litt mit; ihr Gesicht erzählte alles nach, und schließlich kam ich mir vor wie ein Marionettenspieler, ein glückseliger, verwirrter Marionettenspieler, der weiß, daß seine Puppe nur so tut, als werde sie an seinen Fäden geführt und dem das mehr als recht ist. Kostbar war sie und rein wie eine dieser mit Mehl bestäubten italienischen Würste, die man nicht anfassen kann, ohne Abdrücke zu hinterlassen. Einmal merkte ich, daß sie beim Sprechen auf meine Nase schaute, und ich spürte, wie unter ihrem Blick meine Schleimhäute trocken wurden und zu jucken begannen.

Klarer Fall: Sie hatte sich verliebt. Wie konnte es anders sein? Stand nicht in ihren Augen dieser leise Vorwurf, der Liebe bedeutet, und schaute sie nicht auf ihre Hände, als frage sie sich, warum sie in ihrem Schoß lagen und nicht mich liebkosten? Hatte sie mir nicht freimütig erzählt, was sie im Innersten bewegt – Dinge, die man nur einem sehr, sehr guten Freund anvertraut? Ich atmete tief ein und versuchte, mein Glück und meinen Stolz in aufmerksamen Ernst zu verwandeln. Wir bestellten einen Wein, prosteten einander zu und gingen zu den Vornamen über. Und dann schwiegen wir eine Weile so einträchtig, daß Bill unruhig zwischen den Sesseln hindurchschielte.

Sie erinnerte mich an jemanden. Ihre Stimme ähnelte der Swetas: voll und warm und etwas verschwörerisch, wenn sie leise redete; eindimensional, als ob die Obertöne fehlten, wenn sie lauter wurde. Sie veränderte ihre Stimme häufig und schien für alle Situationen etwas Besonderes auf Lager zu haben. Mit Bill hatte sie abweisend und enerviert leise gesprochen, mit der Stewardeß redete sie laut und geschäftig und mit mir bald gurrend, bald sachlich-gedämpft wie die Bedienung am Bankschalter. Je länger sie redete, desto häufiger verglich sie Rußland mit den Vereinigten Staaten, und zwar fast immer so, daß Rußland besser wegkam. Mir war das etwas peinlich, was sollte ich dazu sagen als jemand, der Amerika noch nie gesehen hat? Nach einer Weile spürte sie mein Unbehagen und sagte, natürlich müsse man die Dinge selber sehen, um sich ein Urteil bilden zu können.

Über dem Atlantik zog sie die Knie hoch und schlief ein. Ich trank meinen Wein aus und schaute zu, wie sie träumte, die Nase kraus zog und zwei, drei Mal leise stöhnte. Ihr Gesicht sah vorwurfsvoll aus im Schlaf. Wenn sie doch ihren Kopf an meine Schulter gelehnt hätte! So kam ich ihr nur nahe, als ich mich streckte, um der Stewardeß ein Glas Waser abzunehmen. Aus der weichen, weißen Mulde zwischen ihren Haaren und dem Pullover stieg es warm und zimtig zu mir hoch. Vielleicht spürte sie, daß ich mich über sie beugte. Doch sie öffnete die Augen nicht, und ich klappte die Sitzlehne zurück und starrte auf den Bildschirm. Auf der einen Hälfte machte ein Engländer Faxen, auf der anderen lag ein Streifen Sonnenlicht. Mein rechtes Auge tat weh vom Licht und vom Luftzug.

Säscha, sagte sie. Säscha. Eine Spur zu hell. Ich bewegte leise die Lippen. Säscha. Jetzt bin ich also Säscha. Bis vor ein paar Stunden war ich Sascha, Journalist aus Rußland, Reportagenschreiber, Angestellter des *Sputnik*, Freund von Galja, der Edlen, Untergebener Subows, des Schwermütigen. Fußballspieler, Grübler, prahlerischer Freund der Gerechtigkeit und Angsthase. Und jetzt war ich Säscha, interessanter Mensch aus Rußland, schwarzhaariger, anregender Gesprächspartner einer aufregenden Amerikanerin, und flog nach Amerika.

Achtmal war ich geflogen in meinem Leben: sechsmal auf die Krim in den Urlaub, einmal nach Wladiwostok und einmal nach Prag, zu Mutters verhängnisvollem Konzert. Doch jetzt, nach Amerika – das war etwas anderes. Ernster, geschäftsmäßiger. Schon die Leute: Sie blieben sitzen, lasen, schliefen. Wenn wir früher im Sommer auf die Krim flogen, liefen die Leute in der großen Iljuschin immer umher wie die Ameisen durch die Küche, klappten die Sitze hinunter, rauchten, spielten Karten und zogen Wodkaflaschen aus den Badetaschen. Mutter, die scheue Künstlerin, hielt sich auf Distanz zum Volk. Stumm schaute sie aus dem Fenster oder las und warf dann und wann einen besorgten Blick hinauf zur Gepäckablage, wo ihr empfindlicher Strohhut lag. Vater, in leichten, weiten Sommerkleidern, kämpfte sich zum Piloten vor oder suchte nach Menschen, die wie Akademiker aussahen. Anna, Sweta und ich hielten Ausschau nach Kindern, die vielleicht ins gleiche Erholungsheim gingen. Immer trug ich im Flugzeug kurze Hosen, auch wenn es in Moskau regnete und kalt war. Mutter wollte es so.

Aber das ist lange her. Jetzt galt es ernst: Ich flog allein, ich flog in ein fremdes Land, und ich war von Amerikanern umgeben, die nicht rauchten, nicht Karten spielten und nicht tranken. Halt, stimmt nicht. Bill, der Verlassene, war schon beim zweiten Whisky, hatte sich seinem Partner zugewandt und zeigte mit seinem dröhnenden Lachen, wie gut er über den Abgang Tracys hinweggekommen war.

Ich schaute zum Fenster hinaus und spürte, wie die Aufregung und die Freude über den Flug im Summen der Motoren und im leichten Schwanken langsam dünn und konturenlos wurden. Geht es Ihnen auch so, Iwan Andrejewitsch? Ich habe zuviel Zeit zum Nachdenken beim Fliegen, und wenn ich meinen Gedanken nachhänge, verblassen sie, werden reizlos und ärgerlich, und ich werde ungeduldig und böse. Auch Menschen kann ich mir nicht mehr richtig vorstellen – sie erscheinen plötzlich riesig, mit unendlich großen Leibern und winzigen Köpfen, und ihre Stimmen klingen gepreßt und fürchterlich wie die von gepeinigten Kolossen. Ich sah Subow vor mir, mit einer gewaltigen, unförmigen Hand, die er mahnend in die Höhe hielt. Er war etwas nörglerisch gewesen, als ich zwei Tage vor dem Abflug in seinem Büro saß und mich von ihm verabschiedete. »Die Beresowskis«, sagte er schleppend und blätterte er in seiner Agenda. »Hier. Hier sind die Koordinaten der Beresowskis. Great Neck. Ganz in der Nähe des Flughafens, auf Long Island. Sehr praktisch. Du kannst bei ihnen wohnen, sie sind benachrichtigt und freuen sich. Sie sind während der ersten Welle ausgewandert, und Michail Sergejewitsch hat es weit gebracht. Versicherungsbranche. Sind jetzt im Ruhestand. Ich habe sie gut gekannt, früher. Sie zeigen dir alles und machen dich mit den richtigen Leuten in Brooklyn bekannt. Da soll es einen gewissen Markow geben, den solltest du kennenlernen. Sehr interessanter Typ. Vielleicht gibt der was her.«

Was hatte er nur mit diesem Brooklyn? Es gibt doch auch anderswo Exilrussen. In Florida zum Beispiel, in Massen. Und Florida wäre mir sicher besser bekommen als Brooklyn.

Tracy erwachte. Ihre Augen begannen zu sehen, obwohl sie noch geschlossen waren. Sie stöhnte, und ihre Lippen pflückten nervös ein paar Trauben von einer imaginären Dolde. Dann beugte sie sich vor, verbarg das Gesicht in den Händen, warf die Haare zurück und blickte finster auf das Tüchlein unter Bills Haarschopf. Ich schwieg, um nicht voreilig zu erscheinen, zeigte aber diskrete, gesprächsbereite Aufmerksamkeit. Sie merkte es und lächelte mir zu wie ein Morgenmensch, der weiß, daß er aus dem Mund riecht. »Wie lange habe ich geschlafen? Vier Stunden? Gott, wir sind ja schon bald da. Haben Sie – hast du nicht geschlafen? Und die Sonne scheint noch immer. Wann werden wir landen?«

Sie hatte sich im Schlaf verändert. Statt zu reden, kaute sie Kaugummi, packte ihre Tasche zweimal aus und blätterte nervös in einem Notizbuch. Als unter uns New York auftauchte, streckte sie die Hand an meinem Gesicht vorbei, wies auf Manhattan und sagte: »Dort, siehst du, dort, da wohne ich!« Sie freute sich, aber ihre Freude galt Manhattan, nicht mir. Was war nur los? Hatte es da einen Test gegeben, den ich nicht bestanden hatte? Sie kennen das Gefühl, Iwan Andrejewitsch – du liegst am Strand, mit geschlossenen Augen, und plötzlich schiebt sich eine Wolke vor die Sonne. Du spürst, wie der Wind aufkommt, in deinen Haaren zupft und in den Seiten des Buches neben der Strandliege blättert, und du frierst plötzlich in deiner feuchten Badehose. Nichts stimmt mehr.

Ich nickte und sagte: »Oh«. Jetzt waren wir in ihrem Land, was konnte ich da noch sagen? Ich fühlte mich aufgequollen und schmutzig. Vermutlich stank ich. Als Tracy das heiße Tuch, das ihr die Stewardeß reichte, aufs Gesicht drückte, ahmte ich sie so gelassen wie möglich nach und versuchte, souverän zu grinsen. Aber es kam schülerhaft heraus, und in ihren Mundwinkeln glaubte ich so etwas wie Verachtung zu sehen. Gemeinsam, aber schweigend verließen wir das Flugzeug. Vor der Paßkontrolle stellte ich meinen Koffer hin. »Ich nehme an, daß ich in meiner Schlange etwas länger warten werde als du«, sagte ich und hielt mein entzündetes Auge etwas zur Seite. »Aber das ist egal, das bin ich von früher her gewöhnt. Für einen echten Sowjetbürger ist das nichts.« Warum machte ich mich hier in Amerika, im größten Flughafen der größten Stadt des Landes zu einem Sowjetbürger, zu einem verstaubten, gescheiterten Menschen von gestern? »Aber für dich ist es sinnlos zu warten.«

»Ja, ich glaube, du hast recht.« Tracy lächelte unbefangen. »Nun denn, Sascha. Ich hoffe, du hast eine großartige Zeit in den Staaten? Triffst ein paar wirklich nette Leute und kannst gute Reportagen schreiben. Und in zwei Wochen fliegst du ja schon wieder zurück. Wie ich dich beneide! Rußland. Mein Gott, wenn ich mit dir tauschen könnte! Aber hier gibt es so viel zu tun für mich? Na ja, dann wollen wir mal. War wirklich nett, mit dir zu reden. Und sehr interessant. Hab eine gute Zeit!« Sie drückte mir die Hand, rasch und schwach, nahm ihren Koffer, drehte sich um und ging.

Wie bitte? Keine Telefonnummer, keine Verabredung, nichts? Nett war's, mit mir zu reden. Ihr leuchtender Haarschopf tanzte durch das Gewühl. Verdammt, nicht einmal umgedreht hatte sie sich! Tracy, meine Atlantikliebe, die mir zuhörte, als wolle sie alles, was ich sagte, auswendig lernen, die mir ihr Innerstes offenbarte – da ging sie, ohne sich nach mir umzusehen. Ich schaute ihr nach wie ein Passagier in der U-Bahn, dessen Sitznachbar sich bei der ersten Gelegenheit auf eine freie Bankreihe verzieht. Die Luft, die ich einatmete, verwandelte sich in Gift, und mir wurde flau wie in jener Bar in Jalta, in der ich Olga, meine erste Ferienliebe, getroffen hatte. Wir hatten uns heimlich verabredet; ihr Vater, ein hoher Moskauer Beamter, war ein strenger Mann. Olga war dünn und blaß, trug immer ein gelbes Kleidchen und war resolut. Als wir uns zum zweiten Mal küßten, nahm sie meine Hand von ihrem Nacken, legte sie auf ihre Brust und drückte an meinem Reißverschluß herum, bis ich vor Schmerzen stöhnte, was sie falsch verstand. In der Bar, in der mir flau werden sollte, tranken wir Limonade und hörten italienische Schlager. Im von der Sonne aufgehellten Rot des Plastiktischtuchs irrten Fliegen herum. Der Barkeeper bediente uns mit falscher Demut und putzte dann neugierig seine Gläser. Olga hatte sich einen Lippenstift gekauft und blickte starr in einen Taschenspiegel, während ich den Fliegen von meinen Plänen für heimliche Treffen in Moskau erzählte. Dann ging ich auf die Toilette, und als ich zurückkam, war sie verschwunden. Durchs Fenster sah ich, wie ein riesiger Mann sie auf der Uferpromenade hinter sich her zog wie einen Köter, der sich sperrt, weil er noch an etwas riechen will. »Ihr Vater«, sagte der Kellner und grinste schadenfroh.

Aber immerhin hatte ich damals Olgas Telefonnummer. Und Tracy wurde von niemandem weggezogen. Sie ging.

Ich schaute mich um. Die Leute strömten an mir vorbei der Paßkontrolle zu und versuchten, mit kleinen, hastigen Schritten auf dem Weg zur Schlange noch ein paar Reisende zu überholen. Der Beamte, dem ich meinen sowjetischen Paß vorlegte, grüßte höflich, fragte mich nach Ziel und Zweck meiner Reise und wünschte mir dann so inbrünstig einen guten Aufenthalt, daß ich halbwegs getröstet ins Gewühl vor dem Flughafen trat.

Welch herrlich geordnete Betriebsamkeit!

Kein Chaos wie bei uns in Moskau, Iwan Andrejewitsch. Betriebsamkeit, zivilisierte, aufregende Betriebsamkeit.

Die Leute eilten durcheinander, dahin und dorthin, trafen sich, begrüßten sich, unterhielten sich, nahmen Abschied. Und doch blieben sie ruhig dabei, zielbewußt und freundlich. Ernst und gehoben. Sie alle schienen sich ihrer Wichtigkeit bewußt, und in ihren Augen lag so etwas wie eine stille Befriedigung darüber, Teil dieses vornehm summenden Ganzen zu sein. Wie weich die Luft! Wie schwül und feucht, wie amerikanisch und aufregend! Diese Frauenstimme aus dem Lautsprecher! New York, Philadelphia, New Orleans, Los Angeles – die Namen waren Lieder, Versprechungen, Gedichte. Und wie sauber alles! Hier Straße, dort Rasen, sauber von der Straße durch einen Randstein getrennt. Getrennt, Iwan Andrejewitsch, ge-trennt! Mit Kamm und Spucke nachgezogen. Keine Grauzonen, kein Matsch, keine aufgeweichten Trampelpfade, keine achtlos in den Boden gerammten Zäunchen. Kaum Abfall. Keine mickrigen Sträucher, dafür gesunde kleine Bäumchen mit frechen, drallen Stämmchen und unglaublich grünen Blättern. Leise schnurrend glitten die Taxis heran, alle gelb wie die Hornissen, alle sauber. Die schwarzen Pneus gaben ein vornehm klebriges Geräusch von sich. Kein Gedränge, keine bösen Blicke. Die Kofferraumdeckel öffneten sich, noch bevor die Fahrer herauseilten und den Wartenden das Gepäck abnahmen, sachlich, nicht unterwürfig, eine einzige Aussage im Blick: Wir werden hier eine rasche, sinnvolle Aktion vornehmen, und zwar als Partner. Es ist besser so, wir haben die Erfahrung gemacht, daß es so besser ist, also bitte. Kein Feilschen, kein Herumdrucksen, kein Palaver. Geschäft, Vernunft, Reife. Dann und wann glitten Rollstühle vorbei: Hier reisen auch die Krüppel und die Alten. Und über dem Ganzen der Geruch von Kerosin und das Geheul startender und landender Maschinen: wichtig, international, aufregend.

Ich fühlte mich erhaben. Als habe man dieses Schauspiel nur für mich inszeniert. Vorsichtig streckte ich die Nase vor, zog die warme Luft Amerikas, die Luft des John F. Kennedy International Airport in mich hinein und spürte Leichtsinn und Wagemut in mir aufsteigen. Das Bild vor mir wurde auf einmal überscharf wie ein Scherenschnitt, und einen Moment lang taumelte ich vor Glück. Die Schatten der letzten halben Stunde fielen von mir ab wie trokkener Januarschnee von den Schuhen. Gut, Tracy, wir sind in deinem Land, aber ich kann es entdecken. Du findest Bekanntes wieder, an dem du dich freust, und das gönne ich dir. Aber ich finde

Unbekanntes, und darüber kann ich staunen – habe ich nicht das bessere Ende? Stolz wie die Ballerina vor dem Vorhang schaute ich in das Treiben. Ich hatte Lust, grandios und höflich zu sein.

Dann sahen mich die Beresowskis.

III

»Alexander? Alexander Michailowitsch Zwetkow? Ja?«

Aus dem Gewühl hüpfte ein kleiner, draller Mann in einem beigen, auf den Leib geschnittenen Anzug und schwarzen, funkelnden Knopfaugen auf mich zu. Er trug das Hemd offen und hatte die Sonnenbrille in die runde, gleichmäßig gebräunte Stirn zurückgeschoben. Hinter ihm stand seine Frau, die Handtasche am Arm. »Freut mich, freut mich, Alexander! Darf ich vorstellen: Ljubow Iwanowna, Ljuba, meine Frau, meine Perle, der Trost meines Alters.« Er hatte sich zu ihr zurückgedreht und schaute sie halb herausfordernd, halb zärtlich an, und obwohl er deklamierte, lag in seiner Stimme Zuneigung. Ljubow lächelte zuerst ihn an und dann mich. Sie schien sich über die Art, in der ihr Mann sie vorstellte, zu freuen.

Seine Hand griff nach meinem Kragen. »Endlich haben wir Sie gefunden, mein Junge. Sagen Sie mal, Sie sehen ja überhaupt nicht so aus wie auf dem Foto, das uns Subow geschickt hat. Viel älter, viel ernster. Also das Bild, das können Sie wegwerfen. Naja, macht nichts, Hauptsache, wir haben Sie gefunden, nicht wahr? Sie sehen müde aus, Alexander – wie spät ist es jetzt? Sechs? Acht Stunden Zeitunterschied, was? Dann müßte es für Sie ja schon weit nach Mitternacht sein. Also nichts wie ins Auto mit Ihnen, geben Sie mir Ihr Gepäck.«

Er griff nach meiner Tasche und bahnte sich mit energischen Trippelschritten einen Weg durch das Gewühl. Seine weißen Schuhe umgingen vorsichtig, aber behende jeden Fleck auf dem Boden. Er sprach weiter, ohne mich anzusehen. »Viel mitgenommen haben Sie ja nicht gerade; naja, die jungen Leute wollen heute eben leicht reisen, ist ja auch bequemer. Wir haben es damals genauso gehalten, nicht wahr, Ljuba, haben auch nur ein paar Fetzen eingepackt, wenn wir nach Lettland fuhren, man will sich ja nicht belasten, sondern frei sein – frei, haha, frei sind wir ja jetzt schon lange, wie lange ist es her, seit wir hierhergekommen sind, 23 Jahre? Tja, eine lange Zeit. Und jetzt? Wie sieht es in Rußland aus, jetzt, wo ihr auch frei seid? Man hört ja die verrücktesten Dinge hier, erstaunt mich nicht, ich habe immer gesagt, da drüben kann nur ein Zar oder ein Diktator Ordnung schaffen, der Russe muß zu seinem Glück gezwungen werden, selber macht er sich immer nur Probleme – aufgepaßt, Alexander, die fahren hier ohne Rücksicht, Sie müssen schon schauen, wenn Sie über die Straße gehen. Welch ein widerliches Durcheinander wieder heute. Hier sind wir, steigen Sie vorne ein mit Ihren langen Beinen; Gott, die Jungen werden immer länger, woran liegt das nur? Man kommt sich vor wie ein Zwerg. Ljuba setzt sich gerne nach hinten, nicht wahr, Pfötchen? Wo ist nur mein Zündschlüssel? Ich sag Ihnen, Alexander, New York ist ein absoluter Horror, was das Autofahren angeht; keine Disziplin, keine Achtung vor dem anderen, kein Zuvorkommen, und dabei ist das ja das Wichtigste: Zuvorkommen. An einem Freitag abend ist es natürlich besonders schlimm; eigentlich können Sie sich was einbilden darauf, daß wir Sie holen gekommen sind, wer holt schon an einem Freitag Leute vom JFK ab? Aber Subow hat uns so nett gebeten, wer könnte da Nein sagen? Ich hab' ihn ja schon immer gemocht. Ein schwieriger Fall, ein bißchen vergrübelt und verschlossen, aber lieb; ich gönne es ihm, daß er jetzt beim *Sputnik* ist. Guter Posten. War nichts für ihn, in Orenburg. Das reinste Exil. Tiefste Provinz. Weshalb er sich da wohl vergraben hat? Da beginnst du ja zu schimmeln, in dem Nest. Waren Sie mal da? In Moskau, während des Studiums, da war er ja noch ein ganz lustiges Kerlchen, aber später hat er sich dann irgendwie, irgendwie ... verschlossen. Verschlossen wie eine Auster, haha. Mögen Sie Austern? Ich sterbe für Austern. Austern essen und sterben, hahaha. Ach ja, Subow. Ging ihm ganz schön dreckig, bis er beim *Sputnik* unterkam. Wann war das? Dreiundneunzig? Wir haben ihm ja damals ab und zu noch etwas geschickt, nicht wahr, Ljuba? – etwas Anständiges zum Essen oder einen soliden Pullover; man muß den Leuten helfen in der Not. Damals war ja Hungersnot in Rußland, wir haben es im Fernsehen gesehen. Schrecklich, die Großmütter. Verhungerten alle. Aber dann hat er uns geschrieben, daß er keine Pakete braucht. Also ich weiß nicht. Vielleicht wurden sie ja auch geklaut, klauen sie immer noch derart bei der Post?«

Sie sehen, Iwan Andrejewitsch, er war ein Mistkäfer.

Ein Widerling. Er redete und redete, obwohl ich kaum noch die Augen offenhalten konnte, er kannte weder Pause noch Gnade. Er trommelte auf mein Gehirn, unermüdlich, ein dreister Zwerg im Schneidersitz, mit großen Schlägern und einem kleinen, hinterhältigen Grinsen. Zwei Wochen lang hörte ich ihm zu, freundlich leidend, meist stumm. Er war nett und unerträglich. Er nahm mich mit zum Golfclub, setzte sich an die Bar und grüßte die Vorübergehenden mit kehligen, kameradschaftlichen Rufen, auf die die wenigsten eingingen. Schwitzend saß er im Gartenrestaurant in Great Neck, drehte an seinem Goldkettchen, streckte sein Bäuchlein in die Luft und schaute verdrossen den langsamen, riesigen Amerikanern in ihren karierten Hosen nach. Dann beugte er sich vor und erzählte mir »die Wahrheit« über die Georges und Dicks und Malcolms, die CEOs und General Manager, die in Wirklichkeit alles Hosenscheißer waren, himmeltraurige Versager, impotente Kompensierer – jawohl, Alexander, nichts anderes, ich kann es Ihnen beweisen. Und er bewies es mir, ob ich wollte oder nicht, mit immer neuen Geschichten, und während er erzählte, lachten die Georges und Dicks und Malcolms so schallend, daß mir Zweifel kamen an der Wahrheit des Michail Sergejewitsch Beresowski.

Beim Fahren grüßte er jeden Straßenarbeiter, egal, ob der ihn sah oder nicht. Macht mich glücklich, Alexander, sagte er. Schauen Sie sich die Kerle da draußen an. Die sorgen dafür, daß wir unbehindert fahren. Die verbrennen sich den Nacken, werfen Dreck herum und flicken die Löcher. Und warum? Damit unsere Stoßdämpfer heile bleiben. Unerhört. Denken Sie an Rußland. Irre, sowas, stimmt's? Das sind doch die wahren Helden Amerikas. Da können mir die reichen Säcke im Golfclub alle gestohlen bleiben. Diese Straßenarbeiter achte ich. Ich verehre sie wie unsere russischen Bergleute. Er schaute mich öfter an als sonst, während er das sagte; einmal wären wir fast in einen Graben gefahren vor lauter Schauerei. Ich erzählte ihm von Sergei Maximowitsch Chudajew, seinem Bruder im Geiste. Der liebt die Bergleute noch mehr als Sie, sagte ich und lachte. Er nickte, aber unlustig, als wolle er der einzige sein, der die Kumpel liebt.

Das ferne Rußland plagte ihn. An den Wänden seines großen, leeren Studierzimmers hingen Stiche vom Kreml und der Zarenfamilie, und nachts, wenn er mich abfing, wenn ich leise ins Haus schlich und mich aufs Sofa nötigte, erzählte er mir über seinen ölig schwappenden Amaretto hinweg mit runden Augen von den Kanälen in Sankt Petersburg, vom Kaviar in Astrachan und vom Schnee auf den weiten Feldern bei Tula. Rußland ist arm, aber kulturell höherstehend als Amerika, Alexander, passen Sie auf: kulturell höherstehend, da vergeistigter, verinnerlichter. Manchmal, wenn ich in Laune war, widersprach ich ihm. Dann schaute er ins Leere und nickte gereizt alle meine Worte weg, bis ich schwieg.

Er mochte mich trotzdem. Nach drei Tagen war ich sein Freund. Er erzählte mir von seiner Freundin, einer jungen, etwas bedürftigen Stundentin, die er ab und zu in ihrer winzigen, aber urgemütlichen Wohnung in Queens besuche, und machte mich mit diesem Geständnis zu seinem unglücklichen Vertrauten.

Ljuba Iwanowna, klüger und bescheidener als ihr Mann, kochte meine Lieblingsspeisen, sah mir mütterlich beim Essen zu und überhörte die Reden ihres Mannes wie das Radio. Ich mochte sie sehr. Aber ich sah sie selten allein. Er schien sie zu bewachen. Einmal mußte er weg, und wir setzten uns an den Küchentisch, schnippelten Bohnen und plauderten. Sie nahm ihn in Schutz, gleich von Anfang an, ohne daß ich ihn kritisiert hätte. Er hat es schwer, sagte sie. Er ist so klein, Alexander. Er hat seine Heimat verloren. Er ist ein guter Mensch, ein typischer Russe. Sein Reichtum macht ihn nicht glücklich. Er will leiden, er will sich aufregen, verstehen Sie? Dem Reichtum traut er nicht. Da fehlt ihm das Negative. Er braucht den Kontrast. Die Amerikaner – die können genießen. Das haben sie ihm voraus. Das spürt er, und das macht ihn wütend. Nein, lassen Sie nur. Ich räume die Reste nachher weg.

Sie wohnten in der Grassfield Road.

In der Grassfield Road in Great Neck.

Grasfeldstraße: So heißen Straßen, deren Namen sich die Stadtverwaltung ausdenkt. Ein schwarzasphaltiertes, ebenes Band mit gelbem Mittelstreifen. Rechts und links von Büschen durchsetzter Rasen. Dann Häuser, und vor den Häusern teure Autos, meist zwei pro Haus, still bewacht von Basketballkörben über den Garagentoren. Geparkt wird nicht auf der Grassfield Road – keine Parkplätze. Wenn du da mit einem Wagen hinkommst, mußt du jemanden besuchen, sonst machst du dich verdächtig.

Als wir vom Flughafen kamen, stellte er sich stramm neben seinen Wagen. »Willkommen in Great Neck, Alexander.« Er machte die große, ausholende Geste von Wanderern auf alten Stichen, die ihren Begleitern die nahe Stadt zeigen.

Beim Essen knackten seine Kiefer. Wenn er trank, betrachtete er zunächst ein paar Sekunden entzückt sein Glas, und nach dem Schlucken atmete er aus, als sei er großer Gefahr entronnen. Vor dem zweiten Gang sprach er einen Toast auf die Frauen im allgemeinen und auf Ljuba im speziellen und fragte mich lauernd, ob es in meinem Leben auch eine Frau gebe. Ich erzählte von Galja, und Beresowski schloß sie in seinen Toast ein und sagte, sie sei bestimmt eine wunderbare Frau. Dann kam er aufs Golfspielen.

»Herrlich. Herrlich entspannend. Gute Luft, gute Freunde, gute Gespräche. Spielen Sie auch Golf, Sascha?«

Ich schaute ihn ratlos an.

Beim Dessert fragte ich nach Markow.

Ljubow Iwanowna reagierte sofort. »Ach, Markow kennen wir schon eine ganze Weile. Ich könnte Ihnen gar nicht sagen, seit wann.« Sie sah auf ihren Mann, der aufmerksam zurückschaute. »Nein. Jedenfalls, als wir ihn kürzlich Subow gegenüber einmal erwähnten, war er ganz begeistert und fand, daß Sie ihn unbedingt kennenlernen sollten. Das sei doch der ideale Gesprächspartner. Nicht wahr, Mischa? Und das fanden wir dann auch. Natürlich, es geht ihm nicht besonders gut –«

»Was heißt hier nicht gut?« Beresowski schluckte und stöhnte dabei etwas vor Ungeduld. »Der Mann ist todkrank, ich sag's Ihnen, Sascha. Kommt rüber, denkt, er könne hier einen Haufen Geld machen, arbeitet wie ein Irrer und denkt nicht mehr ans Leben und hopp – schon passiert. Der geht vor die Hunde, und zwar bald, da mußt du ja blind sein, um das nicht zu sehen. Spuckt Blut, widerwärtig, und die Haut hängt ihm an den Knochen. Und seine Frau, wie heißt sie doch nur –?«

»Angela. Angela Sergejewna.« Ljubow hatte aufgehört zu essen.

» – Angela Sergejewna, ja. Die kann einem ganz schön leid tun. Obwohl, mein Fall ist sie ja nicht. Hat den Alten sicher wegen des Geldes geheiratet, jung wie sie ist –«

»Mischa, jetzt hör mal.« Ljubow Iwanownas Stimme wurde streng. »Das geht doch nun wirklich nicht. Du weißt nicht, ob Markow stirbt, du weißt nicht einmal, ob er wirklich krank ist. Und du kennst diese Angela überhaupt nicht. Es gibt auch Frauen, die ältere Männer wirklich lieben und dabei nicht nur ans Geld denken. Mein Gott, was ist nur los mir dir? Man könnte meinen, du seist enttäuscht worden.« Sie setzte sich gerade hin und bekannte sich mit offenem Blick zur Intimität, die sie gerade erzwungen hatte. Beresowski kaute gleichmütig weiter.

»Sagen Sie,« – ich schaute zuerst Ljubow Iwanowna, dann Beresowski an – »warum haben Sie denn diesen Markow Subow gegenüber überhaupt erwähnt? Ich meine, Sie kennen doch bestimmt viele Exilrussen; auch solche, die erst vor kurzem hierherkamen?«

»Nein, das eigentlich nicht, Sascha.« Sie sprach wieder gelöster. »Wir kennen vor allem Leute der ersten Welle. Mit den Neuen haben wir wenig Kontakt. Nur Markow, der kam erst Anfang der neunziger Jahre nach New York.«

»Und wohnt?«

»– in Brooklyn. In Brighton Beach, am Strand. Er kommt mir so – so typisch vor, irgendwie, ich weiß nicht ... Na ja, er ist eben einer dieser neuen Russen, die rasch viel Geld gemacht haben hier. Ein außerordentlich interessanter Mensch, wirklich. Redet sehr herausfordernd. Sehr ungewöhnlich. Aber kultiviert, trotzdem, nicht wahr, Mischa? Weiß viel über Kunst, vor allem Musik. Man merkt schon, daß er Geld hat, wenn man ihn näher kennt, aber er reibt's einem nicht unter die Nase. Sehr angenehm. Sie wohnen eigentlich recht bescheiden. Aber sie fahren oft in Urlaub, und das fliegt ja auch in die Kopeke. Angela Sergejewna würde, glaube ich, ganz gern nach Long Island ziehen oder nach Neuengland. Das Geld dafür hätten sie ja. Aber Markow hat da wohl seine, wie sagt man hier? Prioritäten.«

»Urlaub – was heißt das schon. Urlaub muß eben auch gekonnt sein.« Beresowski drängelte sich schmatzend ins Gespräch zurück. »Ich hab ja nichts Grundsätzliches gegen Urlaub. Kann ja auch Muße sein im alten, griechischen Sinne. Die gelassene Beschäftigung mit dem Wesentlichen. Noble Verachtung der Alltagsstrapazen. Ich jedenfalls – mit unseren Urlauben beweise ich Ljuba, daß ich noch immer ein romantischer Ehemann bin. Daß ich Sinn habe für die Feier der langjährigen Gemeinsamkeit. Was gibt es Schöneres, als Hand in Hand mit einem erprobten Partner, mit einem wirklichen Gefährten auf dem Deck eines Kreuzfahrtschiffs zu sitzen, warm eingehüllt in eine angenehm kratzende Wolldecke, und auf die Eisfelder der Antarktis zu schauen? Herrlich, nicht wahr, Pfötchen?«

Ljubow Iwanowna schaute ihn prüfend an und senkte dann die Lider. Lange, dichte Wimpern. Echt.

Ich kehrte zum Thema zurück. »Aber sagen Sie – ich meine, Markow ist krank: Warum soll ich mich da unbedingt bei ihm melden? Das ist doch eine Belästigung. Vielleicht ist es ihm sogar unangenehm?«

»Nein, nein. Kein Problem, Sascha.« Beresowski schluckte hastig. »Er würde sich sogar freuen, ehrlich. Als wir ihm von Ihnen erzählt haben am Telefon, da ist er ganz neugierig geworden. Nein, wirklich. Sie müssen ihn unbedingt kennenlernen.«

Dürre, blasse Gedanken raschelten in meinem Hirn. Markow. Treffen, natürlich. Gute Sache. Praktisch. Ist krank. Angela wie? Angela Sergejewna. Schöner Name. Scheiße, zuviel gegessen. War gut. Der Hering im Pelz, hervorragend. Abhauen, schlafen. Beresowski. Wie sein Kinn glänzt. Unangenehmer Kerl. Markow. Ja. Galja.

In der Tiefe des Hauses schlug eine Uhr, tief und voll. Eine Standuhr vermutlich. Ich wünschte gute Nacht, fühlte die Blicke der Beresowskis im Rücken und ging auf mein festliches, weißrosa Zimmer. Die Luft, die durchs Fenster hereinzog, war noch immer feucht und warm. Im Garten summten Zikaden, und in der Ferne jaulten pausenlos irgendwelche Sirenen. Brennt's hier so oft? Mein erschöpfter Körper wollte wieder wach werden. In Moskau mußte es jetzt acht Uhr morgens sein. Zeit zum Aufstehen, Galja. Da liegst du, einen Fuß in der Luft, die Decke bis an den Mund hochgezogen, Haarsträhnen auf der Wange. Der Wecker lärmt, du setzst dich hin, mit geschlossenen Augen, bringst ihn mit tastender Hand zum Schweigen, schaust konsterniert, überwältigt von der grellen Tatsache des Tages vor dich hin und horchst. Julia schläft. Wie in Trance steigst du in die Pantoffeln, ziehst den Morgenrock über und gehst in die Küche. Das Radio rauscht, du klapperst, der Wasserkessel pfeift. Du schlurfst ins Badezimmer, die Kaffeetasse in der Hand, eine Schlafwandlerin, frisurlos. Die Dusche rauscht, eine Shampoodose poltert herunter. Dann wieder Stille, und ich weiß, jetzt streichst du dich ein mit dieser deutschen Körpercreme, ernst, andächtig, und ich höre, wie du leise summst in deiner aufreizenden Einsamkeit, und ich sehe, wie deine Hand unter die Brüste fährt und sie hochdrückt, fast etwas grob, wie du ein Bein auf den Wannenrand stellst und dich vorbeugst, die Cremedose in der einen, Creme in der anderen Hand, das Bein etwas nach innen, dann nach außen beugst, sachte auf den Boden stellst und das andere hochhebst, vorsichtig wie ein Reh, das auf die Böschung am Waldrand steigt, wie du dich drehst, um die Pobacken zu erreichen und dabei die Mundwinkel grimmig senkst. Und wie du bei alledem so kühl bleibst, so keusch, und nichts von der Lust spürst, die über mich gekommen ist und mich schon unerbittlich in ihren manikürten Tatzen hält. Dann endlich siehst du im Spiegel meinen Blick, und du schlägst den Morgenrock zu, drückst deine feuchte Haut in meine Morgenstoppeln, murmelst Tröstendes und umarmst mich, um mich loszuwerden. Ach, Galja. Warte nicht bis heute abend. Laß den Morgenrock fallen, jetzt gleich, stell dich ans Fenster, stütz die Arme aufs Fensterbrett, streck mir den Arsch entgegen und schließ die Augen. Ich kenne sie doch, deine Lust. Ich kenne sie besser als du – du kennst sie erst, wenn sie bei dir ist.

Aber du hast keine Zeit für solche Dinge. Du legst Julia trocken, fütterst sie und hastest aus der Wohnung. Die Krippe wünscht Pünktlichkeit. Ich höre, wie sich der Schlüssel dreht und wie deine Schritte auf der Treppe verhallen. Eins zwei drei vier fünf sechs sieben acht; eins zwei drei vier fünf sechs sieben acht; immer leiser, immer ferner. Die Haustür kracht. In der Küche plärrt noch immer das Radio.

Mach's gut, heute. Ich geh schlafen.

IV

Beresowski hatte recht: Markow starb.

Ich saß in seinem hellen, großen Wohnzimmer in Brighton Beach, und er kam langsam, das linke Bein etwas nachziehend, auf mich zu, schwer atmend, vorsichtig; ein Kletterer auf ebener Strekke. Bei jedem Schritt lehnte er sich auf seinen Krückstock, so daß das Kinn auf die Schulter gepreßt wurde. Er hatte mich von der Tür aus kurz begrüßt, doch nun, während er durch den Raum wankte, konnte er nicht mehr reden. Aber seine Augen blieben auf mir haften, die einzigen Fixpunkte in seinem Gesicht, das die Anstrengung des Gehens immer wieder zur gleichen Grimasse verzerrte. Ich hörte auf zu atmen, setzte mich gerade hin und dachte: Würde.

Lassen Sie mich erklären, Iwan Andrejewitsch.

Sie fliegen oft, nicht wahr?

Dann wissen Sie vielleicht, was ich meine. Markow war ausgebrannt. Auf seinem Hemd sah ich Flecken, von weitem schon. Der Kragen stand offen, und über dem Gürtel schimmerte ein weißes Dreieck, das Unterhemd. Das einzige Zeichen von Disziplin waren die Haare: sie glänzten leicht und waren streng und sauber zurückgekämmt. Ein Mensch vor dem Tod, kraftlos, eingefallen, mit eigenartig gespannter, gelblich-kranker Haut – und ich dichte ihm Würde an, wo mir doch die stolzen Unvoreingenommenen, die Entlarver all unserer Alltagslügen immer wieder sagen, daß wir uns nur einbilden, es gebe so etwas wie Stolz und Ehre? Und trotzdem. Die Bürde, die er unsichtbar auf seinen Schultern trug, machte mich klein. Ich war Nebensache – er regierte das Zimmer mit seinen langsamen, schweren Bewegungen. Er trug den Kopf hoch. Seine Augen waren hell und wach. Jedenfalls dachte ich, dieser Mann kommt auf dich zu mit der

Majestät eines Flugzeugs. Mit der Würde eines riesigen Flugzeugs, das eben noch über Kontinente gerast ist und nun langsam, mit noch immer dröhnenden Motoren zum Terminal rollt, auf der Stelle drehend zum Dock einbiegt und endlich mit einem kleinen Ruck stehenbleibt, ein blinkender, fauchender Bote aus fremder Ferne, auf den sich alsbald kleine, nervöse Fahrzeuge stürzen, um ihm dienstbar zu sein.

Das also war Gennadi Borissowitsch Markow, Elektrohändler in Brooklyn, der interessante Mensch, der neue Russe, vor ein paar Jahren erst ausgewandert und wohlhabend geworden im Land der Träume, der Mann, den Subow den Lesern des *Sputnik* nicht vorenthalten will. Ich stand auf und ging einige Schritte auf ihn zu, doch er wollte so rasch wie möglich zum Sessel kommen und schob sich weiter, ohne auf mich zu achten, und so ging ich neben ihm her, bis er den Sessel erreicht hatte. Er ließ sich fallen, legte den Krückstock neben den Sessel auf den Boden, griff nach dem Glas, das auf dem niedrigen Glastisch vor ihm stand, schenkte sich einen schönen Wodka ein, bestimmt 200 Gramm, und stürzte ihn mit ein paar raschen Zügen hinunter. Dann zündete er sich eine Zigarette an, legte das Streichholz sorgfältig in einen kristallenen Aschenbecher und sagte mit heiserer, aber erstaunlich kräftiger Stimme: »Haben Sie's gut gefunden, junger Journalist? Wladimir Anatoljewitsch hat mich angerufen und gesagt, daß Sie kommen. Sie haben mit ihm gesprochen, nicht? Na, dann wissen Sie eigentlich auch schon das Wesentliche. Ich verkaufe Fernseher und Hi-Fi-Anlagen. Das meiste kommt aus Japan und Korea. Amerikaner hab ich auch. Sie sind nicht schlecht, aber bei den Japanern haben Sie weniger Probleme. Chinesische Stereos, tragbare, verkauf ich jetzt auch. Wladimir Anatoljewitsch hat sie Ihnen gezeigt, ja? Gar nicht schlecht. Vor allem die Preise. Sie kommen, die Chinesen, da können wir nichts machen. In ein paar Jahren sind sie voll im Markt. Aber sagen Sie, Sie sind doch nicht aus Rußland hierhergekommen, um über mein Geschäft zu schreiben? Nehmen Sie auch einen Schluck?«

Er schenkte sich sein Glas wieder voll, lehnte sich zurück und rief: »Angela! Angela, bring unserem Gast bitte ein Gläschen, ja?« Die schwarzhaarige Frau, die mich ins Zimmer geführt hatte, erschien wieder, nahm ein Glas aus einer Vitrine und stellte es vor mich hin, wobei sie sich bücken mußte und mir aus zu kurzer Distanz verlegen zulächelte. Sie hatte dunkle Ringe unter den Augen. Das Rot auf ihren Lippen war etwas verschmiert. Sie drehte sich um und ging zum Fernseher, der an der Seite des Zimmers an der Wand stand, und drehte den Ton hinunter, so daß nur noch die Bilder übrigblieben, hektische Wirbel, geisterhaft stumm. Dann ging sie hinaus, ohne etwas zu sagen.

Ich schaute ihr nach und sagte: »Nein, Gennadi Borissowitsch. Also, das heißt, ja. Eigentlich schon.«

Ich hatte Mühe, Markows Blick auszuhalten. Er hielt seine geröteten, geschwollenen Augen auf mich gerichtet, als erwarte er ein Geständnis. Die Finger der linken Hand trommelten auf die Holzlehne seines Sessels. In seinen Mundwinkeln lag etwas Verächtliches. »Vergessen Sie nicht, sich einzuschenken, Alexander Michailowitsch. Sie entschuldigen mich, wenn ich das Ihnen überlasse. Ich bin unbeweglich geworden.«

»Natürlich. Danke. Nein, wissen Sie, ich soll einen Bericht über die Russen in Amerika schreiben, nicht über die Auswanderer der ersten Wellen, sondern über die, die Anfang der Neunziger hierherkamen. Wie Sie eben. Und da mir die Beresowskis –«

»Die Beresowskis haben Sie auf mich gehetzt, ja. Ich weiß. Und wer hat die Beresowskis auf mich gehetzt? Wissen Sie das auch? Was wissen Sie überhaupt, junger Mann?« Er hustete und zog gierig an seiner Zigarette. Ich konnte kaum nachdenken, wenn ich ihn anschaute. Die Kraft, die von ihm ausging, hatte etwas Lähmendes. Sie war nicht vital, aber achtunggebietend. Schattig, kalt. Die Haut unter seinen Augen hatte sich zu knolligen grauen Flecken zusammengezogen. Manchmal verfinsterten sich seine buschigen Brauen, und mir war, als höre er nach innen. Seine Unterlippe und sein Kinn versteiften sich, wenn er ausatmete. Er mußte Schmerzen haben.

»Ich verstehe nicht, Gennadi Borissowitsch? Die Beresowskis?«

Er hustete und lachte verächtlich. »Die Beresowskis, genau. Die haben mich gezielt kennengelernt. Unmöglicher Typ, er. Bornierte, stupide Sklavenseele. Ist eine Weile her, noch vor meiner Erkrankung. Ich weiß nicht genau, wann. Ich hab noch in den Tag hineingelebt, damals. Du wirst wacher, wenn du stirbst. Naja, nicht immer. Die Medikamente. Aber damals, damals hab ich nicht auf derartige Dinge geachtet. Ach, ich hatte viele Zufallsbekanntschaften. Leute im Laden.« Er atmete ein paar Mal unruhig durch. Die Hand auf der Lehne ballte sich zur Faust. »Im Laden. Da sind Dutzende gekommen, die ich nicht kannte, und haben mit mir geredet. Viele wollten nur reden. Hat mich nicht gestört. Wenn's mir zu viel wurde, übergab ich sie Wladimir Anatoljewitsch. Aber bei den Beresowskis war das anders. Die wollten mich kennenlernen. Ich kann nicht sagen, warum. Kamen herein, fragten herum, taten so, als sei alles Zufall, was weiß ich. Stört es Sie, daß ich stinke? Ich hoffe, der Rauch überdeckt es etwas.«

Also doch. Als ich am Fenster gestanden und aufs Meer hinuntergeschaut hatte, war mir gewesen, als schwebe durch die Wohnung ein verdorbener Geruch. Ein wenig, wie wenn du im Sommer am frühen Morgen an einem Restaurant in der Twerskaja vorbeikommst. Gestrig, süßlich.

»Ich stinke, junger Journalist. Ich stinke, weil ich Krebs habe. Lungenkrebs. Vom Rauchen. Ich habe ein Geschwür in den Bronchien, einen Tumor. Wird größer und stärker, jeden Tag. Bringt mich um und wird dabei am Schluß selber zugrundegehen. Ein kleiner Trost, nicht wahr? Ein kleiner Trost. Nicht?«

Er insistierte, wollte eine Antwort. »Ich weiß nicht«, sagte ich matt. »Ich glaube nicht. Vielleicht eher nicht.« Auf den Parkettboden zwischen meinen Schuhen war ein Tropfen Wodka gefallen.

»Bravo, junger Journalist. Ich mag es, wenn man mir nicht in den Arsch kriecht. Eine eigene Meinung. Schön, so etwas. Rettet zwar nicht vor dem Tod, ist aber etwas Schönes. Vor dem Tod.« Nüchtern kam das, ruhig und überlegt. Nur ein Hauch von Sarkasmus. Markow legte seine Worte hin wie blankpolierte Früchte in eine Schale. Ich hatte nicht den Eindruck, er wolle jemandem weh tun. Nicht mir, nicht sich selber. Er nahm einen tiefen Schluck und schaute mich dabei von der Seite an. Die dunkelblauen Ränder seiner Iris, die das hellblaue Innere wie ein Ring umschlossen, gaben seinem Blick etwas Festes, Forschendes. »Ich bin noch ganz am Anfang. Ich kann noch Monate leben, vielleicht sogar ein Jahr. Aber ich stinke. Nicht stark, aber wer eine gute Nase hat und nicht zu weit weg sitzt im gleichen Raum, der riecht das. Sie scheinen ein empfindliches Organ zu haben. Belästige ich Sie?«

Mir wurde flau. »Möchten Sie, daß ich wieder gehe? Ich meine, wirklich, Gennadi Borissowitsch, wenn ich Ihnen zur Last falle ... Also, ich würde das natürlich sehr bedauern. Aber ich kann auch mit anderen Leuten sprechen. Nicht, daß ich das wünschte, natürlich; es ist sehr anregend, mit Ihnen zu reden, sehr, äh ... interessant, und ich bin Ihnen dankbar, daß Sie mich eingeladen haben, aber ich möchte auf keinen Fall, daß ...«

»Bleiben Sie, junger Journalist, bleiben Sie.« Er sprach streng, und dennoch hörte ich eine Bitte. Er hatte mir nun sein Gesicht voll zugewandt und schaute mich durchdringend an. Seine Ohren waren riesig. Abgesehen von der ziemlich kleinen, feingeformten Nase war alles an seinem Kopf groß und ehrfurchtgebietend. Die Lippen breit und flach, das Kinn kantig, aber nicht schwer. Ein Gesicht, das mehr war als die Summe der üblichen Deformationen des Sowjetlebens; ein Gesicht mit Kraft und Eigensinn. Ein Gesicht, das Kinder zum Fürchten bringt, wenn es hinter einem Vorhang auftaucht. In ein solches Gesicht hinein machst du keine faulen Witze. Ich spürte, wie sich der Ernst, der von ihm ausging, in meinem Gesicht zu spiegeln begann. Er zwang meinen Blick in seine Augen. Woher diese Kraft? Vom Widerstand, vom Kampf gegen das Sterben? Vom Wissen um den nahen Tod? Vom Sich-Fügen?

»Bleiben Sie. Ich bitte um Entschuldigung.« Sachlich, als gebe er mir einen Auftrag. »Sie stören mich nicht im Geringsten. Ich bin nicht so empfindlich, wie Sie denken, und ich halte ganz gut durch, solange ich trinken kann. Ich trinke, Alexander Michailowitsch. Ich trinke gegen die Schmerzen und gegen die Verzweiflung. Ich bin oft verzweifelt. Aber sehen Sie« – er beugte sich vor und drückte die Zigarette aus – »es kam etwas plötzlich, und ich weiß noch nicht so recht, wie ich mit der Sache umgehen soll. Und ob ich überhaupt mit ihr umgehen kann. Ich hab mich eigentlich ganz gut gefühlt bis vor ein paar Monaten, aber dann kam plötzlich diese Lungenentzündung. Hohes Fieber, tagelang, aber ich komme noch einmal davon. Knapp. Nur heilt die Sache nicht richtig, und ich verliere Gewicht und fange an zu husten und bin nur noch müde, und der Arzt sagt, er will eine Lungenspiegelung machen.«

Er schaute weg, zum Fenster hinaus in den heißen, blauen Septembernachmittag, preßte die Lippen aufeinander, stülpte sie nach vorn und schob sie hin und her. »Eigentlich wußte ich's schon. Eine Person mit schwarzen Augen hat mir Böses vorhergesagt. Noch in Rußland.« Er seufzte. »Na ja, sie spiegeln und röntgen, und natürlich ist da ein Schatten, ein sogenannter Rundherd, und ich werde operiert. Alles raus – Rundherd, Lymphknoten, und dann der Befund: bösartiger Tumor, Metastasen in den Lymphknoten und weiß der Teufel sonst noch wo. Machen einen ganz schönen Tanz im Krankenhaus hier, ich sag's Ihnen, und dann zieren sie sich mit der Prognose, aber ich hab's aus ihnen rausgeholt, was soll ich mich betrügen? Der Arzt druckst rum und sagt, man habe schon solche Fälle gehabt, da sei noch alles in Ordnung gekommen. Blödsinn, so was, und ich sag ihm, junger Mann, wenn Sie mich belügen, dann habe ich mehr Grund, Ihnen böse zu sein, als wenn Sie mir die Wahrheit sagen, und ich sage Ihnen: ich werde böse. Da hat er mir's gesagt. Sehr schlechte Prognose, auch mit Chemotherapie, und ich hab ihm gleich gesagt, das kommt überhaupt nicht in Frage, entweder ich werde so wie ich bin gesund oder gar nicht. Dann werden Sie gar nicht gesund, hat er gesagt. Er ist etwas rot geworden dabei und hat auf seine Tabellen herabgeschaut. Ich glaube es half ihm, daß er wütend war auf mich. Na ja, jedenfalls hab ich's da zum ersten Mal gehört, mein Todesurteil. An diesem Nachmittag um Viertel nach vier. Ich weiß noch, wie ich dastand und nach innen horchte wie jemand, der Gift verschluckt hat. Aber nichts geschah. Alles ging weiter wie in den Sekunden vorher, als mein Leben noch ein anderes war. Zwei Schwestern kamen plaudernd den Flur hinunter, weiter hinten wurde ein Bett durch die Tür geschoben. Ich hab dem jungen Arzt die Hand gedrückt und ihm gesagt, er solle sich keine Sorgen machen.«

Er lachte, leicht und grob. In seinem gelben Sporthemd sah er aus wie ein städtischer Tourist am Meeresstrand, ein bleicher, ausgezehrter Neuankömmling, der die Wunden seiner Kämpfe im Büro der heilenden Sonne aussetzen will. »Dann ging's eine Weile gut, aber nach sieben Wochen habe ich Blut gespuckt, und jetzt hab ich auch noch Rückenschmerzen, und mein Bein macht schlapp, das haben Sie ja gesehen, und das ist das Ende. Metastasen im Rückenmark. Vermutlich auch unter den Rippen. Schmerzen beim Einatmen. Nur in der Lunge, dort, wo alles anfing, spüre ich nichts. Eigenartig, was?«

»Tatsächlich, ja.« Ich antwortete eifrig, erleichtert. Seine Schilderung des Krankheitsverlaufs hatte die Spannung etwas gelöst. »Aber sagen Sie, gibt es denn gar keine ... keine anderen Möglichkeiten mehr? Andere Therapien? Kräuter? Ozon? Man hört doch so viel, ich meine –«

»Ach, Sie meinen, ich soll noch einmal so richtig hoffen? Mit Rauchen aufhören, ans Meer gehen und atmen? Mich noch einmal verlieben? Glauben, hoffen, lieben und dabei genesen? Tja.« Er spreizte die Finger seiner Rechten und inspizierte sie wie der Oberst die Gewehre. Ich versuchte zu sehen, ob er schmutzige Fingernägel hatte, sah aber nichts.

»Ich bin manchmal, sagen wir ... versucht. Natürlich möchte ich weglaufen, manchmal. Etwas ganz anderes tun. Aber zum Weglaufen brauchst du eine gute Lunge, und die fehlt mir, haha. Nein, ich weiß nicht – ich denke, ich habe einfach keine Kraft mehr. Mir wird schlecht beim Gedanken, in meiner Lage nur noch Spinat zu essen und nicht zu wissen, ob das was bringt. Ich weiß nur, daß ich trinken will. Das hilft. Therapien will ich keine. Käme mir vor wie ein Kind, das Sonnencreme auf eine Fraktur reibt. Vielleicht ist das ja der Beweis dafür, daß ich sterbe. Daß ich nichts dagegen tun will. Vielleicht würde ich nicht sterben, wenn ich etwas dagegen tun wollte. Nein, ich habe ein anderes Gefühl. Ein Gefühl der Unwiderlegbarkeit.« Er beugte sich vor und klopfte mit dem Zeigefinger auf den Tisch. Seine Nägel waren sauber. »Jawohl, Genosse, Unwiderlegbarkeit.« Wie ein in die Enge geratener Professor. Dann lehnte er sich wieder zurück und sagte leichthin: »Und ich will mein Leben nicht verraten. Ich muß mit meiner Energie sparsam umgehen. Um jeden Preis gesund werden wollen, macht krank.« Er schüttelte unwillig den Kopf. »Nein. Ich will dabeisein, wenn ich sterbe.«

»Und die Schmerzen?«

»Es geht. Ich nehme noch keine Morphiumtropfen. Aber das kann noch kommen. Wird noch kommen. Vorläufig tut's der Schnaps. Nehmen Sie noch ein Glas? Hier, schenken Sie sich selber ein.« Er zündete sich eine neue Zigarette an und inhalierte so tief, daß ihm etwas Wasser in die Augen trat. »Ich sag Ihnen was. Wenn ich betrunken bin, kann ich manchmal an den Tod denken. Nicht, wenn ich nüchtern bin. Wenn ich nüchtern bin, dann kotze ich vor Angst, wenn ich nur hinsehe. Hinsehe auf diese Person. Ich seh diese Person, wenn ich an den Tod denke. Ich hab mal geträumt von ihr, und seither geht sie mir nicht mehr aus dem Kopf, und ich sehe sie auch, wenn ich wach bin. Eine Person ohne Geschlecht, ein Engel vermutlich, mit zorniger Stirn. Er steht irgendwo … vor irgendwas. Schützt etwas, bewacht etwas. Ich weiß nicht was. Kann's nicht beschreiben. Und das Eigenartige ist, ich will da rein, obwohl ich weiß, daß dort mein Tod ist, daß diese Person vor meinem Tod steht. Aber sie will nicht, daß ich dort hinkomme. Ich muß sie überlisten, muß an ihr vorbeikommen, und die Person hebt ihre Hand, und ich weiß, daß sie mich treffen kann, tödlich, mit einem Schwert vielleicht, ich seh das Schwert aber nicht. Idiotisch, was? Ich will da hin, hin zu meinem Tod – das muß ja mein Tod sein – und hab Angst, ich könnte dabei zu Tode kommen.« Er grinste das exhibitionistische Grinsen dessen, der weiß, daß er zu weit gegangen ist und sich darüber freut.

Was hätten Sie geantwortet, Iwan Andrejewitsch? Die Direktheit und die Intimität seines Geständnisses erdrückten mich. Wo war ich hingeraten? Kaum eine Stunde in seiner Wohnung, und schon setzt mir dieser Mensch sein Leben und Sterben vor, als sei ich ein alter Freund, als könnte ich ihn durch mein Zuhören erlösen. Wie kommen die Beresowskis dazu, mich mit diesem Säufer zu verkuppeln, der mir seinen Todeshauch ins Gesicht bläst, ohne mich zu kennen? Mir graut vor erzwungener Nähe, Iwan Andrejewitsch. Zu warm, zu stickig. Ich kann nichts mehr verstehen und hänge in der Luft wie ein junger Hund, der am Nacken gepackt wird. Kann nicht mehr denken. Schaue, aber sehe nichts. Verstehe nichts.

Verdrossen stierte ich vor mich hin. Markow lehnte sich zurück, atmete eine Weile konzentriert und schaute aufmerksam in die Weite, als würden ihm dort von unsichtbarer Hand Zeichen gegeben. Ich drehte mich um, doch ich sah nur die Wände, an denen einige abstrakte, nicht sehr farbige Bilder hingen, einen Sekretär und Truhen und den Fernseher. Keine Nippsachen. Keine Matrjoschkas.

»Hier, nehmen Sie noch einen Schluck, Alexander. Ich habe Sie wohl etwas überfahren. Dabei ist es ja an Ihnen, zu fragen. Nun, was wollen Sie wissen?« Ich holte das Diktaphon aus der Mappe und legte es auf den Tisch. Wie offiziell, wie distanzgebietend das kleine Ding aussah! Ich faßte wieder Mut, fühlte mich in meinem Element. Doch Markow winkte ab, noch ehe ich das kleine schwarze Gerät eingeschaltet hatte. Er beugte sich vor, hielt es in die Höhe, kniff die Augen zusammen und legte es vorsichtig wieder hin. »Kein Tonband.« Es klang, als sei er einmal Politiker gewesen. »Schreiben können Sie, soviel Sie wollen. Aber ich mag keine Tonbänder. Zu privat. Sie entreißen dir etwas.«

Eieiei. So seelenvoll auf einmal, der Herr Markow. Ob er das ernst meinte? Ich grinste vor mich hin, während ich das Notizbuch aufschlug. Markow schien es zu merken und lächelte ebenfalls, nachsichtig, und zog seine schweren Brauen in die Höhe. Seine männlichen Züge waren weicher geworden. Eigenartig, dieses Gesicht. Mehr Kraft und Wille als Geist. In einem Anzug hätte er professoral ausgesehen, im Arbeitsgewand proletarisch. Woher kam er? Ich bat ihn, mir von seiner Herkunft in Rußland, von seinen Gründen für die Ausreise und von seinen Erfahrungen in Amerika zu erzählen.

Markow hörte mir konzentriert zu, streckte ächzend sein linkes Bein aus und sagte: »Woher kommen Sie?«

»Aus Moskau.« Wer fragt hier wen?

»In Moskau geboren, aufgewachsen und zur Schule gegangen?«

»In Moskau geboren, aufgewachsen und zur Schule gegangen.«

»Aha. Gut. Schöne Stadt, Moskau. Ich kenne sie auch recht gut. Groß, grau, grausam. Herrliches Umland. Aber ich komme aus Sibirien. Geboren, aufgewachsen und zur Schule gegangen in Nowosibirsk. Mit zwanzig bin ich umgezogen nach Kemerowo und habe dort gearbeitet bis zu meiner Ausreise.«

»In Kemerowo? So ein Zufall. Wegen Kemerowo bin ich hier.«

Er hob fragend die Brauen.

»Naja, sozusagen. Die Reportage, mit der ich den Chudajew-Preis für engagierten Journalismus gewonnen hab, die hab ich über Kemerowo geschrieben. Über die Engels-Zeche.«

»Aha.« Markow schaute einen Augenblick vor sich hin. »Na, dann kennen Sie sich ja aus. Ich hab in Kemerowo gearbeitet.«

»Wo?«

»In einem kleinen Institut für theoretische Metallurgie –«

»In welchem?«

»Ach, in einem kleinen, wie es Tausende gibt. Nichts besonders Bekanntes –«

»Aber wie hieß es?«

»Wir waren nicht sehr beschäftigt, damals. Wir stellten ein paar Versuche an, produzierten Tabellen, warteten aufs Geld vom Ministerium. Viel Freizeit. War ja auch weit weg von Moskau. Sehr weit weg. Ich hab mich schon damals mehr mit Fernsehern und Stereos beschäftigt. Wußte ziemlich viel darüber. Einige meiner Freunde reisten nach China oder in die Emirate oder in die Türkei und brachten die billigen Marken und verkauften sie. Das gab einen guten Profit, und ich bin dann auch ein paarmal gereist. Unangenehm, natürlich. Aber es lohnte sich. Sie glauben es nicht, Alexander Michailowitsch, es lohnte sich: das Aufstehen mitten in der Nacht, das Warten, der Flug nach Moskau, der Kampf um die Visa, die Schlacht um die Fahrscheine. Und 1991 fand ich, ich wüßte jetzt genug über das Geschäft, stellte einen Ausreiseantrag und kam hierher. Am Anfang hab ich Mühe gehabt, die Grüne Karte, Sie wissen ja. Diese Anwälte hier; schlimmer als in Moskau. Oder in Kemerowo. Aber nach einiger Zeit ging's plötzlich voran. Geld öffnet auch hier alle Türen, und jetzt habe ich sogar gute Aussichten, eingebürgert zu werden.« Er lachte und begann zu husten, immer stärker, angestrengt vorgebeugt, und versuchte, die Zigarette ruhig zu halten, damit keine Asche abfiel. Nach einer Weile ließ der Reiz nach. Er legte die Zigarette in den Aschenbecher, holte ein Taschentuch hervor, spuckte hinein, faltete es sorgfältig zusammen und stöhnte mit hoher Stimme, erschöpft und erleichtert. Eine Träne lief über seine Wange. »Können ja meine Leiche einbürgern.«

»Aber wieso sind Sie überhaupt hierhergekommen? Gab's Probleme mit dem Lohn?«

»Probleme mit dem Lohn? Nein. Nein, junger Journalist, die gab es nicht. Noch nicht. Das hat doch erst alles angefangen, 1991. Jelzin hat mir gefallen, und ich war natürlich auch für den freien Markt, aber trotzdem … Ich war unsicher. Schwierige Lage. Der Niedergang, die Inflation, all dieser Mist. Wie schreibt ihr Journalisten? Die Lage erwies sich als instabil. Instabil, jaja, instabil, hahaha.«

Plötzlich schüttelte er unwillig den Kopf. »Aber eigentlich ist es ja gar nicht das gewesen. Eigentlich hat alles mit Aljoscha angefangen. Ein langes Lied.«

»Aljoscha?«

»Aljoscha, ja.« Er leerte sein Glas und füllte gleich wieder nach. »Wollen Sie eine Geschichte hören? Wollen Sie hören, weshalb ich wirklich gekommen bin? Wenn Sie's für sich behalten, erzähl ich's Ihnen.«

»Nun ... Nun ja. Klar. Ich meine, ich schreibe sowieso nichts, was Sie nicht –«

»Gut gut. Ist ja auch egal. Was kann's mir noch schaden? Also. Stellen Sie sich vor. Kemerowo. Januar 1990, minus 28 Grad. Herrliches Wetter. Blauer Himmel, trockene Luft, die dir in der Lunge brennt. Der Schnee wie Puder. Ich fahre mit dem Bus nach Hause. Hab' lange gearbeitet, bis um elf. Keine anderen Fahrgäste. Kalte Füße, Schneekrusten an den Scheiben. Die Heizung unter dem Sitz knackt und surrt. Ich schau mich ein wenig um, da seh ich auf einem Sitz am anderen Fenster eine Videokassette. Ich hole sie, schaue sie an – nichts, eine gewöhnliche Kassette. Wird ein Western sein oder ein Porno, den jemand vergessen hat, denke ich, und pack sie ein, was willst du, soll ich sie aufs Fundbüro bringen? Geh durch den Schnee nach Hause, mach einen kleinen Umweg, für alle Fälle – niemand, der mich verfolgt. Zuhause leg ich sie ein – kein Western, kein Porno: eine Straße in Kemerowo. Grüne Bäume. Sonniges Wetter, gute Schatten. Blick von oben auf die Autos und die Fußgänger. Wenig Verkehr, ich kenn die Straße, sie ist nie besonders befahren. Aber auch nicht einsam. Du hörst die Autos; die Lastwagen machen Krach für zehn. Hie und da Vögel, manchmal ein paar Stimmen, aber die müssen aus dem Haus kommen, aus dem gefilmt wird. Eine Mutter ruft zweimal nach einem Kolja. Dann Zoom: Ein Auto, ein Wolga, parkt am Straßenrand. Ein Mann steigt aus. Dunkle Haare, Glatzenansatz, kräftig. Vielleicht vierzig, vielleicht fünfundvierzig. Dunkler Anzug, sowjetisch. Er geht zum Kiosk auf dem Bürgersteig, kauft Zigaretten, zündet sich eine an und schaut die Straße hoch. Sein Gesicht ist in diesem Moment gut zu sehen. Er blickt sich um, aber er sieht offenbar nichts, das ihn interessiert und steigt wieder ins Auto. Fährt aber nicht weg, sondern sitzt in seinem Auto und raucht. Hinter der Scheibe ist er nur noch undeutlich zu sehen, mehr ein Schatten. Er hält sich etwas ans Ohr, vermutlich ein Handy. Schnitt – der Filmer hatte offenbar genug gesehen für den Moment. Dann plötzlich wieder das gleiche Bild, aber etwas später. Die Farben sind leuchtender geworden, die Schatten länger. Ein Streifen Sonnenlicht, vorher auf dem Bürgersteig, liegt jetzt auf der Mauer des Hauses an der anderen Straßenseite. Der Wolga steht noch immer da, der Mann sitzt noch immer drin. Da geht die Türe auf, und wieder steigt er aus, schaut die Straße hoch und winkt jemandem, den man nicht sieht. Die Kamera schwenkt ruppig in die Richtung, aber da ist niemand, und sofort geht sie zurück auf den Mann. Der steht da und schaut rauchend aus dem Bild. Macht keinen Schritt auf den anderen zu, sondern verfolgt ihn wie die Gottesanbeterin den Käfer, langsam den Kopf drehend. Der andere kommt ins Bild: kleiner, dicker als der erste. Gleiches Alter, fast die gleichen Haare. Anzug sowjetisch.«

Ein Schluck Wodka, eine neue Zigarette. Ich schaute aus dem Fenster in den Himmel über Brighton Beach. Ein Flugzeug im Sinkflug ohne Kondensstreifen. Wie langsam die Dinger fliegen können, ohne runterzufallen. Gleiten dahin wie die Blechhirsche, die du im Gorki-Park mit dem Luftgewehr abschießen kannst.

»Sie nehmen sich Wodka, ja, Alexander? Wollen Sie Tee? Also, wo war ich? Richtig, sie begrüßen sich, mit Handschlag und steigen ins Auto des ersten. Dort reden sie, man sieht die Schatten ihrer Hände. Zehn Minuten geht das so. Es wird dunkler. Ein paar Kinder kommen; sie reden und lachen. Alles tonlos, es ist zu weit weg. Manchmal, wenn kein Auto vorbeifährt, hörst du ein leises, regelmäßiges Atmen – die Person, die filmt. Dann geht die Autotür wieder auf, der Kleine geht, verschwindet links aus dem Bild, und der erste fährt weg. Blinkt beim Rausfahren, das weiß ich noch. Na, und das wär's. Etwas schwarzes Geflimmer, ein Schnitt, und dann tatsächlich der Schluß eines Westerns. John Wayne mit blauem Hemd und schwarzem Kavalleriehut. Schießt die Bösen tot und verliebt sich, aber er kriegt sie nicht.«

Markow lächelte, atmete tief und wurde größer, dunkler und ebenmäßiger. Vielleicht hatte er die Schmerzen jetzt weggetrunken. Er mußte kräftig gewesen sein, früher. Die Krankheit hatte seine Haut fahl werden lassen, aber die breiten Handgelenke, die Unterarme und die Sehnen auf der Hand, die unter der fleckigen Haut arbeiteten wie Pleuelstangen, waren die eines Athleten. Eine tiefe Willensfalte teilte die breite, nicht sehr hohe Stirn.

Ich schwieg. Das Notizbuch hatte ich längst weggelegt.

»Tja. Das war's. Nichts Besonderes, wenn da nicht das eine gewesen wäre: Ich kenne den ersten der beiden. Den größeren. Nicht nur ich. Alle kennen ihn in Kemerowo. Ein Bandit. Nicht irgendwer – der wichtigste Bandit der Stadt, Ryschkow. Wie der Ministerpräsident, richtig. Kontrolliert Restaurants und Banken im Zentrum und macht den anderen Gruppen das Leben schwer. Hat Heere von Feinden. Aber er ist gefährlich und einflußreich. Er sieht sich vor, kennt die alten Diebe aus den Lagern, ist eingeführt beim Metropoliten von Krasnojarsk. Schenkt der Stadt seine alten Autos, gibt Geld aus für Kinderspielplätze. Die Politiker fressen ihm aus der Hand, prügeln sich, um in der Öffentlichkeit mit ihm gesehen zu werden. Einmal veranstaltete er ein Fest für die Veteranen, weil die Stadt sich keins leisten konnte. Schenkte Wodka aus, hängte seinen Namen an alle Wände, und am nächsten Tag war er der Held. Geschickter Bursche. Da muß man vorsichtig sein. Man sagte damals, er lasse Killer aus Wladiwostok für sich arbeiten; eine Gruppe von Halbbrüdern, die auch in Moskau bekannt waren.«

»Und der andere?«

»Keine Ahnung. Nie gesehen.«

»Und dann?«

»Nichts. Eine Weile lang jedenfalls. Ich bringe das Video auf die Datscha. Natürlich überlege ich, ob es nicht besser wäre, das Ding zu vernichten. Mehrere Male war ich drauf und dran. Aber irgendwie hab ich's nicht über mich gebracht; ich hatte das Gefühl, daß da für mich noch etwas drin sein könnte. Wie auch immer. Die Monate gehen ins Land, und ich vergesse das Ganze. Tja, und dann kommt der Tag, an dem ich mit Aljoscha und Albina auf der Datscha sitze. Eine Freude für einen alten Junggesellen wie mich, wenn einmal Besuch kommt. Wir trinken und hören Aljoschas Geschichten zu. Aljoscha ist mein Freund – war mein Freund.«

Er zog eine Wange zwischen die Zähne und biß vorsichtig drauf. Sein Gesicht bekam etwas von einem Schimpansen, der auf einem Zweig kaut und dabei nachdenklich die Zoobesucher betrachtet. »War mein Freund. Wissenschaftler. Begabt. Sehr begabt, sehr lieb und sehr gescheit. Was haben sie auf der Uni für ein Geschrei um ihn gemacht. Wir sind zusammen zur Schule gegangen in Nowosibirsk. Aber Aljoscha hat diesen Tick: Er will noch immer Dissident spielen, obwohl die Zeit für die Dissidenten abgelaufen ist. Läuft in seinen grauen, speckigen Sowjetbuchsen rum, als habe er kein Geld für ein paar neue, nette Kleider. Hoch, dünn, grauhaarig, nervös. Trägt eine dicke Hornbrille mit weitsichtigen Gläsern – mit Weitsichtgläsern – und kratzt sich ständig in seinem schütteren Bart. Im Sommer steckt er seine bleichen Beinchen in riesige Badehosen, die wie Windeln aussehen, und gibt der Regierung schuld, wenn er friert. Schneidet Zeitungsartikel aus und schneidet sich in die Finger dabei. Klebt sie ein wie andere Leute Urlaubsfotos. Sitzt in der Küche rum, trinkt schwarzen Tee und beweist dir, daß unsere Politiker korrupt sind, daß in der Armee Rekruten umgebracht werden und daß die Polizisten Bestechungsgelder annehmen. Niemand hört ihm zu; alle laufen weg, und er hampelt hinterher und zupft sie an den Kleidern. Allen geht er auf den Geist, aber das beweist ihm nur, daß er recht hat. Und er hat ja auch recht, verdammt – kennen Sie einen ehrlichen Politiker? Aber so ist es nun mal. Nur für Aljoscha ist das alles empörend, und davon lebt er. Irgendwie bringt ihn das zum Leuchten. Er redet und redet, seine gelben Zähne klikken, und du siehst, wie glücklich er ist in seinem Wahn. Er schimpft mit dem Eifer des Mädchens, das Hochzeitspläne macht.«

Markow streckte sich, klaubte einen kleinen, runden Stift aus der Hosentasche und sprühte sich etwas in den Mund. Ein Hauch von Pfefferminze drang zu mir herüber.

»Jedenfalls Aljoscha will ins Ausland, wenn möglich nach Amerika, und er kriegt vom Owir seinen Paß nicht. Ist ja klar. Er will ums Verrecken nicht schmieren. Will nur die offizielle Gebühr zahlen und sonst nichts. Besteht darauf. Hält den Beamten Vorträge über Ethik, schreibt Eingaben nach Moskau, in denen steht, er habe ein Recht – ein Recht, Alexander Michailowitsch! – auf einen Auslandspaß. Das sei das Gesetz. Die haben sich doch totgelacht in Moskau. Na ja, da sitzt er also bei mir auf der Datscha. Ich bin grade in der Küche, Albina ist im Garten und sieht bei den Brennesseln nach dem Rechten, da findet er die Kassette. Ich hatte ›John Wayne‹ auf den Rücken gekritzelt, schlau, was? Das hat ihn wohl neugierig gemacht. Aljoscha mag Western. Selbstverantwortung, Initiative, den ganzen Kram. Also, ich steh in der Küche und schneide Gurken, da kommt er hereingelaufen. Kann kaum reden, aber ich krieg's doch aus ihm raus: Der kleine Dicke auf dem Video ist der Owir-Chef von Kemerowo. ›Klasse‹, ruft Aljoscha und tanzt in der Küche herum, ›Klasse! Wunderbar! Jetzt hab' ich ihn. Jetzt kann ich ihm beweisen, daß er private Kontakte zu Ryschkow hat. Der Beamte und der Verbrecher, ha! Der ist erledigt. Klasse! Woher hast du den Film?‹ – ›Unsinn‹, sag ich, ›der ist überhaupt nicht erledigt. Warum soll er sich mit dem Typen nicht treffen? Das tun doch alle. Ist ja nicht verboten, oder? Was willst du ihm damit schon beweisen?‹ Aber Aljoscha ist in Gedanken schon ganz woanders. Er gehe kein Risiko ein, sagt er. Er mache das alles ganz offiziell. Eine Kopie des Films werde er der Zeitung *Kusbas* geben, die andere nach Moskau schicken.« Markow seufzte. »Könnten Sie so gut sein und den Vorhang zuziehen, Alexander Michailowitsch?«

Ich stand auf. Die Sonne stand jetzt tief und ließ die Tapeten glühen. Die Air Condition unter dem Fenster war verstummt. Vielleicht hatte Markow deshalb in den letzten Minuten leiser erzählt. Ich fragte ihn, ob ich das Fenster öffnen könne. Er nickte und sprühte sich noch einmal Parfum in den Mund. Von weit her drangen die Rufe von basketballspielenden Jungen.

»Danke.« Er schaute gedankenverloren geradeaus. »Was für ein

Idiot. Was für ein verbohrter, unbelehrbarer Idiot. Ich seh's noch vor mir, als wär's gestern passiert. Er sitzt auf dem Küchentisch, glüht, schmiedet Pläne und sieht sich schon in Amerika vor einem Kongreßausschuß. Albina ist hereingekommen; sie sitzt in der Ecke neben dem Kühlschrank, wie immer, hält mit ihren Tatarenaugen den zappelnden Aljoscha fest und ißt die Himbeeren, die sie mitgebracht hat, allein. Aljoscha hat keine Zeit, ich habe keinen Appetit. Von weitem ist Donner zu hören. Ich weiß noch, wie ich denke, das sei nun doch etwas gar dick aufgetragen. Es ist plötzlich dunkel geworden, riecht nach Herbst. Die ersten Tropfen fallen; die Zweige vor dem Fenster beginnen zu reden und zu schwanken. Am Pflock im Garten nebenan schreit eine Ziege. Und Aljoscha redet auf Albina ein. Die hört ihm bloß zu. Sie antwortet selten. Hat ihn nie in die Schranken gewiesen. Sie wollte das nicht und konnte es nicht. Eine wunderbare Frau, Albina. Weiß der Teufel, wie diese Existenzen immer zu ihren Frauen kommen. Klug war Albina, klug und schön. Und aufopfernd. Zu aufopfernd vielleicht. Sah ihren käsigen Aljoscha immer nur an, wenn er redete, gläubig und still. Sie liebte ihn; weiß der Teufel, warum. Aber gleichzeitig war sie praktisch. Ließ ihm seine Ideen. Dafür räumte sie vor ihm die Alltagsprobleme aus dem Weg. Und hinter ihm, wenn er mal wieder alles in Stücke gehauen hatte, räumte sie die Scherben weg. Sie wusch und bügelte, strich ihm die Haare aus der Stirn und umsorgte ihn mit gesunden, trüben Säften. Aljoscha hätte nicht leben können ohne sie. Eigentlich tat sie immer das Gegenteil von dem, was er tat. Aber seine hoffnungslosen Phantasien schien sie trotzdem zu mögen. Sie betete sein Scheitern an.« Markow nahm eine Zigarette, klopfte sie ein Weilchen auf der Packung herum und rollte sie zwischen den Fingern, ohne sie anzuzünden. »Na ja. Ist lange her. Wo waren wir?«

»Auf der Datscha.«

»Ach ja. Richtig. Also, damals, auf der Datscha, da war sie eindeutig besorgt. Ich sehe das noch vor mir. Sie sagt nichts, aber ich spüre, daß ihr Aljoschas Plan nicht behagt. Ich tue mein Bestes, beschwöre ihn, den Unsinn zu lassen, aber was soll ich tun? Er fordert die Kassette als einen Freundschaftsbeweis, als Pfand für eine bessere Zukunft, als Schwert im Kampf gegen den siebenhäuptigen Bürokratiedrachen. Natürlich war ich damals noch ahnungslos. Woher sollte ich wissen, was noch kommen würde? Und irgendwie überzeugte mich Aljoscha, wie immer. Jedenfalls gebe ich ihm die Kassette. Schließlich ist er alt genug, und ich will ihm nicht vor dem Glück stehen.« Er zündete die Zigarette an, zog ein paarmal kurz daran und wandte sich dann abrupt wieder mir zu. »Und ein paar Tage später ist er tot.«

Ich saß reglos. Mich zu bewegen wäre mir deplaziert vorgekommen.

Markow spitzte den Mund und schaute dem Rauch nach. »Ich fand ihn selber. Er lag am Boden in seiner Wohnung, auf dem Rükken. Bewußtlos, mit weißem Gesicht. Ein paar kleine, rote Flecken auf dem Hemd. Ich stehe vor ihm, über ihm und flüstere, ›Aljoscha, Aljoscha, was haben sie mit dir gemacht?‹ Meine Stimme ist hoch, viel zu hoch, ich weiß es noch. Ich winsle fast, ›Verdammt, oh, verdammt. Oh Scheiße, nein; Scheiße, Scheiße‹. Er öffnet die Augen, starrt ins Leere. Hechelt kaum wahrnehmbar. Ich rufe den Rettungsdienst an und knie neben ihn hin. Sein Puls geht schnell und ist kaum zu spüren. Die Haut feucht und kalt, obwohl es warm ist. Ich rede auf ihn ein und warte, warte auf diese verdammte Ambulanz. Hole etwas Wasser und versuche es ihm einzuflößen. Aber dann krieg ich Angst; es könnte falsch sein, ich bin ja kein Arzt. Ich knöpfe sein Hemd auf – drei Stichwunden, alle im Bauch. Klein. Kaum Blut. Aljoscha liegt da wie ein schlafendes Kind, das die Decke weggestrampelt hat. Angezogen und trotzdem entblößt. Eigenartig. Ein Fremdkörper. Etwas, das aus einer Welt hinter der unseren ins Bild gestoßen wurde. Seine Brille liegt zerbrochen neben dem Sofa. Ich halte seinen Kopf, sehe die drahtigen, schwarzen Barthaare und die langen, gelben Zähne und schaue hoch zum Fenster. Auf dem Balkon des Nebenhauses hängt eine Frau Wäsche auf. Steckt eine Klammer in den Mund, streckt sich, nimmt die Klammer, streckt sich. Aljoschas Hand zuckt. Ich warte, kniend. Irgendwann kommt die Ambulanz. Ich höre die Sirene und dann das Getrampel auf der Treppe, und plötzlich bricht diese Angst in mich hinein, nur eine Sekunde lang – was tu ich hier, am Ort eines Verbrechens? Aber zum Abhauen ist es zu spät. Zwei Männer stürzen ins Zimmer, legen Aljoscha auf eine Bahre und tragen ihn hinunter zum Auto. Der eine fährt. Ich klettere zum anderen hinten hinein. Der junge Mann im weißen Kittel hat nichts dagegen. Im Gegenteil, er gibt mir sofort Befehle, wie selbstverständlich. Die Autorität des Mediziners. Daran prallt alles ab in einem solchen Moment. Fragt nicht nach dem Wieso und Weshalb, der junge Mann – befiehlt. Das soll ich ihm geben und jenes halten. Ich tu's und sehe, wie er in die Armvene sticht, wie er die Infusion ansetzt und diese Flüssigkeit in Aljoscha hineinfließen läßt. Wie er ihn intubiert, einen Blasebalg an die Röhre anschließt und Aljoscha, der reglos und weiß daliegt, beutelt. Heftig drückt er auf diesem Blasebalg herum. Wie besessen. Nichts Sanftes, nichts von ›Leben einhauchen‹. Plötzlich hört er auf, legt eine Hand flach auf die Brust Aljoschas und stößt zu, mit voller Kraft. Er steht auf den Zehenspitzen, wenn er stößt, er hüpft wie einer, der seinen vollgepackten Koffer schließen will. Ein paar Sekunden stößt er im Takt der Sirene, die alles mit einer kalten, glitschigen Schicht der Angst überzieht. Dann drückt er mir den Blasebalg in die Hände, wortlos, und ich pumpe und pumpe, während er hastig eine Spritze aufzieht und den Inhalt in den Infusionsschlauch spritzt. Sieht seltsam aus. Als sei der Schlauch eine Ader Aljoschas, eine Art Luftwurzel. Mir ist jedenfalls, als habe er eine richtige Ader angestochen. Dann sagt er, ich solle mit dem Pumpen aufhören, beugt sich über Aljoscha und stößt wieder auf seine Brust ein. Greift nach seiner Hand. Hält sie eine Weile mit angespanntem Gesicht. Greift nach dem Hals, hört in die Luft hinaus und nickt dann. Er nickt nur leicht, aber für mich ist es alles in diesem Moment. Das Auto fährt in eine Kurve. Der junge Mann kann ein paar Augenblicke lang nichts mehr tun; er setzt sich, hält sich an einer Stange fest und schaut mich zum ersten Mal richtig an. Privat, sozusagen. Ich möchte ihm etwas sagen. Meine Dankbarkeit ausdrücken oder meine Bewunderung. Ihn anspornen. Aber da kommen die Schlaglöcher der Uliza Gerzena, und ich werde geschüttelt und hopse auf der winzigen Bank auf und ab, genau wie er. Aljoscha fällt fast vom Schragen. Es ist lächerlich, quälend. Der junge Mann schaut weg und steht wieder auf. Die Sirene klingt langsam ab, wird tiefer, klagender. Wir haben das Krankenhaus erreicht.«

Markow sprach jetzt leichter als am Anfang. Er hatte fast die ganze Zeit aus dem Fenster geschaut, aber jetzt wandte er sich mir wieder zu, als habe er zuviel preisgegeben und wolle prüfen, ob ich das gemerkt habe. Sein Blick blieb kühl. Keine Spur von Befangenheit. Etwas Neugierde vielleicht. Prüfung.

Er nahm einen großen Schluck und streckte sich. »Dann ging's schnell. Ein paar Leute warten schon. Aljoscha wird in den Notfallraum gerollt. Ich gehe neben den Ärzten und Schwestern her wie ein Kind neben Erwachsenen, die Wichtiges bereden. Niemand sieht mich, niemand hält mich auf, ich existiere nicht. Der Notfallraum sieht aus wie eine riesige, gekachelte Waschküche. Schläuche an den Wänden. Runde Lampen in einem Kreis über dem Operationstisch. Es stinkt nach Desinfektionsmittel. Eine Schwester steckt zwei Kanülen in Aljoschas Arm. Eine andere sticht mit einer großen Spritze in seinen Bauch, kräftig und roh, und zieht sie nach ein paar Sekunden wieder heraus, rot und voll. Aljoscha regt sich nicht. Der Arzt, ein Riese mit schwarzem Haar und hellblauer Mundmaske, setzt das Messer an, schneidet und faltet die Haut auseinander. Eine Schwester setzt Klammern, und der Riese beginnt mit bloßen Händen in Aljoschas Bauch herumzutasten. Manchmal schaut er geradeaus dabei – er kann nichts sehen, die Bauchhöhle schwimmt im Blut. Kurze, abgehackte Befehle. Die Schwestern huschen um den Tisch. Ich stehe an der Wand und schaue auf den Lichtkreis in der Saalmitte, an dem die Mediziner kleben wie die Motten am Stallfenster. Nehme mir einen Stuhl und stelle mich drauf. Will sehen, was geschieht. Irgendwo ertönte ein elektrisches

Signal, rasch und unregelmäßig – Aljoschas Puls. Ein Schlauch saugt schmatzend das Blut aus der Bauchhöhle ab und läßt es in einen Kessel strömen. Wie Abwasser, in kleinen Stoßwellen. Es kommt mehr, immer mehr: Aljoscha muß noch immer bluten. Ich suche in den Augen des Arztes nach einem Zeichen, nach Angst oder nach Zuversicht, aber wenn du den Mund nicht siehst, sagen dir die Augen nichts. Noch immer steht er einfach da und tastet. Das Signal wird rascher. Der Arzt muß die Blutquelle finden, aber er darf keine Arterie aufreißen, und darum ist er vorsichtig wie ein Kind, das unter der Kommode nach einer Murmel tastet und Angst hat, daß sie nach einer ungeschickten Berührung noch weiter nach hinten rollt. Ein kurzer Ruf, und eine Schwester bringt Tücher. Der Arzt reißt sie ihr aus der Hand, stopft sie roh in Aljoscha hinein, schaut ein paar Momente angestrengt und sagt mit angespannter Stimme ›Leber‹ und nach ein paar Sekunden ›Teilresektion‹. Ich atme kaum noch. Starre derart auf Aljoscha, daß alles um ihn herum dunkel wird und ausfranst. Sehe nur noch die knappen Bewegungen im Lichtkreis unter den Lampen. Tupfen, Saugen, Nicken. Plötzlich beugt sich der Arzt leicht vor und sagt, ›die Pfortader‹. Und gleich noch einmal – ›die Pfortader‹. Und jetzt ist Erregung in seiner Stimme, ja Panik. Mir sinkt ein kaltes Gewicht in den Magen.«

Markows Stimme war brüchig geworden. Er strich sich mit den Händen übers Haar, schloß die Augen und preßte sie auf Daumen und Zeigefinger. »Ach, Aljoscha. Da liegt er, halb verdeckt von den Menschen, die sich über seinen Bauch beugen. Um seinen Kopf kümmert sich niemand; er ragt aus dem Gewühl heraus wie ein überflüssiger Fortsatz. Die Helfer schauen weg von ihm, auf die Monitore – dort glimmt jetzt sein Leben, nicht mehr in seinem Gesicht, das im Licht der Lampen schneeweiß leuchtet. Sein Kopf liegt leicht abgedreht, und einen Moment ist mir, als schaue er hinüber zu seinem karierten Hemd, das zerknüllt in einer Ecke am Boden liegt. Es roch immer ein wenig, das Hemd Aljoschas. Er wechselte es nicht sehr oft. Er verbreitete diesen Stallgeruch, der eigentlich nicht unangenehm war, den aber nur wenige mochten. Jetzt liegt es dort in der Ecke und trägt schon mehr Leben in sich, mehr Wärme als der sterbende Aljoscha selber. Aber noch höre ich das Signal, noch lebt er, und ich schreie in mich hinein, ›Aljoscha, Aljoscha, bleib hier, bleib bei uns, komm wieder auf die Datscha, erzähl mir tausendmal, zehntausendmal, wer dich betrügt und wer vor Gericht gehört, aber bleib hier, das hat doch Zeit mit dem Sterben, das kommt noch früh genug, verdammt, verdammt. Verdammt, Aljoscha, verdammt‹. Und wieder winsle ich mit dieser hohen Kinderstimme in mich hinein, oben auf meinem Stuhl, schaue herab auf die Szene wie ein General, dessen Armeen niedergemetzelt werden. Aber mein stummes Winseln nützt nichts, und jetzt kommt die laute, metallene, alles durchdringende Stimme des Anästhesisten, der auf den Monitoren sieht, daß sich Aljoschas Leben seinem Ende nähert. ›Kammerflimmern‹, höre ich; ›Blutdruck‹ höre ich; ›Achtung, der Blutdruck geht‹, und ich weiß, daß es vorbei ist und steige von meinem Stuhl und höre im Hinausgehen die letzten Herzschläge Aljoschas, das rasende Piepsen des Signals, und dann ist Stille. Ich gehe zur Tür, am Kessel mit Aljoschas dunkelbraunem Blut vorbei, hinaus aus dem Saal, den Gang hinunter, dorthin, wo ich Licht sehe, durch die Tür ins Freie, über die Betonplatten des Vorplatzes zur Wiese und werfe mich ins Gras.«

Markow beugte sich vor und verbarg sein Gesicht in den Händen. Ich schluckte so leise wie möglich und sah ihn an, sah auf seine glänzenden, auf den Hinterkopf gepappten Haare, auf sein kleines, massives Bäuchlein, auf die etwas zu kurzen Hosen und die abgetragenen Schuhe. Es war dämmrig geworden im Zimmer, und er wirkte größer als vorher im Sonnenlicht. Ich versuchte, ihn mir weinend vorzustellen, aber es gelang mir nicht. Und wie sollte er sich ins Gras geworfen haben? Warum sollte er sich überhaupt ins Gras werfen? ›Ins Gras werfen‹. Junge Helden werfen sich ins Gras. Vermutlich hatte er eine besonders saubere Stelle ausgesucht, sich langsam hingesetzt und zuerst die Hosen über den Schienbeinen etwas gelockert.

Da hob er plötzlich den Kopf und sah mich aus geröteten, aber tränenlosen Augen an, forschend wie eine Ballettänzerin, die vor dem Spiegel eine verzweifelte Pose einstudiert. Er schenkte sich ein Glas ein, trank und sagte: »Na also. Und jetzt fragen Sie sich zwei Dinge. Erstens: Weshalb erzähle ich Ihnen das alles? Und zweitens: Warum kann ich noch immer so daherquatschen, wenn ich doch so viel Wodka trinke.« Er grinste.

»Das zweite zuerst: Ich kann. Wie Sie sehen. Ich habe immer gerne Wodka getrunken. Ein Lebenselixier. Hat mir nie was ausgemacht. Ich werde müde nach ein paar Stunden und habe Kopfweh am nächsten Tag, wenn ich nicht genug Wasser dazu trinke. Aber Lallen und Singen – nein. Und jetzt, mit der Krankheit, könnte ich ohne Wodka gar nicht mehr sein. Was anderes habe ich nicht. Aber warum erzähle ich Ihnen das alles? Na?«

Ich schwieg.

»Ich will es Ihnen sagen. Weil es mich unterhält. Weil ich sonst kaum noch was tun kann. Weil es mich ablenkt. Weil es mich die Realität vergessen läßt.«

Ich griff nach meinem Glas und sagte: »Verstehe.«

Er winkte ungeduldig ab. »Sie verstehen? Das bezweifle ich. Nein, ich rede, weil ich schuldig bin. Ich beichte. Sehen Sie, Aljoscha war mein Freund. Ich habe ihm das Video gegeben. Die Chance, daß er deswegen ermordet wurde, ist groß. Ich habe ihn auf dem Gewissen, wenn Sie so wollen. Ich habe ihn ermordet.«

Er schüttelte sich und begann zu husten. Krümmte sich, packte seine Knie mit den Händen und hustete, schaute aber gleichzeitig zu mir herüber, lachend und hustend, mutwilliger, gepeinigter Peiniger. Schließlich konnte er wieder atmen.

»Na, Alexander Michailowitsch? Komm ich nun in die Hölle? Glauben Sie an die Hölle?«

»Nein.«

»Wirklich nicht? Nicht lügen.«

Jetzt aber mal Schluß.

Ich hatte Markow gerne zugehört. Seine Art zu reden hielt meinen Kopf ruhig. Kein einziges Mal hatte ich an Moskau gedacht oder an Galja oder an die Kollegen in der Redaktion des *Sputnik*. Obwohl meine Gedanken sonst rasch zu wandern beginnen, wenn mich jemand langweilt. Nein, Markow langweilte mich nicht. Ich fand auch nicht, daß ihn sein Pathos entwürdigte, wie Pathos manchmal entwürdigt. Aber jetzt begann ich unruhig zu werden. Verstehen Sie, Iwan Andrejewitsch? Da war ich nach Amerika gekommen, um ein paar Reportagen zu schreiben. Und statt meinen Spaß damit zu haben, sitze ich bei diesem alten Mann und höre zu, wie er über Schuld und Sterben labert. Und das, obwohl er mich gar nicht kennt. Redet als erstes gleich über das Letzte. Kein Gefühl für Dramaturgie. Der Wodka schmeckte mir plötzlich nicht mehr, und mit einem Mal hatte ich genug von seiner Geschichte, genug von seinem herablassenden Getue, genug von dieser feinen, zu intimen Art. Ein widerlich warmes Wasser war es, das er sich da einließ – ich würde nicht darin baden.

Ich schnaufte energisch und sagte: »Nein. Wirklich nicht, Gennadi Borissowitsch, ich glaube nicht an die Hölle. Zum Teufel damit. Aber sagen Sie, hat man Sie denn nicht verdächtigt, Aljoscha ermordet zu haben?«

»Das weiß ich nicht, junger Journalist.« Markow sah mich halb rügend, halb entschuldigend an. »Ich hab's nie herausgefunden. Ich weiß nur, daß sie von mir nie etwas wollten. Ein Beamter nahm ein Protokoll auf, aber dann war Schluß.«

»Warum? Ich meine, schließlich waren Sie bei ihm, als er gefunden wurde?«

»Ja, da haben Sie recht. Wie aufmerksam von Ihnen.« Ein undurchsichtiges Grinsen. »Aber man ließ mich in Ruhe. Ich kann nur vermuten, warum.«

»Warum?«

»Weil die Polizei wußte, wer die Mörder waren. Oder es vermutete.«

»Und warum haben sie die Mörder nicht verhaftet?«

»Mein junger Journalist –«

»Gennadi Borissowitsch. Würde es Ihnen was ausmachen, mich nicht als ›jungen Journalisten‹ anzureden? Ich … Es ist mir unangenehm. Wirklich.«

»Aber warum denn? Sie sind doch ein junger Journalist, nicht wahr?« Liebenswürdig kam das und ernst.

Ich spürte, wie mein Gesicht steif und ledrig wurde. »Ja, das bin ich. Aber es stört mich trotzdem. Ihr Ton. Sie machen sich lustig über mich.«

»Mein Ton. So. Das tut mir leid.« Jetzt schaute er betroffen vor sich hin. Fast erschrocken. Hatte ich mich getäuscht? Er schien ehrlich überrascht. Er schwieg eine Weile und sagte dann ruhig: »Die Polizei verhaftete die Mörder nicht, Alexander Michailowitsch, weil sie sie nicht verhaften wollte. Beziehungen. Ach, kommen Sie. Das brauche ich Ihnen nun wirklich nicht zu erklären. Ryschkow hatte die doch in der Hand. Nie hätten die etwas gegen ihn unternommen, die fraßen ihm –«

»Klar. Aber wäre es da nicht praktisch gewesen, wenn man einen Mörder gehabt hätte? Sie zum Beispiel. Ist doch naheliegend. Wenn die Polizei den Banditen oder den Owir-Chef oder beide schützen wollte, wäre es doch ideal für sie gewesen, einen Mörder zu haben?«

»Stimmt. Da haben Sie recht. Aber ich kann nur wiederholen: Sie ließen mich in Ruhe. Ich glaube … Na ja. Vielleicht gab es da einfach ein paar Leute, die fanden, das könne man nicht machen.«

»Hm, ja. Und dann? Sie müssen ja bald einmal nach Aljoschas Ermordung gegangen sein?«

»Ja.« Markow seufzte wieder und brachte sich mühevoll in eine andere Lage. Sein Gesicht war in der Dämmerung grau und schwer geworden und begann auseinanderzufallen. Die Brauen waren in die Höhe gerutscht, die Mundwinkel hatten sich nach unten verschoben. Nichts paßte mehr. Als würden die Nerven in den einzelnen Teilen von verschiedenen Gehirnen gesteuert. »Ja. Ich ging. Bin abgehauen. Ich war zu feige zum Kämpfen. Vielleicht auch zu realistisch, Sie können wählen. Natürlich hab ich zuerst daran gedacht, Krach zu schlagen. Hab die Geschichte in die Zeitung bringen wollen, um Aljoscha zu rächen. Oder um etwas von meiner Schuld abzutragen – ganz wie Sie wollen. Aber dann hab ich doch drauf verzichtet. Drauf verzichtet, ja. Ich weiß noch. Ich saß in der Badewanne. Etwa zwei Monate nach Aljoschas Tod. Ermordung. Hatte gerade das Wasser abgestellt und mich in den Schaum gesetzt, da hörte ich, wie jemand die Wohnungstür aufschloß und langsam und vorsichtig den Flur herunterging. Ich hab fast gekotzt vor Angst. Die Schritte kamen näher, ich klammerte mich am Badewannenrand fest und starrte Löcher in den Schaum – da hörte ich Albina meinen Namen rufen. Ganz leise. Ich hatte ihr den Schlüssel zu meiner Wohnung gegeben nach Aljoschas Tod. Sie sollte jederzeit vorbeikommen können, wenn sie sich einsam fühlte. Nein, junger ... Nein, Alexander Michailowitsch; nicht, was Sie denken. Nur einfach so. Und ich, ich stakste mit zittrigen Beinen auf den Badeteppich, hüllte mich keuchend ins Frottiertuch und wußte noch bevor ich trocken war, daß ich nicht den Mut haben würde, etwas zu tun. Niemals.«

»Und wenn Sie Ihre Vermutung der Polizei –«

»Die Polizei? Ich bitte Sie.« Markow warf mir einen halb entrüsteten, halb amüsierten Blick zu. »Wenn sie mir schon den Gefallen tut, mich nicht zu verhaften, kann ich sie doch nicht noch provozieren! Nein, wirklich.« Er schüttelte den Kopf. »Zudem sahen sie ja, daß ich den Mund hielt und daß ich sogar einen Ausreiseantrag stellte. Da hatten sie wirklich keinen Grund mehr, mir ans Leder zu gehen.«

»Und dann sind Sie nach Amerika gezogen?«

»Ja. Jawohl. Ein halbes Jahr habe ich noch versucht, Albina zum Mitkommen zu überreden, aber sie wollte nicht. Sie wollte da leben, wo Aljoscha gelebt hatte. Da lag nichts für mich drin. Sie liebte Aljoscha, und trauerte sehr um ihn. Eine Zeitlang wurde sie ganz blaß und durchsichtig und weinte viel. Und doch blieb sie irgendwie intakt. Eigenartig. Sie war auch in der Trauer praktisch.

Zog sich nicht zurück, ließ sich gerne trösten und redete viel mit ihren Freunden über Aljoscha. Lachte sogar über ihn, machte sich lustig über seine Marotten. Aber immer liebevoll, zärtlich. Sie sammelte seine Manuskripte, fuhr nach Moskau und suchte einen Verlag. Ich weiß nicht, ob sie Erfolg hatte. Jedenfalls fuhr sie immer häufiger hin und kam manchmal sehr, sehr fröhlich zurück. Als ich sie einmal hab besuchen wollen, hörte ich vor der Wohnungstür, wie sie sang. Wie ein Kind, das Klötzchen aufeinanderlegt, leise und selbstvergessen. Ich habe eine Weile dagestanden und auf den Klingelknopf geschaut. Dann bin ich wieder gegangen.« Markow atmete ein paar Mal tief durch. »Ich glaube, sie hatte sich verliebt. Na ja. Und dann zog ich weg.«

»Und mit Paß und Visum hatten Sie keine Probleme?«

»Nein. Ach, Alexander Michailowitsch, das hätten Sie sehen sollen. Ich ging zum Owir-Büro, legte meine Dokumente und den Umschlag mit dem Schmiergeld hin, da kam der Chef den Flur herunter – eben jener Kerl, den Aljoscha hatte entlarven wollen. Stellen Sie sich das mal vor. Er zögerte einen Moment und bat mich dann zu sich ins Büro. Servierte fünfzig Gramm und begann nach meinen Plänen zu fragen. Fragte nach allem möglichen, nach Videos und Stereos, nach den Lebenskosten in den Staaten und nach den Einwanderungsbestimmungen. Stinkfreundlich. Aber er lauerte. Eigentlich fragte er immer nur nach Aljoscha. Wollte herauskriegen, ob ich etwas wußte. Ob ich etwas vermutete. Scheußlich. Da sitze ich vor diesem Menschen, der meinen besten Freund auf dem Gewissen hat, und wage es nicht, etwas anderes von mir zu geben als den üblichen Stuß. Habe Angst, mich zu verplappern. Was bin ich für ein Feigling. Gott.« Er schaute mich prüfend an. »Na ja. Dann drückte er mir die Hand, wünschte mir alles Gute, und ich bekam den Paß sozusagen über Nacht. Keine dummen Fragen, keine Wartezeit; nicht einmal das Schmiergeld hat er genommen. Fehlte nur noch die Geschenkpackung. Eigentlich war das ja nichts anderes als ein Geständnis. Ein sowjetischer Bürokrat, der kein Schmiergeld nimmt – der muß ja was ausgefressen haben, was?«

»Und wann sind Sie ausgereist?«

»Im Frühling 1991. Ende Mai. Ein paar Wochen später wurde Jelzin Präsident, und im August kam der Putsch. Das habe ich alles hier im Fernsehen gesehen.« Er deutete mit dem Kopf auf das kleine Möbel, das noch immer seine farbigen Schatten in die Dunkelheit sandte. Sie leuchteten jetzt stärker als vorher.

»Und hier? Haben Sie kein Heimweh nach Rußland? Gefällt Ihnen Amerika?«

»Nein.« Markow beugte sich ächzend vor, nahm den Stock vom Boden und legte ihn auf die Knie. Er zwinkerte mir munter, fast triumphierend, zu. »Nein. Kein Heimweh. Keine Spur. Ich mag die Amerikaner. Sie sind so wohltuend langweilig. Aber sagen Sie, Sie bleiben doch noch zum Abendessen? Wir essen früh hier, und nachher muß ich mich hinlegen. Seien Sie so gut. Und helfen Sie mir bitte beim Aufstehen.«

Ich führte Markow hinüber ins Eßzimmer, wo der Tisch schon gedeckt war. Angela Sergejewna stand lächelnd neben dem Tisch, eine Hand auf der Lehne des Stuhls, in den sich Markow ächzend niederließ. Er schaute zum Fenster hinaus, nach Osten, wo der Himmel über dem Meer schon fast schwarz geworden war.

»Schön von Ihnen, daß Sie sich die Zeit nehmen, mit uns zu essen, Alexander Michailowitsch«, sagte Angela Sergejewna und ließ ihre Augen rasch an mir hoch- und niedergleiten. Auf meiner Uhr – einem Chronometer der sowjetischen Fallschirmjäger, grün, klobig, wasserabstoßend, Seriennummer 235414 – blieben sie kurz hängen. Ihr Russisch erinnerte mich an das der Beresowskis, und ich fragte sie, ob sie in Rußland geboren sei.

»Änschela bitte, nicht Angela.« Sie lächelte strafend und gewinnend zugleich. »Nein. Ich bin hier zur Welt gekommen, in Brighton Beach. Meine Eltern sind Einwanderer aus Rußland. Jüdisch. Ich bin Amerikanerin. Mit Rußland habe ich nichts zu tun.« Sie betonte das ›nichts‹.

Markow schaute sie melancholisch lächelnd an, als sie das sagte, und mir schien, sie schmolle ein wenig. In ihrem beigen, enganliegenden Kleid mit dem weiten Ausschnitt und dem vielen Gold an Fingern und Hals sah sie aus wie die etwas abgelebte Frau eines Kaukasiers in Moskau, der es ziemlich weit, aber nicht ganz nach oben gebracht hat. Sie mochte vielleicht fünfunddreißig sein, und sie hatte die Figur von Frauen, die sich ab dreißig manchmal wünschen, sie wären etwas weniger weiblich geraten. Nicht dick. Nicht einmal mollig. Aber üppig. Mit schlanker Taille, weiten Hüften und voller, schwerer Brust. Ich sah ihr viel zu lange nach, als sie in die Küche ging. Welch eine Frau! Geht es Ihnen auch so, Iwan Andrejewitsch? Halten Sie auch zuerst einmal die Luft an, wenn Ihnen eine solche Frau entgegenkommt? Geschminkt, frisiert, stattlich. Eine Frau in einem guten, konservativen Kleid, mit schwerem Parfüm, auf hohen Absätzen. Selbstbewußt, stolz, mit passender Handtasche. Eine Frau, die sich umständlich setzt, die Handschuhe auszieht und mit spitzen Fingern im Theaterkalender blättert, die Beine übereinandergeschlagen, die Fesseln züchtig nach unten gebeugt. Die sich hinreißend über die Schulter lächelnd in den Mantel helfen läßt. Eine Frau, die sich für einige vernünftige, aber nicht triviale Dinge lebhaft interessiert. Die kleinen Kindern mit zwei trockenen Sätzen die Flausen vertreibt. In deren Blick neben Wärme immer auch etwas Tadel liegt – Tadel dafür, daß du dir die Freiheit nimmst, sie anzuschauen, und sei es noch so höflich, denn auch höflich ist frech.

Aber sehen Sie, Iwan Andrejewitsch – das war nur mein erster Eindruck. Angela Sergejewna kam aus der Küche zurück, stellte die Weinflasche neben den Teller Markows, drehte sich nachlässig um und stieß sie zu Boden. Parkettboden, hellbraun, gewachst und angenehm nach Ordnung riechend. Die Flasche platzte, die Splitter spritzten in die Ecken. Schimmernde Pfützchen in grünen Scherben. Angela Sergejewna stieß einen verärgerten Schrei aus, rannte mit kleinen Trippelschritten – ihr enges Kleid – in die Küche und kam mit einem Lappen zurück. Ich wollte nicht untätig herumstehen, eilte ihr nach und fand eine Rolle Küchenpapier. Und dann hockten wir nebeneinander am Boden und legten das säuerlich riechende Meer langsam trocken. Angela Sergejewna hatte die Stöckelschuhe abgestreift und preßte die Knie zusammen. Wir kamen uns nahe, steckten die Köpfe zusammen, und manchmal berührten sich unsere Hände. Meine Augen schossen hin und her zwischen dem Boden und dem weiten Ausschnitt Angela Sergejewnas, in dem sich ihre Brüste wölbten, hochgedrückt von den Knien. Ihr Büstenhalter war schwarz, und die Haut über den Schlüsselbeinen wellte sich verlebt und mürbe. Ich glaube nicht, daß sie meinen Blick sah, weil ihr die Haare ins Gesicht fielen. Aber ich spürte Markows Augen im Nacken, schaute auf und lächelte ihm verlegen zu. Er hatte den Stuhl zurückgeschoben und blickte freundlich auf seine Frau und seinen Gast hinunter, die vor ihm herumkrochen – ein gutmütiger, väterlicher Despot, der sich nicht aus Höflichkeit abzuwenden braucht, wenn andere für ihn schuften. Angela Sergejewna holte einen Eimer, und wir sammelten die Scherben ein und legten sie auf die Sonntagsausgabe der New York Times. Als wir aufstanden, sah ich, daß Markow uns anstrahlte.

Am Tisch stocherte sie mit heruntergezogenen Mundwinkeln im Essen herum, ließ viel von der Gabel in den Teller zurückfallen und seufzte zwischendurch tief. Noch bevor ich die lauwarmen Ravioli aufgegessen hatte, nahm sie sich eine Zigarette, steckte sie zwischen die Lippen und schaute reglos geradeaus, bis sich Markow zu ihr hinüberbeugte und ihr Feuer gab. Sie blies den Rauch über den Tisch und fragte, »Nun, Alexander Michailowitsch. Wie gefällt Ihnen New York?«

»Hervorragend. Vor allem Manhattan. Ich komme mir bedeutend vor, wenn ich über den Broadway gehe. Die Stadt fordert dich heraus. Macht Lust, etwas Großes zu vollbringen.«

»Na, dann tun Sie's doch. Und Brighton Beach?« Sie hielt den Kopf immer ein wenig gesenkt, wenn sie sprach, und schaute mich durch ihre schwarzen Ponylocken mißtrauisch an.

»Interessant. Rußland und doch ganz anders. Faszinierend.«

»Ach ja? Ich find's halb so faszinierend.« Sie schaute lächelnd an sich herunter – wie Anna, bevor sie etwas besonders Böses sagt. »Schmutzig und laut. Und überall diese alten, klagenden Russen. Gehen mir furchtbar auf die Nerven. Sitzen vor ihren Häusern in der Sonne, haben es besser als ihre armen Vettern in der Heimat und mäkeln trotzdem an allem herum. Eine Plage, weiß Gott. Schimpfen über Stalin, schimpfen über Gorbatschow, schimpfen über Jelzin. Und über Clinton.« Sie seufzte fröhlich. »Die alte Kamenskaja zum Beispiel. Sagt doch ernsthaft, wenn das so weitergehe mit den Steuern hier, dann fahre sie nach Rußland zurück. Sie vermißt die Kultur, Gennadi, stell dir vor, die Kultur« – sie rollte die Augen und blickte, hach!, zur Decke – »und sagt, ins Ballett könne sie bei dem Niveau hier nicht mehr gehen, und wenn sie nicht mehr ins Ballett gehen könne, dann lebe sie nicht mehr. ›Dann lebe ich nicht mehr, dann ist mir, als ob an der Stelle meines Herzens ein Stein säße‹, sagt sie, diese violettgefärbte Schachtel, und kriegt Wasser in die Augen. Nur noch die Gastspiele des Bolschoi und des Kirow könne sie sehen, aber seit dieser Jelzin in Moskau sitze, seien ja nicht einmal mehr die –«

»Ich weiß, Angela. Ich weiß.« Markow legte seine Hand auf Angela Sergejewnas Arm. »Sie klagen. Aber laß sie doch. Das ist doch ihr Glück. Was sollen sie denn sonst tun? Zu Amerikanern werden? Zu immer munteren Idioten und Verdrängungskünstlern? Nimm's ihnen nicht übel. Ich liebe dich.«

Es klang wie ›sei jetzt still‹. Markow sprach mit der Stimme eines Popen, der mit ein paar raschen Bewegungen seiner fetten Hand eine zudringliche Alte segnet. Angela Sergejewna verstummte und schaute mit einer Mischung aus Abscheu und Respekt zu ihm hinüber. Sie kennen den Blick, nicht wahr, Iwan Andrejewitsch? So schaut doch Ihre Geliebte, wenn sie Ihnen zufällig mit einer Freundin auf der Twerskaja begegnet. Nicht? Natürlich, Iwan Andrejewitsch, schauen Sie doch hin! Sie stellt Ihnen diese Natascha oder Lena oder Olga vor, und dabei klammert sie sich an den Arm der Freundin, nicht an den Ihren, und während Sie sich leicht vor der jungen Dame verbeugen, mustert sie Sie mit genau diesem Blick. Mit Respekt und Abscheu. Und kichert ziemlich albern, was Sie erstaunt, denn sonst, bei Ihnen, ist sie doch ganz lieb und vernünftig. Und so anschmiegsam. Dann gehen Sie weiter, Sie haben es ja eilig, aber Sie drehen sich doch noch einmal zurück und winken und sehen, wie Ihre Geliebte und die Freundin die Köpfe zusammenstecken – unnötigerweise, denn Sie sind ja schon weit weg und können nichts hören. Und dann drehen sich die beiden sogar noch einmal um und sehen, wie Sie ihnen nachschauen, und so kommt es noch einmal zu einem Winken, einem verlegenen, albernen Winken, das eigentlich unter Ihrer Würde ist, und dann gehen Sie weiter mit diesem dummen Gefühl, das sich hartnäckig hält bis in die Sitzung und erst verschwindet, wenn Sie einige Ihrer Mitarbeiter angeschrien haben, aber so richtig.

Quatsch, sagen Sie, Iwan Andrejewitsch? Ihre Geliebte schaut Sie ganz anders an? Liebend, hingebungsvoll? Und überhaupt haben Sie gar keine Geliebte? Entschuldigung. Ich wollte Ihnen nicht zu nahe treten. Ich habe manchmal so eine Art. Hat schon viele irritiert. Vermutlich schließe ich einfach von mir auf andere. Tut mir leid.

Übrigens: Irgendwie haben Sie ja auch recht. So ein Blick ist doch nur auf den ersten Blick so einfach. Abscheu und Respekt? Viel zu simpel. Je länger ich Angela Sergejewna betrachtete, desto klarer wurde mir, daß sie Markow auch liebte. Doch, doch, Iwan Andrejewitsch, das war deutlich zu sehen. Dieses offene, aufnehmende Fragen in den Augenbrauen. Ein Drängen. Ein Warten. Ljubow Iwanowna kam mir in den Sinn. Warum soll eine junge Frau ihren älteren Ernährer nicht auch lieben? Glauben Sie nur daran, Iwan Andrejewitsch, glauben Sie's ruhig. Vergessen Sie Ihre sechzigjährigen Runzeln. Vergessen Sie Flecken und Tränensäcke, vergessen Sie den faltigen Hals, den spitzen weißen Bauch, das schrumpelige Geschlecht, die lächerlichen, haarlosen Beinchen. Hören Sie, was Ihre Geliebte Ihnen sagt. Da liegt sie auf dem Bett, zieht die Strümpfe, die Sie ihr mitgebracht haben, über die schlanken Fesseln und ruft Ihnen fröhlich zu, das spiele doch alles keine Rolle; wenn es nach ihr ginge, könnten Sie noch viel älter und unsportlicher – hier plagt Sie etwas – aussehen. Wichtig sei ihr nur der Kopf, dieses Monument der Erfahrung, des Lebenskampfes. Des erfolgreich bestandenen Lebenskampfes. Dieser Kopf mit den gemeißelten Zügen, Entschlossenheit und Sensibilität zugleich verratend – ach Iwantschik, eine hinreißende Mischung, eine unwiderstehliche Mischung, wenn du wüßtest, wie mich das anmacht! Und es perlt, ihr Lachen. Sehen Sie, Iwan Andrejewitsch? Da haben Sie's. Glauben Sie an die Liebe!

Angela Sergejewna jedenfalls betrachtete Markow, nachdem er sie unterbrochen hatte, mit einer Mischung aus Abscheu und Respekt und Liebe. Ich habe Mütter gesehen, die so ihre behinderten Kinder anschauten. Markow, verabscheut, respektiert und geliebt, wandte sich wieder mir zu. Er atmete jetzt schwer, schluckte die Müdigkeit in Wellen hinunter. Doch er wollte offenbar noch etwas wissen.

»Sagen Sie, Alexander Michailowitsch – Sie haben also von den Beresowskis den Rat bekommen, sich bei mir zu melden?«

»Ja.«

»Wissen Sie auch, warum?«

»Nein. Ach doch, ja … Wenn Sie so wollen. Sie haben gesagt, Sie seien der Typ des neuen Russen, über den Subow von mir eine Geschichte wünscht.«

»Subow?«

»Unser Chefredakteur. Chefredakteur des *Sputnik*.«

»Subow, Subow … Kenne ich nicht. Subow.« Er blickte auf. »Beißt er?«

»Nein. Er wird gebissen.« Ich mußte grinsen. Angela Sergejewna ebenfalls, gegen ihren Willen, und deshalb kam es spöttisch heraus.

»Von wem?«

»Von unseren Inhabern. Die geben doch in Wirklichkeit den Ton an bei uns. Ich meine, wenn es um ein heikles Thema geht, um die

Reformen oder die Armee zum Beispiel, dann hat Subow keine eigene Meinung mehr. Verstehen Sie? Dann hat er zu schreiben, was ihm Tschuchin und Blinnikow vorgeben.«

»Tschuchin und Blinnikow?«

»Ach, die beiden Herren aus dem Vorstand der *Alinaimpex*. Tauchen regelmäßig bei uns auf und ziehen sich mit Subow oder Tschistow zurück.«

»Und was ist das für eine Firma?«

Er fragte viel. Sollte er. Ist ja kein Geheimnis, wer bei uns das Sagen hat.

»Ach, das Übliche. Ein Handelsgeschäft. Import-Export.«

»So, so. Eine große Firma? Ist sie bekannt? Ich kenne sie nicht. Aber es gibt ja heute reichlich Handelsfirmen.« Markow gähnte.

Ich gähnte ihm nach, die Hand nur halb hochnehmend. »Ziemlich bekannt. Tschuchin und Blinnikow geben sich jedenfalls wichtig genug. Fahren jedesmal im schwarzen Auto vor, wenn sie Subow ihren Besuch abstatten. Mit Chauffeur. Aber die *Alinaimpex* ist ja auch nur Teil einer Holding. Da steckt weit mehr dahinter.«

»Eine Holding?«

»Ja. Muß ein beachtliches Ding sein. *Aljans*.«

»Und gehört wem?«

»Weiß ich nicht. Ich weiß nicht einmal, ob Subow das weiß. Ich hab mal unseren Wirtschaftsredakteur gefragt, und der hat gesagt, es sei kompliziert und verworren. Viele Investoren. Partikularinteressen. Klauseln, Sperrminoritäten. Eine riesige Geheimnistuerei sei das, und er habe keine Lust, da drin herumzustochern. Keine Lust, keinen Auftrag, keine Veranlassung. Vermutlich hat eine der großen Banken ihre Finger drin. Und wissen Sie, das kann mir eigentlich nur recht sein. Wir haben jedenfalls eine solide Basis, und ich glaube, meine Arbeit ist sicher. Ich verdiene gar nicht schlecht –«

»Wieviel denn?« Angela Sergejewna lächelte herablassend.

»Ungefähr zweihundert Dollar. Das ist heute für einen durchschnittlichen Journalisten in Rußland sehr –«

»Und sagen Sie, Alexander Michailowitsch, Ihr Blatt verkauft sich gut? Auflage?« Markow gab Angela Sergejewna keine Gelegenheit, sich über meinen Lohn lustig zu machen.

»Annehmbar. Ungefähr sechzigtausend. Wir halten uns. Aber klar, wir müssen auch Konzessionen machen. Haben jetzt eine Rubrik ›Lebensberatung‹ eingeführt, für die Sexgeschichten. Dann das Mädchen auf der letzten Seite. Und natürlich sind wir ziemlich nationalistisch. Wir verkaufen einfach mehr, wenn wir ein bißchen auf Sowjetnostalgie machen.«

»Ja, Jelzin.« Markow gähnte wieder, und seine Müdigkeit kroch zu mir herüber. Der Kampf gegen das Einnicken brachte mich zum Schwitzen, obwohl das Fenster offen stand. Der Wein schmeckte schal. Die Luft im Raum wurde schwer und drückte, und auf einmal sah ich die Markows wie durch ein Fernrohr – weit weg, irgendwo in der Tiefe, ohne Dimension, ohne Farbe, Amöben unter dem Mikroskop. Markow gähnte, lächelte wieder wie ein Buddha, gähnte wieder, schaute auf mich, auf Angela Sergejewna, schüttelte erfreut den Kopf und lächelte noch einmal. Angela Sergejewna rauchte und klickte mit langen, roten Nägeln und abgedrehtem kleinen Finger Fussel von ihrem Kleid. Dann und wann sah sie traurig zu Markow hinüber. Ich verstummte, und eine Weile saßen wir einfach da und knackten die Nüsse, die Angela Sergejewna auf den Tisch gestellt hatte, einträchtig und stumm wie eine Schimpansenfamilie. Von draußen hörte man das leise, regelmäßige Rauschen des Meeres.

Wir grinsten alle gleichzeitig.

»War sehr interessant, mit Ihnen zu reden, Alexander Michailowitsch«, sagte Markow. Er mußte sich räuspern nach dem langen Schweigen. »Sehr angenehm. Hören Sie, haben Sie vielleicht Zeit, morgen abend mit uns essen zu gehen? Ins Restaurant *Winter Garden*? Das ist hier gleich um die Ecke. Ich habe mich sehr gefreut, Sie kennenzulernen. Ich denke, daß wir uns noch einiges zu sagen haben.«

Ich zögerte. Morgen wollten mir die Beresowskis ›New York zeigen‹. So hatten sie jedenfalls gesagt. »Ich habe eigentlich etwas vor. Aber vielleicht habe ich am Abend Zeit. Darf ich Sie anrufen?«

»Sicher, sicher. Nicht wahr, Angela, das paßt dir doch auch?« Aber es war keine Frage. Angela Sergejewna nickte nicht einmal.

Ich stand auf und zog die Luft ein. Rippen und Arsch taten mir weh; ich hatte zu lange gesessen. Zu dritt bewegten wir uns zur Tür. Im Wohnzimmer sah ich im Geflacker des Fernsehers das Foto eines älteren Mannes auf der Kommode am anderen Ende des Wohnzimmers. Es war mir vorher nicht aufgefallen. Der Mann trug eine Brille.

»Ihr Vater?«, fragte ich Angela Sergejewna.

»Nein.« Rasch und aufmerksam.

»Aljoscha?« Eine Eingebung.

Markow drehte sich um und schaute lange auf das Porträt. »Wenn Sie so wollen.«

Ich wollte weder so noch so. Ich wollte nach Hause, zu den Beresowskis, und schlafen. In Moskau hatte schon wieder der Tag begonnen.

Aber etwas interessierte mich noch. Ich drehte mich um und blickte Markow ins Gesicht. Er stand direkt unter der Lampe im Flur. Die glänzenden Haarsträhnen liefen in kleinen, parallelen Bahnen über seinen Kopf und ließen die Haut weiß durchschimmern. Die Augen lagen in tiefen Höhlen. Unter seiner Nase hing wie ein Schnurrbart ein schwarzer Schatten.

»Sagen Sie, Gennadi Borissowitsch – Aljoscha. Hat er denn selber nie jemanden betrogen? War er immer nur gut und gerecht? Ich meine, er lebte in der Sowjetunion. In Rußland. Da konnte er doch gar nicht leben, ohne –«

»Verehrter Alexander Michailowitsch, darüber reden wir morgen.« Er legte mir die Hand auf die Schulter. »Doch, er hat auch betrogen. Auf seine Art. Aber immer nur die Richtigen, das kann ich Ihnen garantieren. Und auch die kaum.« Er sprach geduldig, aber er mußte sich dazu zwingen.

Die Nacht über Brooklyn war schwül. Über dem Meer zuckten Blitze, aber der Donner war kaum zu hören. Hier würde es jedenfalls nicht regnen. Ein Mann, der rückwärts gehend und winkend aus einer Seitenstraße kam, zuckte bei meinem Anblick zusammen wie jemand, der eine Motte anfaßt und merkt, daß sie noch lebt. Am Straßenrand stand ein kleiner, roter Sportwagen; ein Coupé mit weißem Dachbezug und weißledernen Polstern. Auf dem Nummernschild stand ME&GNAD. Ich grinste. Bald würde Angela Sergejewna ihr Nummernschild auswechseln müssen. Ich schritt kräftig aus, warf meine langen Beine voran wie eine Giraffe und war vergnügt wie immer, wenn mir jemand die letzten Dinge erklärt hatte. Auf dem Boardwalk schaute ich ein paar Minuten aufs Meer hinaus und ging dann hinter dem Parkhaus vorbei zurück zur Brighton Beach Avenue. Die dunklen, mannshohen Büsche zur Linken entließen einen kühlen, aromatischen Hauch, der nicht recht in die Hitze paßte. Achtlos ließ ich die offene Linke über die harten, fetten Herbstblätter gleiten –

– die Herbstblätter, die sich ledrig in meiner Hand rollten, wenn ich mit Vater an der Moskwa war. Er machte am Ufer seine Übungen, und ich rollte Blätter, lernte Gedichte für die Schule auswendig und schaute den Fischern zu, die ab und zu etwas silbrig Zappelndes aus dem Wasser zogen und in schmutzige, beige Plastikeimer warfen. Sommer. Auf dem Fluß drehten sich schillernde Kreise aus Öl und Benzin, das Gras roch. Ich fragte einen Mann, ob ich den Fisch, den er gefangen hatte, von der Angel nehmen dürfe, packte das zuckende Tier, drehte ihm sorgfältig den Haken aus der Oberlippe, legte es in den Eimer und schaute zu, wie es sich hin und her warf, eine Weile ruhig dalag, Maul und Kiemen heftig bewegend, und dann plötzlich wieder hochsprang und mit dem Schwanz gegen die Eimerwand schlug. Seine runden, auf dem Kopf angeklebten Augen mit der kleinen, schwarzen Iris wirkten zunächst angsterfüllt, aber je länger ich sie betrachtete, desto ausdrucksloser kamen sie mir vor. Der Fisch wehrte sich nicht lange, und nach ein paar Minuten legte er nur noch manchmal eine Flosse um. Oben auf der Straße fragte ich Vater, ob man mit Fischen, die sterbend in Eimern zappelten, Erbarmen haben müsse. Vater grinste und sagte Nein. Wenn ich wolle, könne ich schon. Aber ich müsse nicht. Ich ließ seine Hand los, rannte ein paar Schritte und kickte einen Stein ins Gebüsch. Bei der Metro kauften wir sechs geräucherte Makrelen. Die Verkäuferin wickelte sie in Zeitungspapier, und mit den Fischen unter dem Arm stieg ich an Vaters Seite in die kühle, dunkle Unterwelt hinab und schaute mir auf der Fahrt die sechs Fischköpfe an, die auf meinen Knien im Takt der Schwellen nickten, als seien sie zufrieden mit mir. Ich gab ihnen Namen und hatte Lust, ihnen etwas zwischen die Lippen zu stoßen oder mit einem Stäbchen in ihre Augen zu stechen. Die Augen glichen denen des Fischs, den ich vom Haken genommen hatte. Sie starrten dorthin, wo man sie hinhielt. Ich zeigte ihnen das rötliche Kunstlederpolster, den Holzboden und die Inschriften an der Wand und an der Scheibe, und sie betrachteten sich alles mit dem gleichen, neutralen Interesse. Zu Hause an der Uliza Schumkina rollte Vater die Makrelen aus der Zeitung, holte Wein und eine Flasche Wodka, schnitt Brot und rief die Familie zusammen. Mutters Klavierspiel brach abrupt ab, Anna und Sweta kamen neugierig herbeigerannt, und Großmutter, hager und schwerhörig, saß sowieso schon auf ihrem Platz in der Küchenecke. Es wurde ein fröhlicher Abend. Von Westen her schien die Sonne auf den Tisch, Mutter war gut aufgelegt, was das Wichtigste war, und alle schälten hungrig den duftenden Fisch aus seiner goldbraun schimmernden, folienartigen Haut und klaubten, was hinunterfiel, mit fettigen Fingern auf. Dann fuchtelte ich mit dem Grätenkamm, an dem noch der Kopf hing, vor Anna und Sweta und Großmutter herum, bis die Mädchen schrien und Großmutter ihre harte, knochige Hand auf meinen Kopf fallen ließ. Auch Mutter wurde böse und schickte mich aus der Küche. Den Fischkopf nahm ich mit und versteckte ihn unter einer Tonscherbe auf dem Balkon. Da rottete er vor sich hin. Von Zeit zu Zeit kam ich, betrachtete ihn und fand, daß er um so glücklicher aussah, je dunkler und brüchiger die Haut auf seinem filigranen Totenköpfchen wurde. Eines Tages fand ihn eine Krähe und flog mit ihm davon.

Wenige Wochen später starb Großmutter. Sie war in der Küche gestürzt, als niemand zu Hause war, und hatte sich eine Lungenentzündung geholt. Wir gingen zur Kirche und dann zur Beerdigung auf den Pjatnizkoje-Friedhof. Die Sonne schien. Neben mir standen Anna und Sweta in ihren weißen Blusen, hielten sich an den Händen und weinten. Ich rückte von ihnen ab, sah zu Vater und erschrak. Er stand da, den Kopf gesenkt, die Mütze in der Hand, und war nicht braun wie sonst, sondern grau, alt und faltig. Mit halbgeschlossenen Augen schaute er vor sich hin, und als die Erde auf den Sarg fiel, schluckte er, und sein ernstes, vertrautes Gesicht wurde mir fremd und unheimlich. Er zog ein-, zweimal rasch Luft ein, schaute in die Runde wie ein Verirrter und tastete nach der Hand von Mutter. Ich krümmte mich vor Entsetzen.

Beim Essen danach wurde mir wieder leichter. Anna und Sweta waren brav und wurden gelobt. Onkel Kolja erzählte von Sibirien und sang auf der Gitarre so schön und so rauh, daß fast alle noch einmal weinten. Aber diesmal klang es nicht mehr verzerrt wie auf dem Friedhof, sondern strömte und suchte das Weinen der anderen. Man aß, man lachte, zuerst wenig, dann mehr, und der selten auftauchende, schwitzende Onkel aus Estland erzählte Witze. Vaters Gesicht hatte wieder Farbe, und als sich der schwitzende Onkel beim Witzeerzählen verschluckte, lachte er wieder wie sonst. Es gab Fisch, und Onkel Kolja zeigte mir, wo man am Kopf die Haut lösen und nach dem Bäckchen suchen muß. Umständlich stocherte ich die winzige weiße Masse heraus und steckte sie, beobachtet von geröteten, erwartungsvollen Gesichtern in den Mund. Sie schmeckte nach nichts.

V

Am nächsten Tag saß ich im Garten und hatte alles unter Kontrolle. Die Beresowskis konnten mir New York nicht zeigen, weil sie einen Anruf bekommen hatten, der sie zu einem überstürzten, umständlichen Aufbruch nötigte, und träge, ganz Hausherr, holte ich das Handy, Zeitungen und eine Dose Bier und schaute vom Liegestuhl aus in den mächtigen Maulbeerbaum hinauf, dessen Äste bis auf das Nachbargrundstück hinüberragten, wo ein älterer Mann auf einem kleinen Traktor methodische Schleifen fuhr und aus sattgrünem Gras mattsilbrigen Rasen machte. Unbehindert schweifte mein Blick in die Runde – in Great Neck gibt es weder Zäune noch Hecken, Iwan Andrejewitsch, keine Mäuerchen, nichts, was nach häßlicher, kapitalistischer Abgrenzung riecht. In Great Neck finden Sie keine Kleinbürger. Da müssen Sie nach Brooklyn gehen oder nach Staten Island, wo man nicht den Jaguar in der Garage, sondern den alten Chevy auf der Straße parkt. In Great Neck sind alle reich, und Reiche verstecken nichts. Nicht hier. Hier hat man Platz. Hier hebt man die Hand zum Gruß, wenn man den Nachbarn sieht, und hat er ein paar Millionen mehr, kann man damit leben. Für Distanz sorgt der Raum, nicht der Zaun; die Geheimnisse beginnen im Haus. Abgetrennt voneinander sind die Häuser nur durch die Einfahrten, die allesamt in einem besseren Zustand sind als die Zufahrten zum Kreml und deren tiefes Schwarz das Grün der Natur erst recht zum Leuchten bringt. Hier ist man glücklich, merken Sie sich das, und menschliches Leid tritt Ihnen nur in Form verzweifelter, an Bäume geklebter Anschläge entgegen, auf denen entlaufene Katzen – ›Rover‹, ›Winston‹ – beschrieben werden. Der Maulbeerbaum warf Schatten und dann und wann kleine, dürre Blätter auf mich herunter, und ich schaute so lange hoch in die Gewölbe und Fluchten der knorrigen Äste, bis sich Oben und Unten vermischten und ein Scherenschnitt von Zweigen den milchigen Himmel überlagerte. Mit zuckenden Schwänzen äugten Eichhörnchen auf mich herunter. Ich schloß die Augen und hörte dem Gezeter der Krähen zu, die von einem Haus zum anderen zogen und bittere Verwünschungen durch die breiten Kamine in die dunkle Stille hinunterschrien. Eine leichte Brise kühlte, was die Sonne zuviel an Wärme aus dem wolkenlosen Himmel herunterstrahlte, und ich streckte und krümmte mich auf der weichgepolsterten Liege vor Seligkeit.

Alles unter Kontrolle – herrlich, Iwan Andrejewitsch. Köstlich. Die Natur lag mir zu Füßen, und ich liebte sie, weil sie sanft und diskret war. Die Blätter der Büsche strahlten wie poliert, der Rasen schmeichelte mit Ebenmaß und Dichte, und über den steinplattenbelegten Wegen flirrte ein wenig zivilisierte Hitze. Astern und Dahlien standen in wohlerwogener Zufälligkeit um Haus und Bäume und leuchteten so ausgeruht und frisch wie die Augen von Kindern nach einer langen, traumlosen Nacht. Wunderbar, so ein Garten! Alles applaudiert deinem Erfolg und lobt deine Faulheit, dein verdientes, hart erarbeitetes Recht auf Faulheit. Nichts stört dein Gesichtsfeld. Schönheit und Harmonie, wohin du schaust – so gar nicht wie bei uns auf der Datscha, wo der Rasen dünn und holprig ist, wo sich Stechmücken in deine Ohren stürzen, wo hinterhältig im Boden verankerte Eisenstangen deine Zehen blutig schlagen, wo die Romanows nebenan Pneus verbrennen und wo vor dem löchrigen Lattenzaun ein alter Kamas mit laufendem Motor steht, in dessen Führerstand ein muskulöser Muschik im Unterhemd döst und ab und zu gefährlich blinzelt. Und mitten in diesem Paradies lag ich, Alexander Michailowitsch Zwetkow, den Oberkörper sanft angehoben, in der Linken die naßschwitzende Bierdose, und sah mit innigem, besäuseltem Interesse, wie der Nachbar dann und wann in die Einfahrt fuhr, am horizontalen Steuerrad kurbelte, daß sich der Kleintraktor auf der Stelle drehte, den weiten Park hinunterjagte und hinter dem Haus verschwand, so daß nur noch ein Summen zu hören war, ein Summen, das mich fast so glücklich machte wie das leise Brummen eines Flugzeugs, hoch, hoch in der sibirischen Nacht. Hält die ganze Nachbarschaft zusammen, so ein Rasenmäher. Knattert und summt und sagt dir, daß hier noch Gras wächst, daß das Gras geschnitten wird und daß, ergo, die bestehende Ordnung erhalten bleibt – für den Grasbesitzer, für die Nachbarn und für alle andern, die guten Willens sind. Köstlich langsam verrannen die Sekunden. Wie wenig Mühe es mir doch bereiten würde, mit den Lasten des Millionärsdaseins zu leben! Ich wurde gelassen und großmütig und hätte zum Beispiel gerne viel riskiert, um jemanden zu retten – zum Teufel, Iwan Andrejewitsch, haben Sie auch schon daran gedacht, daß Luxus aus uns vielleicht doch die besseren Menschen macht? Ich meine jetzt nicht Sie. Sie haben sich den Luxus, in dem Sie leben, erzwungen und ertrogen – Sie waren schlecht, Iwan Andrejewitsch, und darum sollen Sie Ihr Gut nicht genießen, sondern darüber verzweifeln. Aber andere, Menschen, die sich ihr Glück ehrlich erarbeitet haben wie etwa der mähende Nachbar – sind sie nicht feinfühliger geworden in ihrem Reichtum? Tragen sie nicht Raupen vom Kiesweg ins Gebüsch? Enden die Vögelein, die aus dem Nest auf ihr Grundstück fallen nicht in wattegefüllten Kartonschachteln? Haben sie je einen Moskauer Postboten einen Hund streicheln sehen?

Der mähende Nachbar jedenfalls ahnte den guten Menschen in mir, winkte fröhlich herüber und fragte mich nach ein paar weiteren Schleifen aufgeräumt, ob ich alles unter Kontrolle habe. Diese straffen Kiefer! Diese Munterkeit, dieses Blitzen in den Augen! Ich stand auf, ging zu ihm hinüber und stellte mich vor, worauf er den Motor abstellte, seine derbe Rechte hinstreckte und mich mit einem prüfenden Blick in den Himmel nach dem Wetter in Rußland fragte. Ich gab Auskunft und bog dann rasch um zur Politik, denn, nicht wahr, Iwan Andrejewitsch, er konnte ja nicht im Ernst das Wetter gemeint haben? Aber vielleicht hatte er doch das Wetter gemeint. Er reckte das Kinn, bellte ›Nun!‹ und ›Oh!‹ und ›Ist ja erstaunlich!‹ in meine Sätze hinein, und seine Augen irrten haltlos im Garten umher. Nach einer Weile rief er, es sei nett gewesen, mit mir zu reden, warf den Motor wieder an und sauste entschlossen zurück in die ungemähten Tiefen seines Gartens. Tja, die Arbeit. Hier ist sie ein Wolf.

Ich kehrte zurück auf meine Liege, auf meinen Hochsitz im Revier der Muße, und fühlte Hunger in mir aufsteigen. Ich gab dem Handy die Nummern ein, die auf dem Zettel, den mir Ljubow Iwanowna zurückgelassen hatte, neben dem Wort ›Pizza Palace‹ standen, und bestellte eine mittlere Größe mit Artischocke, Mozzarella, Oregano, Salami, Pilzen und Palmenherzen. Dünne Kruste, versteht sich. Dann lehnte ich mich wieder zurück und versuchte, mich ganz leicht von meiner tiefen Zufriedenheit abzulenken, um sie noch intensiver zu fühlen – so etwa, wie du knapp an schwach leuchtenden Sternen vorbeischauen mußt, wenn du sie sehen willst. Elementar, Iwan Andrejewitsch. Glück kannst du immer nur ahnen, so, wie du die Gestalt des Menschen ahnst, der eben aus der Türe gegangen ist. Nur ja keine Konzentration, wenn du spürst, daß sich in deinem Inneren etwas regt. Dem Zerstreuten allein offenbart sich die Wahrheit. An Unwesentliches mußt du denken – an die seidigen Kreise der Milch im Frühstückskaffee, an die Röhren, die seit zwei Jahren am Straßenrand hinter deinem Haus liegen, oder an die Art, wie Maximow die Nase hochzieht beim Sprechen. Nicht an Unangenehmes – das lenkt zu stark ab. Nach Norden brauchst du nicht zu schauen, wenn der Stern, den du sehen willst, im Süden steht.

Ein Rufen von der Straße her schreckte mich auf. Ein stämmiger junger Mann in grün-weiß-rot gestreiftem Dreß marschierte auf mich zu, eine große, flache Schachtel in der Hand, und grüßte mich so laut und so energisch, daß ich leer schluckte. Zu seinen Füßen trabte ein kleiner weißer Spitz, der etwas ins Gelbliche changierte. Er übergab mir die flache, duftende Packung mit einer unfreiwilligen kleinen Verbeugung, und ich streckte ihm die Zehndollarnote entgegen, die ich bereitgelegt hatte. Er warf einen kurzen Blick darauf, zog einen Geldbeutel hervor und begann nach

Noten und Kleingeld zu kramen. Ich ließ meine Hand einige Augenblicke ausgestreckt, doch als er durch einen Grunzer zu erkennen gab, daß seine Suche nach Wechselgeld noch etwas dauern würde, zog ich sie wieder zurück. Unwillig saß ich auf dem Rand der Liege, schaute auf den Spitz und auf seine riesigen, klotzigen Turnschuhe und überlegte, ob ich die Pizzaschachtel schon öffnen sollte. Ich ließ es bleiben. Oben schnaufte der junge Mann mit offenem Mund in seinen Geldbeutel hinein. Vielleicht brauchte er besonders viel Sauerstoff, um seine kolossalen Muskeln zu versorgen. Der Spitz dehnte sehnsüchtig die Nasenlöcher, doch er war offenbar gut trainiert und hielt sich still. Er saß unten bei mir, und drum schauten wir uns an. Er hatte schöne, schwarze, kluge Augen und hielt meinen Blick aus, ohne zu blinzeln.

Nach einer Weile schaute der Riese mit großen Augen zu mir herüber und zuckte bedauernd mit den Schultern. Ich gab ihm die Note und sagte ihm, er solle den Rest behalten.

»Vielen Dank, Sir. Danke. Ich weiß das zu schätzen. Ich weiß das wirklich zu schätzen.« Er faltete die Note zusammen und schaute sich um. Das fürstliche Trinkgeld verlangte nach ein paar Worten mehr. Energisch wippte er auf den Zehenspitzen auf und ab, so daß sich seine enormen Waden spannten und rief: »Wunderbare Besitzung haben Sie hier, Sir! Fabelhaftes Grundstück! Könnte mein Traumhaus sein!«

Sir. Er nannte mich Sir. Mich, Alexander Michailowitsch Zwetkow, den bleichen Moskwitsch, den ehemaligen Jungpionier, den Mann, der mickrige zweihundert Mäuse nach Hause bringt und seiner Freundin zum Geburtstag einen Kassettenrekorder aus Taiwan geschenkt hat und stolz ist darauf. Mich, Sascha, der vor wenigen Jahren noch zum Roten Platz fuhr, um die Videokameras der Fremden aus dem Westen zu sehen. Sie summten nicht einmal hörbar, diese Dinger, so modern waren sie. Nur am roten Punkt sah man, daß sie liefen. Und dieser Punkt zog mich magisch an. Immer, wenn er aufleuchtete, versuchte ich mich ins Bild zu stellen. Nicht auffällig, nicht so, daß man mich hätte wegscheuchen können. Nur so am Rande ein bißchen, ganz zufällig. Und dann erlosch der rote Punkt, und ich ging nach Hause und erzählte Anna und Sweta, daß in ein paar Wochen in London oder in Berlin oder in Miami, irgendwo im Westen eben, im Vorführraum eines großen Hauses zum Beispiel mit Garten und weißen Korbmöbeln und vielleicht einem livrierten Diener – daß dort, in der großen Welt, in der richtigen Welt, ich, Sascha, ihr Bruder zu sehen sein würde. Alle würden mich sehen, auch die Gäste, die extra mit dem Chevrolet herübergekommen waren, und vielleicht würden sie sogar fragen, wer das sei, jener Junge dort mit den schwarzen Haaren und der auffälligen Nase, und vielleicht würde jemand im Chevrolet noch einmal an mich denken auf der Heimfahrt. Und nachts, wenn ich neben Anna und Sweta im Bett lag und der Wind durch die Uliza Schumkina pfiff, sah ich mich irgendwo im sonnigen Kalifornien auf dem Armaturenbrett eines Chevrolet sitzen, ein lebendiges Maskottchen, ein blinder Videopassagier, und mit klebrigen Händen süße Orangen essen.

Sir. Wenn er wüßte. »Nein, Sie langweilen mich nicht im geringsten. Ist das Ihr Hund?«

Er lachte ein mächtiges, erdenschweres Lachen. »Jawohl, Sir. Mein Spitz, Max. Er begleitet mich immer. Er kann auf den Hinterbeinen gehen. Wollen Sie's mal sehen, ja?«

Ich zögerte. Sein Angebot kam mir etwas zu vertraulich vor, eine Spur zu kindlich. Aber er war schon zur Durchführung geschritten. Er beugte sich leicht vor, ließ von seiner ausgestreckten Hand einen riesigen, scheppernden Schlüsselbund baumeln und zischte dem Spitz einen Befehl zu, worauf das kleine Tier scharf bellte, sich aufbäumte, fast wie ein Pferd im Zirkus, und einige tapsige Schrittchen machte. Das kurzfellige, rosa schimmernde Bäuchlein spannte sich, die Vorderbeine ruderten, die Zunge rollte sich aus der schwarzgezackten Schnauze, und die schwarzen Augen verfolgten gespannt die Bewegungen des Schlüsselbundes. Der Auftritt kam mir geglückt, wenn auch etwas unwürdig vor, und deshalb klatschte ich maßvoll in die Hände, sagte »Bravo, Max!« und stand auf, um dem Riesen zu zeigen, daß ich nun meine Pizza zu essen wünschte.

Das aber schien dem Spitz zu mißfallen. Er drehte sich zu mir, noch etwas außer Atem, und bellte mich an, die Hinterbeine leicht abgewinkelt, die Augen bläulich vor Zorn, mit krauser Nase und hochgezogenen Lefzen. Er bellte und bellte, als habe ich ihn beleidigt, als wolle er mich strafen für irgendeinen Frevel, und weder die Zurufe des Riesen noch mein erschrockenes Zurückprallen konnten ihn beruhigen. Es war, als spreche der Zorn der Götter durch diesen Spitz, und betreten, die Hände in die Hüften gestemmt, stand ich da, unfähig, in diesem geifernden Ansturm tierischen Hasses gelassen zu bleiben. Erst als eine Riesenhand auf den kleinen, haarigen Hundearsch niedersauste, wurde es still. Der Pizzamann entschuldigte sich und ging. An der Hausecke bellte der Spitz ein letztes Mal zu mir zurück, bitter und unversöhnt. Er haßte mich. Ich gab ihm den Mittelfinger und schaute hinüber zum mähenden Nachbarn, der aber durch nichts zu erkennen gab, ob er meine in Great Neck unbekannte Geste gesehen hatte.

Das Handy piepste, und Subows Stimme brachte auf der Stelle Moskauer Luft unter den Maulbeerbaum. Ich sah meinen Chef vor mir in seinem schmuddeligen, stinkenden Büro, die Füße auf dem Pult, und hörte zufrieden, wie er sich bemühte, seinen kleinen, müden Neid durch Zuvorkommenheit zu überspielen. Nach einigen Artigkeiten bat er mich, zurückzurufen, ›um die Beresowskis, diese alten Kapitalisten, ein wenig zu schädigen‹, und lachte dabei unfroh. Ich tat ihm den Gefallen und gab ihm dann kauend und schluckend Auskunft auf all seine eckigen, präzisen Fragen, die über den Atlantik dahergeschossen kamen wie Papierflugzeuge aus einem offenen Schulzimmerfenster. Er war vor allem an Markow interessiert, wollte wissen wie alt er war, wie er aussah und ob er der richtige Mann für eine Reportage sei. Ich faßte mich kurz, schmatzte absichtlich laut und machte lange Pausen, um zu schlucken.

»Weißt du, Sascha«, sagte er am Schluß, »am besten wäre es wohl, du würdest ein paar Fotos machen von Markow. Vielleicht in seiner Wohnung – feudale Sache vermutlich, was?«

»Ach, es geht. Nicht besonders. Da wohnen die Beresowskis weit gehobener. Riesiges Haus in bester Gegend, Umschwung –«

»Egal. Für unsere Verhältnisse wohnt Markow auf jeden Fall feudal genug. Wir wollen ja auch nicht übertreiben, nicht wahr?«

»Übertreiben? Ich versteh dich nicht.«

»Egal. Mach ein paar nette Bilder, gute Kontraste, du weißt, sonst wird Maxim im Fotolabor böse. Und sorg dafür, daß er nicht lacht auf dem Bild.«

»Keine Sorge. Er lacht nicht. Er ist krank. Ich weiß gar nicht, ob er will, daß ich ihn fotografiere.«

»Krank, sagst du? Was hat er denn?« Es klang besorgt.

»Weiß ich nicht.« Was ging ihn das an? »Er sieht nicht gut aus und lacht selten.«

»Ach so. Naja. Schau jedenfalls, daß du ein Bild kriegst und daß da seine Probleme mit drinsitzen. Das sollte ja möglich sein. Ich will etwas Bedrücktes, Enges. Einen Aufbruch in die neue Welt, aber einen mit Problemen. Nicht die neue Welt selber. Ist ja auch nicht alles paradiesisch da drüben, nicht?«

»Ich finde, du weißt zu genau, was du willst, Dmitri. Wäre es nicht besser, du würdest dir einfach ansehen, was ich bringe?«

»Ach, Sascha, komm. Wir machen die Welt, nicht sie uns. Wir machen die Nachrichten. Nichts gelernt in Amerika, was? Mach mich jetzt nicht nervös mit solchen Platitüden. Paß auf dich auf. Bis dann.«

»Bis dann.« Ich hängte auf und streckte mich auf der Liege aus, Subows nörglerische Stimme in den Ohren. Neben mir glänzten die letzten erkalteten Pizzascheiben. Ich kaute lustlos und spülte den Brei mit warmem Bier herunter. Zum Kotzen. Wie kann sich etwas, das man vor ein paar Minuten noch heruntergeschlungen hat, so schnell in widerlichen Kleister verwandeln? Wenn ich satt bin, kann ich nicht an Pizza denken, ohne daß mir schlecht wird.

Das weiß ich, das war immer so, und dennoch – zwei, drei Stunden später habe ich schon wieder Lust auf diese Scheiben und starre gierig auf den Fernseher, wo ein drolliger alter Küchenchef mit hoher Mütze Peperoni hackt und Würste schält und Zwiebeln schneidet und sich eine unheimliche Mühe macht, der Depp, während seine praktische, moderne, sauber frisierte Tochter unverhofft hereingeschneit kommt und singend und tanzend eine tiefgefrorene Fertigpizza aus der Einkaufstasche zieht, sie dem verdutzten Koch unter die Nase hält, sprühend vor Lebensklugheit, in die Mikrowelle schiebt und lächelnd zuschaut, wie der trottelige Alte den ihm so lange versagt gebliebenen Duft der Moderne in die Nüstern zieht, die Brauen hebt und lecker, lecker ruft, wie er das Ding probiert, wie er kaut, die Augen rollt vor Wonne, und Wurst und Knoblauch und Rosmarin daneben vergammeln läßt. Ich schaue und schlucke leer, wo ich doch vor drei Stunden noch hätte kotzen können, und Tochter und Vater, die sich am Küchentisch niedergelassen haben und Fäden aus dem Mund ziehen, nicken Alexander dem Russen munter zu und fordern ihn auf, einer von ihnen zu werden, einer, der mit der Zeit geht, einer, der sich freut wie sie, daß es endlich, endlich ein Ende hat mit dieser furchtbaren Pizzabackerei.

Manhattan zitterte in der Septemberhitze.

Die Air Conditioner dröhnten, der gewaltige Körper New York wurde gekühlt wie der träge, weiße Leib einer nörglerischen Baronesse, der eine schmale Dienerin in einem hochsommerlich stickigen Salon Linderung verschafft. Mit geröteten Gesichtern warfen sich die New Yorker in den Restaurants auf die Sessel, streckten die Beine von sich und trockneten sich mit Taschentüchern Wange und Stirn. Ein heißer, feuchter Herbsttag in New York, Iwan Andrejewitsch, der setzt auch Ihnen zu. In den Mittagsstunden wagt sich nur ins Freie, wer einen riesigen, bis zum Rand mit Eis gefüllten Kartonbecher sein eigen nennt. Verdächtig, wer sich diesen Genuß versagt. Schwer, sommerlich schwer bewegen sich die Menschen, mit dicken Fingern und feuchtem Steiß, durch Sonnenbrille und Schirmmütze unkenntlich gemacht, aber stets einen Arm angewinkelt, in der Hand den großen, lebensrettenden Behälter mit Röhrchen, die sie dann und wann gedankenverloren zum Mund führen. Wie Astronauten auf einem fremden, lebensfeindlichen Planeten schieben sie sich vorwärts, regulieren die Körpertemperatur durch stetige Flüssigkeitsaufnahme, schauen müde durch reflektierende, lichtschluckende Brillen und beschleunigen froh den Schritt, wenn in der bedrohlichen Umgebung endlich die nächste klimatisierte Basis auftaucht.

Ich wanderte an den Schaufenstern der Avenues vorbei, dachte an Galja und tastete nach meinem gutgefüllten Geldbeutel. Welch erhabener Luxus, Iwan Andrejewitsch, welch bezaubernde Dekadenz! Wie gut kann ich unsere alten Parteichefs verstehen, die den ganzen kapitalistischen Schnickschnack in unser düsteres Reich importierten! Nach langem Nachdenken ging ich in ein besonders vornehmes Geschäft und fragte nach Seidenblusen. Galja hatte vor meiner Abreise unklar, aber suggestiv von der Schönheit der Seide gesprochen. Ich traf auf einen höflichen Herrn mittleren Alters, der mich trotz meines Akzents und meiner nicht ganz einwandfreien Erscheinung als Fachmann behandelte. Unbefangen fragte er nach den Maßen der Dame, quittierte meine Angaben mit einem feinen ›sehr schlank also, sehr schlank‹, wandte sich ab, als er ein wenig husten mußte, und entschuldigte sich viel tausendmal, ohne verzeihend zu lächeln. Seine gewählten, informativen Worte lösten meine Befangenheit, und als ich ihm Galjas Haare stolz als ein wunderbar helles, an die Farbe von reifem Weizen gemahnendes Blond beschrieb, da kräuselte sich auf seinen Lippen ganz genau jenes Lächeln, das er sich angesichts dieses Formulierungsmutes gestatten durfte. Ich entschied mich ohne langes Überlegen für ein teures, blaßblaues Modell mit langen Ärmeln, das auch angemessen teuer aussah und den angenehm verhaltenen Applaus des Verkäufers fand. Über weiche, alle Geräusche verschluckende Teppiche begaben wir uns zur Kasse, This way please, Sir, watch your step.

Ich bezahlte bar – hoben sich da nicht seine Brauen ein wenig? – und ging grübelnd aus der Kälte in die Hitze, versehen mit den besten Wünschen für einen guten Tagesrest. Zurückschauend sah ich, wie mich der Verkäufer an den Kassentisch gelehnt fixierte. Rasch ging ich um die Ecke. Warum wurde ich den Eindruck nicht los, er sei der Besitzer des Ladens? Ich konnte mir den Mann nicht wirklich als Verkäufer vorstellen. Mir war, als habe er mir grollend nachgeschaut, als habe ich ihm, dem stolzen Eigner Tausender von Seidenblusen, ein besonders schönes, seltenes Exemplar entrissen, und ich war überzeugt, daß er sich mit dem Geld, das ich ihm dafür gab, sofort eine neue solche Bluse kaufen würde, um den Verlust zu ersetzen, um seine Sammlung, seinen Schatz, wieder vollständig zu wissen.

Noch einmal gönnte ich mir ein Taxi, und in den Staus der Fifth Avenue sah ich mich plötzlich doppelt. Ein Sascha saß im Auto, und der andere kletterte auf die Türme ringsum, hüpfte über die Dächer langsam nach Süden, hielt inne und äugte in die Schluchten wie ein Affe in die Tüte, vorbei an den glitzernden Glasfassaden und den grauen Granitwänden, hinab auf das winzige gelbe Auto, das sich weit, weit unten lautlos und wie in Zeitlupe durch die Straßen schob, stoppte und wieder anfuhr, unermüdlich links und rechts ausweichend, zurückkehrend und weiter vorwärtsdringend wie eine Laborratte im Labyrinth.

Gegen vier rief ich die Markows an, stieg in die Subway, fuhr über die Brooklyn-Bridge – das ist ein Ding, Iwan Andrejewitsch! – und brauste in der Abendsonne Brighton Beach entgegen, dem eigenartigen Stetl am fernen amerikanischen Strand, in dem du als Russe sofort zu Hause bist, auch wenn du kein Wort Englisch sprichst. Brighton Beach kennen Sie nicht, Verehrter, was? Ist nicht Ihr Gebiet; da hat einer, der es geschafft hat, nichts zu suchen. Hier haben sich nicht neue Amerikaner niedergelassen, sondern alte Russen, vor allem Juden, die nur eins wollten: abhauen, raus aus dem Sowjetstaat. Weg, egal wohin. Hier sind sie gelandet, hier sind sie geblieben, und hier haben sie ihr Leben weitergelebt, eingequetscht zwischen dem Meer und den Schwarzensiedlungen hinter Coney Island. Keine Prachtstraßen, keine pappelgesäumten Alleen, keine Villen, keine riesigen Parkplätze. Amerika, aber nur in Klammern. Nichts, was an Great Neck erinnert. Die U-Bahn ist hier schon längst keine mehr, hat nicht einmal mehr Erdberührung; auf einem alten, verschnörkelten Eisenpodest rattert sie über der Brighton Beach Avenue dahin, hoch über den Autos und den Fußgängern, die in Aufrichtig's Supermarket oder im Fisch-Palast einkaufen. Hier bestellst du nicht per Telefon, hier kommst du noch zu Fuß, und hier mußt du dir deinen Platz an der Theke noch erkämpfen. Die Einkäufe steckst du in die Einkaufstasche, nicht in braune Papiertüten, und die Einkaufstasche schleppst du nach Hause und nicht zum Auto auf dem Parkplatz. Hier plätschert keine Hintergrundmusik in den Geschäften, hier hämmern dir russische Schlager die Ohren voll, und die Schlager kannst du kaufen, direkt aus dem Tonbandgerät, von Olga aus Odessa zum Beispiel, die auf einem kleinen Klappsitzchen neben bunten Wänden von CDs sitzt, ein Buch auf den Knien. Hier fassen dich Unbekannte am Arm und fragen nach der Uhrzeit, und wenn du einen schönen Anzug trägst, dann finden sich auch ein paar Leute, die dir sagen, daß du einen schönen Anzug trägst, und beherzt nach deinem Revers greifen, um wieder einmal echte Qualität zwischen die Finger zu kriegen.

Der Portier der *Seabreeze Plaza* erkannte mich sofort wieder und zwinkerte mir zu, während ich auf den Lift wartete und das vornehm versteckte, gelbe Licht des Entrées auf mich herabfließen ließ. Vermutlich zwinkerte er allen zu.

Die Markows warteten schon auf mich. Angela Sergejewna saß in einem weißen, ärmellosen Kleid und hohen schwarzen Schuhen auf einem Barstuhl am Küchentresen und telefonierte. Sie nickte mir kurz zu, blies Zigarettenrauch in die Höhe, lauschte stumm in den Hörer hinein und blätterte dabei in einem Modeheft. Gennadi Borissowitsch saß auf seinem Sessel im Wohnzimmer und schaute mit der Miene des Mannes, der gewöhnt ist, informiert zu werden, hinauf zu Wladimir Anatoljewitsch, seinem Geschäftsführer, der vor ihm stand und sich am Schädel kratzte. Wladimir Anatoljewitsch, ein schöner, unsicherer Mensch mit schwarzem Haar und langen, dünnen Händen, begrüßte mich als erster. Er hatte mir gestern den Laden an der Coney Island Avenue gezeigt und dabei fast nur über Markow geredet, den verehrten Herrn Inhaber, der dieses Geschäft mit großer Energie aufgebaut habe und umsichtig leite, aber eben, eben, jetzt gerade eine schwere Zeit durchmache, leider. Ich begrüßte ihn schwungvoll und fragte mich, ob ich dem sitzenden Markow stehend die Hand reichen könne. Schließlich streckte ich sie aus, doch Markow ignorierte sie, wies mich aufs Sofa und grinste mich durch eine Rauchwolke an wie ein Polizeibeamter, der dich bei einem verbotenen Manöver erwischt hat. Er sah gar nicht schlecht aus, besser als gestern jedenfalls. Seine Augen blitzten wieder, und seine Haut hatte sogar etwas Farbe. War er wirklich so krank, wie er sagte?

Ich goß mir einen kleinen Wodka ein. Wladimir Anatoljewitsch setzte sich am anderen Ende des Sofas auf den vorderen Rand, klemmte die Knie zusammen und redete mit steifem Rücken und weit aufgerissenen Augen über Umsatz und Verkaufserfolg. Er sah aus wie ein außerordentlich schöner Tennislehrer – groß, dunkel, etwas zu makellos. Markow schaute immer wieder zur Küche hinüber, wo Angela Sergejewna jetzt aufgeregt redete. Sie hatte die Beine übereinandergeschlagen und hielt das Telefonkabel mit der Rechten spielerisch von sich weg. Der Alte hob die Hand und winkte ungeduldig, doch Angela Sergejewna sah nicht zu uns, sondern zum Küchenfenster hinaus. Ihre dunkle Gestalt hob sich vor dem hellen Abendhimmel deutlich ab. Da wandte sich Markow an mich. »Seien Sie doch so gut, Alexander Michailowitsch, und geben Sie meiner Frau ein Zeichen.«

Ich mag solche Aufträge nicht. Sie machen dich zum Botenjungen. Aber wie kannst du den Wunsch eines Todkranken ablehnen? Ich ging in die weiße, enorm helle Küche, sah auf die schöne, telefonierende Frau hinunter und spürte, wie die Erregung über mich kam wie ein Fieber. Ich stellte mich in die Ecke, die vom Wohnzimmer aus nicht zu sehen war, gab mit der Hand ein Zeichen, das zeitlichen Druck andeuten sollte und zuckte gleichzeitig entschuldigend mit den Schultern, um zu zeigen, daß ich sie an sich nicht stören wollte. Angela Sergejewna nickte, sah zu mir hoch, sagte: ›Ja ... ja ... natürlich ...‹ und hob sachte das eine Bein vom anderen. Ich bewegte mich nicht vom Fleck, starrte auf ihre Lippen und ihre Brust, war allein mit ihr in diesem überhellen, sterilen Zimmer, allein und doch beobachtet. Einen Moment lang sah ich den Roten Platz vor mir, die Touristen, die roten Punkte der Videokameras. Eigenartig. Dort hatte ich mich ins Bild von Leuten geschlichen, die ich sah, die aber etwas anderes sehen wollten, und hier versteckte ich mich vor Blicken, die ich nicht sah. Angela Sergejewna bewegte den Arm, und ich roch ihr Parfum – ein anderes als gestern; süßer, schwerer. Sie nickte ein letztes Mal ins Telefon und sah mich dabei an, als antworte sie mir und nicht ihrer Freundin. Schließlich gab ich mir einen Ruck und ging zurück zu Markow, der sich mit der ungeschickten Hilfe Wladimir Anatoljewitsch aus dem Sessel gehievt hatte und sehr zufrieden mit mir schien.

Von der *Seabreeze Plaza* zum *Winter Garden* sind es nur ein paar hundert Meter, doch der Weg wurde lang. Markow schob sich mit seinem Krückstock Schritt für Schritt über den Boardwalk, feierlich wie ein Pope an Ostern, und wir mußten uns anpassen und setzten gestelzt einen Fuß vor den anderen. Am Spielplatz neben dem großen Parkplatz schaute er ein paar Minuten schweigend hinunter auf die spielenden Kinder und die Au-Pair-Mädchen, die gelangweilt auf den Bänken saßen, schüttelte sachte den Kopf und sagte leise: »Ja.« Dann wandte er sich um und ging weiter, am Café *Wolna*, am Restaurant *Moscow* und an *Michael's Café* vorbei. Wir folgten mit respektvollem Abstand. Seine Krankheit machte ihn automatisch zum Anführer. Wladimir Anatoljewitsch ging neben ihm her, schaute ihn bekümmert an und hielt seine langen, fahrigen Hände bereit, um im Falle eines Falles einzugreifen. An seiner Schulter baumelte die kleine Videokamera seines Chefs. Ich ging ein paar Schritte dahinter an der Seite Angela Sergejewnas, die mit ihren hohen Absätzen Mühe hatte auf den Brettern des Boardwalks und sich ein paar Mal hastig bei mir einhakte, um nicht zu fallen. Hinter den dunklen Gläsern ihrer Sonnenbrille waren ihre Augen kaum mehr auszumachen. Leise redete sie auf mich ein. Mir war, als wolle sie das Gespräch, das sie mir ihrer Freundin geführt hatte, mit mir, dem Unbekannten, fortsetzen. Nachdrücklich lobte sie Markow für seine Tapferkeit und seinen Mut. Man dürfe die Hoffnung nie aufgeben. Sie habe sich nach Alternativtherapien erkundigt, nach Kräutern und nach Diäten, und solange sich die Erde noch drehe, sei es sowieso eine Sünde … Ihr Mund wurde bitter. Also, sie glaube fest an seine Genesung. Vielleicht wäre es auch besser, wenn sie statt im achten Stock im Penthouse der *Seabreeze Plaza* wohnten, da wäre mehr Sonne. Eine Freundin habe ihr einen Akupunkturarzt empfohlen. Spektakuläre Erfolge; absolut unglaublich. Zu dem wolle sie Gennadi schicken.

Das Restaurant *Winter Garden* befindet sich in einem beigen, sechsstöckigen Gebäude, halb Sandburg, halb Strandvilla, und im Sommer wird draußen bedient. Auf dem Boardwalk standen ein paar weiße Tische, beschattet von violetten Campari-Sonnenschirmen. Mit eingezogenen Schultern studierte Markow die Speisekarte, die auf einer Art Notenständer ausgelegt war – ein alter, kurzsichtiger Dirigent, der einen Fehler in der Partitur entdeckt hat. Neben dem großen, mit gerafften Vorhängen verdeckten Fenster setzten wir uns an einen Tisch. Kaum hatte Markow die Hand gehoben, stand auch schon eine Kellnerin neben uns, händigte die Speisekarten aus und teilte mit, was es alles nicht gebe. Ganz wie zuhause; ich war entzückt. Sie sprach Russisch und gab uns durch kleine Seufzer und leidende Blicke in die Ferne zu verstehen, dass sie weder von uns noch vom Angebot des *Winter Garden* noch von der Welt generell viel hielt. Angela Sergejewna bestellte nach langem Nachdenken Sushi, was die Kellnerin zu einem entnervten Stöhnen veranlasste, denn Sushi gab es schon seit zwei Wochen nicht mehr, was sich offenbar von selber verstand. Schließlich verschwand sie, gepeinigt von der Zumutung unserer Bestellung.

Ich lehnte mich zurück und hörte den russischen Schlagern zu, die der Wind aus den Lautsprechern neben *Michael's Café* herübertrug. Doch Markow war jetzt wach und herrisch geworden. Mit funkelnden Augen befahl er Angela Sergejewna, Wladimir Anatoljewitsch und mich an das Geländer des Boardwalk, griff zur Videokamera und hielt sie unerbittlich auf das ruckelige Unbehagen, mit dem wir drei uns umarmten und ihm zulachten. Ich fühlte, wie sich Angela Sergejewnas Fingernägel in meine Taille krallten, und sah, daß sich Markows Lippen bewegten und einen unhörbaren Text zu der verkrampften Idylle sprachen, die er bannte. Sein eines Auge war zugekniffen, das andere hinter der Linse unsichtbar, aber trotzdem spürte ich seine kühle blaue Iris auf mir herumwandern. Und wieder sah ich in der Ferne jenen roten Punkt, dieses winzige Signal, das dir klarmacht, daß dieser Moment nicht einfach in die tiefe, muffige Kiste der Vergangenheit gleiten wird wie die andern, sondern daß er herausgegriffen und registriert wird wie eine Aberration im Labor, brutal hochgezogen in ein fiktives Immer, verfügbar in aller Zukunft für die Augen aller. Und ganz nebenbei, Iwan Andrejewitsch, spürte ich im Duft und im harten, aber fraulichen Griff Angela Sergejewnas an meinem Gürtel, daß sich mein Geschlecht regte, daß es sich einen Dreck kümmerte um Luft, Sonne, Leute und Anstand und daß ich die Hand in die Hosentasche stekken mußte, um dem störenden Zeichen dieser unpassenden Lust unverdächtige Tarnung zu geben.

Doch Markow beachtete mich nicht. Er streckte den Arm aus, half Angela Sergejewna galant in den Stuhl und schaute mit zusammengekniffenen Augen aufs Meer hinaus. Das Blitzen des Lichts auf dem Wasser tanzte auf seinem Gesicht und machte es dünn wie Papier, und auf einmal sah ich, daß er dem Tod doch näher war, als ich angenommen hatte. Er hatte noch Haltung, aber sie war Erstarrung, nicht Kraft, ging nicht mehr in die Tiefe, ins Fleisch hinein, sondern saß an der Oberfläche, spannte die Haut zu fast durchsichtigem Pergament. Darunter saß die Verwesung und wollte gefüttert werden, um zu leben und zu wüten und Markow zu vernichten, und Markow fütterte sie, indem er trank, rasch und gierig, mit wild aufgerissenen Augen über dem Glasrand. Dann bestellte er Kaffee für die ganze Runde, steckte sich eine Zigarette an, hustete sich die Kehle frei und redete über sein Sterben, während wir noch assen. Wladimir Anatoljewitsch legte die Gabel weg, rang die Hände und schaute seinen Chef flehend an. Angela Sergejewna stocherte apathisch im Essen herum.

Dann kam der Besuch.

Ich sah sie von weitem: Zwei Männer, einer klein und massig, der andere groß und athletisch, schlängelten sich durch die Menschenmassen auf dem Boardwalk. Der Athlet war etwa zwanzig Jahre alt, hatte einen breiten Nacken, kurzgeschorenes Haar und die leicht geschwollenen, lidlosen Augen eines Dobermanns. Der etwas zu kleine Hinterkopf paßte nicht recht zu seinen kräftigen Gesichtszügen. Er ging träge aus den Hüften, mit gesenktem Kopf, wie ein Fußballer zum Pausentee. Der andere war ungefähr fünfzig und brauchte sehr viel mehr Energie für die Fortbewegung. Er ging, warf Arme und Beine durcheinander wie eine Marionette, stieß an Stühle und Tische, schien aber Freude an seiner Schusseligkeit zu haben und lächelte den Gästen, die er anrempelte, heiter und verständnisheischend zu. Dennoch wirkte er elastisch, ja dehnbar; bestimmt hätte sich sein Körper in die Länge gezogen wie Teig, wenn man ihn an einem Haken aufgehängt hätte. Als ihm einer der Gäste an einem Nebentisch etwas zurief, beugte er sich jovial zu ihm hinunter, legte ihm eine Hand auf die Schulter und hörte zu, was er zu sagen hatte, schaute dabei aber nur zu uns herüber und grinste. Er sah gut aus. Braungebrannt, im Nacken ein paar Strähnen weißgrauer, gewellter Haare, kräftige Zähne. Rolex, goldenes Armkettchen, schwarze Schnallenschuhe. Sein Körper steckte in einem dunkelvioletten Hemd und in einem speckig glänzenden schwarzen Anzug – langes, spitziges Revers, tiefsitzende Hosen, auf den Hüften gehalten von einem Gürtel mit erheblicher Schnalle. Bügelfalten bis zu den Taschen. Sie wissen, wo man solche Anzüge sieht, Iwan Andrejewitsch: in der Provinz auf der Ehrentribüne, wenn Fackel Woronewsch gegen Schinnik Jaroslawl spielt, oder abends im Hotelrestaurant in Brjansk, wenn sich das Einmannorchester nach dem Abendessen hinters Vibraphon setzt, mit müden Fingern Regler schiebt und traurig auf die Tanzenden hinunterschaut, die sich freuen, diese Arschlöcher, wirklich freuen, zum Takt seiner Taktmaschine die Ellbogen zu bewegen. Und natürlich, seien wir ehrlich, sieht man sie auch bei uns in Moskau, in der Vorstadt, bei unserem kleinen Autohändler an der Lawotschkina zum Beispiel, wenn ein alter BMW verkauft wird oder im Hinterzimmer ein paar Hundertdollarscheine und gefälschte Dokumente die Hand wechseln. In New York aber war der Anzug eindeutig fehl am Platz. Falscher Schnitt, falsches Material, falsche Jahreszeit, falscher Anlaß. Oh nein, Iwan Andrejewitsch, um das zu sehen, brauchst du weder reich noch Westler zu sein. Mit offenen Augen durch Moskau gehen genügt. Ein peinlicher Anzug war das; ein Anzug, der Verrat übte an seinem Träger, Verrat am kleinen Mann; Ausweis des ewigen Verlierers – wie die Lottoscheine in der Westentasche oder die Anschläge an der Wand kleiner, muffiger Büros: ›Bang Your Head Here‹.

Die beiden kamen näher, drückten sich mit hohen Hüften durch die Tischreihen, zogen unter dem Nebentisch zwei Stühle hervor und setzten sich zu uns, ohne auf eine Einladung zu warten. Der Junge schaute sorgfältig allen ins Gesicht – auf meinem verharrte er länger als auf den andern – und senkte dann den Kopf. Der Ältere ruckelte umständlich auf seinem Stuhl herum wie eine Katze, die sich auf eine längere Erholungspause einrichtet, zog mit Daumen und Zeigefinger die Bügelfalte nach, warf ein Lächeln in die Runde und verbeugte sich vor Angela Sergejewna, die ihn wie eine

Henne von der Seite beäugte. Dann legte er eine Packung Zigaretten und ein Handy auf den Tisch und seufzte so würdig und erleichtert wie der Gutsherr, dem der Diener Umhang und Schal abgenommen hat. Wladimir Anatoljewitsch rückte hastig beiseite, verlor seine Serviette, zeigte uns eine Weile seinen Rücken und tauchte mit hochrotem Kopf wieder auf.

»Nana. Wer wird denn gleich die Serviette wegschmeißen, wenn's nicht geschmeckt hat?« Der ältere der beiden grinste Wladimir Anatoljewitsch an und wandte sich dann Markow zu, der reglos saß, mit einem Gesicht, das Fassung war, sonst nichts. »Guten Tag, Gennadi Borissowitsch. Wie geht's der werten Gesundheit? Sie haben, gestatten Sie mir die Direktheit, schon besser ausgesehen. Wir stören; entschuldigen Sie bitte, aber es läßt sich nicht vermeiden. Wir haben Geschäftliches zu besprechen.«

Er sah zu mir herüber. »Besuch, wie ich sehe. Vermutlich ein junger Wirtschaftswissenschaftler aus Moskau? Seit wann haben unsere Akademiker derartige Nasen? Sehr verdienstvoll von Ihnen, Gennadi Borissowitsch, der jungen Generation etwas Kenntnis vom Westen zu vermitteln. Aber wie gesagt, wir haben jetzt einige Details unserer Zusammenarbeit zu klären. Falls es Sie stört, sollten Sie dem jungen Herrn hier sagen, er solle sich einige Minuten entfernen. Ist ja herrliches Wetter. Er soll auf dem Boardwalk spazierengehen und sich die schönen Amerikanerinnen ansehen. Von mir aus kann er auch bleiben, stört uns nicht.« Sein Ton wurde kühler. »Hingegen lege ich Wert auf die Präsenz von Wladimir Anatoljewitsch und Ihrer Frau Gemahlin.« Er verbeugte sich noch einmal, leicht und höhnisch.

»Hat das nicht Zeit, Juri Wiktorowitsch?« Markows Stimme klang heiser und gespannt. »Sie haben es gesagt: Ich habe einen Gast. Der Gast bleibt hier, ich bin Russe. Und ich habe nicht vor, ihn mit Geschäftlichem zu langweilen. Sie finden auch morgen noch eine Gelegenheit, mit mir zu sprechen. Kommen Sie um zehn zu mir ins Büro. Ich werde dort sein.«

»Nein, Gennadi Borissowitsch, tut mir leid, die Sache duldet keinen Aufschub.« Juri Wiktorowitsch grinste wieder und warf einen Blick auf seinen Begleiter, der sich auf seinem Sitz lang gemacht hatte und mit einem Schweizer Taschenmesser das Schwarze unter dem Nagel hervorholte. »Sie müssen wissen, daß Andrei Michailowitsch heute was lernen will. Stimmt's, Andrei?«

Der Junge warf einen kurzen, neutralen Blick auf Juri Wiktorowitsch und kehrte wieder zu seinem Daumen zurück.

»Er ist noch nicht lange im Land, aber er will lernen. Keine zwei Stunden ist es her, da hat er mir gesagt, Juri, ich will was lernen heute. Unbedingt. Ich bin neu in der Branche, ich brauche Ausbildung. Keine Theorie; Praxis. Learning by doing. Und es muß heute sein, denn wer weiß, ob ich morgen noch lernfähig bin? Hahaha. Naja, ›lernfähig‹ hat er nicht gesagt, er kennt das Wort nicht. Er kennt andere Dinge. Aber ist ja auch egal. Wie hätte ich Nein sagen können, wo er so nett fragte? Man muß der Jugend ihre Chance geben, stimmt's?«

Er lachte ein leises, kehliges Lachen, spuckte neben sich auf den Boden und klaubte mit gelben, harten Fingern eine Zigarette aus seiner Packung. Wladimir Anatoljewitschs Hände machten eine fahrige Bewegung – als habe er dem Mann Feuer geben wollen und es sich dann überlegt. Der Junge blickte auf und sagte: »Halt deine Hände ruhig, ja?« Wladimir Anatoljewitsch errötete, legte seine Arme auf den Tisch und schaute den Jungen an wie ein Hund beim Kacken, angestrengt und geniert.

Juri Wiktorowitsch lehnte sich zurück und legte ein Bein aufs andere. »Also, Verehrter. Kommen wir zur Sache.« Er griff in die Innentasche seines Jacketts, holte einen Zettel hervor, hielt ihn in die Luft und fragte: »Nun, was ist das?«

Markow warf einen kurzen Blick auf das Papier, schaute weg und schwieg. Wladimir Anatoljewitsch beugte sich vor, öffnete entsetzt seine Hasenaugen, schaute Markow an und sagte: »Bitte glauben Sie mir, Gennadi Borissowitsch, ich weiß wirklich nicht, wie das in die Hände dieser –«

»Schnauze.« Juri Wiktorowitsch machte sich nicht die Mühe,

Wladimir Anatoljewitsch anzusehen. Er fixierte weiterhin Markow. »Na? Da sind wir perplex, was? Eine Monatsbilanz. Und nicht irgendeine. Ihre Monatsbilanz. Direkt aus dem Büro Ihres Assistenten hier. Nein, nein, er hat sie uns nicht gegeben. Wir haben sie uns geholt, einfach so« – er machte eine rasche, elegante Geste – »des Nachts, beim Schein des Mondes, ohne daß es jemand gemerkt hätte. Nicht einmal eine Maus. Ihr Geschäftsführer hat damit nichts zu tun. Wladimir Anatoljewitsch ist Ihnen ergeben, seien Sie beruhigt – ziemlich ergeben. Nicht wahr, Wladimir Anatoljewitsch? Wir sind unserem Boß ziemlich ergeben? Na?«

Wladimir Anatoljewitsch atmete heftig aus und schaute vor sich hin. Juri Wiktorowitsch lachte fröhlich. Dann verfinsterte sich sein Gesicht auf einen Schlag. »Sie betrügen uns, verehrter Gennadi Borissowitsch. Sie haben Mehreinnahmen, und das haben Sie uns vorenthalten. Das bereitet uns Kummer. Verstehen Sie?«

Von Angela Sergejewna kam ein kleiner Laut über den Tisch, halb Seufzer, halb Lacher. Juri Wiktorowitsch schaute hinüber, aber sie saß reglos wie eine Statue.

»Also, Verehrter. Sie zwingen uns zum Handeln. Und darum teile ich Ihnen mit: Wir setzen die Margen hinauf. Fünftausend im Monat, ab sofort und rückwirkend bis Anfang Januar. Wir haben großes Verständnis gehabt, aber schließlich muß auch die Versicherungsbranche von etwas leben, nicht wahr? Wie? Ach so. Einen Kaffee für mich, Schätzchen, und einen – was trinkst du, Andrei? Ein Mineralwasser für meinen jungen Freund.«

Die Kellnerin hatte sich vertraulich über seine Schulter gebeugt. Sie nickte, warf uns einen höhnischen Blick zu und verschwand, die Hüften wiegend.

Juri Wiktorowitsch schaute ihr mehr prüfend als genießerisch nach. »Also. Sie haben verstanden, Teurer. Fünftausend im Monat. Sofort. Der alte Vertrag ist hinfällig.«

»Warum?« Markow schickte der Frage einen Hustenanfall nach, der seinen Kopf nach unten zwang. Er ächzte, nahm ein Taschentuch hervor und versuchte, seine Spucke möglichst unauffällig loszuwerden. Alle am Tisch außer Angela Sergejewna beobachteten ihn schweigend. Nachdem er gespuckt hatte, schaute er einen Moment lang reglos ins Taschentuch.

Juri Wiktorowitsch stülpte nachdenklich die Lippen vor. »Wir haben auch unsere Belastungen. Die Verpflichtungen gegenüber dem Mutterhaus. Steuern, Sie verstehen. Die Plage der Mittelschicht.« Er grinste lautlos und sog an seiner Zigarette. »Wir leiden doch alle, nicht? Da muß ich von Ihnen schon auch etwas Solidarität verlangen können.«

Er verschränkte die Arme hinter dem Kopf und blies eine Rauchwolke über den Tisch. Er wirkte gefaßt und froh, fast glücklich. Ein unsichtbarer Scheinwerfer strahlte ihn von schräg oben an, er leuchtete festlich hellbraun – ein Vorstadtartist mit geheimnisvoller Vergangenheit, faszinierenden Gesten, fremder Zunge und unwiderstehlichem Lächeln. Mit einem Wissen um das Leben, das uns versagt geblieben ist. Seine Augen waren von dichten Wimpern umrahmt, als seien sie geschminkt, und ihr tiefer, ruhiger Blick war einer von jenen, die dich sofort ins Unrecht setzen. Die schwarzen Brauen wölbten sich hoch über den Lidern und zweifelten und verachteten. Sie hatten das Recht zu verachten und zu zweifeln, immer und überall. Juri Wiktorowitsch regierte. Sein schwarzer Anzug war jetzt nicht mehr peinlich, sondern interessant, seine fahrige Gestik einleuchtend. Nur der kleine, dünnlippige Mund zwischen den breiten Wangen paßte nicht recht zu seinem Triumph, er wirkte eher verdrießlich als hochmütig.

»Na, Gennadi Borissowitsch? Was haben Sie mir zu sagen?«

Eine Möwe äugte mit ausgebreiteten Schwingen neugierig auf unseren Tisch herunter. Es wurde still. Wladimir Anatoljewitsch atmete empört aus. Seine Kiefer arbeiteten, obwohl er mit dem Essen längst fertig war. Angela Sergejewna zog ihre Tasche an sich und stellte sie auf die Knie. Zwei junge Amerikaner am Nebentisch bestellten Fruchtsäfte, schoben ihre Mützen aus der Stirn und begannen mit lauten Stimmen zu streiten. Juri Wiktorowitsch schaute zweimal zu ihnen hinüber; sie schienen das einzige zu sein, das ihn irritierte. Nach einer Weile merkte ich, daß sie gar nicht stritten. Sie erzählten sich Geschichten aus dem College.

Endlich schaute Markow hoch. Und wirklich, Iwan Andrejewitsch – nichts hätte mich mehr überraschen können als das, was ich jetzt sah. Noch immer war er bleich. Seine Augen waren rot und ein wenig zu groß, und seine Hand zitterte. Aber munter, fast vergnügt und roh, roh wie ein Kind, das eben einer Spinne die Beine entfernt hat, sah er zu Juri Wiktorowitsch hinüber. Hielt er gar ein Lachen zurück? Langsam griff er zum Glas, schloß die Augen und kippte den Wein in sich hinein. Dann sagte er langsam und fest: »Sie bereiten mir Unannehmlichkeiten, Juri Wiktorowitsch.« Vorsichtig stellte er das Glas hin. »Sie bereiten mir Unannehmlichkeiten, und das tut mir leid. Ausgesprochen. Ich hätte anderes von Ihnen erwartet; ich hatte eine andere Auffassung von Ihnen. Ich sah in Ihnen einen Menschen, der zu seinem Wort steht und sich an Abmachungen hält. Ich schätze es nicht, zu derart ungewöhnlicher Zeit und an diesem unpassenden Ort zur Besprechung von Geschäftlichem genötigt zu werden. Was Sie sagen, muß mich ganz einfach enttäuschen. Aber ich bin sicher, daß Sie meine Zweifel umgehend zerstreuen werden. Bestimmt habe ich Sie falsch verstanden?«

Was rührte sich da in meinem Innern? Achtung, Bewunderung, Liebe? Woher nahm er, krank, elend, am Ende – woher nahm er die Kraft zu einer solchen Antwort?

Juri Wiktorowitsch hatte die hohe Stirn in Falten gelegt und blickte überrascht auf Markow. Er hatte sich im Griff, aber er war wieder ein gewöhnlicher Mensch. Die Schmiere in seinen elastischen Gelenken war eingetrocknet, der Scheinwerfer über ihm erloschen. Er ächzte geniert, und sein Mündchen verzog sich unangenehm. Rasch hob er die Hand mit der Zigarette zum Gesicht und nahm zwei hastige Züge. Andrei, sein Begleiter, ließ das Messer ruhen und starrte, ohne den Kopf zu heben, aus schmalen, verquollenen Augen über den Tisch.

»Hmhm.« Juri Wiktorowitsch sah einen Moment konzentriert vor sich hin und kehrte dann anscheinend mühelos zum Lächeln von vorhin zurück. »Sie erstaunen mich, Gennadi Borissowitsch. Sie erstaunen mich wirklich. Ich hoffe für Sie, daß ich Ihre ungewöhnlichen Worte Ihrem offenkundigen Unwohlsein oder einer vorübergehenden Schwäche zuschreiben kann. Sie wissen, daß nicht wir es sind, die Abmachungen brechen. Wir richten uns nach den Umständen. Und die Umstände haben sich in den letzten Wochen fundamental –«

»Können wir nicht die Prozentregelung beibehalten, Juri Wiktorowitsch?« Markows Stimme klang ungeduldig. »Von mir aus mit einem leicht erhöhten Satz. Sehen Sie, ich habe ja nicht das Geringste dagegen, Sie angemessen für Ihre unschätzbaren Dienste zu entschädigen. Gib dem Weisen einen Kopf, gib dem Glücklichen Geld. Ich will Ihnen nicht vor dem wohlverdienten Elend stehen.« Er grinste kurz und abschätzig. »Aber Sie wissen, daß wir einen unregelmäßigen Geschäftsgang haben. Zur Zeit geht es, aber wenn die Importpreise wieder anziehen und die Nachfrage sinkt, werden wir Probleme bekommen mit einer fixen Summe, und die Revisoren werden natürlich auch aufmerksam, wenn sie sehen, daß wir jeden Monat –«

»Gennadi Borissowitsch.« Juri Wiktorowitsch wühlte mit der Zunge in seiner Wange herum und setzte sich wieder gerade hin. »Ich habe den Eindruck, daß Sie hier etwas Grundsätzliches nicht verstehen. Wir führen hier zwar eine geschäftliche Besprechung. Aber wir verhandeln nicht. Es gibt nichts zu verhandeln. Was ich hier tue: Ich teile Ihnen etwas mit. Ich gebe Ihnen Gründe für meine Entscheidung. Die Gründe, Verehrter, sollen Ihnen das Begreifen der Realität erleichtern. Aber sie werden nicht diskutiert. Sie sind eine liebenswerte Geste unsererseits, eine Geste, die Sie zu schätzen wissen sollten. Wir könnten sie geradesogut weglassen.« Er seufzte und gab seinen Augen noch einmal einen verbindlicheren Schimmer. »Haben Sie ein Einsehen, Gennadi Borissowitsch. Sehen Sie, nicht nur meine Geduld ist begrenzt. Auch mein Spielraum ist nicht unendlich. Ich habe Verpflichtungen. Ich habe meine Gewährsleute zufriedenzustellen, und das ist auch nicht immer leicht.«

Er seufzte und gähnte. In seinem Mund leuchtete eine Goldkrone auf, die gut zu seinem Kettchen paßte. Er schaute kurz auf Markow und nach ein paar Sekunden wieder weg. Gott, diese Sicherheit! Sie wissen, was ich meine, Iwan Andrejewitsch – dieses nonchalante Weggleitenlassen des Blicks. Welche Verachtung, welch satte, faule Abgeklärtheit! Er konnte es sich leisten, nicht auf der Hut zu sein. Einen Blick aushalten, das ist nichts. Ein wenig Übung, ein wenig Konzentration – schon geschafft. Aber den Blick korrekt wegnehmen – das ist hohe Kunst. Nicht verlegen wegsehen, nicht betroffen wegsehen. Wegsehen ohne Zwang, einfach weil es dir paßt, weil du völlig frei bist und es dich einen Dreck kümmert, was der andere mit seinen Augen oder mit seinen Armen oder mit sonstwas macht, weil du weißt, daß er dir nichts tun kann – das ist wahre Überlegenheit. Die Überlegenheit Juri Wiktorowitschs war vollkommen, und mir war, als löse sie sogar in ihm selber eine leise Betretenheit aus. Jedenfalls verzog sich sein Mündchen zur halb betretenen, halb eitlen Grimasse von Kindern, denen wider Erwarten ein böser Streich gelungen ist.

Er streckte sich. »Nun, das wär's. Sie haben die Mitteilung erhalten, Gennadi Borissowitsch, und Sie werden sich nach unseren Anweisungen richten. Falls Sie –«

»Nein, das werde ich nicht.«

Markow hatte sich im Stuhl hochgestemmt und fixierte Juri Wiktorowitsch. Seine Stimme war leise und schneidend geworden. »Hören Sie zu, Juri Wiktorowitsch. Ihre Haltung verstößt gegen alle Abmachungen, und deshalb werde ich bei der bisherigen Regelung bleiben. Was Sie bekommen, ist genug; damit können Sie leben. Mehr kriegen Sie von mir nicht. Das ist mein letztes Wort.«

Angela Sergejewna schaute zu ihm hinüber und öffnete die Lippen zu einer stummen, besorgten Frage. Wladimir Anatoljewitsch suchte entgeistert einen Ort für seine Hände.

Juri Wiktorowitsch blieb eine Weile stumm. Er bewegte die Finger, als habe er Markows Worte als Gegenstand vor sich und suche nach einer Schwachstelle. Dann sagte er kalt: »Bist du verrückt geworden, Genosse? So was hab ich noch nie erlebt. Teufel.« Er spuckte neben sich auf den Boden, atmete durch und stützte das Kinn auf die Fingerspitzen. »Nun gut. Ich sehe, daß ich mich in Ihnen doch getäuscht habe, Gennadi Borissowitsch. Ich neige zwar immer noch zur Auffassung, daß Sie Ihre Ansicht ändern werden. Bald. Für den Moment aber nehme ich Ihr Angebot von vorhin an – Sie sehen, ich komme Ihnen entgegen. Buchstäblich. Wir werden morgen bei Ihnen vorbeischauen. Am Nachmittag. Sehen Sie zu, daß Sie die Gelder bis dahin bereit haben. Falls Sie mich wieder enttäuschen, werden wir gezwungen sein, zu anderen Methoden zu greifen. Ich brauche Sie nicht daran zu erinnern, wie wir in solchen Fällen –«

»Aber erinnern Sie mich doch dran, Juri Wiktorowitsch. Los, tun Sie sich um Gottes willen keinen Zwang an.«

Markows Stimme war lauter geworden. In seinen Augen lag die durch nichts zu vernichtende Konzentration dessen, der an einem steilen Hang die Bremsen gelöst hat und sich anschickt, eine steile Straße herunterzurasen.

Wladimir Anatoljewitsch beugte sich zu ihm hinüber. Sein schönes Gesicht war zart geworden vor Angst, seine wohlgeformte Unterlippe zitterte. »Ich … Gennadi Borissowitsch, ich meine … Könnten Sie nicht zunächst einmal die Situation auf sich beruhen lassen? Es hat doch keinen Sinn, jetzt hier einen … weitere Unannehmlichkeiten zu provozieren. Bis jetzt haben wir schließlich auch immer bei uns im Laden … Und wir könnten doch morgen zum Beispiel eine Antwort, äh … eine Antwort formulieren. Den Herren unterbreiten. Ich meine, das hier, das nützt doch keiner Seite, und so könnten wir das Angebot« – er schaute erschrocken hinüber zu Juri Wiktorowitsch – »die äh, die.. die Mitteilung, also wir könnten die Mitteilung zunächst in Ruhe studieren und dann innerhalb geeigneter Frist –«

»Ruhig, Wladimir, ruhig. Seien Sie kein Frosch.« Markow hob abwehrend die Hand. »Ich habe mich entschieden, und jetzt wollen wir mal sehen, was geschieht. Bin gespannt, was die Herren auf dem Kasten haben. Wie sie mit einer ungewöhnlichen Situation umgehen.« Er richtete einen triumphierenden Blick auf Andrei. »Na, junger Mann, haben Sie was gelernt, heute?«

Alle außer Angela Sergejewna schauten auf Andrei. Markow hob in stummer Wiederholung seiner Frage das Kinn. Juri Wiktorowitsch zögerte einen Moment, zog dann sein Gesicht zu einem breiten Grinsen auseinander und sagte: »Na, Andrei? Dieser Mensch hat dich was gefragt. Antworte.«

Andrei betrachtete noch immer seinen Daumen. Dann klappte er sein Messer zusammen, steckte es ein, verschränkte die Arme im Nacken und schaute in die Runde. Seine Augen waren hellbraun, fast wie seine Haut, und glänzten, als seien sie mit einer hauchdünnen Schicht Glas überzogen. Er schwieg.

»Seht ihr? Es hat ihm die Sprache verschlagen.« Markow hatte sich vorgebeugt und die Ellbogen auf den Tisch gestützt. »Und jetzt will ich euch noch eins sagen, bevor ihr geht: Ihr wißt es nicht, aber ihr könnt mir nichts anhaben. Ihr seid machtlos. Alles, was ihr noch könnt, ist mich am Arsch lecken.« Er schnaubte verächtlich.

Da regte sich Andrei plötzlich. Er hob den Kopf, und seine leicht schrägen, geschwollenen Augen fixierten Markow. Mir war, als ziehe sich die Haut unter seinen kurzgeschorenen Haaren leicht zusammen. Er lehnte sich zurück, verschränkte die Hände im Nacken und sagte heiser und gedehnt: »Dir tun wir nichts, Kretin. Aber der Fotze.«

VI

Andrei verzog keine Miene. Er glich jetzt einem Mungo, diesem kleinen, wilden Tier, das Schlangen frißt, das nicht weiß, wie es in seinem Innern aussieht, das lebt, ohne zu denken, rasch, dumm und tödlich. Er schaute hinüber zu Markow und und sagte ruhig, fast schläfrig: »Du zahlst, oder ich reiß der Fotze den Leib auf, kapiert? Ich hab genug von deinem Gelaber. Ich war vor einem Monat noch in der Butyrka und hab einen ziemlichen Appetit auf feine Damen.«

Langsam drehte er den Kopf und nahm Angela Sergejewna ins Visier. Sie hielt ihre Tasche mit beiden Händen fest auf dem Schoß und saß reglos, eine Puppe im Puppenhaus, erstarrt, das Gesicht weggedreht. Ihre Hände krallten sich ins weiße Leder der Tasche.

»Na, Süße? Kann mir nicht vorstellen, daß der Alte es dir noch anständig besorgt, so wie er aussieht.« Der Anflug eines verdorbenen Lächelns stand in Andreis Mundwinkeln, aber seine Augen waren leer.

Ich rührte mich nicht.

Dabei hätte ich rennen wollen. Wie rannte ich nachts, wenn sich in den Nischen des Kasaner Bahnhofs finstere Gestalten nach mir umdrehten und mit Fingern, die im Dunkeln leuchteten, auf mich wiesen. Wenn ich spät abends nach Hause kam, durch den Flur zum Lift tappte, den Knopf drückte und mit rasendem Herzen hörte, wie sich der Lift weit oben wehklagend in Gang setzte, langsam zu mir heruntterglitt, feindlich und immer lauter seufzend – da jagte ich winselnd die dunklen Treppenabsätze hoch, weil ich wußte, daß der Lift kam, um mich zu holen, daß er mit einem Ruck anhalten würde, zu einem Moment drohender Stille erstarrend, daß dann krachend die Türen aufspringen würden und daß ich im grellen Licht der Deckenlampe Fürchterliches sehen würde, Fürchterliches ohne Gesicht und ohne Gnade, aber mit langen, glitschigen Armen und unergründlichem, hungrigem Schlund. Igittegitt, Iwan Andrejewitsch. Da rennt man doch besser ein paar Stockwerke hoch, was?

Aber ich blieb sitzen.

Mir war, als richte ein riesiger Magnet Tausende von kleinen Magneten in meinem Inneren neu aus. Ich schaute auf den Boardwalk und verstand nicht mehr, was da geschah. Die Spaziergänger wurden zu Papierfiguren. Ihre Bewegungen waren eigenartige, unverständliche Rituale. Mein Kopf war leer. Entleert. Vielleicht ist alles, auch der Griff nach der Kaffeetasse, auch der Kuß, nichts als ein Kampf, eine Schlacht auf Leben und Tod, vielleicht begreifen wir das einfach nicht, und vielleicht sind die, die es nicht begreifen, die ersten Opfer. Und die Stille! Andreis Worte hatten mir die Ohren verstopft. Ich sah die Menschen, aber ich hörte sie nicht. Geräuschlos stapften sie über den Boardwalk. Sie redeten miteinander, sie drehten sich die Gesichter zu. Sie riefen die Kellnerin, und siehe da, die Kellnerin wandte sich um, aber sie konnte nichts gehört haben, denn die Welt war ohne Luft, ohne Substanz, welche Töne überträgt, in Watte gepackt, erstickt.

Dafür sah ich um so genauer. In Situationen wie diesen, Iwan Andrejewitsch, sehe ich Dinge, die ich sonst nie wahrnehme – ein verschnörkeltes Ornament unter einem Dach, ein unnötiges, aber schönes Muster in einem Gitter, ein Loch in der Tischdecke. Ich schaute hoch. Keine zwei Meter hinter Andrei griff ein Säugling seiner Mutter ins hochgesteckte Haar. Die Mutter wehrte sich mit freundlich gerunzelter Stirn; sie freute sich über ihr angriffiges Kind, dem ihr spielerischer Widerstand Ansporn war und das jauchzend immer kräftiger zupackte, bis die Mutter dem Balg, das in ihrem Arm so bequem saß wie der Affe in der Baumkrone, scherzhaft drohend den Finger zeigte. Andreis Kopf verdeckte die Beine der Frau, aber über ihm, unmittelbar über seinem kurzen

Haarschopf, zappelte das Kind. Es wehrte sich jetzt und begann zu schreien; die Mutter packte fester zu, und einen Augenblick sah es aus, als sei sie daran, ihr Kind dem Kopf Andreis zu entreißen. Das Bild steht so klar vor mir wie damals, Iwan Andrejewitsch, und an hellen, sonnigen Tagen sehe ich es besonders deutlich. Nur eines weiß ich nicht: ob Andrei das Kind in sich hineinziehen wollte und die Mutter sich wehrte, oder ob das Kind seinem Schädel entstieg und die Mutter eine Art Geburtshelferin war. Als sich das Kind beruhigt hatte, sah sich die Frau plötzlich unruhig um, preßte das Kind fest an sich und ging hastig weg.

Von den anderen Tischen kamen jetzt neugierige Blicke zu uns herüber. Nur die beiden jungen Amerikaner unterhielten sich so laut wie vorhin, mit langen Beinen bequem in ihren Stühlen liegend.

Von weit her hörte ich eine Stimme. Als spreche jemand in einem anderen Zimmer. »Aber Andrei. Das ist aber nicht nett. Unfein, Andrei, unfein. Du hast wirklich noch einiges zu lernen. Du vergißt, mein Lieber, daß wir mit diesen Herrschaften zusammenarbeiten. Da muß man gewisse Formen wahren.« Juri Wiktorowitsch redete munter, aber sein Mund und seine Augen blieben streng und besorgt, und seine Hände umklammerten die Stuhllehne.

Er wandte sich Markow zu. »Also, Gennadi Borissowitsch. Hier haben Sie's. Sie sehen, daß unsererseits ein starkes Interesse an einer, äh … gedeihlichen Lösung dieser kleinen Unstimmigkeit besteht. Wir denken konstruktiv. Ich hoffe, Sie auch.«

Markow räusperte sich. Bleich, mit undurchdringlicher Miene schaute er zu Andrei und durch ihn hindurch. Seine Lippen bewegten sich; mir war, als wiederholten sie etwas. Dann wandte er sich Juri Wiktorowitsch zu und sagte: »Gut. Wir werden reden. Kommen Sie morgen um zehn Uhr zu mir ins Büro. Ich will sehen, was sich –«

Aber da war sie schon wieder, die telefonische Unterbrechung. Das Handy Juri Wiktorowitschs leuchtete auf und piepste beharrlich. Juri Wiktorowitsch streckte sofort die Hand aus, drückte einen Knopf, sagte Ja und hörte stumm auf das leise, aufgeregte Quäken, das bis zu uns herüberdrang. Dabei sah er nachdenklich auf Andrei und dann, die Brauen wie zur Entschuldigung hochziehend, auf Markow.

Wir begannen auf den Stühlen hin- und herzurutschen. Die Blicke der übrigen Gäste wanderten weiter. Markow schaute prüfend den Boardwalk hoch und dann zu Angela Sergejewna. Wladimir Anatoljewitsch faßte Mut, nahm die Hände vom Tisch und ordnete seine Beine neu. Später erzählte mir Angela Sergejewna, sie habe in diesem Moment aufstehen und weggehen wollen. Ihr sei schlecht gewesen vor Entsetzen, sie habe sich noch nie im Leben so elend gefühlt und nur einen Wunsch gehabt: diesen Menschen, diesen schrecklichen Menschen nicht mehr sehen zu müssen. Und dann dieses Telefongespräch, diese quälende, beleidigende Warterei. Aber dann habe sie doch nicht den Mut gehabt aufzustehen. Aufstehen, das hätte bedeutet, alle Blicke auf sich zu ziehen, Stühle beiseite zu schieben, Mittelpunkt zu werden. Schlimmer: Andrei hätte sie festhalten können. Diese Hand. Diese grobe, dunkelbraune Hand. Das Messer, die Schwielen. Sein schwarzes, schweißgetränktes, stinkendes T-Shirt, diese klebrigen Trainingshosen – »unmögliche Farben, dunkelblau mit violetten Streifen. Unmöglich«. Also sei sie sitzengeblieben.

Andrei klappte das Messer zusammen, zog einen Stapel Karten aus seiner Tasche und lehnte sich zurück. Waren es Fotos, Ansichtskarten, Spielkarten? Ich sah nur die Rückseite. Abgegriffene, teilweise angerissene Karten, etwas kleiner als Spielkarten, alle in der gleichen Farbe. Andrei hielt eine nach der anderen dicht vors Gesicht, runzelte die Stirn und nickte nachdenklich. Ein oder zweimal lachte er, ganz für sich, und steckte die Ursache seiner Erheiterung befriedigt hinter die anderen Karten zurück. Wladimir Anatoljewitsch nahm die Hände auf den Schoß, beugte sich vor und streckte den Hals, doch da blitzte ihn Andrei über den Stapelrand an, und er zog den Kopf zurück, flink wie eine Eidechse.

Der telefonierende Juri Wiktorowitsch blieb einsilbig, nickte mehrere Male und machte Grimassen. Einmal sagte er überdeutlich, wie für einen Menschen, der schwer von Begriff ist: »Im *Rasputin*. Natürlich. Heute abend im *Rasputin*, genau wie immer. Natürlich.« Dann schwieg er wieder. Schließlich fiel er dem Anrufer entschlossen ins Wort und legte das Handy kopfschüttelnd vor sich hin. »So ein Kretin. Nein, so ein Kretin.«

Niemand fragte, wer der Kretin war.

»Na, Andrei, schon wieder am Lernen?« Juri Wiktorowitsch sah wohlwollend auf Andrei und dann über den Tisch zu Markow. »Er nimmt es ernst mit dem Englischen. Konnte kein Wort außer ›Hello‹ und ›Dollar‹, als er hierherkam. Und nun, keine zwei Monate später, flirtet er schon mit jeder Verkäuferin, hahaha. Ein wißbegieriger Junge. Talentiert und fleißig. Nun, Andrei? Machst du Fortschritte?« Wieder war etwas Unsicheres in seiner Stimme. Andrei ignorierte ihn. »Sehen Sie, Gennadi Borissowitsch, sehen Sie, verehrte Angela Sergejewna: So ist er, mein Andrei. Stets lernbereit, stets offen für Neues. Daß er ein wenig brutal ist – kann man ihm das übelnehmen? Ist das ein Wunder in der heutigen Zeit? Wer nicht strampelt, geht unter. Aber stumpf ist er nicht. Schaut ihn euch an! Sieht so ein stumpfer Mensch aus? Diese Augen – intelligent, was? Und wißt ihr was? Die Frauen mögen das. Dochdoch, ich weiß das. Sie mögen seine Stärke, sie spüren, wie er wirklich ist. Macht sie ganz verrückt. Und er enttäuscht sie nicht. Nicht, daß ich wüßte. Sie rufen ihn an, sie schreiben ihm, sie warten sogar vor unserem Haus auf ihn. Ich werd richtig eifersüchtig. Dabei ist er nicht zu allen so zärtlich. Er mag reifere Frauen, das stimmt, aber alte mag er gar nicht. Im Ernst. Wißt ihr, warum er in die Butyrka gekommen ist? Weil er eine alte Frau erschlagen hat, deswegen. Ne alte Schlampe in Ljublino. Oh nein, meine Lieben, Andrei ist, naja …« – er schaute ernst vor sich hin und sog an seiner Zigarette – »ziemlich unangenehm.«

Wir schwiegen. Andrei legte seine Karten auf den Tisch und starrte seinen Chef an, bis der unruhig und viel zu deutlich zurückblinzelte. Das Meer war dunkler geworden. Über dem Horizont hatte sich eine Wolke gebildet, die zuerst aussah wie eine Giraffe, dann wie Chile. Der Wind rupfte unwillig an den Sonnenschirmen und trieb eine Zeitung den Boardwalk hinab. Aus dem Lautsprecher neben *Michael's Café* drang die Stimme einer Sängerin, die von der starken, aber von vielerlei Widrigkeiten belasteten Liebe zweier Studenten an der Wolga sang. Ich hörte aufmerksam hin und stellte zufrieden fest, daß ich traurig und glücklich wurde. Wie schön, wie entspannend so ein Unsinn sein kann. ›O Mischa, Mischa, was hast du dir gedacht? O Mischa, Mischa, wo die Nacht verbracht?‹ Verstohlen drückte ich am Schlüssel für die Wohnung in der Flotskaja herum, der immer noch in meiner Hosentasche lag, und dachte an Galja. Was gingen mich die Leute hier schon an?

»Gut.« Juri Wiktorowitsch schob seine Tasse zurück und erhob sich langsam. Auf der Stelle schnellte auch Andrei hoch. »Wir werden Sie morgen besuchen kommen, Gennadi Borissowitsch. Ob um zehn, werden Sie noch erfahren. Halten Sie sich bereit.«

Er hob die Hand zu einem knappen, fast militärischen Gruß und bahnte sich so schwankend und ungeschickt wie vorhin seinen Weg zwischen den Tischen hindurch. Andrei würdigte uns keines Blickes, drehte sich auf dem Absatz und schlenderte träge hinter seinem Chef her. Beim Ausgang winkte Juri Wiktorowitsch unsere Kellnerin herbei, tätschelte ihr den Oberarm, sagte etwas und deutete auf unseren Tisch. Die Frau nickte.

Da knurrte Markow plötzlich. Er knurrte wie einer, der etwas Wichtiges zu sagen hat, aber noch am Kauen ist, hob den Arm, winkte Juri Wiktorowitsch und Andrei zu und ließ sie einige Sekunden herüberschauen. Dann hob er das Kinn und zog den Zeigefinger seiner Rechten langsam und unmißverständlich über seine Kehle.

Andreis Augen weiteten sich. Er hob die Oberlippe und legte eine Reihe großer, spitzer Zähne bloß. Dann glitt er durch die Stühle zurück wie eine Schlange durchs Schilf, im Zickzack, den Blick fest auf Markow gerichtet. Fauchend vor Wut tanzte er um die Tische, schob Stühle beiseite, rannte die letzten Schritte und schlug Markow mit voller Kraft ins Gesicht.

Markow, der ihm triumphierend wie ein irrer Brandstifter vor seinem glühenden Werk entgegengeschaut hatte, nahm den Schlag hin, ohne sich zu wehren. Er fiel zur Seite, in den Schoß Angela Sergejewnas, richtete sich aber sofort wieder auf und gab dabei einen hohen, flehenden Seufzer von sich, einen Seufzer, der überhaupt nicht zu ihm paßte – nicht zu seiner Stimme, nicht zu seinem Körper. Es klang wie eine unsinnige, fehlgeschlagene Synchronisation, wie eine dieser hohen, unbeteiligt daherplappernden Sowjetstimmen über dem Bass von Lee Marvin. Sicher war ihm dieses Geräusch zum ersten Mal in seinem Leben entronnen. Er blutete leicht aus dem Mund; sonst hatte der Schlag keine sichtbaren Spuren hinterlassen. Andrei blieb stehen, mit erhobener Hand. Unter seinen Augen hatten sich zwei kleine, rote Flecken gebildet. Reglos verharrte er und wollte Stille und Angst und angehaltenen Atem. Ein paar Momente beherrschte er die Welt. Nichts rührte sich. Dann drehte er sich um, lässig wie vorhin, und ging langsam zu Juri Wiktorowitsch zurück, der vom Boardwalk aus zugesehen hatte.

Nach ein paar Schritten stellte sich ihm einer der beiden Amerikaner in den Weg. Er war größer und schwerer als Andrei, wenn auch nicht so muskulös. »Hör mal, was geht hier vor? Sie können doch hier nicht einfach … Ich meine, der Mann hat Ihnen doch nichts getan.« Der Junge atmete schwer; sein runden Wangen glühten. Andrei blieb stehen. Die Nackenmuskeln über seinem breiten Kreuz spannten sich, er setzte einen Fuß leicht zurück und winkelte die Ellenbogen an. Aber er tat nichts. Er wartete nur, und nach ein paar Sekunden wandte sich der junge Mann ab, verwirrt und erschrocken über etwas, das ich nicht sehen konnte. Er setzte sich und schaute sich unruhig um, und ich sah, daß er mit einem Mal verstand, daß er hier allein war, daß er nicht einmal mehr in Amerika war, daß er nichts würde ausrichten können und froh sein konnte, ungeschoren davonzukommen. Die wenigen Gäste, die noch auf der Terrasse des *Winter Garden* saßen, schauten weg oder machten Anstalten zu gehen. Die Kellnerinnen waren alle verschwunden. Auf einem der Tische gurrte eine Taube, marschierte stolz nickend im Kreis herum und pickte Krumen auf.

Markow atmete schwer. Sein Brustkorb hob und senkte sich wie der eines hechelnden Hundes, der in der Hitze von seinem eigenen Herzschlag geschüttelt wird. Er hatte sich auf Angela Sergejewna abgestützt, die ihm mit zitternder Unterlippe die Stirn streichelte. Ich holte mein Taschentuch hervor, tupfte das Blut von seinen Lippen und wandte mich ab – der Geruch, der aus seinem halboffenen Mund kam, war unerträglich. So nah war ich ihm noch nie gekommen. Ich schaute hin, tupfte, drehte mich wieder weg, schloß die Augen und hörte noch einmal den Schlag Andreis. Ein feines, leichtes Klatschen war das gewesen, nichts Lautes, trotz der Kraft, die darin lag. Haut und Knochen eben.

Wladimir Anatoljewitsch hatte sich gerade hingesetzt und redete heiser vor Verehrung und Sorge auf Markow ein.

»Halten Sie die Klappe, Wladimir.« Mit einer unwilligen Geste löste sich Markow von Angela Sergejewna, die ihm verletzt nachsah. Er riß mir das Taschentuch aus der Hand und hielt es sich an den Mund und schüttelte den Kopf. Dann schaute er uns reihum an und begann zu lachen.

Würde mich wundern, wenn Sie je einen Menschen so haben lachen sehen, Iwan Andrejewitsch. Seine Augen wurden schmal. Sein Kopf begann zu wackeln, die Hand mit dem Taschentuch wackelte mit, und schließlich schüttelte es ihn am ganzen Körper. Erst dachte ich, er spiele uns was vor. Wie kann ein Mensch lachen, der eben erst geschlagen und gedemütigt wurde, vor Freunden, vor der eigenen Frau? Aber dieses Lachen war echt. Keine Hysterie, keine Nervosität, kein Zynismus wie bei Juri Wiktorowitsch vorhin. Vielleicht kann so nur einer lachen, der weiß, daß er nichts zu lachen hat. Markow lachte, als habe er plötzlich etwas durchschaut, als begreife er mit einem Mal, wie leicht und befriedigend es ist, alle und alles zu verspotten. Ausgelassen lachte er, heidnisch und hinterhältig. Aber ansteckend war sein Lachen nicht. Betreten schauten wir vor uns hin. Markow lachte, bis der Hustenanfall kam, den ich vorausgesehen hatte und der ihn wieder niederzwang auf die Tischkante. Schließlich beruhigte er sich. Keuchend, mit tränenden Augen bestellte er Wodka, stellte die Wodkagläschen zur Seite, spülte die Weingläser mit Wasser aus und goß uns allen gehörige Portionen ein. Dann beugte er sich vor und rief über die Musik hinweg, »Stoßen wir an! Angela, mein Engel, hier. Alexander Michailowitsch; Wladimir.« Er leerte sein Glas in einem Zug. »Na, Alexander Michailowitsch, da sehen Sie's. So geht's zu in Amerika. Schöne neue Welt, was? Schreiben Sie's ruhig, schreiben Sie's!« Und plötzlich forschend: »Schreiben Sie's?«

»Ich weiß noch nicht. Sie meinen die Erpressung? Ich weiß nicht. Wenn es Ihnen recht ist ...«

»Ach, kommen Sie, Alexander Michailowitsch, spielen Sie nicht den Helden. Helden gibt's nur noch in Amerika. Sie schreiben's nicht. Zu riskant. Die Solnzewskaja ist mächtig, das wissen Sie so gut wie ich. Und dann: Wen interessiert das schon in Moskau? Für die Moskauer ist das doch langweilig.«

Ich senkte den Kopf. Er hatte recht. Ich würde es nicht schreiben, und zudem würde Subow so etwas nie durchgehen lassen. Reizvoll wäre es zwar schon – daß die Moskauer Banditen auch die Geschäfte in Brighton Beach erpressen, weiß nicht jeder. Aber natürlich, es war zu riskant. Andererseits ... warum eigentlich nicht? Schließlich hatte Subow echte amerikanische Russenschicksale gewünscht, und da hatte er genau, was er wollte: den Beweis, daß man auch in der Ferne Russe bleibt, daß sich das Abhauen nicht lohnt, daß es nicht jedem gelingt, seinen amerikanischen Traum zu verwirklichen. Vielleicht, wenn ich unter einem Pseudonym schriebe … Quatsch, Juri Wiktorowitsch würde sofort herausfinden, wer ich war. Wenn er es nicht schon jetzt wußte.

»Ahhh.« Markow knallte sein zweites leeres Glas auf den Tisch. »Und jetzt will ich euch was erzählen. Paßt auf.« Er schaute uns der Reihe nach unternehmungslustig an.

»Ich hab als Kind oft Angst gehabt. Zum Beispiel damals, beim Schuldirektor der Fremdsprachenschule Nummer Eins. Die beim Sokolniki-Park, Sie kennen sie, Alexander Michailowitsch. Eine der besten Schulen für Fremdsprachen in Moskau. In den fünfziger Jahren legte man dort Wert auf die Aussprache, auf den richtigen Akzent und die Pflege des sinnvollen Idioms. Aber man akzeptierte nicht, daß Schüler Fotos von Stalin mit Mützen und Brillen verzieren, haha.« Er befühlte mit der Zunge vorsichtig die Stelle, die geblutet hatte. »Ich gehe also durch die Gänge zum Zimmer des Direktors, der mich zitiert hat. Der Lehrer hatte mich gemeldet. Aus Angst. Draußen, hinter den hohen Fenstern, ist Frühling, ein heißer Moskauer Frühling. Ich sehe noch das helle Grün der Birken. Dieses Sirren, dieses ständige Zittern der Blätter. Bewegung und Ruhe zugleich. Wie das Licht auf dem Wasser. Nichts ist so schön wie eine Moskauer Birke im Juni. Nichts.«

Er schaute aufs Meer hinaus, und mir war, als schlucke er eine feine, aber starke Sehnsucht hinunter. Der Wodka war an der Arbeit.

»Ach ja. Ich werd's nicht mehr sehen.« Sein Adamsapfel hob und senkte sich. »Da lauf ich also über Treppen und durch Gänge. Hinter den Türen gedämpfte Stimmen, manchmal leise, dann so laut, als sei der Lehrer daran, die Tür zu öffnen.«

Ich seufzte still in mich hinein. Wie konnte er jetzt erzählen, jetzt, nach all dem, was geschehen war? Da war er wieder, dieser triumphierende, etwas klebrige Blick, diese Anzüglichkeit, die mich in Bann schlug, obwohl sie mich abstieß. Lenkte er sich damit wirklich nur von seinen Schmerzen ab? Markow schaute streng zu mir herüber, als errate er meine Gedanken.

»Ich hatte Angst, natürlich, aber ich freute mich auch, weil ich mich bewegen konnte, weil ich wußte, daß die nächsten Minuten nicht langweilig sein würden – unangenehm vielleicht, aber hinzunehmen und auf jeden Fall unterhaltend. Vor der Tür stand ich still und schaute auf meine Hände. Ich hatte eine Warze am Daumen, und ich quetschte sie zur Seite, bis das Blut unter dem kleinen Berg weißer, empfindungsloser Bläschen hervortrat. Dann klopfte ich an, ging hinein und hielt mir den Daumen. Der Direktor fragte, was ich habe. Ach, nichts, sagte ich. Eine Warze, aber sie tut nicht sehr weh, und wandte mich tapfer ab. Komm her, zeig mir das Ding, sagte der Direktor, und ich wußte, ich hatte schon gewonnen. Er nahm meinen Daumen in seine dicke Hand, schob die Brille in die Stirn, drückte mit einem Bleistift vorsichtig auf der Warze herum und gab mir Ratschläge, an die ich mich nicht mehr genau erinnere – außer, daß sie unwissenschaftlich waren und den Gebrauch von Schnecken und Säften, die man niemals trinken würde, miteinschloß. Sein Atem roch nach Alkohol. Dann bugsierte er mich auf einen unbequemen Stuhl unter dem Leninporträt und erzählte von ungehorsamen Schülern, vom schlechten Wetter und den unverständlichen Sorgen Erwachsener. Als er sich erinnerte, weshalb er mich hatte kommen lassen, waren wir schon fast Verbündete.«

In den Mundwinkeln Angela Sergejewnas zuckte es wieder so liebend verächtlich wie gestern abend. Wladimir Anatoljewitsch hatte sich gerade hingesetzt und richtete seine absurd schönen Augen mit leerer, höflicher Aufmerksamkeit auf seinen Chef.

Markow goß sich einen weiteren Wodka ein, nippte aber nur daran. »Aber dann der Schock. Ha. Der Vizedirektor kam herein, eine kleine, verwachsene Figur voll Haß und Niedertracht. Wurde rot vor Zorn, als er mich sah, und wies den Direktor darauf hin, daß ich den Parteichef Stalin auf dem Foto nicht nur mit Hut und Brille, sondern auch mit einer schwarz-roten Armbinde versehen habe, einer Armbinde, wie sie bei Begräbnissen getragen wird. Ob ich Stalin etwa den Tod wünsche? Ob ich für die Binde eine andere Erklärung habe? Ob ich wolle, daß meine Eltern benachrichtigt würden? Ob ich mir im klaren darüber sei, daß derartiges Verhalten untragbar sei, daß ich den Ausschluß aus den Lenin-Pionieren riskiere? Ich rutschte auf dem Sessel hin und her, stammelte etwas, schaute zu Boden und zum Direktor und begann, ohne es zu merken, wieder an meiner Warze herumzudrücken. Als ich die Wärme des Bluts spürte, hob ich erschrocken den Finger. Und der Direktor ließ mich nicht im Stich. Er stemmte sich hoch, nahm noch einmal einen Augenschein, erklärte seinem Stellvertreter das Problem – oh, mit welch bitterer Verachtung schaute der Vize zu ihm hoch! – und telefonierte nach einem Pflaster. Erfolglos natürlich. Schließlich begleitete er mich ins Klassenzimmer zurück und wies den Lehrer an, ein Auge auf meine Warze zu haben.«

»Und was wollen Sie damit sagen? Was hat das mit Andrei zu tun?« In die ehrerbietige Stimme Wladimir Anatoljewitschs hatte sich eine Spur von Ungeduld gemischt.

Markow seufzte und kratzte sich am Schienbein. »Daß man sich nicht ins Bockshorn jagen lassen sollte, wenn einer wütet, verehrter Wladimir. Dieser Andrei hat gewütet wie dieser kleine Vizedirektor damals. Hat gewütet wie ein Pharisäer im Tempel unserer Wohlanständigkeit. Eine Entweihung – jawohl, das war eine Entweihung. Alles hat er zerschlagen, alles. Hat seinen Stock genommen und ist durchs ganze Zimmer gehetzt und hat alles in Stücke gehauen, Vasen, Bilder. Aber was hat er damit widerlegt? Nichts. Beeindruckt hat er uns nur durch seine Zerstörungswut. Das Wesentliche hat er ganz gelassen. Sein Hieb am Schluß hat das ganz deutlich bewiesen. Er war wütend, weil er mich nicht niedermachen konnte, weil er durch sein Rasen nichts Neues schaffen konnte. Er spürte, daß es da etwas gibt, an das er nicht herankommt. Er war hilflos, eigentlich. Na, was sagen Sie, Wladimir? Leuchtet ein, was?«

Wladimir Anatoljewitsch schaute ihn an wie ein Hund, dem man die Politik erklärt. »Ja, also ich weiß nicht, Gennadi Borissowitsch. Eine Entweihung sagen Sie? Ich verstehe nicht recht. Wir sind ja keine Kirche. Ich jedenfalls bin aus der Kirche ausgetreten. Und Sie, Sie wirkten eigentlich, wenn Sie gestatten, doch recht, äh ... bedrängt. Ich meine, Sie haben schließlich nachgegeben und werden mit Juri Wiktorowitsch reden –«

»Ach, Wladimir. Sie begreifen's nicht, was? Ja, ich werde mit ihm reden. Aber deshalb hat er mich trotzdem noch lange nicht besiegt. Ich werde nicht zahlen.«

»Aber das ist doch, entschuldigen Sie, Gennadi Borissowitsch, das ist doch ... also das geht doch nicht. Das können Sie doch nicht machen. Schauen Sie sich doch um – alle zahlen. Die Brüder Schumeiko, Matotschkin, Sudarenkow. Sogar Burdukow zahlt. Alle zahlen. Und Sie haben auch bezahlt bis jetzt, und es hat sich wahrhaftig gelohnt, schließlich haben wir keine Schwierigkeiten gehabt. Bringen Sie doch um Gottes willen kein Unglück über sich und Ihre Familie.« Wladimir Anatoljewitsch hob schmerzlich die Brauen.

Zeit für mich einzugreifen. Ich fühlte mich wie gestern – unruhig, angriffslustig. Ich mußte den süßlichen Brei loswerden, mit dem Markow uns übergoß. Der Mann machte sich doch was vor. »Sie entschuldigen, Gennadi Borissowitsch, aber ich muß in diesem Falle doch Wladimir Anatoljewitsch rechtgeben. Ich hoffe, Sie verzeihen mir, aber Sie wollen doch sicher nicht, daß ich Ihnen einfach schmeichle –«

»Aber nein, Alexander Michailowitsch, nein. Das nun wirklich nicht.« Markow grinste mich an.

»Ich meine – was geht das den Kerl an, was Sie von seiner Aktion halten? Er hat Sie zum Schweigen gebracht. Er hat den ganzen Tisch gedemütigt, mich auch. Ich kann noch immer kaum reden vor Empörung. Und meine Hände zittern, da, sehen Sie.« Ich hielt ihm meine Hände unters Gesicht; er beugte sich vor und inspizierte sie gutmütig. »Und daß Sie von seiner Entweihung, wie Sie sagen, als Leistung nicht beeindruckt sind, das ist ihm doch völlig egal. Da erfinden Sie doch etwas, um die Sache abzuschwächen. Der will nur sein Geld, und er wird sein Geld kriegen –«

»Sind Sie sich da so sicher?«

Ich schaute ihn an. Ich wußte es nicht.

»Und Angela Sergejewna? Was nützt es Ihnen, wenn Sie einen Ausweg finden? Dann hat Ihre Frau darunter zu leiden. Sie haben gehört, was Andrei gesagt hat. Ich glaube, er meint es ernst.«

Markow schaute finster vor sich hin. »Das ist ein Problem. Das gebe ich zu. Aber nur Mut, das löse ich schon. Vertraut mir. Ich hab da keine Angst. Apropos Angst – wie steht's denn mit Ihnen, Alexander Michailowitsch? Haben Sie oft Angst? Haben Sie Angst gehabt vorhin?«

»Sicher. Auf eine Art. Aber es war mehr der Schock.« Ich hatte Lust, ihn herauszufordern, auf seinem Terrain. »Für mich, Gennadi Borissowitsch, war es wie damals, ich weiß nicht mehr wann – muß mal im Sommer gewesen sein.« Ich ahmte seine Stimme nach, ohne es zu wirklich zu wollen. »Wir kamen von der Datscha nach Hause, an die Schumkina. Es war Sonntag abend, und wir sahen sofort, daß eingebrochen worden war. Die Wohnungstür stand offen, und fast alles war weg, Mutters Noten, Vaters Bücher, das Geschirr, die Mokkatäßchen aus Prag und Riga, alles. Nur der Flügel war noch da. Die Beine waren zwar abgeschraubt, aber sie standen noch da, an die Wand gelehnt, neben dem riesigen amputierten Körper, der aussah wie ein gestrandeter Wal. Vielleicht waren die Diebe gestört worden, vielleicht war ihnen das Ding zu schwer, ich weiß es nicht. Die Nachbarn hatten natürlich nichts gesehen, waren wohl selber auf der Datscha, ist ja egal. Wir gingen langsam und vorsichtig in die Wohnung, obwohl die Diebe natürlich längst über alle Berge waren, und betrachteten die Verwüstung. Herausgerissene Schubladen, der Bücherschrank und die Betten gekippt, alle Blumentöpfe zerbrochen – erst wenn es verstreut am Boden liegt, merkst du, wieviel in so einer Wohnung Platz hat. Mutter weinte, Anna und Sweta weinten mit, Vater keuchte vor Wut. Ich ging ins zweite Zimmer. Die Tür war nur angelehnt, und da roch ich es schon, Gennadi Borissowitsch. Die Diebe hatten ins Zimmer geschissen zum Abschied. Mitten ins Zimmer, auf den Boden. Beide.« Ich zuckte mit den Achseln und gab mir Mühe, dem Blick Markows standzuhalten. »Da lagen sie, zwei Haufen, der eine dunkel und groß, der andere heller, kleiner, mit dünneren, ihre Form verlierenden Würsten, fast ein Brei. Es stank bestialisch. Viel mehr als auf irgendeinem verdreckten Klo. Vielleicht, weil der Geruch schon zwei Tage alt war, weil das Fenster geschlossen war. Vielleicht aber auch, weil das nicht nur ein Geruch war, sondern natürlich gleichzeitig ein Angriff, ein Schlag ins Gesicht –«

Was sagte ich da? Aber Markow schaute gleichmütig herüber.

»– eine Entweihung. Wie Sie gesagt haben. Aber das war nun wirklich eine. Das Schlimmste war der Geruch. Hat mich tagelang nicht losgelassen. Er setzte sich in der Wohnung fest, in den Vorhängen, in der Bettwäsche, überall. Ich wagte kaum noch zu atmen, meinte, ich müßte jeden Moment kotzen. Aber das Schlimmste: Ich brachte den Geruch auch draußen auf der Straße nicht aus der Nase –«

»Das muß ja auch gedauert haben, bei dem Umfang.« In Markows Augen leuchtete freundlicher Spott. Ich überhörte ihn.

»Er hatte sich in mein Gehirn eingefressen, in meiner Erinnerung festgesetzt. Ich mußte an ihn denken wie an eine fixe Idee. Kennen Sie das? Daß Sie sich irgendetwas vorstellen, zum Beispiel – zum Beispiel, daß ein Sprinter beim Endlauf statt ins Zielband in eine Rasierklinge läuft, die auf Brusthöhe gespannt wurde? In der Schule mußte ich immer daran denken. Ich konnte nichts dagegen tun, ich litt, ich paßte nicht mehr auf, ich krümmte mich, wenn ich an das Geräusch des Schnittes dachte, an den starken, aber vergeblichen Widerstand der Rippen, an das Weißrot des aufgerissenen Knochenmarks, an den Aufschrei der Zuschauer, an den herunterplumpsenden, zweimal sich überschlagenden Torso –«. Meine Stimme hatte jetzt die richtige Brüchigkeit. Ich wurde heiter.

»Zwangsvorstellungen.« Wladimir Anatoljewitschs Mundwinkel verzogen sich verächtlich. Er hatte keine.

»Aber das sind Bilder, nicht wahr? Ein Geruch, das ist etwas anderes.« Ich ergab mich dem lehrerhaften Triumph. »Stellen Sie sich etwas Süßes vor, Wladimir Anatoljewitsch. Den Geruch von Honig zum Beispiel. Das ist gar nicht leicht. Sie schließen die Augen, Sie versuchen's – aber Sie riechen nichts, alles bleibt leer, was? Das ist normal. Töne können Sie sich vorstellen. Ganz leicht. Sie liegen im Bett und singen Arien, ohne daß Ihre Frau auch nur einen Ton hört.« Hatte er überhaupt eine Frau? »Töne hören Sie im Innern, sie sind vorstellbar, erzeugbar in jeder Nuance; Sie können sich eine Posaune denken, Sie hören, wie eine Trompete schmettert, wie ein Triangel tingt. Ich weiß, das ist kein Verb, tingen, aber es paßt für die Triangel, finden Sie nicht?«

Wladimir Anatoljewitsch nickte humorlos.

»Also. Töne sind leicht, aber bei Bildern wird's schwieriger. Können Sie sich wirklich vorstellen, wie ich aussehe, wenn ich weg bin? Nicht leicht, was? Trotz meiner markanten Erscheinung. Es geht meist nur mit Leuten, die man gut kennt. Aber es geht. Es geht auch mit Häusern und Straßen. Es geht eigentlich mit allem. Du schließt die Augen und denkst dir was, und du kannst's sehen. Nur mit dem Riechen geht das nicht. Die Vorstellung bleibt leer. Genauso ist es übrigens mit dem Schmerz. Unser Glück. Und drum taugt das Riechen auch so gut für die Erinnerung. Sie erinnern sich erst wieder an einen Geruch, wenn Sie ihn riechen. Vorher nicht. Und weil sich der Geruchsinn nicht zwingen läßt, weil er abstrakt bleibt, weil er die Sinne braucht, kann er auch nicht abgenützt werden. Er bleibt stark, immer, und deshalb sind vom Geruch getragene Erinnerungen auch so … so intensiv.«

Ich hatte mich vorgebeugt und beobachtete aus den Augenwinkeln Angela Sergejewna. Wladimir Anatoljewitsch schaute weg.

»Nur bei mir, damals, war das anders. Ich hatte nach diesem Einbruch plötzlich keine Mühe mehr, mir diesen Geruch vorzustellen. Ich wurde zur Ausnahme, es war zum Verrücktwerden. Er kam aus dem Nichts, ich mußte nur an den Einbruch denken, an diese beiden braunen Haufen, und schon war er da. Es war wie eine Depression. Auch daß die Haufen so brav nebeneinander lagen, störte mich – diese spießige, kleinbürgerliche Ordnung, sie paßte überhaupt nicht zu dem, was geschehen war. Das war zusätzlicher Spott. Ach, es war nicht leicht, wirklich. Und wissen Sie, Wladimir Anatoljewitsch, wie ich Erlösung fand?«

»Nein.« Der schöne Geschäftsführer schaute empört zu Markow hinüber, aber der lächelte nur, breit und vergnügt. »Warum fragen Sie ausgerechnet mich?«

»Auf den öffentlichen Klos. Dort waren die Gerüche stark genug. Stärker als meine Erinnerung. Sie können sich meine Erleichterung gar nicht vorstellen. Ich begann diese Klos zu lieben. Diese Stille, besonders auf den großen Restaurantklos. Manchmal hörst du das Rascheln einer Zeitungsseite, dann zackig hallende Absätze. Zwei Kabinen weiter strullt einer wie ein Pferd und schmeißt seine Kippe nach, daß es zischt. Das Plätschern des Lavabos. Hin und wieder ein leises Stöhnen; eigenartig, als ob einer weine. Unter der Tür siehst du Schuhe. Leute gehen hin und her; manchmal bleiben sie stehen – warum? Schließlich das Donnern der Spülung, das Klicken der Tür und dann dieser Typ vor dem Spiegel, der seinen Kamm durch die fettigen Haare zieht, immer und immer wieder, obwohl schon beim ersten Mal alles lag wie geleckt.«

Ich lehnte mich zurück und überprüfte Markows Gesicht. »In dieser Stille wurde ich diese Folter los. Inmitten all dieser Geräusche und Gerüche verblaßte die Erinnerung an die Scheißhaufen. Jedesmal wenn ich aus einem öffentlichen Klo kam, plagte mich der Geruch etwas weniger. Es ging langsam, gewiß, doch es ging stetig voran, und ich wußte, daß ich nach einiger Zeit vom Alb dieses Geruchs ganz befreit sein würde. Oh, wie häufig ging ich damals auf öffentliche Klos! Ich kannte sie alle. In Bibliotheken, Kinos, Museen. In jedem Restaurant ging ich mindestens fünf Mal aufs Klo, die Leute dachten wohl, ich hätte eine schwache Blase. Und eines Tages, es war im Frühling, wann denn sonst, da trat ich hinaus aus irgendeiner Vorstadtspelunke, hinaus auf die Straße, ich glaube, es war der Wolgogradski Prospekt, und alles, was in meine Nase stieg, waren die Abgase der Autos und die Moskauer Luft, die echte, wunderbare Moskauer Luft, die alles besiegt, selbst die Erinnerung an scheißende Diebe. Ich war gerettet.«

»Wie schön für Sie.« Wladimir Anatoljewitsch betrachtete mich mit einer ganz neuen Kälte.

Ich fuhr ungerührt fort. »Übrigens – wißt ihr, wie ich die fixe Idee mit der Rasierklinge loswurde? Ich machte Lenin zum Sprinter. Immer wenn ich ein Brustbild von ihm sah oder eine Gipsfigur auf dem Markt, dann stellte ich mir vor, Wladimir Ilitsch sei diese verhängnisvolle Bahn heruntergeeilt. Nicht sehr sportlich, zunächst etwas hoppelnd, mit ernstem, revolutionärem Gesicht, in seiner vollen Rednermontur. Warum? Aus purem Vergnügen, aus Lust auf etwas Körperertüchtigung, angespornt von bewährten Genossen, die klatschten und liebevoll ihrem Idol zuschauten, das etwas geniert zuerst, dann plötzlich vom Feuer des Wettbewerbs erfaßt das Ungewöhnliche tat, seine kurzen Beine in Bewegung setzte, kühn beschleunigte und voranstürmte, ein paar höflich sich bezähmende Freunde weit hinter sich zurücklassend auf die Zielgerade einbog, als hätte er nie anderes getan, von unbedingtem Siegeswillen besessen, mit gerecktem Bart ins Ziel und in sein Verderben stürzend – und augenblicklich zur Gipsfigur erstarrte.«

»Nun gut, Alexander Michailowitsch.« Markow lächelte mir nachdenklich zu. »Ich denke, daß ich Sie hier stoppen will.« Er sah sich um. »Djewuschka! Die Rechnung bitte, und bitte rasch, ja?«

Die Kellnerin kam sofort und nahm kaugummikauend die Scheine entgegen, die ihr Markow zurückgelehnt, mit weit ausgestrecktem Arm in die Hand drückte. Er grinste ihr verschlagen zu. »Der Rest ist für Sie. Übrigens: Es hat vorzüglich geschmeckt. Wir kommen wieder.« Sie drehte sich beleidigt um.

»So.« Markow klopfte mit beiden Händen auf den Tisch. »Für mich wird es Zeit; ich fühle mich mies. Hab doch zuviel getrunken, gestern. Naja. Sie bringen mich jetzt nach Hause, Wladimir. Angela, wenn du mit unserem Gast noch etwas bleiben willst – erzähl ihm doch noch ein wenig übers Geschäft. Und warum ich nicht zahlen werde. Vielleicht glaubt er's, wenn du's ihm sagst.«

Angela Sergejewna hatte die Sonnenbrille wieder aufgesetzt, obwohl es schon dämmerte. Sie nickte und sagte flach: »Wie du meinst.«

Wir verabschiedeten uns, und Markow und Wladimir Anatoljewitsch bummelten über den Boardwalk weg. Der Geschäftsführer redete wieder heftig auf seinen Chef ein, der stur geradeaus sah. Sein steifer Nacken zeigte, wie unangenehm ihm Wladimir Anatoljewitsch war. Er ging noch langsamer als vorhin; aus der Distanz wirkte er älter, fast greisenhaft.

Angela Sergejewna nahm ihre Sonnenbrille ab und sagte: »Sascha, Sie sind kein sehr appetitlicher Mensch. Ein richtiges Schwein, könnte man meinen. Wladimir war schwer enttäuscht.« Sie lächelte. »Gehen wir noch etwas spazieren?«

›Sascha‹ hatte sie gesagt. Mir war, als habe sie mir etwas geschenkt, aus purem Übermut, so, wie man jemandem, einer plötzlichen Eingebung folgend und vielleicht eine Spur zu vertraulich eine fette Krabbe aus dem eigenen Seafoodteller verehrt. Wir schlenderten zwischen den Russen hindurch, die sich jetzt, wo es kühler geworden war, in Scharen auf dem Boardwalk Appetit fürs Abendessen machten. Der Himmel war schwarzblau geworden im Norden, und von den Flugzeugen sah man nur noch die Lichter und dahinter kleine, rasende Schatten. Die Luft war wie Wasser, schwerer, dichter, sie umfloß uns und gab den paar Kubikmetern um uns herum eine aufregende, verpflichtende Exklusivität. Nach ein paar Schritten blieb Angela Sergejewna stehen, klammerte sich an mir fest, zog auf einem Bein balancierend ihre Schuhe aus, reichte sie mir gleichmütig hin und wurde auf der Stelle kleiner und jünger. An ihren elastischen, weit ausholenden Schritten sah ich, daß sie einmal ziemlich sportlich gewesen sein mußte.

Sie lehnte sich ans Geländer. »Sagen Sie, Sascha, was würden Sie tun? Ich habe Angst. Die Banditen meinen es ernst, das ist klar –«

Sie verstummte und hätte sich jetzt – nicht wahr, Iwan Andrejewitsch? – Trost suchend an mich lehnen sollen. Aber das tat sie nicht. Sie holte eine Schachtel Zigaretten aus der Tasche, ignorierte meine zaghaft angedeutete Hilfsbereitschaft und schaute über das schwarze, ölige Wasser hinweg zum Rockaway Point, wo ein gelbes Licht schwach blinkte. Irgendwo, weit draußen in der Bucht, raste ein Motorboot ohne Licht durchs Dunkel. Mit belegter Stimme sagte ich, dieser Andrei sei mir unheimlich.

Sie nickte wie in Trance, hob fröstelnd die Schultern und legte die linke Hand um ihren Körper. Eine Geste, die mich an Mutter erinnerte. Mutter war gedemütigt worden. In Prag, vor Jahren. Wir waren mit ihr in die Tschechoslowakei geflogen zu einem Konzert. Alle zusammen, eine Ausnahme, um die Vater wochenlang gekämpft hatte. Ich war aufgeregt, konnte nicht schlafen vor der Abreise, führte sogar ein kleines Tagebuch, das einzige bisher in meinem Leben. Zum ersten Mal im Ausland. Daß es nicht das richtige, das westliche Ausland war, war mir egal, dafür war ich zu jung. Mutter spielte im Smetana-Saal mit der Prager Philharmonie, eine Ehre, die ihr in Moskau endlich jene Sticheleien eintrug, auf die sie so lange geduldig gewartet hatte. Ich war vierzehn, erreichte mit den Füßen schon fast den Boden und konnte von meinem Platz aus sehen, wie sich ihr Mund leicht verzog, als der Flügel zum ersten Mal jenen leicht verstimmten Ton von sich gab, der ihr Leben zerstören sollte. Wie das kommen konnte, wissen wir noch heute nicht, aber Mutter ist sicher, daß es weder die Hitze noch die Feuchtigkeit war, sondern Sabotage. Sabotage, sagte sie, noch Monate später, und in ihrem Mund klang das Wort noch dramatischer als sonst. Sie spielte weiter, was hätte sie tun sollen? und ich begann auf diesen Ton zu warten, ängstlich und lustvoll zugleich, und hielt jedesmal die Luft an, wenn die sirrende Dissonanz mein Ohr traf. Je öfter er kam, desto angestrengter und verzweifelter hörte ich hin. Nach dem Schlußakkord blieb Mutter eine Weile sitzen und bewegte die Schultern, als ob sie sich entschuldigen wolle. Der Applaus war generös, doch sie schien ihn nicht zu hören. Sie erhob sich und blickte mit leeren Augen ins Publikum hinab, stand einfach da, ohne sich zu verbeugen. Das lange dunkelgrüne Kleid über ihrem Bäuchlein wölbte sich, sie atmete flach und heftig. Das Kleid saß nicht gut, Sweta und Anna hatten mich darauf aufmerksam gemacht; Mutter hatte es von Tante Lydia bekommen, die einst, vor der Revolution, bei einer Damenschneiderin gearbeitet hatte und manchmal, wenn sie auf Umwegen Stoff und westliche Schnittmuster ergattert hatte, für Mutter zur Schere griff. Ihrer aufdringlichen Liebe konnte sich niemand entziehen, und darum mußte Mutter in Prag im Grünen spielen, das sie, als sie so traurig oben auf der Bühne stand, zusätzlich zu verhöhnen schien. Ich ballte die Fäuste und wünschte, sie würde endlich gehen oder sich verbeugen oder lächeln, denn jetzt begannen die Leute im Saal sich anzuschauen. Einige grinsten. Da schüttelte Mutter den Kopf, als sei sie eben erwacht und ging. Vor dem Bühnenausgang nickte sie doch noch leicht ins Publikum, so wie jemand, der nach langem Überlegen etwas begriffen hat. Doch sie verstand nichts und hat es nie verstanden, und als Vater ihr im Künstlerzimmer sagte, das Ganze habe nichts mit ihr, sondern mit Politik und im Grunde verständlicher tschechischer Abneigung gegen Russen zu tun, sagte sie nur, so etwas tue man nicht und schaute ihn an, als sei er an allem schuld. Verehrer hatten an diesem Abend keine Chance. Mutter legte den Mantel um, nahm ihre Handtasche, übersah die verlegene Gruppe älterer Herrschaften vor dem Künstlerzimmer, und statt zum Empfang in der Botschaft fuhren wir direkt ins Hotel zurück. Vater telefonierte, wehrte Neugierige ab und versuchte, den verzweifelten russischen Kulturattaché zu trösten, der dreimal anrief, um Mutter umzustimmen und beim letzten Mal sogar verlegen und ungeschickt mit Unannehmlichkeiten drohte. Die hatte er wohl selber. Vater schickte mich mit Anna und Sweta hinunter an die Hotelbar. Wir setzten uns an ein rundes, wackeliges Tischchen, bestellten Saft und sahen den blonden Damen zu, die die Handtaschen auf die gekreuzten Beine legten, den Rauch zur Seite bliesen und große Augen machten, wenn ihnen die Herren auf den Hokkern nebenan etwas erzählten. Zwei Halbwüchsige mit schweren Unterarmen und roten Köpfen riefen mich zu sich, schenkten mir Bier und Schnaps ein und warfen Kußhände zu Anna und Sweta hinüber, die lieb zurücklächelten und durch ihre Röhrchen Blasen in den Saft bliesen. Zwei Stunden später schauten sie hingerissen zu, wie ich in die Toilette kotzte und versprachen, den Eltern nichts zu sagen.

Mutter erholte sich nie mehr vom Prager Konzert. Sie spielte wochenlang kaum mehr Klavier, fuhr ziellos in Moskau herum oder suchte im Musikhaus an der Neglinnaja so lange nach ausgefallener Literatur, bis die Angestellten tuschelten. Die Geschichte machte rasch die Runde, und die Häme, die nun auf sie niederging, war nicht mehr giftig, sondern herablassend. Man gratulierte ihr, man konnte ja nicht anders, denn ein offizielles Konzert in Prag, unterstützt von der Kulturabteilung der Botschaft, das war schon was. Aber die Gratulanten blieben auf der Hut und beobachteten sie aufmerksam, während sie mit beiden Händen ihren Arm faßten. Die Gutmeinenden waren die Schlimmeren. Der stumme Trost in ihren Augen war unverzeihlich, er brachte Mutter an den Rand der Verzweiflung. Die Hämischen, die kamen, um zu sehen, wie sie sich unter ihren Glückwünschen winden würde, machten Mutter nichts aus. Sie wich keinem Blick aus, aber ihre Miene blieb nichtssagend, und damit konnte niemand etwas anfangen. Sie litt für sich, nicht für die anderen. Zuhause saß sie stundenlang am Küchentisch und starrte in ihre seltenen Noten, aber ihre Finger bewegten sich nicht wie sonst auf ihrem Schoß, und ich wußte, daß sie sie nicht las. Vater machte sich Sorgen; er betrachtete sie von seinem Lehnstuhl aus wie ein Bauer sein krankes Tier. Einmal begann sie beim Essen unvermittelt zu weinen und ging hastig aus dem Zimmer. Die Serviette blieb erst an ihrem Bäuchlein hängen und fiel dann kurz vor der Zimmertür zu Boden. Ich holte sie und legte sie auf ihren Stuhl. Sweta und Anna wollten Mutter nachgehen, doch Vater bedeutete ihnen mit einem Blick zu bleiben. Eine stille Hoffnungslosigkeit hatte sich über sie gelegt, an die wir nicht rühren sollten. Sie wollte keine Hilfe. Das verstand ich nicht. Mir war, als feiere sie ihre Demütigung, als betrachte sie sie als Strafe, durch deren duldende Hinnahme sie sich Befriedigung, vielleicht sogar Glück verschaffen konnte. Ihr Leiden war eine feierliche, ernste Angelegenheit, bei der niemand stören durfte. Über Prag fiel kein Wort mehr. Einmal sah ich sie mit gefalteten Händen vor dem Bett knien und beten. Nie hatte ich sie so unterwürfig gesehen. Ich starrte auf das Stück Haut, das mich zwischen der hochgerutschten Bluse und dem Rock höhnisch angrinste. Warum betete sie in einem so unordentlichen Zustand? Zwei Laufmaschen zogen sich an ihren Unterschenkeln hoch, die Pantoffeln waren von den Füßen gerutscht, ihre Haare waren zerzaust. Warum machte sie sich nicht zurecht, wenn sie mit Gott redete? Ich schaute eine Weile auf sie hinunter und sah dann, daß sie nicht mehr betete, sondern weinte. Ihre Schultern zuckten, um ihren Kopf herum wurde es heiß und stickig; in der Rechten knüllte sie mit ihren schlanken, kräftigen Pianistenfingern ein Taschentuch. Ich tastete nach der Tür und verschwand ohne einen Laut. Als ich Onkel Kolja von Mutters Leiden erzählte, sagte er nur, vor Anlässen, zu denen man ein neues Kleid brauche, sei sowieso abzuraten.

Anderthalb Jahre nach dem Konzert in Prag war Mutter tot. Der Krebs hatte sich rasend schnell ausgebreitet. Nach der Operation war sie heiter, als habe sie auf dem Schragen eine Botschaft empfangen, als sei eine Last von ihr abgefallen. Sie sah schrecklich aus, aufgedunsen wie ein dickes Kind, mit strohigem, grauem Haar und einer abgesackten rechten Wange, die ihr etwas Verdrossenes gab. Aus ihren Augen floß zäher Saft, ihre Mundwinkel zuckten. Vater umsorgte sie, wie er konnte, nahm sie mit ins Konzert und blieb geduldig, wenn sie krampfhaft, aber planlos und mit enervierender Ausdauer nach Wörtern suchte. Nach einem Jahr konnte sie kaum noch reden. Die Demütigung, flüsterten böse Tanten nach dem Begräbnis. Die Demütigung hat sie geschafft. Das Unglück von Prag, jaja. Hat ihre Immunkraft zerstört, ihren Lebenswillen; wäre dieses Konzert nicht gewesen, wäre sie jetzt noch am Leben. Quatsch, sagte ich, sie ist einfach gestorben. Prag war es nicht, sie hätte sich erholt, das weiß ich genau. Wie könnt ihr überhaupt so etwas sagen, ihr habt sie doch gar nicht gekannt. Die Tanten sahen mich wortlos an und kauten ihren Rosinenreis. Du widersprichst den engen Verwandten nicht, nicht am Tag des Begräbnisses.

»Woran denken Sie, Sascha?«

»Nichts.« Ich räusperte mich. Wieder dieses vertrauliche ›Sascha‹. »Sie haben mich gefragt, was ich in Ihrer Lage tun würde. Ich überlege. Sagen Sie, seit wann wird Ihr Mann erpreßt?«

»Von Anfang an. Gleich nachdem er den Laden aufmachte, ich glaube Ende 1991, da tauchte dieser Juri Wiktorowitsch auf. Fuhr vor in seinem dicken Mercedes und mit seinen Leibwächtern. Dieser Andrei, den gab's damals noch nicht, zum Glück. Er kam also, sagte, was Sache ist, und Gennadi zahlte sofort. Er machte nicht mal den Versuch, sich zu wehren. Als ich einmal etwas von der Polizei sagte, wurde er richtig böse. Schrie mich an. Völlig ausgeschlossen, niemals. Schließlich wolle er hier etwas aufbauen, nicht krepieren. Er zahlte, als sei es das Selbstverständlichste der Welt. Verdammt, dachte ich, er zahlt, er gibt sein Geld, sein ziemlich sauer verdientes Geld irgendwelchen dahergelaufenen Idioten, die nicht zwei und zwei zusammenzählen können, und warum? Nur weil sie brutal sind und er nicht, nur weil sie ihm eine Knarre unter die Nase halten und sagen: Wir wollen dein Geld. Wir arbeiten nicht, wir rühren dafür keinen Finger, aber wir wollen's trotzdem, und wenn du nicht spurst, dann kannst du was erleben. Und was tut er? Er zückt gleich den Geldbeutel. Hat ihnen vielleicht noch einen Scheck geschrieben, den Herren von der Versicherung, hat sie zur Tür begleitet und ihnen alles Gute gewünscht. Ehrloser Russe, verdammt. Und ich bin seine Frau. Das hat mich unwahrscheinlich wütend gemacht, damals. Verstehen Sie?«

»Und heute?«

Sie lächelte bitter. »Heute begreif ich's natürlich. Ich bin reifer geworden, Sascha, verstehen Sie: reifer. So nennt man's doch, wenn man aufgibt, nicht?« Sie warf ihre Kippe in den Sand ohne draufzutreten, und lachte stumm. »Aber ich liebe Gennadi. Wirklich. Er ist gut zu mir –«

Die Worte ließen mich aufschauen.

»– und zieht mich ein wenig heraus aus dieser Welt hier in Brooklyn, die ich … Naja. Ich hasse sie nicht, aber wenn ich die Amerikaner sehe, die auch ohne all den Blödsinn anständig miteinander leben können, dann denk ich manchmal schon, daß es schön wäre, woanders zu sein.« Sie reckte sich. »Ich bin Amerikanerin, Sascha. Jüdin, o.k., und hier geboren und nie wirklich weggekommen, leider, aber trotzdem Amerikanerin, und ich hab's ja so satt, so satt, all dieses russische Getue hier, dieses sich Bücken und Kriechen, dieses Zahlen, dieses ›Ach Schätzchen, was willst du daran ändern, das ist eben das Gesetz hier‹. Mein Gott, wo leb ich denn? Aber jetzt, nach heute nachmittag … Ich weiß wirklich nicht mehr weiter.«

»Sagen Sie Ihrem Mann, er solle zahlen.«

Sie schaute mich angewidert an. »Das ist alles, was Ihnen einfällt? Zahlen? Das kann er auch ohne Sie. Ach, ihr Russen! Verdammt nochmal. Immer nur nachgeben. Wenn ihr euch doch einmal, ein einziges Mal, wehren würdet!« Sie wandte sich ab.

»Haben Sie eine bessere Idee? Wenn er sich wirklich weigert, sind Sie in Gefahr. Oder Sie müssen weggehen.«

Sie schaute aufs Meer hinaus und murmelte ›Weggehen, weggehen‹, als hätte ich etwas unaussprechlich Blödsinniges gesagt. Dann drehte sie sich ruckartig zu mir. »Schreiben Sie bitte nichts über Gennadi. Bitte. Schreiben Sie übers Geschäft, schreiben Sie von mir aus über unsere wirtschaftlichen Probleme, aber schreiben Sie nichts darüber, daß wir erpreßt werden. Ich sage Ihnen, das wäre sehr gefährlich. Für uns, aber auch für Sie.«

Ich schaute mürrisch zur Seite. Ach ja. Plötzlich war doch wieder alles gefährlich. Zudem mochte ich es nicht, daß sie mir sagte, was ich schreiben solle, und ich war wütend auf mich, weil ich ahnte, daß ich tatsächlich nichts schreiben würde. Schweigend und feindlich standen wir nebeneinander. Der Wind frischte auf und fingerte sich dünne Strähnen aus ihrem Haar. Ich wollte weg, nach Hause in die leere, tröstliche Burg der Beresowskis, wollte duschen, ein Buch lesen, an Moskau denken, an Sweta und Anna zum Beispiel, an ihre sachliche, schwesterliche Kühle, an ihre unverbindliche Solidarität, die in mir immer wieder Sturzbäche brüderlicher Liebe auslöst, von denen sie nichts ahnen.

Da faßte mich Angela Sergejewna am Arm. »Ich hab Lust auf ein Bier, Sascha. Kommen Sie noch auf einen Sprung ins *Wolna*? Und dann bringen Sie mich nach Hause, ja? Ich will Gennadi nicht zu lange warten lassen, nach all dem, was heute passiert ist.« Wir wanderten wieder zurück nach Süden, den funkelnden Türmen und Bögen des Rummelplatzes von Coney Island entgegen und am *Winter Garden* vorbei, hinter dessen zugezogenen Vorhängen eine laute, tiefe Männerstimme lachte und ein Lied einleitete, in das eine umfangreiche Runde begeistert einfiel. Angela Sergejewna schaute hinüber, als habe man sie ausgelacht, und wich angewidert den Lichtstreifen aus, die sich unter den zugezogenen Vorhängen hindurch auf den Boardwalk zwängten.

Drei Stunden später saß ich wieder in der U-Bahn, starrte in die Lichter von Sheepshead Bay und hörte dem feinen, rhythmischen Gezirpe zu, das aus dem Walkman eines Schwarzen drang, der in Trainingsanzug und Mütze neben der Tür stand und an jeder Station sorgfältig den Bahnsteig hoch und runter schaute. Manchmal summte er die Melodie mit, manchmal grinste er versonnen vor sich hin und zeigte riesige, schneeweiße Zähne. Aljoschas Zähne waren gelb gewesen, hatte Markow gesagt. Gelb und lang, Zeichen für Erschöpfung und mangelnde Widerstandskraft. Er war müde gewesen, Aljoscha, müde und elend, aber dennoch lebendig und voller Pläne, als sie ihn ermordeten. Angela Sergejewna ist auch erschöpft. Und sie wird bedroht, wie Aljoscha damals, und sie weiß es, genau wie Aljoscha. Aber sie entscheidet ihr Schicksal nicht selber. Aljoscha riskierte etwas und starb. Hier würde Markow entscheiden. Er konnte etwas riskieren, und das konnte Angela Sergejewna das Leben kosten. Eigenartig. Aljoscha ging mir nicht aus dem Sinn. Ich sah ihn vor mir liegen, in seiner kleinen Wohnung in Kemerowo, sah den schütteren Bart, die geschlossenen Augen, die rötlichen, fast durchsichtigen, von einer feinen Schweißschicht überzogenen Lider. Kemerowo. Ich dachte an die Kohlearbeiter, stellte mir vor, was sie tun würden, wenn sie plötzlich in dieser U-Bahn stünden. Schüchtern wären sie wohl zuerst. Würden sich zusammenrotten, die grelle Reklame über den Fenstern anstaunen, verstohlen zu dem schwarzen Jungen schielen und ihn bewundern für seine Lässigkeit, seine coole Art, und sie würden sich freuen, ganz bescheiden und etwas naiv, wenn er, der Amerikaner, sie grüßen würde. Vielleicht würden sie denken, daß er mehr wisse als sie und daß es schick sei, sich so sehr mit sich selber zu beschäftigen und sich so sorgfältig herauszuputzen. Dann würden sie mutiger werden, weil sie erleichtert feststellten, daß die Welt überall gleich ist, sogar in New York, daß der Wagen Haltegriffe und Sitzbänke hat und daß die, die drauf sitzen, genauso verloren im Rhythmus der Weichen schwanken und ebenso verhärmt ihrem Spiegelbild in der Scheibe ausweichen wie die Menschen in Kemerowo, und diese Erkenntnis würde sie übermütig machen, übermütig und, warum nur? auch stolz, und sie würden zu tanzen beginnen, einen wilden sibirischen Tanz mit Kniebeugen, fliegenden Armen und Luftsprüngen. Sie würden über die Bankreihen springen, Pickel und Schaufeln hell knallend gegeneinanderschlagen und würden singen, tief und wohltönend, wie wir Russen nun mal singen, würden die Passagiere aus ihren schwarz geränderten Luchsaugen im Vorbeifliegen anblitzen wie der Leibhaftige persönlich, freundlich und trotzdem teuflisch, so lange, bis der ganze Zug rhythmisch mitklatschte und beim nächsten Halt besorgte Offizielle herbeieilten, um nach dem Rechten zu sehen. Doch die fänden nichts zum Fürchten, denn in der Zwischenzeit hätten sich die wilden Tänzer zum Chor geformt, stünden schwarz und hoch im Mittelgang, und aus der U-Bahn wäre eine Kirche geworden, ein schmales, hell erleuchtetes, durch die Nacht rasendes Gotteshaus. Die Reklametafeln wären zu Ikonen geworden, die Passagiere zu Betenden, und vorne stünden die bleichen schwarzen Männer, die Augen streng aufs Publikum gerichtet, und ihr Gesang würde sich mit dem Hämmern der Schwellen zu einem machtvollen Gebet vereinen und die schwitzenden Offiziellen nötigen, ihre Mützen vom Kopf zu nehmen. Und prachtvoll dröhnend, die Seele von allem Bösen reinigend mit einem einzigen, strahlenden Akkord würden sie schließlich enden, meine Kohlearbeiter, würden elegant ihre Pickel schultern und rasch und leise den Zug verlassen – zum Beispiel an der Station »Atlantic Avenue«.

Aber New York, nicht wahr, Iwan Andrejewitsch, ist nicht Kemerowo. Und auch in Kemerowo hüpfen die Bergarbeiter nicht über Bankreihen. Sie steigen in ihre Hosen, gepeinigt und erschöpft schon am Morgen, und fahren hinunter in die schwüle Hitze des Berges, um die Kohle hervorzukratzen, die Rußland und sie am Leben hält. Und wenn sie wieder hochgefahren werden sind sie so müde, daß sie kaum noch die Zigarette halten können und nicht ans Singen denken und ans Tanzen schon gar nicht. Sie strecken die Beine aus im Bus, schauen trübe auf den Schmutz unter ihren Fingernägeln, den hervorzukratzen sich doch nicht lohnt, essen etwas, sinken ins Bett und hören dem Regen zu, der leise vom Altai heruntergekommen ist und mit tausend leichten Fingern den Kohlestaub wegtrommelt, der sich auf die Häuser und die Straßen gelegt hat und nun sanft, aber unerbittlich hinuntergespült wird in die Röhren und Kanäle, hinunter in den Fluß und weg, weg in eine andere Gegend, in eine andere Oblast, in ein anderes Land.

Und dann schlafen sie, wie nur Tote und Bergarbeiter schlafen und hören nicht, wie der Regen langsam nachläßt, weil sich die schwarzen Wolken durch die schwarze Nacht weiterwälzen nach Westen, nach Nowosibirsk.

Nowosibirsk. Markow war in Nowosibirsk aufgewachsen und dann nach Kemerowo gezogen. Warum hatte er erzählt, er sei in Moskau zur Schule gegangen?

VII

Niemals wird ein Westler uns Russen verstehen.

Seien Sie ehrlich, Iwan Andrejewitsch – den Satz lieben doch auch Sie. Bequem, nicht wahr? Besonders wenn man ihn aufsässigen Westlern entgegenwerfen kann, die fassungslos vor unserem Chaos stehn. ›Daß Sie das nicht kapieren, mein Lieber, überrascht mich nicht, denn letztlich – unerläßlich, dieses ›letztlich‹ – werdet ihr Westler uns Russen ja doch nie verstehen. Euer Intellekt in Ehren, aber hier stößt er an seine Grenzen. Wer uns begreifen will, braucht mehr: die Einsicht, daß unter all dem, was euch wie ein Widerspruch vorkommt, eine umfassende Wahrheit verborgen liegt, die die Intuition fordert, das Herz, mehr: die Seele. Denn nur die Seele ist in der Lage zu erfassen, was unter der Oberfläche vorgeht. Die Seele ist wichtig, unentbehrlich; sie ist das Ohr, mit dem wir in den dunklen Garten der Wahrheit hineinhorchen, mein Lieber, und was Sie in Ihrer kleinlichen Beschränkung auf das im herkömmlichen Sinn Erfaßbare … –‹

Aber hier wollen wir auch gleich wieder aufhören, nicht wahr, Iwan Andrejewitsch? Denn wir wissen gar nicht, was uns unerträglicher ist, unser Geschwätz oder das Gesicht des Westlers, das so brav und ehrfürchtig geblieben ist dabei. Ach, und wissen wir etwa nicht, warum es so brav und ehrfürchtig geblieben ist? Wir haben ihn an seinem wunden Punkt getroffen. Denn ja, in der Tat, das hat er sich auch schon überlegt – natürlich fehlt ihm etwas im Leben, und er gesteht bereitwillig, daß er gerne wüßte, wie es ist, drei Nächte nicht zu schlafen, mit Stoppelbart und fiebrigen Augen in Schenken herumzusitzen und unbedingt, unbedingt die Liebe eines Menschen oder die Gnade Gottes gewinnen zu müssen. Denn er möchte auch wieder einmal so richtig herumgeworfen werden von der Leidenschaft, und er hat es satt, sich im Morgengrauen zu fragen, warum ihn sein geregeltes, westliches Leben so unglaublich anödet, wo er doch nichts mehr fürchtet, als es zu verlieren. Er neidet uns unser Leiden, mehr noch als unsere Leidenschaft; er glaubt, daß es uns adelt und stärkt. Und es würgt ihn etwas, wenn er dieses irre Leuchten in unseren Augen sieht, weil er meint, dies sei die Flamme des Lebens. Eine leise, aber hartnäckige Stimme sagt ihm, diese Flamme brenne nur dort so richtig, wo der kalte Wind der Entbehrung pfeife.

Wer wüßte all dies besser als Serjoscha? Niemand liebt wie er die fiebrigen Augen, und niemand hört interessierter zu, wenn ihm leidgeprüfte Russen von ihren Erfahrungen mit dem Übersinnlichen erzählen. Daß er sich gleichzeitig lustig macht über sie, merken die wenigsten. Dabei ist es so deutlich zu sehen. Er nickt und gurrt wie eine Taube, er sagt Oh und Aha und Nein, was Sie nicht sagen, und zwischendurch grinst er so eitel an sich herunter wie der Bildungsbürger, der eben den kleinen musikalischen Scherz erkannt hat, den der Dirigent ins Matinéeprogramm – perlend wie Champagner – eingebaut hat. Daß Serjoscha staunt, kommt selten vor. Es war an einem heißen Sommertag an der Warschawskoje Chaussee. Wir kamen mit einem älteren Mann ins Gespräch, der sein ganzes Vermögen an den Betrüger Mawrodi verloren hatte, still auf einer Bank saß und gierig den Wodka trank, den ihm Serjoscha zur Stärkung gereicht hatte. Es war heiß. Vom Eingang zum Institut Mawrodis, wo sich die Zornigen stauten, drangen in Wellen dunkle, empörte Seufzer herüber. Näher zur Straße standen in lockeren Haufen die Neugierigen, die nichts oder nur ein paar tausend Rubel investiert hatten; sie betrachteten mit lustvollem Bedauern die armen Schweine, die ihre Existenz verloren hatten und dagegen anschrien, obwohl sie wußten, daß sie ihr Geld niemals wiedersehen würden. Da und dort brannten kleine Feuerchen, genährt von Zeitungen und wertlosen Zertifikaten. Durch schattige Wälle aus Menschenleibern, durch Rauch und Gestank drangen Transistorklänge.

Der Mann, den sich Serjoscha auserwählt hatte, reichte uns die Flasche mit einem winzigen Rest zurück und sagte, er verstehe das nicht. Der Baum habe ihm den richtigen Tip gegeben, da sei er sicher.

»Der Baum?«, fragte Serjoscha.

»Es ist so«, sagte der Mann. »Ich habe einen Freund.«

»Sie haben bestimmt viele Freunde,« sagte Serjoscha.

»Gott segne sie.« Der Alte senkte fromm die Augen.

»Und dieser Freund?«

Dieser Freund, sagte der Mann, habe jüngst in der Metro, auf der Ringlinie zwischen der Taganskaja und der Kurskaja, eine Frau getroffen. Eine außergewöhnliche Erscheinung. Blaß und rein, mit naivem, unendlichem Wissen. Sie habe den Freund, der sich elend gefühlt habe an diesem Tag, gefragt, was ihn plage. Der Freund hatte Geldsorgen. Da habe sie ihm von diesem Baum im Fili-Park erzählt. Mit diesem Baum habe es etwas ganz Besonderes auf sich. Man müsse ihn umarmen, müsse das Ohr an die Rinde legen, und wenn man lange und ernsthaft hinhöre, beantworte er Fragen. Aber nur mit Ja oder Nein. Man müsse sich sehr konzentrieren. Wenn man sich ablenken lasse, spreche er nicht. »Aber ich höre vieles«, sagte der Mann. »Mehr als andere.«

»Ich dachte, es sei ihr Freund gewesen, der diese Frau …«

Serjoscha glaubt ans Übersinnliche, aber er ist ein Pedant. Ein vorwurfsvoller Blick des Mannes brachte ihn zum Schweigen. Serjoscha reichte ihm noch einmal die Flasche, und der Mann putzte auch noch den Anstandsrest weg.

»Sie haben also diesen Baum gefunden und an ihm gehorcht?«

Genau, sagte der Mann. Er habe ihn ohne Mühe gefunden, obwohl ihn die Frau nicht genau beschrieben hatte. Das dürfe sie nicht. Das dürfe niemand. Der Baum müsse einen rufen.

»Rufen?« Serjoscha beugte sich vor.

Selektion, sagte der Mann. Wenn einer stumpf und dumm sei,

wenn einer nicht höre, wenn der Baum rufe, dann habe das Ganze sowieso keinen Zweck. Lustlose könnten durch den Park laufen, bis sie schwarz würden, den Baum würden sie niemals finden. Er offenbare sich nur dem Suchenden. Das sei normal. Er sei also durch den Park gegangen, zuerst den graden Weg hoch bis zum Platz mit den Pavillons, wo Schach gespielt wird, dann hinunter zum Fluß. Dann links. Er habe tief durchgeatmet, an nichts gedacht und gehorcht. Also, ein Kinderspiel sei das gewesen. Der Baum habe geradezu nach ihm geschrien. Seine Stimme sei übrigens erstaunlich dunkel. Sie passe gar nicht zu ihm. Eine Birke sei es, hoch, alt und ziemlich weiß.

»Eine Birke? Schau her.« Gequälte Überheblichkeit machte Serjoscha die Stimme heiser.

Jawohl, eine Birke, sagte der Alte. Er habe die Handflächen auf den Stamm gelegt, das Ohr an die Rinde gepreßt, eine Frage gestellt und gelauscht. Er habe auch eine Antwort gehört, ganz deutlich.

»Und was haben Sie den Baum gefragt?«

»Das darf ich nicht sagen«, sagte der Mann. Traurig schaute er auf das Zertifikat der Bank in seiner Hand, das einst fast tausend Dollar wert gewesen war und jetzt nichts mehr. »Ob ich mein Geld bei Mawrodi anlegen soll.«

Ein warmer Wind blies die Straße hoch. Dutzende von blauen Zertifikaten hoben sich aus dem Dreck und wanderten ein paar Meter in die gleiche Richtung. Ein besonders schmutziges Exemplar blieb an meinem Schienbein hängen. Ich klaubte es mit spitzen Fingern weg.

»Und was hat er geantwortet?« Serjoscha war sehr ernst geworden.

Ja, sagte der Mann. Ganz eindeutig: Ja. Geh und investiere. Plötzlich schlug er sich mit der platten Hand gegen die Stirn. Doch, Iwan Andrejewitsch, er schlug sich mit der platten Hand gegen die Stirn! Er verstehe nicht, rief er, wie das geschehen konnte. Warum ihm der Baum das angetan habe. Warum ihm das überhaupt jemand antue. Ob die Herren vielleicht ein paar Dollar übrighätten? Er nehme auch gerne ein paar Tausend Rubel.

Wir kauften ihm noch eine Flasche Wodka und ein Paket Zigaretten am Kiosk und fuhren Billardspielen. Unterwegs stritten wir, bis sich die Leute neugierig nach uns umdrehten. Ich fand seine Geschichte interessant, aber widerlich. Eine abstoßende, gekünstelte Huldigung ans Irrationale. Markow hatte mich so angesehen, als er von Aljoscha erzählte: lauernd, anzüglich. Aber Markow hatte wenigstens Charme. Der Alte war ein Säufer und hatte nichts außer dieser ärgerlichen Geschichte. Nichts! Und wie Serjoscha an seinen Lippen hing! Aber mein Freund verteidigte sich. Er halte diese Geschichte für außerordentlich ergiebig. Der Alte habe etwas Magisches gehabt – ob mir die Aureole über seinem Haarkranz wirklich entgangen sei? Nein, diesen Baum müsse er finden. Serjoscha prüfte meine Geduld arg in solchen Momenten, Iwan Andrejewitsch.

Tracy hätte nie behauptet, Russen könnten Amerikaner nicht verstehen. Das hätte weder zu ihr noch zu Amerika gepaßt: Wie könnte Amerika sich wünschen, nicht verstanden zu werden! Aber sie hätte es sagen können. Und ich erst! Wie oft gab sie mir Rätsel auf. Warum hatte sie sich im Flugzeug so verausgabt, wenn sie doch nichts von mir wollte? Warum waren ihr die süßen Geheimnisse, die sie mit mir teilte, so wenig wert? Ich wollte es wissen und fuhr hoch zur Columbia-Universität, slawistische Fakultät, und fand sie nach genau zwanzig Minuten.

Sie saß an einem runden, weißen Tisch, die Beine hochgelagert, umgeben von einer Gruppe gutangezogener junger Menschen, die dann und wann riesige weiße Kartonbecher an die Lippen hoben. Sie war der Mittelpunkt, warf lachend den Kopf nach hinten und schaute dann und wann schelmisch zu zwei jungen Männern hinüber, die mit hochgezogenen Mundwinkeln grinsten wie Marionetten. Schön war sie, und schön war auch die Gruppe. Sauber und aufregend. Kein wildes Knäuel von Menschen, sondern ein lockeres Gefüge, vom Zufall mit leichter Hand zu einem ästhetisch befriedigenden Ganzen gefügt, mit einer Mitte, einem Oben und einem Unten, spannungsgeladen und gleichzeitig harmonisch wie eine häusliche Szene Repins. Gepflegte, gesunde Individuen, einwandfrei kommunizierend, mit einem entwickelten Gefühl für Distanz. Aus einer Wandnische floß weißes, weiches Architektenlicht auf den Boden und bestrahlte die Gruppe von unten.

Mir wurde etwas schwindlig. Warum machte mir dieser Anblick Angst? Ich trat ein paar Schritte zurück und probierte hinter einer Säule erst einmal zwei, drei Anreden durch. ›Hallo, bin ich froh, dich endlich wiedergefunden zu haben‹ – unmöglich, das klingt nach schwitzender, verzagter Suche. Als hätte ich seit dem Abschied am Flughafen nicht mehr geschlafen. ›Schau mal an – du hier?‹ – eine glatte Lüge, als wär ich zufällig über sie gestolpert. Mist. Ich hatte sie gesucht, daran konnte ich nichts ändern. Das beste war wohl ein bescheidenes, zu nichts verpflichtendes, uramerikanisches ›Hi‹.

Also atmete ich tief durch, machte ein paar Schritte und sagte »Hi« – aber warum erschrak sie nur? Sie erschrak, als ich auf sie zukam, zuckte zusammen, kurz nur, aber ich sah es genau. Sie war entsetzt, Iwan Andrejewitsch, einwandfrei entsetzt. Mit aufgerissenen Augen starrte sie mich an, und mir war, durch ihr Entsetzen glimme es einen Moment lang wie Zorn. Sie warf einen kurzen Blick auf ihre Freunde, die interessiert ihre Becher deponierten, und dann änderte sich ihr Ausdruck. Warum? Hatte ich mich verändert? Sie strahlte plötzlich, stand auf, streckte die Arme aus, trat auf mich zu und küßte mich, links rechts links, so innig und zärtlich, wie sie mich auf dem Flughafen hätte küssen sollen, und in ihren grünen Augen leuchtete ein diabolisches Feuer, das ich auch nicht verstand. »Säscha!«, rief sie, und mein Herz hüpfte, als ich das helle, vertraute ›ä‹ hörte, »Säscha! Welche Überraschung! Wie hast du mich nur gefunden, ich bin ja so froh? Komm, setz dich zu uns und erzähl von deinem Abenteuer, was willst du trinken? Oh, das ist großartig! Oh, das ist so aufregend?« und ich setzte mich in den Kreis der jungen Leute, die höflich zur Seite rückten und mir verschwörerisch zulächelten. Tracy entflog, um Kaffee zu holen, und ich wurde vom Einsamen, Verdächtigen zum Mittelpunkt, schüttelte Hände, registrierte und vergaß Namen, sog Parfümwolken ein und bezähmte meine Hand, die sich der Zigarettenpakkung in meiner Brusttasche bemächtigen wollte.

»Wo habt ihr Kerle euch denn kennengelernt?« fragte mich eine Frau.

»Im Flugzeug.«

»Oh, ist das nicht wundervoll?« Die Frau schaute sich nach ihren Freunden um, die emsig nickten. »So nett.«

»Nicht in Moskau, richtig?« Ein Mann, der auf dem Tisch saß und die Füße auf einen Stuhl gestellt hatte, schaute mich prüfend an. Was meinte er damit?

»Nein, nicht in Moskau. Im Flugzeug.«

»Im Flugzeug. Da hat man ja auch Zeit, richtig?«

Tracy kehrte zurück, beobachtete eine Weile zufrieden, wie ich mich mit ihren Freunden unterhielt und stellte mir dann eine Reihe von klugen Fragen, die mir Gelegenheit gaben, bescheiden und ebenso klug zu antworten. Lächelnd saugte sie meine Worte in sich hinein und überwachte das Lächeln der anderen durch ständige Seitenblicke. Nicht, daß das nötig gewesen wäre. Die Studenten ließen mich nicht aus den Augen. Aber sie blieben dabei auffallend gelassen. Voll innerer Würde schauten mich diese Amerikaner an, leuchtend und ernst zugleich wie die Helden ihrer Filme, die alle wichtige Missionen zu erfüllen haben und ihren Kämpfen gegen Eindringlinge aus dem Weltraum, gegen Dinosaurier und Termiten auch stets gefaßt entgegensehen. Wie weh mir das tat! Wie schmerzlich spürte ich im Kreis dieser majestätischen, vorsatzbeladenen und gleichwohl entspannten Persönlichkeiten die Absenz eigener großer Vorsätze! Verwundet seufzte ich in mich hinein. Ich hatte keine Mission, Iwan Andrejewitsch. Ich war auf Dienstreise, und ich verfolgte keine hohen Ziele. Niemals wäre ich zu einem Ausländer in Rußland so zuvorkommend gewesen wie diese Amerikaner. Ich ahmte ihren Gesichtsausdruck nach und fragte sie nach ihren Interessen, und bereitwillig, mit kontrolliertem Feuer erzählten sie von ihren Kämpfen für die Rechte der Armen, der Schwachen und der Tiere, und wenn einer redete, senkten die andere die Köpfe und nickten nachdenklich. Ich nickte mit, aber schuldbewußt. Ich hatte keine Aufgabe. Ich rannte dem Geld nach, hatte, Gott sei Dank, einen Job, hatte Galja und Subow, einen Chef, der mich machen ließ, dankeschön. Aber ich hatte keine höheren Interessen. Ob es am Wohnort liegt? Wenn du zweimal zu Galjas Wohnung an der Flotskaja Uliza hochgegangen bist, an den Verschlägen der Maximows und der Rybins vorbei, vorbei an den blinden Fenstern der Zwischengeschosse, in denen sich nachts die Katzen entleeren, dann vergeht dir die Lust auf Höheres. Die Flotskaja bringt keine Wohltäter hervor. Für Galja setze ich mich ein, gut. Aber dann ist Schluß. Wem schulde ich sonst etwas? Und wer sagt mir, für welches Ziel zu kämpfen sich lohnt? Niemand. Ich taste mich durchs Leben, mit zusammengekniffenen Augen wie in der Banja, wenn der Dampf die Bretter fettet, und weiter als bis zur nächsten Sitzbank habe ich noch nie gesehen. Wie sollte ich da mein Lächeln veredeln durch das Abstreifen eigensüchtiger Gedanken? Ich verkrampfte mich und grinste vor lauter Verkrampftheit, aber die jungen Leute merkten nichts. Sie warben um mich, ohne mich zu sehen, und das werbende Lächeln auf ihren gescheiten, sensiblen Gesichtern verhöhnte mich. Ich sei einer von ihnen, wollten sie mir damit sagen. Unsinn. Beleidigender Unsinn. Ich erzählte aus meinem russischen Leben, angespornt durch pausenloses Nicken, unterbrochen von verständigen, teilnahmsvollen Fragen. Ich antwortete, und sie schauten mich an, als habe ich einen langen, entbehrungsreichen Kampf hinter mir, als habe ich mich durch feindliche Linien zu ihnen durchgeschlagen ins Licht, in die Wärme, in die Sicherheit. Sie lehnten sich zurück, spitzten nachdenklich die Lippen und horchten verzückt ihren fairen Erkundigungen nach. Ruhig, überlegen, entspannt. Relax, young man. Ich sah auf die geschwollenen Adern auf meinem Handrücken, auf meine grüne

Fallschirmjägeruhr, die mir plötzlich peinlich klobig vorkam, und seufzte wieder, diesmal hörbar. Und auf einmal wußte ich, Iwan Andrejewitsch, daß es nichts Kostbareres gibt auf dieser Welt als das Recht, wider besseres Wissen das Verkehrte zu tun.

Diese Lockerheit. Sogar ihre Kleidung war locker. Jeans, Hemd, T-Shirts, Turnschuhe: casual. Eine einzige Frau, eine Brillenträgerin mit sehr roten Wangen und breiten Handgelenken, trug ein Kleid, ein weites, braunes Gewand, das fast bis zu den weißen Söckchen reichte. Ich steckte den Daumen unter meinen beengenden, schweren Ledergürtel und schaute hilfesuchend auf Tracy. Sie durchbrach das Diktat der Lässigkeit – Gott sei Dank. Weiße Bluse, beige Stoffhosen, braune, flache Schuhe. Einfach, dezent, elegant; bescheidener, aber vortrefflicher Hintergrund für das glühende Kupfer ihrer Haare. Verdienter Lohn für unverdiente Schönheit – schaut her, bin ich nicht zauberhaft? Ich schmücke mich, ich spiele! Harmlos natürlich, ein Ärgernis nur für den geborenen Verlierer. Aber ich schwärme, Iwan Andrejewitsch, und unterschlage, daß sich Tracys wissender Blick von Zeit zu Zeit in ihren Schoß senkte, wo fahrige, schwitzende Hände ein kleines, weißes Taschentuch zerknüllten. Warum nur?

Und warum wurde sie wieder schweigsam, als wir endlich allein waren und durch die Straßen gingen, um ein Restaurant zu finden? Hatte ich für ihren Freudensturm in der Kantine zu zahlen? Unruhig huschten ihre Augen die Straße auf und nieder; sie mied meinen Blick. Als wir gingen, hatten ihre Freunde die duftigen Haare nach hinten geworfen, hatten unbefangen gelacht und uns guten Appetit gewünscht. »Macht's gut, you guys!«, klang es hinter uns, und im Zurückwinken sah ich fünf, sechs muntere Augenpaare und blitzende Zahnreihen, die dem fröhlichen Abschiedsgruß etwas bedrohlich Gesundes gaben. Ihr Kerle. Tracy wich mit einem geschmeidigen Hüpfer einem Zeitungsverkäufer aus. Sie sah nicht aus wie ein Kerl. Robust war sie, aber feinfühlig. Feinfühlig und etwas eingebildet wie die mageren Mädchen auf der Unterwäschereklame am Times Square, die auf mich herunterschauten, als betrübe sie mein Mangel an Ernsthaftigkeit.

Wir fanden ein kleines, teuer aussehendes Lokal und warteten stumm, bis eine modisch gekleidetete Kellnerin herantanzte, riesige Speisekarten vor uns hinlegte und die Spezialangebote bejubelte. Tracy bestellte einen kleinen Salat, ich entschied mich für ein Spezialangebot. Gute Wahl! rief die Kellnerin kriegerisch, lachte wild und riß die Speisekarten wieder an sich. Noch bevor sie sich ganz umgedreht hatte, erstarb ihr Lächeln, und sie sah von der Seite alt und böse aus. Wir schauten uns an und waren uns fremder denn je – oh, hätte ich sie nie gefunden! Wie sollte ich sie je verstehen? Wer war sie denn? Eine Zufallsbekanntschaft, eine Fremde, die nichts mit mir zu tun hatte und vermutlich auch nichts mit mir zu tun haben wollte. Und warum hatte sie plötzlich diese braunen Flecken auf den Fingerspitzen? Verdrießlich stocherten wir im Essen herum. Ich erzählte ein wenig von den Beresowskis und von New York, aber wahrhaftig, Iwan Andrejewitsch, mit der Schilderung russischer Begeisterung über amerikanische Wolkenkratzer bringst du eine New Yorkerin nicht in Wallung. Ihr zuvorkommendes Nicken wurde ärgerlich höflich, und schon begann ich vor lauter Verlegenheit mein Essen näher zu betrachten – da fiel mir Markow ein.

Von da an war alles anders.

Ihre Augen begannen zu leuchten wie damals im Flugzeug. Sie setzte sich aufrecht hin und hörte auf zu kauen. Als ich ihr die Drohungen Juri Wiktorowitschs und den Angriff Andreis schilderte, rundete sie die Augen und sparte nicht mit kleinen, gurrenden Lauten wohligen Entsetzens. Oh mein Gott, sagte sie; oh mein Gott, immer wieder, hingerissen von so viel aufregender Gewalt – aber was erzähle ich Ihnen das auf Russisch? Auf Amerikanisch hätten Sie sie hören müssen, Iwan Andrejewitsch. Ou mei Gaad!, hieß das, und ou mei Gaad?, immer wieder. Sie nickte wie eine mechanische Puppe, und zwischendurch seufzte sie behaglich. Schrecklich. Und das in Amerika, hier bei uns, man sollte es nicht glauben! Und dann die Fragen. »Und du? Hast du denn gar keine Angst gehabt?« Sie preßte die Brust an die Tischkante.

Gibt es Herrlicheres, als seinen Mut durch das bereitwillige Eingeständnis einer vernünftigen, aber nicht überbordenden Angst zu erhöhen?

»Und wie hast du dich gefühlt, als dieser Andrei Markow ins Gesicht schlug?« Mitfühlend kam das, als knie sie neben mir und stille mit einem weichen Tuch meine blutenden Wunden.

Tja, wie hatte ich mich gefühlt? Ich wiegte bedächtig den Kopf, schaute geprüft in die Weite und sprach von Haß, von unkontrollierbarem, russischem Haß.

»Diese Angela Sergejewna. Wie hat sie denn reagiert? Muß ja schrecklich gewesen sein für sie.«

Ja. Das war es wohl.

»Eine attraktive Frau vermutlich?« Sie ließ ihre Gabel in der Luft stehen und senkte die Lider.

»Sicher, recht attraktiv. Sehr attraktiv sogar.« Warum sollte ich sie mit gespielter Nonchalance argwöhnisch machen?

»Und die Polizei? Warum geht Markow nicht einfach ... Ach, Quatsch, hat natürlich keinen Sinn.« Tracy lächelte, verlegen und stolz zugleich. Sie war in Rußland gewesen und wußte Bescheid. Rasch schaufelte sie ein paar Gabeln seltene Blätter in den Mund und kaute hastig und glückselig.

»Aber sag mal, Sascha, irgendetwas muß man doch tun können?« Sie war eben doch Amerikanerin. »Überlegen wir mal.« Unternehmungslustig stützte sie die Ellbogen auf die Tischplatte. »Ich meine, er hat doch ein Recht darauf, ein sicheres Leben zu führen, nicht wahr. Wir alle haben dieses Recht? Es ist unheimlich diskriminierend, so etwas, nicht wahr?«

Da war keine Antwort nötig. Ich stopfte die kalt gewordenen Spinatravioli in den Mund.

»Und wenn er sich mit anderen Erpressten zusammentäte? Verdammt, die Leute haben doch Geld, genau wie Markow auch. Da könnten sie doch eine Art, eine Art ... Gegenmafia bilden, eine private Schutztruppe, das gibt es doch in Moskau auch ....« Aber ihre Stimme versackte zweifelnd, und sie nickte sofort zustimmend, als ich sagte, daß das schwierig sei oder zumindest sehr riskant. Sie war nicht in Streitlaune. Im Gegenteil. Sie wollte teilhaben an meinem Abenteuer. Hatte sie ein derart langweiliges Leben? Sie blickte mich jetzt unverwandt lächelnd an, und in ihrem Lächeln sah ich eine Aufforderung und jenen leisen Vorwurf von damals, den Vorwurf der Liebe.

Jetzt oder nie. Gemessen zögernd, mit etwas brüchiger Stimme sagte ich, aus irgendeinem Grund hätte ich während der Erpressung an sie denken müssen. Ganz stark. Wie ein Zwang sei das gewesen; als würden meine Gedanken zuerst von jemand anderem gedacht und mir dann eingegeben. Aber ich hätte mich gefreut darüber. Da griff ihre Hand nach der meinen und drückte sie.

Natürlich weiß ich, was Sie jetzt einwerfen wollen, verehrter Iwan Andrejewitsch. Zu billig, nicht wahr? Zu durchsichtig. Nicht ich war der Grund ihrer plötzlichen Zuneigung, sondern das, was mir zugestoßen war. Wie konnte ich darauf reinfallen! Nicht mich liebte Tracy, sondern meine Geschichte. Sowas stößt Sie doch sicher ab, nicht wahr? Sie wollen als Mensch geliebt werden, als Mensch an sich, nicht als Reicher, nicht als Gescheiter und auch nicht als Held spannender Erlebnisse. Das ehrt Sie vermutlich, Iwan Andrejewitsch. Aber sehen Sie: Ich bin da nicht so zimperlich. Ich fühlte mich nicht betrogen. Ich nahm die Hand, die sie mir entgegenstreckte, und ich freute mich auf ihre Küsse, auf ihre Hände und ihren Körper und stellte keine weiteren Fragen. Sollte sie mich wegen der Geschichte lieben oder wegen meiner schwarzen Locken oder wegen was auch immer – Hauptsache, sie liebte mich! Hauptsache, sie mochte mich. Warum immer gleich von Liebe reden? Ihre Gründe gingen mich nichts an, und nach meinen mußte ich nicht fragen. Ich spürte die Wärme ihrer tastenden Finger, und das genügte. Ich glühte, obwohl aus einem kleinen Gitter in der Decke eisige Luft auf mich herunterfloß, und Gedanken, gleich welche, waren mir in diesem Moment lästig. Ich hielt Tracys Hand, ich wurde mutig und gelassen wie Tracys Freunde, und ich spürte, wie mich ihr anmutiges, fast fehlerfreies Russisch zum ersten Mal erregte. Je länger ich es hörte, desto fremder und begehrenswerter kam es mir vor, und ich wurde kurzatmig, hart und gierig. Ich begehre, was mir fremd ist, Iwan Andrejewitsch – was soll ich mit Bekanntem? Ihre Begeisterung ließ sie lauter reden, und ihre Stimme bekam etwas Metallisches, Glattgeschliffenes, genau wie im Flugzeug. Mit trockenem Mund starrte ich sie an, und während sie erzählte, wie sie in Moskau einmal fast überfallen worden wäre, sah ich sie auf meinem Bett bei den Beresowskis vor mir liegen, mit hungrig aufgerissenen Augen und weit geöffneten Schenkeln, hörte sie stöhnen und schreien mit dieser platten, eindimensionalen Stimme. Ob sie meine Gedanken lesen konnte? Ich schluckte mühsam. Sie schaute gebannt auf meine Kehle, ohne ihren Redefluß zu unterbrechen, und mir war, als fordere sie mich auf, jedem ihrer Worte eine erotische Bedeutung zu geben. Und willig gehorchte ich, trennte atemlos Messer, Tunnels und Autotüren von Unverfänglichem, verwandelte sie in Bilder enthemmter Lust und hoffte, Tracy könne sie sehen.

»Ich denke, wir sollten gehen. Ich will dich meinen Eltern vorstellen.« Tracys Sachlichkeit brachte mich an den Tisch zurück, zu Kaffeetassen, Salzstreuern und Servietten. Als wir hinaus in den heißen Septembernachmittag traten, blieb sie stehen, zog die Brauen hoch und fixierte mich mit diesem eigenartigen, bedauernden Blick, den du nicht mißverstehen kannst, und ich nahm sie in die Arme. Zu früh? Sie drängte krallend an meine Brust, und ich küßte sie verlegen ins Haar und auf die Schulter. Doch dann schaute sie feierlich hoch, strich sich sorgfältig eine Haarsträhne aus dem Gesicht, öffnete die Lippen und schloß die Augen. Ihre Zunge war kühl und forsch, und ein leises Stöhnen, das sich fast wie ein Weinen anhörte, ließ mich erstaunt die Augen öffen. Im weißen Flirren über dem Bürgersteig sah ich einen Schwarzen vorübergehen, einen dunklen Umriß ohne Gesicht, und durch Hupen und Taubengurren hörte ich sein ›Wellwellwell‹ – ohne Interesse, ohne Freude, ohne Tadel. Ich fühlte nichts, wie immer beim ersten Kuß, mein Herz blieb leer, überrumpelt, unfähig, Neues zu verstehen. Aber ich sah mich, als kleine, gekrümmte Gestalt, überwacht von ernsten, müden Augen aus einem finsteren Winkel der Unendlichkeit. Als ich dieses Bild ein paar Wochen später Serjoscha beschrieb, mußte er lachen, so sehr, daß er den Läufer, den er in der Hand hielt, eine Weile gar nicht setzen konnte. »Wunderbar«, sagte er endlich und spuckte in den Matsch neben unserem Tisch im Sokolniki-Park. Es war ein nebliger, kalter Tag, ein Tag, an dem du entweder zu Hause bleibst oder den Magen auf einer Parkbank mit deutschem Dosenbier füllst. »Wunderbar. Kindisch. So ist es richtig. Nur so beginnen große Leidenschaften. Ist es eine große Leidenschaft?«

»Ich weiß nicht. Ich weiß es wirklich nicht.«

»Bestens. Eine große Leidenschaft. Ich bin zufrieden.« Er warf seiner Spucke einen Zigerettenstummel nach, hob den Zeigefinger, streckte ihn mir vor die Nase, kniff ein Auge zusammen, als ob er ziele, krümmte den Finger, schnalzte und sagte: »Bravo!« Dann nahm er einen Schluck Bier, klatschte die Hände zusammen, hauchte hinein und zog den Läufer auf h4. »Bravo. Du kannst stolz auf dich sein.« Er strahlte mich an. »Matt.«

Ein nobles Elternhaus.

»Upper East Side, Honey, wir gehen zu Fuß.« Honey. Es klang, als sollte ich ihr zum vierzigsten Hochzeitstag einen Drink mixen. Gemütlich durchquerten wir den Central Park und nützten Bänke und verborgene Winkel zu weiteren Küssen. Im Lift packte sie mich am Arm und sagte eindringlich: »Du bist ein Freund, Sascha, einfach ein Freund, ein Bekannter aus Moskau, mehr nicht, o.k.?« Es knackte, ich fühlte die wachsende Luftsäule unter meinen Füßen, und auf meine Ohren legte sich ein feines, zähes Tuch. Stumm standen wir im etwas zu hellen Licht und schwiegen, plötzlich zu

Fremden geworden in der bedrohlichen Enge. Schließlich streckte ich die Arme aus und lächelte sie an, aber sie wehrte erschrocken ab – »nicht im Lift, Sascha, bist du verrückt!« Im 48. Stock stiegen wir aus und kamen in eine Wohnung, neben der selbst das Vorortreich der Beresowskis verblaßte. Zwei Etagen mit Penthouse und Dachgarten. Runde Treppen, Blick auf Manhattan und den East River. Antiquitäten und Modernes, alles teuer, alles zwanglos gemischt. Geschliffene Marmorböden, matt glänzendes Parkett, dunkles Tropenholz. Im Lichte kleiner, in der Decke versenkter Lampen leuchteten Originale, farbig und kühn. Stein, Glas, Aluminium, fröhlich streitend, fröhlich verbündet. Und mitten in all dem Luxus: Schultaschen, Einkaufstüten, Zeitungen, Pfeifen, Tennisschläger, ein Fahrrad, eine Golftasche, ein Skateboard – achtlos deponierter Alltagskram, Zeichen hoheitlicher Entspanntheit auch hier. Was kümmern dich Ordnung und stilistische Einheit, wenn du Millionen hast? Mit heißem Herzen dachte ich an die bemühte, spießige Ordentlichkeit der Beresowskis.

Ihre Mutter trug Jeans und Bluse, sah aus einiger Entfernung fast so jung aus wie ihre Tochter und strahlte eisern. Ich drückte eine warme, sportliche Hand und wurde auf eine enorme Couch im Wohnzimmer gebeten. Tracy blieb zunächst an der Tür stehen und sah ungnädig zu, wie ihre Mutter mit aufgerissenem Kiefer den attraktiven jungen Mann aus Rußland in Beschlag nahm. Aber dann setzte sie sich doch zu uns, hörte zu, wie ich ein weiteres Mal von Rußland erzählte, und grinste still vor sich hin, wenn ich die gleichen Wendungen brauchte wie in der Uni. Mama saß kerzengerade, mit zusammengepreßten Knien, überwachte aus den Augenwinkeln die Bewegungen einer dunkelhäutigen jungen Frau, die Gebäck und Säfte auftrug und gab mir durch freundliche, aber etwas gelangweilte Blicke zu verstehen, daß ich zwar ein netter, aber letztlich belangloser Mensch sei. Ihre knochige, fleckige Hand spielte an einer schweren Halskette herum. Gegen Schluß begann sie vor Müdigkeit zu schielen. Als ich ihr von Sergei Maximowitsch erzählte, von Kemerowo und meinem Sieg beim Journalistenwettbewerb, sagte sie matt: »Oh, wie aufregend. Ich bin so glücklich für Sie, Alexander.«

Luke, Tracys Bruder, saß in einem abgedunkelten Zimmer am Computer. Er starrte beim Reden auf den Bildschirm, roch nach Popcorn und verschwitzter Wäsche und kratzte sich ab und zu heftig in den Haaren. Wie ein scheues, wehrloses Waldtier saß er auf seinem Stuhl, reglos unter dem frevelhaften Blick der Fremden, die ihn in der Geborgenheit seiner dunklen, duftenden Höhle aufgestöbert hatten. Mit leiser, intelligenter Stimme sagte er, er sei ein Hacker, und zwar einer der besten in New York, und die Leichtigkeit, mit der er mit der ganzen Welt kommunizieren könne, mache ihm Angst. Manchmal. Aber er sei froh, Zeuge der größten Revolution aller Zeiten zu sein. Diese Revolution sei wichtiger als die russische Revolution. Heute würden die Grundlagen der Kommunikation neu definiert. »Schon in wenigen Jahren wird man ...«

Er wußte nicht mehr weiter, wandte sich mir zum ersten Mal zu, und ich sah, daß er Tracy verblüffend glich. Grüne Augen, feine Gesichtszüge, rote Haare. Um seinen Mund war etwas Trauriges, dürftig überdeckt von ängstlichem Hochmut.

»– wird man, äh ... wird man noch schneller als bisher kommunizieren können. Unglaublich schnell. Mehr Leute, mehr Linien. Billiger wird es auch. Und die Leute werden zuhause arbeiten. Und auch sonst. Negroponte zum Beispiel glaubt, daß es eine Frage der Zeit ist, bis der Kühlschrank dem Auto sagt, daß die Milch alle ist. Und die Buchhaltung wird auch leichter. Stellen Sie sich das mal vor.«

Durch die Ritzen der Jalousien drangen Licht und etwas Strassenlärm und vermischten sich mit dem Strahlen und dem Summen des Computers. Aus der Schwärze des Bildschirms lösten sich unaufhörlich kleine Punkte und flogen uns, langsam größer werdend, entgegen wie weiche Geschosse, abgefeuert aus einer lauwarmen Hölle von mißmutigen Teufeln.

Gegen Abend kam Tracys Vater, ein langer, freundlicher Herr mit teurem Anzug und festem Händedruck. Er sagte wenig, betrachtete mich aber aufmerksam und wurde nicht müde, mir Snacks, Zigarren und Wodka anzubieten. Ich wußte nicht recht, ob ich annehmen sollte. Tracy gab mir mit den Augen und den Händen dringende kleine Signale, die ich aber nicht verstand. Schließlich klaubte ich eine Havanna aus einer leichten Holzschachtel, zog sie kennerhaft unter meiner Nase durch und rauchte zusammen mit Tracys Vater, bis die Mutter hustete und aus dem Wohnzimmer verschwand. »Illegal importiert«, sagte der Vater und schaute den Rauchwolken nach, die seinen genüßlich gerundeten Lippen entglitten. »Und strafbar.« Er lächelte froh. Der Rauch verwirbelte sich in einem Sonnenbalken zu leichten, chaotischen Figuren. Irgendwo begann leise eine Ventilation zu summen.

Um halb sieben erklang der Gong zum Abendessen, und um acht standen wir unter der Tür und verabschiedeten uns. Reizend sei es gewesen, sagte die Mutter, reizend, ich sei doch wirklich ein netter Kerl. Und so intelligent. Schade, daß ich schon so bald wieder nach Rußland zurückfahren müsse. Eine Schande, wo ich doch so talentiert sei. Ich wollte ihr etwas Neutrales antworten, um sie zu beleidigen, da vernichtete der mörderische Händedruck von Tracys Vater alle Gedanken, und schon standen wir wieder im Lift. Mit dem Taxi fuhren wir ins Greenwich Village, wo Tracy eine ›kleine, gemütliche‹ Wohnung hatte, knutschten wie die Kinder und gaben dem Fahrer so viel Trinkgeld, daß er fast beleidigt war. In einem warm erleuchteten kleinen Eckladen kauften wir zwei Flaschen Wein, setzten uns auf eine Parkbank und begannen zu trinken, aber nur ein paar Minuten, denn jetzt wurde es ernst, und wir stürmten hoch in ihre Wohnung. Tracys Lust kam wild, aber nicht ohne Kontrolle. Sie schmiegte sich an und wehrte sich und gab nach, bis ich nicht mehr weiter wußte und mich auf den Rücken legte, um ihr Gelegenheit zu geben, sich eine Meinung zu bilden. Sie nützte die Pause, eilte in BH und Höschen ins Badezimmer und ließ das Wasser so lange laufen, als wolle sie sich schon jetzt die Sünden abwaschen, die sie noch nicht begangen hatte. Ich stellte mich vors Büchergestell und legte den Kopf schief. Dann öffnete ich eine kleine, unscheinbare Tür. Aus der Dunkelheit drang mir feiner Essiggeruch entgegen. Ich knipste das Licht an. Ein winziges Zimmer ohne Fenster. Ein großes Waschbecken, auf der Ablage Plastikflaschen. Daneben flache Schalen. Pinzetten mit Gummigreifern. In einem Fach an der Wand dickes, leicht schimmerndes Papier. Eine Uhr mit Leuchtziffern. Ich fand einen zweiten Lichtschalter, drehte daran und machte das normale Licht aus. Aus einer Ecke leuchtete es matt, bernsteinfarben. Ich schloß die Tür und zog den schwarzen Vorhang zu, der sich daneben befand. Völlige Stille. Nein. Die Uhr gab ein fast unhörbares, schleifendes Geräusch von sich. Langsam wurden die Konturen schärfer, aber die Farben blieben tot. Ich hielt die Hand ins Licht der Bernsteinlampe und sah blutleere, gefühllose Greifer. Was man solchen Händen alles zutrauen kann, Iwan Andrejewitsch! Erst streicheln sie dich, dann gehen sie dir an die Kehle. Ich senkte den Arm, schüttelte ihn und wärmte die Hand unter der Achsel. Ein Fotolabor also. Tracys Fotolabor. Deshalb die braungefleckten Finger. An einem Brett über dem Waschbecken hingen Dutzende von Fotos, säuberlich auf eine Art Wäscheklammern gesteckt. Alle schwarzweiß. Sie hatten sich leicht gekrümmt und glänzten matt. Ich machte wieder Licht, zog den Vorhang zurück, öffnete die Tür und betrachtete das erste Foto. Ein immens dicker, junger Mann. Halb sitzend, halb lehnend schaute er in die Kamera. Er war nackt bis auf die Unterhose, die unter den Fettkissen auf seinen Hüften kaum zu sehen war. Die Hände hielt er über der Brust gefaltet wie ein Toter. Vielleicht wollte er die Brüste verbergen, die sich wie halbgefüllte Teigtaschen unter seinen Handgelenken hervordrängten. Hinter ihm stand ein aufgeschlagenes Bett, ein altmodisches Gestell mit hoher, hölzerner Einrahmung. Darüber hingen ein Jesusbild und ein kleines Kruzifix. Der Mann lächelte traurig, als wisse er, daß ihm ein unbeschwertes oder geheimnisvolles Lächeln nie möglich sein werde, weil ihn sein Äußeres dazu verdammt, immer nur über sein Gewicht zu lächeln und sonst über nichts. Auf dem Bild daneben stieß eine riesenhafte Schwarze einen Einkaufswagen durch einen Supermarkt, in der einen Hand die Stoßstange, in der anderen eine Tüte Chips. Die Frau schien überrascht worden zu sein; ihre Augen waren aufgerissen, die Brauen im Begriff, sich zornig zusammenzuziehen. Dicke auch auf den anderen Bildern: Dicke im Park, unförmige Pakete, an schlanke, elegante Bäume gelehnt; Dicke auf Bänken, im Gegenlicht, inmitten von Taubenteppichen. Dicke allein, zu zweit, in Gruppen. Zwei Dicke im Restaurant. Sie hielten lächerlich kleine Gabeln in riesigen Fäusten und lachten, daß ihnen die Tränen aus den Augen traten. Später erklärte mir Tracy einmal, sie fotografiere, weil sie überzeugt sei, sehr viel Talent zu haben. ›Das ist mein Geschenk an die Welt, Sascha.‹

Im Bad wurde das Wasser abgedreht, und durch die Wand meldete ein hohles Klong, daß der Brausekopf in die Metallhalterung zurückgelegt wurde. Ich legte mich aufs Bett zurück, schloß die Augen und öffnete sie erst wieder, als ich eine feuchte Wärme auf der Haut spürte. Tracy hatte sich in ein Frotteetuch eingewickelt, die feuchten Haare hochgesteckt und lächelte mich an, als habe sie mich im Badezimmer betrogen. Ich schluckte, ließ die Hosen fallen, und während sie sich auf dem Bett ausstreckte, das Frotteetuch züchtig vor der Brust wie ein Fernsehstar, ging ich rasch an ihr vorbei ins Bad.

Gibt es Schöneres als diese fünf Minuten Einsamkeit? Oh, lustvolle Verzögerung! Du zählst die Sekunden, willst zurück und hast doch keine Eile, weil du dich nie wohler gefühlt hast, weil das Wasser plötzlich ganz anders rauscht als sonst und du zum ersten Mal seit Jahren wieder deine Zehen siehst, diese krummen, häßlichen Auswüchse, die die runde Vollkommenheit deines Fußes auffransen, lächerliche, verstümmelte Glieder, die trotz ihrer bedauerlichen Form freudig herausragen ins Leben. Und zärtlich siehst du auf sie hinunter, bewunderst ihren Mut und ihre berührende Unvollkommenheit, kneifst sie liebevoll, um sie zu beruhigen und ihnen zu sagen, daß sie nichts zu fürchten brauchen, daß du trotz ihrer Häßlichkeit gut zu ihnen sein wirst, jetzt und immer.

Ich seifte mich ein und betrachtete mich im Spiegel. Körper schlank und sportlich, Nase prominent, Haare schwarz. Haare schwarz. Ich spülte den Schaum weg und hielt den Kopf schräg unter die Lampe. Haare schwarz, richtig. Rabenschwarz. Kein graues Haar. Und die Zähne? Weiß mit einem raupenähnlichen Streifen schwarzen Amalgans auf den Kauflächen. An den Rändern gelblich. In Ordnung. Aber die Augen. Irgendetwas stimmte nicht mit ihnen. Als seien sie matter geworden, mit verhärteter, schlieriger Oberfläche. Trocken und rauh, wie eine schon lange verschorfte Wunde. Unmöglich, mit diesen Augen zu sehen. Ich schloß sie. Dunkelheit, rote, sich verengende Kreise. Ich öffnete sie, grinste mich an und sah einen schwarzhaarigen Mann, der vergeblich zu lächeln versuchte. Aber immerhin: ich sah.

Tracy lag auf dem Bett genau wie vorher, das feuchte Tuch vor der Brust, und blätterte in einem Buch. Sie zog ihre braungefleckten Fingerspitzen über mein Schlüsselbein und lächelte abwartend. Ich küßte sie und legte das Kondom aufs Nachttischchen, das ich immer bei mir trage. Ein russisches Kondom, eingepackt in russische Folie, beschriftet mit russischen Lettern. Sie nahm es und runzelte die Stirn. Löchrig wie ein Sieb, dachte sie wohl, nachlässig und betrügerisch produziert, um das dahinsiechende Volk der Russen wieder zu mehren. Sie seufzte. Vernunft kämpfte mit Höflichkeit. Doch dann griff sie in meine Haare, zog mich an sich, und mit solider russischer Protektion schwamm ich los und wand mich wie ein augenloser Wurm in ihre Umarmung. Sie schrie nicht sehr laut, als sie kam, aber sie zuckte wie unter der Peitsche und krallte sich in meinem Haar fest, daß ich vor Schmerzen stöhnte. Eine Weile lagen wir reglos. Ich streichelte ihre Schultern, auf denen sich der Schweiß abkühlte, und starrte an die Decke, über die ein gelblichfleckiges Rohr lief, genau wie in meinem Büro in Moskau. Wenn ich nachdenke oder nach Formulierungen suche, lehne ich mich immer zurück und und betrachte dieses Rohr, und jedesmal hilft es mir, indem es knackt oder rauscht. Naß sieht es aus und kalt, aber wenn ich auf den Schreibtisch klettere und es befühle, ist es warm und trocken. Sein Knacken tröstet mich, und wenn ich mich nach dem Mittagessen auf das weiße Sofa lege, das mir Sebastian vermacht hat, dann singt es mich zuverlässig in Schlaf. Aber dieses New Yorker Rohr blieb mißbilligend stumm, und das Knacken, das ich schließlich hörte, als ich unter die Dusche eilte, tadelte mich. Wieder seifte ich mich ein, doch diesmal vermied ich den Spiegel, der stumm nach mir rief, und legte mich so rasch wie möglich wieder zu Tracy. Sie schmiegte sich an mich und atmete mir eine Weile die Halsbeuge feucht. Dann setzte sie sich auf mich, warf die Haare nach hinten, lächelte mir verschwörerisch zu und sagte leise: »Nun werde ich etwas ganz Ungezogenes tun". Ein paar Sekunden blickte sie versonnen auf meinen Ständer. Dann schloß sie die Augen, leckte langsam, mit spitzer, rosa Zunge über den Schaft und kniff dabei vorsichtig die Eier. Das Kneifen kam mir komisch vor. So professionell. Wo hatte ich darüber gelesen? Natürlich, in dieser Frauenzeitschrift auf Tracys Nachttisch. Die Autorin schrieb so, wie mich Tracy eben angelächelt hatte: sachlich und offen, aber doch mit einem schlechten Gewissen. Man merkte, daß sie etwas Besonderes beschrieb, die sündige Ausnahme, reifen, in legaler Verbindung stehenden Erwachsenen gestattet, Leuten, die wissen, daß in den angesäuselten Stunden nach dem Barbesuch die amerikanischen Alltagsregeln für ein paar Stunden nicht mehr gelten. The good life. Ob Tracy mir noch zuzwinkerte, bevor sie begann? Egal. Ich strich ihr Haar zur Seite und sah ihren Mund, aufgerissen wie im Schrei, verstopft, geknebelt, sah die zusammengepreßten Augen, die sich dann und wann einen Moment öffneten, sah die Lippen, die angespannten Kiefermuskeln, die fleckige Kehle. Ich schluckte vor Gier und Erregung, schloß die Augen und fiel ins Kissen.

Bei Wein und Delikatessen aus der Plastikschachtel zehn Minuten später sagte ich beiläufig, daß mich Fellatio immer stark errege. Daß das Bild für mich etwas Archaisches, fast Gewalttätiges habe. Daß es mich vielleicht nicht erregen sollte, aber daß es mich eben errege, und daß ich es genösse. »Weißt du, was ich meine?«

Sie schaute mich über eine Gabel Krabbensalat hinweg erstaunt an und sagte: »Ja, natürlich. Das erregt mich auch. Macht mich unheimlich an, Sascha. Fürchterlich. Du glaubst es nicht.«

»Hm.« Ich räusperte mich. »Aber sag, ich weiß nicht, ob du mich richtig verstanden hast. Was mich so anmacht, ist, ich weiß nicht … ist dieses Verbotene, vielleicht die Unterdrückung –«

»Dieses Bild der Sklavin, die sich vor dir in den Schmutz wirft?« Sie nahm einen tiefen Schluck aus der Weinflasche. »Die du an den Haaren packst, die du zwingst, das Tierische zu tun und die du so lange in der Gewalt hast, bis sie sich verändert, bis sie sich teilt, bis ihr deine Macht zur Lust wird? Die du entmenschlichst, kontrolliert entmenschlichst, weil das Tier, zu dem du sie machst, dir nicht an die Kehle gehen kann?«

Ich schluckte. »Äh … Ja. Also, ich glaube. Ich habe das zwar noch nie derart genau … Aber das ist es, was ich meine. Und das erregt dich auch?«

Mit einer beweglichen, dunkelroten Zunge schleckte sie der Reihe nach alle ihre fettglänzenden Finger ab. »Sicher, Sascha. Unheimlich. Macht mich total an. Ich liebe Fellatio. Ich liebe es einfach.«

»Aber die Erniedrigung … Ich meine, das stört dich nicht?«

»Nein, wieso? Ich erniedrige mich nicht. Nicht wirklich. Ich trenne. Ich spiele. Ist doch praktisch. Ich mag das Schöpferische daran. Ich erfinde mich neu. Ich schlüpfe in eine andere Haut. Nicht dir zuliebe. Ich mag es einfach, und ich mach, was ich mag. That's all. Daß ich im richtigen Leben keine Sklavin bin, ist ja klar. Das weiß ich.« Sie blickte drohend zu mir herüber. »Und du weißt es auch.«

Sie dachte immer praktisch.

Wenn ihr etwas ›nichts brachte‹, ließ sie es bleiben. Als ich ihr von den Beresowskis erzählen wollte, stellte sie ein, zwei Fragen und gähnte dann herzlich. Keine Gefahr, keine Gangster? Dann laß es bleiben. Zweimal gingen wir ins Kino, und zweimal zwängten wir uns noch vor der Pause wieder durch murrende Sitzreihen hinaus, nachdem sie mir zugeraunt hatte, der Streifen sei Mist, bringe ihr nichts und sie gehe jetzt. Manchmal, wenn ich ins Reden kam, legte sie lächelnd die Hand auf meinen Arm und sagte: »Sascha, laß gut sein. Das interessiert mich nicht.« Soviel Offenheit ließ keinen Raum für Mißverständnisse. Wir stritten nur wenig, und wenn, dann mit etwas traurigem Respekt, so wie Popen mit gebildeten Agnostikern. Warum auch streiten in den paar Tagen, die wir hatten? Wir verstanden uns ja bestens. Sie steckte die Grenzen unserer Beziehung so reinlich ab wie der Gärtner die Beete. Zog Schnüre durch unsere Seelen und kappte vorwitzige Nebentriebe, bevor sie sich öffnen konnten. Ihr Respekt vor Schmerz war enorm; ihr Bemühen, ihn zu vermeiden, methodisch. Sie regelte. Bis hierher und nicht weiter. Berühr meinen Körper, aber laß die Finger von meiner Seele. Sei nett zu mir, aber verpflichte dich nicht; tu dir nicht weh, tu mir nicht weh. Mir war das recht, aber ich wurde schwerfällig und spröde. Ich dachte zuviel, bevor ich etwas sagte. Ich redete wie ein Minister. Ich holte tief Luft vor wichtigen Sätzen und hängte im Stillen Wörtern, die nach Problemen rochen, Warnetiketten an.

Aber die Regeln bewährten sich. Unsere Beziehung wurde schmal und glitt reibungslos durch den Strom des Alltags. Die Hürden wurden klein, wir übersprangen sie elegant und wurden schnell. Auf der Straße ging Tracy mit langen, raschen Schritten wie ein Botenjunge, ganz anders als Galja, die mich immer zu sich zurückziehen muß. Tracy eilte immer, trotz der Hitze. Sie blickte in die Weite, faßte ein unsichtbares Ziel ins Auge und stapfte los, ich hintendrein, und wenn sie eine Ampel sah, die zu blinken begann, rannte sie über die Straße, ohne sich umzusehen. Ich freute mich, setzte meine Beine in Gang und zeigte ihr, wie die russische Troika dahinrast. Ihre Augen leuchteten, wenn ich sie überholte. Wie Windhunde trabten wir durch New York, hüpften Metrotreppen hinunter, gingen durch das Labyrinth der warmen, gekachelten Gänge und wanden uns zwischen dösigen Touristen durch, die verwundert hochsahen und die Taschen fester faßten. Zwischendurch erholten wir uns in den hellen, kargen Räumen der *Reginald F. Hochstaetter and Judy Webber-Edmondson-Stiftung*, für die Tracy manchmal Texte schrieb, tranken unter russischen Plakaten Kaffee und ließen uns von freundlichen Menschen dafür loben, daß wir die friedfertige Zukunft, die sich die Stiftung erhofft, bereits lebten. Dann rannten wir wieder hinaus in die Hitze, und wenn wir schließlich atemlos irgendwo stehenblieben, sahen wir uns plötzlich ganz anders in die Augen als sonst, offener und mit einem übermütigen kleinen Kichern. Manchmal, wenn wir genug gekichert hatten, erlaubte sie mir, ihre Fototasche zu tragen. Ein schweres Ding mit zwei Kameras und schweren, klobigen Objektiven, aber sie trug es stets mit sich. »Ich fotografiere, Sascha. Und wenn du ernsthaft fotografieren willst, brauchst du deine Kameras. So einfach ist das. Den Preis muß ich zahlen.»

Sie sagte mir, was sie wollte. Sie wollte die paar Tage bis zu meiner Abreise mit mir verbringen. Sie wollte mich ein paar ausgewählten Freunden vorstellen, nicht allen. Für die meisten von ihnen war ich ein Bekannter aus Moskau, aber bei ein, zwei Freundinnen ließ sie durchblicken, daß wir uns besser kannten, als unter Freunden gestattet. Sie wollte mit mir reden und mit mir schlafen, sie wollte zusammen mit mir Fotos machen. Sie wollte nach Brighton Beach fahren – »unbedingt, Sascha, versprochen, ja?« – und Markow kennenlernen. Sie wollte mir New York zeigen, ›ihr‹ New York, und sie wollte mit mir spazierengehen, weil sie gerne spazierenging und spürte, daß ich ihr dabei nahekam. Sie wollte bei mir sein, aber sie wollte nicht, daß ich mich irgendwie verpflichtet oder eingespannt fühle. Sie wollte ehrlich sein. »Ich habe einen Freund, Sascha«, sagte sie mir in einer Bar. »Ich möchte, daß du das weißt. Ich möchte offen sein. Er heißt Trevor, ich kenne ihn schon lange und werde ihn vermutlich heiraten. Er studiert zur Zeit in Harvard. Jura.« Manchmal, wenn wir durch New York gingen, piepste es in ihrer Fototasche. Dann drückte sie hastig das schwarze, kleine Ding ans Ohr, wandte sich ab, lächelte die Autos auf der Straße an und sagte ›Hi, Trevor‹, so lieb und so schmeichelnd, daß ich mich abwandte. Ich ging dann ein paar Schritte zur Seite, zündete mir eine Zigarette an und suchte in einem Schaufenster nach ihrem Spiegelbild. Als ich zur Revanche einmal Galja erwähnte, wurden ihre Augen ganz warm vor Interesse und Mitgefühl. Traurig schüttelte sie den Kopf, wenn ich ihr von Julia und von der Wohnung an der Flotskaja Uliza erzählte. Manchmal, ich weiß nicht, warum, übertrieb ich das Moskauer Winterelend etwas. Einmal, als ich ihr vom schrecklichsten aller Vorgesetzten Galjas erzählt hatte, einem stiernackigen, despotischen Sadisten, der im letzten Winter in einer Seitenstraße besoffen gestürzt und erfroren war, griff sie nach meiner Hand und sagte träumerisch: »Wunderschön, Moskau im Winter. Der blaßblaue Himmel. Die goldenen Kuppeln. Ich werde es nie vergessen.«

Wirklich böse sah ich Tracy nur einmal.

Am Times Square begegneten wir der fülligen Frau, die mir in der Uni aufgefallen war. Sie trug noch immer dasselbe braune, lange Kleid, und mir war, als gleite eine Art von Ärger über ihr Gesicht, als sie uns daherkommen sah. Sie winkte und stellte ihre prall gefüllte Einkaufstüte so entschlossen neben sich auf den Boden, daß unsere Beine von alleine haltmachten. Hi Claire, na, was Schönes gefunden? schrie Tracy, umarmte die Braune und küßte zweimal die Luft über ihrer Schulter. Ich schüttelte ihr die Hand und trat wieder einen Schritt zurück. Claire sagte, sie müsse sich beeilen, um noch rechtzeitig in die Kirche zu kommen, aber zuvor müsse sie Tracy unbedingt noch erzählen, daß Alison ihren Verlobten betrogen habe, und zwar mit einem Puertoricaner, ausgerechnet. Der sei zwar sicher hübsch und charmant gewesen, ein Sozialwissenschaftler, wie man höre, aber dennoch – was für eine schreckliche Sache, denn nun habe der Verlobte Wind von der Sache bekommen und die Verlobung gelöst, uh-oh, und Alison gehe es, nun ja, sehr, sehr schlecht, mehr könne und wolle sie jetzt nicht sagen. Natürlich empfinde sie eine gewisse Empathie. Sie schlafe nicht mehr, Alison, nehme Tabletten bis zum Erbrechen, habe natürlich ungeheuren Ärger mit der Familie, weil der Verlobte zwar vielleicht nicht so hübsch und gescheit gewesen sei wie der Puertoricaner, aber eben doch eine gute Partie, und eine vernünftige auch, und die Ehe sei schließlich nicht nur ein Sakrament, sondern primär eine Frage der Kompatibilität, nicht wahr? Alison also liege darnieder, spreche mit niemandem mehr außer mit ihr – hier legte Claire eine sehr weiße, unförmige Hand auf die braune Brust – und wolle von niemandem Trost. Bedauerlich, so etwas, aber andererseits – wie kann man sich nur so wegwerfen? Ihr, Claire, sei nicht entgangen, daß Alison schon vor Monaten begonnen habe, Miniröcke anzuziehen, widerlich aufreizende Blusen zu tragen, auch auffälligen, billigen Schmuck, und einmal habe sie sie auf der Straße getroffen und gesehen, klar gesehen, daß sie keinen Büstenhalter trug. Der Einfluß des Puertoricaners, keine Frage. Nichts gegen Puertoricaner, natürlich, wir haben auch einen in der Kongregation, und der ist sehr nett und sehr bescheiden, aber es geht ja in diesem Fall auch um etwas ganz anderes, um die Zukunft, um –

Auf einem Leuchtband an einem Haus hoch über Claires Kopf hetzten sich Leuchtziffern der Börse. Ich sah ihnen zu, wie man fließendem Wasser zuschaut, aber ich merkte trotzdem, daß Claire jedesmal, wenn sie von diesem Puertoricaner sprach, einen kurzen Blick auf mich warf. Tracys Augen waren hart und kalt geworden, und sie hatte sogar zu nicken aufgehört. Ich versetzte Claire nach Moskau und dachte an unsere unreifen, leichtgewichtigen Studentinnen an der Lomonossow-Universität. In kurzen Minis zwängen sie sich durch die Bankreihen, ihre Beine verlängern sie mit Plateausohlen, mühsam die Balance haltend stöckeln sie durch die Gänge. Wie würde Claire staunen, wenn sie so etwas sähe! Wie würde sie die Mädchen tadeln! Stellen Sie sich Claire im Braungrauen auf den Sperlingshügeln vor, Iwan Andrejewitsch. Da steht sie, neben den Souvenirständen bei der Sprungschanze, die Türme der Universität im Rücken, vor sich eine Schar schöner Moskauerinnen im Mini, alles Frauen, die sich nicht für sich selber, sondern für die Männer schönmachen. Unsicher, die Arme vor der Brust verschränkt, würden die Moskauerinnen ihrer Predigt lauschen, das geringe Gewicht von einem schlanken, langen Bein auf das andere schlanke, lange Bein verlagernd. Schmale Handgelenke mit grellem Modeschmuck, hastige Griffe ins Haar. Augenaufschläge, unhörbare Seufzer – was sollten sie auch tun, die Moskauerinnen? Einerseits hätten sie Respekt vor dieser schweren Frau aus dem Big Apple. Aber dann sähen sie auch die bedrückende Schwere ihres braungrauen Gewandes, sähen das schwitzende, runde Gesicht über der bieder leuchtenden Bernsteinkette, die dünnen, vernünftigen viktorianischen Lippen, das kantige amerikanische Kinn, die trockengeföhnten, blödsinnig sich bauschenden Haare, sähen die Ahnungslosigkeit des tadelnden Munds, die Unerfahrenheit ihrer Hände, die breite Ungastlichkeit ihrer Hüften, und sie würden ungläubig staunen und zu kichern beginnen, sich bei der Freundin einhaken und wegtrippeln, ahnungslos, männermordend, unaufgeklärt, und Claire zwischen Souvernirs und Touristen zurücklassen.

Tracy fingerte an ihrem Ohrring herum und sagte eisig, sie werde sich um Alison kümmern. Dann Schweigen, Lächeln, Luftkuß; wir sehen uns. Claire schritt davon. Sie trug ein winziges Rucksäcklein mit langen, dünnen Trägern; es sah aus, als sauge ihr eine riesige, vierbeinige Spinne das Rückenmark aus. »Was für eine unmögliche Schlampe«, sagte Tracy beim Weitergehen. »Oh, was für eine unglaubliche Kuh. Ich könnte sie ...« Aber schon eine Straße weiter lächelte sie wieder. »Ach, was soll's. Ist sie nicht schon genug gestraft? Schau sie dir doch an, Sascha. Lassen wir Gnade walten.« Sie grinste eitel, und mitten auf dem Bürgersteig rächten wir uns an Claire mit einer langen, lüsternen Umarmung, die die Passanten zum Ausweichen zwang und uns einige im Vorbeigehen gemurmelte Komplimente eintrug.

Als Tracy Markow zum ersten Mal sah, hatte sie einige Mühe, ihre Enttäuschung zu verbergen. Wir fanden ihn eines Morgens auf einer Bank auf dem Boardwalk, allein, eingehüllt in eine Decke. Sie verlangsamte ihren Schritt. »Der dort? Das ist Markow? Aha. Na, dann laß uns gehen.« Er hatte Arme und Kinn auf seinen Stock gelegt und die Unterlippe trotzig vorgestülpt, wie die Männer im Altersheim, die auf den Tod warten und sich dabei langweilen. Vor ihm auf dem Boden stand eine Flasche, eingehüllt in braunes Packpapier. Seine Hose endete mitten auf dem Schienbein und entblößte weiße, vollkommen haarlose Haut. Er hätte ein Penner sein können oder ein Moskauer Säufer in einer Bahnhofshalle, in der Metro oder irgendwo an einer schattigen Straße mit Kiosken und Kirchen. Mutter hätte angewidert das Kinn hochgezogen, wenn sie ihn so gesehen hätte. So etwas gab es unter Breschnew nicht. Andere Unannehmlichkeiten, ja. Aber so etwas nicht. Ich schaute Tracy ermutigend an. Sie nestelte an ihrer Fototasche herum und lächelte so tapfer, daß mir angst und bange wurde. Schön war sie wieder, viel zu schön für diesen saufenden alten Mann, der ihr jovial die Hand zum Gruß bot und dann wie ein Rüpel auf die Bank klopfte, um uns zum Sitzen einzuladen. Ich streckte mich aus. Tracy beugte sich vor, beäugte das rote Holz, schlug ihren Mantel nach hinten und setzte sich vorsichtig zwischen uns. Sie war fremd hier. Ihre Stimme klang zu munter. Besorgt blickte sie auf Häuser und Meer und schnupperte argwöhnisch.

Markow schaute sie an, hörte ihr zu, sagte ein paar Sätze und gewann. Einfach so. Er war schlecht rasiert. Der Hemdkragen war schmutzig, und in seinen Augenwinkeln lag gelber Schmand. Er wandte sich leicht ab beim Sprechen und hielt manchmal die Hand vor den Mund, als müsse er gähnen. Weiß der Teufel, was sie beeindruckte. Sie strich sich die Haare aus der Stirn, legte die Hände in den Schoß und strahlte mich zwischendurch kurz an – toll, dein Freund. Ihr Rücken spannte sich wie bei einer aufmerksamen Schülerin – war das die Frau, die sich vor ein paar Tagen noch an der Uni von ihren Freunden bewundern ließ? In Markows Augen hatte etwas aufgeleuchtet, als er hörte, wie gut sie Russisch sprach, und er gab sich einen Ruck und setzte sich gerade hin. Die

Schnapsflasche wanderte auf die Bank in einen toten Winkel und dann, weil sich keine ebene Fläche fand, wieder herunter auf den Boden. Er flirtete offen, ohne eine Spur von Anzüglichkeit, mit großen Gesten und einem freundlichen, traurigen Lauern in den Augen. Er stellte sein Licht nicht unter den Scheffel, holte weit aus, mit Händen und Gedanken, und erzählte alles, was sie schon wußte noch einmal. Nichts ließ er aus, nicht einmal Aljoschas Tod. Seine Sätze kamen rasch und elegant, als habe er sie auswendig gelernt. Jedes Wort war neu, und trotzdem erzählte er alles genauso, wie ich es in Erinnerung hatte. Jede Kleinigkeit stimmte. Ich nahm mir eine Zigarette. Kann man die gleiche Geschichte mit völlig anderen Worten erzählen? Wieder war er besoffen, ich sah es deutlich, aber wieder gab ihm der Alkohol mehr Kraft, als er ihm nahm. Tracy schien mich vergessen zu haben.

Als er fertig war, legte sie beeindruckt den Kopf in den Nacken und schwieg ein paar Sekunden. Dann fragte sie: »Und jetzt? Wollen Sie nichts gegen die Erpresser tun? Diese Erniedrigung, dieser … kriminelle Akt, ich meine – könnte man da nicht vielleicht mit der Polizei …?« Und wieder, wie im Restaurant, brach sie ratlos ab.

Markow blieb ernst. »Nicht jede Demütigung dauert ewig, meine Dame. Wir kommen darüber hinweg. Manchmal endet sie sogar im Lustgewinn.«

Tracy errötete und starrte mich ein paar Sekunden fassungslos an. Ich schüttelte leicht den Kopf und deutete auf Markow, der die Arglosigkeit selbst war. Gedankenverloren schaute er an seiner Flasche vorbei aufs Meer und schluckte geräuschvoll. Tracy biß sich auf die Lippen und beobachtete ihn ein paar Sekunden. Dann entspannte sie sich.

»Sagen Sie – dürfte ich Sie fotografieren?«

Der Alte blinzelte zu ihr hoch und machte eine abwehrende Handbewegung. Aber dann besann er sich plötzlich eines anderen. Weit breitete er die Arme aus, so weit, daß sich sein Jackett hob und er etwas von einer Vogelscheuche bekam. »Aber gewiß, meine

Dame. Nur zu. Mein Leben ist wertvoll, so kurz vor dem Tod. Halten Sie's fest.«

Tracy ging einige Schritte weg und machte sich an Kameras und Objektiven zu schaffen. Ich blickte Markow fragend an. Nicht einmal ein Tonband hatte er mir erlauben wollen, als ich mein Interview mit ihm machte. Warum jetzt diese Bereitwilligkeit?

Er wußte, was ich fragen wollte, und senkte den Kopf. »Lassen Sie sie doch, Alexander. Es spielt ja doch keine Rolle. Sehen Sie, es hat sich vieles verändert, seit wir uns das erste Mal gesehen haben. Ich kann es Ihnen jetzt nicht erklären. Aber seien Sie unbesorgt. Sie werden von mir hören. Geben Sie mir Ihre Adresse in Moskau. Ich werde Ihnen schreiben.«

Was hatte sich verändert? Hatte sich sein Krebs weitergefressen? Würde er rascher sterben als gedacht? Vom Boardwalk her drang rasches, professionelles Klicken. Tracy marschierte hin und her, ging in die Hocke, schaute nach der Sonne und knipste in einem fort, als seien wir Modelle. Einige Spaziergänger drehten die Hälse. Hinter dem riesigen Objektiv war ihre kleine Kamera nicht mehr zu sehen. Ich schrieb und drückte Markow einen schrumpeligen Zettel in die Hand. Er hob den Kopf, kniff die Augen zusammen und sagte: »Flotskaja Uliza. Ach ja, kenn ich. Hatte mal einen Freund dort. Einen guten Freund. Techniker. Ist lange her.« Er faltete das Papier sorgfältig zusammen, zog eine Brieftasche aus der Tasche und legte es hinein.

Wieder Moskau. Markow war in Moskau zur Schule gegangen, und er hatte dort Freunde. Ich steckte mir eine Zigarette an und blies den Rauch zur Möwe hinunter, die mit wippenden Flügeln vor uns stand und Markows Flasche beäugte. Ein Gedanke durchzuckte mich, und ich streckte die Hand aus.

»Entschuldigen Sie, Gennadi Borissowitsch, könnten Sie mir den Zettel zurückgeben? Ich gebe Ihnen eine andere Adresse.«

Er schaute kurz zu mir herüber, holte das Papier aus der Brieftasche und reichte es mir zurück. Er war Russe, er fragte nicht. Ich kritzelte von neuem und reichte ihm das zweite Papier mit einem

Grinsen. »Es ist sicherer so. Bitte schreiben Sie mir. Ich würde mich freuen.«

»Wenn ich noch kann, mein Freund. Wenn ich noch kann.«

Er streckte seine Hand aus, legte sie mir auf die Schulter und schaute mich nachdenklich an. Ich saß reglos, schluckte Rauch in mich hinein und schwieg. Dabei hätte ich ihm gerne gesagt, daß ich ihn liebe. Ich liebte ihn, wie ich Vater liebte, wenn er an der Moskwa die Arme kreisen ließ. Er seufzte und wandte sich ab.

Ich warf die Zigarette weg. »Sie schulden mir noch eine Antwort, Gennadi Borissowitsch. Erinnern Sie sich?« Ich war sicher, daß er nicht wußte, wovon ich sprach.

»Die Sache mit Aljoscha? Ja. Natürlich. Sie wolllten wissen, ob er wirklich ein Heiliger war. Ob er nie betrogen hat.« Er schwieg, als ob die Sache damit beantwortet sei.

»Na, und?«

»Ich hab's Ihnen doch schon gesagt. Doch. Er hat auch betrogen. Aber meist die, die's verdienten. Deshalb bewunderte ich ihn. Deshalb liebte ich ihn. Mit den anderen versuchte er, korrekt zu sein. Nicht gut, nur korrekt. Das ist besser.«

»Aber ... wo ist dann der Unterschied? Warum war er dann besser als die anderen? Doch nicht deswegen, weil er etwas weniger betrog? Wir betrügen alle, und er betrog etwas weniger, und deshalb ist er ein guter Mensch? Das zählt doch nicht!«

»Doch, Alexander Michailowitsch, das zählt. Aljoscha war ein wenig besser als die übrigen Menschen, das ist der entscheidende Unterschied. Er war ein wenig besser. Nur darauf kommt's an.« Er hustete, spuckte aus und trocknete sich mit einem großen, blauen Taschentuch das Gesicht. Ich drehte mich weg.

»Und nun begleiten Sie mich nach Hause.« Er stemmte sich hoch. »Angela Sergejewna müßte zurück sein. Sie wollte kochen. Stützen Sie mich, mein Freund. Gehen Sie nicht zu schnell und erzählen Sie mir von Ihrer amerikanischen Freundin. Sie scheint mir intelligent zu sein. Kompliment.« Er hustete, schaute sich nach Tracy um und spuckte auf den Boden. »Und ärgern Sie mich nicht mit einer fairen Geschichte. Ich vertrage keinen Ärger mehr. Meine Zeit ist zu kostbar. Erzählen Sie ausführlich und unfair.« Er blieb stehen, stützte sich schwer auf seinen Stock und drehte sich mir zu. »Sonst werden Sie es bereuen.«

Ich wollte grinsen, doch das Grinsen blieb mir im Hals stecken. Sein Mund lachte, aber seine blauen Augen waren kalt und leblos vor Erschöpfung und starrten mich an, als sei ich eine kleine, krabbelnde Beute, zu vernichten mit einem einzigen Hieb.

VIII

Markow und Tracy: No problems.

Sie umschlich ihn wie eine Katze und fotografierte ihn aus allen Winkeln. Sie begleitete ihn, stützte ihn, beugte sich zu ihm hinunter und zeigte ihm ihre blitzenden Zähne, wenn er Witze machte. Bereitwillig stellte er sich vor wochenendmagazinhaft graue Mauern und dräuende Himmel, und manchmal, wenn sie das wünschte, lachte er sogar. Er lachte dröhnend, und dann begann er zu husten, hustete und spuckte, krümmte sich, schüttelte sich, suchte sein Taschentuch, verlor seinen Stock und schwankte, während Tracy erbarmungslos weiterknipste. Nahaufnahmen schien er besonders zu mögen. Mit schmalen Augen starrte er in die Kamera und verzog den Mund zu einem drohenden Grinsen, das Tracy wie eine Komplizin erwiderte. In der Subway sagte sie, das Interessante in seinem Gesicht sei der Tod. In seinem Lachen sehe man den Tod besonders gut – Humor und Verzweiflung lägen ja so nahe beeinander. Ever so close. Ein paar Sitzbänke weiter schüttelten sich zwei schwarze Frauen vor Lachen. Die eine hatte ihre Einkaufstasche auf die Knie gestellt und beugte sich keuchend auf ihre Einkäufe hinunter, als wolle sie Lauchstengel und Chips schon jetzt anknabbern. Tracy musterte sie finster.

Wir fuhren noch zweimal zu Markow. Tracy war mit den Fotos, die sie beim ersten Mal gemacht hatte, nicht zufrieden und sagte, sie habe Markow ›noch nicht ganz begriffen‹. Beide Male, wenn wir uns in der Penn Station trafen, kam sie mir entgegen wie eine Reporterin in Afrika: in luftiger, beiger Baumwolle, auf die unzählige Taschen aufgesetzt waren, beladen mit Fototaschen, an denen derbe, praktische Lederriemen hingen. Aus einer noblen Geschenkboutique in Manhattan brachte sie Markow aufwendig verpackte Figürchen mit, die er mit ungeschickten Fingern auspackte und mit einem entschuldigenden Seitenblick auf Angela Sergejewna auf den Kaminsims stellte.

Tracy verehrte ihn, aber aufdringlich wurde sie nie. Wenn der Alte mit mir reden wollte, setzte sie sich auf eine Bank und knipste uns von weitem mit großem Objektiv. Je weiter sie von uns weg war, desto kühler wurde ihr Gesichtsausdruck. Mir war, als durchschaue sie uns, als verstehe sie besser als wir selber, was wir sagten, wenn sie uns von weitem beobachtete. Aus der Nähe wirkte ihr Gesicht rosig und kindlich, von weitem kalt und abgebrüht. Manchmal, wenn Markow ins Gespräch versunken war, hielt sie die Kamera unauffällig in seine Richtung und drückte auf den Auslöser ohne hinzusehen.

Tracy und Angela Sergejewna: no love.

Als wir Markow an jenem Tag nach Hause brachten, war Angela Sergejewna in einer Schürze aus der Küche getreten, hatte sich verlegen die Hände abgewischt und uns mit frostigem Lächeln zum Mittagessen eingeladen. Tracy akzeptierte so liebenswürdig, wie sie nur konnte, aber mir war trotzdem, als hörte ich einen triumphierenden Ton in ihrer Stimme. Mit verschränkten Armen und großen, langsamen Schritten ging sie durch die Wohnung und schaute sich die Bilder an, die Markow aus Rußland mitgebracht hatte. Während des Essens setzte sie sich auf die Stuhlkante und lobte die Krabben, bis Angela Sergejewna sagte, die seien doch eher mehlig.

»Eine nette Frau, diese Angela.«

Tracy ließ ihr Haar über die Knie fallen und versuchte, ihre Füße in eine Strumpfhose zu stecken, ohne eine Laufmasche zu verursachen.

»Angela Sergejewna.« So gut kannte sie sie nun auch wieder nicht.

»Angela Sergejewna, o. k. Nett, und sehr gutaussehend. Ich glaube, sie ist außerordentlich sensibel? Wahrscheinlich fühlt sie sich nicht besonders wohl in dieser Umgebung. Aber sie sieht gut aus, klar. Vielleicht etwas nuttig, aber das paßt zu ihr? Die Brust ist natürlich künstlich. Einlage. Entweder im BH oder in der Brust, Silikonimplantat.«

»Du bist fies. Sie ist doch wirklich nett.«

Sie lächelte. »Sag ich ja. Was ist daran fies? Sag selber, sieht sie nicht etwas nuttig aus? All die Ringe, der weite Ausschnitt, all das Gold an den Handgelenken? Give me a break.«

»Ja. Schon. Aber –«

»Na also. Und es steht ihr, nicht wahr. Es paßt zu ihr?«

»Ja. Vielleicht würde ihr aber etwas Dezenteres auch ...«

»Nein, das ist ihr Typ.« Sie schüttelte den Kopf. »Und die Brust – ist doch attraktiv, nicht? Ich finde das jedenfalls recht attraktiv, vor allem bei schlanken Frauen?«

»Und woher willst du wissen, daß sie nicht echt ist?«

Sie grinste. »Sei ehrlich, Sascha – sie gefällt dir. Stimmt's?«

Ehrlichkeit war Tracy wichtig.

»Nein, Sascha, jetzt mal ehrlich.« Ich hatte ihr von Serjoscha erzählt. »Den kannst du doch nicht ernst nehmen? Das ist doch lächerlich. Der kann doch nicht dein Freund sein?«

»Ich weiß nicht. Doch. Ich mag ihn.«

»Aber doch nicht du. Sei ehrlich. Jesus. Sei ganz offen mit dir. Hör in dich hinein, und du wirst sehen, daß du den Typ gar nicht magst.«

»Kann sein. Aber da ist etwas, dagegen komm' ich nicht an. Ich kann ihm nicht widersprechen. Wenn ich allein bin, dann schon. Aber nicht, wenn er mir gegenübersitzt. Und ich glaube, daß dir das genauso ginge. Ich habe schon Professoren auf Serjoscha angesetzt, ehrlich, und allen ging es so. Sie saßen da, hörten sich den Blödsinn an und sagten kein Wort.«

»Unglaublich. Ist doch nur in Rußland möglich, so was. Den würde ich mit links erledigen, verlaß dich drauf.« Sie stellte eine Flasche mit Fixierflüssigkeit auf den Tisch, heftiger als gewöhnlich.

»Und warum magst du Markow?«

Sie hantierte mit essigsauren Flüssigkeiten, ich reichte ihr Pinzetten wie eine Operationsschwester und hängte entwickelte Fotos auf. Dicke, immer nur Dicke, diesmal in Museen und in der U-Bahn.

Warum mochte ich Markow? Ich mochte die Art, wie er um Aljoscha trauerte. Aufwendig, aber ehrlich. Er mochte Aljoscha, so wie ich Serjoscha mochte. Wenn er von ihm erzählte, war er immer etwas spöttisch. Mutwillig. Manchmal lästerte er sogar, spottete über seine dreisten, kurzsichtigen Augen, über seine kackbraunorangen Plastikpullover und über seinen Gerechtigkeitsfimmel. Und nie fragte er mich, ob mich das interessierte. Er setzte Interesse voraus. Ich hörte gerne zu – nicht wegen Aljoscha, sondern weil er gut erzählte. Doch, auch wegen Aljoscha. Da war etwas an dem Typ, das mich rührte. Wenn ich redete, hörte er artig zu, aber es interessierte ihn keinen Deut. Fragen stellte er selten. Und jedesmal, wenn er wieder besonders vertraulich geworden war, schaute er mich an, als habe ich ihm, nicht er mir, gerade mein Innerstes offenbart. Seltsam. Er erzählte von seinem Sterben und von Aljoschas Tod, und er ließ keines seiner Gefühle aus, und trotzdem hatte ich nie den Eindruck, er gebe etwas preis. Ich war der, der geprüft wurde. Es war, als verpflichte er mich mit seinen Reden auf Offenheit und Ehrlichkeit. Mich, seinen Gast. Das gefiel mir.

Ich nahm ihr aufmerksam eine Klammer ab. »Weiß ich nicht, Tracy. Er stirbt, vielleicht ist es das. Er erinnert mich an einen Onkel. Onkel Kolja. Der Bruder meines Vaters. Ein Forscher. Reist oft nach Sibirien und bringt Tiere mit und Felle und Instrumente des Alltags.« Ich reichte ihr eine Pinzette. Unsere Finger berührten sich. »Kolja ist Markow ähnlich. Er schaut dich auch immer so eigenartig an, wenn er etwas erzählt. Und er erzählt doch einfach unterhaltsam, findest du nicht?«

Sie schaute konzentriert in die Flüssigkeit vor ihr, in der ein paar

Dicke an Deutlichkeit und Wucht gewannen. »O ja. Er hat so was Intensives. Ich denke, er muß mal unerhört attraktiv gewesen sein, früher? Ich glaube übrigens, er weiß, daß ich das denke. Er schaut mich manchmal so an. Cool.«

Diese Neugier.

Sie fragte mich, ob ich meine Eltern und meine Schwestern liebe. Ob ich lieber reich oder berühmt werden wollte, ob ich zu Prostituierten gegangen sei und was ich dabei empfunden habe. Ob ich ihre Schenkel nicht ein wenig zu dick fände und ihre Brüste nicht eine Spur zu klein, und sie betrachtete mich argwöhnisch, wenn ich klar, aber nicht allzu heftig verneinte, um gleichmütig zu erscheinen.

Die Dicken beschäftigten sie. »Ich fotografiere sie, weil sie was hergeben. Du hast was im Kasten, wenn du sie knipst, das ist wichtig. Sie sind imposante, wandelnde Tragödien. Ich mag sie. Sie haben gemerkt, daß das Leben leer ist, weil es keine Gefahr mehr gibt und keine Not und keine Abenteuer und keinen Wilden Westen, und drum fressen sie sich zurück durch den Berg aus süßem Brei ins Schlaraffenland der Fettleibigkeit, damit sie wieder leiden und hoffen können. In einem Supermarkt gibt es keine Hoffnung. Alles ist da. Die Dicken machen sich schwer, um ihrem Leben einen Sinn zu geben. Schau mich nicht so an, ich mag das nicht.« Wir gingen in den Zoo, um die Dicken zu fotografieren. Im Zoo, sagte sie, hast du keine Probleme. Da fällt eine Kamera nicht auf. Da springen die Affen an jeder Ecke, und hinter jedem Dicken weidet ein Zebra. Zudem kommen sie gern hierher, ich weiß nicht, warum. Irgendetwas zieht sie an. Wir setzten uns auf eine Bank im Schatten und spähten nach den Dicken, die sich um diese Zeit gerne am Imbißstand versammeln. Tracy knipste, strich sich erregt über die Beine und wurde aufgeregt und fröhlich. Herrlich, was es heute wieder zu sehen gebe. Phänomenal. Solche Kolosse gebe es nur in den Staaten. Sie sei in Europa gewesen und wisse das. Es gebe dort Dicke, sicher. Aber von denen spreche sie nicht, sondern von diesen Elefanten hier. Von den unglaublich Fetten. Von den Hochübergewichtigen.

Die Hochübergewichtigen:

Langsam wankend kommen sie heran, die gewaltigen Beine mühsam hebend und grimmig in den Boden stemmend. Wild rudern die Arme. Kindergesichter, prall, rund und rot. Kleine Augen, kleine Nasen, kleine, in heilloser Anstrengung pfeifende Münder, bedrängt von fleischigen Wangen. Auf den Gelenken stauen sich die Fleischsäcke, auf den Kniescheiben bildet sich eine Falte, die aussieht wie ein angewiderter Mund. Auf dem Grundfett türmen sich Berge von wabbeligem Oberflächenfett. Mit hohlem Kreuz, feierlich wie Monarchen schreiten sie einher, den Körper abdrehend bei jedem Schritt, unsichtbare Untertanen grüßend. Die Shorts schieben sich in den Schritt hinauf. Sie schwitzen; ihre Stirnen sind rot vom vielen Wischen. An den Beinen rinnt es wie an Höhlenwänden. Rein die Achselhöhlen: Das Deodorant hemmt den Wasserfluß an diesem kritischen Ort und drängt ihn hinunter zu den Füßen, die ihren Saft in die Schaumgummis saugstarker Turnschuhe entlassen. Sandalen scheinen ihnen nicht zu liegen. Kleine, weiße Söckchen quellen aus dem Schuhwerk, zum Zerreissen gedehnt von gewaltigen Fesseln. Um die Körpermitte winden sich schwere, schwarze Nierengürtel.

Tracy hatte recht – so etwas gibt es nicht bei uns. Natürlich gibt es Dicke: die breite Marktfrau; der von Schnaps und Bifschteks aufgeschwemmte Beamte; die runde Etagenfrau, unbeweglich geworden vor lauter Tee und Gebäck und Sitzen. Aber was sind sie gegen diese Amerikaner? Unser Apparatschik ist prall gefüllt, seine Schwarte zittert vor Spannung und Kraft, und eisenhart wölbt sich der Schenkel. Alles an ihm ist konzentrierte Masse, zusammengehalten von einem Zentrum und einem Willen. In Amerika hat der Umfang die Schwerkraft längst besiegt. Das Fleisch strebt weg vom Knochen und wuchert in die Luft. Nicht Elefanten sind die amerikanischen Dicken, sondern Wassertiere, monströse Quallen, gestützt von einem rätselhaften Auftrieb, der ihre Massen schweben läßt und zu grotesken Wülsten verformt. Sie trotzen der klaren Grenze. Sie ufern aus. »Schau zu, wie sie essen.« Tracy hatte ihr Sandwich zur Seite gelegt. Sie essen, als gehe es um ihr Leben. Müde, aber gierig beugen sie sich über ihre Styroporschälchen und stieren kauend auf Nasi Goreng und Chicken Salad. Heftig, heftig, holen sie Atem. Unbeweglich sind sie und langsam, aber in ihrem Inneren rast es. Verzweifelt schlagen die Lungenflügel. Das Herz hämmert, ein winziges, fragiles Rädchen, überfordert von der Aufgabe, diese ungeheure Maschine aus Fleisch und Fett in Gang zu halten. Ihr Mund steht offen, sogar wenn sie sitzen; sie glotzen in die Gegend wie Irre, erschöpft von der Last des bloßen Daseins.

Da löst sich eines der Monstren aus dem Pulk, stapft auf uns zu, setzt sich neben uns auf die Bank, keucht, schaut zu Boden, wischt sich die Stirn, rückt seinen Hüftgürtel zurecht und fragt uns nach dem Weg zu den Schabrakentapiren. Tracy weiß es nicht und nimmt schuldbewußt einen großen Bissen von ihrem Sandwich. Der Mann schaut ihr gierig zu, aber er entreißt ihr das Sandwich nicht, sondern seufzt und grinst, und im Gespräch entpuppt er sich als ein Professor aus Tulane, Tracy wegen seiner wegweisenden Schriften zu einem maßgeblichen Thema wohlbekannt. Das Befremden in ihren Augen schwindet, sie streicht eine Haarsträhne hinters Ohr zurück und konversiert anmutig. Er antwortet höflich, sie lachen und sind sich einig, daß dies und jenes so oder so ist, und ich frage mich, warum sie ihn nicht fragt, warum er so dick ist. Wie kann man das Offenkundige so offenkundig ausklammern? Wo findet er diese Hosen, diese T-Shirts, breit wie Segel? Was macht er, wenn die Toilette unter ihm zusammenbricht? Braucht er ein Spezialbett? Schläft er? Nimmt er Pillen? Leidet er? Er macht nicht den Anschein. Möchte er manchmal rennen können, unbeschwert durch die Straßen hüpfen, singen und tanzen? Mag er seinen Körper? Was geht in ihm vor, wenn er Dünne sieht, Dünne wie mich oder Tracy, die wie ein kleines Kind aussieht neben seiner massigen, professoralen Würde.

Er wirkt glaubwürdig, keine Frage. Er hat Gewicht. Ist gescheit. Seine Stimme ist eigenartig hoch und heiser, aber Tracy spitzt die Ohren. Der Mann hat Würde. Das ist keiner, den du am Restauranteingang leichtfertig zurückweist. Der hätte Erfolg in Moskau. Wie willst du so einem sagen, er müsse noch ein paar Monate warten auf seinen Paß? Wie willst du so einem sagen, er sei zu schnell gefahren, wo er doch durch die Straße geschlichen ist wie ein Veteran im Saporoschez? Der reckt sich und streckt dir seine 220 Kilo entgegen, die er alle, alle ernähren kann, und das genügt. Den speist du so schnell nicht ab, der frißt dir nicht aus der Hand. Ich hatte ihn fast schon ins Herz geschlossen, als er sich erhob. Tracy starrte ihm verlegen nach.

Vor dem Teich mit den Seelöwen kam ein kleines Mädchen auf uns zu, faßte Tracy bei der Hand und sagte: »Ich soll nicht mit Fremden reden, aber du siehst aus wie meine Mama.« Dann verstummte es und rieb sich die Augen. Es mußte geweint haben, aber jetzt schnupfte es nur noch ein wenig. Sein rotes Kleidchen hing an ihm herunter wie ein Vorhang. Im Haar trug es eine rotes Band, und es preßte die Lippen zusammen wie Sweta, wenn sie log.

Tracy wurde sofort erwachsen und gütig. »Hast du denn deine Mama verloren?«

»Ja«, sagte das Mädchen. Es wand sein Körperchen, als müßte es mal, und legte den Arm um den Nacken. »Hast du sie gesehen?«

Wir lächelten, wie Erwachsene über derartige Fragen lächeln und beschlossen, das Kind zur Zooverwaltung zu bringen. Ich ging rechts, das Kind in der Mitte, Tracy links, und unternehmungslustig wie eine kleine Familie bahnten wir unseren Weg durch dick und dünn. Das Kind hieß Beverly und hatte spitze Fingernägel. Vor dem Gehege der Lamas blieb es stehen. Die Tiere kauten und schielten träge zu uns herüber. Vermutlich sammelten sie in unguter Absicht Spucke. Beverly wollte wissen, warum Lamas spucken. Tracy erklärte es ihr, und während sie erklärte, nickte ich zwei älteren Frauen zu, die stehengeblieben waren und uns verklärt anlächelten. Als wir weitergingen, merkte ich, daß nicht nur die Alten lächelten. Alle lächelten, vor allem die Frauen. Es war immer dasselbe Lächeln – halb entzückt, halb befriedigt, angereichert mit einem Schuß wissender Ermahnung. Nun bin ich ein recht ansehnlicher junger Mann, das können Sie mir glauben, Iwan Andrejewitsch. Ansehnlicher jedenfalls als Sie. Aber auf der Straße werde ich trotzdem selten angelächelt, hol's der Teufel, es sei denn, ich stolpere gerade über eine vorwitzige Steinplatte und hüpfe wie ein Frosch, um den Sturz zu vermeiden. Und dann ist's kein Lächeln, sondern ein Grinsen. Und jetzt plötzlich dieses Glück auf den Gesichtern links und rechts: Was so ein Kind ausmacht. Ich wollte mich wehren gegen dieses Gefühl, aber es war sinnlos, und mir wurde leicht und hell zumute wie damals, wenn Mutter einen Sonntagsauftritt im Kulturhaus hatte und ich neben Vater und Anna und Sweta durchs Foyer marschierte. Die Blicke der schönen Frauen schmeichelten mir, und gerne hörte ich das leise Klingen der Orden an der Brust der Kriegshelden, die von erbarmungslosen Ellbogen aus ihrer glotzenden Ruhe aufgestört worden waren und sich mühsam nach uns umdrehten. Eine propere Familie waren wir, eine Vorzeigefamilie, und ich vergaß, daß ich ein paar Stunden zuvor noch unmutig gewesen war, weil mich Mutters Auftritte genierten und weil ich wußte, daß ich in meinen Kniestrümpfen und dem naßgebürsteten Haar unmöglich aussah. Ich wurde zahm und froh wie ein genesender Patient unter der Hand der Krankenschwester, und stolz hielt ich Sweta und Anna die Tür. Süß, der Junge. So lieb, so keck. Und wie er seine Mutter anschaut, einfach rührend. Ich sah im Gehen zu Tracy hinüber und sagte: »Ich liebe dich.«

Sie runzelte die Stirn und drehte den Kopf weg, langsam und verächtlich wie ein Lama.

Wir fuhren über Land.

Tracy wollte mir Amerika zeigen – »ein Stück wenigstens, ein bißchen Upstate New York. Die Catskills. Damit du siehst, daß das

Land nicht dasselbe ist wie New York.« Ein Freund, ein wirklich netter Kerl, der an diesem Wochenende nichts vorhatte, lieh uns seinen Wagen. Tracy selber hatte keinen. Idiotisch, in Manhattan ein Auto zu kaufen, sagte sie. Du machst dir bloß das Leben schwer.

Im Morgengrauen fuhren wir los. Tracy steuerte. Ich drückte mich ins Polster und schaute fröstelnd in die dampfenden, welligen Straßen der Industriegebiete. Ein paar Minuten lang war mir als sei ich wieder zu Hause. Röhren wie im Kusbaß, zerfallende Fabriken. Autowracks. Ampeln schwankten im Wind und regelten beflissen einen Verkehr, den es nicht gab. Dann und wann eine dunkle Gestalt am Straßenrand, gebeugt. Hell erleuchtete Kneipen, darüber nervös blinkende rosa Inschriften. Schwarze Jungs in flachen Autos mit eckigen Hecks. Arme Schweine, sagte Tracy und drückte auf die Türverriegelung. An einsamen Kreuzungen überfuhren wir die Rotlichter. Ich schnupperte am Plastik der Innenausstattung – ein Geruch wie an der Garderobe des Bolschoi: muffig, aber komplex. Von weither klagten die Sirenen der Polizeiautos. Wolfsgeheul. Wölfe. Im Zoo an der Krasnopresnenskaja schweigen sie meist. Sie liegen auf dem Beton, die Vorderbeine anmutig angezogen, und schauen schräg und schmal und stinken. Im Freien habe ich nie Wölfe gesehen. Dafür tauchten hier manchmal Polizeiautos auf. Ich sah sie in weit entfernten Nebenstraßen, wenn wir über Kreuzungen fuhren. Blinkend schaukelten sie unter dem rötlichhellen Morgenhimmel hindurch. Wenn ich sie nicht mehr sah, waren auch ihre Sirenen nur noch gedämpft zu hören. In Sibirien, das weiß jeder Russe – in Sibirien tauchen die Wölfe manchmal frühmorgens zwischen den Stämmen des Waldrands auf und schauen prüfend über das weite, kalte Feld.

Die Stadt franste aus, machte ödem Niemandsland Platz, und auf glatten, breiten Straßen fuhren wir durch Amerika. Erstaunlich, Iwan Andrejewitsch. Grün die Natur, blau der Himmel, schwarzgrau die Straße. Die Straße erstaunte mich am meisten. Sie blieb vorzüglich, nein: sie wurde besser, je weiter wir fuhren. In den Vororten New Yorks war sie noch holprig gewesen, aber je weiter wir in die Natur fuhren, desto glatter wurde sie, und als wir zu einsamen Hügelketten kamen, deren Wälder sich gelb und rot verfärbten, war mir, als glitten wir ohne Motor dahin, von einer sanften Naturgewalt getrieben, einem Floß in der Strömung gleich. Ein irrealer Glanz lag auf dieser amerikanischen Natur, und ein leichter Spott. Laut rief die Schönheit der Landschaft nach uns, und nichts, nicht einmal das Knattern eines Auspuffs, übertönte ihr Rufen. Ich nickte mit mattem, zerstreutem Wohlgefallen. Welch eine Pracht! Wie schön das alles! Und wie außerordentlich angenehm! Wenn du aus Moskau herausfährst, nach Leningrad oder Kiew, dann bricht dir doch spätestens in Twer schon die Achse, und zudem regnet es, natürlich regnet es! Und du stehst krank vor Mißmut neben deinem schrägen, gelähmten Gefährt, und es regnet dir in den Hals, und es ist November und kalt, und es dämmert und niemand hält, also legst du dich auf den Boden und schiebst dich ins Dunkel vor, den Schraubenschlüssel in der Faust, vorbei an Stangen und Bolzen in dieses schwarze, verrußte, gottverdammte Nichts, stößt dir die Knöchel blutig und merkst, da hilft nichts, keine Taschenlampe, kein Draht, nichts, und während diese Einsicht in deine Seele fällt wie ein Klumpen Eis, kriecht dir von der Hüfte und von den Ellbogen die Kälte in die Nieren; die Hosen sind hin, das Hemd ist hin, und verkommen wie ein Landstreicher wanderst du ins nächste Dorf, in dem es immer regnet, jahrein, jahraus, das siehst du sofort, und in dem sie alle im Trockenen sitzen, jahrein, jahraus, im Wohnzimmer sitzen hinter den gemütlichen, blauweiß verzierten Fenstern, keine fünf Meter neben der öden, braunen Hauptstraße, und in den Fernseher starren, während du auf der Straße stehst, auf der sich nichts bewegt außer den Kreisen, Kreisen, Kreisen in den Pfützen, und du watest durch den Schlamm, reibst dir den Regen aus den Augen, die Hose klebt am Schienbein, und vom Regen verunstaltet, mit plattem Haar und schmerzenden Schultern, klopfst du schließlich irgendwo an, verziehst die dicken Lippen zu einem unglücklichen Grinsen, fragst, ob es in diesem Dorf ein Telefon gebe, und rufst deinen Freund an, diesen einzigen wahren, diesen lebensrettenden russischen Freund, der immer kommt, wenn du in Not bist, zu jeder Tageszeit, woher auch immer, was auch geschehen ist.

Nicht nötig in Amerika. Nichts von alledem. Schaudernd zog ich die Schultern hoch, aber der Wagen schnurrte zuverlässig, und wenn er aufgehört hätte zu schnurren, hätte Tracy gelassen zum Handy gegriffen und die Pannenhilfe angerufen, und die wäre gekommen, unfehlbar gekommen, so wahr ich diese Zeilen schreibe, Iwan Andrejewitsch, rasch und höflich, und wir hätten ruhig ein Sandwich gegessen, während sich zwei anständige Landjungs in blauem Overall um unser Auto gekümmert hätten. Ich kurbelte die Scheiben herunter, der Geruch des Landes kam heraufgezogen, und mutig legte sich Tracy in die Kurven. Die Farben der Landschaft wurden laut und lauter; stumm vor Begeisterung suchte ich im Radio nach passender Musik, und schon ging's los: »*Läbädäbä däm däm däm däm ding dong, Läbädäbä däm däm däm däm ding dong, wuup dingi du and wuup dingi du du du du* ...« Jawohl, Iwan Andrejewitsch, so muß das sein, so und nicht anders, denn auf einmal habe ich es begriffen, Herrgott, wie klug die Amis sind: Das ist die Lust, die richtige Lust, die reine Lust, die größte Lust – im Auto durch den Herbst zu fahren und an nichts zu denken, die Augenwinkel sprechen zu lassen, die feine, weibliche Hand zu nehmen, die mutwillig nach deinem Geschlecht tastet, die Hand auszustrecken und die Brüste der Geliebten zu liebkosen, die Schenkel, die sich dir bereitwillig öffnen, und dann natürlich: »*Mrs. Brown, you've got a lovely daughter* ...« Und wie! Oho, schaut sie euch doch an, ist sie nicht wunderbar? Wie sie sich mir entgegenstemmt, wie sie meine Hand nimmt und drückt, bis ich wegschauen muß, weil meine Augen blöd werden vor Glück; und weiter, nach der nächsten Kurve: »*Lam-didi-dididi-lam-didi-du, singing lam-didi-dididi-lam-didi-du* ...« – Ob Sie das begreifen, Iwan Andrejewitsch? Alles uralter Stuß, sechziger Jahre, kaum noch wahr, und an einer Kreuzung drehen zwei Kids im offenen Wagen brutal ihren Grunge rauf, um uns zu übertönen, um uns zu zeigen, daß wir Gruftis sind, von vorgestern, irrelevant, nicht einmal mehr zum Lachen, aber was soll's, wir sind es gerne, und wir lachen, bis die Jungs in ihrem Schallgefängnis böse werden, wir lachen sie einfach weg, wir sind ihnen voraus, weit voraus, und noch nie habe ich mich so gut gefühlt in Amerika, noch nie so jung und stark – ob Sie das begreifen, Iwan Andrejewitsch? Wohl kaum, denn singen können Sie bestimmt nicht, nicht Sie, nicht so einer wie Sie. Aber ich kann es, glauben Sie mir, und ich singe mit, mit meinem gepflegten, peinlich persönlichen Baß, aber leise nur, weil mein Glück das Grölen nicht verträgt und weil ich ihre Stimme hören will, die sich jetzt metallisch und falsch ins Lied mischt.

Das Handy piepste. Tracy zog es schneller als eine Pistole, ich stellte die Musik aus, sie legte sich den Apparat ans linke Ohr, steuerte mit der Rechten und ließ den Ellbogen aus dem Fenster hängen.

»Trevor! Hi, welche Überraschung. So nett, daß du anrufst, so nett!« Sie warf mir einen kurzen, vergnügten Blick zu und spitzte die Lippen zu einem tröstenden Kuß. Ich rückte näher zu ihr hin.

»Nein, noch nicht. Wieso? Erst nächste Woche, das hab ich dir doch gesagt.« Ich kraulte ihr den Nacken. Dunkle, feuchte Schwere unter massigem Haar. Feste, unempfindliche Haut. Sie drückte den Kopf in meine Hand wie eine Katze, die gestreichelt werden will.

»Klar. Hast du deinen Eltern Bescheid gesagt?« Ich blies einen Kuß durch die Luft. »Wieso? Sie sagten doch, sie wollten … Aha.« Ihr Ohrläppchen. So hübsch und rund, so fleischig.

»Nein, unterwegs. Du hörst es, was? Ach, irgendwo auf Long Island. Ich kann's dir bei der nächsten Ortschaft sagen.« Sie schaute mit großen, ernsten Augen zu mir herüber. Long Island, jaja. Warum nicht gleich Kalifornien? Ich streichelte ihre Schlüsselbeine. Zarte, frivole Schlüsselbeine, leichte Knöchelchen, die du brechen könntest in Null Komma nichts.

»Natürlich, Trevor. Liebe dich. Bis bald.« Tracy legte das Handy hin, gab das Steuer in die Linke, sah geradeaus und streckte die Hand nach mir aus. »Das ist die Scheiße an der modernen Telekommunikation, Sascha, siehst du. Jederzeit, Tag und Nacht, kann mich Trevor anrufen und sagen, daß er mich liebhat und ohne mich nicht leben kann. Er kontrolliert mich. Früher, wenn du gereist bist, da warst du einfach weg, unabkömmlich, unerreichbar, und das war normal, und niemand hat sich dabei was gedacht, und wenn du abends aus dem Hotel gingst, dann warst du eben weg und konntest saufen oder machen, was du wolltest, und wenn du zurückkamst, dann lag da ein Zettel, mehr nicht.« Sie redete wie ein Mann. Wie ein geschäftsreisender Mann mit zerknittertem Regenmantel und Alkohol im Atem.

»Dann stell es doch einfach aus.«

Sie lachte spöttisch. »Das ist es doch gerade, Sascha. Wenn ich das Handy im Hotel lasse oder ausstelle, dann ist das doch doppelt verdächtig. ›Warum hast du es ausgestellt? Hast ungestört sein wollen, ja?‹ Ich hör' ihn direkt. Nein, ich rate dir, kauf dir nie so ein Ding. Oder hattest du das vorgehabt?«

Natürlich hatte ich. Handys faszinierten mich. Irgendwo in der Wildnis zu sitzen und mit jemandem in Moskau oder in Leningrad zu reden – das kann mir schon gefallen. Vor einem Jahr war ich in Kasan und feierte mit ein paar Kasanern am Zusammenfluß von Wolga und Kama. Wir aßen gepfefferten Schaschlik, tranken Wodka, rauchten und schauten von der hohen Böschung hinunter auf den Fluß, der schon hier, mitten in Rußland, zum Meer werden wollte. Ein Schlepper zog eine lange, hellgrüne Dampfschiffstation den Fluß hinunter, zur Überwinterung. Er brauchte ein halbe Stunde, bis er aus unserem Blickfeld verschwunden war. Als er erschienen war, hatten sich alle Köpfe nach links gedreht, und dann folgten sie ihm langsam, bis er verschwunden war. Ein kalter Wind aus Sibirien blies uns ins Gesicht, und ich war so besoffen und glücklich, daß ich schwieg, und deshalb hörte ich das Piepsen, das sonst keiner hörte, und nahm das Handy aus der Tasche neben mir und sagte Hallo. Eine Frauenstimme antwortete. Du, Oleg? und ich sagte Nein, das sei nicht ich, leider nicht, und ich wußte, daß sie dieses ›leider‹ auf Oleg beziehen würde, der nicht abgenommen hatte, aber ich hatte im Suff etwas ganz anderes gemeint: daß ich in diesem Moment gerne Oleg gewesen wäre, Oleg, der Glückliche, der die Besitzerin dieser bezaubernden Stimme kannte und der jetzt begierig die Hand ausstreckte.

»Warum hast du denn überhaupt ein Handy, wenn's dir so viele Nachteile bringt?«

»Wegen dem Autofahren. Es kann so viel passieren, wenn man unterwegs ist. Wenn man irgendwo strandet, im Schnee zum Beispiel, dann ist es doch sehr praktisch, wenn man jemanden um Hilfe rufen kann. Oder in den Bergen. Überhaupt, in der Natur.« Sie lächelte mich an, ich grinste zurück, oh Lord, ist das Leben schön, und zu Banjoklängen rasten wir in den rotorangen Sonnenuntergang.

Neon, rotweißblau, ein und aus und ein und aus. Motel.

Die Frau am Empfang schaute wortlos in unsere Pässe und dann traurig in unsere Gesichter. Sie war bleich und trug einen Rock, der fast bis zum Boden reichte. Auf ihrer Oberlippe wuchs ein feiner, schwarzer Schnurrbart. Wenn die Air Condition nicht funktioniere, sollten wir uns melden.

Nachts lag ich wach neben Tracy. Wir hatten ferngesehen, und in meinem Kopf fielen Sätze übereinander wie Kinder beim Sackhüpfen. Fax es rüber! Fax es doch einfach rüber! Und dann: Wir hoffen, daß diese Erfindung den Weg ebnen wird für ein neues Heilmittel, das Millionen helfen kann. Warum blieben einem solche Sätze im Gedächtnis? Ich wälzte mich auf die andere Seite. Das Laken stank nach Waschmittel. Hätte ich doch mehr getrunken. Die Air Condition dröhnte. Drugs nennen sie die Heilmittel hier. Drogen. Vielleicht hätte ich eine Droge gebraucht, um einzuschlafen. Wie kann Tracy schlafen bei diesem Krach? Sie lag reglos. Wenn die Air Condition nicht gewesen wäre, hätte ich sie atmen hören können. Ich schaute hoch zum Mond, der von der Jalousie in unerhört gerade weiße Streifen zerlegt wurde. Tracy schnaubte verächtlich, drehte sich umständlich auf die Seite und atmete friedlich.

Vor zwei Stunden hatte sie mich gebeten, sie zu schlagen. Ich kniete hinter ihr, da brach ihr Keuchen mit einem Mal ab. Sie drehte den Kopf zur Seite und sagte, ohne mich anzusehen: »Sascha, schlag mich. Nein, erschrick nicht, es ist o. k. Ich mag das. Bitte.« Ich hob meine Hand und gab ihr einen Klaps auf die Pobacke. Sie lachte, aber ungeduldig. Wieder hob ich die Hand, aber dann hielt ich inne, schaute auf die Sehnen meines Handgelenks, sah die Tür, die in der Zugluft ruckelte, die gelbliche Tapete und das genau gepinselte Frühlingserwachen in den Appalachen an der Wand. Und dann sah ich, wie sich Tracys Arsch langsam rötete, spürte, wie meine Hand heiß wurde, und nach einiger Zeit klopfte ich nicht ohne Befriedigung auf diesen makellosen amerikanischen Arsch ein. Sie hatte eine kleine, weiße Narbe unter der Hüfte, eine Kindheitserinnerung an einen Stacheldrahtzaun, wie sie sagte, und auf diese Narbe starrte ich jedesmal, wenn ich schlug, und noch heute könnte ich schwören, Iwan Andrejewitsch, daß sie aussah wie Hammer und Sichel auf rotem Grund, und vielleicht war es das, was mich im tiefsten beflügelte. Aber befangen blieb ich stets, vor allem, wenn aus dem roten Haarbusch über ihren Schultern energische Anweisungen kamen. »Stärker«, rief sie, »stärker! Gut, ja – autsch, so stark nun auch wieder nicht, Mensch, ich will ja noch sitzen!« Dann löste sich die Kraft meiner Lenden im Zucken eines übermächtigen Lachreizes auf, und während ich nach hinten sank und die Hand schützend um meinen schmerzenden Schwanz legte, griff Tracy nach dem Laken, hüllte sich ein, drehte sich zu mir und grinste. »Gosch, Sascha, Kompliment. Trevor ist für so was nicht zu gebrauchen.«

Sie redete gerne übers Schlagen.

»Du liebst es so, nicht wahr, Sascha? Du bist ganz versessen drauf?« Sie schaute mich glühend an. Geil.

»Nein. Ich komme mir komisch vor. Ich tu's eher dir zuliebe.«

»Ha! Das glaubst du ja selber nicht! Du liebst es, natürlich liebst du es, ich weiß es genau.« Sie drehte sich weg, stand auf und verschwand im Bad. Ich streckte mich aus und hörte zu, wie sie duschte, heiß und ausgiebig, als habe sie sich furchtbar beschmutzt. Eine ferne, rauschende Beleidigung. Die Luft im Zimmer wurde feucht. Dann plötzlich Stille; sie war aus der Wanne gestiegen, stand vor dem Spiegel und verursachte nur noch kleine, intime Geräusche. Als sie zurückkam, glühend vor Zufriedenheit, fragte ich sie, ob sie mit mir ins Freie komme. Ich wolle eine Zigarette rauchen. Sie lehnte ab, mit einer Stimme, die mich zum Gehen ermunterte. Als ich unter der Tür stand, rief sie mir nach: »Ist doch drollig, nicht? So haben wir beide unsere Sünden. Du rauchst, und ich …« Strahlend ließ sie sich in die Kissen zurückfallen und griff nach der Fernbedienung. Ich ging hinaus, passierte die traurige Dame an der Rezeption und stellte mich so auf den Parkplatz, daß sie sehen konnte, daß ich mich nicht an den Autos zu schaffen machte.

Auf der Heimfahrt wurde Tracy gesprächig.

»Gurken«, sagte sie träumerisch, blinkte und überholte mit großem Tempo einen Lastwagen.

Ich spürte die unendliche Kraft der rasenden Maschine zu meiner Rechten, die langsam nach hinten glitt, und dachte einfach, männlich und erotisch. »Ja?«

Sie lächelte. »Tomaten. Äpfel.« Der Lastwagen, den wir überholt hatten, transportierte Fische. »Aprikosen. Pflaumen. Alles, was du willst, und alles frisch und sauber?«

»Du meinst die Supermärkte?«

Tracy lachte. »Wenn du so willst. Sascha. Die Mall gestern. Ist dir da was aufgefallen?«

»Nein, wieso? Groß, bequem. Du hast alles beisammen, brauchst nicht in der Stadt rumzurennen und dich verregnen zu lassen. Und wenn du genügend hast springen lassen, schleppen dir die Angestellten alles ins Auto. Prachtvoll.«

Sie runzelte die Stirn. »Ich meine etwas ganz anderes?«

Ich sah sie ratlos an. »Was denn?«

»Sascha.« Sie schnaufte erregt. »Sascha, das ist mir wichtig. In

Moskau, da ging ich einmal durch einen Kolchosmarkt, und da wußte ich mit einem Mal, was uns fehlt?«

»Ja?« Sie wollte wieder über Rußland reden. Tracy hatte in den letzten Tagen fast pausenlos über Rußland geredet. Ich hörte sie gerne die Vorzüge meiner Heimat preisen; aber ihre Begeisterung für etwas so Fernes wirkte unwirklich. Sie redete wie ein Kranker, der nach langem Suchen ein Mittel findet, das ihm hilft. Sie war unbeirrbar.

»Mensch, Sascha. Die Kolchosmärkte kennst du doch? Oder geht ihr Männer dort nie einkaufen?«

»Ja, natürlich. Doch.«

»Und? Wie gefallen sie dir?«

»Es geht. Ein Riesenschlamm meistens, vor allem im Frühling, und es stinkt ziemlich. Sägemehl am Boden, und die toten Schweinchen grinsen, als ob es sie amüsiere, daß man sie geschlachtet hat.«

»Ja, die Schweinchen.« Tracy lächelte ein Jungmädchenlächeln. »Sascha, ich liebe die Kolchosmärkte? Da kaufst du noch bei echten Menschen ein. Bei Leuten, die etwas zu tun haben mit der Ware, die sie verkaufen. Die Frauen in den Kopftüchern, die dich rufen, wenn du vorbeigehst –«

»Sie betrügen. Vor allem Ausländer. Die haben von dir vermutlich das Doppelte genommen, ohne daß du es gemerkt hast.«

Sie redete weiter, als habe sie mich nicht gehört. »Die Frauen in den weißen Kitteln, die Milchprodukte und Honig verkaufen. Du kannst reden mit ihnen, feilschen, du kannst probieren, Sascha, probieren, ist das nicht herrlich? Die alten Männer, die dir am Eingang die Plastiktüten andrehen. Du hast eine Beziehung zu den Leuten, Sascha? Die Bauern verkaufen, was sie gepflanzt und großgezogen haben, ihre eigene Ware, auf eine Art? Das ist doch großartig.«

»Sie haben sie nicht gepflanzt. In den seltensten Fällen. Sie haben sie vielleicht hergeschleppt. Hühnchen sind übrigens billiger im Supermarkt.«

»Aber unter Plastik. Nein, Sascha, da hast du keine Chance. Die eingelegten Früchte. Der Essiggeruch. Die Fische. Nein, die Fische waren mir ein wenig unheimlich. Weiß der Teufel, woher die kommen. Aber die gedörrten Aprikosen? Der Geruch, überhaupt? Und jetzt vergleich das doch mal mit unseren Einkaufszentren. Niemand verkauft dir was. Du irrst herum wie ein Astronaut auf dem Mond. Menschen gibt's nur an der Kasse? Alles ist unter Cellophan. Nichts riecht. Die Äpfel hochgespritzt und poliert, und wenn du reinbeißt, schmecken sie wie Kleister. Nein, ehrlich. Wenn ich in den Staaten einkaufe, also … Ich könnte geradesogut meinen Roboter hinschicken. Findest du nicht?«

»Nein. Ich kann auf die Märkte verzichten. Dreckig. Im Supermarkt gibt's Kühltruhen. Und Verfalldaten. Sehr nützlich.«

Sie schaute grimmig geradeaus. »Sascha. Das ist mir wichtig. Wenn du mich nicht verstehst, dann … dann haben wir echt ein Problem in unserer Beziehung. Beziehungen, das ist es doch, was ich meine. Auf dem Kolchosmarkt hast du Beziehungen: zu den Leuten, zur Ware – ei, verdammt, was ist das?«

Der Wagen begann plötzlich zu zerren und zu holpern, und von hinten kam ein rasselndes Geräusch. Tracy steuerte das Auto an die Seite, und wir stiegen aus. Da hatten wir sie, die Panne – hier in Amerika, Iwan Andrejewitsch, in einem amerikanischen Auto auf amerikanischer Straße. Wir gingen nach hinten, und Tracy sagte, »Aha. Der Reifen«. Und nun, Iwan Andrejewitsch? Griff sie zum Handy? Holte sie Hilfe, rief sie den Pannendienst herbei, der 24 Stunden am Tag das Land durchkreuzt, begierig darauf, den paar wenigen Unglücklichen zu helfen, denen selbst auf diesen glatten Fahrbahnen noch der Reifen platzt? Nein. Sie öffnete den Kofferraum, nahm den Wagenheber und den Kreuzschlüssel heraus, beugte sich nieder, entfernte die Radkappe und begann mit leichten, elastischen Fußstößen, die Muttern zu lösen. Zweimal hatte ich etwas in der Art von »Kann ich dir …« gemurmelt, aber sie hatte es wohl nicht einmal gehört, und darum schaute ich mit einer Zigarette in der Hand zu, wie Tracy auf das Pedal des Wagenhebers trat, bis sich ihr Gesicht rötete. Das rhythmische Treten und mein Zusehen zwangen sie zu einem Lächeln; die Bewegung schien sie zu beglücken. Vermutlich hatte sie sie im Fitneßclub geübt, auf dem Step-Master. Der Wagen hob sich ächzend, ließ die Räder vorerst auf dem Boden, zog dann die Schultern der Karosserie langsam hoch und entblößte einen bemerkenswert schmutzigen und ungeordneten Unterleib, der neben dem Glanz des Blechs weiter oben etwas Unanständiges hatte.

Tracy trat fester ins Pedal. »Die Beziehung ist es, Sascha, was mich interessiert. Die Menschen – in Rußland sind noch – zugänglich. Du kannst – reden mit ihnen. Der Kolchosmarkt – ist doch nur ein Beispiel. Da kommst du noch – an die Leute heran, sie reagieren noch auf dich und du –«

»Das ist doch simple Rückständigkeit, Tracy. Wir sind einfach noch nicht so weit wie Amerika. In ein paar Jahren, das garantier' ich dir –«

»Rückständigkeit! So ein Mist!« Sie hörte auf, den Wagenheber zu bearbeiten. »Human ist das! Normal. Oder es müßte normal sein. Hast du denn nicht gemerkt, daß wir hier in den Staaten nicht mehr reden miteinander? Daß du nirgends mehr mit Leuten in Kontakt kommst? Sogar mein Bruder, das Aas. Den ganzen Tag hockt er in seiner Zelle und hackt – ist das etwa normal? Hier, kannst du mal den Ersatzreifen aus dem Kofferraum holen?«

Ich ging zum Kofferraum, drehte mir an einer Flügelmutter die Hände wund und brachte ihr den Reifen. Er war etwas kleiner als der richtige, aber er paßte. Vorsichtig setzte ich ihn auf die Schrauben, hörte das vertraute metallische Schrappen und begann, die Muttern wieder einzudrehen. Ich wußte nicht recht, was ich sagen sollte. Wenn Tracy kritisch wurde, wurde sie mir fremd. Grell und farbig tropften die Worte aus ihrem Mund, aber dann lösten sie sich sofort ins Nichts auf, verschwanden wie Zuckerwatte.

Sie hatte den alten Reifen zurückgebracht und ließ den Wagen herunter. »Und das ist nicht alles, Sascha.« Sie wischte sich die Hände an einem Lappen ab, reichte ihn mir herüber und lächelte wieder. »Da ist noch etwas, was wir nicht haben. Eine … eine Art Poesie. So würde ich es nennen. Hat euch der Kommunismus beschert? Eigenartig, nicht wahr?«

Vorsicht bei den Bescherungen des Kommunismus. Ich sagte nichts und säuberte meine Finger mit dem Lappen.

Sie kniete sich hin, legte die Werkzeuge in eine schwarze Plastikdecke und wickelte sie zusammen. »Ein Zauber. Und der Kommunismus hat euch diesen Zauber beschert: den Zauber des Unnötigen. Die Poesie der Sinnlosigkeit. Du weißt, was ich meine, Sascha – diese verlassenen Einkaufsläden, weit weg von den Wohnhäusern der Siedlung, irgendwo hinten beim Stadion. Dort, wo man einst neue Häuser plante? Oder dieses Restaurant im hintersten, abgelegensten Winkel eines Provinzflughafens. Völlig sinnlos, weil nie jemand dorthin kommt.« Sie stand auf und schaute träumerisch in die Ferne. »Du suchst etwas ganz anderes, gehst durch lange, dunkle Gänge, überquerst einen riesigen Platz, läufst an einer Wand aus Betonplatten entlang und kommst zu diesem flachen Gebäude. Ein Restaurant. Könnte geradesogut ein Lager für Sanitärisches sein. Kein Schild, kein Wegweiser. Weißt du, was ich meine, Sascha? Da liegt es im Regen, kahl und abweisend. Die Türen sind zu, die Vorhänge heruntergelassen. Aber du hörst gedämpfte Musik, siehst den Schatten eines Kellners, ziehst an der schweren, dunklen Holztür – und siehe da, sie öffnet sich. Du gehst hinein und siehst, das ist ein Restaurant, ein wirkliches Restaurant, mit Tischen, mit einer Küche? Vielleicht sogar mit Essen? Die Kellner sitzen an der Bar und schauen dich erschrocken an, aber sie nicken, wenn du sie fragst, ob man hier was essen kann. Und zuletzt sitzt du zufrieden am Fenster und schabst an einem Hühnchen Kiew, schiebst die schweren Vorhänge zur Seite – du weißt, Sascha, diese gelbweißen, stinkenden Vorhänge – und schaust in den Regen und weißt, daß du heute, falls nicht noch ein paar Angestellte des Flughafens kommen, bis zur Polizeistunde der einzige Gast sein wirst? Das ist es, Sascha.«

Sie startete den Motor, reihte sich in den Verkehr ein und

schwieg eine Weile. »Das ist es, Sascha, siehst du. Man muß die Dinge würdigen. Nur so kannst du dir eine Beziehung aufbauen? Drum ist mir das auch so ernst. Um diese Art von Poesie beneide ich euch. Derartige Restaurants gibt es nicht bei uns. Und ich mag diese Dinge, gerade deshalb, weil sie so widersinnig sind. Ich finde, man muß sie mögen, weil sie so allein sind. Hilflos, auf eine Art. Weil sie der Logik nicht standhalten? Weil Vernunft oder Sprache sie niemals verteidigen könnten. Weil du nichts, nicht das Geringste in der Hand hast, wenn du beweisen mußt, daß dieses Restaurant wichtig ist.«

»Wichtig?« Es kam feindseliger, als ich wollte.

»Wichtig, jawohl. Ich kann dir nicht erklären, warum, Sascha. Aber dieser Unsinn, diese Unnötigkeit, diese Sinnlosigkeit – das hat nicht nur Poesie, sondern das ist auch menschlich.«

»Menschlich? Daß die Kellner tagelang rumsitzen und nichts tun? Daß das ganze System wegen dieser Sinnlosigkeit nichts produziert, daß die Regierung Geld drucken muß und niemand was Rechtes verdient – das soll menschlich sein?«

Sie schaute strafend herüber. »Nein. Nicht das, natürlich. Du willst mich nicht verstehen. Ich meine nicht den Kommunismus, sondern seine Poesie. Warum, bitte schön, soll das nicht möglich sein? Warum soll das Schlechte nicht manchmal, am Rande, auch etwas Gutes hervorbringen? Oder etwas Schönes? Denk an die Blume in der Gosse! Selbst Reagan hat einmal, glaub' ich, etwas Richtiges gesagt. Verdammt, Sascha, ich lebe in einer Welt, in der alles, alles immer nur sinnvoll zu sein hat? In der kein Geschäft auch nur eine Sekunde existiert, wenn es nicht genügend Kohle reinbringt? In der du nichts tun darfst, ohne dir die Konsequenzen genau zu überlegen. In der alles transparent sein muß und rational und was weiß ich? Uns ist das Gefühl für das Geheimnis abhanden gekommen. Und da gefällt's mir eben, wenn ich so etwas sehe. Etwas vollkommen Sinnloses wie dieses Restaurant. Das ist geheimnisvoll. Das schreit nicht in der Gegend rum, das wartet, bis es entdeckt wird, ganz still, und wenn keiner kommt, dann wird es eben nie entdeckt. Nie. Das ist ein Gedanke, der Amerikaner fast umbringt. Nicht entdeckt zu werden.« Sie mußte grinsen und nahm meine Hand. »Saschalein. Versteh mich doch.«

Ihr Saschalein machte mir die Wangen steif. »Aber du kannst doch das eine nicht ohne das andere haben! Ich kann dir dein Geheimnis erklären. Diese Poesie heißt Willkür. Willkür ist das, verdammt, reiner Zwang. Dieses Restaurant steht dort, weil ein paar Trottel im Gosplan entschieden haben, es müsse da stehen, und wenn es keine Gäste hat, dann ist das nicht romantisch, sondern komplett unsinnig, versteh das doch!« Ich kratzte mich empört an der Nase. Wer war ich eigentlich für sie? Ein Spezialist für Geheimnisvolles, ein aufregender Bote aus einem wilden, grausamen Reich, hinlänglich domestiziert, um ihr ein dosiertes Abenteuer zu ermöglichen? Sie naschte doch nur. Ich überlegte eine Weile, aber dann fand ich, daß daran eigentlich nichts Falsches sei.

Auf den Stromkabeln in den Ebenen vor New York hatten sich Tausende von Vögeln versammelt. Dunkle, große Vögel, Stare vielleicht. Ab und zu öffnete einer die Flügel, bewegte sie und trippelte etwas auf dem Draht hin und her. Ich war froh, daß wir bald zurück waren. Gespräche unter Eingesperrten drehen sich im Kreis.

Tracy dachte eine Weile nach. Dann sagte sie trotzig: »Willkür, o. k., von mir aus, dann ist es eben Willkür. Dann liegt in der Willkür eben etwas, das mich anzieht.« Sie lachte bitter. »Vielleicht ist es das ja wirklich. Vielleicht mag ich auch Markow nur deswegen. Er strahlt Macht aus, hast du das nicht gemerkt? Der Mann muß einmal außerordentlich mächtig gewesen sein. Was war er früher? Ich meine, bevor er hierherkam?«

»Wissenschaftler. Chemiker oder so etwas. Und später Händler.«

»Händler? Nein.«

»Wie, nein? Er hat gehandelt, in Kemerowo, ist gereist, weil ihm das Institut nichts mehr bezahlt hat.«

»Glaub' ich nicht. Ich glaube, daß er mächtig war. Sehr mächtig.

Er hat Leute kommandiert. Man hat sich vor ihm gefürchtet. Er sieht mir nicht nach einem Händler aus.«

»Mensch, wenn er's doch gesagt hat.«

»Dann hat er dich belogen. Glaub den Leuten nicht alles, Sascha.«

Am Abend vor meinem Rückflug saß ich allein bei Markow. Er hatte Schmerzen; Schmerzen, gegen die der Wodka nichts mehr ausrichten konnte, und er hatte zum ersten Mal Morphiumtropfen genommen. Wir gingen spazieren und setzten uns dann auf den Balkon. Obwohl es warm war, hatte er eine Decke über sich gelegt. Ich schloß die Augen und hörte das Brüllen eines bösen Jungen, das gleichmütige Brummen der Flugzeuge und manchmal, wenn die Schwalben auf unseren Balkon zustürzten, zwei, drei hastige Flügelschläge. Auf dem Balkon unter uns redeten drei Frauen auf Englisch über Kunst. Markows Lider zuckten, als träume er oder denke angestrengt nach. Ab und zu öffnete er den Mund und bewegte tonlos die Lippen. Eine Wespe landete auf der Decke und kroch auf seine Hände zu. Ihr Hinterleib wippte gefährlich auf und ab. Ich scheuchte sie weg und sagte: »Gennadi Borissowitsch, ich gehe jetzt. Ich muß noch packen. Für die Reise. Ich fliege morgen. Ich wünsche Ihnen alles Gute und danke für Ihre Gastfreundschaft.« Ich schluckte. »Und für Ihre Freundschaft.«

Er öffnete die Augen und sagte tonlos: »Sie gehen, Alexander. Sie gehen. Gut. Warten Sie.« Er nahm seinen Stock, schob die Decke zur Seite und versuchte aufzustehen. Er streckte sich, preßte die Lippen zusammen, aber er fiel in den Stuhl zurück. Ich offerierte ihm meinen Arm, aber er schob ihn weg und sagte: »Lassen Sie nur, mein Freund. Ich will das alleine schaffen. Ich habe noch einiges vor.« Er nahm einen neuen Anlauf, stützte sich mit der einen Hand auf die Lehne, krallte sich mit der anderen am Geländer fest und zog sich ächzend hoch. Im Wohnzimmer nahm er meine Hand. »Ich danke Ihnen, Alexander. Leben Sie wohl. Ich denke nicht, daß wir uns wiedersehen. Ein Elend.« Seine Linke hob sich zu einer weiten, unklaren Geste. »Seien Sie gewiß, daß ich Sie schätze und verehre. Sie haben mir sehr geholfen. Mehr, als Sie ahnen. Und seien Sie nicht traurig. Ich bin wohlgemut. Setzen wir uns.« Ächzend ließ er sich in den Sessel fallen, in dem er gesessen hatte, als wir uns das erste Mal sahen. Ich setzte mich aufs Sofa, und wir senkten die Köpfe und schwiegen. Kaum hatte ich die Augen geschlossen, mußte ich an Aljoscha denken. Nach einer Weile schaute ich hoch. Markows Mund zuckte. Noch heute bin ich sicher, daß auch er in diesem Moment an Aljoscha dachte. Er hatte die Ellbogen auf die Knie gestützt und die Hände übers Gesicht gelegt. Seine Fingerspitzen krallten sich in die Stirn, glitten ein paar Zentimeter hinunter und hinterließen rote Male auf seiner bleichen Haut. Ich stand auf, sagte leise: »Bis dann« und ging. Unter der Tür hörte ich seine Stimme, laut und klar. »Bis dann, Alexander«, rief er mir nach. Ich drehte mich um. Er hatte sich aufrecht hingesetzt und den Stock quer über die Beine gelegt. Seine Wimpern klebten, sein Blick suchte etwas, das es in diesem Zimmer nicht gab. Er lachte hohl und verzweifelt, und aus den Augenwinkeln, furchtsam an der Tür vorbei zurückschauend sah ich, daß er die Hand gehoben hatte und winkte, ohne mich zu sehen. »Bis dann, Alexander. Bis dann.« Ich schaute von ihm hinüber zum Foto auf der Kommode und dann zum Fernseher, auf dem noch ein Nußknacker lag. Dann zog ich die Tür hinter mir zu.

IX

Subow drückte mir die Hand, setzte sich und schaute die Wand an.

»Willkommen, Sascha. Wie war der Flug?«

Subow wendet sich immer ab, wenn er mit jemandem redet. Vielleicht ist er deswegen Chefredakteur geworden. Vielleicht haben ihn die Herren der *Aljans* deswegen aus seinem windigen Provinzbüro in Orenburg hierhergeholt: damit er wegschaut, wenn sie Minister bestechen; damit er wegschaut, wenn sie uns sagen, was wir zu schreiben haben. Wenn Subow wegschaut, verfällt er in eine Art Trance. Er hält sich still wie ein Reptil in der Sonne, und wenn er sich doch einmal bewegt, besinnt er sich rasch eines Besseren, läßt Arm oder Bein an dem Ort, an dem sie eben angekommen sind, und erstarrt zur Schaufensterpuppe. Bei Sitzungen zeigt sein Zeigefinger minutenlang auf denselben Redakteur, was einige Leute schon veranlaßt hat, ihren Sessel wegzurücken. Auch das Gehen bewältigt er mit einem Minimum an Bewegung. Wie ein Serviertischchen schiebt er sich durch den Flur; der Oberkörper bleibt stets auf der gleichen Höhe, die Hände kleben am Leib. Eine einzige Geste erlaubt er sich häufig: den Griff in sein volles, glattes, silbergraues Haar, das stets von alleine wieder in seine perfekte Form zurückfällt.

Ich versuchte, nicht so müde zu klingen wie ich war. »Bestens. Danke, Dmitri. Ein paar Turbulenzen über dem Meer. Aber sonst: Danke.«

»Gesundheit.« Orenburger Humor vermutlich. Subow legte die Füße aufs Pult und betrachtete seine schiefgetretenen Latschen. Sie waren unmodern und abgetragen wie alles an ihm. Ein Hauch von Provinz und Proletariat umgibt ihn. Aber er liebt seine schäbige

Tracht. Sie macht ihn praktisch unverwundbar, wenn er mit älteren Menschen spricht, und auch Junge werden unwillkürlich vorsichtig, wenn sie den Leninkopf im ausgerissenen Knopfloch sehen. Jetzt hob er den Blick zu seinem einzigen, halbleeren Büchergestell empor, als hoffe er auf Inspiration. Ich wartete und schaute mit. Oben, in Griffhöhe, stehen ein paar sowjetische Gesetzbände. Daneben zwei maßgebende Werke über Stalin. Von den Parteichefs interessiert Subow nur Stalin. ›Stalin, Sascha – das war der Mann. Nicht Lenin. Lenin war wichtig, aber Stalin hat die Sowjetunion wirklich geprägt, merk dir das.‹ Im obersten Regal steht ein schweres, gußeisernes Modell einer alten Iljuschin, darunter hängen ein Bild des jungen Marx und ein Kalender.

»Nimmst du einen Kaffee? Warte, ich sag Swetlana Bescheid.« Noch hat sich Subow keine Gegensprechanlage zugelegt. Er stand auf, erstaunlich flink, und verschwand. Eine Ehre. Subow ist der einzige beim *Sputnik*, dem Swetlana Kaffee bringt. Die übrigen Redakteure dürfen ihr Manuskripte bringen und fragen, ob sie ihre Kaffeemaschine benutzen dürfen. Swetlana legt Wert darauf, daß alle wissen, daß sie ihre eigene, ihre persönliche Kaffemaschine, ihren Besitz, jawohl, in die Redaktion gebracht hat und daß sie nicht jedem Dahergelaufenen gestatten kann, dieses deutsche Klassegerät zu benutzen.

Subow kehrte zurück, legte die Füße hoch und betrachtete wieder seine Latschen. »Und nun erzähl mir von den Amerikanern.« Er zündete sich eine Zigarette an. »Markow. Wie hat er dir gefallen?«

»Es geht. Gut. Sag mal, Dima, was hast du eigentlich mit diesem Markow? Was ist an ihm so wichtig?«

»Nichts.« Er drehte mir jetzt fast den Rücken zu. »Ich dachte nur, daß er vielleicht ganz günstig wäre für eine Reportage. Die Beresowskis haben ihn mir als einen äußerst, äh ... interessanten Menschen geschildert. Richtig den Mund wäßrig gemacht haben sie mir.« Seine Mundwinkel hoben sich. Er schien zu schmunzeln.

Ich schaute seine knochige Schläfe an und zog den Kragen enger. Bei Subow ist es immer jämmerlich kalt. Eine therapeutische Kälte ist das; eine, die die Gesunden stärkt und die Kranken beseitigt. Sein Fenster steht offen, jahrein, jahraus, und er sitzt daneben und wird nicht krank.

»Er stirbt. Markow stirbt.«

Subow drehte den Kopf. »Er stirbt? Wie, er stirbt? Was meinst du? Ist er krank?«

»Jawohl. Was sonst? Krebs. Er raucht, genau wie du. Hat immer geraucht. Nichts Besonderes.«

»Und wie lange ... Ach, danke. Danke, Swetlana.«

Swetlana hatte den Kaffe gebracht und lächelte mich an. Nur mich. Subow schaute weg. Swetlana trägt kurze, enganliegende Röcke, die sie beim Sitzen unermüdlich nach vorne zieht, und sie spricht gerne flott. Statt Auto sagt sie fahrbarer Untersatz, statt Kleider Klamotten. Sie geht nicht essen, sondern wirft sich was ein, und wenn sie in die Ferien fährt, ins Baltikum oder in die Türkei, dann hat sie 'nen Abstecher in die zivilisierte Welt gemacht. Sie lacht viel, schwärmt für General Lebed und liebt schöne, dunkelhaarige Männer.

»Sascha, dufte!«, sagte sie. »So 'ne Überraschung, da fall' ich doch glatt um. Ich dachte, du bleibst noch 'ne Weile jenseits des großen Teiches? Hat es dir nicht gefallen da drüben?«

»Und wie, Swetlana. Ich erzähl's dir dann, ja?«

»Unerhört, Sascha. Klasse! Komm bei mir vorbei, ja?« Swetlanas Stimme ist rauh, sie flüstert mehr, als sie redet, und immer hast du das Gefühl, sie weihe dich in ein Geheimnis ein. Sie pufft die Leute in die Seite, Frauen wie Männer. Die Frauen hassen das, die Männer blicken sich verunsichert um.

Subow schaute mich mißtrauisch an und sah ungeduldig zu, wie Swetlana ihm einschenkte. Seine flachen, riesigen Kuhaugen hinter der verschmierten Weitsichtbrille blinzelten nervös. Zwischen den Lippen dehnten sich zwei Speichelfäden, die in kleine, gelblichweiße Krusten mündeten. Eigentlich sieht er nicht schlecht aus, Subow. Nicht groß, nicht klein, eher breit. Kinn und Wangen sind grau wie die Haare; er kann sich rasieren, wie er will. Doch zwischen den beiden grauen Zonen funkeln diese übergroßen, aufmerksamen Augen, die dich an Katzen und an unvermittelten, asiatischen Zorn denken lassen.

»Und was willst du schreiben, wenn es kein Geheimnis ist?« Er verlagerte seinen Körperschwerpunkt. »Sascha? Noch müde, was?«

Wenn du lange genug schweigst, schaut dich Subow an. Ich hob mit beiden Händen die Kaffeetasse vor den Mund, blies hinein und hielt die Nasenspitze in die aufsteigende feuchte Wärme. Kräftiger, guter Kaffee. Klassemaschine. »'Tschuldige, Dima. Ach, über die Russen in Amerika eben. Über diesen Markow, über die anderen, die ich gesehen habe. Keine Angst, Sergei Maximowitsch wird zufrieden sein. Sie haben auch ihre Probleme da drüben.«

Er grinste. »Sind wohl auch nicht besonders glücklich, was? Ich meine, dieser Markow. Was nützt's ihm jetzt, daß er abgehauen ist?«

»Nun komm. Er stirbt, was kannst du da erwarten?«

»Wie sieht er denn aus? Hast du Fotos mitgebracht?«

»Soll ich dir mal was sagen, Dmitri? Die Amis haben Mühe mit dem Glück.« Ich redete so langsam, wie ich konnte. »Und warum? Weil sie zum Glücklichsein verpflichtet sind. Sie arbeiten, und sie verdienen was. Sie verdienen anständig. Und mit dem Geld kaufen sie ein Haus oder fahren im Februar in die Karibik. Wer da nicht glücklich wird, dem ist nicht zu helfen. Und genau das ist ihr Problem. Das Glück steht so riesengroß vor ihnen, daß sie es mit der Angst zu tun bekommen. Sie sehen, wie alle ins Land kommen. Mexikaner, Haitianer, Russen, alle. Alle wollen rein. Niemand will raus. Warum? Weil du ein Recht auf Glück hast und dafür sorgen darfst, daß alles so wird, wie du dir's ausgedacht hast. Die Amis haben kein Recht darauf, unglücklich zu sein. Und wenn sie es doch sind, dann sind sie selber schuld.«

»Ist ja interessant, Sascha. Daß du das so siehst. Und unsere Damen und Herren Auswanderer? Markow, zum Beispiel. Geht's dem auch so?«

»Ähnlich, Dmitri, ähnlich.« Ich gebe Subow nie vorbehaltlos recht, auch wenn er genau sagt, was ich denke. »Sie haben's nicht mehr so leicht wie früher. Die Entschuldigungen fehlen ihnen. Wir Russen haben doch immer noch die Gnade der schlechten Umstände, findest du nicht? Was haben wir schon erreicht? Eigentlich fast nichts. Ein bißchen Markt, ein bißchen Demokratie, gut. Aber wenn du Gerechtigkeit willst, was tust du? Gehst du zum Richter? Zu deinem Abgeordneten? Die lachen dich doch aus.«

»Quatsch, Sascha.« Subow hat sich gerade hingesetzt. »Wir hätten nichts erreicht? Wir haben den Krieg gewonnen. Wir haben den Weltraum erobert. Wir haben ein Volk gekleidet und ernährt. Und wir – wir haben die Pensionen bezahlt. Damals.« Er beruhigte sich, indem er die Innenfläche seiner Hände betrachtete. »Egal. Wie kommt denn Markow so über die Runden? Was ist dein Eindruck? Verdient er was mit diesem Geschäft. Wird er reich im Paradies?«

»Schön, daß du mich das fragst, Dmitri.« Wie leicht man ihn ärgern konnte. Ich fühlte mich schon besser. »Ich denke, er kommt voran. Vermutlich ist er ziemlich reich. Aber natürlich klagt er auch. Mir ist übrigens was aufgefallen, bei ihm da drüben. Wegen dem Klagen. Paß mal auf. Du weißt, wie die Moskauer schimpfen. Uns geht es schlecht. Alles ist zu teuer. Die Straßen haben Löcher. Das Wetter ist scheiße. Immer nur Regen, immer nur Schnee. Früher war's schwer, aber heute ist's gräßlich. Und so weiter. Was ist interessant daran?«

Er rührte sich nicht.

»Daß wir immer eine Erklärung für alles haben. Nie sind wir selber schuld. Immer ist es jemand anders. Früher waren es die Kommunisten, jetzt ist es Jelzin oder der Währungsfonds oder der Westen oder weiß der Teufel was. Auf alle Fälle sind es die anderen. Und wir? Wir bleiben intakt. Jungfräulich. Wir haben ein riesiges Potential, weil wir nichts beweisen müssen. Großartige Träume gefallen uns besser als mittlere Leistungen. Jeder Trottel bei uns ist ein interessanter Mensch, jeder Säufer ein verkanntes Genie. Wir lieben die Kaputten, denk doch an die Schriftsteller. Russen sind doch nie nur einfach die Menschen, die sie sind. Sie sind auch immer die, die sie hätten werden können, wenn sie der Kommunismus nicht daran gehindert hätte. Oder der Kapitalismus. Oder das Schicksal. In Amerika ist das anders. Da ist ein Verlierer noch ein Verlierer. Wenn du's nicht schaffst – dein Pech. Aus.«

»Jaja, Sascha. Sicher. Sauber beobachtet. Bravo. Sag, ist dieser Markow Millionär? Ich meine, ist er nur wohlhabend, oder ist er wirklich reich?«

»Gute Frage, Dima!« Einen Moment lang sah ich – undeutlich – die Gestalt einer Kellnerin in New York vor mir. »Wie soll ich sagen? Siehst du, reich, das ist dort drüben sehr relativ. Was ist in Amerika schon eine Million? Wie gewonnen, so zerronnen. Und was nützt dir's, daß du mal Millionär gewesen bist, wenn du in der Gosse sitzt? Dann hast du wirklich Grund zum Klagen. Weißt du, wer am meisten klagt? Die Schwarzen. Oh, was werden wir benachteiligt. Diskriminiert. Man mag uns nicht, man muß uns helfen und Geld geben und bessere Noten in der Schule. Und die Weißen sind an allem schuld. Sie jammern den ganzen Tag, die Schwarzen, stell nur den Fernseher an –«

»Ich hab' dich nach Markow gefragt.«

»Moment. Also die Schwarzen, die klagen, fast wie wir. Natürlich nicht alle. Es gibt Ausnahmen. Es gibt eine schwarze Mittelklasse, seien wir fair. Ist Maxim hier? Ruf ihn doch rein. Es gibt eine schwarze Mittelklasse. Sie wächst. Es gibt Hoffnung. Alles wird gut. Ich geb's ihm schriftlich.« Ich grinste. Subows Mundwinkel zuckten ebenfalls. Wenn er jemanden in der Redaktion nicht leiden kann, dann Maxim. Ächzend nahm er die Füße vom Tisch.

»Also ist Markow reicher als die meisten Schwarzen, was?«

»Korrekt.« Ich hasse dieses Wort. Aber für Subow ist es gerade richtig. »Aber weißt du, Dima« – ich lächelte ihn grausam an – »das hält ihn nicht vom Klagen ab. Klagen, das liegt ihm im Blut.

Mensch, er ist Russe. Wie ich, wie du. Und weißt du, was mir im Flugzeug in den Sinn gekommen ist? Wir sind die Schwarzen. Wir sind die Neger Europas. Wir sitzen hier, wir können nichts und geben den andern die Schuld, genau wie die Schwarzen. Aber es gibt einen Unterschied. Die Schwarzen haben recht. Sind sie etwa freiwillig gekommen? Geholt hat man sie, zu Millionen. Geholt, versklavt und geknechtet. Und wir? Wer hat uns versklavt? Die Zaren und die Kommunisten. Alles Russen. Niemand hat uns aus Rußland geholt und verschleppt. Rußland ist nie erobert worden –«

»Und die Tataren?« Er wirkte wie ein Schüler, und er wußte es und ärgerte sich.

»Vergiß doch die Tataren, Dmitri. Zu lange her. Hat nichts mehr mit uns zu tun. Wir haben doch eine Ewigkeit niemanden mehr länger als ein paar Monate auf unserem Boden gehabt, und wenn, dann haben sie alle wieder einpacken müssen. Napoleon, Hitler, alle geschlagen. Große Vaterländische Kriege haben wir geführt, große vaterländische Siege errungen. Nein, wir sind allein schuld an allem, wir tragen eine große vaterländische Schuld mit uns herum, ob es uns paßt oder nicht, und ich finde, wir sollten aufhören, auf die andern zu zeigen.«

Warum enden solche Monologe immer in diesem dämlichen, künstlichen Ton der Entrüstung? Ich atmete tief durch und tastete nach meinen Zigaretten. »Es gibt nur uns. Gib mir eine Zigarette.«

Subow warf mir seine Schachtel hin und schaute nachdenklich zurück ins Büchergestell. Dann sagte er: »Weißt du, was dir Nikolai antworten würde? Ach so. Nikolai ist mein Neffe. Der Sohn meiner Schwester. 22 Jahre alt. Punk oder so was, ich weiß nicht, wie das heute heißt. Hängt mit seinen Freunden am Puschkin-Platz herum, trägt eine schwarze Lederjacke, verachtet uns, mich besonders. Sticht sich mit Sicherheitsnadeln, ist bleich, schläft wenig, ernährt sich von Bier und tanzt die ganze Nacht in kleinen, privaten Klubs. Also. Mann, würde dir Nikolai sagen. Mann, merkst du nicht, was für einen Sowjetscheiß du daherlaberst? Nichts als Schuld und Verantwortung und so 'n Quatsch. Wenn ich das schon höre. Hört doch endlich auf damit. Ich bin an nichts schuld, was in diesem Land passiert ist, an gar nichts, und deshalb habe ich auch keine Verantwortung. Vom In-die-Vergangenheit-Starren wird's hier auch nicht besser. Es wird sowieso nichts besser. Nie. Ihr denkt zuviel. Nein, stimmt gar nicht. Ihr bildet euch ein, ihr denkt, aber in Wirklichkeit quatscht ihr nur angelesenen Schwachsinn nach. Das würde Kolja sagen. Und weißt du was?« Subow war ernst geworden. »Ich finde, er hat recht. Bemerkenswert, nicht wahr? Ich, Subow, alter Kommunist, gebe meinem Punkneffen recht, dieser aufgeblasenen, nihilistischen Null. Zeiten sind das.«

Er seufzte. »Übrigens, dieser Markow. Du hast Fotos von ihm, sagst du?«

Ich nickte vage.

»Dann bring sie mit.«

Auf dem Flur begegnete mir Tschistow. Maxim Grigorjewitsch Tschistow, Redakteur für Menschliches und Weltanschauliches beim *Sputnik*.

»Hoppla«, sagte er, »da ist ja ein Reisender aus der Neuen Welt zurückgekehrt. Wie viele Sommer, wie viele Winter! Na, wie war's im Lande der unbegrenzten Möglichkeiten? Komm doch mal vorbei und erzähl ein wenig. Man hört so viel über Amerika dieser Tage, aber man glaubt so wenig. Dir ist sicher einiges aufgefallen da drüben, wie ich dich kenne. Bist ja immer ein scharfer Beobachter gewesen.«

So ist er. Nichts als Komplimente. Den Besuch bei ihm würde ich wie immer bleiben lassen. Sein Büro verwandelt dich schlagartig in einen schlechten Menschen. Es umschmeichelt seinen Besitzer, erzählt von seinen Reisen und seinen Freunden, macht ihn zum Ereignis. Seine Bilder gefallen mir nicht, und auch die Fotos vom Augustputsch nicht, die an seiner Wand hängen – Tschistow neben Jelzin vor dem Weißen Haus; Tschistow neben Gaidar; Tschistow neben Jakunin. Tschistow in Bonn neben senilen, vollbärtigen Dissidenten, die zur Hungerhilfe für Rußland aufrufen.

Tschistow ist das Gegenteil von Subow. Wenn er dich in seinem Büro empfängt, setzt er sich in den Sessel neben dich, auf gleiche Höhe, stopft seine Pfeife und bläst den Rauch zu gemütlichen Kringeln. Er nimmt sich Zeit, damit er dir gerecht werden kann. Auf dem Tisch siehst du ein paar Bücher, die man gelesen haben muß – Politisches, Historisches, etwas Literatur, und daneben eine Prise Leichteres, das wir auch nicht von uns weisen wollen. Die Bücher sind zerlesen; an gewissen Stellen – meist nach der Mitte – stecken Zeitungsausrisse von Besprechungen. Ebenfalls auf dem Tisch: seine Querflöte. Ein altes, schönes Instrument, das er frühmorgens spielt, wenn er noch alleine ist im Büro, oder abends, wenn alle gegangen sind. Er spielt ausgezeichnet, vor allem deutschen Barock, aber natürlich verschließt er seine Ohren auch vor den jazzigen Elementen in Bachs Musik nicht und läßt uns mithören, wie unerhört modern und kühn die Alten eigentlich waren. Tschistow unterbricht dich nie, dafür studiert er dich durch seine Rauchschwaden hindurch wie der Höhlenforscher den Steinzeitbüffel, und dann und wann nickt er, so daß du das Gefühl hast, du sagtest da etwas sehr, sehr Wertvolles. Kommst du zum Ende, hebt er seinen Blick von dir, als nehme er eine teure Vase vom Gestell, zieht an seiner Pfeife und schaut in die Weite. Nicht auf seine Latschen oder aufs Büchergestell oder zum Fenster hinaus – in die Weite. Er denkt, und du siehst, wie er denkt, weil seine Pfeife dampft, und es ist eine Ehre für dich, so bedacht zu werden, und drum bist du geschmeichelt, wenn er sich schließlich räuspert und Sätze sagt wie ›Kennst du den Artikel von Sowieso zu diesem Thema? Er vertritt eine ähnliche These wie du. Ich fand ihn recht anregend‹ oder ›Andrerseits darfst du nicht vergessen, daß diese Entwicklung auch vielen genützt hat‹. Wenn der Feierabend gekommen ist, schleicht er sich nicht aus dem Haus wie Subow, sondern grüßt beim Gehen leutselig nach links und rechts in die Büros.

Woher er die Kraft für so viel Leutseligkeit nimmt, ist mir ein Rätsel, Iwan Andrejewitsch. Er ist fünfzig, aber er sieht aus wie ein gut erhaltener Vierziger – kaum ein graues Haar, und wenn er die

Treppen hinunterspringt, denkst du, da hüpfe ein fröhlicher Komsomolze. Er trägt farbige Hosenträger und eine Fliege, jeden Tag, was ihm etwas Gewitztes, Durchtriebenes gibt. Aufgeschlossen wie er ist, hat er auch Zugang gefunden zum Internet, wo er zusammen mit einem Freund von der ›*Iswestija*‹ unter dem Firmennamen ›Brain-Factory‹ Kreatives und Originelles zum Kauf anbietet. Die ›Brain-Factory‹ ist seine Idee gewesen, und wenn er von seinem ›Kind‹ spricht, dann schaut er dich immer besonders forsch an, so, als habe er in diesem Namen eine heitere kleine Pointe versteckt, einen intellektuellen Leckerbissen, der sich nur dem Findigen verrät. Tschistow redet, wie er schreibt, und manche nennen ihn ›Redakteur Andererseits‹, was er gar nicht so ungern hört. Seine Artikel sind lang und ausgewogen, enden meist mit einem Fragezeichen oder mit der Bitte an den Leser, er möge doch die Entwicklung der kommenden Wochen abwarten, bevor er sich ein Urteil bilde. Tschistow versteht vieles. Er sieht die ganze Breite der gesellschaftlichen Entwicklung, auch ihre Widersprüche. Und er hält sie aus. Kein Dilemma hat ihn je dazu getrieben, Stellung zu beziehen. Kritik ist für ihn immer eine Form von Böswilligkeit, und nichts haßt er mehr als Selbstgerechtigkeit. Vorgefaßte Meinungen sind ihm ein Greuel. Die fette Schlagzeile ist ihm zuwider, und manchmal, wenn er sich bei einem Tee in der Kantine entspannt, sagt er, er schreibe eben gegen den Strich, für die Suchenden und die Unsicheren, für Menschen, die noch fragen können, wo andere behaupten.

Was Wunder, daß er viele Freunde hat? Die meisten sind prominent, sitzen in Ministerien und in den Redaktionen wichtiger Zeitungen. Sie schreiben, komponieren und analysieren und haben immer, immer etwas Wesentliches zu sagen. Tschistow speist mit ihnen im Haus der Schriftsteller, er geht zu ihnen auf die Datscha und spaziert mit ihnen durch den Sokolniki-Park. Aber er prahlt nicht mit seinen Bekanntschaften, auch da nicht, wo es leicht und verlockend wäre, sondern schweigt lange, wenn jemand etwas Lächerliches über einen Prominenten erzählt, und wirft erst gegen

Ende, fast schüchtern, ein, der Minister Soundso habe sich aber vorgestern, als er bei ihm zu Gast gewesen sei, ganz anderes angehört. Stolperst du aus Versehen in sein Büro, wenn er telefoniert, fuchtelt er dich nicht gebieterisch hinaus wie Subow, sondern lächelt dich auf einen Stuhl, sagt, ›Tja, Igor Nikolajewitsch, ich muß dann mal. Ein wichtiger Gast. Wir sprechen uns, nicht wahr? Gleichfalls, danke‹, und strahlt dich an, als freue es ihn, endlich zu dir, zur Hauptsache zu kommen. Wenn er mit dir reden will, fragt er dich nicht, ob er mal rüberkommen könne, sondern raunt dir im Vorbeigehen zu, bald würdest du seinen Schatten in deiner Nähe sehen.

Böse wird Tschistow nie. Böse zu werden ist für ihn ein Zeichen der Schwäche. Böse werden die, die den Überblick verloren haben und den Unfairen Größe oder Urteilskraft zugestehen. Nur traurig wird er. Er wird traurig, wenn seine Arbeitskollegen ihn daran erinnern, daß er stets dort stand, wo die Mehrheit war. Tschistow, der so vieles verstand in seinem langen Journalistenleben, verstand auch die Sowjetunion, und zwar so gut, daß er nebst ernster Kritik viel Gutes über sie schrieb und ihr ein langes Leben voraussagte. Er verstand sogar Gorbatschow, und das war mutig, denn den hat in Rußland außer ihm niemand verstanden. Aber als die Mauer fiel in Berlin und über dem Kreml die russische Flagge wehte, verstand er auch das, und heute mahnt er wieder zur Vorsicht, wenn die jüngeren Kollegen wieder einmal Jelzin an den Karren fahren. Vor ein paar Monaten hatte ihn der alte Gorjatschew in einer Redaktionssitzung angeschrien, so laut und so böse, daß Tschistow nachdenklich die Pfeife aus dem Mund nahm und sich gerade hinsetzte. Opportunist, schrie Gorjatschew, ein Opportunist bist du! Ein mieser, widerlicher, jawoll, Opportunist! Klar, Gorjatschew war verbittert. Er hatte unter Breschnew Schreibverbot bekommen und jahrelang in einer staatlichen Großbäckerei in Kaluga arbeiten müssen. Bedauerlich. Unschön, sehr unschön. Und unschön sah Gorjatschew auch an diesem Morgen aus, in seiner ausgebeulten braunen Kordhose und dem beigen, viel zu engen Nylonhemd, und man hätte sich fürchten mögen, wie er zitternd und schwitzend, den Hals gereckt, die Knöchel seiner riesigen Hände auf die Tischplatte preßte. Tschistow wand sich unter dem Blick des Alten, und ich wette, er wünschte sich in dem Moment, er würde keine Fliege tragen. Doch er hatte sich rasch gefaßt. Er sah Gorjatschew ernst und nachsichtig an und sagte leise: Ja, das habe er sich auch schon oft gefragt, und er verstehe gerade Gorjatschew mit seinen Erfahrungen sehr gut – »aber mal ehrlich, Sergei: Machst du es dir da nicht ein bißchen zu einfach?« Wut, das wisse man doch, sei kein guter Ratgeber, schon gar nicht, wenn es um so heikle Fragen wie die neue russische Politik gehe. Und man dürfe doch im neuen Rußland getrost unterschiedliche Meinungen haben, oder etwa nicht? Meinungsvielfalt sei eine Errungenschaft, die man unter keinen Umständen verspielen dürfe, und jetzt müsse er sehen, daß ihm Gorjatschew, ausgerechnet Gorjatschew, der so viel erduldet habe für die Freiheit, den Mund verbieten wolle – also das tue ihm weh. Gorjatschew starrte ihn an und ging kopfschüttelnd hinaus.

Ich murmelte etwas in mich hinein und ließ Maxim stehen. Mein Büro liegt am Ende des Flurs, unmittelbar neben dem Subows. Ich drückte schon die Klinke, da sah ich in der Tiefe des Flurs, wie Tschistow aufgeregt vor Tschuchin und Blinnikow auf und ab trippelte und sie mit beflissenen Handbewegungen in sein Büro bat. Die beiden Herren der *Alinaimpex* trugen schwarze Anzüge wie immer und drückten Tschistow mit herablassender Innigkeit die Hand. Hatten sie Subow verpaßt? Wollten sie gar nicht zu ihm? Ich bückte mich, um die Schuhsenkel zu schnüren. Seit Jahren verkehren Tschuchin und Blinnikow auch mit Tschistow. Als ob er irgend etwas zu sagen habe im *Sputnik*, als ob ihnen Subow nicht genüge. Tschistow komplimentierte die beiden hinein, zog die Tür hinter sich zu und warf, bevor er in sein modernes, menschenfreundliches Reich trat, einen langen Blick durch den halbdunklen Korridor.

Als ich an diesem Abend nach Hause kam, umarmte mich Galja so heftig, daß ich nach einer Weile ratlos ihren Rücken zu tätscheln begann. Sie hatte im Verlag wieder Ärger gehabt, und Julia schrie. Ich half ihr, so gut es ging, und war auf einmal mit allem, mit meinem Leben und mit Moskau, zufrieden. Ich dachte an New York, und ich vermißte nichts. Nicht Tracy, nicht die sauberen Straßen, nicht die Ordnung, nicht die Einkaufszentren. Nicht einmal die Gerechtigkeit. Der Glanz Amerikas war nichts für mich. Zu hell, zu verpflichtend. Und jetzt war alles gut. Julia plapperte noch etwas und fand den Schlaf, den sie sich sonst oft stundenlang erweinen mußte ohne Mühe. Galja setzte sich aufs Sofa, zog die Beine hoch und betrachtete die Fotos von Markow, die mir Tracy mitgegeben hatte. Sie hielt sie nahe ans Gesicht und legte sie so sorgfältig wieder hin, als seien sie zerbrechlich. »Ein schöner Mann«, sagte sie. »Er hat sich bewährt.« Mir war nicht ganz klar, was sie meinte, aber mir gefiel ihre Stimme, und ich spürte, daß sie es nicht nur sagte, um mir eine Freude zu machen. In ihrer Zustimmung und Wärme wurde ich müde, und während sie vor der Stereoanlage kniete und nach der richtigen Musik suchte, schlief ich ein. Aber das letzte, was ich hörte, war nicht Musik, sondern das ferne, hohe Singen der Wasserleitung, das uns jahrein, jahraus begleitet und nur verstummt, wenn die Verwaltung die Röhren reinigt.

Am Abend zuvor, als ich ihr von Amerika erzählt hatte, war Galja vor mir eingeschlafen. Ich hatte die Schuhe geschnürt und war aus dem Haus gegangen, hinüber ins vertraute Labyrinth des Freundschaftsparks. Durch den Schein der Laternen eilten Fußgänger mit gesenktem Kopf nach Hause. Auf den Parkbänken saßen junge Männer, viel zu leicht angezogen, und tranken die Kälte mit Wodka und Bier weg. Von weitem war das jammernde Grölen eines Betrunkenen zu hören, und wenn ich einmal einen Blick auf einen Vorübergehenden wagte, las ich in seinen Augen, daß er es auch hörte. Die Hundehalter hatten keine Eile. Stehend, die Hände in den Taschen, blickten sie ins Dunkel, wo ihre Köter driftend und hechelnd Fährten erkundeten, und riefen ihnen unverständliche Ermahnungen nach. Woher die Moskauer nur all diese Rasseköter haben? In New York laufen nicht halb so viele herum. Der Spielplatz lag verödet; aus dem Matsch ragten ein paar sehr kalt aussehende Stangen. Neben dem Schwarz der Teiche schwarze, krächzende Schatten; Krähen. Sie hüpften mit ausgebreiteten Schwingen um etwas Dunkles herum und zeterten. Wahrscheinlich ein Streit um die Leiche einer Verwandten. Krähen fressen gerne ihresgleichen. Ich trat näher, die flatternde Empörung um mich mißachtend, und sah tatsächlich den Kadaver einer Krähe. Wahrscheinlich war sie einfach hingefallen an diesem Abend – konnte nicht mehr, hatte genug von der Kälte, dem Schnee und dem ewigen Herumhacken in Kot und Aas. Lag da wie Aljoscha, hilflos und langsam sterbend, und da hüpften auch schon ihre Freunde herbei, erregt kreischend, mörderisch, gnädig.

Vom Zirkus an der Lawotschkina war nicht viel übriggeblieben. Eine Leiche mehr. Verrostende Wohnwagen, ein Sägemehlring, ein paar Kisten, ein kaputtes Trampolin. Eingegangen vermutlich. Keine Staatsgelder mehr. Was tun, wenn die Leute das Geld lieber für ihre Rassehunde ausgeben als für Artisten? Aus dem Schatten eines Wohnwagens löste sich eine Gestalt und kam auf mich zu. Schwarze Lederjacke, enge Hosen, Pelzmütze. Ich blieb stehen und sah mich um. Die Lichter der Häuser an der Petrosawodskaja schimmerten bläulich. Ein Auto raste die Lawotschkina hoch. Die Gestalt trat heran und fragte mich nach einer Zigarette. Eine Frau. Ich tastete nach meiner Innentasche ohne sie aus den Augen zu lassen und reichte ihr eine. Sie trug keine Handschuhe. Im Schein des Streichholzes sah ich ein hartes, altmodisches Gesicht, ein Gesicht, das Entbehrung kennt und sie als etwas Natürliches hinnimmt. Eine Pferdepflegerin vielleicht oder eine Bärenwärterin. Vielleicht war der Zirkus doch noch in Betrieb. Vielleicht bewachte sie die Wagen. Ich schaute hinüber, aber hinter keinem der kleinen Wohnwagenfenster brannte Licht. Sie bedankte sich ohne Lächeln, betrachtete mich einen Augenblick stumm und ging. Ihr Schritt war männlich, schwer und raumgreifend.

X

Drei Menschen gingen mir nicht aus dem Kopf: einer lebendig, einer tot, der dritte sterbend.

An Tracy dachte ich nachts beim Einschlafen. Lautlos rannten wir durch New York, und lautlos sagte ich ihr die Dinge, die ich ihr damals nicht gesagt hatte. Ich sah uns immer aus weiter Distanz. Meist saßen wir unter Bäumen oder in kleinen Gartenrestaurants unter Sonnenschirmen, und stets waren wir nicht mehr als ein winziger Fleck in einem riesigen, farbigen Bild. Die Erinnerung an Tracy war nicht schmerzhaft, aber auch nicht ohne Stachel. Ich vermißte sie. Es war leichter an sie zu denken, wenn ich sie mir nackt und erregt vorstellte. Dann berührte mich der Blick aus ihren trockenen, leicht schielenden Augen kaum, und jedesmal, wenn ich ihr Keuchen hörte, wuchs in mir eine kleine, possessive Zufriedenheit, die den Schmerz der Trennung milderte. Ein Ziehen blieb, aber es war mir so angenehm wie das Reiben an einer verschorften Wunde.

Aljoscha hatte zwei Seiten. Morgens saß er im Bad hinter mir auf der Waschmaschine neben Julias Windeln, während ich mich über das Waschbecken beugte. Er trug nichts außer einer hellblauen Schlafanzughose, schlang seine dünnen Arme um den schmächtigen, stark behaarten Brustkorb und erzählte mit blecherner Intellektuellenstimme von den Ungerechtigkeiten, die ihm in Kemerowo widerfahren waren. Manchmal meinte er verdrießlich, ich solle das Wasser abstellen, um zu sparen, und statt mit Colgate könne ich die Zähne auch mit Salz oder mit Seife putzen, das komme aufs gleiche heraus. Er kritisierte meinen Hang zum Konsum, aber er machte sich keine Illusionen – ich war verloren, ich war in Amerika gewesen. Ich stellte fest, daß er ein wenig roch, doch im Duft, der aus den Windeln Julias heraufstieg ging seine Marke unter. Wenn ich mich umdrehte, war er verschwunden, und wenn ich dann im Spiegel in meine Augen sah oder die Zähne kontrollierte, lief mir ein eigenartiges Kribbeln die Wirbelsäule herab. Das war der andere Aljoscha. Er lauerte, wenn ich abends aus der Redaktion auf den Degtjarni Pereulok trat, wenn ich mit weit geöffneten Augen durch die Dunkelheit der Tschechowa marschierte, um die Hauseingänge große Bogen machte und in der Tasche die Faust ballte, bis sich das Eisen des Schlagrings in die Finger grub. Warum hatte mir Markow so ausführlich von Aljoscha erzählt? Hatte er mich auf eine Fährte bringen wollen? Auf der Straße kamen mir Aljoschas in Mengen entgegen: bärtige, ausgezehrte Gestalten mit dicken Brillen und weiten Hosen mit ausgebeulten Knien. Manchmal, wenn einer von ihnen mein unhöfliches Starren erwiderte, schaute ich rasch weg und sagte mir, daß Aljoscha tot sei, tot seit Jahren, ruchlos ermordet in Keremowo, weit im Osten, hinter dem Ural, jenseits meiner Welt. Aber schon sah ich ihn wieder auf der Treppe der Metro stehen, mit eingefallenen Wangen und einem höhnischen, etwas masochistischen Grinsen. Manchmal war mir, als wolle er mich vor etwas warnen. Er hob weder den Finger, noch sagte er etwas und doch war alles Warnung: das Grinsen, das Spucken, das beleidigte Wegschauen. Und jedesmal wenn er mich warnte, verwandelte er mich. Statt schwarzer wuchsen mir graue Haare, und meine schöne, große Nase machte einem breiten, kurzen Ding Platz, mit dem ich nichts mehr roch. Widerlich.

Wurde es mir zuviel mit Aljoscha, war Markow die beste Medizin. Er war der Fröhlichste der drei. Ich sah ihn neben mir durch die Straßen gehen. An Redaktionssitzungen saß er bescheiden, aber aufmerksam im Hintergrund, und wenn ich Vater an der Schumkina besuchte, hörte ich ihn keuchend die schattigen Bereiche des Flurs auf- und abmarschieren. Manchmal redete er, ausschweifend und anmaßend wie immer, aber mit Sinn für das Wesentliche. Dann und wann spöttisch. Erstaunlich, wie gierig er Moskau in sich einsog. Oft wollte ich an Tracy denken, wenn ich spazierenging, aber immer wieder stellte ich fest, daß mir nicht sie, sondern Markow antwortete, wenn ich sie auf etwas Besonderes hinwies. Er interessierte sich brennend für Moskau, und wenn ich durch die Innenstadt ging, geriet er in die Begeisterung des heimgekehrten Exilanten. Ich mußte lachen und erntete feindliche Blicke von all den Alten, die ein fröhliches Gesicht im Winter für Frevel halten. Dann und wann sah ich einen jungen, gesunden Markow vor mir, Markow, den Moskauer, den echten Moskauer, den Mann, der seine Heimatstadt kennt wie kein zweiter und sein Wissen gerne teilt. Wollte ich ihm weismachen, daß auch ich Moskau kenne, wehrte er brüsk ab. Nichts wissen Sie, Alexander. Nicht das Geringste. Sie sind blind; ein Tor, verzeihen Sie. In Moskau geboren sein: das heißt gar nichts. Im Gegenteil. Sie lernen nur das Übersehen, die träge Hinnahme des Selbstverständlichen. Glauben Sie mir: Nur ein Sterbender sieht gut. Sieht er nicht alles zum letzten Mal? Nur ein Sterbender schaut richtig hin. Und wie könnte jemand genauer sehen als ein sterbender Russe, der sich in der Ferne an die Heimat erinnert?

Als mich Subow schon am nächsten Tag wieder nach den Fotos von Markow fragte, brachte ich sie zu Natascha. Einfach für alle Fälle. Ich traute Subow nicht; ich traute niemandem in der Redaktion, und die schleimige Freundlichkeit, mit der mich die Kollegen nach meinen Eindrücken fragten, machte mich noch mißtrauischer. Ich traf mich mit Natascha an der Bar des Metropol, wo sie an einem Orangensaft nippte und auf den Abend wartete. Sie trug ein hinreißendes, gerafftes Kleid, das sie erwachsen und sündig machte, und ich fiel in meiner grünen, verregneten Stoffjacke fürchterlich ab neben ihr. Doch sie schien sich einen Spaß draus zu machen, die Herren im Anzug zu ärgern, die in den Sesseln der Lobby lauerten. Sie war jung und schön, und sie genoß ihre Macht mit der Skrupellosigkeit, die ihr zusteht. Sie erwarten, daß ich Ihnen von schwarzen Ringen unter den Augen, von fahrigen Bewegungen und unterdrücktem Schluchzen berichte, Iwan Andrejewitsch? Tut mir leid. Natascha, die Nutte, sieht strahlend aus wie die Jugend selber. Kein Makeup. Hat sie nicht nötig. Glänzend das Haar, makellos schlank die Beine, durchblutet die Haut – Natascha blüht im bezahlten Beischlaf auf, als jogge sie jeden Tag durch den Central Park. Ihre schwarzen Augen blickten freudig und mild. Nachlässig steckte sie die Fotos in ihre Handtasche, klaubte sich aus einer weißlichen Packung eine dünne, feminine Zigarette und sagte, ich solle mich mal wieder bei ihr melden. Sie sehne sich nach mir. Ich lachte ohne rechte Freude und versuchte, den Barmann auf mich aufmerksam zu machen. Ohne Erfolg. Er sah, daß ich Russe war, und deshalb bediente er mich nicht. Statt dessen polierte er Gläser, hielt sie gegen das Fenster und hob den Kopf so, daß er sich an meinen verlegenen Handzeichen erfreuen konnte, ohne auf sie reagieren zu müssen. Erst als Natascha sich vernehmlich räusperte, kam er herbei, und nach einer weiteren künstlichen Verzögerung setzte er seufzend ein Glas Bier auf die Theke, das nicht ganz gefüllt war. Ich bat Natascha, gut auf die Fotos aufzupassen, trank und ging.

»Es ist eingebrochen worden, Sascha. Es ist eingebrochen worden.« Galja flüsterte hastig, die Augen vor Spannung geweitet. Ich schaute die Wohnungstür an, und dann die Schlösser. Alles in Ordnung. Aber Galja packte mich am Arm, zog mich weiter ins Wohnzimmer und streckte kommentarlos den Arm aus. Ich schaute auf ein sehr geordnetes Chaos. Der Schrank war ausgeräumt, dafür lagen Decken, Bücher und Wäsche auf dem Boden, säuberlich gestapelt. Das Geschirr stand auf dem Tisch, das Besteck lag in der Suppenschüssel. Das Bettsofa war aufgekippt, aus dem Kissenkasten hingen zwei Laken wie riesige, nach allzu hemmungslosem Genuß erschlaffte Zungen. Die Bilder waren hintereinander an die Wand gelehnt, die Polster der Sitzecke ebenfalls. Es sah aus, als machten wir uns für einen Umzug bereit.

Galja faßte meinen Arm. »Sascha, wer war das? Ich komm' nach Hause, da steht die Tür offen, und ich finde das. Der Schreck, du kannst dir vorstellen. Ich hab' deine Eltern angerufen und Mama, sie hat auch einen Schlüssel, aber natürlich waren sie's nicht. Mama ist übrigens noch immer im Krankenhaus, du könntest mal bei ihr vorbeisehen. Die Maximows sind's auch nicht gewesen. Ich hab' sie gefragt, aber sie wissen von nichts, und ich sehe, daß sie nicht lügen. Aber warum sollte irgendwer hier reinkommen und die Wäsche aufschichten? Es fehlt nichts. Das Kleingeld, mein Schmuck, deine scheußliche Uhr – alles da. Sogar die Bluse aus Amerika.« Sie stockte. »Nur etwas fehlt, glaube ich. Weißt du, was?«

»Nein. Keine Ahnung.«

Sie schaute zu mir hoch, als mißtraue sie mir. »Die Bilder. Deine Fotos von diesem Markow. Sie lagen hier auf dem Tisch, als ich heute morgen ging, das weiß ich genau. Oder hast du sie in die Redaktion gebracht?«

Ich antwortete sofort, ohne das geringste Zögern. »Nein, ich habe sie nicht genommen. Jemand muß sie genommen haben. Ist ja klar. Jemand hat sie gesucht und lange nicht gefunden.« Warum log ich? Es wäre so leicht gewesen, Galja zu sagen, die Fotos seien in Sicherheit.

»Aber warum denn nicht? Sie lagen doch auf dem Tisch, da konnte man sie doch nicht übersehen?«

»Ach, ich habe sie weggelegt. Natürlich. Ich wollte sicher sein, daß Julia sie nicht zerfetzt, und habe sie deshalb oben auf den Schrank gelegt, bevor ich ging.«

»Julia hat noch nie Fotos zerfetzt.«

Nachts fand ich keine Ruhe. Julia plauderte in roher Fröhlichkeit vor sich hin, und auf der Straße sang eine Alarmanlage wie eine böse Katze. Periodisch verstummte sie, und das Warten auf den neuen Einsatz war quälender als die Sirene selber, die in vier Varianten – Aufregung, Warnung, Drohung, Entrüstung – heulte. Um vier Uhr stand ich auf, wähnte mich bei den Beresowskis und lief in der Dunkelheit gegen die Türkante. Im Badezimmer betrachtete ich die Wunde: einen kleinen, zwei Zentimeter langen Riß in der Stirn. Blut floß mir über die Nase und in den Mund, und als ich das sah, stiegen Zorn und eine kindische, schrille Lust in mir hoch, und ich fluchte so laut, daß Galja es hören mußte. Mit unsäglicher Befriedigung hörte ich, wie sie sich aus dem Bett mühte, wie sie mit kurzen, hastigen Schritten herbeikam. Sie riß die Tür auf, sah mein blutüberströmtes Gesicht, schrie auf und drehte sich weg. Ein paar Minuten später verarztete sie mich mit zusammengekniffenem Mund und groben, rachsüchtigen Händen und ging wortlos ins Bett zurück. Ich blieb im Badezimmer, die Hände aufs Waschbecken gestützt und starrte auf den Verband zwischen meinen Brauen, unter dem es heiß pulsierte und senkte den Blick.

Subow ließ sich nicht blicken am nächsten Tag. Ich wollte mit ihm reden, fand aber die Tür seines Büros verschlossen. Serjoscha rief an, wunderte sich über den Einbruch und besorgte mir die Adresse eines Geschäfts, das erschwingliche Eisentüren verkauft. Es war etwas wärmer geworden, die Sonne strahlte, und statt zu essen spazierte ich am Mittag über den Roten Platz. Vor dem Lenin-Mausoleum fragte mich ein Mann, ob ich mich fotografieren lassen wolle. Ich sah ihn an, legte die Hand auf seine Schulter – eine Geste, die ich sonst verabscheue – und sagte nein, das wolle ich nicht. Ganz gewiß nicht. Er schaute mich genauer an. Sein Blick blieb am Pflaster auf meiner Stirn hängen, und er grinste verständnisvoll.

Tags drauf trat Subow schon um elf in mein Büro. Er kam mir ausgezehrter vor als sonst. Auf seiner Stirn zeigte ein rötlicher Streifen, wo seine Mütze gesessen hatte. Er schaute zum Fenster hinaus und fragte, ob ich schon über Markow geschrieben habe. Falls ja, solle ich ihm den Text hinlegen, am besten gleich zusammen mit den Fotos. Mit belegter Stimme sagte ich, das gehe nicht.

»Das geht nicht?«

»Man hat sie geklaut. Bei uns ist eingebrochen worden. Die Fotos von Markow sind weg.«

Subow drehte sich um und schaute mich an, als hätte ich mit der Stimme eines anderen gesprochen. »Gestohlen, Sascha? Geklaut? Was ist mit dir geschehen? Hat man dich verletzt dabei?« Er hatte mein Pflaster gesehen.

Ich gab mich so gleichmütig wie möglich. »Ja. Nein. Es ist eingebrochen worden, ja. Aber das Pflaster hat nichts damit zu tun. Ich habe mich gestoßen. Die Diebe haben übrigens die Fotos von diesem Markow mitgehen lassen. Merkwürdig, was? Wer könnte an den Bildern von Markow interessiert sein? Hast du eine Idee?«

»Nein«, sagte er langsam. »Nein. Wieso auch? Ich kenne doch diesen Markow gar nicht. Du willst mir ja nichts von ihm erzählen.« Er hatte seine verschmierte Brille abgenommen und richtete seine weitsichtigen, etwas geröteten Augen auf mich, als bereite ihm mein Anblick Schmerzen.

»Quatsch. Natürlich will ich. Hier, damit du endlich Ruhe gibst: Er kommt aus Kemerowo.«

»Aus Kemerowo?« Er schien überrascht und etwas belustigt zu sein. »Das ist ja drollig. Also, Sascha. Schreib deine Story. So rasch wie möglich. In Ordnung?«

Er ging zur Tür, und ich schaute wortlos zu, wie er verschwand. Vielleicht wußte er tatsächlich vom Einbruch. Er hatte zu gelassen reagiert. Er hätte nachhaken müssen. So ein Bruch ist kein Pappenstiel, verdammt, da wäre etwas kollegiales Mitgefühl unverdächtiger gewesen. Ich legte die Füße aufs Pult und schaute zur Röhre an der Decke. Markow. Warum rief ich ihn nicht einfach an? Natürlich! Wenn er mit der Veröffentlichung der Fotos einverstanden war, dann konnte ich sie auch Subow geben.

Ich arbeitete bis um drei, rief von der Telefonkabine an der Tschechowa Sebastian an und kündigte ihm meinen Besuch an. Sebastian ist Korrespondent einer britischen Zeitung, ein kräftiger, fröhlicher Kelte mit rötlicher Haut und dem grundzufriedenen, etwas dümmlichen Ausdruck des Menschen, dem allabendlich die Glücksmomente des Suffs zuteil werden. Er spielt stehenden Altherrenfußball und warnt mich unter der Dusche vor den Gefahren des ›nackten Kapitalismus‹, der es mit ihm bis jetzt so gut gemeint hat. Wenn ich nicht will, daß man im *Sputnik* mithört, kann ich von seinem Büro aus internationale Anrufe machen. Kurze Anrufe. Sebastian verdrückte sich höflich, als ich mich an seinen Schreibtisch setzte und verschwand im Großraumbüro, in dem weiße Kommunikationsgeräte glühten, gespeist von dicken, schwarzen Kabeln. Ich wählte, preßte den Hörer ans Ohr und starrte auf ein Foto von Prinzessin Diana, die sich mit seltsam roten, erregten Wangen über einen Aidskranken beugte. Ein Knacken, und Angela Sergejewna meldete sich. Ich begrüßte sie heiser und registrierte betreten, daß sie sofort annahm, ich wolle mit Markow sprechen. Ob sie zurückrufen solle? Dann könne ich unbeschwert mit ihm reden. Ich gab die Nummer durch und wartete. Wie normal, wie vollkommen unbeschwert sich Angela Sergejewna angehört hatte! Als sei sie eben mit Markow von einem Picknick im Grünen zurückgekehrt. Oder hatte sie mich getäuscht? Vielleicht konnte er gar nicht mehr zum Telefon kommen. Vielleicht war er schon im Spital und wartete in einem beigen, aseptisch riechenden Zimmer mit schwermütigen Astern und demütigenden, nierenförmigen Chrombehältern auf den Tod, dann und wann in eine andere Lage gebracht von einem schweren Elektromotor. Oder er war zusammengebrochen unter der Last der Drohungen von Andrei und Juri Wiktorowitsch. Vielleicht hatten sie ihn entführt. Zuzutrauen wär's ihnen. Was gab es schon in Andreis Gesicht, das seine Hände daran hindern würde –

Das Telefon. Markow entschuldigte sich für die Wartezeit und fragte nach meinem Befinden. Seine Stimme klang müde, aber er war noch der alte. Das gleiche Lachen, die gleichen höhnischen Anzüglichkeiten. Ich ließ ihn reden, stocherte mit einem Kugelschreiber in einem roten, brüchigen Radiergummi herum und hielt den Hörer etwas weg, als er hustete. Höflich erkundigte er sich nach Galja und meinen Eltern, und dann beschrieb er mir die Schönheit der Moskauer Parks im Oktober, bis ich ihn unterbrach und nach den Fotos fragte. Nein, sagte er, das mache ihm überhaupt nichts aus. Ich könne seine Fotos gerne jedermann zeigen, und eigentlich wäre es auch nicht ohne Reiz, wenn sein Bild im *Sputnik* erschiene. »Denn, nicht wahr, mein Freund: Fotos in Zeitungen wirken einfach stärker als Fotos in den Alben von Kriegsveteranen. Sie riechen nach Druckerschwärze und damit nach Wahrheit. Sie sind unscharf und somit glaubwürdig. Stimmt's? Nur zu, Alexander!«

»Sagen Sie, Gennadi Borissowitsch – wenn Sie nichts dagegen haben, daß wir Ihr Foto bringen, dann ist es Ihnen vielleicht auch recht, wenn ich von der, äh ... Erpressung berichte?« Ich wußte nicht, warum ich das fragte. Um mich mutiger zu machen, als ich war?

Stille. Das Rauschen wurde lauter. Dann ein heiseres, kurzatmiges Lachen. »Das überlasse ich Ihnen. Wenn Sie das Gefühl haben, Ihre Leser würden sich freuen, dann bitte. Warum sollen sie nicht erfahren, daß die Solnzewskaja auch in New York aktiv ist? Das ist doch eine Bereicherung, nicht wahr? Die Banditen werden sich auf alle Fälle im Ruhm Ihrer Berichterstattung sonnen. Und Sie dürfen sich über jeden Tag freuen, an dem Sie noch leben. Das gibt Ihrem Dasein eine besonderes Würze – ich weiß, wovon ich spreche.«

Ich drückte den Kugelschreiber in den Radiergummi, bis er auseinanderbrach wie Kalkstein. Er verspottete mich. Er wußte, daß ich nichts schreiben würde. Egal. Subow konnte seine Bilder kriegen, das war die Hauptsache. Meine Angst war unbegründet gewesen. Ich ließ Angela Sergejewna grüßen und machte Schluß. Dann rief ich Natascha an, verabredete mich mit ihr im Metropol und erzählte Sebastian unter der Tür ein paar höfliche Minuten von den Staaten. Er hatte sie nie gesehen, aber er haßte sie mit einer Inbrunst, die mich erstaunte. Seine Freundin, eine britische Korrespondentin, gratulierte mir zu meiner Garderobe. Nett sind sie immer, diese Westler. Du trittst ein, und sie beginnen zu schreien. Toll, was diese Russen heute tragen. Und es steht ihnen auch noch! Fast alles, was ihr gefiel, hatte ich in New York gekauft, mit Sergei

Maximowitschs Geld. Ich sagte ihr, das nächste Mal würde ich wieder in Sowjetklamotten auftauchen. Sie liebt auch das, ich weiß es. Sie liebt uns Russen, sie versteht uns, sie glaubt an uns, sie muß einfach an uns glauben, sie hat es in ihrem Buch »Mein kleiner Kosmos Moskau« eindringlich beschrieben. Sie findet es toll, daß wir Kleider tragen. Als sie mich mal ein Steak essen sah, fand sie auch das toll. Teufelskerle, diese Russen.

Ich ging hinaus in den lauen Abend und spazierte am Kiewer Bahnhof vorbei zum Dorogomilowski-Markt. Mir war heiter und festlich zumute nach dem Gespräch mit Markow und dazu paßte ein Huhn. Sie liebt Huhn, Galja. Konzentriert wie eine Katze kaut sie auf den Knochen herum. Wenn sie die bröckelige Leber zwischen den Rippenbögen hervorsaugt, vergißt sie die Umgebung. Sie knabbert, leckt und saugt, und zwischendurch lächelt sie mir zu, kurz nur, um rasch zum nächsten Bissen zu kommen. Sie sieht dann aus wie ein Kind. Ihr Mund ist verschmiert, und immer trägt sie einen Haarreif, was ihr schmales Rehgesicht zart und jung aussehen läßt. Fett und Gallerte verwendet sie tagelang als Brotaufstrich. Langsam schritt ich zwischen den Ständen hindurch. Die Marktfrauen gurrten und riefen und streckten verlockende Apfelschnitze in die Luft. Die getrockneten Aprikosen dufteten; von Kartoffelsäcken stieg es kühl und erdig hoch. Vögel flitzten durch die Halle und landeten heftig flatternd auf den Eisenbalken, in deren Winkel sie ihre Nester gebaut hatten. Auf den Mohrrüben klebte schwarze Erde. Hinten in der Halle wurde es düsterer, der Essiggeruch wurde stärker. Rufe von allen Seiten. Ich schritt dahin wie ein Reisender durch den Spalier von Wartenden am Flughafen, hob verlegen abwehrend die Hand, lachte und fragte nach Preisen, die mich nicht interessierten. Gnädig ließ ich mich umwerben, eitler Mittelpunkt einer warm brodelnden Hektik. Ich mußte an Tracy denken. Vielleicht hatte sie doch recht.

Boris saß im gelben Sessel mitten im Wohnzimmer und rauchte. In meinem Sessel. Als er mich kommen sah, legte er die Zigarette weg, sprang hoch, mühelos wie ein Affe, und kam mir ein paar Schritte entgegen. Er lief auf den Außenseiten der Sohle, etwas geduckt, als beabsichtige er, sich auf einen Baum zu schwingen. Ich stellte die Tüte mit dem Huhn in eine Ecke, ergriff den warmen Klumpen Fleisch, den er mir entgegenstreckte, und schaute fragend zu Galja. Sie war auf dem Sofa sitzengeblieben und schaute weg, als habe ich sie beleidigt. Boris blieb stehen, mit herunterhängenden Armen, Handrücken nach vorne, und leitete seinen Abschied ein. Er sei nur zufällig in diese Gegend gekommen, aber natürlich habe er sich gesagt, wo er schon einmal hier sei, müsse er natürlich auch seine alte Schulkameradin begrüßen. »Eine nette Wohnung, wirklich. Leider nur begrenzt ausbaufähig.« Er schaute sich um wie ein Amerikaner in einem leeren Supermarkt. Dann reichte er Galja die Hand zum Abschied. Sie gönnte ihm ein saures Lächeln und einen müden Arm. Auf dem Tisch stand in einer Vase, die ich noch nie gesehen hatte, ein Strauß mit mindestens neun Rosen – rot, orange, pink. Daneben brachte sich eine durchsichtige Folie, die zusammengeknüllt worden war leise knisternd in die alte Form zurück. Ich zwang mich zu einem Lächeln, brachte Boris in den Flur und schaute zu, wie er sich seinen langen, dunklen Mantel nachlässig um die Schultern warf. Er war kleiner als ich, aber er betrachtete mich trotzdem von oben herab. Seine Nasenlöcher waren auch aus meiner Höhe gut sichtbar. »Großartige Frau, diese Galja. Sehr nett«, sagte er lobend und machte eine eigenartige, fast bedauernde Geste. Ich schwieg, hielt den Atem an, um sein Parfum nicht riechen zu müssen, schloß leise hinter ihm die Tür und wartete auf seine Schritte. Alles blieb still. Vielleicht war er stehengeblieben. Ein paar Augenblicke lang stand ich im Halbdunkel, hielt den Atem an und lauschte. Ob ich durch den Spion schauen sollte? Nein, das winzige Gläschen könnte sich verfinstern und mich verraten. Und warum sollte ich ihm Neugier zeigen? Leise ging ich zurück ins Wohnzimmer. Es war leer. Galja war mit dem Huhn in die Küche verschwunden.

Ich müßte lügen, wenn ich behaupten wollte, Subows eigenartiges Lächeln sei mir aufgefallen, als er mich ein paar Tage später in sein Büro holte. Dabei hätte ich guten Grund gehabt, mißtrauisch zu sein. Lächeln, das geben Sie zu, Iwan Andrejewitsch, ist das undurchsichtigste Muskelspiel im menschlichen Gesicht. Vergessen Sie jetzt einen Moment das beglückte, etwas betretene Gesicht Ihrer Freundin, wenn sie das goldene Ührchen auspackt, das Sie ihr von Ihrer letzten Reise nach Genf mitgebracht haben. Nehmen Sie das Gesicht meines Vaters, wenn er an der Moskwa seine Übungen macht. Von einer Sekunde zur nächsten lächelt er, wenn er die Arme hebt – nein, er grinst; sein entspanntes, ruhiges Gesicht verwandelt sich für einen Moment in eine höhnische Fratze. Ein Sekundengrinsen ohne rechten Anlaß, nur durch die Spannung der Muskeln hervorgerufen, aber dennoch ein Grinsen, ein abscheuliches Grinsen, niederträchtig, ohne Erbarmen, krank. Wie kann so etwas auf dem Gesicht eines guten Menschen überhaupt erscheinen? Wie kann ich wissen, was sein wahres Gesicht ist, wenn das Böse sich so mühelos einschleichen kann in seine nüchternen Züge? Als Kind an der Moskwa habe ich mir manchmal vorgestellt, mein Vater sei ein Räuber, ein Mörder, der über seinem erschlagenen Opfer die Arme hebt, einem wilden, grausamen Gott dankend für seinen Sieg. Ich starrte ihn an, während im Transistorradio Albano und Romina Power ›Felicita‹ grölten, und ich fürchtete mich vor seiner sportlichen, rhythmischen Niedertracht. Wann würde er haltmachen? Was, wenn am Ende seiner Übungen einmal nicht die Gelassenheit, sondern das Böse auf seinem Gesicht zurückbliebe? Was, wenn er mich nicht mehr kennte, wenn er zum Räuber geworden wäre und sich auf mich stürzte? Was, wenn sein periodisches Grinsen nur Vorfreude wäre, diabolische Vorfreude auf einen kannibalischen Sohnesfraß? In solchen Momenten schüttelte es mich vor Lust und Entsetzen, und ich streckte die Hand aus und nahm sein Hemd vom Geländer. Solange ich sein Hemd hatte, konnte mir nichts geschehen – Menschenfresser im Unterhemd sind so gut wie nackt, sie können nicht angreifen, sie müssen an

Ort und Stelle bleiben, bis es ihrem Opfer gefällt, sie zu erlösen. Und während er weiter seine Arme kreisen ließ, verbarg ich mein Gesicht in seinem Hemd und zog den Geruch meines wirklichen, meines guten und ernsten Vaters in die Nase, den Geruch nach Pfeife und Schweiß und Rasierwasser. Man lächelt so selten in Moskau. In New York ist das anders. Auf der Straße lächeln dich wildfremde Menschen an, und manche werfen dir im Gehen ein Hi! entgegen wie eine Handvoll Schnee. Frauen, die dir in der Dämmerung entgegenkommen, grinsen ängstlich – eine krampfhafte Kontaktaufnahme, die dich zum Menschen machen soll. In Moskau, Iwan Andrejewitsch, gibt es nur einen Menschen, der oft lächelt: Tschistow. Nachdem sich Tschuchin und Blinnikow an jenem Abend verabschiedet hatten, sah ich ihn in seinem Büro sitzen und ins Licht seiner Pultlampe lächeln. Ich blieb stehen, verborgen im Dunkel des Flurs. Da saß er, die Fliege am Hals, strahlte seine warmen, fröhlich dekorierten Wände an und verschränkte die Arme im Nacken. Dann lachte er hoch zur Decke, aber nicht lautlos wie einer, der alleine ist, sondern mit Stimme, wenn auch gedämpft. Als lache er für jemanden im Raum. Ich beugte mich vor – nein, da war niemand. Er war allein, er lachte allein in die Wärme seines Büros hinaus. Dann drehte er sich zum Fenster und lächelte seiner verdoppelten Spiegelung vor der schwarzen Türöffnung zu, durch die ich ihn beobachtete. Ich trat einen Schritt zurück. In der Spiegelung sah ich sein Gesicht nicht mehr deutlich, aber mir war dennoch, als verschwinde sein Lächeln, als versickere es wie Wasser im Kies, als schaue er an seinem Spiegelbild vorbei, hinaus in den Hof oder hinter sich ins Büro, vielleicht sogar auf die Tür. Zwei, drei Sekunden verharrten wir reglos. Dann drehte er seinen Sessel geräuschlos zurück, holte einen Bogen Papier aus dem Schreibtisch und begann zu schreiben. Nach ein paar Sekunden schaute er noch einmal hoch, grinste geradeaus und schrieb weiter. Ich hörte Schritte auf der Treppe und ging.

XI

»Markow hat seinem Leben durch Selbstmord ein Ende gesetzt. Ich denke mir, daß dich das interessiert. Ich habe soeben mit Ljubow Beresowski gesprochen.« Subow hatte die Tür geschlossen, war sofort zum Fenster getreten und starrte finster in die Dunkelheit hinaus.

Durch Selbstmord ein Ende gesetzt. Aha. Andere machen Selbstmord oder bringen sich um. Subow sah klein und alleingelassen aus. Seine Stimme hatte hilflos geklungen, als leide er selber unter seiner Floskel. Er fingerte nach einer Zigarette.

»Selbstmord?«

»Selbstmord, ja. Tut mir leid, Sascha.«

»Wann?«

»Gestern. Ich weiß nicht viel. Man hat ihn in seinem Geschäft gefunden, im Büro hinter dem Schreibtisch. Die Pistole lag neben ihm am Boden. Er hat sich in die Schläfe geschossen, quer durchs Hirn. Er muß sofort tot gewesen sein.«

»Woher weißt du das?«

»Die Polizei ist dieser Ansicht. Die Beresowskis haben sich erkundigt.«

»Wie kamen denn die Beresowskis darauf? Ich meine – wer hat sie benachrichtigt?«

»Keine Ahnung. Vielleicht der Geschäftsführer. Der kennt sie. Ich weiß es nicht.«

»Und woher weiß man, daß es Selbstmord war?« Die Frage kam von allein. Ich konnte nicht denken.

»Der Brief natürlich. Da war offenbar ein Abschiedsbrief.«

»Und seine Frau? Angela Sergejewna?«

»Die scheint eine Reise angetreten zu haben. Jedenfalls

ist sie weg. Die Polizei sucht sie natürlich. Sagen die Beresowskis.«

»Quatsch. Das glaube ich nicht. Die läßt ihn nicht im Stich. Sie liebt ihn, verstehst du, Dima? Nein, nein. Umgebracht haben sie sie. Genau wie Markow. Vermutlich hat man einfach die Leiche noch nicht gefunden.«

Subow drehte sich abrupt um starrte mich an. »Was sagst du da? Umgebracht?«

»Ja, umgebracht. Natürlich. Was denn sonst?« Ich hielt inne, plötzlich wach. Seine aufgerissenen Augen hatten mich alarmiert. Aber was konnte er schon von der Erpressung wissen? Nichts. Ich hatte ihm nie davon erzählt, und auch in meinem Text stand nichts davon. Ach ja, Iwan Andrejewitsch – ich hatte nichts geschrieben. Genau wie Markow vorhergesehen hatte. Weil Subow sofort den Rotstift gezückt hätte und weil Angela Sergejewna es so gewünscht hatte. Gute Gründe, nicht wahr? Warum tun, was sinnlos ist? Niemand tut so etwas.

»Was meinst du damit?« Er krächzte etwas. Vertrocknete Stimmbänder. »Wer soll die Markows umgebracht haben? Warum hätte man sie umbringen sollen?«

Ich griff in die Tasche, nahm mir eine Zigarette und schaute ihn an, bis er mir eine Schachtel Streichhölzer hinwarf. War das nicht diese Situation, in der es rasen sollte in deinem Kopf? Aber da raste nichts. Da war ein unklares Gefühl der Anspannung, einer Art Freude – mit diesem Gefühl hatte ich als Kind beim Versteckenspielen im Schrank gestanden, angespannt und kichernd. Diese wahnsinnige Lust, jetzt gleich, in den nächsten Sekunden, entdeckt zu werden.

Ich nahm einen tiefen Zug. »Dima, ich weiß es nicht. Nichts weiß ich. Ich kann mir einfach nicht vorstellen, daß Markow sich umgebracht hat.«

»Er war krank. Hatte Krebs, du hast es mir selber gesagt. In einer solchen Lage haben sich schon viele Menschen –«

»Natürlich. Weiß ich. Aber es paßt nicht zu ihm. Er ist nicht der

Typ dazu. Er ... Du kennst ihn nicht – hast ihn nicht gekannt. Und dann gibt es auch Verbrecher, dort in Brighton Beach. Ist doch möglich, daß es ein Überfall war. Ich sage dir, Dmitri – unsere Banditen sind auch in New York tätig.«

»Eigenartig, daß du das sagst. In seinem Abschiedsbrief hat es auch geheißen, er werde erpreßt. Von der Solnzewskaja. Weißt du davon?«

»Nein. Ach, vielleicht hat er mal was erwähnt. Mir ist so. Aber ich kann mich nicht erinnern.« Irgendwie schien es mir besser so. Da war ja auch noch Angela Sergejewna. Ich mußte vorsichtig sein.

Subow kehrte auf seinen Platz am Fenster zurück und versuchte, mit dem Hintergrund zu verschmelzen. Er sprach jetzt ruhiger, so als genieße er es, mich informieren zu können. »Muß ziemlich schlimm gewesen sein, so wie es mir die Beresowskis erzählten. Er habe sehr gelitten, heißt es offenbar in dem Brief. Man habe Gewalt gegen ihn angewendet und auch seine Frau bedroht. Er halte das nicht mehr aus, und deswegen wolle er aus dem Leben scheiden.«

»Aus dem Leben scheiden? Hat er das so geschrieben?«

»Weiß ich nicht. Ich erzähle nur, was mir die Beresowskis gesagt haben.«

Ich schloß die Augen. Nein. Nein, das war nicht Markow. Markow konnte sich nicht umbringen. Er würde leben wollen, auch wenn es sinnlos war, auch wenn er Schmerzen hatte. Nein, das war Mord. Andrei und Juri Wiktorowitsch hatten ihn umgebracht. Aber warum? Natürlich – Markow hatte sich geweigert zu zahlen. Genau wie er es gesagt hatte, damals im *Winter Garden*. Er hatte nicht verhandelt, hatte nicht bezahlt, hatte alle Drohungen in den Wind geschlagen – und war ermordet worden. Vermutlich hatte Andrei ihn umgebracht. Der Mann fürs Grobe. Und Juri Wiktorowitsch hatte sich das Ganze ausgedacht. Selbstmord als Tarnung; einfacher geht's nicht. Sie kommen zu ihm ins Büro, abends, wenn Wladimir Anatoljewitsch schon weg ist. Die üblichen Vorsichtsmaßnahmen: Handschuhe, Schalldämpfer. Keine Masken – wozu auch? Sie setzen ihm die Pistole auf die Schläfe und drücken ab – wie soll er sich wehren? Er nimmt Morphium, er kann kaum mehr gehen, er kann nicht schreien, er ist schwach, halbtot wie eine Fliege im Winter, man braucht ihn nur wegzuschnippen. Sie erschießen ihn, sie drücken ihm die Pistole in die Hand, wegen der Fingerabdrükke, lassen sie auf den Boden fallen, legen den Brief auf den Tisch – schon geschehen. Keine Kunst.

Ich stand auf. »Danke, Dima. Ich werde mit den Beresowskis reden. Ist das o. k., wegen der Telefonrechnung?«

Subow klebte am Vorhang, reglos wie eine Spinne. Er hatte einen Daumen in seiner fadenscheinigen Weste stecken und schien mich nicht zu hören. Ich trat einen Schritt näher und fragte noch einmal. Da drehte er sich um und sagte hastig: »Natürlich. Klar, Sascha. Einfach nicht zu lang.« Er kam mir auf einmal deprimiert vor, traurig und müde. Ähnlich wie Markow, aber kraftloser; ohne dessen stachelige Energie. Mir war, als müßte ich ihn noch etwas fragen, aber ich wußte nicht was. Als er mich noch einmal rief, stand ich schon unter der Tür.

»Danke für die Fotos, Sascha. Ich dachte, sie seien dir gestohlen worden?«

»Ach, sie sind … wieder aufgetaucht. Die Diebe haben sie nur woanders hingelegt. Hat sie offenbar nicht interessiert.«

»Woanders hingelegt, was?«

»Ja.«

»Hat sie nicht interessiert?«

»Nein.«

»Na, dann ist ja gut. Ach so, und falls du diese Frau, äh … diese Angela Sergejewna ausfindig machst, dann laß es mich doch wissen, bitte.«

Ich sagte Ja, einfach so, nicht als Antwort, sondern um endlich aus diesem leeren, dunklen Zimmer zu kommen, um ihn nicht mehr ansehen zu müssen, um allein zu sein.

Wenn man diese Mörder unter den Zug werfen könnte! Ich stellte mich vorne hin auf dem Bahnsteig, ganz nahe an den Schacht. Wie leicht, so ein Mord in der Metro! Ein kräftiger Stoß ins weiche Schwarz der Kunstlederjacke, ein rascher Sprung zurück, und Andrei würde unter dem heranrasenden Zug sein unwürdiges Gangsterleben beenden. Ein paar Leute würden schreien, aber nicht sehr laut. Die Mütter würden ihre Kinder wegziehen, und einige wenige Neugierige, Männer vor allem, würden kurz in den Schacht hinunterschauen und dann weggehen. Welch blutige Sauerei da unten, pfui auch, pfui. Niemand würde versuchen, den Mörder festzuhalten, niemand würde der Polizei etwas sagen. Einige würden vielleicht der Gestalt nachschauen, die steif und merkwürdig uninteressiert zur Rolltreppe stelzt, doch niemand würde sie anhalten oder ihr nachgehen. Komplizen können überall sein, und mit Komplizen ist nicht zu spaßen. Ich sah Andrei vor mir, sein Gesicht beim Sturz in den Schacht, seine verdutzten Mungoaugen. Welche Lust, ihn fallen zu sehen, hilflos mit den Armen rudernd, vielleicht begreifend noch in dieser letzten Sekunde, daß ich es war, der ihn in den Tod stieß, daß ich es war, der Markow rächte, ich, Alexander, dieser eigenartige, schwarzhaarige Journalist, der nur feige geschwiegen hatte damals im *Winter Garden*, eine lachhafte Kreatur, ein Winzling, einer, der dankbar nickt, wenn man ihm sagt, was für ein Kretin er ist. Und während er fällt, hört er den Zug und weiß, daß dieser Kretin, der jetzt schon unerreichbar weit oben steht, ein Strich nur noch im blendenden Schein der Deckenbeleuchtung – daß diese bleiche Null der letzte Mensch ist, den er in seinem Leben sieht. Denn nun ist er unten, knallt auf die Geleise, auf den Dreck, auf den Starkstrom, die Räder rasen heran und er stirbt. Oh, wie recht ihm geschieht! Was stellt er sich auch am Anfang der Plattform hin, wo doch jeder weiß, daß du am Ende stehen mußt, wenn dir einer ans Leben will, am Ende, dort, wo die Lokomotive hält, wo dich der Fahrer sieht und Zeit zum Bremsen hat? Aber hier vorne ist es längst zu spät: Der Fahrer reißt die Augen auf, ein Pfiff, die Bremsen kreischen, und dann greifen die Räder, zerteilen den Körper, knallen Beine und Arme an die Wand, schleudern sie vor sich her, lassen sie rotieren wie einen Baum, der den Berg herunterrollt – Herrgott, warum kann man das nicht auf Zeitlupe stellen? Warum nicht diesen letzten Blick sehen, den allerletzten Blick aus diesen Verbrecheraugen auf die Räder, die nur noch einen halben Meter weg sind? Vielleicht müßte man Crashtests anschauen, Experimente mit Tierkadavern in den kalten Hallen staatlicher Prüfungsagenturen, kommentiert von schnoddrigen Beamten mit langen, weißen Arbeitskitteln und gelben Bleistiften, die über den Westentaschen dunkle Graphitflecken hinterlassen.

Oh boy, hätte Tracy gesagt.

Oh boy, Sascha – Gedankenmord. Sascha, das geht nicht. Das mögen die Christen nicht, der liebe Gott mag es nicht, für ihn ist es das gleiche wie ein richtiger Mord.

Ach, Tracy, würde ich antworten. Frag doch mal die, die's angeht. Ob sie lieber in Gedanken oder in Wirklichkeit ermordet werden. Ob sie die Nadel, die irgendein Hitzkopf Tausende von Kilometern weit weg in ihr Konterfei stößt, einem Messer im realen Gedärm nicht doch vorziehen. Oder frag den Bettler, ob du für ihn beten sollst, oder ob's eine Flasche Wodka auch täte.

Serjoscha saß in seiner riesigen Wohnung an einem kleinen Tisch beim Abendbrot. Omelette, Schokolade und Tee. Traurig sah das aus, Iwan Andrejewitsch – was gibt es Traurigeres, als allein zu essen? Die meisten Tische haben vier Seiten. Er schaute beim Kauen zum Fenster raus, und wenn die Gabel den Teller berührte, hallte es. Die wenigen Möbel ließen ihn allein in der Mitte des Zimmers, kühn, aber schutzlos. Sein Köter war aufgestanden als ich kam, und hatte seine schleimige Schnauze an mir gerieben. Nun lag er auf einer Matte im Dunkeln, hechelte und roch. Ich schaute auf mein Hosenbein, setzte mich und steckte mir eine Zigarette an. Serjoscha aß weiter und forderte mich mit einer stummen Armbewegung auf mitzuessen. Für Schokolade und Tee war die Geste etwas groß. Ich hob dankend die Hände.

Während ich erzählte, richtete er seine blauen, überklugen Augen fest auf die meinen und hörte wortlos zu. Schließlich legte er die Gabel hin.

»Mord?«

»Ich glaube.«

»Gut. Aber was ist daran übernatürlich?«

»Übernatürlich? Gar nichts. Was soll übernatürlich sein an einem Mord? Warum muß immer alles übernatürlich sein?«

»Bist du sicher, daß man ihn ermordet hat?«

»Ja. Markow bringt sich nicht um. Ja, ich bin sicher.«

»Und ich sage dir – es war doch Selbstmord.« Habe ich Ihnen gesagt, Iwan Andrejewitsch, daß Serjoscha etwas sehr, sehr Eitles haben kann? Und ich sage euch, es war Selbstmord.

»Wieso?«

»Sagen wir: Ich habe da so ein Gefühl. Eine Ahnung. Diesen Konstellationen entspringen im allgemeinen interessantere Probleme als Mord. Ein Mord wäre zu trivial. Zu praktisch. Paßt nicht ins Bild.«

Ich schaute ihn an. Er entließ ein graublondes Lächeln in den Schein der Lampe und drückte die Serviette sanft auf die Lippen, hinter denen die Zunge den letzten Schokoladeresten nachfühlte. Wie ein Elf sah er jetzt aus, wie ein harter, heiterer Krieger aus einem begabten, unmenschlichen, makellosen Volk. Seltsam, daß mich nichts an Serjoscha an jemand anderen erinnert. Eine Zeitlang dachte ich, er habe um die Augen etwas von Mutter. Die gleiche Verachtung für das Gewöhnliche. Aber die Verachtung in Mutters Augen hatte eine andere Ursache: die Kränkung. Mutter hätte sich gefreut, wenn sie die Welt nicht hätte verachten müssen. Serjoscha verachtete sie, weil er zum Schluß gekommen war, daß sie nichts anderes verdiente, und es war ihm recht. Während er das letzte Stück Schokolode aß, verschluckte ich mich plötzlich. Ich japste, hob lachend die Hand, hustete und würgte und sah, wie er mich kauend und genießend beobachtete, mit leicht erhöhtem Interesse, wie ein seltenes, aber durchaus zu erklärendes Wunder der Natur.

Ich ging heiter, mit dem Gefühl, er neide mir meinen Mord. Zum Schluß hatte er mich halb freundschaftlich, halb rachedurstig gefragt, wie es Galja und Julia gehe. Zum ersten Mal. »Gut«, hatte ich gemurmelt, »nicht schlecht. Soll ich sie grüßen?« Eine Vertraulichkeit als Vertrauensbruch. Im Treppenhaus kamen mir zwei Männer entgegen. Hastig und heftig schnaufend stiegen sie durch das Dunkel des Treppenhauses empor, eine Wolke aus Alkohol und Zigarettendunst hinter sich herziehend. Ich öffnete die Haustür, machte zwei laute Schritte auf der Stelle, ließ sie wieder ins Schloß fallen und hielt den Atem an. Oben ging eine Klingel. Eine Tür öffnete sich. Schritte, Flüstern, Stille. Mir war, als habe ich Serjoschas Stimme erkannt.

Auf der Plattform der Station Kusnezki Most standen nur noch wenige Leute. Die Leuchtziffern über dem Tunnel zeigten über zwei Minuten an. Zeit für den nächsten Zug. Da kommt er. Die Luft beginnt sich zu bewegen, kühlt die Wange, wird zum Wind. An der Tunnelwand taucht weißes Licht auf, tastet sich wackelnd vor, wird plötzlich zum Scheinwerfer selber, und schon schießt aus dem dröhnenden Dunkel der flache, bescheidene Moskauer Untergrunddrache, wenig furchterregend und eindeutig zu laut für seine Größe. Kaum hat er die Halle erreicht, nimmt der Wind ab, und der Lärm breitet sich aus, ändert die Frequenz, verliert sich im hohen Gewölbe noch ehe die Bremsen quietschen. In die Leute kommt Bewegung. Sie treten auf der Stelle, bringen sich in die günstige Ausgangsposition für den Kampf an den Türen. Ich tat einen Schritt zurück und hielt die Nase in die Tunnelluft. Im Sommer riecht sie nach roter Erde und Kanalisationsfäule; im Winter nach Kohl, Nässe und Eis, umhüllt von einer Dunkelheit, in der Licht immer nur von weitem zu sehen ist. Markow hatte diese Luft geatmet; Andrei vermutlich auch. Ich quetschte mich in die Menge, schob mich in den Wagen und blieb im kleinen Winkel neben der Tür stehen. Mein Stehplatz. Dort, neben der Tür, stehst du am besten. Du ziehst den Bauch ein und stemmst die Füße in den Boden.

Etwas Besseres gibt es nicht. Du bist jederzeit bereit zum Aussteigen und brauchst doch niemandem aus dem Weg zu gehen. ›Vorsicht, die Türen schließen. Nächste Station – Puschkinskaj.‹ Die Schwellen klopften rascher, wir rasten durch die Nacht. Was war es? Das Rattern, die leeren, erschöpften Blicke der Leute? Das Gefühl der Bewegung, die dich weich macht, weil sie wie das Leben ist – beginnt, fließt, ins Meer mündet? Ich dachte an Markow, konnte Andrei nicht mehr ermorden, um den Gedanken an ihn zu verdrängen. Stramm wie eine Schildwache stand ich an der Tür und konnte es nicht fassen. Markow war tot. Man hatte ihn ermordet, hatte einen kranken Mann umgelegt, einfach so. Ich schloß die Augen und versuchte ihn herzuholen wie sonst, hierher, neben mich, aber er kam nicht. Keine Sprüche, keine Geschichten, kein trauriges Lachen. Aus. Es war, als sehe ich nur noch seinen Schatten statt ihn selber – genaue Konturen, aber grau, ohne Gesicht, ohne Tiefe. Er war ermordet worden. Und niemand in diesem Zug wußte etwas davon. Selbst wenn ich es laut hinausgeschrien hätte, selbst wenn ich in den Wagen gebrüllt hätte wie ein zorniger wiedergeborener Christus in New York – keiner der Passagiere hätte auch nur den Kopf gedreht. Als Kind saß ich manchmal in der Küche, wenn Mutter Klavierstunden gab, und hörte den Stimmen zu, die gedämpft durch die Wand zu mir herüberdrangen. Gemurmel, das Klavier, ein Lachen, Klavier und dann lange Konversationen, die durch die Dämpfung der Wand etwas Vertrauliches, ja Intimes bekamen. Ich saß am Küchentisch, fuhr mit dem Zeigefinger den Rillen auf dem Küchentisch nach, lauschte und wußte, daß sich die Menschen nie würden verstehen können. Sie sind zu verschieden. Ihre Stimmen sind zu verschieden. Jeder Schüler hatte seine eigene Stimme. Der eine krähte wie ein Hahn, der andere murmelte zaghaft und mutlos, der dritte flüsterte geheimnisvoll, so daß ich das Ohr an die Wand legen mußte, um überhaupt etwas zu verstehen. Gemeinsamkeiten gab es keine. Die Wand verwischte die Unterschiede nicht, sondern machte sie deutlicher. Als ich ganz klein war, hatte ich mir die Schüler, die zu uns kamen, noch angeschaut, hatte mir vom einen oder andern im Austausch für ostentative Niedlichkeit etwas schenken lassen. Später fand ich es aufregender, den Geräuschen im Nebenzimmer Gesichter und Körper zu geben, aber nur selten kamen dabei Menschen heraus. Meist sah ich die Geräusche als Tiere verschiedener Gattungen – als gepanzerte Fabelwesen, die achtlos aneinander vorbeigingen. Manchmal waren sie auch Sterne, getrennt von den nächsten Sternen durch Milliarden von Lichtjahren. Sie konnten sich sehen, aber nicht reden miteinander, und ihr einziger Zeitvertreib war es, sich zu fragen, ob hinter dem Licht, das durch die Finsternis zu ihnen drang, noch eine Sonne stand, oder ob sie etwas anstarrten, das es schon längst nicht mehr gab.

Sebastian runzelte die Stirn, als ich am nächsten Tag schon wieder auftauchte, aber ich hatte mich schäbig angezogen, und sein Mitgefühl für die Besitzlosen kennt keine Grenzen. Als dann noch seine Freundin kam und bewundernd auf meine Sowjetklamotten schaute, war er versöhnt. Er griff nach seinem teuren Mantel, dessen Kragen eine große Lenin-Anstecknadel ziert, und verabschiedete sich für den Rest des Nachmittags. ›Pressekonferenz. Telefonier, soviel du willst, Sascha. Räche dich an den Ausbeutern.‹ Seine Freundin ging hinter ihm heraus, lächelte mir ergriffen zu und schloß leise die Tür.

Tracy nahm sofort ab und schrie Oh! Du!, so laut, daß ich einen Moment meinte, ich werde getadelt. Aber sie freute sich nur. ›Welche Überraschung! Oh, das ist so nett! Wie geht es dir? Und wie ist das Wetter?‹ rief sie, und ich saß da und grinste und stammelte belangsloses Zeug. Wie ist es möglich, daß mich diese einzigartige Frau, diese moderne, tüchtige Amerikanerin mag? Ob ich doch das gewisse Etwas habe, wie Natascha immer meint? Aber irgend etwas machte mich unruhig. Sie hatte mich nicht beim Namen genannt. Sie hatte mich zu laut begrüßt; ihr Schrei war ärgerlich kollegial. Nichts Intimes. Manchmal hörte ich ein Flüstern und stellte mir vor, wie sie die Hand auf den Hörer preßte und eilig jemanden informierte. Trevor vielleicht, ihren heiratstauglichen Freund. Oder Claire, die füllige Pietistin. Ich fragte sie, ob sie nicht frei reden könne, und sie sagte heftig und erleichtert, Ja, ja, natürlich. Ich gab ihr meine Nummer durch, und sie sagte, sie rufe in einer halben Stunde – ›dreißig Minuten, exakt‹ – wieder an.

O. k. Na also.

Ich wählte von neuem. Ljubow Beresowski begrüßte mich erfreut, schien sich aber gleich darauf ihrer Freude zu schämen und berichtete mit belegter Stimme vom Tod Markows. Ja, er habe einen Abschiedsbrief hinterlassen, das habe ihr dieser Geschäftsführer gesagt, dieser Ganitschew. Und darin habe es geheißen, er halte diese Bedrohung nicht mehr aus. Das habe sie auch Subow erzählt. Seine Frau habe man auch bedroht, auch das habe ihm schwer zugesetzt. Aber Genaues wisse sie nicht, sie habe den Brief nicht gesehen. Ihr Mann, der im Moment übrigens nicht da sei – das sagte sie irgendwie verführerisch –, habe sich schrecklich aufgeregt über diesen Selbstmord. Er sei sehr, sehr böse auf Angela Sergejewna, sie wisse wirklich nicht, warum. Er sage, jetzt habe sie ihr Ziel ja erreicht – Markow habe sich zu Tode gearbeitet, und sie sei mit dem Geld durchgebrannt. Ihr Mann rede sehr, sehr … häßlich. Sie schäme sich. Aber sie müsse mir gestehen, daß auch ihr nicht ganz wohl sei bei der Sache. Bei üblen, absurden Gedanken habe sie sich schon ertappt. Ob es nicht sein könne, daß Angela Sergejewna mit diesen Banditen unter einer Decke stecke? Man wisse ja nie. Normalerweise verabscheue sie ja derartige Verdächtigungen. Aber ihr Mann bringe sie immer wieder auf solche Ideen. Er sei überzeugt, daß Angela Sergejewna irgendwie die Hände mit im Spiel habe. »Ich bin unglücklich, Sascha, so unglücklich. Ich kann nicht leben in einer Luft, in der solche Gedanken gedacht werden. Ich glaube es einfach nicht. Aber ich muß es denken.«

So, muß sie. Wieso hat sie diesen Kretin geheiratet?

Irgendwo tickt es immer in diesen westlichen Büros. Es summt.

Ströme fließen. Unhörbar klappen Zeitanzeigen um. Du siehst nichts, und trotzdem ändert sich alles.

Es klingelte. Tracy war aufgeregt und sinnlich wie damals im Restaurant bei der Uni und fiel mir immer wieder ins Wort.

»O nein! O Gott, Sascha, das tut mir so leid. Tot?«

»Tot, ja. Selbstmord, wie es scheint.«

»Selbstmord? Markow soll sich umgebracht haben? Nein!«

»Wie, nein?«

»Ach komm, Sascha. Markow ist doch nicht der Typ, der sich umbringt. Niemals, auch wenn er krank ist. Nicht der. Das glaub' ich einfach nicht. Ist es denn … sicher?«

»Es soll einen Abschiedsbrief geben. Aber hör mal, Tracy, ich bin doch selber nicht sicher. Ich habe reagiert wie du. Ich glaub's auch nicht. Es könnten doch die Banditen gewesen sein.«

»Natürlich! Die Banditen.« Sie schien nachzudenken. »Und was willst du jetzt tun?«

»Wie, tun?«

»Jesus, Sascha, du mußt doch was tun! Das ist doch Mord? Du kannst das doch nicht einfach … sein lassen. Sowas mußt du melden, verdammt!«

»Wozu? Er ist tot, wem nützt's etwas, wenn ich's sage?«

»Der Gerechtigkeit natürlich! Jesus, Sascha, jetzt enttäuschst du mich aber. Du weißt, daß da ein Mord begangen wurde, du weißt, wer ihn begangen hat, und willst es für dich behalten! Bist du wahnsinnig? Das ist unmoralisch. Und im übrigen ist es strafbar!«

»Na, dann bestraf mich mal!«

»Nein, also ehrlich, Sascha, das kannst du mir nicht antun? Das nicht. Paß auf: Komm rüber –«

»Rüberkommen? Wie denn?«

»– ich zahl's dir. Kein Problem, kannst du ruhig annehmen. Und dann gehen wir zur Polizei, und dann fliegen die Jungs auf, und es bewegt sich endlich mal was in Brighton Beach. Na?«

»Ich weiß nicht.« Mensch, warum eigentlich nicht? Ich setzte mich gerade hin. »O. k. Und das Visum?«

»Gott, jetzt sei nicht so albern. Ich lad' dich eben ein. Hast du den Paß bei dir?«

Und ich gab ihr Zahlen und Buchstaben durch und sagte nicht M wie Moskau, sondern M wie Muttermal und A wie Aphrodisiakum, und hörte zufrieden, wie sie alles mit einer kindlichen, übersorgfältigen Aufschreibestimme nachsprach. Ich sah sie vor mir, auf dem Bauch liegend, die Ellbogen auf dem Kissen, die Zunge auf der Unterlippe, den Kugelschreiber in der Faust. Ist Ihnen auch schon aufgefallen, Iwan Andrejewitsch, wie furchtbar die Amis ihre Griffel halten? Als hätten sie Arthritis, als müßten sie ihre Buchstaben in Metall eingravieren. Dann gab ich ihr die Nummer des Faxgeräts neben dem Pult, und noch ehe Sebastian zurückkam, hatte ich ihre Einladung vor mir.

Subow sagte nichts, als ich ihm verkündete, ich würde eine Woche Urlaub machen. Er hieb seine winzigen, ebenmäßigen Zähne in einen schrumpeligen Apfel und kaute laut, während ich mich ohne zu fragen in den Stuhl setzte, in den ich mich immer setze, wenn ich bei ihm bin. Es steht noch ein zweiter Stuhl in seinem Büro, ebenso günstig plaziert, aber ich habe mich immer in den gleichen gesetzt und drum mit der Zeit das Recht auf den anderen verloren. Als ich kam, hatten sich gerade Tschuchin und Blinnikow verabschiedet. Subow schien zufrieden. Er kaute weiter, zog den Stiel des Apfels heraus und sog daran. Ich hatte mit mehr Interesse gerechnet, sogar mit Widerstand. Schließlich war ich eben zwei Wochen weg gewesen, und im November ist immer einiges los. Mir war, als müßte ich noch etwas sagen.

»Tja, die Krim. Ist auch im Winter sehr schön. Viele sagen, schöner als im Sommer.«

Er grunzte neutral und nahm einen neuen Biß.

»Ich fahre natürlich nicht zur Erholung. Eine familiäre Angelegenheit.« Warum erzählte ich den Quatsch, wenn er gar nichts wissen wollte?

»Fährt deine Freundin mit? Wie heißt sie doch gleich?« Er biß und kaute weiter, bevor ich antwortete.

»Galja. Nein. Nein, sie bleibt hier. Das Kind.«

Er hielt seine Rechte vor sich hin und ballte sie langsam zur Faust. »Na, dann viel Spaß. Ich bringe übrigens deinen Artikel über Markow nicht. Jetzt, nach dem Tod ... Du verstehst. Die anderen beiden, die du geschrieben hast, sind genauso gut.«

Er trug eine neue Krawatte. Blauweißrot, aber nicht in unseren hellen, russischen Farben, sondern dunkler, gedeckter, amerikanischer.

»Auf die Krim? Und was machst du dort?« Galja sah mich zweifelnd an.

»Ein Freund hat mich angerufen, ein Schulkollege von früher. Er ist einer guten Geschichte auf die Spur gekommen und will, daß ich mir das mal ansehe.« Ich sprach angemessen lässig – gute Vorbereitung. Was ich brauchte war eine Geschichte, die nicht nachzukontrollieren war, aber plausibel klang. Wie hätte ich ihr von Tracys Einladung erzählen sollen?

»Aha.« Es klang nicht sehr interessiert. »Paß aber auf dich auf. Heiße Geschichten sind gefährlich.« Sie legte Julia in ihr Bettchen und wandte sich mir gelassen zu. Was war mit ihr los? Vor ein paar Wochen wäre sie noch viel besorgter gewesen. Sie ging in die Küche, setzte Wasser auf und rief: »Und dann? Schreibst du was?«

Endlich. Ich hatte mich schon darauf vorbereitet, die Frage zu provozieren. »Das weiß ich noch nicht. Mal sehen. Ich habe Subow vorläufig noch nichts erzählt. Falls nichts draus wird, weißt du. Wäre mir peinlich, mit leeren Händen zurückzukommen. Und damit muß ich ja rechnen. Falls er also anruft, sag ihm doch, ich sei bei ... Verwandten.«

Sie kam neugierig aus der Küche. Neugierig, aber nicht mißtrauisch. »Warum sollte Subow mich anrufen? Ausgerechnet jetzt? Das tut er doch nie.«

»Galja, ich sag's auch nur für alle Fälle. Falls er anruft.«

»Aha. Und deine Eltern? Wissen die davon?«

Wußten sie davon? Ich griff so gleichgültig wie möglich zur Zeitung. »Nein, ich hab' sie noch nicht erreicht. Sweta und Anna auch nicht. Falls sie anrufen, sag ihnen einfach die Wahrheit – daß ich auf die Krim gefahren bin. Beruflich.«

»Und wer zahlt die Reise?« Sie schaute mich eigenartig kalt an. Verdammt. Daran hatte ich nicht gedacht. Ich seufzte, um wenigstens eine Sekunde Zeit zu gewinnen, und sagte dann so gleichmütig wie möglich, »Ich. Vorläufig. Ich habe noch einen kleinen Rest übrig von den Spesen für die Amerikareise. Du siehst ja an deiner Bluse, daß Sergei Maximowitsch recht großzügig war, haha.« Gott, wie armselig. Wie ekelhaft. Eine heiße Welle schoß mir über die Stirn. Scheiße. Aber jetzt war es zu spät. »Wenn sich die Sache lohnt – ich meine: Wenn die Geschichte gut wird, dann zieh' ich das Geld natürlich wieder ein. Gute Stories gehen bei uns immer auf Spesen.«

»Spesen? Das glaubst du doch selber nicht. Du willst beim *Sputnik* Geld einziehen, das du vorher ausgegeben hast, ohne sie zu fragen? Du bist wohl verrückt geworden! Und daß du mich mal einladen könntest, wenn du noch Kohle übrig hast, das kommt dir nicht in den Sinn? Wir sind seit Wochen nicht mehr essen gegangen.« Sie machte einen Schritt zurück und senkte die Stimme. »Sascha, du lügst. Ich weiß nicht, mit wem oder zu wem du auf die Krim fährst, aber ich glaube dir deinen Freund nicht. Ich glaube, daß du zu einer Freundin fährst.«

»Naja, wenn du's besser weißt ...«

»Ich weiß es besser, Sascha. Nein: Ich weiß es genauso gut wie du. Und ich bin enttäuscht. Du fährst zu irgendeiner Tussi auf die Krim, die kein Kind hat, die dir mehr bietet, was weiß ich. Vielleicht hat sie Geld.«

Warum weinte sie nicht? Bei solchen Sätzen pflegte sie sonst zu weinen. Ich suchte nach einem Satz, nach irgendeinem vernünftig klingenden, nicht kontroversen Satz, der mir wieder etwas Statur gegeben hätte – da legte unten im Hof die Alarmanlage in Maximows Opel los. Ein hohes, dissonantes Martinshorn, gefolgt von einer barschen amerikanischen Männerstimme, die den Passanten in mühsam gebändigter, herrschaftlicher Entrüstung ›Step back – step back‹ zurief und der Warnung die Mitteilung folgen ließ, dieser Wagen sei mit dem ›Viper‹-System versehen. Erst gestern hatte ich gesehen, wie Maximow seinem Wagen entstieg, sanft die Türe zuschlug und versteinert vor Entzücken der Stimme zuhörte, die ihm unter der Kühlerhaube hervor meldete, das System sei ›aktiviert‹. Und aktiviert war es. Kaum näherte sich jemand dem Wagen, begehrte die Stimme auf. Jedes Kind, jede Großmutter, die vorbeischlurfte, wurde zurechtgewiesen. Am Abend, als es dunkel wurde und die Leute von der Arbeit zurückkamen, war es besonders schlimm. Ich hatte aus dem Fenster geschaut und gespürt, daß der alte Maximow, dieses immerfreundliche, aalglatte kleine Arschloch, jetzt auch an seinem Fenster saß, nur ein paar Meter unter mir, und zufrieden zusah, wie sein alter Opel, dieses geliftete, strahlende Wrack, jedem Vorbeigehenden einen amerikanischen Anschiß verabreichte. Die meisten drehten nur kurz den Kopf und gingen weiter – wenn Amerikanerstimmen schreien, wird das schon seine Richtigkeit haben. Einzig eine Frau kümmerte sich um das Gejaule. Sie stellte ihren Einkaufskorb neben sich, beugte sich vor und betrachtete neugierig den kleinen, roten Punkt unten links hinter der Windschutzscheibe, der rhythmisch aufleuchtete. Vermutlich war sie kurzsichtig. Jetzt empörte sich die Stimme wirklich, wurde lauter und unflätiger und begann ernsthaft zu drohen. Die Frau verstand gar nichts. Sie machte einen Schritt zurück, sah sich hilfesuchend um und griff nach ihrer Tasche. Da öffnete sich unter mir das Fenster. Maximow streckte seinen Kopf heraus und brüllte der Frau zu, sie solle sich vom Acker machen. Verpiß dich, Mädchen, rief er. Das ist ein Alarm. Gegen Diebe. Verpiß dich! Und bevor du dich umdrehen kannst, hatte er das Fenster wieder geschlossen. Seine Befriedigung schwebte wie eine dicke, stinkende Wolke zu uns herauf. Prachtvoll, wie das funktioniert! Wie unerhört brauchbar, das Ding! Die Alte bückte sich, nahm ihren Korb und ging weiter. An ihren dünnen, etwas krummen Waden hingen lose Strümpfe. Sie hatte durch dicke Brillengläser verwundert zu Maximow hochgeschaut, ohne den Kopf zu bewegen, ohne etwas zu sagen. Am nächsten Morgen hatte ich bei Maximow geläutet, aber er wollte sich die Freude an seinem neuen Spielzeug natürlich nicht verderben lassen. Die Amis machen das auch, sagte er, also sei das in Ordnung. Kapitalismus. Schutz des Eigentums. Müßten Sie eigentlich wissen, Herr Zwetow. Sie waren ja dort.

Jetzt setzte die Stimme unten aus, aber nur für einen Moment. Dann schallte die gerechte amerikanische Empörung wieder die grauen Breschnew-Wände hoch, hinein in die bescheidenen russischen Stuben. Ich schaute zum Fenster hinaus. Ein paar Kinder hatten das Auto entdeckt und spielten: Sie näherten sich ihm langsam, streckten die Beine vor und rannten kreischend weg, wenn der Herr Ausländer zu rufen begann.

Ich schloß das Fenster. »Ich gehe zu Maximow. Wegen des Alarms.«

Galja schaute mir besorgt nach. »Aber sei nicht grob, ja? Ich muß mit den Leuten noch ein Weilchen zusammenleben in diesem Haus. Verstehst du?«

Was hatte sie gesagt? Sie mußte mit ihnen noch lange zusammenleben? Und ich? Wo lebte ich? Wo schlief ich? Wer bezahlte drei Viertel der Wohnungsmiete? Ich atmete tief durch und klingelte. Der Spion verdunkelte sich, und ich hörte, wie Maximow seine Riegel aufschob, einen nach dem anderen, mindestens vier. Hinter mir öffnete die alte Kowalenko die Tür, sehr viel flinker, und gaffte neugierig in meinen Nacken. Maximow hielt seine Nase an die Kette und fragte etwas, das ich nicht verstand; sein Mund blieb nach der Frage offen. Ich schaute auf die belegte Lästerzunge, die nervös an den schlechten Zähnen herumspielte, und sagte bebend vor Wut, so leise, daß er sich vorbeugen und das Ohr an die Kette legen mußte, wenn er diesen gottverdammten Alarm jetzt nicht auf der Stelle ausstelle, würde ich dafür sorgen, daß ihm nicht nur sein

Alarm entfernt werde. Noch in dieser Nacht. Die richtigen Leute dafür seien mir schon lange bekannt, und denen werde das ein Vergnügen sein. »Und falls Sie das interessiert, Leonid Sergejewitsch: Die Polizei verdient jeweils auch nicht schlecht, wenn ich diese Leute aktiviere. Die Polizei wird Schmiere stehen, wenn diese jungen Leute ihren Wagen kaputthauen, und ich werde dem wachhabenden Beamten mit Vergnügen seinen Anteil geben. Kapiert?«

Er legte die Zunge auf die Unterlippe und hustete. Der muffige Geruch der Wohnung vermischte sich mit seinen Atem. Er hatte getrunken. Hinter ihm tappten Schritte näher. Seine Frau. Ich sah sie nicht, aber ich hatte das Gefühl, ich müsse für sie noch etwas nachschicken.

»Kapiert?« Meine Stimme klang fremd in meinen Ohren. »Ich sage dir eins, Sergei – ich habe Verbindungen. Mach keine Fehler. O. k.?«

Er schloß die Tür. Ich drehte mich um und versuchte zu lachen, aber es kam nur eine Grimasse dabei heraus. Langsam ging ich die Treppe hoch und lauschte auf das Geräusch der Riegel hinter Maximows Tür. Ein paar Minuten später stand er unten am Opel, eine Jacke über dem Trainingsanzug, streckte seinen Hintern in die Luft und hantierte unter dem Steuerrad. Der kleine rote Punkt in der Windschutzscheibe erlosch. Galja hatte neben mir aus dem Fenster geschaut. Ich merkte, daß ich sie fast versöhnt hatte. Nur fast, weil ich es mit den Maximows auf ewig verdorben hatte, aber trotzdem. Ich hatte etwas bewirkt, und das geschieht selten in unserem kalten, erstarrten Land. Sie räusperte sich. Vielleicht wollte sie reden, wollte hören, daß es diesen Freund auf der Krim wirklich gab. Ich schaute sie an. Mit den hochgesteckten Haaren, der hohen Stirn und der geraden Nase sah sie aus wie eine Ägypterin, eine strenge, etwas verbitterte Rachegöttin, die sich darüber wundert, daß sie in der heutigen Welt, vollgestopft mit Rechnern und Maschinen und amerikanischem Optimismus, noch immer genau die gleiche Aufgabe hat wie vor dreitausend Jahren.

XII

Serjoscha pfiff leise vor sich hin, als er mich zum Flughafen fuhr, so leise, daß ich hinhören mußte und mich über den Scheibenwischer ärgerte, der den Takt nicht hielt. Serjoscha liebt alle Regentage, immer, auch die grauesten. Ich mag Regen nur beim Nachhausekommen und wenn ich gut geschlafen habe. Seine Munterkeit war niederschmetternd. Der Regen war trostlos, sonst nichts, aber was willst du machen, wenn dir einer beweist, daß Schlechtes gut wird, wenn du nur die richtige Einstellung hast? Er beugte sich zur Scheibe vor, so daß ihn nur noch Zentimeter vom Unwetter trennten, und schaute so zufrieden in die Höhe wie ein Wissenschaftler auf todbringende Mikroben. Unter den Regentropfen, die auf der Scheibe zu fasrigen Ringen zerplatzten, wurde sein Gesicht hell und leicht. Vor ein paar Tagen hatte es geschneit, und jetzt pladderte es kalt in die schwarzkrustigen Schneehaufen am Straßenrand. In den Rinnsteinen klebte zäher, schwarzer Matsch, und im Dreckteppich auf den Straßen erstarrte das Reifenprofil der Autos einige Sekunden lang, bevor es – nicht anders als die ewige russische Hoffnung auf bessere Zeiten – zu schimmerndem Blei zerfloß. Moskauer Novemberregen nimmt dir die Lust auf Bewegung. Die Schuhe lecken; die Nase läuft; du krümmst dich, um die Haut von den Kleidern fernzuhalten; es tropft durch das Schirmdach. Selbst die Hunde heben das Bein nicht mehr richtig, wenn sie ihre kleinen, gelben Löcher in die Schneehaufen bohren. In den Rinnsteinen schwimmt eine zähe, schwarzbraune Brühe aus Schlamm, Kot und Eisresten. Die Alten stehen kopfschüttelnd vor den Schneepässen, die ihnen den Weg über die Straße versperren. Ein scheußliches Wetter, aber Serjoscha pfiff. Die untersten Nebelschwaden des eisgrauen Himmels streckten ihre kalten Klauen nach den Leuchtreklamen auf den Dächern an der Leningradskoje Chaussee und zogen Vorhänge vor die Seitenstraßen, obwohl es erst zwei Uhr nachmittags war. Im bräunlich leuchtenden, alle Schatten ausblendenden Herbstlicht lagen die ausgelaugten Felder um Scheremetjewo, vom Himmel nur durch die schwarzen, fasrigen Risse der Wälder getrennt. Die Lastwagen warfen Halbkreise aus Wasser und Schlamm auf die Windschutzscheibe. Mit feierlich erhobenen Brauen und einem widerlichen Lächeln hatte mir Serjoscha versprochen, niemandem zu verraten, daß er mich nicht nach Domodjedowo fuhr, wo die Flugzeuge nach der Krim starten, sondern nach Scheremetjewo, aber was hätte ich mir schon draus gemacht, wenn er mich verraten hätte? So viel hatte sich verändert in dieser kurzen Zeit! Vor ein paar Wochen hatte mich noch Galja zum Flughafen gefahren, hatte mich geküßt beim Abschied und ein bißchen geweint, und ich war aufgeregt und froh und stolz in die Abflughalle getreten, ein Amerikafahrer, ein moderner junger Russe mit violettgrüner Reisetasche und flottem Haarschnitt, begierig darauf, Neuland zu erobern. Jetzt schlich ich mich inkognito davon wie ein betrügerischer Händler, neugierig, aber allein, versehen statt mit Umarmungen und Küssen mit einem traurigen Blick Galjas, die nicht weiter als bis zur Wohnungstür gekommen war. Serjoscha hatte gelacht über meine Ausrede mit der Krim und freute sich unangenehm deutlich darüber, als einziger in meine Absichten eingeweiht worden zu sein. Aber er blieb mein Freund. Er wartete, bis ich die Zollkontrolle passiert hatte, und steckte mir zwinkernd eine kleine Plastikflasche Wodka zu, zur Stärkung der Phantasie und der Lenden, haha. Als ich ihm ein letztes Mal zuwinkte, schien er traurig, und ich fand, er sehe zu fein und zu schön aus im braunschwarzen Meer der Pelzmäntel. In der Abflughalle stierte ich an die Decke, die aussieht, als sei sie mit Joghurtbechern beklebt worden, und überlegte mir, ob es nicht besser wäre, Galja anzurufen, ihr alles zu gestehen und die Fahrt bleiben zu lassen. Aber dann sah ich das Flugzeug, hörte die hektische Stimme der Dame, die zum Einsteigen aufforderte und sprang auf.

Ganz routinierter Vielflieger grüßte ich den Kopiloten und die Stewardessen am Eingang, und vornehm lächelnd übersah ich die Umständlichkeit, mit der der ältere Herr vor mir sein Gepäck verstaute. Die Lichter Moskaus verschwanden rasch im Nebel, und wir tasteten uns durch heller und schließlich weiß werdende Wolkenfetzen in einen unwirklich blauen Himmel hinauf, einen Himmel, der mir auf der Stelle die Angemessenheit meines Vorhabens bewies.

Tief unter uns lagen die Wolken, Schicht an Schicht, wie zu Eis gewordene Wellen. Ich fühlte mich kräftig und unternehmungslustig, und mir war, als habe ich meine innere Uhr schon jetzt auf Amerika eingestellt, als habe ich die Moskauer Zeit gar nie wieder akzeptiert, als tauche ich erst jetzt in die richtige Zeitzone ein.

»Wohin so eilig?«

Tracy faßte mich von hinten und legte mir die Hände über die Augen. Ich hatte sie nicht gesehen, aber ich erkannte sie sofort am Geruch ihrer Hände. Sie mußte Fotos entwickelt haben. Ich hielt still, sog den Duft nach Stoppbad und Fixierbad, Tracys Duft, in mich hinein und streckte die Hände nach hinten, um sie zu umarmen. Sie landeten auf ihren Jeans, und ich knetete ihre Arschbakken, bis sie mich wieder sehen ließ. Ihr Gesicht war mir fremder als der Geruch ihrer Hände. Sie sah müder aus als vor ein paar Wochen. Hastig holte ich die Lenin-Abzeichen, die ich für sie auf dem Arbat erstanden hatte aus der Tasche. Sie hielt sie vor die Augen, ganz nahe, um sie lesen zu können, und in diesem Moment – erst in diesem Moment, Iwan Andrejewitsch – wußte ich, daß sie mir immer fremd bleiben würde. Ich schaute sie an wie einen Werbeprospekt in exotischer Sprache. Es muß an ihrem Kinn gelegen haben, denn ich weiß noch, daß ich das Kinn anstarrte und den Übergang von diesem lieblichen, runden Kiefer zu ihren Lippen nicht schaffte, die jetzt »Oh, großartig, großartig« sagten. »So lieb von dir, Sascha, das wäre wirklich nicht nötig gewesen, laß uns gehen?« Und wie ein Kuli lief ich hinter ihr her, und verbittert sah ich, wie sie den Autoschlüssel schwang und sich manchmal im Gehen nach mir umdrehte. Ungeschickt lachte ich zurück. Schon in Ordnung, schon in Ordnung. Tracy geht auf Bahnhöfen und Flughäfen immer so – ›hat nichts mit dir zu tun, Sascha, aber man kommt an diesen Orten einfach sehr viel besser voran, wenn man hintereinander geht.‹ Wir fuhren nach Manhattan in eine Tiefgarage, stellten das Auto – rund, grau, kompakt – auf den Parkplatz des wirklich netten Kerls, der wieder verreist war, und gingen zu Fuß in ihre Wohnung, wo ich nach einer Dusche und zwei Bieren einschlief, ohne sie noch einmal geküßt zu haben.

»Ich erwarte wirklich, daß du mich mitnimmst zur Polizei, Sascha«, hatte Tracy im Auto gesagt. »Ich habe diese Reise finanziert, und ich habe das Recht, auf meine Kosten zu kommen. Es ist eine Frage der Fairneß?«

»O.k., kein Problem. Was interessiert dich denn so daran?«

»Was interessiert mich daran? Nun – alles. Ich mag die Spannung, das weißt du doch, Sascha. Zudem will ich die Sache vielleicht auch ... vielleicht auch fotografisch auswerten. Im übrigen brauchst du keine Rücksicht zu nehmen auf mich. Ich habe keine Angst, und ich kann mir sehr gut selber helfen? Aber ich will unbedingt sehen, wie diese Ganoven hinter Schloß und Riegel kommen.« Das Wort ›Ganoven‹ störte mich, aber ich war zu müde, um darüber nachzudenken.

Der zuständige Beamte auf dem Polizeiposten in Brighton Beach war gut beschriftet. Die Namenstafel auf seiner Uniform lautete auf Lieutenant John F. Erskine, die Tafel auf seinem Tisch ebenfalls, und auf die Brusttasche seines Hemdes hatten geschickte Hände oder eine präzise Maschine das Monogramm JFE gestickt. Er war klein und unauffällig; falls ihn seine Eltern nach John F. Kennedy getauft hatten, mußten sie enttäuscht sein. Aber er hielt der Unscheinbarkeit seiner Person eine wichtige Miene und glatte, runde

Wangen entgegen, die den Eindruck erweckten, er horte in ihnen nährstoffreiche Kerne. Hinter seinem Pult hing seidig glänzend die Flagge der Vereinigten Staaten.

»Aus Rußland? Sie sind kein Russe?« fragte John F. Erskine. Seine Stimme war hoch und leise. Ein wenig feminin. Er hatte die Ellbogen aufgestützt; die Fingerspitzen seiner Rechten lagen auf den Fingerspitzen der Linken.

Ich stutzte, aber dann kapierte ich. Ein Russe war für ihn jemand, der hier lebte, in Brighton Beach. Da ich aus Rußland kam, gehörte ich nicht in diese Kategorie.

»Aus Rußland. Russe aus Rußland. Aus Moskau.« Ich warf Tracy einen raschen Blick zu. Sie saß ganz vorne auf ihrem Stuhl und betrachtete den Lieutenant mit sichtlicher Skepsis. Ihre Fototasche stand neben ihr; sie hatte sie am Eingang gegen ihren laut und dennoch herablassend bekundeten Willen durch einen Metalldetektor gleiten lassen müssen. Erskine verschränkte die Finger, als wolle er ein präzises, kurzes Gebet sagen, und blies die Wangen auf. »Und Sie wollen ein Verbrechen zur Anzeige bringen?«

»Ein Verbrechen? Nein. Das Verbrechen kennen Sie längst. Oder sagen wir: Den Fall kennen Sie längst. Es geht um den Selbstmord von Markow. Gennadi Borissowitsch Markow, Elektrohändler in Brooklyn. Wohnhaft in der *Seabreeze Plaza*, 3111 Ocean Parkway. Er hat sich, warten Sie« – ich holte einen Zettel aus der Tasche – »am 26. Oktober umgebracht. Im Büro seines Geschäfts an der Atlantic Avenue. Aber was sie für einen Selbstmord halten, ist in Wirklichkeit – Mord.«

Stolz zwinkerte ich Tracy zu. Diesen Satz hatte ich mir im Flugzeug zurechtgelegt. Über die kurze Pause vor dem entscheidenden Wort hatte ich lange nachgedacht. Sie war mir zunächst zu theatralisch vorgekommen, aber schließlich hatte ich meine Bedenken fallenlassen. Es ging um Mord, Nachdruck war am Platz.

Erskine seufzte. »Und Sie wollen sich hier niederlassen?«

»Niederlassen? Nein. Absolut nicht. Wie kommen Sie darauf? Ich will Sie über ein Verbrechen ins Bild setzen. Ich komme aus

Moskau. Ich bin gestern angekommen, und ich werde demnächst nach Moskau zurückkehren.«

»Demnächst, so so. Nun, das werden wir sehen. Ich sage Ihnen: Dieses Land übt noch immer eine große Anziehungskraft aus.« Er lächelte wissend. »Geben Sie mir mal Ihren Paß her. Bitte.«

Ich schaute auf Tracy. Sie schüttelte ermunternd den Kopf. Wie klaglos doch die Amerikaner solche Schikanen hinnehmen! Zweimal hatte sie im Restaurant ihren Führerschein vorzeigen müssen, um dem Kellner zu beweisen, daß sie schon achtzehn war. Und beide Male hatte sie es getan, etwas verärgert zwar, aber nicht ohne ein geschmeicheltes Lächeln, als die Kellner verblüfft konstatierten, daß sie achtundzwanzig war, jawohl, unglaubliche achtundzwanzig Jahre – würde man Ihnen niemals geben, im Ernst, Madam, niemals, verzeihen Sie unsere Frage, aber wir haben hier Gesetze, Sie wissen – und Tracy verzieh grandios, steckte ihren Führerschein ins Portemonnaie zurück und fand nichts dabei.

Ungnädig kramte ich meinen dunkelroten, sowjetischen Paß hervor und legte ihn aufs Pult des Inspektors. Er hielt ihn dicht vor die Augen und starrte hinein wie Markow in sein rotzgefülltes Taschentuch. Ich hielt die Luft an. Ich kann nicht atmen, wenn jemand in meinen Paß starrt. In Scheremetjewo ist es das gleiche. Mir ist, als liege ich mit geöffneter Bauchdecke auf dem Schragen, als äugten feindselige Ärzte in mein Inneres und entdeckten Fehler und Unvollkommenheiten, die mich noch teuer zu stehen kommen würden. Als wir nach Prag flogen, zu Mutters Konzert, war es am schlimmsten. Konsternierte Blicke, ein Druck auf den Knopf für die besonderen Fälle, und schon eilten höhere Beamte herbei und schauten ebenso betreten in die Pässe wie die Subalternen, die sie mit herrischer Geste weggeschoben hatten. Daß sich die Blätter nicht krümmen unter diesen Blicken! Und wenn dann am Schluß der Stempel kommt, dann ist das nicht Absolution, sondern Warnung – hier, ratsch, ratsch, ratsch, das nächste Mal werden wir dich schon kriegen. Erskine blätterte vorsichtig. Vermutlich verstand er kein Wort. Schließlich blickte er auf, reichte mir den Paß widerwillig zurück und sagte: »Na gut. Wir werden ein Auge auf Sie behalten, Mr. Zwetkow. Sie dürfen sich noch knapp einen Monat in diesem Land aufhalten, und wenn Sie länger bleiben, dann ist das ein Verstoß gegen die Einreisebestimmungen und damit strafbar. Habe ich mich klar ausgedrückt?«

Schau an. Ich hatte ihn unterschätzt. Er las Russisch, er hatte mich beim Namen genannt, und ich nickte ihm kühl, aber mit einem gewissen Respekt zu. Aber Tracys Knöchel waren weiß geworden. Sie setzte sich gerade hin und sagte mit leiser Stimme: »Sagen Sie mal, was ist eigentlich los mit Ihnen? Mein Verlobter und ich wollen Ihnen ein Verbrechen zur Kenntnis bringen, und statt zuzuhören schikanieren Sie ihn, obwohl er sich vollkommen legal, ich betone: vollkommen legal hier aufhält. Ich fürchte ...« – hier lehnte sie sich im Stuhl zurück und gab ihren Mundwinkeln etwas sehr, sehr Arrogantes, etwas, das ich oft bei Apparatschiks gesehen habe, etwas, das nach Sicherheit und Geld und Macht riecht – »ich fürchte, daß dies nicht ganz die Art ist, Ausländer von den Qualitäten Amerikas zu überzeugen.«

Verlobter? Hatte ich richtig gehört? Ich war ihr Verlobter? Ich sah sie mit großen Augen an, und sie nahm meine Hand und drückte sie heftig. Lieutenant Erskines Gesicht war steif geworden vor Unwillen.

»Nun, Miß ...-«

»McDougal. Tracy McDougal. Ms.« Ein schönes, stimmhaftes, russisches 's'.

»– Ms McDougal, das dürfen Sie getrost uns überlassen. Wir sind hier in Brighton Beach den Umgang mit Ausländern russischer Herkunft gewöhnt, und ich muß Ihnen sagen, daß das nicht immer leicht ist. Aber Sie sagen, der Herr hier sei Ihr Verlobter. Muß ich daraus nicht schließen, daß er doch in den USA bleiben will? Oder tragen Sie sich mit der Absicht« – er setzte seine Worte sorgfältig und triumphierend – »Ihrem Verlobten nach Rußland zu folgen?« Ein kurzer, schäbiger Blick auf mich.

»Officer«, sagte Tracy, beugte sich vor und lächelte noch einmal, aber didaktisch diesmal und mit gläserner Härte. »Officer, das habe ich in der Tat. Ich werde nach Rußland fahren, er wird in die Staaten kommen, wir werden reisen, hin und her, ganz wie es uns beliebt, alles völlig legal, alles entsprechend den Gesetzen unserer beiden freien, demokratischen Länder, die, wie Sie vielleicht wissen, einen freundschaftlichen Umgang pflegen. Und nun möchte ich Sie bitten, sich anzuhören, was wir vorzutragen haben, wie das Ihre Pflicht ist. Falls Sie das nicht interessiert, werden wir in Manhattan bestimmt jemanden finden, der uns zuhört.«

»Gut, Ms McDougal. Einverstanden. Na, dann tragen Sie vor, was Sie wissen.« Der Ärger machte ihm die Stimme etwas zu munter.

Ich räusperte mich. »Sie, äh … Sie behandeln meine Aussage vertraulich, nicht wahr?« Wie kläglich das klang! Tracy schaute weg.

»Versteht sich, junger Mann. Wir arbeiten streng vertraulich. Wir sind Profis hier. Wenn es zu einem Prozeß kommt, dann ist das allerdings etwas anderes. Da müßten Sie eventuell aussagen. Aber in gewissen Fällen haben Sie auch da das Recht, anonym zu bleiben.« Er schnaubte professionell und zufrieden. »Also, schießen sie los. Die Zigaretten können Sie gleich wieder einpacken. Wir haben eine rauchfreie Umgebung hier.«

Ich steckte die Zigaretten wieder weg und berichtete über die Erpressung im *Winter Garden*. Erskine hörte konzentriert zu. Er verschränkte die Arme, schob einen Zahnstocher in den Mund und schob ihn mit vorsichtigen Bewegungen der Zunge langsam und nachdenklich von einem Ende zum andern. Als ich erzählte, wie Andrei Markow schlug, schaute er mich an, als krieche eine Schnecke über meine Wange, fasziniert und angewidert zugleich. Schließlich entfernte er den Zahnstocher, legte einen Block vor sich hin und griff zum Kugelschreiber.

»Hm. Interessant. Juri Wiktorowitsch, sagen Sie? Wissen Sie, wo dieser Mensch wohnt?«

»Nein. In der Gegend hier, nehme ich an. Brighton Beach. Oder

Sheepshead. Ich hatte nicht den Eindruck, daß er von weit her kam, als er uns damals traf.«

»Na ja. Da können Sie sich täuschen. Aber ich bin zuversichtlich. Wir haben den Namen, also finden wir den Mann. So viele Wiktorowitschs kann es ja nicht geben.«

Ich seufzte so freundlich wie möglich. »Sir. Sie wissen doch gar nicht, wie er heißt. Juri Wiktorowitsch ist nur der Vorname. Vorname Juri, Vatersname Wiktorowitsch. Sein Vater hieß Wiktor. Wir nennen uns im allgemeinen so in Rußland, auch unter Fremden.«

Erskine gab meinen Seufzer zurück, weniger freundlich. »Ach so. Natürlich. Und über diesen Andrei wissen Sie vermutlich auch nicht mehr?«

»Nein.«

Er stand auf, kündigte uns mit einem Lächeln eine erfreuliche Überraschung an, verschwand und kam mit einem hellbraunen Ordner zurück. Hinter ihm trat ein großer, muskulöser Beamter ins Zimmer, der zum Gruß kurz die Hand an die Stirn führte und sich dann ohne weitere Umstände aufs Pult setzte. Erskine streckte die Rechte aus, Handfläche nach oben. »Das ist Sergeant Knopfler, unser Spezialist auf dem Gebiete des organisierten Verbrechens – des russischen organisierten Verbrechens. Ein hervorragender Kenner der Szene, richtig, Mike?« Erskine lachte gönnerhaft, und Knopfler winkte verlegen ab.

»Also, Mike. Sagen dir die Namen Juri Wiktorowitsch und Andrei etwas?«

»Warum?« Sergeant Knopfler wirkte neben dem feinen Erskine reichlich ungehobelt. Die schlaffen Lippen über dem fliehenden Kinn glänzten und schienen ungeeignet, den großen Mund zu verschließen. Er hatte den verquälten, schmollenden Ausdruck jener Trübseligen, die glauben, die Ampel an der Kreuzung wechsle immer nur ihretwegen auf Rot.

»Mike, diese beiden Personen sind der Ansicht, der Selbstmord in der ›Seabreeze‹ von letzter Woche sei ein Mord gewesen. Du erinnerst dich – die Akte Markow. Unschöne Sache, aber sauber.

Nicht viel Blut. Die Kollegen von der Mordkommission haben nichts gefunden. Selbstmord. Ich habe mir den Bericht geholt.« Er hielt den hellbraunen Ordner in die Höhe, damit ihn alle sehen konnten, und schlug ihn auf. »Hier … Schmauchspuren an der Schläfe, der Schuß war praktisch aufgesetzt. Auf der Waffe die Handabdrücke Markows. Nur seine Handabdrücke. Keine Spur von Gewalt. Abschiedsbrief vorhanden, an Ort und Stelle aufgefunden, zweifellos von seiner Hand, wie der Schriftvergleich bestätigte. Motiv siehe Abschiedsbrief. Er hatte Krebs, vom Arzt bestätigt. Alles bestens. Einziges Problem: Die Frau fehlt. Eine … hier. Eine Angela Sergejewna Markowa. Unauffindbar. Der Geschäftsführer, ein gewisser Gantischew –«

»Ganitschew. Wladimir Anatoljewitsch Ganitschew.« Wo lernen diese Amis lesen?

»– Ganitschew, sagt, sie sei verreist, schon vor dem Selbstmord, oder Mord,« – ein ironischer Blick in unsere Richtung – »und wo sie sei und wann sie zurückkomme wisse er auch nicht. Überhaupt wisse er wenig über das Privatleben der Markows. Der Bursche kam den Kollegen etwas eigenartig vor, aber er scheint in Ordnung zu sein.« Er klappte den Ordner zu und schob ihn mit beiden Händen ein paar Zentimeter zurück. »Und nun, Mike, kommt dieser junge Mann hier aus Rußland und sagt uns, der Selbstmord sei Mord gewesen, und er kenne die Mörder. Ich muß sagen – erstaunlich. Ein ganz anderes Ballspiel.«

»Ja, erstaunlich.« Knopflers Mund wurde zu einem feuchten, runden Loch, wenn er sprach. Er spuckte ein wenig.

Erskine sah ihn gar nicht an. »Und er sagt, er sei dabeigewesen, als diese Leute Markow erpreßten und schlugen, und er sei überzeugt, daß sie ihn auch umgebracht hätten. Erstaunlich, nicht?«

»Ja.« Kein großer Redner, dieser Knopfler. Erskines Sarkasmus störte mich, aber ich hatte den Eindruck, er richte sich mehr gegen seinen Kollegen als gegen mich.

»Also, Mike. Kennst du diesen, äh …« – er schaute auf seine Notizen – »Juri Wiktorowitsch? Und seinen Gehilfen Andrei?«

Knopfler leckte sich die Lippen und sagte: »Nein«, und ich wußte im gleichen Moment, daß er log. Erskine wußte es auch. Er legte den Block hin und schaute mich mit einem ganz neuen Ausdruck an. Fast kollegial.

»Sagen Sie, Mr. Zwetkow – es würde Ihnen keine Schwierigkeiten bereiten, diese beiden Personen zu identifizieren?«

»Nicht die geringsten. Ich habe sie ja lange genug gesehen. Aber ...«

»Aber?« Erskine schaute sehr ernst. Knopfler war aufgestanden, lehnte mit verschränkten Armen an der Wand und sah mich mit offenem Mund an. Seine leicht vorstehenden Augen blickten böse.

Ich atmete tief durch. »Na ja. Ich kann sie identifizieren, jederzeit, aber ich würde das lieber tun, ohne daß mich die beiden sehen oder davon etwas wissen. Verstehen Sie? Wenn die rauskriegen, daß ich sie angezeigt habe, dann kann's mir sehr schlecht gehen. Wirklich.«

»Das wissen wir.« Erskine verzog keine Miene. »Wir werden Ihre Identität schützen. Sie wissen, wo die beiden verkehren?«

»Im *Winter Garden* und im *Rasputin*.«

Erskine wandte sich an Knopfler. »Das sollte doch eigentlich kein Problem sein, Mike. Denk noch mal nach.« Dann ließ er seine Stimme plötzlich warnend fallen. »Die kassieren wir sowieso, Mike. Früher oder später. Der Geschäftsführer kennt sie, die Frau von diesem Markow kennt sie, alle kennen sie. Die entgehen uns nicht. Die sind unvorsichtig. Die sind es nicht gewöhnt, daß sie jemand verpfeift.«

Knopfler dachte nach und zeigte, daß er nicht gerne beobachtet wird, wenn er denkt. Seine Zunge befeuchtete die Lippen und ihre Umgebung, er rollte die Augen schräg nach oben. Trotz seiner hünenhaften Gestalt sah er verletzlich aus. Verletzlich, da blöd. Nicht schwach, nicht klein – blöd. Bescheuert. Nach einer Weile schien er zum Entschluß zu kommen, daß es besser sei, die beiden zu kennen, und schlug sich an die Stirn wie ein Laienschauspieler.

»Ach ja, natürlich. Wie konnte ich nur. Juri Wiktorowitsch, das wird wohl ›der Lehrer‹ sein. Wie heißt er doch gleich? Juri Wiktorowitsch … Noschikow. Noschikow, ja. Ziemlich bekannt in der Gegend. Gilt als Bandit. Organisiert. Arbeitet im Import-Export-Geschäft und im Tourismus. Firma scheint in Ordung zu sein. Noschikow, ›der Lehrer‹. Und sein ›Schüler‹ Andrei. Den Namen müßte ich nachschlagen. Ich glaube, er heißt Popewski oder ähnlich. Etwas mit P.«

»Und? Liegt etwas gegen sie vor?«

»Nun ja, nicht direkt. Es gibt anonyme Anzeigen. Erpressung und Nötigung. Aber was willst du machen? Überprüfungen ergeben nichts. Niemand sagt gegen sie aus. Rein technisch gesehen sind sie sauber, und daran haben wir uns zu halten. Solange nichts Konkretes gegen sie vorliegt …« Er hob vielsagend die Schultern. Das runde, kleine Kinn unter den schlaffen Lippen glänzte.

»Das allein macht sie noch nicht zu Engeln, nicht wahr, Mike?« Erskines Stimme war noch ernster als vorher.

»Nein.« Knopfler blickte betreten.

»Nun.« Erskines Hände faßten den Ordner und zogen ihn ein paar Zentimeter näher. Dabei spreizte er die kleinen Finger ab. »Wir werden sie wohl noch einmal überprüfen. Es ist ja auch nicht uninteressant. Wie lange sind sie schon hier, Mr. Zwetkow?«

»Gestern angekommen.«

»Und Sie, Miß McDougal? Sorry, Ms. Lesen sie die Zeitung *Nowoje Russkoje Slowo?*«

Tracy schaute ihn mit großen Augen an. »Manchmal. Warum?«

Erskine lehnte sich genüßlich zurück und hob die Brauen. »Weil dieser Markow seinen Abschiedsbrief auch dieser Zeitung geschickt hat und die ihn abgedruckt haben. Einen Tag nach seinem Selbstmord. Unter einem ziemlich reißerischen Titel – ›Fanal gegen das organisierte Verbrechen‹ oder so ähnlich. Deshalb kann ich Ihnen auch ohne weiteres sagen, was in diesem Abschiedsbrief stand. Ist kein Geheimnis. Es war genau der gleiche, den er im Büro hinterlassen hat. Schauen Sie mich nicht so groß an, es ist ganz einfach. Markow hat einen Abschiedsbrief geschrieben, aber in mehreren Kopien. Eine fand man in seinem Büro, eine bekam dieser eigenartige Geschäftsführer zugeschickt, und die dritte ließ er in dieser Zeitung abdrucken. Und deshalb wissen alle Russen hier, was in diesem Brief steht – daß er Krebs hat und erpreßt wird und das nicht mehr erträgt. Daß er aber nicht sterben will, ohne zu sagen, daß man sich gegen das organisierte Verbrechen wehren soll, so in dem Stil. Ich fand, das sage ich Ihnen offen – ich fand diesen Brief, gelinde gesagt, widersprüchlich. Grotesk widersprüchlich.« Er hob die Hände abwehrend vor die Brust. Seine Brust war nicht der Platz für Widersprüche. »Und das ist noch schonend ausgedrückt. Spuckt große Töne über Widerstand und Mut und bringt sich um und läßt seine Frau, die offenbar auch bedroht wurde, im Stich – also, wen er damit beeindrucken will, ist mir nicht klar.« Ein überlegenes Lächeln.

Ich reckte mich. »Hat er denn nicht geschrieben, wer ihn erpreßt? Nichts von Juri Wiktorowitsch und Andrei?«

»Nein. Eben nicht. Mit keinem Wort.« Erskine schien sich darüber zu freuen. »Vielleicht weil er wollte, daß die Zeitung seinen Brief abdruckt. Ich glaube nicht, daß sie ihn angenommen hätten, wenn er Namen erwähnt hätte. Er hat nur von einer Verbrecherbande geschrieben, von einer Sonzo … –« er schaute fragend zu Knopfler – »Was ist das, Mike?«

»Solnzewskaja.« Knopfler und ich hatten gleichzeitig gesprochen. Wir sahen uns an und mußten grinsen. Ich ärgerte mich darüber und stellte mit einem bösen Blick die alte Distanz wieder her.

Erskine nickte. »Das war's, jawohl. Solnzewskaja. Wissen Sie, ob Juri Wiktorowitsch und Andrei zu dieser Gruppe gehören?«

Ich bejahte. Knopfler nickte, obwohl er nicht gefragt worden war.

Erskine schaute mich prüfend an. »Gut. Aber jetzt, Mr. Zwetkow, will ich Sie ein paar Dinge fragen. Sie reisen also aus Rußland hierher, um uns zu sagen, daß dieser Markow nicht Selbstmord begangen hat, sondern umgebracht wurde.«

Alle schauten auf mich, auch Tracy. Ich nickte. Natürlich. Deswegen war ich hergekommen. Da gab es kein Zurück.

»Gut. Nehmen wir mal an, daß das stimmt. Welche Beweise haben Sie für Ihre Beschuldigung, Mr. Zwetkow?«

Gehen Sie gerne in den Zirkus, Iwan Andrejewitsch? Vor Jahren sah ich im Staatszirkus eine kleine Nummer, die ich nie vergessen werde. Eine Frau in einem mächtigen Pelzmantel tritt in die Manege. Würdevoll schreitet sie der Mitte zu, unruhig verfolgt vom Lichtkegel, den der Mann oben im Trapez aus seiner großen Kiste hinunter ins Sägemehl schickt. Die polnische Zirkuskapelle – alle Zirkuskapellen kommen aus Polen – spielt Spannung, mit Paukenwirbeln und langgezogenen Saxophontönen. Was hat die Frau im Sinn? Der Nerzmantel ist lang und schwer, er schwankt kaum, sie wird ihn ablegen wollen. Sie hält den Kopf krampfhaft gerade, wie unter einer großen Last. Die Musik kündigt die Auflösung der Spannung an, der Paukist bückt sich, starrt ins Licht, seine weichen, runden Schläger wirbeln, werden zu transparenten Streifen – da reckt sich die Frau, hebt die Arme, der Mantel fällt ab und löst sich auf in Dutzende von kleinen, lebenden Nerzen, in einen Wust von zirpenden Tieren, die hastig weghuschen, als sei ein Wolf in ihrer Mitte eingefallen. Sie jagen zurück ins Dunkel des Eingangs, an der Frau vorbei, die jetzt nackt, nein: im rotgoldenen Zirkuskostüm dasteht und sich verbeugt, glücklich errötend über den gelungenen Streich. Die Zuschauer klatschen begeistert. Dutzende von Nerzen hatten sich aneinandergekrallt, hatten einen Pelzmantel gebildet, und Hunderte von Zuschauern hatten es nicht bemerkt, hatten ihre Augen das sehen lassen, was ihr Gehirn erwartete und waren glücklich, glücklicher noch als die Frau in der Manege, daß sie getäuscht worden waren.

Mir war, als seien eben ein paar Dutzende Nerze von mir abgefallen, aber glücklich war ich nicht. Natürlich. Ich hatte gesehen, was ich sehen wollte. Was konnte ich schon gegen Juri Wiktorowitsch und Andrei vorbringen? Nichts. Sie hatten ihn bedroht, gut, aber was hieß das schon? Unter dem peniblen Blick von Erskine und dem feuchten Starren Knopflers hatte sich meine Überzeugung aufgelöst. Ich suchte nach Trotz, nach einem Widerhaken, nach einer Nachricht meiner Seele, die mir gesagt hätte, daß ich doch recht habe, daß ich mich nicht täusche, daß ich hart bleiben muß. Aber da war nichts. Ich schaute auf.

»Keine. Aber sie haben ihn bedroht. Juri Wiktorowitsch hat Markow bedroht, und Andrei hat ihn geschlagen, hat ihn gedemütigt.«

Erskines Lippen kräuselten sich. »Sicher. Aber das heißt doch nichts. Ich frage nach konkreten Hinweisen darauf, daß Markow ermordet wurde. Haben Sie die?«

»Nein. Aber ich –«

»Ja?«

»– ich bin einfach sicher, daß die beiden die Mörder sind. Sie gehören verhaftet. Markow bringt sich nicht um. Und jemand anderen gibt es nicht. Also …«

»Und woher wissen Sie, daß es niemand anderen gibt? Nein, Mr. Zwetkow.« Eine knappe Handbewegung und ein Seufzer, aus dem die Kenntnis fürchterlicher Zusammenhänge sprach. »Sir, diese Sache ist tot. Ein klassischer Nichtstarter. Sie haben diesen Markow ein paarmal gesehen, Sie haben, wie Sie sagen, eine Erpressung miterlebt. Das ist alles. Sie kennen seine Freunde nicht, sie kennen seine Bekannten nicht, sie kennen seine Motive nicht, und Sie waren zur Zeit seines Ablebens nicht einmal hier in den Staaten. Sie vermuten viel, aber Sie wissen wenig. Geben Sie mir recht?«

Ich schaute ihn noch einmal aufmerksam an und sah meinen Blick zurückgeworfen wie in einem Spiegel. Er machte sich nicht über mich lustig. Er versuchte, mir etwas zu sagen. Er war auf meiner Seite, trotz seines Getues. Ich sagte Ja.

»O. k. Das wäre das eine. Das zweite. Sie kommen aus Rußland hierher, um bestimmte Menschen des Mordes zu bezichtigen. Mord ist das schlimmste aller Verbrechen. Eine ernste Sache, Mr.

Zwetkow. Sie können Ihre Anklage, wie Sie selber eben zugegeben haben, nicht durch Fakten erhärten. Wäre ich ein Narr, wenn ich daraus den Schluß ziehen würde, daß Sie etwas gegen diese Leute haben? Daß Sie vielleicht – das ist nur ein Gedankenspiel – selber ein Mafioso sind und den Mitgliedern einer anderen Bande durch eine falsche Aussage Schaden zufügen wollen? Nein, wäre ich nicht. Es wäre sehr wohl denkbar, daß Sie hier jemanden bewußt denunzieren wollen. Ist Ihnen das klar?«

Ich blickte starr geradeaus. Warum dieses Theater, wo er doch auf meiner Seite ist?

Erskine hob den Kugelschreiber vors Gesicht, knipste den Stift heraus und betrachtete ihn mit zusammengekniffenen Augen, während er redete.

»Tja. Sie sehen, Mr. Zwetkow, ihre Aussage ist eine heikle Sache. Aber seien Sie beruhigt. Ich glaube nicht, daß Sie einer Verbrecherbande angehören. Sie sehen mir nicht danach aus, und ich irre mich nie in solchen Dingen. Ich wollte Ihnen nur vor Augen führen, wie wir hier in den Vereinigten Staaten mit solchen Dingen umgehen. Wir werfen hier niemanden in den Knast, bloß weil jemand meckert. Zwar sind wir hart am Ball. Und nicht zimperlich. Aber immer korrekt. Bei uns gilt die Unschuldsvermutung, yessir. Ich nehme übrigens an, daß das in Rußland auch nicht anders ist. Das ist in allen zivilisierten Staaten so.«

Nein, Iwan Andrejewitsch – darauf bekam er keine Antwort.

»Aber immerhin. Sie haben uns über die Erpressung berichtet und zwei Namen angegeben. Das ist verdienstlich, das können wir überprüfen, das werden wir überprüfen.« Er sah Knopfler an, der eine seiner Pranken über das feuchte Kinn gelegt hatte und einen verwirrten Eindruck machte. »Diese beiden Typen scheinen ja tatsächlich einigen Ärger zu machen. Wir werden sie mal abfangen und schauen, ob sie ein vernünftiges Alibi haben. Eins, das sich nicht nur auf die Aussagen von Freunden stützt. Na, was meinst du, Mike?«

Knopfler brummte etwas, ohne die Hand vom Kinn zu nehmen.

Er stand jetzt auf einem Bein und preßte die Sohle des linken Schuhs gegen die Wand.

Ich war noch nicht fertig. »Und das Testament? Ich meine, wenn er sich umbringt, dann ist es ja nur wahrscheinlich, daß er –«

»Natürlich.« Erskine nickte, erfreut wie ein Lehrer, wenn der Schüler etwas Gescheites sagt. »Aber da sind wir gezwungen zu warten, bis seine Frau von ihrer Reise zurückkehrt. Ich kann Ihnen allerdings sagen, daß es ein Testament gibt. Dieser Geschäftsführer, dieser Ganitschew, der kennt den Anwalt Markows, und der Anwalt hat uns bestätigt, daß er im Besitz eines Testaments des Verstorbenen ist. Es wurde vor einem halben Jahr abgefaßt und seither nicht geändert. Mehr darf er uns nicht sagen. Wie auch immer – vorläufig scheint auch das in Ordnung zu sein.«

Schweigen und Ruckeln. Daß vier Leute in einem kleinen Raum einen derart intensiven Geruch abgeben können!

»Gut.« Erskine hob die Hände in die Höhe und lächelte den Ordner an, der heiter und hellbraun genau in der Mitte des Pultes vor ihm lag, flankiert von einem beigen Kugelschreiber. Er schien sich über bereinigte, klare Situationen zu freuen. »Dann kann ich wohl davon ausgehen, Mr. Zwetkow, daß wir uns ins Benehmen gesetzt haben. Sie machen eine Aussage zur Erpressung – das haben Sie erlebt, und ein Straftatbestand ist das allemal. Die Sache mit dem Mord vergessen Sie. Und wir werden die beiden von Ihnen verdächtigten Personen überprüfen, sowohl was die Erpressung als auch was den Mord, äh … den Selbstmord – den Tod Markows angeht. Dabei werden wir selbstverständlich diskret verfahren. Ist das in Ordnung?« Überlegene Gutmütigkeit.

»Ja. In Ordnung. Nein, halt – da ist doch noch Angela Sergejewna, seine Frau. Finden Sie es natürlich, daß sie einfach verreist, während ihr Mann im Sterben liegt? Das macht doch keine Frau, das geben Sie doch zu! Da muß doch was faul sein an der Sache!« Ich schaute mich triumphierend um.

Aber Erskine winkte ab. »Aber nein, Sir. Nicht im geringsten. Erstens hat Markow geschrieben, man habe seine Frau bedroht. Er kann sie weggeschickt haben, an einen geheimen Ort, in Sicherheit. Vielleicht hat er ihr später nachfolgen wollen – durchaus möglich. Und dann, Mr. Zwetkow« – er schüttelte traurig den Kopf – »muß ich Ihnen doch sagen, daß wir hier im Polizeidienst sehr viele Dinge erleben. Unglaubliche Dinge, scheußliche Dinge; Dinge, die Sie niemals für möglich halten würden. Und wenn wir hören, daß eine Frau verreist ist, deren Mann im Sterben liegt, dann erstaunt uns das vielleicht etwas, aber ich garantiere Ihnen, es wirft uns nicht aus der Bahn. Diese Frau darf verreisen wann sie will und wohin sie will und so lange sie will. Sie ist ein freier Mensch, und dies ist ein freies Land. Sie ist um einiges jünger als dieser Markow, nicht?«

»Ja.«

»Na also. Nun, Mr. Zwetkow. Dann gehen Sie jetzt mit Sergeant Knopfler, er wird Sie zum Protokoll führen. Sie können mitgehen, Ms McDougal.«

Tracy nickte und stand hastig auf. Die Sache gefiel ihr schon längst nicht mehr. Ihre hellbeigen Safarikleider paßten zu Jagdfieber und freudiger Aufregung in freier Luft, nicht zu Niedergeschlagenheit auf einem Polizeiposten. Sie ließ die Schultern hängen und griff sich verlegen ins Haar. In einen Nebenraum nahm ein kleiner, nervöser Protokollist, herablassend instruiert von Knopfler, meine Aussage auf. In der Subway schaute Tracy zum Fenster hinaus und bewegte die Lippen, als rechne sie im Kopf größere Summen zusammen. Ich nahm ihre Hand, ließ sie aber bald wieder los, weil sie kalt und lahm blieb, und nachdem ich sie einmal losgelassen hatte, fehlte mir der Mut, sie noch einmal zu nehmen. Ein verzagter Verlobter, fürwahr. Da haben Sie ganz recht, Iwan Andrejewitsch.

Zu Hause verschwand Tracy in der Dunkelkammer, und ich ging durch die New Yorker Straßen wie damals im September, und wie damals endete ich auf dem Washington Square. Straßenakrobaten bildeten Pyramiden, jonglierten, stürzten sich durch brennende

Ringe und schlugen Salti, fortwährend hüpfend, federnd und rufend, begierig, zur nächsten Sensation zu kommen. Zuletzt ging einer von ihnen mit einem Hut in der Hand Geld zu sammeln. Vier Herren in grauen Anzügen und bunten Krawatten, die besonders laut geklatscht hatten, zogen große Scheine hervor und ließen sie mit lobenden Worten in den Hut des schwarzhaarigen Mannes fallen, der geduldig, mit ausgestrecktem Arm, vor ihnen stand. Sie waren älter als der Akrobat, aber unter seinem dunklen, männlichen Blick erschienen sie wie Buben, wie weiße, verwöhnte Nullen, nervös geworden beim Anblick wirklicher Könner. Beim Weggehen rief einer von ihnen ›Großartig, Leute. Saubere Arbeit!‹ Er lachte dazu, aber der Akrobat mit dem Hut lachte nicht, sondern verbeugte sich, kühl und knapp, und ich dachte schon, er wolle damit das anmaßende Lob verweigern, mit dem sich der Mann ein Stück Akrobatenehre hatte erschleichen wollen. Aber dann sah ich, daß die Akrobaten ganz einfach ernste Männer mit ernsten Gesichtern waren und nie lächelten, selbst dann nicht, wenn stolze Eltern entzückende kleine Mädchen mit Geldschein zum Hut schickten und eitel nickten, wenn der Blick des Akrobaten die wirklichen Spender suchte. Aber die Männer hatte der Blick des Akrobaten doch verwirrt, und sie gingen hastig weg, zurück in die Welt, in der das echte Geld verdient wird, das Geld, von dem wir alle leben, das Geld, das man gerne in Akrobatenhüte legt und von dem sich auch Akrobaten gerne mal ein Mars oder ein Snickers kaufen.

Am Broadway fluchte ein junger Bettler hinter mir her und ballte die Faust. Ich hatte ein leidendes, finsteres Gesicht gemacht, als ich an ihm vorbeigegangen war, hatte die Kiefer zusammengepreßt und den Mantelkragen hochgestellt, als müsse ich einem beißenden Wind trotzen, um ihm zu zeigen, daß auch ich gegen Widrigkeiten zu kämpfen habe, daß ich sozusagen im gleichen Boot sitze wie er.

In einem kleinen Park an der dreißigsten Straße setzte ich mich auf eine Bank und fragte mich zum ersten Mal, was ich hier eigentlich tat. Verrückte Welt, Iwan Andrejewitsch – warum war ich hier? Vor ein paar Wochen noch hatte ich nicht einmal an Amerika gedacht, und nun war ich schon das zweite Mal hier, konnte Dinge wiedererkennen, konnte Urteile wagen und mich, wenn ich wollte, sogar langweilen. Und ärgern. Mein Auftritt auf dem Polizeiposten – eine Katastrophe. Eine Schande. Serjoscha hätte sich krankgelacht. Gott sei dank hatte Galja das nicht mitansehen müssen. Aber was hätte ich tun sollen? Und hatte Erskine nicht sogar recht? Was wußte ich schon! Natürlich konnte sich Markow selber umgebracht haben. Ein Mensch wie er, der schafft es auch, sich die Kugel zu geben. Nehmen Sie mal Ihre Pistole aus der Pultschublade, Iwan Andrejewitsch. Wunderbar, dieses glatte, kühle Silber. So handlich und doch so schwer – und dann dieser perfekt gedrehte Lauf, geheimnisvoll schimmernd vor dem zitternden Lid wie ein Tunnel. Ein paar Zentimeter nur, aber in diesem kurzen Stück treffen die Gase der Explosion auf die Kugel, beschleunigen sie auf eine irrwitzige Geschwindigkeit, hoch genug, um Türen und dünne Mauern zu durchschlagen, von Haut und Knochen und Gedärmen ganz zu schweigen. Und jetzt brauchen Sie Ihre Vorstellungskraft, Iwan Andrejewitsch. Wie ist es, wenn dir die Schönheit deiner Waffe so egal ist wie das Wetter im vorletzten Winter? Wie ist es, wenn du die Pistole in deiner Hand gar nicht siehst, weil du sie nämlich brauchen willst, und zwar gegen dich selbst? Wenn du wimmerst vor Angst und dir der Schweiß ausbricht und du deine Hand anstarrst, die dir plötzlich so unerhört unverletzt, so beleidigend gesund vorkommt, daß du dich fragst, ob es nicht möglich wäre, doch weiterzuleben und die Zeit anzuhalten durch bloßes Starren auf diese Hand, die dir gehört und doch nicht dir gehört, weil sie nichts fühlt und trotzdem funktioniert, weil sie die Pistole halten und dich kaltmachen kann mit einem kleinen Ruck des Zeigefingers. Schon mal an so was gedacht, Iwan Andrejewitsch? Eben, das meine ich: garstig. Braucht Mut. Und Mut hatte Markow. Wie hatte er gesagt, damals? Er wolle nicht davonrennen. Er wolle dabeisein, wenn er sterbe. Wie konnte ich das nur mißverstehen! Klar, was das heißt. Aber was hatte ich dann in New York noch zu suchen? Nichts. Also. Ich würde ihr ein paar Blumen bringen und klarmachen, daß ich morgen wieder nach Moskau zurückfliege. Schade, Tracy, aber was willst du, ich hab' mich eben getäuscht. Und was das Geld angeht, das du für mich so liebenswürdigerweise aufgeworfen hast – tja, da hast du eben Pech gehabt. Aber du warst ja eh nicht an mir interessiert, sondern an Markow, am Mord, an der Aufregung, und jetzt ist es halt anders herausgekommen. Pump deinen Daddy an, wenn's knapp wird. Dein Daddy ist reich, und meiner – meiner ist ein alter, russischer Akademiker, einer, der jeden Monat um die Rente zittert, allein in seiner Wohung an der Schumkina sitzt, mühsam die Pantoffeln über das Kabel des Elektroöfchens hebt und sich freut, wirklich freut über die Postkarte, die ich ihm aus New York geschrieben habe. Sie steckt in der Holzleiste des Küchenschranks und hat an den Ecken gelitten, weil er sie jeden Morgen herauszieht. Faß es so auf, Tracy: Ich find' einen Geldbeutel in der Moskauer Metro. Sind ein paar Rubel und die Ausweise eines alten Rentners drin, geb' ich Geld und Ausweise zurück. Gehört's einem jungen Mann, behalte ich das Geld, weil ein junger Mann, der tausend Dollar auf sich rumträgt sowieso reich ist. Vielen Dank also.

Andererseits.

Andererseits – warum früher heimkehren als nötig? Warum abkürzen, was angenehm ist? Schließlich war ich auf der Krim, nicht wahr? Zwei ältere Damen in dunklen Mänteln setzten sich auf die Bank und gaben die Geräusche von sich, die anzeigten, daß eben ein längeres Gespräch beendet worden war. Die eine legte der andern die Hand auf den Arm und sagte überlaut, jedes Wort betonend: »Gut für dich, Liebste! Gut für dich!« An ihren gichtigen Krallen glitzerten teure Steine. Beide waren makellos angezogen, braun und mager, und nachdem sie einen Blick auf mich geworfen hatten – die eine mußte sich dafür vorbeugen –, schwiegen sie und schauten den Tauben zu, die ihnen nickend und gurrend um die Füße trippelten. Die Weibchen zogen die Männchen hinter sich her wie riesige, aufgeblasene Spielzeuge. Sie kümmerten sich nicht um die flatternden Kopulationsversuche, die an ihnen vollzogen wurden, und nährten sich ruhig, während die Täuberiche sich unablässig verbeugten und erregten. Die eine der alten Frauen staunte träumerisch, die andere schob bitter ihre Zahnprothese im Mund herum. Diese Männer!

Mir aber, Iwan Andrejewitsch – mir kam Angela Sergejewna in den Sinn. Wie hatte ich sie vergessen können? Wo war sie? Solange ich sie nicht gefunden hatte, war gar nichts entschieden. Ich dachte eine Weile nach und erhob mich dann so ruckartig, daß die beiden alten Damen besorgt nach ihrer Handtasche griffen. Ich würde noch ein paar Tage bleiben.

Wie gehst du am besten unerkannt durch eine Stadt? In den stillen Seitenstraßen sehen dich weniger Leute, aber du bist einsam und fällst auf. Im Getümmel sehen dich alle, aber du kannst dich verstecken. Ich entschied mich für das Gewühl und ging durch die Brighton Beach Avenue, Mütze in der Stirn, nicht zu schnell und nicht zu langsam, vorsichtig voraus-, aber niemals zurückschauend. Tauchte in der Ferne ein schwarzlederner Rücken auf, blieb ich stehen, betrachtete die Auslagen und wunderte mich, wie deutlich du die Wirbelsäule spürst, wenn du dich beobachtet fühlst. Dann und wann veränderte ich meinen Gang, stellte die Füße etwas einwärts oder versuchte, den Hüftschwung tiefer anzusetzen. Nichts täuscht Gangster mehr als ein verstellter Gang. Aber ich hielt nicht durch, und nach ein paar Minuten ließ ich es bleiben. Atlantic Avenue. An einer Bushaltestelle blieb ich stehen und betrachtete Markows Geschäft, den Himmel, Markows Geschäft, die Straße, den Bürgersteig gegenüber, Markows Geschäft. Der Wind trieb mir in Schüben dunkles, vertrocknetes Eichenlaub entgegen. So muß es aussehen, wenn riesige Herden von Spinnen auf Jagd gehen. Markows Geschäft. Ein Schild hing in der Tür, es war offen. Niemand ging vorbei, niemand ging hinein, niemand kam heraus. Nach ein paar Minuten holte ich Luft und marschierte los. Die Türglocke schrillte und ging dann in ein helles, gläsernes Klingeln über. Seltsam – vor Wochen, als ich das erste Mal hier war, hatte ich sie nicht gehört. Aber damals war ich auch achtlos hineingegangen, rauchend, mit flacher, professioneller Neugier, auf Reportage eben, hatte mich von Wladimir Anatoljewitsch herumführen lassen und mich nach ein paar Minuten verabschiedet, um Markow aufzusuchen. Jetzt schaute ich mich aufmerksam um. Hier, durch diese Tür mußten auch Juri Wiktorowitsch und Andrei gekommen sein. An den Wänden flackerten Fernseher; es roch nach Elektrizität und Isolierbändern. Kein Laden, der je ein Gedränge sah. Ein dunkler, junger Mann eilte geräuschlos über den dunklen Spannteppich herbei und fragte nach meinem Wunsch. Seine Namenstafel – Hi, I'm Rajiv – hing so schräg am Revers, daß ich den Kopf auf die Schulter legen mußte, um sie zu lesen. Ich stellte mich vor und fragte nach Wladimir Anatoljewitsch Ganitschew. Herrn Ganitschew. Geschäftsführer. Rajiv musterte mich, drehte sich wortlos um und verschwand hinter der Fernsehwand, die funkelte wie ein von innen beleuchteter Eisberg. Von weither drang ein leises, hohes Sirren. Rajiv erschien wieder und winkte mich düster zu sich. Ich folgte ihm durch einen engen Gang, den Aktenschränke und Kartons noch enger machten. Das Sirren wurde lauter, und ich trat ins helle, geräumige und etwas zu warme Büro von Wladimir Anatoljewitsch.

Der Geschäftsführer schwitzte. Das Laufband summte, und oben, unter Wladimir Anatoljewitschs großen, ängstlichen Pferdeaugen, blinkten die Anzeigen für Zeit, Neigungswinkel und Kalorienverbrauch. Der Geschäftsführer hatte seinen Körper in einen blaurotweißen Trainingsanzug gehüllt, in dessen Kragen ein Frottiertuch steckte und glich mehr denn je einem Tennislehrer. Vor ihm an der Wand hing ein riesiges Poster, ein lichter, in Rot und Gold erstrahlender Herbstwald, ein Paradies für Familien und Fahrer von großen Geländefahrzeugen, und Wladimir Anatoljewitsch marschierte unentwegt auf dieses Paradies zu, marschierte und marschierte und konnte es doch nicht erreichen, ein moderner Sisyphus, ein sportlicher Wanderer ohne Rucksack, Stab und Quelle, dafür mit isotopischem Getränk und Pulszähler. Seine Augen weiteten sich, als er mich sah, aber er ging weiter, als sei nichts geschehen. »Noch drei Minuten, Alexander! Ich bin fast fertig.« Er keuchte ein wenig, aber das hinderte ihn nicht am Reden. »So etwas, ich dachte, Sie seien längst zurück in Moskau!« Das Reden brachte ihn ins Schwanken; er faßte das Geländer mit beiden Händen. Dann verfinsterte sich sein Gesicht plötzlich. »Schrecklich, die Sache mit Gennadi Borissowitsch, nicht wahr? Sie wissen es?« Ein rascher Blick auf mich. Ich nickte. Er nickte zurück. »Ich bin fassungslos.« Und weiter ging's, unentwegt ins blättrige Paradies hinein, mit gewölbter Brust, angewinkelten Armen und leichtem, gesundem Gekeuche. Ich setzte mich auf den schäbigen Stuhl vor seinem Pult und betrachtete ihn mit Abscheu. Fassungslos ist der Mann, aber von seinem Gerät herunter treibt ihn seine Fassungslosigkeit nicht. Er lächelte hastig. »Ich bin gleich soweit. Noch 40 Sekunden, ich seh's hier auf der Anzeige. Dann hab' ich die Kalorien runter. Wissen Sie« – tiefes Schnaufen –, »ich brauche diese Entspannung, und ich fühle mich schrecklich« – Schritt, tripp, trapp – »einfach schrecklich, wenn ich einmal einen Tag nicht gehe. Pausen machen mich ganz rappelig.« Er nahm einen Schluck aus dem Becher vor sich und ging die letzten Schritte besonders schnell. Eine tiefe, elektronische Männerstimme gratulierte zur vollbrachten Leistung. Vorsichtig auf den Randleisten balancierend brachte er die Anzeigen durch ein paar Handgriffe zum Erlöschen, stieg herunter und hielt mir mit der unvermeidlichen Überheblichkeit dessen, der sich gerade sportlich betätigt hat, die Hand hin. Vorsichtig, als fürchte er, den kostbaren Schmelz auf seiner Haut wegzurubbeln, tupfte er sich das Gesicht ab, setzte sich auf seinen soliden Sessel und schaute mich fragend an.

Ich hatte keine Lust auf ein langes Gespräch. »Sagen Sie, Wladimir Anatoljewitsch, wissen Sie, wo Angela Sergejewna ist?« Während meine Augen ihn fixierten, wischte ich unten, außerhalb seines Blickfeldes, die Hand an den Hosen ab.

Zu forsch. Seine Brauen verfinsterten sich einen Moment. »Nein. Nein, Alexander …«

»Michailowitsch.«

»Alexander Michailowitsch, richtig. Nein, das weiß ich nicht. Sie ist schon vor zwei Wochen verreist, vier Tage vor diesem schrecklichen … Ereignis. Aber sagen Sie – was suchen Sie … ich meine, ich dachte, Sie seien längst wieder in Moskau, und jetzt –«

»War ich auch. Aber ich bin zurückgekommen, als ich von dem Selbstmord hörte. Ich finde, daß man die Polizei einschalten muß. Er wurde erpreßt, Sie waren dabei. Das muß gemeldet werden. Finden Sie nicht?«

Er zwinkerte nervös. »Ach Gott, Alexander Michailowitsch, um Gottes willen, also ich weiß nicht. Die Polizei war ja hier; es ist Selbstmord, ganz klar, ich habe hier den Abschiedsbrief« – er schloß hastig die Pultschublade auf – »hier, sehen Sie, und ich weiß nicht, ob es jetzt noch einen Wert hat, die Polizei einzuschalten, ich meine, wem nützt's, nicht wahr, das ist ja immer die Frage in solchen Fällem – cui bono?« Sein Latein entlockte ihm ein Grinsen, das aber sofort wieder erlosch. Er streckte sich übers Pult und reichte mir drei Blatt Papier, die müde über seine Hand fielen. Ich nahm sie, legte sie auf die Knie und las.

›Ich, Gennadi Borissowitsch Markow, habe mich entschlossen, freiwillig in den Tod zu gehen. Mein Leben ist sinnlos geworden. Ich bin todkrank und habe keine Aussicht auf Heilung. Daß Gott sich freut, wenn seine Kreaturen Stärke im Leiden beweisen, glaube ich nicht.‹ Dünn und schmierig das Papier – eine Faxkopie vermutlich. Die Ecken hatten sich dunkel verfärbt. Groß und schwungvoll die Handschrift, mit ausgeprägten Unterlängen und hohen, weiten Bögen; die Schrift eines Menschen, der sich nicht gerne im Kleinen verliert. Etwas brutal und ungeduldig, ohne Sinn für Fremdes oder nicht Einleuchtendes. Weiter. ›In einer solchen

Lage sind Anfeindungen doppelt schwer zu ertragen. Ich wurde erpreßt, wie fast alle Unternehmer in Brighton Beach. Die Abgaben haben mich an den Rand des finanziellen und moralischen Ruins getrieben. Die Erpresser haben sich als Angehörige der Solnzewskaja-Bande aus Moskau erwiesen. Sie erpressen auch andere Geschäftsleute in dieser Stadt. Ich wurde von ihnen bedroht, meine Gemahlin ebenfalls.‹ Manchmal wackelte der Strich – die Krankheit vermutlich. Er hatte auf Russisch geschrieben, aber vermutlich würde es auf Englisch ebenso korrekt klingen. Ich dachte an den Fragebogen der Einwanderungsbehörde, den ich im Flugzeug ausgefüllt hatte.

»Wer hat das Original?«

»Die Polizei. Es war in seinem Schreibtisch eingeschlossen. Es wurde konfisziert.« Er sagte es, ohne den Blick vom stehenden Rechteck auf seinem Pult zu nehmen, von dem ich nur den nackten Rücken und die Stütze sah. Ein Foto vermutlich. Frau, Kind, oder beides. Ein Hund vielleicht. Ich konnte mir Wladimir Anatoljewitsch sehr gut mit einem Hund vorstellen, mit einem großen, prächtigen Tier, das viel frißt, glänzt und mit zügigen Spaziergängen durch kühle Herbstluft gesund gehalten wird.

Gegen Schluß wurde die Schrift kleiner und zittriger. ›Doch ich will nicht leise in diese gute Nacht gehen. Ich will noch etwas Krach schlagen. Bürger, wehrt euch gegen das Verbrechen! Nehmt es nicht als Schicksal hin. Tut etwas! Schließt euch zusammen! Nicht die Banditen halten euch nieder, sondern eure eigene Feigheit und Mutlosigkeit. Geht endlich aufrecht! Und wagt nicht zu sagen, ihr hättet mehr zu verlieren als eure Ketten – was ist euer Leben schon, wenn ihr vor diesen Banditen kriecht?‹ Und schließlich lächerliche, pathetische Schlußsätze. Er hoffe, sein Selbstmord werde zum Fanal. Wenn es ihm gelinge, wenigstens ein paar Menschen wachzurütteln, dann sei er nicht vergeblich gestorben. Brighton Beach, 26. Oktober, Gennadi Borissowitsch Markow. Gut leserlich die Unterschrift, trotz wild hingeschleuderter Zacken. Ich versuchte mir Markow diese Zeilen schreibend vorzustellen, vergeblich. Als Witz hätte ich das Ganze verstanden, aber so? Hatten ihm die Drogen derart zugesetzt?

Ich legte den Brief aufs Pult. Wladimir Anatoljewitsch betrachtete mich angstvoll. »Sie haben doch nicht etwa ... Sie sind doch nicht etwa zur Polizei gegangen?«

Ich hasse kleine Tiere, die vor mir Angst haben. Katzen, die unters Sofa fliehen, wenn sie meine Stimme hören und mit runden Augen durch die Dunkelheit starren, machen mich grausam. Ich will sie rauszerren und quälen und sie zwingen, keine Angst mehr zu haben vor mir. »Nein, Wladimir Anatoljewitsch, da können Sie beruhigt sein. Ich habe nichts gemeldet. Noch nicht. Ich wollte zuerst wissen, ob Sie etwas gemeldet haben. Schließlich haben Sie mit diesen Typen zu tun gehabt. Schon lange. Sie müßten sie anzeigen. Das haben Sie nicht getan?« Ich log ohne jeden Gewissensbiß, erfreut darüber, so schön lügen zu können. Er hatte nichts anderes verdient.

Er tupfte sich neuen Schweiß von der Stirn und legte das Frottiertuch wieder um den Hals. »Sind Sie verrückt geworden? Nein, Alexander Michailowitsch, ich habe der Polizei nichts gemeldet, und das werde ich auch nicht tun. Gennadi Borissowitsch hat die Sache ja auch nie gemeldet – warum soll ich es jetzt tun? Ich habe andere Sorgen. Was wird aus dem Geschäft, was wird aus mir? Solange Angela Sergejewna weg ist, hänge ich in der Luft. Ich nehme an, daß der Laden jetzt ihr gehört. Aber sie ist verschwunden, ich bin allein. Vorläufig geht das. Wir haben Einnahmen, also kann ich alles bezahlen –«

»Wie meinen Sie das – alles?«

»Na alles eben. Steuern aller Art, Miete, Elektrizität ...«

»Und die Solnzewskaja?«

Er lächelte nervös. »Ja, Alexander Michailowitsch, auch die Solnzewskaja. Das heißt, falls Juri Wiktorowitsch und Andrei Michailowitsch wieder auftauchen.«

»Sie haben sich nicht gemeldet seit dem Tod Markows?«

»Nein, bisher nicht. Obwohl der Termin eigentlich schon vor

Tagen fällig gewesen wäre. Ich erwarte sie jeden Tag. Diese Leute lassen sich nicht so leicht abschütteln.«

Er schüttelte den Kopf und lächelte wieder, wissend und einfältig. Aber war er wirklich so einfältig, wie er sich gab? Was, wenn er mit den Erpressern gemeinsame Sache machte? Er mochte mich nicht, das war klar. Er hatte mich von Anfang an nicht gemocht, und ich ihn auch nicht. Seit ich das Poster an der Wand gesehen hatte, wußte ich, warum. Wer so ins Paradies marschiert, kann mein Freund nicht sein. Nicht, daß ich ihm vorgeworfen hätte, daß er statt durch Laub auf einem Laufband geht. Ich gehe auch auf Bändern, wenn es sein muß. Ich mochte ihn nicht, weil er diese ängstlichen, dunklen Augen hatte, die dir sagen, daß sich ihr Besitzer über Kleines und Unspektakuläres wirklich freuen kann, jeden Tag aufs neue, daß er nur etwas Frieden und Ruhe und Training braucht, um glücklich zu sein. Vermutlich kann er schon ruhig schlafen, wenn er seinen Hund gefüttert hat. Vielleicht liebt er auch Katzen. Auf dem Pult stand eine schwarze, glänzende Katzenstatuette. Das Tier leckte sich die Pfote und schaute pfiffig und lieb, unkätzisch lieb. Wladimir Anatoljewitsch sah meinen Blick und sagte, diese Katze habe er jüngst in einem Trödelladen entdeckt und sich auf der Stelle unsterblich – er sagte unsterblich, Iwan Andrejewitsch – in sie verliebt. Er nahm das Tier, wog es in der Hand und trug sich wohl mit dem Gedanken, es mir zur Belobigung herüberzureichen, aber ich sah demonstrativ weg, und er stellte es beleidigt wieder hin. Am Schrank neben dem Pult hing sein Anzug; feines, hellbraunes Tuch mit Bügelfalten, distinguiert, viel zu fein für einen Geschäftsführer. Wie mußte er sich nach einer Dusche sehnen! Widerlich, nach dem Sport einfach so dazusitzen, wenn es im Schritt und unter den Armen feuchtet. Was für ein Waschlappen. Ich lehnte mich zurück.

»Und Sie sind also der Ansicht, daß Markow sich selber umgebracht hat? Sie halten Mord für ausgeschlossen?«

Er sperrte die Augen auf. »Mord? Ja, was sagen Sie denn da? Mord ist ganz ausgeschlossen. Und dann der Abschiedsbrief –

neinneinnein, Alexander Michailowitsch, also das schlagen Sie sich mal aus dem Kopf, haha ...« Er lachte wie ein alter Mann, der hartnäckigen Zweiflern beweisen will, daß er noch etwas zu lachen hat.

»Hat er denn bezahlt?«

Wladimir Anatoljewitsch schaute mich düster an, klammerte sich an sein Frottiertuch und schwieg.

»Na? Hat Gennadi Borissowitsch bezahlt? Sie verstehen mich, Wladimir Anatoljewitsch. Neulich, im *Winter Garden*, hat er doch gesagt, er werde nicht bezahlen. Also. Hat er bezahlt oder hat er nicht?«

Er spielte mit dem Frottiertuch, um Zeit zu gewinnen. Dann schaute er auf und sagte unwillig: »Ich weiß es nicht. Er hat mich rausgeschickt, als sie kamen.« Er log noch schlechter als Officer Knopfler.

»Er hat Sie rausgeschickt? Sie, den Geschäftsführer? Aber Sie haben doch früher immer das Erpressungsgeld bezahlt! Das hat doch sicher nicht der Buchhalter gemacht?«

»Nein, natürlich nicht.« Er schüttelte unwillig den Kopf. Berufsehre. »Buchhalter machen so was nicht. Das wird geregelt, bevor es in der Bilanz auftaucht.«

»Na also. Und an dem Tag hat er Sie plötzlich rausgejagt?«

»Nicht rausgejagt. Rausge ... rausgeschickt. Rausgebeten. Vielleicht hat er mich nicht in Gefahr bringen wollen.«

»Ach. Aber das würde trotzdem bedeuten, daß er sich eben doch weigerte, nicht wahr? Oder weigern wollte.«

Er setzte sich gerade und blitzte mich ein bißchen an. »Jetzt sagen Sie mir doch mal, Alexander Michailowitsch – was tun denn Sie eigentlich hier, wenn man fragen darf? Was haben Sie vor? Wollen Sie wirklich zur Polizei gehen?« Die letzte Frage klang schon wieder ängstlich. Er merkte es und sackte verdrossen in seinen Sessel zurück.

»Nein. Natürlich nicht. Ich will Sie nicht in Gefahr bringen, Wladimir Anatoljewitsch. Die Solnzewskaja wird es nicht schätzen, wenn man sie verpfeift. Aber ich will nach Angela Sergejewna suchen. Vielleicht weiß sie mehr. Sie wissen wirklich nicht, wo sie ist?«

»Würde ich Sie anlügen? Sie ist weggefahren; eine längere Reise, das hat sie mir noch gesagt. Wohin, weiß ich nicht. Gennadi Borissowitsch hat mir nichts gesagt, warum auch? Gehöre ich zur Familie?«

»Aber finden Sie es nicht sehr merkwürdig, daß sie ihn im Stich läßt, wenn er am Krepieren ist?«

Er verzog sein Gesicht zu einem schlauen Lächeln. »Und wenn er sie weggeschickt hätte, um sie nicht in Gefahr zu bringen? Ich kann Ihnen sagen, dieser Andrei hatte ein Auge auf sie geworfen. Der war ganz gierig, das war wirklich zum Fürchten. Ich bin sicher –«

»Kann sein. Kann sein. Sie hat Sie nicht angerufen seither?«

»Nein. Nein, das hat sie nicht.« Das kam aus tiefstem Herzen.

Ich stand auf und verabschiedete mich, ohne ihm noch einmal die Hand zu reichen. Die Katze stand auf dem Tisch und lächelte. Er begleitete mich bis zur Fernsehwand, hob die Schultern und deutete entschuldigend auf seinen Trainingsanzug. Ich ging allein zur Tür, vorbei an lüstern glänzenden schwarzen Ghetto-Blastern und kleinen, pastellfarbigen Fernsehern, die der Küche das Traurige nahmen. Die Glocke schrappte, aber das Feengeklingel danach hörte ich nicht mehr, weil ich schon draußen stand und durchs Fenster Rajiv zunickte, der vergeblich versucht hatte, mich zu überholen, um mir die Tür zu öffnen. Er nickte durchs Fenster zurück, aber reserviert, und ich merkte sofort, daß er mich freundlicher gegrüßt hätte, wenn ich ihn herablassender behandelt hätte.

Der Portier im *Seabreeze Plaza* legte den Hörer nieder und zuckte bedauernd die Schultern. Wie er mir schon gesagt habe: Frau Markow sei verreist, schon lange, schon vor dieser traurigen Sache mit ihrem Mann, und er müßte es wissen, wenn sie zurückgekehrt wäre. Nein, natürlich wisse er nicht, wann sie wiederkomme.

Manchmal sagten ihm die Bewohner das, aber in diesem Falle nicht. Es sei ja auch nicht Vorschrift. Nein, Frau Markow habe sich mit ihm nicht unterhalten. Nie. Er sagte das gleichmütig, so, als ob das ganz in Ordnung sei. Ob er der Frau Markow etwas ausrichten könne? Ich überlegte und sagte leichthin Nein, ich würde sie anrufen. Sie würde sicher bald wieder zurückkommen. »Sicher. Ganz sicher«, sagte der Portier tröstend. Er roch nach Kaffee und Sandwich und sah in seiner dunkelvioletten Uniform aus wie verkleidet. Die riesigen, kräftigen Hände lagen auf einem Stück Papier, einer Tabelle, in die er vermutlich die Besucher eintrug. Als ich hereingekommen war, hatte er in eine der Kolonnen einen Strich gemacht und mich dabei zufrieden angesehen. Es ist schöner, einen Strich zu machen als keinen Strich zu machen. Der kleine, rote Bleistiftstummel lag gut in seinen dicken, kräftigen Fingern.

Markow? hatte er gefragt.

Markowa, hatte ich geantwortet.

Markowa? Aha, die Frau Markow. Die sei verreist. Aber er könne es ja mal probieren.

An der Tür drehte ich mich noch einmal um und fragte nach der Post. Die Post sei abbestellt worden, sagte er. Das müsse er jedenfalls annehmen, denn der Briefkasten fülle sich nicht, obwohl er nicht geleert werde. Ob ich ein Freund der Familie sei. Ich überlegte und sagte Ja, das könne man so sagen. Langsam, mit gesenktem Kopf ging ich an den vier Birken vorbei zur Atlantic Avenue hinunter. Ob Markow in Rußland eine Familie gehabt hatte? Er und Angela Sergejewna waren keine Familie. Sie waren ein Paar, ein modernes Paar ohne Kinder, mit Einkommen und Freiheiten, die andere nicht haben. Vermutlich hatte das Reisen immer zu den Freiheiten Angela Sergejewnas gehört. Vielleicht war es Markow sogar recht gewesen, daß sie ihn allein ließ. Vielleicht wollte er ungestört sein beim Sterben, so wie ein Elefant, der die Herde verläßt, wenn er spürt, daß es zu Ende geht. Häßlich sei er geworden, hatte er mir am Boardwalk einmal gesagt. Häßlich innen und außen. Er hasse es, von anderen betrachtet zu werden. Da mische sich immer der Ekel ins Mitgefühl, doch doch. Aber wem könne er das schon vorwerfen? Er warte noch immer auf den Tag, an dem ihn sein Todeskampf wenigstens innerlich schön mache. Milde, erhaben. Weise vielleicht. Aber nichts da. Das einzige, was er spüre, sei die Verzweiflung über das Sterben und die Wut auf alles, auf sich, auf Gott, auf die Menschen. Am schlimmsten, am lächerlichsten sei es, wenn die Menschen seine Erschöpfung als Weisheit deuteten. Tracy habe ihm von einer ihrer Tanten erzählt, einer alten Irin, die auch nicht ›habe loslassen können‹, als es ans Sterben gegangen sei. Dieses ›auch‹ habe ihn gefreut. »Eine kluge Frau, diese Tracy. Passen Sie auf, Alexander.« Passen Sie auf.

XIII

Eine Hand schob sich unter meinen linken Arm, eine andere unter meinen rechten, und Andrei raunte mir »Geradeaus schauen. Kein Scheiß!« ins Ohr. Ich schaute geradeaus und verlor den Boden unter den Füßen, weil ich getragen wurde, einen Zentimeter über dem Boden nur, aber dennoch getragen wie eine Kiste. Zweimal kickte ich ins Leere wie eine Marionette, aber da waren wir schon beim Auto, einem riesigen weißen Chrysler. Hinter den Fenstern bewegte sich ein Schatten, eine Tür öffnete sich. Andrei stieß mich auf den Rücksitz und kam gleich nach, die Hand kollegial auf meinem Nacken, die Augen zehn Zentimeter neben meinen, mit offenem Mund. Der andere Mann schlug die Türe zu, ging gemütlich ums Auto herum, trommelte mit den Fingern auf die Kühlerhaube und setzte sich auf der anderen Seite neben mich. Er trug einen dunklen Anzug. Beim Einsteigen streckte er mir den Kopf entgegen wie ein freundlicher Kater und blies mir sauberen, frischen Atem ins Gesicht. Der Fahrer ließ den Motor an und fuhr langsam die Brighton Beach Avenue hinunter. Der Fremde packte meine Arme, bog sie auf den Rücken und drehte mich Andrei zu, der vorsichtig meine Taschen durchsuchte und mich abtastete. Wieder hielt er sein Gesicht dicht an meins, aber er schaute mich nicht an, sondern tat seine Arbeit. Sein kleiner, orientalischer Mund wirkte vernäht wie der Jiang Zemins, des immer lachenden chinesischen Präsidenten, den Jelzin so gerne in seine Arme schließt. Die Haut unter seinen Augen war genauso dick und fettig und gesund wie die seiner Unterarme; die beiden kleinen roten Flecken leuchteten sogar im Halbdunkel des Autos. Er trug denselben Trainingsanzug wie damals im *Winter Garden* und dazu eine schwarze Lederjacke.

Mit einem kleinen Stoß in die Seite schloß Andrei seine Durchsuchung ab und lehnte sich zurück in die Polster. Der Fremde ließ mich los und sank ebenfalls zurück. Ich blieb reglos auf der Vorderkante sitzen und bewegte mich auch nicht, als der Fremde vertraulich seine Hand auf meine Schulter legte. Der Fahrer kratzte sich in den kurzen Hinterkopfhaaren, daß es knisterte. An einer Ampel drehte er sich um, schaute an mir vorbei auf Andrei, kurbelte das Fenster hinunter, zündete sich eine Zigarette an, nahm ein paar Züge und schnipste die Asche zum Fenster heraus. Dann musterte er mich im Rückspiegel, nicht unfreundlich. Neugierig, etwas mitleidig. Am Rückspiegel hing das Foto eines schwarzhaarigen Kleinkinds, das eine kleine Giraffe in der Hand hielt und lachte. Viel zu langsam glitten wir voran, ein satter Hai zwischen Schwärmen kleinerer Fische. Die Passanten hinter den verstaubten Fenstern hielten die Köpfe gerade und bewegten sich zielbewußt wie die Statisten in einem alten Schwarzweißfilm. Zwei junge Frauen mit Kinderwägen schauten schwatzend ins Auto, aber sie sahen nichts. Ich holte Luft, aber bevor ich schreien konnte, faßte mich Andrei am Arm und knurrte: »Schnauze. Kein Ton«, und ich atmete wieder aus, so leise wie möglich. Seitenstraßen. Häuser und Mauern aus beigen, schmutzigen Kacheln. Gärten mit Zwergen aus Ton und rotblauen Plastiktraktoren. Indische Restaurants, Garagen, Tankstellen. An den Gitterzäunen klebten Zeitungen. Andrei legte die Ellbogen auf die Knie und schaute aus dem Fenster. Seine mächtige Schulter und sein linkes Knie berührten mich. Als ich das Bein wegzog, rückte sein Knie nach. Die Hand des wortkargen Fremden wärmte mir langsam die Schulter, und ich streckte mich angeekelt, saß mit zusammengepreßten Knien da wie eine Frau auf der Parkbank, die von dem Mann, der den Arm um sie gelegt hat, nichts wissen will. Vor einem unscheinbaren Reihenhaus hielten wir an. »Mach keinen Scheiß«, murmelte Andrei noch einmal, stieg aus, winkte mich hoch und faßte mich leicht an der Schulter. Wie zwei Freunde, die vom Spiel nach Hause kommen, gingen wir zum Haus. Hinter uns knallten Türen zu. Ich schaute mich hastig um, aber außer dem Fremden sah ich niemanden, und so ging ich ergeben neben Andrei die drei Treppenstufen zum Eingang hoch. Die Hände hatte ich in die Jackentasche gesteckt, weil sie zitterten, und ich versuchte so zu gehen, daß ich die feuchte, warme Stelle auf meinem rechten Oberschenkel, die im Freien rasch kalt wurde, nicht spürte. Während Andrei die Tür aufschloß, beugte ich mich vorsichtig vornüber. Nichts zu sehen. Nichts zu sehen, Iwan Andrejewitsch, keine Spur, und ich weiß noch heute, daß ich darüber selbst in diesem heiklen Moment erleichtert war. Geradezu froh.

Andrei hielt die Fliegentür mit dem einen Fuß auf, trat in einen dunklen, muffigen Flur und drehte sich um. Auf seinen Lippen lag ein Lächeln. »Bitte.« Über einen dicken, gelben Teppich schob er mich zu einer schmalen Tür. Hinter uns kam der Fremde nach. Andrei öffnete, tastete nach dem Lichtschalter, drehte sich noch einmal um und bedeutete mir mit den Augen, hinter ihm hinunterzusteigen. Dann hob er die Brauen – ein kurzes, unverständliches Signal an den Fremden, der mir seinen Atem in den Nacken blies. Wir gingen nach unten. Neben Brettern und einem alten Air Conditioner blieb Andrei stehen, öffnete eine zweite Tür, schob mich in einen dunklen Raum und schloß hinter mir ab.

Ich seufzte und merkte sofort, daß mich draußen niemand hören würde. Leer und leblos kam das Geräusch durch die Dunkelheit zurück, ausgesaugt von der Spinne der Isolation. Ich machte ein paar Schritte zurück zur Tür, ließ die Hand über die Wand gleiten, fand einen Lichtschalter und knipste. Es blieb dunkel, doch über mir begann etwas zu summen und zu zucken – eine Neonlampe, zur Hälfte mit roter Farbe bestrichen. Im unregelmäßigen Blitzen sah ich, daß der Raum keine Fenster hatte und tatsächlich abgedichtet war. Nicht mit Eierkartons und Pappe, sondern mit schallschluckendem, modernem Kunststoff. Professionelle Sache. Keine Möbel. An der Wand lehnte eine alte elektrische Gitarre. Daneben ein Verstärker. Nichts, was hoch genug gewesen wäre, um die Lampe zu erreichen. Ich starrte auf die Gitarre, deren Farbe im Geflakker von oben nicht genau zu erkennen war. Ich spiele Gitarre, Iwan Andrejewitsch, und habe noch nach jeder Gitarre die Hand ausgestreckt, aber jetzt ließ ich es zum ersten Mal in meinem Leben bleiben. Das Isoliermaterial an der Wand schimmerte matt. Ich sagte ah, ah und erkannte meine Stimme nicht mehr. Auf einmal war mir, als höre ich neben dem Surren der Lampe ein zweites Geräusch. Ich drehte mich um und sah in der Ecke neben der Tür einen Käfig, in dem etwas Schwarzes, Kleines kauerte. Ich kniete nieder. Eine Ratte. Sie saß in einer Ecke, zitternd, halb aufgerichtet, und in ihren runden, schwarzen Augen spiegelte sich das Zucken an der Decke. Als ich mich vorbeugte, kam sie heran, legte ihre Krallen aufs Gitter, stützte sich auf ihrem hellen, schrumpeligen Schwanz ab und schaute mich neugierig und etwas mitleidig an. Ich mußte an den Fahrer des Chrysler denken. Vorsichtig hielt ich einen Finger ans Gitter und zog ihn rasch wieder weg, als sie ihre langen Zähne zeigte. Mistvieh, sagte ich, aber ich war froh, daß die Ratte da war, denn zum ersten Mal seit zehn Minuten, seit meiner Entführung, konnte ich wieder denken, und daran war die Ratte schuld. Ich mag Ratten, seit ich im Kaukasus zugesehen habe, wie eine alte Frau eine Ratte ersäufte. Sie stellte den Käfig in einen Bottich mit Wasser und verfolgte still und grimmig, wie die Ratte hin- und hereilte, unermüdlich nach einem Ausgang suchte, sich mit rundem, rötlichen Bauch hochtreiben ließ, in die Gitterstäbe biß und zuckte, von neuem loseilte, minutenlang, halb rennend, halb schwimmend, scheinbar endlos von ihrem Sauerstoffreservoir zehrend, mit aufgerissenen Augen und entsetzt gebleckten Zähnen. Die Alte bewegte ihren lippenlosen Mund, und als die Ratte schwächer und langsamer wurde, als sie schiß und ihre Krallen ins Leere zu strecken begann, da lachte sie mir plötzlich heiser zu. Ihre Augen blitzten wild, und sie sagte etwas auf Georgisch, das ich nicht verstand, und packte mich kräftig an der Nase. Ich zog den Kopf ruckartig weg und lief daraufhin tagelang mißmutig mit einer roten Nase durch das Nest, in dem wir Ferien machten. Aber der Ärger half mir wenigstens über das unklare Gefühl der Schuld hinweg, das mich beim Einschlafen etwas plagte. Ob die Ratte hier auch sterben mußte? Hatte Andrei sie gefangen? Ich nickte ihr beruhigend zu, stellte den Käfig in die Mitte des Raums und prüfte die Stärke des Gitters, indem ich mich kurz draufstellte. Es hielt. Die Ratte legte die Ohren an und machte sich flach, als ich mich in der Hocke auf den Käfig stellte, mich langsam streckte, die Hände ins Lichtgeflacker hob und an der Lampe zu drehen begann. Ein Knacken, Dunkelheit, Stille. Scheiße. Ich spürte, wie ich zu schwanken begann. Oder ich bildete mir ein, ich schwanke. Vorsichtig ging ich in die Knie, stellte die Füße besser, erhob mich langsam und streckte von neuem die Hände in die Höhe – da öffnete sich die Tür, und herein kam auf einem breiten Lichtstreifen Andrei.

Er starrte mich an, und ich starrte zurück, wieder halb in den Knien. Vom Rattenkäfig herunter starrte ich ihn an, ertappt wie ein Kind beim Stehlen, mit ausgestreckten Händen balancierend, und ein kalter Hauch auf den Nieren sagte mir, daß mein Hemd aus der Hose gerutscht war. Andreis Mund verzog sich zum Grinsen, das ich schon kannte: kurz, hämisch und vernichtend phantasielos. Wenn ich ins Wasser gefallen wäre, hätte er genauso gelacht. Vorsichtig stieg ich vom Käfig, trug ihn zurück in die Ecke und stopfte mir das Hemd in die Hose. Andrei nickte zur Kellertreppe hin, und weil er eben noch gegrinst hatte und weil ich noch lebte und auf einem Rattenkäfig gestanden war, um eine Neonlampe in Ordnung zu bringen, sagte ich mit heiserer Stimme in Andreis Rücken: »Sagen Sie mal, was soll das hier eigentlich? Ist das eine Entführung oder was?« Da blieb er stehen, drehte sich um, bohrte seine geschwollenen Mungoaugen in mich hinein und sagte: »Schnauze«, und ich spürte wieder, daß ich nichts für ihn war, rein gar nichts, daß er mich fressen würde, auf der Stelle, wenn er könnte, wegschnappen würde wie ein Fisch die Made, happ, nicht grausam, nicht einmal böse, nur gierig, einfach so, wie ein Fisch eben, wenn ihn nicht irgend etwas daran gehindert hätte. Und diesem Etwas dankte ich jetzt aus tiefstem, rasend klopfendem Herzen, während ich hinter ihm die Treppe emporstieg, den Flur entlangging und ins Zimmer trat, in dem Juri Wiktorowitsch saß.

»Da schau her«, sagte er. »Unser Moskauer Journalist.«

Er saß in einem großen, blaßgrünen Ohrensessel und schwenkte ein Whiskyglas. Sein ganzer Körper half ihm beim Schwenken, selbst die Fußspitze wippte mit. Hinter ihm stand der Fremde im Anzug und gleich daneben noch ein Mann den ich nicht kannte, ein kleiner Runder mit krausem Haar, der aussah wie Italiener auf Zeichnungen in Sprachlehrbüchern. Vom Fahrer war nichts zu sehen. Vermutlich wartete er draußen im Auto. Solche Autos läßt du nicht unbewacht draußen stehen. Der Raum war halbleer und machte den Eindruck, als werde er nur gelegentlich benutzt. Zwei Sessel, an der Wand unter dem Fenster ein Sofa. Daneben ein altes Fahrrad. Hinter Juri Wiktorowitsch ein elektrischer Kamin mit heimeliger Glutimitation. Es war kühl. Drei Fenster waren mit Decken verhängt, durch das vierte, das zur Straße ging, schien die Sonne. Juri Wiktorowitsch stellte sein Glas auf den Tisch, wies mir den zweiten Sessel zu und strich sich über die silbernen Nackenhaare. Er hatte sich neu eingekleidet. Statt des altmodischen, sowjetischen Anzugs trug er schicke, mediterrane Sportlichkeit: braune Weste, Rollkragenpullover und braune Schuhe mit Blechemblemen und Lederlaschen, die sich am Ende auffransten. Seine Augen leuchteten.

»Nehmen Sie Platz, äh ...?«

»Zwetkow.«

Er lachte laut. »Nein, aber; Gospodin Zwetkow. So abweisend. So stolz. Aber gut. Meine stolzesten Schüler waren oft nicht die schlechtesten. Ich war Lehrer, müssen Sie wissen. Hab' ich das nicht damals schon gesagt, als wir uns im *Winter Garden* trafen? Mir ist so. Ich sage das öfter. Ich bin stolz auf meine akademische Vergangenheit.« Die Freundlichkeit fiel abrupt aus seinem Gesicht. »Ihr Name?«

»Alexander. Alexander Michailowitsch Zwetkow.«

»Richtig.« Er lächelte wieder. »Hat Sie Andrei anständig behandelt? Holen, hab ich ihm gesagt. Holen, herbringen. Nicht entführen. Wie heißt das hier? Kidnappen, haha. Sie sind kein Kind mehr. Sie sehen, ehrlich gesagt, recht alt aus. Besonders jetzt.«

Die Männer hinter seinem Stuhl prusteten los. Juri Wiktorowitsch drehte sich um und lachte nachsichtig mit, so wie Gescheite mit Idioten mitlachen. Ich sah, daß die Bräune auf seinem Gesicht am Nacken aufhörte. Dann bewegte er ruckartig die Hand, und sofort schwiegen die beiden und setzten sich aufs Sofa. Langsam drehte er sich wieder um.

»Nun, ich habe mich ein wenig verspätet, Sie entschuldigen, Zwetkow. Andrei hat mir gesagt, er habe Sie in guter Gesellschaft warten lassen.« Die Männer auf dem Sofa brachen wieder in Lachen aus, und hinter mir hörte ich ein verächtliches Schnalzen. Ich drehte mich um und sah Andrei mit verschränkten Armen neben der Tür stehen. Er lachte schon nicht mehr.

»Sie haben uns verpfiffen, Alexander?«

Juri Wiktorowitsch streckte die Rechte aus, spreizte die Finger ab und krümmte sie langsam zur Faust, und wenn ihm dabei die Nägel zu Krallen geworden wären, hätte ich mich nicht gewundert. Draußen rief jemand nach einem Kind. Ich horchte der Stimme nach, solange es ging und sagte dann Nein.

»So, haben Sie nicht. Aber Sie waren bei der Polizei?«

Ich hätte denken wollen, aber dazu war keine Zeit. »Nein.«

Er verdrehte in gespielter Verzweiflung die Augen. »So. Es ist uns aber zu Ohren gekommen, daß Sie bei der Polizei waren, Alexander Michailowitsch. Aus äußerst zuverlässiger Quelle. Auf dem Polizeiposten waren Sie. Sie haben sich dort mit den Beamten Erskine und Knopfler unterhalten, unter anderem auch über uns. In Ihrer Begleitung befand sich eine äußerst attraktive und zudem nach Geld aussehende Dame.«

»Da wissen Sie mehr als ich.«

Juri Wiktorowitsch preßte die Lippen aufeinander, schaute über mich hinweg und weitete unmerklich die Augen. Noch ehe ich mich umdrehen konnte, knallte es an meinem rechten Ohr, als sei ich in einen Laternenpfahl gerannt. Ich tauchte, aber Andrei riß mich an den Haaren hoch und schlug noch einmal zu, aufs andere Ohr. Dann hielt er mich am Kragen, spitzte die Lippen und spuckte mir ins Gesicht. Ich schloß die Augen und spürte, wie es mir warm über die Wange lief. Panisch vor Angst sein Speichel könnte meinen Mund erreichen, zog ich mein Taschentuch hervor und preßte es aufs Gesicht. Vom Sofa her kam unterdrücktes Grinsen. Reglos, mit gesenktem Kopf und geschlossenen Augen stand ich da, froh, Andreis mörderischen kleinen Mund einen Moment nicht sehen zu müssen. Nichts geschah. Vom Tisch her kam ein Klicken, es hörte sich an, als falle Eis in ein Glas. Ich öffnete die Augen. Andrei streckte die Hand aus, schaute mich verächtlich an und stieß mich nach hinten. Ich fiel auf die Lehne, verdreht, weil ich den Sturz hatte auffangen wollen, keuchend, mit pfeifenden, heißen Ohren. Im Mundwinkel ein klebriges, süßes Rieseln.

»Du hast uns verpfiffen, Alexander?« Juri Wiktorowitschs Stimme klang traurig.

Ich nickte, tupfte den Mundwinkel ab und schaute ins Taschentuch. Nur wenig Blut. In meinen Ohren heulte es. Andreis Blick in meinem Rücken zwang mich, gerade zu sitzen.

Juri Wiktorowitsch nahm einen langen Schluck, genoß und schaute dabei versonnen auf das langsam kreisende Glas in seiner Hand. »Du bist doch wirklich ein unglaublich dummer Wichser, Alexander. Wie kann man nur so blöd sein. Du denkst, wir machen hier Kindervorstellung, was? Hör mal zu. Die Polizei hat uns reingeholt. O ja. Sie kennen uns, sie kennen mich, und sie mögen uns nicht besonders. Sagen wir besser: Einzelne Elemente der Mannschaft hier mögen uns nicht besonders. Andere Elemente sind gewillt, mit uns zusammenzuarbeiten. Nicht aktiv, aber passiv, und das nützt uns ja auch schon etwas. Verstehst du das?

»Ja.« Knopfler. Natürlich.

»Schön. Wir werden also reingeholt, Alexander, befragt und wieder rausgelassen. Wir werden wieder rausgelassen, weil wir ein Alibi gehabt haben, und zwar ein gutes. Wir waren gar nicht in Brighton Beach, als sich Markow umbrachte. Wir waren ganz woanders, bei Geschäftsfreunden, und das konnten wir auch tadellos beweisen. Nun kann man sagen, das war Routine. Nichts Schlimmes, alles in Ordnung. Aber darum geht es nicht. Wir mögen es einfach nicht, wenn man uns verpfeift, verstehst du, Alexander?« Er beugte sich vor, das Glas zwischen den Knien. »Also. Warum hast du uns verpfiffen?«

»Weil ich glaube, daß ihr Gennadi Borissowitsch ermordet habt.« Ich hatte nicht das Gefühl, jetzt noch etwas Falsches sagen zu können. Zudem war mir nach Gestehen zumute.

Juri Wiktorowitsch schien zufrieden. »Ich weiß, ich weiß. Aber warum um alles in der Welt glaubst du, wir hätten ihn umgebracht?«

Ich zuckte die Schultern und tupfte.

»Einfach so, was? Weil dir unsere Visagen nicht gefallen? Junge, sag mal, für wen arbeitest du eigentlich?«

»Für wen ich arbeite? Wie meinen Sie das?«

Er lächelte großmütig, holte eine Whiskyflasche unter dem Tisch hervor und hielt sie in die Höhe. »Nimmst du einen, Alexander? Ein hervorragendes Getränk, viel besser als Wodka. Weicher, wärmer, macht dich menschlich und zuvorkommend und intelligent. Mich zumindest, haha. Aber er muß erstklassig sein. Zweitklassiger Whisky taugt nichts. Man könnte so sagen – wenn erstklassig, dann Whisky. Wenn zweitklassig, dann lieber Wodka. Stellt weniger Ansprüche. Einverstanden, Alexander? Übrigens: Andrei ist damit ganz und gar nicht einverstanden. Er haßt alles Nichtrussische, also auch Whisky. Am liebsten würde er alle Whiskytrinker in die Hölle prügeln, nicht wahr, Andrei?« Ich zog den Kopf ein, aber Juri Wiktorowitsch schaute gar nicht mehr auf, sondern goß ein Glas voll und schob es mir herüber. »Da, wird dir gut tun. Auf die Gesundheit! Von Wasser muß ich abraten. Schmeckt nach Chlor, versaut alles. Also – auf die Gesundheit!« Er hob sein Glas, lehnte sich zurück und prostete mir zu. Ich prostete zurück und stürzte den Whisky mit einem Schluck herunter. Als ich das Glas zurückstellte, war mir schon wohler. Sie würden mich nicht umbringen.

Juri Wiktorowitsch hatte mich nicht aus den Augen gelassen. »Also, Alexander. Für wen arbeitest du?«

»Für den *Sputnik*.«

Jetzt lachten die beiden Typen auf dem Sofa laut auf. Der Große wieherte mit hoher Stimme und schlug sich auf den Schenkel.

Juri Wiktorowitsch preßte mit geschlossenem Mund Whisky durch die Zähne, schluckte und grinste dann wieder mit. »Für den *Sputnik*. Sicher, Alexander, sicher. Nein, mein Teurer, deine Zeitung interessiert uns nicht. Ich meine es ernst. Bist du hier auf Schnüffeltour? Hat dich die Baumanskaja geschickt?«

»Die Baumanskaja? Sie meinen, ich sei bei einer … ? Nein. Nein, ich bin nicht, äh … organisiert. Wie kommen Sie da drauf?«

»Die Konkurrenz, Alexander. Wir sind noch nicht sehr lange hier, und es gibt einige, die uns das Geschäft mißgönnen. Also, wer hat dich geschickt?

»Niemand. Wirklich.«

Ich hörte ein Geräusch hinter mir und zog den Kopf ein, doch Juri Wiktorowitsch hob abwehrend die Hand und lächelte mir freundlich zu. »Schau, Alexander. Ich will es dir nicht schwerer machen als nötig. Ich glaube dir, wenn du sagst, daß du nicht organisiert bist. Du bist nicht der Typ dazu. Wirklich nicht.« Er lächelte noch einmal. Ich verzog keine Miene. »Aber es könnte dich jemand benutzt haben. Warum bist überhaupt hierhergekommen? Wer hat dich nach Brighton Beach geschickt?«

Der Whisky wärmte und half beim Denken. Ich fühlte eine harte, dunkle Euphorie. Man fragte mich. Ich war jemand. Man tötete hier nicht einfach so. Ich nahm mir eine Zigarette, überlegte, ob ich Juri Wiktorowitsch auch eine anbieten sollte und ließ es dann bleiben. Dann streckte ich die Beine und dachte nach. »Die Zeitung hat mich geschickt. Oder der Zufall; wie Sie wollen. Ich kam hierher, weil ich wußte, daß hier Russen leben. Ich sah Markows Geschäft, ich ging hinein – das ist alles. Schließlich sollte ich Reportagen über die Russen in Amerika schreiben. Das war die Gelegenheit.«

»Unsinn, Alexander.« Er winkte gutmütig ab. Auf seinen stark behaarten, fast schwarzen Gelenken leuchtete ein goldenes Kettchen. »Unsinn. Du willst mir doch nicht weismachen, der *Sputnik* habe dich nach Amerika geschickt, damit du ein paar lausige Geschichten über irgendwelche verdammten Geschäftemacher schreibst?«

»Ach so. Nein. Ich habe einen Wettbewerb gewonnen.«

»Einen Wettbewerb?« Etwas Respekt drängte sich in die Belustigung in seiner Stimme.

»Ja. Einen Journalistenwettbewerb. Ich habe eine Geschichte über eine Zeche in Kemerowo geschrieben und damit den ersten Preis gewonnen, eine Reise nach Amerika. Es ging um Korruption, Veruntreuung von Subventionen. Das Übliche.«

»Und wer stiftete den Preis?

»Chudajew. Sergei Maximowitsch Chudajew.«

»Oh.« Juri Wiktorowitsch schaute etwas betroffen. »Chudajew, der Industrielle?«

»Selbiger.« Der Whisky hatte mich mutiger gemacht, als ich war.

»Hat Chudajew dich hierhergeschickt? Hierher, nach Brighton Beach?«

»Nein. Im Gegenteil. Er wollte mir den ersten Preis gar nicht geben. Er hält nichts von Recherchierjournalismus. Findet, das schade Rußland. Zersetze die Gesellschaft. Aber die Jury war anderer Meinung, und sie hat sich gegen ihn durchgesetzt.«

Er seufzte verächtlich. Nachgeben imponierte ihm nicht. »Und wer saß in der Jury?«

»Weiß ich nicht. Experten. Zehn, glaube ich. Journalisten eben, Redakteure aus der Presse, Funk und Fernsehen. Ich kann sie für Sie ausfindig machen, wenn Sie wollen.«

Wie hätte Serjoscha jetzt gelacht. Presse, Funk und Fernsehen! Aber Juri Wiktorowitsch lachte nicht, sondern wedelte nervös mit der Hand. »Neinneinnein, laß nur. Also hast du hier schreiben können, was dir gepaßt hat?«

»Nicht ganz. Der Chefredakteur wollte ein paar Artikel über Russen, die nicht reich geworden sind hier. Artikel, die zeigen, daß in Amerika nicht jeder automatisch Millionär wird. Tja, und da bin ich eben nach Brighton Beach gekommen. Hier sind ja nicht alle reich, das ist bekannt. Unser Chefredakteur ist ein alter Nationalist, verstehen Sie? Kommunist, früher. Hat was gegen Amerika. Ein Ewiggestriger eben. «

»Und heißt?«

»Subow. Dmitri Wladimirowitsch Subow.« Warum nicht? War ja kein Geheimnis.

»Subow, Subow.« Er schaute zu den beiden Typen auf dem Sofa und fragte: »Sagt euch das was?« Die beiden schüttelten im Takt den Kopf. Sie waren still geworden, und ihre Gesichter waren grau und sahen aus, als hätten sie nie im Leben gelacht. Dann schaute Juri Wiktorowitsch über meine Schulter, dorthin, wo Andrei stehen mußte. Meine Nackenhaare sträubten sich, doch es kam nichts. Er seufzte. »Na ja. Das werden wir überprüfen. Subow. Nein. Nein, kenn' ich nicht. Halt. Hat's nicht mal in Wladiwostok einen Subow gegeben? Offizier des ›Pudels‹. Wurde verhaftet, aber kam rasch wieder frei und hat dann vier Leute umgelegt.« Er schaute noch einmal zu den beiden Typen auf dem Sofa. Der kleine Italiener nickte vage.

Ich winkte ab. »Vergessen Sie's. Subow kommt aus Orenburg. War dort Redakteur an einer kleinen Zeitung. Der legt keine Leute um.« Man ließ mich sprechen, auch ungefragt.

Eine Weile blieb alles still. Ich schaute mich um. Die beiden Typen auf dem Sofa wichen meinem Blick aus. Ich griff zur Flasche, sah Juri Wiktorowitsch fragend an und schenkte uns beiden nach. Vom Sofa her kam ein gieriges Schlucken. Hätten wohl auch gerne was gehabt, die beiden Soldaten. Ich lehnte mich zurück, nahm einen Schluck und nickte Juri Wiktorowitsch ganz, ganz leicht zu.

Von der Tür kam ein Räuspern.

»Er hat uns verpfiffen, Juri.« Andrei flüsterte fast, aber sofort schauten alle auf ihn.

»Ja.« Juri Wiktorowitsch schaute hoch und bewegte sich unbehaglich. »Das hat er. Was schlägst du vor?«

»Das Übliche.«

Andreis Flüstern flog über meinen kribbelnden Scheitel wie ein Nachtvogel. Stille. Ich wagte nicht, mich umzudrehen. Juri Wiktorowitsch sog an seiner Zigarette. Zwei Worte Andreis, und die Wirkung meines Auftritts war dahin. Ich verschränkte die Arme, um niemandem zu zeigen, daß meine Hände wieder zitterten, und schaute flehend auf Juri Wiktorowitsch. Verdammt, jetzt hatte ich so lange geredet, da kann er doch nicht einfach … Nein. In meinem Nacken begann es zu brennen. Eine Art Phantomschmerz. Als vereinigten sich dort die bösen Blicke von Millionen von Menschen. Was hatte er gesagt? Das Übliche. Ich mußte fast lachen vor Entsetzen. Ja, das war's dann wohl. Mein Gott, Sascha, wie kannst du so unendlich dumm sein? Was machen die Leute von der Solnzewskaja, wenn du sie verpfeifst? Na, was wohl? Das, was sie immer machen in solchen Fällen. Das, was sie beherrschen. Das Übliche eben. Ich krümmte mich, preßte das Taschentuch vors Gesicht und sah mich in der Moskauer Metro Andrei ermorden, sicher und fröhlich Andrei ermorden, arglos fast, einfach so, zum Spaß, aus einer Laune heraus. Ich sah mich in meinem warmen, komfortablen Mantel, den Kopf in nachdenklicher Schräglage, eng an die Mauer gelehnt, um dem Luftzug auszuweichen, ein wenig lächelnd, wie du eben lächelst, wenn du Luftschlösser baust –

– und jetzt steht Andrei hinter mir und schaut auf mich herab, und ich kann den Kopf nicht drehen und starre rote Kreise ins Taschentuch, in dem langsam das Blut trocknet, spitze meine roten, zerschlagenen Ohren, meine armen Ohren, in denen es noch immer saust und pfeift, und warte auf das entscheidende Wort aus dem blaßgrünen Ohrensessel, auf das Wort des Chefs, das mir endgültig den Garaus machen wird. Und ich zittere, ich presse die Fäuste auf die Augen, ich weine, jawohl, Iwan Andrejewitsch, ich weine – aber trotzdem werde ich langsam ungeduldig, weil nichts passiert, weil sich der strahlende, gebildete, braungebrannte Verbrecher da drüben Zeit läßt, an seinem Whisky schnuppert und es genießt, das arme Schwein vor ihm ein paar Sekunden länger zu quälen.

»Ja, Andrei.« Juri Wiktorowitsch grinste. »Das Übliche.«

Andrei trat vor mich hin. Ich stemmte mich hoch, wollte aufstehen, fliehen, wollte aufwachen, zurückrennen ins Licht, in die Wärme, zu Galja, zu Galja – doch er drückte mich zurück auf den Sessel, kniete vor mich hin, legte die Pranken um meinen Nacken und schaute mir in die Augen.

»Alexander«, flüsterte er, »verpfeif uns nicht noch einmal.«

Ich schaute ihn an und schaute weg und schaute ihn wieder an. Seine Schwielen kratzten. Die dünne Trainingshose spannte sich über dem breiten Knie. Ich nickte.

Er packte mich an den Ohren wie einen Hund, mit dem man aus reiner Liebe ein wenig grob wird. In seinen mandelförmigen Augen wanderten kleine, goldene Punkte. »Bist du auch sicher, Alexander? Willst du so etwas nie wieder tun?«

»Nein.«

»Gut. Denn das ist nicht schön, wenn man jemanden verpfeift, nicht wahr?«

»Nein.«

»Nein, es ist nicht schön. Und es macht uns wütend.«

Wollte er eine Antwort? Ich nickte noch einmal. »Ja.«

Ich mußte die Beine abdrehen, um ihn nicht zu berühren. Wie ein Burgfräulein kam ich mir vor. Vor mir Andrei, der edle Ritter. Ich hörte auf zu atmen, zog die Lippen nach rechts, und auf einmal mußte ich lachen. Gegen meinen Willen. Ich sah wieder Hoffnung, ich spürte, daß ich noch einmal davongekommen war, gedemütigt zwar, aber, hol's der Teufel, lebendig. Ich weinte und lachte, sabbernd, idiotisch, ein plärrendes Kind, dem man das Spielzeug wiedergibt. Vom Sofa her kam wieder ein Kichern.

»Gut. Denn, nicht wahr, Alexander – wenn das noch einmal vorkommt, ein einziges Mal, dann schneid' ich dir die Nase ab. Ich habe das schon öfter gemacht, weißt du. In einer sibirischen Stadt laufen gleich zwei Kerle herum, denen ich die Nase entfernt habe. Sie wagen sich nicht mehr so recht unter die Leute. Man dreht sich nach ihnen um. Sieht nicht schön aus. Richtig garstig. Du bist doch sicher stolz auf deine Nase?«

»J-ja.« Ich hätte gerne etwas präzisiert, aber das war nicht der Moment für Erklärungen.

»Gut, dann wollen wir schauen, daß sie da bleibt, wo sie ist. Wäre ja auch zu schade. Nach der Nase kommt übrigens die Zunge. Und danach, Alexander – danach wird's ernst. Haben wir uns verstanden?«

»Ja. Jawohl.«

Ich staunte. So lange hatte Andrei noch nie geredet.

»Genug.«

Juri Wiktorowitsch hatte nicht gelacht, nicht einmal geschmunzelt. Er hatte reglos in seinem Sessel gesessen und nachdenklich auf Andrei geschaut. Jetzt stand er auf, wild mit den Armen gestikulierend, und sagte im Befehlston: »Ich bringe Alexander zurück in die Stadt. Andrei, du sagst Wolodja Bescheid, so rasch es geht.« Andrei nickte, drehte sich um und verschwand. Die beiden Typen auf dem Sofa waren sofort aufgestanden, als sich Juri Wiktorowitsch erhoben hatte. Der Runde hielt ihm seinen Mantel hin, der andere lauerte lächelnd auf ein Lächeln. Juri Wiktorowitsch beachtete sie nicht. Er legte mir den Arm über die Schulter und schob mich hinaus in die Dämmerung. Vögel sangen, obwohl es November war, und am Himmel bewegten sich Flugzeuge, kleine, eilige Sterne. Ihr Brummen fiel wie ein warmes, leichtes Tuch auf die Häuser hinab. Der weiße Chrysler war weg; von Andrei war nichts zu sehen. Ich streckte mich, krallte die Zehen zusammen, hob den Mantel und ließ den Angstschweiß in der kühlen Luft verdunsten. Noch nie in meinem Leben, glauben Sie mir, Iwan Andrejewitsch, war ich so glücklich wie in diesem Moment. Schweigend gingen wir den Bürgersteig entlang bis zu einem schwarzen Mercedes, und schweigend fuhren wir zurück nach Brighton Beach. Juri Wiktorowitsch rauchte und schnippte die Asche vorsichtig in den Aschenbecher. Als wir am Restaurant *Rasputin* vorbeikamen fragte er, ob ich mit ihm essen wolle, und ehe ich antworten konnte, hatte er den Wagen gestoppt und war ausgestiegen. Er reichte einem herbeieilenden Burschen den Schlüssel, rannte ein paar Stufen hoch und stieß die schwere, schwarze Tür auf. Unsicher trottete ich hinter ihm her und sah staunend, wie die Kellner zurückprallten und sich klein machten, wie sich auf ein Zeichen des Oberkellners im dunkelroten Hintergrund Schemen zu regen begannen, wie eine blasse Person, ein Tischtuch unter dem Arm, durch den Raum hastete, in einer Nische mit orientalischen Betbewegungen für Ordnung sorgte, wie ein älterer Herr im Anzug herbeieilte, händeringend, den weißen Kopf gebeugt. Mit geweiteten Nasenflügeln und glänzenden Augen stand Juri Wiktorowitsch im Trubel. Dann ging er zielstrebig hinter dem Alten her, der sich immer wieder umschaute und uns in die größte, plüschigste Nische wies, die Königsnische, den Stammplatz Juri Wiktorowitschs vermutlich. Der Alte grinste halb stolz, halb entschuldigend – ›mein Gott, welche Ehre, ich hoffe doch, daß wir es Ihnen wieder recht machen heute abend, verehrter Juri Wiktorowitsch; seien Sie unbesorgt, wir werden all unsere bescheidenen Kräfte, äh … mobilisieren und versuchen …‹ Doch mein Gastgeber blieb stumm. Ächzend quetschte er sich hinter den Tisch, vor dem sich strahlende Kellnerinnen versammelt hatten und uns mit Menü- und Weinkarten überhäuften. Ich hatte Hunger, rasenden Hunger, und deshalb griff ich gierig nach der Karte und suchte nach Kaviar und Sprotten, nach Hauptstadtsalat und Heringen im Pelz. Juri Wiktorowitsch war bescheidener. Er hob die Hand und raunte der Kellnerin, die sich bestürzt lächelnd vorbeugte, etwas Kurzes zu. Dann legte er sein Handy auf den Tisch, lehnte sich zurück und betrachtete mich rauchend, bis ich die Karte weglegte. Im Licht der kleinen Lampe an der Wand schimmerten seine Goldkettchen.

»Was weißt du eigentlich über diesen Markow, Alexander?«

»Nicht viel. Er ist vor ein paar Jahren hierhergekommen und hat dieses Geschäft übernommen. Wieso meinen Sie?«

»Du, du, du. Sag mir du – trinken wir Brüderschaft, Alexander.« In plötzlichem Entschluß hob er die Hand und bestellte, ohne die herbeigestürzte Kellnerin richtig anzuschauen, einen roten Kalifornier, einen Wein, den ich noch heute vor meinen alten Säufern in Moskau ernsthaft als meinen Lieblingswein ausgebe – ein wunderbar kräftiges Getränk, süß und verführerisch, fast georgisch schwer, ein unfaßbar großes, aber würdig gehaltenes Versprechen. Ich streckte meine Nase hinein noch ehe Juri Wiktorowitsch seine Degustation beendet hatte und schnupperte so kennerhaft, daß der Räuber vis-à-vis große Augen bekam und das Glas, das er schon zum Toast in die Luft gestreckt hatte, verwundert noch einmal unter seine kleine, hübsche, unsensible Nase hielt. Aber es blieb ihm verborgen, was mich entzückte, ich sah es an seinen Mundwinkeln. Ratlos, beleidigt fast, prostete er mir zu – »Juri, freut mich, auf dich« –, und achtlos stürzte er den wunderbaren Saft hinunter. Mit einem Knall stellte er das leere Glas auf den Tisch, während ich mein halbvolles sachte und belehrend hinstellte und ihn erfüllt anschaute.

Nachdenklich wischte er sich die Lippen. »Also, Alexander, tja, ich weiß nicht, dieser Markow. Er ist mir ein Rätsel.«

»Ein Rätsel? Wieso?«

»Warum bringt er sich um? Das paßt nicht zu ihm.«

»Das finde ich auch. Eben. Das fand ich auch, und drum hab' ich ja auch geglaubt, daß Sie und Andrei – das du und Andrei …«

Betroffen hielt ich inne. Er stürzte ein zweites Glas hinunter und runzelte gutmütig die Stirn. »Vergiß es. Vergiß es, Alexander. Warum sollten wir ihn umbringen?«

»Er hat doch gesagt, daß er nicht mehr zahlen wolle.«

Er lehnte sich zurück und lachte laut. Dann lehnte er sich aus der Nische, schaute sich nachlässig um und beugte sich vor. »Das hat er gesagt, da hast du recht. Und das hat er auch noch am nächsten Tag gesagt, als wir ihn besucht haben. Sturer Büffel. Keine Ahnung, warum er diese Nummer abzog. Vielleicht wußte er schon, daß er sich umbringen würde, was weiß ich. Jedenfalls hat er sich geweigert bis zum Schluß. Tatsache.«

»Und ihr habt ihn wirklich nicht umgebracht?«

»Junge, jetzt halt' mal die Luft an, ja?« Er schaute sich noch einmal um, winkte den weißhaarigen Alten herbei und sagte ihm, wir wollten ungestört bleiben. Der Alte nickte, drehte sich noch halb gebückt ab und gab die Order an ein paar rasch herbeigeeilte Kellnerinnen weiter, die sich neugierig nach uns umdrehten. Jetzt hielt es Juri Wiktorowitsch nicht mehr für nötig, die Stimme zu senken. »Ein für alle und zum letzten Mal, Alexander: Nein. Wir haben ihn nicht umgebracht. Natürlich nicht. Was hätten wir davon? Tote zahlen nicht. Wenn wir ihn umbringen, dann haben wir nur Ärger. Eine Menge Ärger, das kann ich dir garantieren. Das ist –«

»Und um andere abzuschrecken?« Wir hatten Brüderschaft getrunken, ich konnte etwas wagen.

»Neinneinnein, Alexander. Unsinn. So geht das nicht. Du legst nicht einen um, bloß weil er sich sperrt. Crescendo, mein Lieber. Warum immer gleich ins Finale? Trompeten und Pauken kommen am Schluß. Wir beginnen leise und steigern langsam. Es kann so vieles passieren. Autos brennen. Scheiben bersten. Frauen werden entführt. Gott, wir haben Tausende von Möglichkeiten.« Er grinste, er badete in seinem Meer der Möglichkeiten, und ich grinste zurück, aber ohne rechtes Feuer. Was würde Markow sagen? Vor ein paar Wochen hatten sie ihn verhauen. Vor ein paar Minuten hatten sie mich verhauen, und jetzt saß ich mit ihrem Chef am Tisch und machte mich beliebt.

Juri Wiktorowitsch hob sachte die Hand. »Und damit hätten wir auch Markow weichgekriegt, darauf kannst du Gift nehmen. Nein, wir haben eh schon genug am Hals. Ist doch alles anders hier. Anders als in Moskau. Leider, leider. Die Polizei macht Ärger, die Baumanskaja macht Ärger, die Italiener machen Ärger. Die Italiener vor allem. Schreien immer gleich los, wenn bei uns mal nasse Sachen laufen. Tun sich groß, erzählen uns was von wegen gestörter Ruhe – das sei schlecht fürs Geschäft, bringe die Miliz auf Trab, bringe unwillkommene Aufmerksamkeit. Unwillkommene Aufmerksamkeit, so sagen sie, hehehe. Arschlöcher. Gehen mir schon lange auf die Nerven. Arrogantes Gesindel. Pack. Tun so, als hätten sie die Welt erfunden, nur weil sie eher hier waren. Verkaufen jeden Scheiß; die Benzinsache, die Kreditkarten, die Mädchen. Und für alles zahlen wir Steuern. Nur hier mischen sie sich nicht ein. Haben ja auch recht, was gibt's hier schon zu holen? Ist n' Mist hier, Alexander, das kannst du dir ja vorstellen. Aber was willst du, die paar Jahre muß ich hier bleiben. Brooklyn ist eine Stufe auf meiner Leiter, mehr nicht. Ei-ne Stu-fe.« Er betonte die Wörter, als wolle er sich über etwas lustig machen, aber seine Augen blieben ernst. »Ich komm' schon noch vorwärts. Aber Markow. Was hat er dir erzählt?«

Ich drehte mein Glas. »Nicht viel. Daß er aus Rußland gekommen ist, aus dem Altai. Und daß er krank ist. Daß er stirbt.«

»Neinnein, nicht das.« Er sog Rauch ein und blies ihn in die Lampe an der Wand, wo er sich drehte und wand. »Hat er dir nichts von diesem Aljoscha erzählt? So'n Typ hier in Brighton Beach. Freund von, hoppla« – er rülpste und schluckte – »Freund von ihm. Sagt, sei sehr reich, dieser Aljoscha. Aber ich kenne ihn nicht. Hat er dir von ihm erzählt?«

Er war betrunken und verlor etwas an Glanz. Wenn er nicht befahl oder erpreßte, überzeugte er nicht recht.

»Kann dir sagen, hat mich ganz schön genervt, dieser Typ. Dieser Markow. Gut, daß er sich umgebracht hat. Ich meine, da kommen wir in sein Büro, und er labert die ganze Zeit von diesem Aljoscha rum, daß wir uns noch schön wundern werden, wenn er diesen Aljoscha einschaltet – Teufel, ich meine, den müßten wir doch kennen? Wenn er hier in Brighton Beach wohnt, ne? Hat er dir was erzählt von diesem Aljoscha? Dämlicher Name.«

»Von einem Aljoscha in Brighton Beach? Nein.«

»Von einem anderen Aljoscha?«

»Ja. Ein Freund aus alter Zeit. Aber der ist tot. Schon seit Jahren.«

»Tot?« Er lachte, kurz und hart. »Nein, der Aljoscha, den ich meine, der lebt. Mit gutem Grund. Hat Kohle, Teufel, Millionen, buchstäblich. Das hat er gesagt. Und irgendwie, ich weiß nicht – ich glaub' ihm das. Ich bin sicher das stimmt. Du hörst zu, wenn der Typ erzählt, und du glaubst es. Wir hatten ja Zeit. Und Andrei sollte ruhig was lernen, stimmt's? Also laß' ich ihn reden. Kann uns nur nützen. Sie sagen ja alle zuviel, wenn sie Angst haben. Und Markow hat von diesem Aljoscha erzählt. Geschäftsmann. Import-Export, was sonst. Hat Millionen gemacht, weil er gute Kontakte hatte zu den richtigen Leuten im Kreml. Lizenzen und so. Markow hat ihn offenbar recht gut gekannt. Weiß der Teufel, das ist uns entgangen. Und seine Millionen hat dieser Aljoscha angelegt. Auf Konten in der Schweiz, auf den Bahamas, in Florida, auf den Kanalinseln. Sagt dir das was?«

»Nein. Absolut nicht.«

»Ich glaub's ihm. Ich glaub's wirklich.« Er bewegte unschlüssig die Hand. »Aber was macht einer mit Millionen hier in Brighton Beach, in diesem Nest? Wenn du Kohle hast, dann lebst du in der Karibik, hör mal, oder in Cannes, aber doch nicht hier, wo's aussieht wie auf'm Markt in Odessa.« Er schaute nachdenklich vor sich hin. »Na ja, Geld macht ja auch nicht glücklich, stimmt's, Alexander? Du zum Beispiel, nicht wahr, du bist Journalist, also eine ganz erbärmliche Kreatur. Arm wie eine Kirchenmaus, und doch bist du glücklicher als ich, stimmt's? Oder hast du etwa Geld? Na, raus damit – wo liegen deine Millionen?«

Ich lachte unbehaglich und nahm einen Schluck, um den Mund zu verbergen. Meine Ohren glühten noch immer.

Er schüttelte den Kopf. »Keine Millionen, was? Trauriges Leben.«

Im dunklen Hintergrund eilten weiße Gestalten hin und her. Ein Wägelchen wurde herangeschoben. Vorne bei der Tür begann eine russische Folkloregruppe zu singen. Zwei Frauen tanzten, die Arme in die Hüften gestemmt.

Juri Wiktorowitsch betrachtete gedankenverloren die blaßroten Weinflecken neben seinem Glas. »Eigenartig. Ich weiß, daß es idiotisch klingt, aber ich glaub' an diesen Aljoscha. Den gibt es. Markow hat uns nicht belogen. Ich war Lehrer, verdammt, ich weiß, wenn gelogen wird. Mich betrügst du nicht.« Er schaute mir eitel in die Augen. »Du zum Beispiel, Alexander – wenn du sagst, du hast keine Millionen, dann sprichst du die Wahrheit. Ich durchschaue die Leute, hab' ich in der Schule gelernt. Die Schule ist eine Schule fürs Leben, haha. Nein« – er schüttelte den Kopf – »er hat nicht gelogen.« Er reckte sich, gab dem Alten ein Zeichen und schwieg.

Geräuschlos tauchte ein Wägelchen mit silbernen Deckeln neben uns auf. Stumm, halb abgewandt, die Zigarette über der Schulter, schaute Juri Wiktorowitsch zu, wie aufgetragen wurde. Die Kellnerinnen spürten dicke Luft und verrichteten ihre Arbeit so stumm und schnell wie möglich. Der Alte, der mit einem stolzen Lächeln die Deckel von den Speisen abgenommen hatte, wünschte guten Appetit und entfernte sich graziös.

Juri Wiktorowitsch ließ etwas Asche auf seine Krabben fallen und sagte nachdenklich, fast träumerisch, »Würde eine Menge Probleme lösen, so 'n Typ, wenn man gut zusammenarbeiten könnte. Ich hab' dir gesagt, Alexander, was das für ein Scheiß ist hier. Nichts als Plackerei, und die Kohle ist ziemlich mies. Hör mal – kein Dreck besser als in Moskau, das garantiere ich dir.« Ich ertappte mich bei einem verständnisvollen Nicken. Er seufzte. »In Moskau ist mehr los. Das Leben ist lustiger, leichter. Hier mußt du nach Manhattan, wenn du was willst. Oder nach New Jersey. In Brighton Beach, da gibt's nur so Nummern wie Markow. Bestenfalls. Er war ja einer unserer besten ...« Er hielt pietätvoll inne.

»Warum gehen – warum gehst du nicht weg?«

Er lachte bitter und füllte sich das Glas. »Verpflichtungen. Ich, äh … stehe bei ein paar wichtigen Leuten in Moskau in der Schuld. Ekelhaft. Ist nicht mein Ding, diese Abhängigkeit. Und dann« – er beugte sich vertraulich vor – »sind ja auch ein paar recht primitive Burschen darunter. Wenig Bildung, keine Kultur. Fast wie hier in Amerika. Wollen reich werden. Aber warum? Um auf'n Putz zu hauen, nach Amerika zu gehen und in Las Vegas zu spielen? Keine Spur. Häuser wollen sie. Häuser, Kinder und ein geruhsames Leben. Das ist die Wahrheit, Alexander, glaub mir. Kommen doch alle in die Jahre. Ich hab' so einen Typen gekannt von der Dolgoprudnenskaja, weißt du, wovon der geträumt hat? Von einem Haus in Neuengland. Frau, zwei Kinder, zwei Autos, Golden Retriever, aus. Hat er mir selber gesagt. Kretins, elende. Widerlich.« Er schnaubte, erhitzt von Wut und Alkohol.

»Und du – hast Schulden?« Ich hatte mich zurückgelehnt und suchte im Dunkel des Raums nach einer der Kellnerinnen. Sie hatte ein Lächeln gehabt, das ich jetzt gebraucht hätte.

»Keine Schulden, Verehrter. Verpflichtungen.« Er nahm einen Bissen und starrte mich kauend an, als zähle er auf zwanzig vor dem Schlucken. Dann schluckte er. »Ich stehe in jemandes Schuld, sagen wir es so. Geld spielt natürlich auch eine Rolle. Ekelhaft, wie gesagt. Ich mag die Abhängigkeit nicht. Ich mag die Kollegen nicht. Machen mich nervös. Ich habe immer allein gearbeitet. Solange ich konnte. Hatte genug vom Schulegeben, obwohl« – er schaute fröhlich auf – »obwohl du ja einiges lernst dabei. Nicht zu unterschätzen. Wie entfernst du Störenfriede? Wen spielst du gegen wen aus? Wie strafst du so, daß Angst aufkommt? Wie quälst du? Wie bringst du die, die du quälst dazu, dich zu lieben?«

Ich setzte mich wieder gerade hin und stierte ihn finster an. Aber er schien nicht zu merken, was er sagte, sondern schnaufte befriedigt. »Alles sehr brauchbar. Es gibt erstaunlich viele Lehrer unter den Banditen, Alexander, das mußt du wissen. Und sie sind nicht die Schlechtesten. Manchmal hab' ich übrigens den Eindruck gehabt, Gennadi Borissowitsch sei auch ein Bandit gewesen. Früher mal, vielleicht. Er hat mich immer angeschaut wie einen Kollegen, irgendwie. Wie gut hast du ihn eigentlich gekannt?«

»Ach. Wir haben uns vielleicht fünf-, sechsmal gesehen. Ich habe ihn öfter besucht.«

»Und früher. Vorher schon Kontakt gehabt?«

»Nein.«

»Hm.« Er schaut auf das brennende Ende seiner Zigarette ohne es zu sehen. »Hast du seine Bekannten kennengelernt?«

»Nur diesen Geschäftsführer, Wladimir Anatoljewitsch. Und natürlich seine Frau.«

»Ja ja. Du weißt also auch nicht, wer ihn da besucht hat? Am Tag vor seinem Tod. So 'n Typ, eher klein, korrekt gekleidet. Hat zwei Stunden bei ihm im Büro gesessen. Wir haben ihn überwacht. Sagt dir nichts, was?«

»Nein. Kann doch irgendwer gewesen sein.«

»Natürlich. Ist wohl auch nicht wichtig. Ich dachte nur. Ob's vielleicht dieser Aljoscha war.« Er grinste etwas schuldbewußt. »Wie sah denn dein Aljoscha aus? Der tote?«

»Der? Ach, ich weiß nicht. Dünn, mit Bart. So eine Art Dissident. Ob groß oder klein, weiß ich nicht mehr. Graue Haare, glaub ich. Schlecht angezogen. Ach ja – er trug eine Brille. Daran erinnere ich mich. Eine dicke Brille; sowjetisches Modell. Markow hat sich darüber lustig gemacht. Aber dieser Aljoscha ist längst tot, ich weiß nicht, warum –«

Er winkte ab. »Natürlich, natürlich. Der Typ, den wir gesehen haben, der war sehr lebendig. Und hat überhaupt nicht so ausgesehen. War eher klein. Kein Bart, keine Brille. Gut angezogen. Elegant. Ist um zehn gekommen und bis kurz vor zwölf geblieben. Dann ist er weggefahren, mit einem Mietwagen. Richtung Manhattan. Sascha, unser Fahrer, hat sich drangehängt, aber er hat ihn bald verloren. Ist nicht wichtig.« Er schwieg, als suche er bei dem, was er eben gesagt hatte, nach einem Fehler.

»Und jetzt – hast du deine, äh ... Verpflichtungen bald abbezahlt?« Ich spürte ein vages Bedürfnis, ihn aufzumuntern.

»Ja, wenn du so willst. Aber ich muß trotzdem noch eine Weile hierbleiben, so, wie's aussieht. Scheiße. Macht keinen Spaß hier, die Arbeit. Hast du Spaß an deiner Arbeit?« Er wartete die Anwort nicht ab, nahm ein Gläschen Wodka, prostete mir zu, kippte es hinunter und sagte mit veränderter Stimme: »Und dann Andrei. Hüte dich vor Andrei. Du weißt nicht, was er denkt. Eigentlich kann ich ja nicht klagen. Er tut alles, was du ihm sagst, ordnet sich problemlos ein ins Kollektiv, kennt seinen Platz. Und trotzdem. Irgendwas stimmt da nicht. Ich hab' ein schlechtes Gefühl. Vielleicht gerade, weil er immer gehorcht. Er grinst nur, wenn ich ihm Befehle gebe. Schaut mich an, als ob bei mir nicht alle zu Hause seien, nickt und gehorcht. Irgendwie wäre mir wohler, wenn er mal was sagen würde. Aber eben.« Er hob den Kopf und machte große Augen. »Er macht die nassen Sachen. Alle. Anstandslos. Und er scheint es gern zu tun. Du fragst niemand anderen. Nasse Sache? Frag Andrei. Unheimlich, Alexander, richtig unheimlich. Ich habe schon geträumt von ihm. Manchmal frage ich mich, ob dieser Beruf das richtige ist für mich.«

»Man sagt, Selbstzweifel seien der Beginn des Abstiegs. Vor allem in diesem Beruf.« Kritische Solidarität schien mir die angemessene Tonlage. Welch sinnvolle Bemerkungen doch Journalisten manchmal ins Gespräch einfließen lassen können! Erfreut löffelte ich mein Eis. Oder hätte ich mich über meine viel zu raschen Stimmungswechsel grämen sollen, wie jeder anständige Mensch?

Er nickte und machte ein Lehrergesicht. »Ja, sagt man. Aber das ist falsch. Im Gegenteil: Die Fähigkeit zur Selbstkritik ist die Grundlage des Erfolgs. Nicht nur in der Politik. Aus ist es erst, wenn du übermütig wirst. Wenn du dich überschätzst.« Er hob seinen goldberingten Zeigefinger in die Höhe. »Tatsache ist, ich habe Angst. Nicht vor unseren Kunden. Nicht vor unseren Rivalen. Aber vor Andrei. Und das muß ich mir eingestehen, siehst du, Sascha. Nur so kann ich oben bleiben. Nur so. Sonst wird er mich erledigen, früher oder später.« Er strich sich mit dem Zeigefinger über die Kehle, genau wie Markow damals im *Winter Garden*. Aber er schien es nicht zu merken. »Drum ist Selbstkritik so wichtig.«

»Ich habe Selbstzweifel gemeint. Habe ich Selbstkritik gesagt?«

Er schaute mich an wie ein Lehrer einen Lehrer im Lehrerzimmer und schüttelte bedrückt den Kopf. »Manchmal glaube ich, daß er mich überwacht. Kann sein er ist der Mann der Zentrale, der mir auf die Finger schauen soll. Das ist zwar nichts Schlimmes. Das machen alle. Aber bei Andrei ... Bei Andrei weißt du nie. Er ist intelligent. Sieht meine Schritte voraus. Sagt mir, was ich jetzt tun werde. Und wenn ich's dann tu, sieht's so aus, als folge ich seinen Befehlen. Tu ich's nicht, um ihm zu zeigen, wer der Chef ist, geht's schief, jedesmal, und er hat seinen Triumph. O nein, Alexander, du hast schon recht. Ich hasse das alles hier. Es ist unter meiner Würde. Wenn das meine Mutter wüßte.« Er seufzte tief und lang.

»Lebt sie denn noch?«

Er nickte eifrig. »O ja. Mutter lebt, und wie. Geht auf die Neunzig zu; wir sind ein zähes Geschlecht. Ich werde noch hundert, paß nur auf.« Er imitierte ein kräftiges Spucken. »Mutter lebt auf der Datscha, westlich von Moskau; gesund, ökologisch sauberes Gebiet. Sie möchte, daß ich ihr jede Woche schreibe. Sie meint, ich sei noch immer Lehrer und hier in den Staaten, um mich fortzubilden. Ach ja, Mutter. Gute Frau. Sehr fleißig, sehr ehrlich. Sparsam auch, sparsam auch. Und intelligent. Lehrerin. Mit ihr hast du noch ein anständiges Gespräch führen können. Was willst du mit diesen Affen hier?« Er machte eine Geste ins Dunkel des Lokals, wo eine disziplinierte, arglose Front von Kellnerinnen reglos unserer Befehle harrte, aber er meinte die Banditen. »Mit denen kannst du nicht mal über Puschkin reden. Keine Kultur. Mutter, ja. Die hatte Bildung. Hat Bildung. Sie hat meine erste Frau sehr gemocht. Jana hieß sie. Meine erste Frau. Sie hat nie verstehen können – also Mutter hat nie verstehen können ...«

Aber hier, verehrter Iwan Andrejewitsch, wollen wir Juri Wiktorowitsch alleine weiterreden lassen. Seine Augen hatten sich gerötet, vielleicht vom Rauch, vielleicht, weil ihm das Wasser der Erinnerung zwischen die Lider getreten war, und in diesem Moment ließ ich den Verdacht, er wolle mir hier vielleicht eine Falle stellen, endgültig fallen. Wenn sich einer besäuft und redet, während du schweigst, dann wirst du nicht ausgehorcht. Er griff nun immer öfter zum kristallenen Gläschen und stellte keine gehobenen Ansprüche mehr an seinen Zuhörer; mit regelmäßigem Nicken und einem gelegentlichen Wort der Zustimmung war er zufrieden. Frauennamen tauchten häufiger auf in seiner Erzählung, russische Frauennamen, und manchmal griff er nach meiner Hand und bescheinigte mir mit feierlicher Stimme Kultur, Niveau und Akademikerstatus. Ich ließ meine Hand in der seinen, ja, ich drückte sie sogar etwas, um ihn nicht zu kränken, aber ich hörte nicht mehr zu, und als der weißhaarige Alte kam und sich mit einem besorgten Blick auf Juri Wiktorowitsch nach allfälligen weiteren Wünschen der Herrschaften erkundigte, deutete ich ihm durch ein vertrauliches Kopfnicken an, daß ich den Fall unter Kontrolle habe.

Juri Wiktorowitsch aber rief nach der Musik.

Er stemmte sich hoch, was ihm nur halb gelang, hob die Rechte und brüllte in den leeren Raum hinaus, daß ihm jetzt nach Musik zumute sei und daß man sich beeilen solle, da seine Geduld Grenzen habe. Der Alte rang die Hände, warf einen verzweifelten Blick in die Ecke, in der die Musikanten ihre Instrumente einpackten, eilte, kam zurück und sagte, falls der verehrte Herr Gast bezahle, könnten die Musiker natürlich schon noch etwas bleiben. Juri ließ eine schwere Faust auf den Tisch fallen. Zum Donner, jawoll, das wolle er und das werde er, denn das könne er, und in besoffenem Triumph inspizierte er die dünnen, farbenfroh kostümierten Musikanten, die einer nach dem andern herbeikamen, ihre Instrumente vor der Brust wie Schilder, und in einem flachen Halbkreis Stellung bezogen. Ich strecke mich, ich nehme einen Schluck. Die Sängerinnen treten vor. Sie blicken mutiger, sie wissen umzugehen mit Betrunkenen, sie haben eine Stimme die trägt, und eine flinke, schlagkräftige Hand. Fiedel, Balalaika und Akkordeon werden gestimmt und in Stellung gebracht. Ein Moment Stille, ein Nicken – und auf einmal ist Rußland da, die Weite der Felder, die Kälte. Die Birkenalleen sind da, licht und weiß und hellgrün. Die Teiche sind da, große, schwarze Teiche, auf denen Enten um Äste und Plastikflaschen schwimmen. Die Klöster sind da mit ihren weißroten, jungfräulichen Mauern, die Friedhöfe sind da, die feinen, geraden Rauchsäulen über den Bauernhütten draußen auf dem Lande, die beschlagenen Scheiben, die rauchenden Auspuffe. Rußland ist da, und Juri Wiktorowitsch laufen die Tränen nur so über die Wangen. Aber auch ich, Iwan Andrejewitsch, was soll ich es verschweigen? muß schlucken und schlucken und schließlich die Hand übers zitternde Kinn legen, denn es will strömen nach all der Angst und der Aufregung, strömen wie das Wasser unserer russischen Flüsse, deren Weite und Ruhe und Herrlichkeit jetzt besungen wird. Ich weiß nicht mehr wohin ich schauen soll, ich greife nach einer Zigarette, lege sie wieder hin und grinse in nasser Not den Sängerinnen zu, die sich jetzt zu drehen begonnen haben, die Arme in die Hüfte gestemmt, mit stolz zurückgeworfenem Kopf und unbarmherzigen Augen. Sie drehen sich, sie wiegen sich, sie lächeln sich wissend zu, und laut, mit kehliger, gepreßter Stimme, singen sie vom gewaltigen Ob, vom trägen Jenissei und von der unendlichen Lena, von pfiffigen Bauern, vom Teufel, von zu teuer verkauften Kälbern, von betrogenen Ehemännern und schlauen Frauen, von Fluchten aus dunkeln Fenstern, von eisigen Nächten in engen Schränken, vom Dulden der Heiligen und von der Weisheit der Alten, vom Licht des Sommers, vom Regen des Herbstes, vom klebrigen, vollen, strengen Frost des Winters und vom jungen, übermütigen Grün des Frühlings. Von solchem singen sie, Iwan Andrejewitsch, aber ich schließe die Augen und denke an anderes. Ich denke an das Knallen der Türen in den Moskauer Hauseingängen. An den Wind, der die trockenen Schneewellen über den nächtlichen Leningrader Prospekt treibt, an die dunklen Gänge im Dinamo-Stadion, an die Autoschlangen vor den Tankstellen, wenn das

76er-Benzin billig ist, an die Händler in den Gäßchen am Kusnezki Most, an die Giebel über den Patriarchenteichen. An die weiten, hügeligen Felder hinter den ersten Häusern Moskaus beim Autobahnring, an das brüchige Eis auf der Moskwa im April, in dem es seufzt und schreit, wenn du deinen Fuß drauf setzt. Ich denke an Tracys verstecktes Restaurant, das niemand kennt und das niemand braucht, und ich verstehe, was sie meint, jetzt zumindest, aber ich weiß auch, daß ich es in ein paar Stunden nicht mehr verstehen werde. Und dann denke ich an die Züge, Iwan Andrejewitsch. An die langen, majestätischen, grünroten Schlangen, die pünktlich auf die Minute aus dem Bahnhof kriechen, sanft schaukelnd über die fasrigen Weichengeflechte gleiten, langsam schneller werden, wenn sich die Geleise entwirrt haben und stolz pfeifend durch die Vorstädte eilen, vorbei an schwarzen Hinterfronten, vorbei an starrenden Kindern, vorbei, unendlich knapp vorbei an den Strommasten, schneller dann, vorbei an den Barrieren, hinter denen sich die Autos stauen, schneller, hinaus, durch die Birkenwälder des Moskauerlandes und über die Felder, immer geradeaus, nie hoch, nie runter, immer nur geradeaus, weil's bei uns immer nur geradeaus geht, Tausende von Kilometern, so lange geradeaus, bis dein Herz langsamer schlägt, bis dein Schauen einfriert, bis du dem erschütterten Europäer im Gang erklären mußt, daß der Takt der Zeit, der Takt der Zeit, der Takt der Zeit hier anders geht – und bis du merkst, daß du die Vorhänge zuziehen kannst, weil 's draußen in zwei Stunden genauso aussehen wird wie jetzt. An das monotone Klopfen der Schwellen denke ich, an den sanitärischen Geruch, der von den Wagenenden kommt, an das Klappern der Abteiltür, an den dampfenden Tee, den die Zugbegleiterin dir hingestellt hat. An die belehrenden Stimmen der Ansagerinnen, die nachts um drei irgendwo an der ukrainischen Grenze verbrecherisch auf die Mikrophone blasen und die Verbindungen nach Brjansk und Lugansk über den verschneiten, menschenleeren Bahnhof schreien, als wollten sie hungrige Wölfe vertreiben. An die gedämpften Stimmen denke ich, die aus den Funkgeräten draußen vor dem

Wagenfenster dringen, an den weißen Speck, den dir der schnarchende Nachbar aufgedrängt hat, und an den Wodka, an den Wodka, der dir beim Verdauen und beim Träumen hilft.

Während ich sitze und fahre und träume, ist die jüngste der Sängerinnen vorgetreten. Sie senkt den Blick, sie streicht sich über die Schürze und beginnt mit tiefer, trauriger Stimme ein Liebeslied, begleitet nur vom Akkordeon und dem Summen ihrer Kolleginnen, deren Augen im Halbdunkel leuchten. Schön ist sie, kräftig und schön, mit einer anmutigen kleinen Warze über der Lippe. ›Kalina, Schneebällchen, blüht im Feld am Bach – ich liebe einen jungen Mann, ach, es ist mein Leid – und ich kann die Worte nicht finden, die sein Herz öffnen.‹ Sie wiegt sich, sie legt die Hand auf den Tisch und starrt mich an während sie singt, unverwandt, als gäbe ich ihr Kraft, als sauge sie den Sinn ihres Liedes aus meinen glänzenden Augen. Juri Wiktorowitsch schneuzt sich die Nase. Sie singt weiter, doch jetzt lachen ihre Augen plötzlich, und mir ist, als lache sie mich aus, als wisse sie alles, als sehe sie meinen roten Ohren die Schande an, die ich an diesem Tag erdulden mußte, und ich senke den Kopf und schaue hinüber zu Juri Wiktorowitsch. Der hat sich unterdessen gefaßt, man kann ja nicht immer nur heulen, und lächelt listig zurück, wiegt den Kopf im Takt des Liedes, hebt die Hände, dirigiert ein wenig, pathetisch und gefühllos wie unser cholerischer Präsident, wenn er getrunken hat. Er lacht, beflügelt vom Strahlen der jungen Frau, er singt mit – oh, er kennt die Weise, ›So lebt er und weiß nicht, daß ein Mädchen an ihn denkt‹, und dann hält es ihn nicht mehr auf der Bank. Er steht auf, grinst zu mir zurück, geht auf die Sängerin zu und dreht sich, vorsichtig zuerst, dann mutiger, dann wild, in der einen Hand die Zigarette, in der anderen die Fingerspitzen der Sängerin, den Blick auf den Boden gerichtet, der unter seinem Stampfen erzittert. Die Sängerinnen lachen und klatschen, die Musiker legen Tempo zu, Juri strahlt, und ich sitze da und klatsche traurig mit und suche die Augen der Sängerin, doch die sieht nur noch Juri, den Derwisch. Doch was ist das? Der Verbrecher steht plötzlich still, totenbleich.

Er faßt sich an die Seite, er taumelt zurück zum Tisch, schiebt sich mit wackeligen Knien in Sicherheit, greift zur Zigarette und starrt geradeaus, mit schwitzender Stirn und glasigen Augen. Die Musik spielt noch ein paar Takte weiter, doch die Sängerin singt nicht mehr, gibt den Musikanten ein Zeichen und tritt unauffällig ins Glied zurück. Juri beachtet sie nicht. Schwer hebt und senkt sich seine Brust. Die Hand am Glas rührt sich nicht, er ist leichenblaß, die Lider flattern. Angstvoll schaut er in die Runde, und wie sich die Löcher unter der kurzen Nase runden, wie er lächelt, gequält, mit dünnen Lippen, wie er schnauft und bebt, da sieht er mit einemmal aus wie eine groteske Marionette, ein bleicher, starrer, verdorbener Zwerg, ein bemalter Nußknacker – wie Michael Jackson.

Zeit zum Gehen. Ich winkte den weißen Alten herbei und verlangte die Rechnung, im stillen darauf vertrauend, daß Juri Wiktorowitsch noch die Geistesgegenwart haben würde, mich am Zahlen zu hindern. Doch der Alte winkte großmütig ab. Nicht nötig, der Herr Noschikow hat Kredit, das machen wir später. Die Musikanten hatten sich abgesetzt, sobald die ersten Gewitterwolken aufgetaucht waren. Sie waren zu ihren Instrumentenkästen geeilt, hatten sich Mäntel übergeworfen und waren verschwunden, ohne sich noch einmal umzudrehen; eine kleine, aufgeregt murmelnde Gruppe Angewiderter. Schwer stützte sich der Verbrecher auf meinen Arm. Seine Hand zitterte, und er war nicht mehr rührselig und nicht mehr glücklich, nur noch stark konzentriert auf sein Unwohlsein. An der Tür stieß mich der Alte an, übergab den schwankenden Herrn Noschikow einem Angestellten, der ihn verlegen, aber aufmerksam geradehielt, und flüsterte mir zu, er habe telefoniert und erwarte jeden Moment die Ankunft eines Bekannten, eines jungen Mannes, eines zuverlässigen jungen Mannes, der den Herrn Noschikow, unseren verehrten Juri Wiktorowitsch, nach Hause bringen werde. Ich verabschiedete mich, drückte eine leidende, schlaffe Hand, suchte vergeblich Augenkontakt und schritt schließlich nicht unzufrieden in die Nacht hinaus – aufgewühlt, mit verklebten Augen, mit noch immer heißen Ohren und einer Seele, in der es gleichzeitig brannte und löschte, aber eben doch: nicht unzufrieden.

Wie leichtsinnig doch Zufriedenheit macht.

Sorglos ging ich durch die Nacht, sorglos wie ein Kind durch die elterliche Wohnung geht – wie hätte ich Angst haben können, nachdem ich mit dem größten aller örtlichen Verbrecher gegessen, gesungen und geweint hatte? Wer kann dir in Brighton Beach besseren Schutz geben als der erste Bandit vor Ort? Blind vertraute ich auf die Wirkung von Juri Wiktorowitschs Gastfreundschaft und vergaß, daß selbst Verbrecher gegen das Verbrechen nicht gefeit sind. Zudem, Iwan Andrejewitsch, vergaß ich die elementaren Regeln der mathematischen Logik. Nicht, daß ich ihre strenge Schönheit bewunderte wie die Akademiker, denen Serjoscha durch seine Lust am Irrationalen auf die Nerven geht. Ich sehe nichts Schönes in einer Gleichung, und wenn die Logarithmen stimmen, läßt mich das kalt. Aber ich spüre eine Art Befriedigung, fast einen Trost, wenn ich sehe, daß es etwas gibt, das keinen Launen gehorcht, etwas, das immer stimmt, egal ob es kalt oder heiß ist, egal ob es ein Russe sagt oder ein Amerikaner. Nehmen wir die Wahrscheinlichkeit. Du würfelst dreimal Zahl und denkst, dies erhöhe die Chance auf Kopf – schon falsch. Die Chance ist halbehalbe, genau wie bei den Würfen vorher, und du darfst nicht staunen, wenn du zum vierten Mal Zahl wirfst. Und was für Münzen gilt, gilt auch für das Leben – daran hätte ich denken müssen. Aber ich dachte nicht daran. Zufrieden marschierte ich die Atlantic Avenue hinunter, dem leeren, stillen, hell erleuchteten Zug zu, der mich nach Manhattan bringen würde. Ich war überfallen worden an diesem Tag, ich war entführt, in einen Keller gesteckt, bedroht und geschlagen worden, und darum hätte ich jedem ins Gesicht gelacht, der mir gesagt hätte, daß ich nur zwanzig Sekunden, nachdem ich unter die schwebenden Geleise der Brighton Beach

Avenue eingebogen war, in die Mündung einer Pistole schauen würde.

Aber so geschah es.

Ich fühlte etwas Hartes auf meinem Schulterblatt, und eine hohe Männerstimme, dünn wie eine Saite, sagte in klarem, deutlichem Russisch: »Keine Faxen. Hier rein. Geradeaus. Stopp.« Ich gehorchte. Wir standen bei der Parkgarage hinter Markows Haus, ein paar Schritte nur vom Boardwalk entfernt bei den Gebüschen, aus denen vor ein paar Wochen noch Blütenduft aufgestiegen war. Jetzt roch ich nur noch kalte, ätzende Hundepisse. Fassungslos starrte ich in die Blätter, den Kopf gebeugt, leise keuchend. »Umdrehen«, sagte die Stimme, und ich schaute in ein Gesicht, das keines war – auf einen Hut, der tief in die Stirn gezogen war, einen Kragen, der bis zur Nase reichte, und eine riesige Sonnenbrille, die die Augen verdeckte. Alles was ich sah war eine feine, gerade Nase und ein Stück Haut rechts und links daneben. Der Mann sah sich um, steckte die Pistole in seine Manteltasche und sagte: »Ganz natürlich, Alexander. Steck die Hände in die Tasche. Gut. Und nun aufgepaßt. Wir gehen langsam, nebeneinander, zum Boardwalk.« Der Typ sprach kein Englisch, das war klar. Der ›Boardwalk‹ wäre ohne den kleinen Schwenk seines Kopfes nicht zu verstehen gewesen. »Dort stelle ich dir ein paar Fragen. Du beantwortest sie so rasch und vollständig wie möglich. Du schaust geradeaus dabei, nicht auf mich. Du schaust nie auf mich. Wenn jemand vorbei kommt, dann redest du normal weiter. Sprich nicht leiser, sprich nicht lauter; es ist egal, wenn jemand was hört. Wenn ich gehe, bleibst du fünf Minuten stehen und rührst dich nicht. Wenn du früher weggehst, wirst du umgelegt. Danach kannst du gehen. Verstanden?«

Ich nickte, und wir stiegen langsam die kleine Treppe zum Boardwalk hoch. Vorsichtig setzte ich einen Fuß vor den anderen. Mein Kopf wollte sich drehen, ich hielt mich nur mühsam gerade.

»Wo bist du eben gewesen?« Russischer Allerweltsakzent. Leningrad vielleicht?

»Im Restaurant *Rasputin.*« Ich stand am Geländer, die Hände in den Taschen, er einen halben Schritt hinter mir.

»Mit wem?«

»Mit Juri Noschikow. Juri Wiktorowitsch Noschikow. Er ist –«

»Ich weiß. Beantworte nur meine Fragen. Was hattest du mit ihm zu besprechen?«

»Ich hatte nichts mit ihm zu besprechen. Er hat geredet. Er hat erzählt. Aus seinem Leben.«

»Habt ihr über Markow gesprochen?«

»Ja.«

»Was?«

»Ich habe ihn gefragt, ob er Markow umgelegt hat. Ich hatte geglaubt –«

»Was hat er geantwortet?«

»Nein. Daß er ihn nicht umgelegt habe.«

»Hat er gesagt, wer ihn umgelegt hat?«

»Niemand. Markow selber. Es sei Selbstmord gewesen, sagte er.«

»Hast du ihm von Markow erzählt?«

»Ja.«

»Was?« Das kam unwillig. Ich war ihm wohl doch zu einsilbig geworden.

»Nicht viel. Er hat mich nach einem Aljoscha gefragt, und ich habe ihm von Aljoscha erzählt.«

»Von Aljoscha? Was?« Eine Spur von Erregung.

»Was mir Markow erzählt hat eben. Daß dieser Aljoscha sein Freund gewesen ist, und daß er umgebracht worden ist.«

»Von wem?«

»Von Banditen in Kemerowo.«

»Von Banditen in Kemerowo?« Hier erstaunte ihn etwas. Seine Stimme blieb ruhig, aber angestrengt ruhig.

»Ja.«

»Wieso?«

»Ach, das ist eine lange Geschichte.« Ich hielt inne, eine Zurechtweisung befürchtend. Aber es kam nichts. »Aljoscha hatte, wenn ich mich recht erinnere, herausgefunden, daß ein hoher Stadtbeamter Kontakte zum wichtigsten Verbrecher in Kemerowo hatte.«

»Und wie haben diese Leute geheißen?«

»Der Oberbandit hieß, warten Sie ... Ryschkow. Ich hatte mich noch gewundert, damals. Ryschkow, wie der frühere Ministerprä –«

»Und der Beamte?« Etwas an seiner Stimme machte mich frösteln. Sie war kalt, kälter als die von Andrei. Kalt, eindimensional, platt. Eine Automatenstimme.

»Keine Ahnung. Aber er war der Owir-Chef. Der Owir-Chef von Kemerowo. Das weiß ich noch genau.«

»Der Owir-Chef von Kemerowo. Hm.« Das klang irgendwie zufrieden. Eine Weile blieb es still. Ich schielte vorsichtig zurück und ahnte die Umrisse seines breitkrempigen Hutes.

»Warum hat dich Noschikow nach Aljoscha gefragt?«

»Weil ihm Markow auch etwas über einen Aljoscha erzählt hat. Aber über einen anderen. Es muß ein anderer sein. Weil der nämlich noch lebt.«

»Er lebt? Ach, wirklich?« Nun war er eindeutig belustigt. »Wo lebt er? Was ist das für ein Aljoscha?«

»Ein erfolgreicher Geschäftsmann. Russe. Import-Export. Soll hier in Brighton Beach leben. Markow hat ihn offenbar gut gekannt und mit ihm verkehrt. Der Mann soll Millionen gemacht haben. Millionen von Dollar, buchstäblich. Hat sie auf Konten in aller Welt angelegt – in der Karibik, in der Schweiz, überall.«

Das brachte ihn wieder eine Weile zum Schweigen. Ich atmete tief ein und stellte fest, daß mein linkes Nasenloch verstopft war. Mir war nach Schneuzen zumute, aber ich ließ die Hände in den Taschen. Ein feiner Regen setzte ein. Vom schwarzen Sand unter uns kam ein modriger Geruch. Auf einem Schiff draußen in der Bucht blinkte ein Licht.

»Und dieser Aljoscha soll hier wohnen, in Brighton Beach?«

»Ja.«

»Gut. Eine letzte Frage.« Wie höflich. Fast hätte ich mich umgedreht. »Hast du den Eindruck, daß dieser Noschikow mehr gewußt hat über diesen Aljoscha, als er dir gesagt hat?«

Ich überlegte. Er schien zu begreifen, daß ich etwas Zeit brauchte, und wartete schweigend. Sein Atem drang in regelmäßigen Abständen als kleine, silberne Wolke an meinem linken Arm vorbei. Schließlich sagte ich: »Gut möglich. Sogar wahrscheinlich. Ich glaube, daß Noschikow diesen Aljoscha finden will. Das hat er sogar gesagt, glaube ich. Daß es für ihn sehr günstig wäre, wenn er mit diesem Aljoscha, äh ... zusammenarbeiten könnte. Finanziell günstig. Also, ich glaube ...«

Ob es ihn diesmal interessierte, was ich glaubte? Ich wartete.

»Na, was?«

»Ich glaube, daß er diesen Aljoscha finden und ihn erpressen will.« Verdammt! Was, wenn dieser kleine Mann selber ein Erpresser war?

Aber nichts geschah. Er zögerte eine Weile und sagte dann: »Noch was. Wo ist die Frau von diesem Markow? Angela ... –«

»Angela Sergejewna. Ich weiß es nicht. Ich hab mich erkundigt, bei der Hausverwaltung. Die wissen es nicht. Die Polizei weiß es auch nicht. Wladimir Anatoljewitsch weiß es auch nicht. Er hat –«

»Wer ist Wladimir Anatoljewitsch?«

»Der Geschäftsführer.«

»Wer könnte es wissen?«

»Ich kenne sonst niemanden mehr.«

Stille. Dann räusperte er sich. »Gut. Ich gehe jetzt. Bleib fünf Minuten hier stehen. Rühr dich nicht, dreh dich nicht um, schau aufs Meer. Achtung, diese fünf Minuten werden dir lange vorkommen. Beachte die Frist trotzdem. Es ist jetzt genau ...« – ein Rascheln – »11 Uhr 35. Schau auf deine Uhr. Korrekt?«

Ich hob den Arm. »Jawohl.«

»Gut. Um 11 Uhr 40 kannst du gehen. Mach keinen Unsinn. Geh nicht zur Polizei, red mit keinem Menschen über unsere Begegnung. Bis dann.« Ich hörte kurze, schnelle Schritte und spürte, wie die langen, glatten Holzbretter unter mir vibrierten. Als ich das erste Mal auf die Uhr schaute, waren gerade anderthalb Minuten vergangen. Die Blase drückte. Ich dachte an Galjas Badezimmer und nahm mir vor, frühestens in sieben Minuten wieder auf die Uhr zu schauen. Feiner Regen legte sich wie Tau auf die Haut. Zweimal hörte ich das Sirren von Rädern hinter mir und aufgeregte, fröhliche Stimmen. Ich legte den Kopf auf die linke, dann auf die rechte Schulter und ließ etwas Regen in den halboffenen Mund rinnen. Hunde, die an der Leine vor Läden warten, können sich hinlegen. Schließlich riß ich den Arm hoch – genau 11 Uhr 40. Ich atmete zehnmal tief durch und ging. Der Boardwalk war menschenleer, die Terrasse des *Winter Garden* geschlossen. Nicht einmal die weißen Plastikstühle waren mehr dort. Ich ging zur Metro, setzte mich in den leeren, stillen, hell erleuchteten Zug, der mich nach Manhattan bringen würde, und wußte, daß es für heute vorbei war mit den Überfällen, Wahrscheinlichkeit hin oder her. Woher kannte dieser Mensch meinen Namen?

XIV

Es gibt Plätze in Moskau, die ich aufsuche wenn mir Katzen an der Seele scharren. Die Plätze sind groß und offen, winddurchweht, licht, und sie sind umrahmt von unseren herrlichen sowjetischen Wohnburgen, von kilometerlangen Siedlungen, weißen, blauweißen, grauen, die wie unregelmäßige Zähne aus dem flachen Horizont ragen. Diese Zähne ziehen mir die Sorgen. Raschen Schrittes wandere ich durch diese Becken russischer Weite, lege meine müden Augen in den Fluchtpunkt und spüre, wie mir das Marschieren die Seele wärmt. Ich bin eine winzige, aber wichtige Makrele im Luftaquarium, ein wandernder Wurm, auf dem Blicke ruhen, die von hoch oben und weit her kommen. Begleiter habe ich nie. Galja macht sich die Schuhe schmutzig, Serjoscha zieht die immobile Versenkung vor, und Vater, der mich vor Jahren einmal begleitete, scheiterte am Tempo, das ich anschlug. Er protestierte, verlangte Mäßigung, aber ich blieb hart. Ich muß schnell gehen an solchen Orten, ich kann nicht anders. Ich schaue zu den Wolken hoch, atme tief ein und eile los, die Hände in den Taschen um den Schlüsselbund gekrallt. Schlaglöcher, Eisenstangen oder Betonblöcke ahne ich mehr, als ich sie sehe, und elegant tanze ich mich in die Vertikale zurück, wenn ich doch einmal ins Stolpern gerate. Ich rede, während ich gehe, ohne die Lippen zu bewegen, die gleichen Sätze, immer wieder, bis sie ihren bösen Glanz verlieren, bis ich sie fortwerfen kann wie ein zerfasertes Bonbonpapier. Ich bin allein, aber ich weiß, daß in den Häusern am Horizont wißbegierige Wesen sitzen, in gemütlichen Stühlen, Konfekt griffbereit, Wesen, die meinen Schneckengang genau verfolgen, durchs Fernrohr vielleicht oder kraft ihrer überirdisch starken Augen, weil ich das einzige bin, was sich bewegt in dieser Einöde, weil ich ein Rätsel bin, weil sie wissen möchten, was es zu denken und zu murmeln gibt da unten. Eines dieser sorgenvertreibenden Foren ist der Freundschaftspark an der Flotskaja Uliza, doch weil ich dort jeden Tag spazierengehe, zählt er nicht, obwohl seine Heilkraft beträchtlich ist. Besser geeignet sind die Rennbahn bei der Metrostation Tschertanowskaja und die olympische Ruderanlage in Krylatskoje – ein Amphitheater gigantischen Ausmaßes, von dem Sie, verehrter Iwan Andrejewitsch, zum Schluß dieses Berichtes noch hören werden.

Daß ich schon drei Tage nach meiner Rückkehr auf der Rennbahn spazieren ging, deutet das Ausmaß meiner Sorgen an. Ich war verzagt gewesen, als ich in Scheremetjewo ankam. Träge floß das Blut; die Lider hingen in die Iris; schmerzhaft drückte die Leber. Niemand, der auf mich wartete. Natürlich. Ich telefonierte Serjoscha – keiner zu Hause. Eine Zigeunerin mit buntem Rock erhob sich von ihrem Lager neben dem Informationsstand und erkundigte sich, ob mich die Schuhe drückten. Ich mache ein Gesicht wie ein Mensch mit blutenden Zehen, sagte sie. Ich stieß sie weg. Die Taxifahrer faßten mich am Arm, aber als ich sagte, ich wolle nur bis zur Flotskaja, lachten sie mich aus. Schließlich nahm mich ein alter Herr mit, der vergeblich auf seine Tochter gewartet hatte und mich für sein Unglück mit verächtlichen, langen Reden strafte. Galja nahm mich in die Arme, als wolle sie mir die Last meiner Lügen abnehmen, ließ Badewasser ein und fragte den ganzen Abend lang nicht, wie es auf der Krim war. Ich schwieg, zerknirscht und dankbar, und überreichte ihr die kleine ukrainische Puppe, die ich vor der Abreise für teures Geld in einem Souvenirgeschäft am Kutusowski Prospekt erstanden hatte. Sie nahm sie, betrachtete sie traurig und stellte sie auf den Fernseher. Auf der Redaktion drückte ich mich zwei Tage lang schmal durch die Gänge, und jedesmal wenn mich jemand fragte, wie's bei der Verwandtschaft auf der Krim gewesen sei, war mir als sähe ich ein Grinsen und ein höhnisches Augenpaar. Ich legte mich mit Tschistow wegen dummen Kleinigkeiten an und ging Subow aus dem Weg, der mich ein paarmal mit einem gehetzten, sonderbaren Lächeln in sein Büro bat, aber nichts tat, als ich dort nicht auftauchte. Am dritten Tag zog mich Swetlana in ihr Büro, bot mir einen Kaffee an und sagte, sie finde es einfach hinreißend, wie ich die Konventionen mißachte, selbst auf die Gefahr hin, mich unbeliebt zu machen. Super fände sie das, einfach klasse. Denn das brauche doch eine Menge Mut. Und mutige Menschen seien so rar heutzutage.

Da hatte ich genug. Ich ging zur Metro und fuhr zur Rennbahn. Es war kalt und regnerisch, die Buchen ragten aus dem Boden wie Besen, und schon während ich an den drei ehernen Pferden vorbeiging, die sich vor dem Eingang zum Stadion aufbäumen, begannen die Sätze sich in meinem Kopf zu drehen wie Kugeln in der Lottotrommel. Markow ist tot, klar, Kugel im Kopf, weg ist er, weggeputzt, eigenartig, ob er das wußte, als wir uns verabschiedeten? Tracy. Ha! Sie hat nichts mehr von mir wissen wollen, natürlich, ich habe versagt auf dem Polizeiposten, und das als ihr Verlobter – unverzeihlich. Einmal in meinem Leben, ein paar Sekunden lang, war ich Verlobter einer Amerikanerin, und das vor amerikanischen Polizisten. Nicht schlecht; das schafft nicht jeder Russe. Aber dann, Tracy – diese Kälte, diese heitere, sachliche Abwendung. Telefoniert hast du beim Essen, statt mit mir zu reden. Hast kleine Besorgungen gemacht, hast dich verdrückt, die Stunden plattgewalzt. Hast Fotos entwickelt, gelernt, gelesen. Unser Besuch auf der Polizei war kein Thema. Versteh ich ja. Du hast dich eben getäuscht in mir, was soll man da machen? Der Russe kommt, der Russe versagt, der Russe ist lästig. Geschwiegen hast du, und wenn im Fernsehen toupierte Blondinen ihren dunkelhaarigen besten Freundinnen gestanden, dieser oder jener Fiesling habe ›ihre Träume gestohlen‹, dann hast du verächtlich gelächelt. Und dann dieses ›Man sieht sich‹ am Flughafen – hast du das ernst gemeint? Man sieht sich. Wirklich? Nach allem was passiert ist? Nein, Tracy, ich glaube du bist ganz froh, aus dieser Sache raus zu sein. Falls du das bist. Schließlich haben uns eine Menge Leute zusammen gesehen in

Brighton Beach. Und Markow war auch dabei. Und Markow ist tot. Mal sehen wie sie mit dir umgehen werden. Die Fotos, die könnten dir zum Verhängnis werden. Markow am Strand, Markow im Restaurant, Markow frontal, von der Seite, grinsend vor Backsteinmauern – sie liegen doch alle noch in deiner Schublade. Räume sie weg, verbrenne sie, zerschneide sie, wirf sie in den Hudson. Weg mit ihnen; vielleicht hängt dein Leben davon ab. Nein, ich übertreibe nicht. Ich muß dich anrufen. Natürlich, noch heute. Nach dem Billard. Ob du auf mich hörst? Auf mich, die Moskauer Enttäuschung? Du bist rasch zu den Dicken zurückgekehrt nach unserem Gang zur Polizei. Hast Markow Markow sein lassen, bist in den Zoo gefahren, der jetzt leer und kahl war, so wie du es gerne hast, weil die Dicken sich vor dünnen, schwarzen Ästen so viel besser machen. Aber du hast ohne mich geknipst – es ist besser so, Sascha, glaub mir –, und zu Hause bist du sofort eingetaucht in dein finsteres Entwicklungsland, während sich der lästige Moskauer auf deinem Bett wälzte, in deinen Büchern blätterte und manchmal, wenn er spürte, daß du nicht herauskommen würdest, in deinen Kleiderschrank starrte, in die bunten Knäuel von Strümpfen, Höschen und BHs, in denen ein paar versteckte Seifenstücke deinen Körpergeruch vertrieben. Ich komme nach Greenwich Village zurück am großen Tag der Überfälle, und du – du bist nicht mal zu Hause. Ich hatte gehofft, dich durch meine neue Geschichte wiedergewinnen zu können, aber ich komme in eine leere Wohnung. Nichts zu machen, ich muß wieder raus auf die kalten Straßen. Ich häng in Kneipen rum und setz mich in Kinos, nur um nicht der erste zu sein, der nach Hause kommt an diesem Abend, denn das halte ich nicht aus: an einem Samstagabend im Bett zu liegen, wenn die Frau, die ich begehre, ins Zimmer tritt, auf Zehenspitzen womöglich, um dem Spießer, dem bedauernswerten, den Schlaf nicht zu rauben. Galja hat mir erzählt, wie das ist – sie liegt da und hört, wie sich der Schlüssel dreht, wie die Schlösser schnappen, wie ich ins Zimmer schleiche, viel lauter, als ich in meinem Suff annehme, wie ich mich über sie beuge und dieser

Duft von Zigarette, Kälte und Wodka auf sie heruntersinkt, den sie haßt, weil er nach wichtigem Palaver, nach Geld und anderen Weibern riecht. Aber da wende ich mich auch schon ab, und durch halbgeöffnete Lider sieht sie, wie ich mich über Julia beuge, sie anblase als sei sie ein Windrädchen, wie ich sentimentale Seufzer von mir gebe, an die Decke blicke und blödsinnig ins Halbdunkel lächle – nein. Nein, nichts Schlimmeres, als im Bett zu liegen, wenn der Lebendige, der Unternehmungslustige sich endlich einfindet! Und drum bin ich durch Manhattan gerannt an diesem Abend, bin nach Hause zurückgekehrt, ohne Erfolg, bin wieder losgezogen, fröstelnd, wütend, müde, hab in Bars zur Glotze neben den hängenden Biergläsern hochgestarrt bis um halb vier, bis ich dich endlich zu Hause gefunden habe, aufgekratzt, übermütig, ein wenig beschwipst, begattet vermutlich auch – jedenfalls hast du mir kaum zugehört, hast die Zähne geputzt, hast ausgespuckt und den Mund gespült, als ich von Ratten und Banditen erzählte, und nach vollbrachter Toilette hast du mich angeschaut, als sei ich komplett verrückt. Klar – was sind schon Ratten, Ohrfeigen und Drohungen gegen Drinks und Küsse in der Rainbow-Bar? Teufel auch, was habe ich gelitten in dieser Nacht! Jubelnd, jawohl! Stumm jubelnd hast du dich ins Bett gelegt, hast geseufzt vor Aufregung und Liebe, hast deine Hände unter die Decke gezogen und die Lippen geleckt, mit geschlossenen Augen, keine dreißig Zentimeter von mir weg, in ruhiger, vollkommen entspannter weiblicher Sinnlichkeit, und ich habe mich weggedreht, dumm, steif, mit glühenden Ohren, in denen es wieder pfiff und sauste wie im Leuchtturm, während du zuerst schnell und dann ganz, ganz ruhig geatmet hast. Wie damals im Motel, als wir uns noch kannten. Von wem hast du geträumt? Trevor kann es nicht gewesen sein. Trevor ist der Mann, der dir den Glanz aus den Augen treibt, wenn du mit ihm redest, der richtige Verlobte, die quengelige Stimme am anderen Ende des Handy – kein Mensch, der dich glücklich machen wird, Tracy. Aber was soll's, geht mich nichts an, und zudem macht nicht Liebe glücklich, sondern Vernunft, du hast's mir hundertmal gesagt. Verehren wir die Vernunft! Wie vernünftig hast du mich angeschaut, als ich dir vom Alibi der Banditen erzählt habe! ›Natürlich, Sascha, das hab ich schon auf dem Polizeiposten gespürt. Und jetzt, jetzt hast du's eben offiziell – dein Pech irgendwie, warum hast du überhaupt gefragt?‹ Und ach, du hast ja recht. Die Herren Banditen haben ein hieb- und stichfestes Alibi vorgelegt. Beide waren sie den ganzen Tag weg, in Manhattan, sie können Dutzende von Zeugen angeben. ›Nicht traurig sein, Sascha. Wir haben uns etwas in den Kopf gesetzt, jetzt müssen wir eben die Realität akzeptieren.‹ Reality. Ich habe mich schwerer mit ihr getan als du. Auf dem Flughafen hast du dir eine Zeitung gekauft und mir in einer weißgelben Imbißstube zu Popmusik erzählt, daß es unvernünftig ist, einem Menschen hinterherzurennen, weil du dabei nämlich die Würde verlierst – ›die Würde, Sascha, ein unabdingbares Requisit der Liebe. Die Nummer eins in Sachen Beziehung. Wichtiger als alles andere. Wichtiger als der Sex, wichtiger als das gute Aussehen‹. ›Das gute Aussehen‹ hast du gesagt, nicht ›das Aussehen‹, und du hast dich zurückgelehnt dabei, die Titten vorgestreckt und die Beine leicht geöffnet, und alles, was mir in diesem Moment noch zu Hilfe kam, war dieses winzige, aber häßliche Doppelkinn zwischen den roten Lippen und dem grünen Pullover, das mir schon im Flugzeug aufgefallen war. Nobody is perfect. Nur einmal, hast du gesagt, seist du einem Mann hinterhergerannt. Vor Jahren und eigentlich mehr aus Neugier. Um zu erfahren, wie es ist, wenn man sich in masochistisches Leiden stürzt. Um zu erfahren, ob all diese Leute recht haben, die behaupten, man müsse sich wehtun, gegen alle Vernunft wehtun, müsse rasen, heulen, müsse sich aufgeben, ganz und gar, um die wahre Liebe zu erfahren. Aber gebracht habe dir das natürlich nichts. Weil du nämlich schon sicher gewesen seist, daß du mit dieser verquälten Werbung den anderen nur anekeln würdest. Und dann hast du dich verschluckt und Kaffee gespuckt, mitten auf die Zeitung, Oh shit, hast dich vorgebeugt, plötzlich abwesend, hast gelesen, aufgehört zu kauen, den Kopf gehoben und mich gefragt, ob dieser Mensch da in Brighton

Beach, dieser Erpresser, dieser Bandit – ob der nicht Juri Wiktorowitsch geheißen habe. Hier stehe, daß gestern ein gewisser Juri Wiktorowitsch Noschikow in Brighton Beach ermordet worden sei.

Ich schaute auf. Ein kleiner Mann hatte mich laut und mißtrauisch gegrüßt. Er führte ein schweres, weißes, unnatürlich großes Pferd mit dicken Beinen an mir vorbei, den Stallungen zu. Auf seinem Rücken lag eine graue Decke, auf der in deutscher Sprache ›Frisia – Vieh- und Pferdedecken‹ geschrieben stand. Das rechte Auge des Pferdes war tot. Ich grüßte laut und beschwichtigend und der Mann legte die Hand an die Mütze. Dann sprach er leise auf das Pferd ein, als wolle er ihm etwas über mich erzählen. Das Pferd beugte ein Ohr zu ihm hinunter und schritt weiter; aus seinen Nüstern dampfte es. Es ging langsam, die Hufe versanken im Morast, und als ich mich umdrehte sah ich, daß es auf einer Hinterhand etwas hinkte. Muß widerlich sein für ein Pferd, wenn es auf einem Auge nichts mehr sieht. Ist ja ein Fluchttier, und wenn dir das halbe Gesichtsfeld fehlt – unangenehm. Ständig muß es den Kopf herumreißen, ständig den ganzen, schweren Pferdekörper drehen, um sicher zu sein, daß kein Feind naht. Kein Leben, so etwas. Es sei denn, es vertraut dem Pfleger. Der führt es, der füttert es, der striegelt es, und am Schluß, wenn er es in den Wagen bugsiert hat, der es zum Schlachter bringt, gibt er ihm noch einen Klaps auf den Hintern.

Ob Juri Wiktorowitsch seinen Mörder hat kommen sehen? Ich hab dir die Zeitung aus der Hand gerissen, Tracy, ich hab mir die Meldung – kurz, nüchtern, kaffeebraun eingefärbt – angeschaut, und dann hab ich mich souverän zurückgelehnt, denn plötzlich hatte ich wieder einen Trumpf, einen Mord, etwas, was dich interessierte. Doch doch, ich hab's deutlich gesehen, ich hab doch Augen. Dieses Leuchten, diese Gier – ha, er ist doch ein besonderer Mensch, dieser Sascha. Ein Mensch, nein: ein Mann, um den herum Aufregendes passiert. Ein Mann, in dessen Umgebung gemordet wird. Ein bedauernswerter Mensch vielleicht, denn kann er sicher sein, daß es ihm nicht eines Tages gleich ergeht? Aber ein interessanter Mensch, dennoch. Und du hast mich umarmt, noch während des letzten Aufrufes, innig umarmt nach Tagen der Abweisung und der Kälte, und ich Trottel hab dich zurückumarmt, dankbar wie ein Hund, würdelos wie die Würdelosesten in deinem Liebesleben. Man sieht sich, man sieht sich – und zufrieden bin ich gegangen, hab gelacht und dir vom Ausgang zurückgewinkt, stolz, ein interessanter Mensch zu sein, glücklich darüber, daß ganz am Schluß, ganz am Schluß in deinen Augen noch einmal dieses grüne Feuer loderte, das mich vor Wochen zum Singen gebracht hatte. Lange hat's ja nicht hingehalten. Die Uniformierte am Schalter, die unseren Abschied mit elterlichem Verständnis belächelte, hab ich noch munter begrüßt. Aber dann, im Flugzeug – Sie hätten mich sehen sollen, Iwan Andrejewitsch. Gestöhnt hab ich vor Elend, als ich mich setzte. Ich hab das Essen verschmäht, aus dem Fenster geschaut, das Kinn in der Hand, bleich, gemartert. Meinen Nachbarn, einen älteren Mann, der mir bei seiner Ankunft mit unempfindlicher Herzlichkeit mitgeteilt hatte, er sei jedesmal wieder platt, daß diese schweren Dinger aus Metall überhaupt flögen, brachte ich mit einem einzigen, furchtbaren Blick zum Verstummen. Er schwieg bis Moskau während ich litt, und ich spürte sein Mitleid, das Mitleid eines guten, phantasielosen Menschen, wie einen dicken, kratzigen Mantel. Einmal bot er mir stumm ein Aspirin an. Aber mir half kein Aspirin. Mir konnte nichts und niemand helfen. Natürlich hatte Tracy recht. Ich war ein interessanter Mensch geworden, ein Mensch, in dessen Umgebung gemordet wurde, und wer garantierte mir, daß ich nicht der nächste war?

Es war dunkel geworden, fast Nacht und eisig. In den 24-stöckigen Wohntürmen am Sewernoje Tschertanowo waren die Lichter angegangen. Ich ließ die Ohrenklappen der Fellmütze herunter. Nicht schick, nicht tough, gewiß, aber wer konnte mich hier schon sehen? Von der Rennbahn her kam ein nasser, erdiger Geruch, von der Straße her das Brummen der Lastwagen. Zwischen den Hochhäusern hingen Nebelschwaden. Praktisch jedes Fenster war erleuchtet. Ich ging rascher. Haben Sie das auch bemerkt, Iwan Andrejewitsch? Die New Yorker Wohnhäuser sind abends viel dunkler als unsere. Die New Yorker gehen abends aus. Oder sie sind in den Ferien. Wir Russen, wir sind immer zu Hause.

Nach dem Marschieren kommt das Billard.

Nicht Pool, Iwan Andrejewitsch, um Gottes willen. Wie kann man nur. Kleine Kugeln in große Löcher hämmern, eine nach der andern, den Tisch abräumen wie ein Kellner – überlassen wir das den Amerikanern. Der Russe spielt französisch. Drei Kugeln mit Bleikern, eine rot, zwei weiß. Drei helle Neonlampen, ein sauber gespanntes, grünes Tuch, federnde Banden, kerzengerade Queues. Mein Partner ist Serjoscha; wir spielen im ›Abricol‹ an der Tschechowa, immer nachmittags, denn am Abend ist es zu voll, und vor den durchtrainierten Mädchen aus dem ›Beach Club‹ nebenan, die am Abend an der Bar sitzen, will er sich nicht blamieren. Serjoscha mag Billard, weil er sich bei jedem Stoß fragen kann, ob die Kugel wirklich genau das – und nur das – tut, was er ihr mit seinem Stoß befohlen hat. Natürlich glaubt er das nicht. Er ist sicher, daß sie eine Art Eigenleben hat und die Bahn, auf der sie rollt, von Kräften mitbestimmt ist, die weder mit den Eigenschaften des Tisches noch mit der Schwerkraft, noch mit dem Impuls seines Handgelenks etwas zu tun haben. Das Übersinnliche eben – Sie verstehen, Iwan Andrejewitsch. Aber Serjoscha ist auch ein Banause. Er gibt den einfachsten Stößen Drall. Er schiebt die Kugel zehn Zentimeter vor, wenn sie an der Bande klebt, er senkt den Kopf aufs Queue, als sei es ein Gewehr, und dann schießt er die Bälle ab, daß es kracht, daß auf dem grünen Meer weiße und rote Boote rasen, zwanzig Sekunden lang, und voll kindischer Wonne schaut er auf die langsam sich legende Hektik hinunter. Es kommt vor, daß sich aus diesem Chaos per Zufall ein paar nützliche Karambolagen ergeben. Doch das ist selten der Fall, und wenn er sich enttäuscht abdreht, die höheren Mächte statt sein steifes Handgelenk verfluchend, trete ich an den Tisch und betrachte mir die Lage. Von hier. Und von hier. Und von da. Ich beuge mich vor, ich gehe in die Knie. Leise knirscht die blaue Kreide auf der Lederspitze, und schließlich nehme ich Maß, locker das Handgelenk, mit stolz erhobenem Haupt. Übersicht ist alles. Die Linke eine Handbreit vor dem Spielball, schiebe ich das Queue zwischen Daumen und Zeigefinger hin und her, fixiere Ball eins, den Spielball, dann Ball zwei, dann wieder Ball eins, immer das Queue bewegend – und dann, die Augen auf Ball zwei, kommt der Stoß, ganz von alleine, ohne Hektik, eine kleine, etwas kräftigere, leicht verlängerte Fortsetzung des Zielens, und weg saust die Kugel, leise grollend auf dem tuchbedeckten Schiefer, zieht kühn ihre Bahn, prallt auf die zweite, klack, stößt sie in eine günstige Position, prallt auf die dritte, klick, zieht sie mit, zur ermatteten zweiten, und schon liegen sie alle einträchtig in der Ecke, und Serjoscha weiß, daß er sich setzen kann, denn nun beginne ich die Amerika-Serie, meine Spezialität, und von den Nachbartischen kommt man herbei und bewundert murmelnd, in respektvollem Abstand, die gefühlvollen Treibstöße und die klebrigen, weiträumigen Holer, während ich nur noch die Kugeln sehe, die mir gehorchen wie gute Kinder, die sich drehen und küssen, die Bande hoch und wieder runter, bis dann, nach manchem entgeisterten Seufzer Serjoschas, der Moment kommt, an dem sie alle in einer Reihe liegen und ich Zuflucht zum Maßé nehmen muß. Eine Notlösung. Seufzend, mein Versagen ahnend, lege ich ein Knie auf den Tisch, hebe das Queue in die Vertikale und höre den widerlichen, splittrigen Knall, der mir sagt, daß ich abgeglitten bin, daß die Kugel nicht die richtige Drehung erhalten hat und wegdriftet, hinaus in die Unendlichkeit des grünen Meeres, irgendwohin, bis sie liegenbleibt, gelassen Serjoschas stümperhafte Annäherung erwartend. Dann schüttle ich den Kopf und ziehe mich ins Dunkle zurück, geschlagen, aber nicht besiegt, greife zum Bier und schaue zu, wie Serjoscha den Arsch in die Luft streckt.

»Woran denkst du?« fragte Serjoscha.

Nach dem Billard kann ich klarer denken. Es ist, als schnitten die schnurgeraden Bahnen der Kugeln Lichtungen ins Dickicht meiner Gefühle.

»Ich denke an Markow, Serjoscha. An den Tod Markows. An die Ermordung Juri Wiktorowitschs. Ich denke an diesen kleinen Typen, der mich ausgefragt hat. Serjoscha, verdammt, in was bin ich da reingeraten? Bin ich in Gefahr? Warum all diese Toten? Natürlich kannst du alles erklären. Markow bringt sich um, weil er krank ist, Juri Wiktorowitsch wird umgebracht, weil, was weiß ich – ein Mord unter Banditen eben. Und der Typ am Abend war eben ein weiterer neugieriger Bandit. Juri Wiktorowitsch hatte viele Feinde. Er hatte Angst vor diesem Andrei. Da war er nicht der einzige.«

»Wie ist er denn umgebracht worden?« Serjoscha war ungewöhnlich ernst.

Ich reichte ihm den Zeitungsausschnitt und sah zu, wie sich seine schönen Augen hin- und herbewegten. Für solche Augen war dieser Text definitiv zu profan. Ich kannte ihn auswendig. ›Mord im Banditenmilieu. In Sheepshead Bay ist am Sonntag in den frühen Morgenstunden ein russischer Immigrant ermordet worden, der im Verbrechermilieu verkehrt haben soll. Bei dem Opfer handelt es sich um den 52jährigen Juri Wiktorowitsch Noschikow, einen Geschäftsmann. Die Polizei fand Noschikow aufgrund eines anonymen Hinweises vor seinem Haus. Er muß am Morgen früh aus nächster Nähe mit drei Schüssen aus einer kleinkalibrigen Pistole umgebracht worden sein. Die Polizei vermutet eine Abrechnung unter Kriminellen. Noschikow war laut Polizeiangaben eine bekannte Figur in der Unterwelt von Brighton Beach. Hinweise, auch anonyme, nimmt die Nummer 911 und jeder Polizeiposten entgegen.‹

Die grauen Augen schauten hoch. »Und du weißt wirklich nicht, wer ihn umgelegt hat?«

»Keine Ahnung, ehrlich. Andere Banditen vielleicht. Vielleicht Andrei.«

»Oder dieser Kleine?«

»Vielleicht.«

»Oder dieser Geschäftsführer?«

»Ganitschew? Nein, glaube ich nicht. Ist nicht der Typ dazu. Kann keine Pistole anfassen. Nein.«

»Und diese Angela Sergejewna. Ist sie immer noch nicht aufgetaucht?«

»Nein.«

Er schwieg eine Weile und zeichnete mit seinen kleinen, weißen Schweißhänden Figuren aus Bier und Wasser auf die Schieferplatte.

»Wovor hast du denn Angst, Sascha?«

Ich nahm einen Schluck und leckte mir die Oberlippe ab. »Das ist es ja. Ich weiß es nicht. Vielleicht hat es mit diesem Aljoscha zu tun. Dieser Typ, der mich am Schluß ausgehorcht hat – der schien überrascht, als ich Aljoscha erwähnte. Ich kann nicht genau sagen, warum. Aber der Name Aljoscha interessierte ihn. Oder verblüffte ihn. Und ich habe ihm Markows Geschichte über Aljoscha erzählt. Den toten Aljoscha. Kann sein, daß es gefährlich ist, diese Geschichte zu kennen. Die große Frage ist –«

»Ja, was ist die große Frage?« Serjoscha fiel mir ins Wort, was er sonst nie tut. Er schien ungewöhnlich ernst und gespannt.

»Die große Frage ist …« – Ich zögerte. Plötzlich fand ich, ich hätte etwas wenig anzubieten für diese Formulierung. Aber ich hatte begonnen, und Serjoscha wartete, also schloß ich mutig – »ob es da draußen jemanden gibt, der findet, ich müsse sterben.«

Er schaute mich an, das Kinn in der Hand, den Ellbogen auf dem Tisch. Auch eine Form von Spott.

»Nein, Sascha. Nein. Das ist nicht die große Frage.«

»So. Nicht. Was denn?«

Er seufzte. Er schaute hoch zur Decke, er schaute zu den Billardtischen hinüber, gepeinigt, als habe er Ungeheuerliches zu wägen. Und in einem gewissen Sinne tat er das ja auch.

»Mein lieber Alexander. Die große Frage lautet: Wer ist dieser Markow? Und die zweite Frage, ebenfalls wichtig, ebenfalls groß: Wer ist dieser Aljoscha?«

Ich schaute ihn verblüfft an. »Aber das ist doch –«

»Nein, das ist überhaupt nicht klar. Was weißt du schon über diesen Markow? Es ist dir ja selber aufgefallen. Hat er dir nicht gesagt, er sei in Nowosibirsk aufgewachsen? Und hat er dir nicht später von seiner Schulzeit in Moskau erzählt?«

»Ja. Aber das kann doch eine Verwechslung sein. Völlig harmlos. Er kann sich versprochen haben, ich meine, er war ja krank ...«

»Quatsch. So verspricht man sich nicht. Nein, Sascha, da ist was faul. Ich spüre« – er schaute zur Decke – »daß hier Kräfte am Werk sind, von denen du nichts ahnst.« Er sah meine ungläubige Miene und schüttelte den Kopf. »Nichts Übernatürliches, Gott bewahre, warum auch? Aber ich glaube, daß dieser Markow dich angelogen hat. Warum? Er wollte etwas verbergen. Was? Ich will es dir verraten: seine Identität. Er ist ein anderer – war ein anderer, 'tschuldigung. Er war gar nicht Markow. Keine Frage. Und damit hängt vermutlich auch diese idiotische Geschichte von diesem Aljoscha zusammen.«

»Na und? Was nützt mir das alles?« Seit meinem letzten Besuch in Brooklyn neigten meine Ohren zu rascherem Erglühen.

»Nichts, solange du nicht weißt, was dahintersteckt. Mensch, Sascha, du bist doch Journalist. Geh der Sache nach, verdammt. Recherchier. Anhaltspunkte hast du genug. Markow – müßte doch rauszufinden sein, ob es so einen gab in Kemerowo. Einen Wissenschaftler, der nach Amerika auswanderte. Und mit seinem Freund ist es noch leichter. Du brauchst nur rauszufinden, ob ein Aljoscha – kennst du seinen Familiennamen?«

»Nein.«

»Macht nichts. Ob in diesem Jahr ein Aljoscha in Kemerowo ermordet wurde. So viele Morde wird's in Kemerowo auch nicht gegeben haben. Gott, warum so passiv? Hast du Angst? Angst wird durch Aufklärung bekämpft. Also kläre auf.« Er strich sich über die blonden Haare und grinste, aber trauriger als sonst, fast niedergeschlagen.

Ich schaute ihn mißmutig an. Natürlich hatte er recht. Bei Markow mußte ich anfangen. Hätte ich da nicht selber draufkommen können? Doch glauben Sie mir, Iwan Andrejewitsch – nicht Mangel an Einsicht war es, was mich davon abhielt, diesen Gedanken zu denken. Heute weiß ich, daß es Instinkt war. Ich ahnte, daß ich mich in noch größere Gefahren bringen würde. Und hatte ich etwa nicht recht damit? Von diesem Tag an begann ich in Markows Vergangenheit zu wühlen; ruhelos, hartnäckig und innovativ, wie Tschistow sagen würde. Aus Neugier, sicher, aber mehr noch, um Serjoscha zu beweisen, daß ich trotz allem kein Tölpel war. Und diese Suche hat mein Leben dramatisch verändert, da werden Sie mir zustimmen. Hätte ich sie bleibenlassen, wäre vielleicht alles beim alten geblieben. Galja wäre noch bei mir, und ich führte ein ruhiges, bescheidenes Leben, ein Leben in Sicherheit und Würde. Zwar trüge ich Fragen mit mir herum auf meinen Märschen durch Moskau; große Fragen ohne Antworten; beunruhigende, beleidigende Fragen. Aber besser solche Fragen als Antworten, die dich nachts ans Fenster treiben. Wie gestern abend zum Beispiel, um drei. Ich erwache, stehe auf und schaue auf die Uliza Schumkina, weil ich sicher bin, daß mich ein Geräusch geweckt hat, das von draußen kam. Ein ungewöhnliches Geräusch – kein Singen in den Wasserrohren, kein Klopfen. Ein seltsames Geräusch; ich hab's heute noch in den Ohren. Eine Art überlautes Knacken, als reiße ein Koloß an seinen gichtigen Knöcheln. Ich schaue hinaus auf die Straße, unsichtbar hinter dem Vorhang, keinen Meter weg von Vater, der ruhig schläft. Sein Mund steht offen, die großen Ohren sehen aus wie angeklebt. Wie gut, daß er nichts von all den Scheußlichkeiten weiß, in die sein Sohn verwickelt ist. Stille. Auf der Straße bewegt sich nichts. Eine klare, mondhelle Nacht, kalt wie das All. Die Autos tragen weiße Mützen; ein leichter Wind treibt winzige, trockene Schneeflocken durch den Lichtkegel der Straßenlaterne. Schon will ich mich abwenden, da höre ich wieder ein Geräusch, aber diesmal ein anderes, das Knirschen von Schritten auf trockenem, festgepreßtem Schnee, ganz leise. Vorsichtig strecke ich den Hals. Ein Mann. Er geht rasch wie jemand, der noch die letzte Straßenbahn erreichen will. Ein Schal verdickt ihm den Hals. Und mitten im Gehen, genau auf der Höhe unseres Hauses, hebt er den Kopf und schaut zu mir hoch, als ahne er, daß ihn von oben jemand betrachtet. Der Schatten des Hutes verbirgt Stirn, Augen und Nase. Nur Mund und Kinn leuchten im weißen Licht der Laterne, und mir ist, als grinse er. Mit klopfendem Herzen mache ich einen Schritt zurück und taste nach dem Konfektteller, auf dem die kleinen Süßigkeiten liegen, die Sweta Vater für die Festtage gebracht hat. Leise kauend schiebe ich mich wieder zum Fensterbrett vor. Der Mann hat seinen Schritt beim Hochschauen nicht verlangsamt. Da hastet er, den Kopf zwischen den Schultern, die Hände in den Taschen. Jetzt brauche ich mich nicht mehr zu verbergen. Ich drücke die Stirn an die kalte Scheibe und sehe ihn von einem Lichtkegel zum nächsten gehen. Seine langsam kleiner werdende Gestalt wippt eifrig hoch und nieder, aber von hier oben sieht es aus, als komme er kaum noch vom Fleck, als mühe er sich vergeblich, genau wie Wladimir Anatoljewitsch, der Geschäftsführer Markows auf seiner Laufmaschine; ein Hamster, ein Tor. Ich sehe ihn noch lange, ein schwarzer Punkt im Schneckengang, eine winzige Makrele, einmal im Dunkeln, dann wieder im Lichte ferner Laternen, bis er plötzlich um die Ecke biegt und verschwunden ist.

Recherche.

Ich rief Slawa an, den sonnigen Kollegen in der Redaktion vom *Kusbas*, und bat ihn, für mich in den Archiven zu graben. Sebastian mußte mir für diesen Anruf noch einmal sein Büro zur Verfügung stellen, was ihn weniger freute als seine Freundin, die hingerissen auf meine schicken Schnürstiefel schaute und die Finger zu einem neckischen Gruß hochstreckte, den Ellbogen fest an den Körper gepreßt. Ich genierte mich etwas, aber nicht sehr, denn seit meiner zweiten Amerikafahrt war ich sicher, daß mein Telefon in der Redaktion abgehört wurde. Nicht, daß ich konkrete Anhaltspunkte gehabt hätte. Es knackte nicht mehr in der Leitung als sonst auch. Aber es gab Zeichen. Subow sah mich so eigenartig an auf den Sitzungen, und wenn ich ihm auf dem Flur entgegenkam, lächelte er mir schon von weitem zu, ohne Anlaß, ohne Freundlichkeit. Meine Artikel über Amerika erschienen, brachten ein paar Briefe und wurden vergessen. Über Markow wurde nicht mehr geredet. Er war tot, erledigt, ruhte irgendwo in Brooklyner Erde, und das ging niemanden was an. Nur ich dachte noch an ihn, nur ich wußte, daß weit weg, tief in Sibirien, ein fetter, freundlicher Kollege daran war, Licht in seine Vergangenheit zu bringen. Und dieses Wissen, Iwan Andrejewitsch, war in dieser trostlosen, dunklen Zeit fast das einzige, was mich freute. Was hatte ich sonst schon zu lachen? Auch lockere, nette Kerle legten plötzlich Wert auf korrekte Umgangsformen. Allein schon dieses Grüßen. Ich wurde gegrüßt, wo ich ging und stand, wurde mit Grußworten geradezu überschüttet, wenn ich irgendwo hereinplatzte. Wenn wir uns ausgesprochen hatten in den Sitzungen drehte sich Subow zu mir und fragte lauernd, ob auch ich dem Vorgeschlagenen zustimme – als ob meine Meinung besonderes Gewicht habe, als ob es irgend jemanden auch nur die Bohne interessierte, was ich dazu zu sagen hatte. Aber ich zahlte es ihnen heim. Durch die Sitzungen lächelte ich mich wie ein Buddha, fröhlich, beleidigend unnahbar. Doch wenn mir die Kollegen einzeln unter die Augen kamen, wurde ich unhöflich und grob. Swetlana hatte schon recht – ich machte mich unbeliebt. Nur Tschistow tat, als merke er von alledem nichts. Er wurde vergnügt, wenn er mich sah, erkundigte sich nach dem werten Befinden und bedachte meine Artikel mit schönen, feinsinnigen Komplimenten, die zeigten, daß er mich gelesen und ernst genommen hatte. Einmal, nach einer aufregenden Sitzung, legte er mir sogar freundschaftlich die Hand auf die Schulter. Sie fühlte sich an wie die Hand Andreis. Ich rührte mich nicht, ich ließ sie liegen, wie du die Katze mit den scharfen Krallen liegen läßt, die darauf besteht, in deinem Schoß etwas auszuruhn, ob du willst oder nicht.

Eines Abends sagte Galja, ein gewisser Slawa, ein Mensch mit völlig unangebrachtem, impertinentem Humor, habe mich sprechen wollen. Es gehe, und hier seufzte sie tief, um diesen Markow. Ich wartete bis zum nächsten Morgen, und als Galja gegangen war, stellte ich Slawas Nummer in Kemerowo ein. In der Leitung rauschte es, und ich mußte den Hörer fest ans Ohr pressen, um etwas zu hören. Slawa schrie. Kalt sei es in Sibirien. Er habe überhaupt keine Schwierigkeiten bei den Nachforschungen gehabt, weil er eben die richtigen Leute kenne. Tja. Der Direktor der Engels-Zeche lasse mich übrigens schön grüßen. Dank meiner Reportage habe er sich hier einiger unangenehmer Feinde entledigen können, hahaha.

Ich unterbrach ihn, so höflich wie möglich schreiend.

»Slawa, hör. Was ist mit Markow?«

»Richtig, Markow. Also. Einen Markow, der nach Amerika ausgewandert ist, hat es hier nie gegeben, das steht fest. Keinen Normalmenschen, keinen Wi ...aff ...-«

»Was? Lauter, verdammt!«

»Keinen Normalmenschen, keinen Wissenschaftler. Hier ist kein Markow ausgewandert. Und noch viel weniger ist hier jemals ein Aljoscha ermordet worden. Es gab zwar Morde, mehr als genug. Doch ein Wissenschaftler namens Aljoscha ist in den letzten Jahren nicht umgelegt worden. Der König der Verbrecher hier heißt übrigens auch nicht Ryschkow.«

»Wie denn?«

»Ist ja egal, Sascha, nicht wahr? Jedenfalls nicht Ryschkow. Und dann noch etwas: Ein Institut für Theoretische Metallurgie gibt es hier ebenfalls nicht. Hat es nie gegeben, und wird es, wenn ich mich nicht täusche, auch nie geben. Der Staat hat kein Geld, die Oblast hat kein Geld, die Stadt hat kein Geld. Hast du Geld?«

»Wie? Nein.«

»Schade. Na, sag mal, da hat dich wohl einer an der Nase herumgeführt, was? Vergiß es, gibt Schlimmeres. Ich hoffe jedenfalls, dir mit diesen Angaben gedient zu haben?«

»Ja, Slawa, danke, vielen Dank.«

Ich legte auf und blieb sitzen. Unten stritten die Maximows. Sie stritten geduldig, mit langen Pausen und plötzlichen, lauten Zornesausbrüchen. So klingt es manchmal, wenn du im kleinen Park vor dem Satiretheater stehst. Mir war kalt, in den Ellbogen spürte ich ein Ziehen. Ich rief Swetlana an und sagte, ich könne heute nicht kommen – nicht heute, und für den Rest der Woche vermutlich auch nicht – Grippe – Temperatur – da muß man aufpassen, richtig, Swetlana – immer – nein – werd ich tun, natürlich – kalte Dusche jeden Morgen? Und die Fenster auf in der Karre, auch im Winter? – ich weiß nicht – bei dir vielleicht – nein, eher nicht – nichts für mich – eine Frage der Tugend, natürlich – mach's gut, Swetlana. Bestimmt. Bestimmt. Tschüß. Ich legte den Hörer auf und blieb sitzen.

Er hatte mich angelogen.

XV

Er hatte mich angelogen. Mehr: Er hatte mich betrogen.

Betrogen, weil er mich ins Vertrauen gezogen hatte. Diese ganze Geschichte von Aljoschas Tod, von seinem Sterben – Lüge. Alles Lüge. Aber warum? Warum geht einer hin und offenbart dir sein Innerstes, wenn alles nicht stimmt? Um sich desto besser zu verbergen? Um sich zu amüsieren über deine Gutgläubigkeit und dann zu sterben? Wenn er nur gelogen hätte! Wenn er gesagt hätte, er setze eine Million Dollar um pro Monat und habe drei Frauen und ein Haus in Hollywood – kein Problem. Lügen, einfache, erfreuliche Lügen. Juckt mich nicht, kann ich schlucken. Aber Markow hatte betrogen. Ich war nicht nur ein zufälliger Zuhörer gewesen. Er hatte meine Anteilnahme bekommen, ich hatte mit ihm gelitten, ich hatte ihn gemocht – also hatte er mich betrogen.

Tracy. Ich wollte ihre Stimme hören, wollte mir vorstellen, wie sie in Socken auf dem Bett liegt, das Handy ans Ohr geklemmt, auf dem Bauch ein Lehrbuch. Soll sie mir doch sagen, sie habe keine Zeit oder interessiere sich nicht für meine Probleme! Wenigstens sagt sie die Wahrheit. Auch wenn sie unangenehm ist, auch wenn ich die Luft anhalte vor Entrüstung, wenn sie mir mit dieser peniblen, erniedrigenden Sachlichkeit sagt, ich müßte mal wieder die Socken wechseln. Schrecklich, Iwan Andrejewitsch? Im Gegenteil. Haben Sie mal erlebt wie es ist, wenn Ihnen so eine Frau ›Ich liebe dich‹ sagt? Sehen Sie. Gut klingt das. Saugut. Besser jedenfalls als ›Sascha, laß uns zum Abschied miteinander schweigen‹. Das hatte sie zum Abschied auf dem Flughafen gesagt, unmittelbar bevor ich ging, in vollem Ernst, ich schwör's. Sie hatte mich umarmt und dann am Kopf gepackt, hatte sich an mich geschmiegt und gesagt wir sollten schweigen – und ich hatte geschwiegen, pflichtbewußt, hatte dagestanden mit schweren, überflüssigen Armen, angestrengt nach innen horchend, wo sich eine eintönige Melodie von selber sang. Geziert kam mir diese Umarmung vor, geziert und rituell und trotzdem seltsam innig und wahr. Und als wir uns voneinander lösten, fand ich, Tracy habe noch nie so aufrichtig ausgesehen. Soll einer diese Amis verstehen!

Am Kiewer Bahnhof stieg ich aus und machte mich auf den Weg zu Sebastian, vorbei an röhrenden Auspuffen und trägen Taxifahrern. Unter dem Eingang zum Bahnhof standen Reisende aus der Ukraine, die mit dem Nachtzug gekommen waren. Sie preßten ihre Taschen an sich und schauten fröstelnd zum ehemaligen sowjetischen Außenministerium hinüber, das nicht mehr für sie zuständig ist. Am Straßenrand drehte ich mich um und schaute zurück. Ich fühlte mich verfolgt – in der Metro hatte ein junger Typ zweimal schnell den Kopf weggedreht, als ich ihn ansah, und auf der Rolltreppe hatte er zwei Meter hinter mir gestanden. Jetzt sah ich ihn wieder, und das war mein Glück. Keine fünf Meter entfernt schaute er auf einen schmutzigen Lada, der etwas weiter oben am Straßenrand geparkt war, hielt eine Hand hoch und zeigte mit der anderen auf mich. Auf mich, ganz genau auf mich, Iwan Andrejewitsch, obwohl neben mir Dutzende von Leuten standen – Blumenverkäuferinnen, Losverkäufer, Eckensteher, Babuschkas mit Wodka und Zigaretten. Aber ich war gemeint, keine Frage. Die Türen des Lada öffneten sich, alle vier gleichzeitig, und vier schwere Typen in Lederjacken sprangen heraus, und das war das letzte, was ich sah, denn nun begann ich zu rennen, mit kleinen, hastigen Sprüngen, um auf dem Eis nicht auszugleiten, ohne zurückzuschauen. Jawohl, ich war gemeint. Mir brauchst du nicht zu erklären was es heißt, wenn sich vier Türen auf einmal öffnen. Wie ein Hase flog ich dahin, keuchte, rannte in eine Holzkiste hinein, sah vier platte, graue Fische in den Matsch fliegen, hörte einen Mann brüllen und rannte weiter, von tausend Teufeln, schlimmer: von vier Typen in Lederjacken gehetzt. In der Ferne kreischte eine Frau, vermutlich war sie umgestoßen worden. Weiter, quer über den Platz, hinunter zur Moskwa – halt, was soll ich dort, dort packen sie mich. Hier rechts, was ist das? Weiß, lang, hoch – das Hotel *Slawjanskaja*. Ich stand still, schaute japsend zurück, sah undeutliche, hektische Bewegung, noch fern genug. Das *Slawjanskaja*, natürlich. Nichts wie rein. Ich rannte am Gitter entlang, das die Welt des Westens vom Basar auf dem Bahnhofsplatz trennt, fand ein Tor und glitt hindurch, drosselte meinen Lauf und schritt rasch, mit zitternden Knien, keuchend die Kleider in Ordnung bringend zum Eingang hoch. Ein Blick zurück – da waren sie schon, schritten das Gitter ab wie Tiger, riefen, gestikulierten. Ich schloß mich einer Gruppe nördlicher Geschäftsleute an, hielt einem freundlich sich bedankenden Herrn die Tür auf, ignorierte wie die anderen die Fußmatte und stand in der Lobby.

Ruhe. Marmor. Höflichkeit.

Über mir ein bunter Fahnenwald, rechts ein kleines Café, links die Rezeption und schließlich diese tiefen, bequemen Sessel, in denen du aufseufzend versinkst, ein Glas Gin in der Hand, wohlig eintauchend in die tröstliche Atmosphäre lässiger, beiläufiger Internationalität. Ich atmete tief, drehte mich um und sah durch die Glastür, wie meine Verfolger innehielten. Da standen sie und steckten die Köpfe zusammen. Ha. Sie hatten Angst. Natürlich hatten sie Angst, denn dies war das *Slawjanskaja*, Herrschaftsbereich der Tschetschenen, und wenn du zu einer anderen Gruppe gehörst, bist du hier nicht willkommen. Da saßen sie hinter ihren Kaffeetäßchen, die kaukasischen Verbrecher, elegant, mit freundlichem, mörderischem Blick, ruhig rauchend und ihre Macht genießend, Reptilien unter Säugetieren. Ich ging weiter, steuerte auf die weichen Sessel zu – da faßte mich jemand am Arm. Ein Türwächter in Uniform. Ich sah ihn an, er sah mich an, und wir wußten Bescheid. Er wußte, daß ich Russe bin; ich wußte, daß er es wußte –

ein russischer Türsteher läßt sich nicht betrügen. Verschlagen sah er aus, bäurisch schlau, trotz des kleinen, gestutzten Schnurrbarts zwischen den wundrasierten, ungesunden Wangen. Kein Hellseher, gewiß nicht – warum also sah er, verdammt noch mal, daß ich Russe war? Alles, was ich trug, hatte ich in New York gekauft. Nicht in einem dieser überlaufenen Moskauer Westläden, nicht bei Stockmann, nicht bei Karstadt – in New York, bitte schön, am Broadway, liebevoll und kompetent beraten von Tracy, die genau wußte, was diesem markanten, schwarzhaarigen Moskauer stand.

»Sie wünschen?« Russisch.

Ich kramte in meinem Geldbeutel, zeigte ihm ein Kinobillet aus Manhattan und sagte auf Amerikanisch das, was mir gerade in den Sinn kam: daß ich den Herrn, äh ..., den Herrn Erskine zu sprechen wünsche. Ich hätte eine Verabredung. Mit Herrn Erskine. Hier. Jetzt.

Er nickte ungläubig, sagte auf Russisch, man werde ja sehen, und führte mich zur Rezeption, wo eine blonde Dame Papiere ordnete. Sie zählte zu Ende, laut: »Vierundvierzig, fünfundvierzig, ich komme gleich, sechsundvierzig, einen Moment, siebenundvierzig, gut – was kann ich für Sie tun?« Auf Englisch.

Ich warf einen indignierten Blick auf den Portier, der neben mir stehengeblieben war, und sagte gemessen, ich hätte eine Verabredung mit Herrn Erskine. Jetzt. Hier. Sie blätterte in einem Buch und schaute freundlich hoch.

»Wissen Sie, auf welcher Nummer –?«

Ich schüttelte bedauernd den Kopf. Aber sie blieb ruhig und hilfsbereit, leckte sich die Lippen und blätterte weiter.

»Ach. Sie meinen wohl Mr. Ericson?«

»Jawohl, richtig. Mr. Ericson. Wie ich gesagt habe.« Streng blickte ich geradeaus, meine Kleider gestatteten das, und ignorierte den Portier. Die Dame griff zum Hörer, wartete einen Augenblick und sagte: »Herr Ericson, Ihr Besuch ist da. Hier in der Lobby ... Jawohl. Jawohl.« Sie legte auf und lächelte wieder. Herr Ericson komme gleich. Ich solle mich doch einstweilen setzen. Ich dankte ihr, blitzte den Portier an, der mir noch immer nicht glaubte, und ging hinüber zu den Sesseln. Gut. Was soll's. Besser als alles andere. Mal mit diesem Ericson reden. Schwede vielleicht. Was für ein Zufall. Aber wer, zum Teufel, waren die Typen da draußen? Warum verfolgt ihr mich, Leute? Da stimmt doch was nicht, merkt ihr das nicht? Das ist nicht Brighton Beach hier, das ist Moskau. Hier gibt's keinen Markow, hier gab's keinen Markow, hier bin ich noch nie verfolgt worden, das ist meine Heimat, verdammt, Moskau, Rußland, hier will ich in Ruhe gelassen werden. Ich bestellte einen Gin und sah mich um.

Licht, Luft und Herren, die sich über kleine Glastischchen beugen. Sie machen Komplimente, sie zeigen die Zähne und öffnen ihre Aktenköfferchen. Klack. Immer mit beiden Händen gleichzeitig. Der Daumen schiebt den Riegel, der kleine Finger spreizt sich weg – klack. Der merkantile Kunstgriff unserer Zeit. Da drüben. Zwei Amis, vier Russen, alle vorgebeugt, alle strahlend, die Amis braun, die Russen bleich, die Tischkante an den Schienbeinen, und jetzt: klack. Sechs Köfferchen, zwölf Hände, vier fein, die anderen rauher und dicker und gelber, von den Zigaretten. Sechs entschlossene Griffe in die Akten, und klack! die Köfferchen wandern hinunter, neben das Tischchen, wo sie immer ein wenig im Wege stehen werden, und jetzt geht's zur Sache. Die Herren sind gut gelaunt. Klack, das heißt Projekte, heißt Joint-ventures, Geld, Mercedes, Reisen. Klack heißt Westverbindung und Prestige, Klack heißt eventuell, wenn man die Herren aus dem Westen zufriedenstellen kann, sogar Karibik. Ich habe keinen Klack. Ich öffne eine Ledermappe, wenn ich arbeite, und das macht nicht mal richtig klick. Ich sitze den Klacks gegenüber, mit einem Block oder einem Diktiergerät, und wenn ich Akten studiere, sind es die, die mir die Klacks gegeben haben. Ich kaue an meinen Kugelschreiber und schreibe auf, was die Klacks sagen, und wenn ich fertig bin, verspreche ich auch noch brav, nichts Böses zu schreiben. Tschistow, natürlich, der hat einen Aktenkoffer. Er öffnet ihn lachend und wühlt darin unter

Dutzenden von Dokumenten herum, die er nicht bekommen, sondern gefordert hat, schert sich einen Dreck um die gerunzelten Brauen des Klacks und legt schließlich das Heft auf den Tisch, in dem noch, wie er schmunzelnd bemerkt, die Notizen seines letzten Interviews mit dem maßgeblichen und – Sie kennen ihn doch sicher auch? – absolut faszinierenden Kulturschaffenden M. drinstehen, na sowas, hier, sehen Sie, und dabei sieht das Heft so unscheinbar aus. Nett, nicht wahr, und dann ist es dem Klack natürlich eine Ehre, auch in dieses Heft zu kommen.

Ein Herr mit Brille und beigem Anzug stand mitten im Reich der weichen Sessel, drehte sich langsam und musterte die Sitzenden genau. Ich hob eine Hand. Er strahlte, eilte herbei und begrüßte mich mit einem soliden Händedruck. Dann setzte er sich langsam und legte den Aktenkoffer auf die Knie.

»Herr Artjuchin? Ericson, freut mich. Entschuldigen Sie, aber ich hatte gedacht, wir hätten erst um zwölf ... Ich habe Sie mir, ehrlich gesagt, anders vorgestellt. Irgendwie ... gesetzter. Älter vielleicht. Na ja, das sind vermutlich diese westlichen Vorurteile, nicht –« Eine sehr britische Stimme.

Ich setzte mich ebenso langsam wie er. »Ich bin nicht Artjuchin. Sie müssen entschuldigen. Mein Name ist Maximow. Artjuchin hat mich hergeschickt; er ist unabkömmlich. Eine wichtige Sache – die Regierung, Sie wissen. Ich dachte, es sei einfacher, wenn ich der Rezeptionistin –«

»Schon gut, um Gottes willen, Herr Maximow, kein Problem, kein Problem, nullo Problemo, hahaha, wir werden ja wohl auch zu Rande kommen miteinander, nicht wahr. Gut, daß Sie mich gefunden haben so früh, aber sehen Sie, ich gehe hier nicht so gerne aus, ich bleibe im Hotel, man liest ja allerhand über dieses Moskau, und dann dieser Amerikaner –«

Klack. Er beugte sich über den Aktenkoffer.

»Hier, meine Karte.« Ich legte sie vor mich auf den Tisch, ohne sie anzuschauen. Er schien auf etwas zu warten, aber ich rührte mich nicht, und deshalb redete er weiter. »Diesen Amerikaner, den haben sie doch auch hier in der Gegend … ?«

»Da vorne. Beim Ausgang der Metro. Von Kugeln förmlich durchsiebt.« Eine Wendung, die wir im *Sputnik* öfter gebrauchen. Ich deutete in die Gegend, in der die Banditen auf mich warteten.

»Scheußlich. Aber er soll ja auch sehr arrogant vorgegangen sein. Hat die hiesigen, äh … Gepflogenheiten mißachtet, nicht wahr? Na, wir werden das vermeiden, nicht wahr?«

Ein Novize. Der Aktenkoffer schützte die weichen Knie, der Adamsapfel hüpfte, die Hände wanderten unruhig hin und her. Ich nahm seine Visitenkarte. Blendendweiß, bestes Material, Silbergravur. Burton Food, John Ericson, Managing Director.

Seine ungeschützte Westlichkeit hatte etwas Provozierendes. Ich schaute ihn finster an und fragte mit mehr russischem Akzent als bisher: »Und woher wollen Sie wissen, daß nicht ich zum Beispiel ein Verbrecher bin?«

Er lachte ungeniert. »Nein, nein, also das ist ja wohl ausgeschlossen. Wie ein Verbrecher sehen Sie nun wirklich nicht aus, Herr Maximow. Zudem, nicht wahr, kennen Sie ja den Herrn Artjuchin, und sind von ihm geschickt worden?« Seine Stimme wurde gegen Schluß unsicherer; seine eigene Frage hatte ihn beunruhigt. »Nun, Mr. Maximow. Kommen wir zur Sache. Haben Sie ein Firmenprofil mitgebracht?«

»Nein – nein. Sie entschuldigen. Wir, äh … Wir haben keins.«

»Sie haben keins?« Er runzelte die Stirn.

»Ach, sehen Sie.« Ich wechselte die Tonart. »Wir haben natürlich eins, aber der Genosse Artjuchin, sorry, der Mr. Artjuchin hat mich gebeten, keins mitzubringen, weil, na ja – es ist eben nicht Hochglanzpapier, Sie verstehen, nicht westlicher Standard, da hat er sich geschämt, der Mr. Artjuchin, ich sag's Ihnen ganz offen. Wir sind ein armes Land, Mr. Ericson. Noch.« Ich zwinkerte ihm zu und breitete fröhlich bedauernd die Arme aus.

»So so. Hm. Nein, also so geht das nicht, Mr. Maximow.« Er schüttelte den Kopf. »Sehen Sie, wenn wir hier investieren, dann müssen wir unsere Partner schon sehr genau kennen. Wir brauchen Angaben. Zahlen. Haben Sie Ihren Umsatz in etwa im Kopf?«

»Den Jahresumsatz?« Mir wurde der Kragen etwas eng.

»Wie? Ja, natürlich.« Er schnaubte irritiert. »Mr. Maximow, ich brauche Information. Information ist alles heutzutage. Hat jemand in den letzten Monaten ihren Betrieb evaluiert? Wie laufen die Verkäufe? Wo sind Dellen, wo sind Einbrüche? Die Schwachstellen, die Schwachstellen – die suchen wir, die merzen wir aus. Aber das können wir nur, wenn wir Bescheid wissen. Faktenwissen siegt. Wie steht es um die Konkurrenz? Wo sind die Altlasten? Stille Reserven vorhanden? Vielleicht haben Sie von denen gar keine Ahnung, was, haha? Cash-flow?«

Ich mußte husten, lange und heftig. Ich geriet in Not, ich prustete, ich krümmte mich, Markow hätte seine Freude gehabt. Aber als ich aufsah, saß dieser Mr. Ericson noch immer in derselben erwartungsvollen Haltung da. Da sagte ich, Vertraulichkeit signalisierend: »Wissen Sie, Mr. Ericson, wichtig ist vor allem eins – daß wir uns mit der Stadtverwaltung gut stellen. Sie wissen, was ich meine. Luschkow. Ohne den läuft nichts. Wir müssen als erstes einen guten Draht zu Luschkow etablieren. Da müssen Sie natürlich schon etwas springen lassen. Mit dem westlichen Minimalapproach kommen Sie da nicht weit.«

Der Minimalapproach gehört in Tschistows Vokabular, aber er schien Ericson Eindruck zu machen. Er wurde ernst und kritzelte ein paar Zeilen auf einen Block. Ich gab ihm ein paar Sekunden und fuhr dann weiter. »Und dann bei der Baukommission: dasselbe. Wenn Sie vorwärtskommen wollen, ist es wichtig, was sage ich: unumgänglich, daß Sie die Herren etwas verwöhnen. Wovon rede ich? Ich rede von Einladungen. Ich rede von Jagdausflügen – die Herren werden Sie einladen nach Sibirien auf die Bärenjagd. Also, das heißt nicht, daß Sie Bären schießen werden, aber man nennt es so, es klingt besser, nicht?«

Er nickte zaghaft, legte den Kugelschreiber beiseite und lehnte sich zurück.

»Und auch mit der Einladung ist das so eine Sache. Man lädt Sie ein, gewiß, doch das bezieht sich mehr auf … sagen wir, auf die Idee. Das Zahlen übernehmen Sie. Flug, Helikopter zur Jagdhütte, Miete, Jagderlaubnis, Verpflegung und so weiter. Übrigens, haben Sie gute Winterkleidung? Ich meine wirklich warme?«

»Ich habe mir auf dem Arbat eine Pelzmütze gekauft.« Sein Ton machte klar, daß er die Wendung des Gesprächs bedauerte.

»Taugt nichts. Ich sage Ihnen, mit diesen Mützen holen Sie sich den Tod. Zu heiß auf dem Kopf. Keine Zirkulation, sie schwitzen, und dann sind die Ohren frei –«

»Aber meine Mütze hat Ohrenklappen.«

»– die Sie nicht herunterklappen werden. Die Russen klappen sie nämlich auch nicht herunter, und Sie wollen nicht als Weichling dastehen. Und dann schwitzen Sie auf dem Skalp, und an den Ohren frieren Sie, und Sie holen sich den Tod. Nein, wissen Sie, Mr. Ericson, was das Beste ist für den Winter in Sibirien? Plastik. Kunstfaser. Goretex, all dieses Zeug. Wasserabstoßend, atmungsaktiv. Sie bleiben warm, aber Sie schwitzen nicht. Im übrigen sind das auch hervorragende Geschenke. Eine gute, winddichte Alpinistenjacke, die verschmäht kein vernünftiger Steuerbeamter. Apropos Steuern. Ich empfehle Ihnen den Aufbau von soliden und vor allem persönlichen Beziehungen zu den zuständigen Steuerbeamten. Ich sage Ihnen, wenn Sie sich hier geizig, ich meine: knausrig zeigen, dann nützt Ihnen auch die beste Betriebsführung –«

Aber Ericson hörte nicht mehr zu. Er hatte sich der Dame von der Rezeption zugewandt, die einen Anruf meldete. Ein gewisser Herr Artjuchin. Er nickte, überrascht, befremdet, und schaute fragend auf mich. Ich grinste und sagte, das sehe ihm ähnlich, diesem Artjuchin. Nie kann er seine Mitarbeiter machen lassen. Kommt davon, wenn einer Karriere macht. Fühlt sich für alles verantwortlich, vor allem für die jungen Mitarbeiter. Ericson murmelte eine Entschuldigung und trippelte hinter der Rezeptionistin her, die die Hände auf die Oberarme gelegt hatte, als sei es hier, so weit von ihrem schützenden Desk entfernt, kälter. Ich nahm einen letzten

Schluck. Da ging er, der Novize. Ich kannte ihn kaum, und doch kannte ich ihn besser als Markow. Auf eine Art. Das war der Herr Ericson, Geschäftsmann aus England, Nahrungsmittelsektor. Neu in Rußland, ein Mann mit Aktenkoffer, klack, den Kopf voller Ideen, lern- und investitionsbereit, ehrlich. Nicht unsympathisch. Ich wußte nicht viel über ihn, aber was ich wußte, war wenigstens wahr. Ich stand auf, machte einen weiten Bogen und ging zurück zum Eingang.

Die vier Typen waren nicht mehr zu sehen. Halt – dort, hinter dem Gitter stand der schmutzige Lada. Unruhig schaute ich zu, wie zwei Japaner aus einem Taxi kletterten, stieg ein und sagte dem Fahrer, er solle mich zum Roten Platz bringen. Er weigerte sich – keine Kurzstrecken, Genosse, wo denkst du hin? Das Dreifache mußte ich ihm bieten, damit er losfuhr. Kaum hatten wir das Hotelareal verlassen, fuhr auch der Lada los. Sollte ich den Fahrer auffordern, den Wagen abzuhängen? Er war alt, mindestens sechzig, er fuhr seinen Wolga bedächtig, wenn auch ohne jedes Gefühl für den übrigen Verkehr, und er sah nicht aus wie einer, dem Verfolgungsjagden etwas sagen. Auf dem Armaturenbrett stand eine Zarenkrone, die unerhört guten Duft verbreitete. Ach Gott. Nichts sah aus wie in Amerika hier, nichts. Wie hieß das dort? Fahrer, wir werden verfolgt! Lose that car! Und dann rasen sie los, mitten im Stoßverkehr, über Brücken, über Kreuzungen, durch Menschenmengen. Die Insassen schreien, sie jauchzen, und dann fliegen sie mit aufgerissenen Augen und Mündern durch Feuersäulen und über stille Parkbänke, auf denen Mütter sich ihrer Kinder erfreuen. Sie fliegen besser als Vögel, sie drehen sich im Flug wie spielende Seehunde, aber dann landen sie sicher, krachend, Blech einbüßend zwar, aber dennoch sicher, und Staub aufwirbelnd jagen sie davon, während weit hinter ihnen häßliche Verfolger die Fäuste ballen. Aber wir waren nicht in Kalifornien, zum Teufel, sondern in Moskau. Und hier beginnt der Stau schon vor der Borodinski-Brücke, und auf dem Ring und dem Nowi Arbat nützt dir das Rasen auch nichts, denn vorne beim Restaurant Praga staut sich alles wieder, und zudem baumelt dort seit einem Jahr der Stock eines fürchterlich unbestechlichen Polizisten. Nein, zu einer Verfolgungsjagd würde es nicht kommen. Zudem wollte ich vor diesem freundlichen Alten nicht angeben. Wer kann sich im heutigen Rußland schon Verfolger leisten?

Der Fahrer gähnte, steckte sich eine an und hielt mir freundlich die Packung hin. Ich bediente mich und schaute zurück. Der Lada war hinter uns. Ich duckte mich – wollten sie mich abknallen? Nichts geschah. Im Rückspiegel sah ich, wie einer der Typen die Hand an den offenen Mund hielt und nach einem imaginären, glitschigen Gegenstand griff. Ein Signal? Eine Drohung? Mühsam reihten wir uns in den Verkehr ein, der von der Kamenni-Brücke herübergeflossen kam. Der Alte driftete nach rechts, ignorierte das Gehupe und kämpfte sich mit stumpfer Beharrlichkeit zur Manege vor. Er litt. Bitteschön, was sagst du, Genosse, ist diese Streckenführung nicht die völlige Idiotie? Früher, da konnte man in dieser Stadt noch Auto fahren. Heute … Wo soll ich anhalten? Ich überlegte. Ja, wo? Ob es nicht besser wäre, so weit wie möglich wegzufahren? Nach Wnukowo, nach Domodjedowo? Na, und dann? Zudem würde das teuer kommen. Zu Galja? Um Gottes willen, da mußte ich sie raushalten. Nein, der Rote Platz war das Beste. Touristen, Polizisten, Gaffer – bestens. Ich drückte dem Alten schon mal das Geld in die Hand. Er zählte gekonnt im Fahren nach und brummte befriedigt. Dann faßte ich die Lehne des Vordersitzes und sagte: ›Hören Sie. Fahren Sie jetzt ganz normal. Und dort, beim Hotel *Moskwa*, halten Sie an, aber plötzlich, mitten aus der Fahrt. Blinken Sie nicht, halten Sie einfach an.‹ Er drehte den Kopf, schaute mich zum ersten Mal wirklich an und sagte: ›Was ist das denn für eine Geschichte, Genosse? Ist dir jemand auf den Fersen, was? Gott, was sind das für Zeiten. Paß auf, Junge, daß dir nichts passiert. Mein Gott.‹ Aber dann hielt er bereitwillig, was willst du mit solchen Fahrgästen? und schon rannte ich zwischen den Säulen vor dem Hotel *Moskwa* hindurch, am Leninmuseum vorbei, vorbei am Denkmal für Schukow, federnd und sportlich und plötzlich wieder erfüllt von einer drängenden, flattrigen Angst, hinauf auf den Roten Platz, auf das weite, leicht gewölbte, heilige Pflaster des Kommunismus, hinauf in die Sicherheit.

Eine eigenartige Flucht war das, Iwan Andrejewitsch.

Maßvoll. Ich schreite hastig voran, aber ich renne nicht. Du rennst nicht auf dem Roten Platz. Die Polizei ist überall in Moskau, auch wenn du sie nicht siehst, und auf dem Roten Platz ist sie mit Sicherheit. Vor dem Lenin-Mausoleum bleibe ich stehen. Kein Ort, an dem Verbrechen begangen werden. Hinter mir knipsen Japaner; neben mir erzählt eine Deutsche ihrer Tochter in zischender teutonischer Deutlichkeit etwas über Lenin. Ein alter Mann umschreitet das Grabmal in respektvollem Abstand, mit weit vorgebeugtem Oberkörper, wie ein kurzsichtiger Galeriebesucher. Ich schaue mich um. Dort, tatsächlich, staksen die Typen herbei, genauso steif wie ich. Sie gehen nebeneinander, mit hochgezogenen Schultern, eine kleine, schwarze, durch nichts zu bremsende Phalanx. Weiter. Vor dem Kaufhaus gegenüber sitzen in einem blauweißen Lada mit beschlagenen Scheiben zwei Polizisten. Einen Augenblick bin ich versucht, an die Scheiben zu klopfen, demütig, bereit aufzugeben, allem ein Ende zu machen. Aber meine Füße wissen es besser. Sie tragen mich weg, vorbei am Lada, hinaus auf den Roten Platz. Natürlich. Wenn die Typen mich mit der Polizei sehen, ist es erst recht aus mit mir.

Von der Basilius-Kathedrale her kommen weitere Japaner, stumm trippelnd, mit fahlen, unerhört breiten Gesichtern, in Kolonnen, farbig verpackt.

Frauen mit Einkaufstaschen.

Ein Mann, der laut vor sich hin redet.

Zwei junge Männer mit einem riesigen Hund.

Amerikaner, ins Gespräch vertieft.

Eine kleine Gruppe stiller Nordländer mit frommen Gesichtern.

Herausgeputzte Mädchen, immer zu zweit, untergehakt, im Mini und in Strümpfen, käuflich.

Und hinter mir meine vier Verfolger, schon bedeutend näher. Einer ist kleiner als die anderen und etwas fülliger. Seine Beine bewegen sich rascher, manchmal muß er rennen wie ein Kind, um mitzuhalten. Gut, soll er rennen, soll er leiden. Soll er krepieren. Langsam wird mir wärmer. Ich lasse die Basilius-Kathedrale rechts liegen und gehe auf die Iljinka zu, die schöne, stille Iljinka mit ihren hellgrünen Palästen, ihren schweren Holzportalen und den großen, schwarzen Autos, und kaum bin ich um die Ecke, gleite ich auch schon ins GUM hinein und schlängle mich durch die Menge, mit plötzlich wild klopfendem Herzen. Fast komme ich mir wie ein Betrüger vor. War ich fair? Darf man Verfolger auf diese Weise abhängen? Zu leicht ging das, zu leicht. Ich klettere die Treppe hoch in den dritten Stock und schaue von der Balustrade ins Gewimmel hinunter. Dort gehen zwei der Typen. So dumm sind die nicht. Wo sind die anderen? Vor den Eingängen natürlich, vorne und hinten. Ich packe das Geländer, und in dem Moment spüre ich, daß die beiden zu mir hochschauen werden, jetzt gleich. Ich mache einen Schritt zurück und pralle in eine Frau, die sofort zu schimpfen beginnt. Ich ignoriere sie und beuge mich vorsichtig, unendlich vorsichtig wieder vor, und natürlich – da stehen die beiden und starren hoch, instinktsicher, zwei diabolische Sterngucker, als hätten sie etwas gehört, als habe der kleine, widerliche Zorn dieser Frau ihre Blicke hierherbefohlen. Weg! Hier fehlt der Raum, hier kann ich mich nicht bewegen. Wie würde Tracy sagen? Nein, Sascha, das GUM war keine gute Idee. Aber vielleicht komme ich ja unbemerkt wieder raus. Ich haste die Treppe hinunter, eine Hand an der Wand, sehe eine Lederjacke, pralle zurück, aber sie gehört einem alten Mann, also weiter. Mit eingezogenem Nacken schiebe ich mich zum Eingang. Die Glastüren fliegen hin und her. Nichts. Niemand. Eine alte, gebeugte Bettlerin, ein angebundener Hund, Mädchen mit Einkaufstüten. Ich mache ein paar Schritte, zaghaft wie ein Fischer auf trügerischem Eis, und dann renne ich plötzlich, befreit zunächst, glücklich, diesem tückischen Labyrinth entronnen zu sein, aber noch während der ersten Sprünge höre ich hinter mir einen unterdrückten Schrei und dann energisches, feindliches Getrappel, und schon bin ich wieder der Gejagte. Ohne nach hinten zu sehen, ohne zu atmen, mit tauben, aber phantastisch elastischen Beinen fliege ich den Wetoschnyi Pereulok zurück zur Iljinka, hoch zum Alten Platz, weiter zum Neuen Platz, über die Straße zur Lubjanka.

Eine eigenartige Flucht war das, Iwan Andrejewitsch.

Eine Flucht nicht durch unbekannte, bedrohliche Wildnis wie in meinen Träumen, sondern durch meine eigene Welt, durch ein gemütliches, friedliches Land der Erinnerung.

Hinter der Lubjanka kenne ich jeden Stein.

Hier, in der Malaja Lubjanka war Mutters Mineralka. Mutter hatte Gastritis, und wenn sich die Haut um ihre Nase gelblich färbte und ihr Gesicht lang wurde vor Gram, dann packte sie mich am Handgelenk und zerrte mich hinaus durch Regen und Wind in die Mineralka, in die Mineralotschka, in dieses dunkle, leise klirrende Geschäft, auf dessen Regalen die kaukasischen Wasser standen, die ihr Linderung verschafften, ›Jessentuki Nummer 4‹ und ›Jessentuki Nummer 17‹. Noch auf der Straße begann sie manchmal zu trinken, hier an dieser Ecke trank sie, und ich genierte mich etwas, weil sie eigentlich nicht der Mensch war, der sich auf offener Straße eine Flasche an die Lippen setzt. Aber Mutter litt, und darum trank sie, mit geschlossenen Augen, langsam, unmütterlich gierig, und für einmal kümmerte sie sich nicht darum, was die Leute dachten, ja sie lachte sogar, wenn sie die Flasche absetzte, beglückt vom Gefühl der Erleichterung im Magen, das ihr das sprudelnde Wasser verschaffte. Jung sah sie aus, wenn sie auf der Straße trank, jung wie ein Mädchen und etwas verdorben. Wenn sie fertig war, nahm ich die Flasche in Empfang, schlug das Angebot aus, auch einen Schluck zu nehmen und verschloß sie – meine Arbeit – mit einem Korken, den Vater speziell zu diesem Zweck zurechtgeschnitten hatte. Dann gingen wir hinunter, hier rechts, zur Neglinnaja ins Musikhaus, wo Mutter unbeschwert summend in den Noten wühlte und mich, wenn sie die Toilette aufsuchen mußte, einer blonden, weißhäutigen, wunderbar duftenden Dame übergab, die mich auf ihren Schoß setzte und mit mir russische Folklore summte, obwohl ich dafür eigentlich schon zu alt war.

Und hier, unter diesem Torbogen, habe ich Galja zum ersten Mal gesehen. Sie hing an Serjoschas Arm, unscheinbar und verlegen, in braunes, altmodisches Sowjetzeug gehüllt, und der erste Blick aus ihren schwarzumränderten Luchsaugen war mißtrauisch, fast feindlich. Aber als Serjoscha mich als Freund vorstellte, taute sie auf und reichte mir mit einem rührenden Knicks die behandschuhte Hand, ja sie errötete vor Freude über mein Auftauchen, denn Serjoscha war ihr Gott damals, und drum waren seine Freunde Halbgötter, unnahbare, aber gute Wesen, in deren Nähe man beglückt schweigen durfte. Was für ein netter Zufall, sagte Serjoscha, hier an der Malaja Lubjanka haben wir uns kennengelernt, nicht wahr Galja, dort unter diesen blauweißen Bögen mit dem grauen Kapitell, weißt du noch? Und Galja wußte es noch und errötete wieder. Wie atemberaubend schön sie war, Iwan Andrejewitsch. Sie strahlte aus ihren Lumpen heraus Serjoscha an, und ich wurde ernst vor Liebe, auf der Stelle, schwer, traurig und trottelig. Ich hatte ihre Hand geküßt, als sie mich begrüßte, wegen dieses Knicks vermutlich, und sie hatte es nicht gewagt, sie zurückzuziehen, obwohl das ihr erster Impuls gewesen war, ich hatte es genau gespürt. Serjoscha sah uns wohlwollend, wissenschaftlich und restlos unbekümmert zu. Nie sah er besser aus als damals, unter diesem Torbogen: blond, russisch, mild, und für einmal war er wohl überzeugt, daß Glück auch im Diesseits zu finden ist. Er hatte Galja gerettet, vor ein paar Tagen erst, buchstäblich gerettet aus den Klauen der Moskauer Stadtverwaltung und anderer Herzloser, die ihr das Blut aus den Adern saugten. Galja kam vom Land, aus dem stillen, versoffenen Dörfchen Lopatemski, das Sie nicht kennen, Iwan Andrejewitsch, und das Sie dennoch kennen, weil es ist wie alle Dörfer im Moskauer Land: schrecklich. Galja wollte, was alle wollen, die dort wohnen: fort, weg, raus aus dem mörderischen Griff der geifernden Dorfältesten, hinein nach Moskau, hinein in die Stadt der Freiheit. Sie verließ die Eltern bei Nacht und Nebel, fand eine Freundin, die ihr gegen sehr viel Geld in einer Kommunalka ein Zimmerchen beschaffte, illegal natürlich, und dann begann sie in der Moskauer Freiheit für einen Beamten im Verteidigungsministerium mit Einfluß bei der Verwaltung Hosen zu nähen. Ohne Beziehung keine Propiska. Der Beamte ließ sie nähen, wochenlang, nahm die Hosen in Empfang und kassierte, bezahlte Galja keine Kopeke und sagte ihr, es sei eben schwierig mit diesen Bürokraten, man dürfe sie nicht allzu stark drängen, sonst würden sie renitent, und deshalb dauere das wohl noch ein Weilchen, ob sie noch einmal vierundzwanzig Hosen nähen könne? Galja nähte und verzweifelte, einen ganzen Winter lang, aber ein Rückzug nach Lopatemski kam nicht in Frage, da hätte sie sich lieber umgebracht, und drum biß sie die Zähne zusammen, nähte weiter, Tag und Nacht, und wurde mager vor Kummer – bis Serjoscha sie eines Tages ansprach, in dieser Straße, dort, unter den blauweißen Bögen mit dem grauen Kapitell, ziemlich unverschämt, aber mit dem gewinnenden Lächeln dessen, der weiß, daß er auch anderen hilft, wenn er sich selber hilft. Er vertrieb die bösen Gespenster, stellte den geschäftstüchtigen Beamten bloß, zeigte den Herzlosen, daß es noch einen gerechten Gott gibt, und beschaffte ihr durch ein paar Anrufe eine Propiska und die Wohnung an der Flotskaja Uliza.

Oder hier, dieser Laden. ›Produkty na Lubjanke‹, ein mieser kleiner Schuppen, muffig, voller italienischer Konserven und vertrocknetem Gemüse. Coca-Cola-Reklame überall, selbst auf den Holzrahmen der Fenster. Vor diesem Laden haben wir uns das erste Mal geküßt, Galja und ich, und weil ich mit offenen Augen küsse, habe ich in diesem heiligen Moment auch die blauweißen Bögen gesehen, unter denen Serjoscha Galja in unser Leben holte, und ich habe ihm stumm dafür gedankt. Dennoch waren sie mir vorgekommen wie strafend hochgezogene Brauen, diese Bögen, und deshalb schloß ich die Augen doch und kroch in Gedanken zurück in den kleinen Laden, in dem sie mir vor ein paar Minuten sanft die Hand auf die Schulter gelegt hatte. Natürlich waren wir damals schon alte Bekannte. Nächtelang hatten wir geredet, immer nur über Serjoscha, der sie mit seiner Sucht nach dem Übersinnlichen zur Verzweiflung gebracht hatte. Tag und Nacht habe er ins Jenseits gestarrt, sagte sie. Jeden Schatten habe er aufheben, jeden Lichtstrahl hören, jeden Ton auf der Haut spüren wollen. Auf Fotos habe er nach unerklärlichen Nebeln gesucht. Stundenlang habe er in ihrer Wohnung neben dem Tonband gesessen und Geräuschen nachgelauscht, und wenn sich irgendwo ein Murmeln fand, habe er es vorwärts und rückwärts gespielt, unermüdlich, mit zitternden Händen, wo doch klar gewesen sei, daß nur wieder einmal die Röhren sangen. Wenn er dann schließlich zu ihr gekommen sei, als stolzer, geiler Besitzer einer Nachricht aus dem Jenseits, dann habe sie sich gefürchtet vor dem Glanz in seinen Augen, habe seine Hände nicht ertragen, habe keine Lust mehr gehabt. Da habe er sie geschlagen. Und deshalb habe sie ihn verlassen. Ich hörte zu, nächtelang. Ich machte Kaffee, besorgte Zigaretten, faßte ihre kalten Hände, legte ihr eine brüderliche Rechte auf die Schulter, wenn sie weinte, und war krank vor Verlangen, ihr endlich mit mehr als mit Worten zu helfen. Aber sie war blind für meine Gier, und wenn wir uns im Morgengrauen endlich aus den Sesseln stemmten, Ringe unter den Augen, dann küßte sie mich mit einer unbefangenen Dankbarkeit, die mich beleidigte. Ich umarmte sie, leicht nur, um sie nicht mit meiner Morgenerektion zu beleidigen, spürte ihre Brüste, roch die Übernächtigung in ihren Kleidern, und auf der Treppe ärgerte ich mich über meine blödsinnige Bereitschaft, stundenlang, eine ganze Nacht lang nur über den Mann zu reden, den sie verlassen hatte, und sei er zehnmal mein bester Freund. Erst nach Wochen, als mich meine keuschen nächtlichen Dienste an den Rand der Zerrüttung gebracht hatten, kam die Erlösung. Sie ließ auch mich zu Wort kommen, und sie hörte mir zu. Beim Abschied hielt sie mich länger in den Armen, und als sie mir eines Tages auf dem Balkon vor einer blaßroten Morgensonne sagte, ich wisse gar nicht, was ich ihr bedeute, da ahnte ich, daß meine Leiden zu Ende waren. Aber ich war zu müde und zu stumpf, um gleich ihre Hand zu nehmen, ich hatte Angst vor meinem Mundgeruch, und es brauchte die düstere Schlampigkeit dieses Ladens hier, die Coca-Cola-Reklame, die schwarzen, schrumpeligen Salatblätter, die Spargelkonserven auch, gewiß, Iwan Andrejewitsch – es brauchte den trockenen Kartoffelsackstaub, das drollige, weiße Hütchen der Verkäuferin, das geschäftige Piepsen der Kasse und, inmitten all dieser alltäglichen Nützlichkeiten, ihre Ankündigung, sie müsse gleich weiter, hinunter zum Alten Platz, zur Arbeit, bis ich sie endlich in die Arme nahm.

Ich atme schwerer, werde langsamer und drehe mich um – dort rennen sie, zu zweit nur noch, mit schwankendem Oberkörper, genauso erschöpft wie ich. Hier, dieses Palais hat einen Hinterausgang. Es riecht nach Spital, nach blutigen Gazestreifen und Sterilisationstinkturen. Ich gehe langsamer. Aus einem Fenster lacht ein alter zahnloser Mann und winkt. Ich winke zurück, vielleicht hilft das, vielleicht wirft er meinen Verfolgern zum Dank Prügel zwischen die Beine. Aus einer naßgeregneten kleinen Holztür tritt eine Respektsperson, ein großer, schwerer Mensch, ein Arzt vermutlich, und ich gehe noch langsamer, natürlich, hier kann ich wirklich nicht rennen. Sind alle Fliehenden so höflich? Steif wie der Nußknacker marschiere ich auf den Hinterausgang zu und drehe mich um – da kommen die beiden schon, japsende, windige Soldaten der Rattenarmee. Verlegen hüpfen sie an der Respektsperson vorbei, die sich stirnrunzelnd umdreht, aber kaum sehen sie mich, beginnen sie wieder zu rennen. Einer hebt die Hand und ruft etwas, doch ich renne weiter, hinaus durch das Tor auf den Miljutinksi-Pereulok, wo plötzlich sehr viele Leute bummeln, unter ihnen auch ein entfernter Bekannter, dem ich im Vorbeirennen hastig einen Gruß zurufe, munter und beschwichtigend zugleich. Aus den Augenwinkeln sehe ich, wie er sich erstaunt nach mir umdreht.

Hier, das Haus, in dem Vaters seltsamer Freund wohnte, der Briefmarkensammler. Vater schickte mich zu ihm, weil er fand, ich brauche ein beruhigendes Steckenpferd. Ich brauchte nichts dergleichen, ich wollte Fußball spielen, aber Mutter gab Vater recht, und so begab ich mich jeden Donnerstag abend nach der Schule zum Miljutinksi-Pereulok, Sommer und Winter, ordnete Briefmarken und besänftigte meine Nerven. Vaters Freund war dick und leise und sorgfältig. Seine Wohnung blieb dunkel, auch im finstersten Winter, und nur die Schreibtischlampe leuchtete, während wir mit der Lupe die farbigen Papierchen ordneten, die aus der weiten sozialistischen Welt ihren Weg hierhergefunden hatten. Ich fühlte mich wohl bei ihm, obwohl er kaum etwas sagte und mich aus dem Dunkel heraus minutenlang anschaute. Sehnsüchtig und gequält schaute er, als hindere ihn etwas mit Macht daran, mir Wichtiges anzuvertrauen. Mit kindlicher Dickhäutigkeit ließ ich seinen Blick auf mir ruhen, pfiff vor mich hin, obwohl mir Mutter das verboten hatte, und wartete geduldig auf den schweren Seufzer, der mir signalisierte, daß er sich ausgeschaut hatte. Dann griff er zur Pinzette und begann mit erstaunlicher Geschwindigkeit und Präzision zu arbeiten. Eine unbegreifliche Eleganz zeichnete ihn aus. Nie habe ich Vollendeteres gesehen als die Pinzette in dieser plumpen Hand. Mein Pfeifen ärgerte ihn, das wußte ich, aber ich wußte auch, daß ihm meine Besuche aus irgendeinem Grund mehr wert waren als in Ecken und Ritzen geblasene Marken, und deshalb pfiff ich weiter, obwohl er die Stirne runzelte. Nach einer Stunde belohnte er mich mit Süßigkeiten, die sonst höheren Kadern vorbehalten waren, strich mir zögernd übers Haar und schickte mich seufzend hinaus in die Nacht.

Sie sind mir noch immer auf den Fersen. Direkt unter dem Fenster, hinter dem ich damals Marken ordnete, eile ich wieder unter einem Torbogen hindurch. Ha – jetzt werde ich sie los. Ein stinkender kleiner Hof. Hinten eine kleine Backsteinmauer, von der der Verputz abfällt – hoch, aber nicht zu hoch für mich. Ich springe, fasse das eiskalte, eckige Geländer, schwinge mich hoch, schaue zurück. Da stürmen sie heran, bremsen den Lauf mit ein paar großen Schritten, schauen nach links, nach rechts, drehen sich. Aber sie sehen mich nicht, diese Deppen; köstlich, du brauchst nur oben zu stehen, und schon drehn sich deine Verfolger blind im Kreis. Der Mensch schaut nicht in die Höhe. Ich atme ein paarmal tief, und dann, ich kann es nicht lassen, rufe ich in lächerlichem, voreiligem Triumph ein Schimpfwort in den Hof und eile kichernd davon, hinaus durch den engen Durchgang, der mir bei meinen Gängen zu den Briefmarken als Abkürzung gedient hatte, über Hinterhöfe und Gitter, an Mülltonnen, steinernen Blumenkisten und teuren Autos vorbei zum Sretenski-Pereulok. Ein Geheimweg, der jeden Verfolger verzweifeln läßt. Kein Mensch ist zu sehen. Gerettet. Als hätte mich eine riesige, von gütiger Hand gehaltene Pinzette dieser lächerlichen Jagd enthoben. Langsam schlendere ich dahin, drehe mich um, gehe ein paar Schritte, drehe mich wieder um, aber da ist nichts, was soll schon sein? Und schon kommt mir das Ganze unwirklich vor. Ein Autofahrer schaut mich aus seinem Fahrzeug heraus so gleichmütig an wie einen Baum. Ich bin wieder anonym – und nichts sieht man mir an, nicht Amerika, nicht Markow, nicht die Jagd durch Moskau. Ein ganz normaler Bürger bin ich, ein junger Mensch mit Beruf, der strebsam nach Hause geht.

Ja, eine eigenartige Flucht war das, Iwan Andrejewitsch.

Vielleicht haben Sie es gemerkt: In die Angst vor diesen Lederjacken hatte sich eine helle, laute Lust gemischt. Ich fühlte mich sicher, ich wußte, ich konnte keinen Fehltritt tun. Nie würden mich diese Deppen packen. Hatte ich sie etwa nicht immer wieder aufholen lassen? Der Himmel war mit mir, er gab mir dies durch eine eigenartige Gelbfärbung zu verstehen, die die anderen Menschen nicht sehen konnten. Ich war immer am richtigen Ort, da, wo man mich nicht vermutete, ein spottendes, trügerisches Echo ihrem törichten Rufen. Lächerliche Kerle; wußten sie nicht, mit wem sie es zu tun hatten? Kichernd ging ich weiter. Die Fassaden, die Rinnsteine, die Mäuerchen – ich kannte sie, sie kannten mich, sie mochten mich, sie schützten mich. Hier waren sie alle versammelt: Mutter, Galja, Serjoscha, Vater, der Markenonkel. Die Vergangenheit schützte mich, umhüllte mich, leitete mich. In Brighton Beach, ja, da wäre ich diesen Typen direkt in die Arme gelaufen. Aber nicht, weil ich mich dort nicht auskannte, sondern weil ich dort keine Geschichte hatte. Die Moskauer Vergangenheit war es, die mich vor diesen Halunken rettete. Hier war schon zuviel geschehen in meinem Leben; mehr ertrug die Gegend nicht, so einfach war das. Kein gerechter Gott würde zulassen, daß diese Straßen durch einen profanen Mord entweiht würden. An dem Ort, an dem du geküßt hast, kannst du nicht sterben, und ganz bestimmt ist noch keiner an der Ecke ermordet worden, wo seine Mutter Mineralwasser aus der Flasche trank. Ich jubelte. Ich war gerettet, und wenn ich mich noch sicherer fühlen wollte, das spürte ich mit beglückender Deutlichkeit, dann brauchte ich nur an die Moskwa hinunterzugehen, wo mein Vater im Sommer steht und atmet, wo er sich streckt und reckt und die Hände hebt, empor zu seinem höflichen, vernünftigen Gott, immer und immer wieder, ein zuverlässiger, sportlicher Untertan, dessen ausdauernde Dankbarkeit alles schützt, was ihm teuer ist, also auch seinen Sohn.

Unsinn, sagen Sie, Iwan Andrejewitsch.

Unsinn, natürlich. Haben nicht schon Unzählige ihr Leben verröchelt an dem Ort, an dem sie gelebt und geliebt haben? Sind nicht schon Legionen im Bett erdrosselt worden, dort, wo sie die größten Taten ihres Lebens vollbrachten? Warum soll die Vergangenheit, ausgerechnet die tote, desinteressierte Vergangenheit, dein Leben schützen? Ein absurder Gedanke, natürlich. Die meisten Leute werden dort umgebracht, wo sie leben und arbeiten. Wo werden Bankdirektoren erschossen? Vor ihrer Haustür, auf dem Weg zur Arbeit, in der Sauna – mitten in ihrer Welt, dort wo sie leben und lieben, falls sie lieben. Wer kann daran zweifeln, daß es Trotzki in Moskau noch früher erwischt hätte als in Mexiko? Stimmt alles, Iwan Andrejewitsch, Punkt für Punkt. Und doch wußte ich, als ich an diesem Nachmittag den Sretenski-Pereulok hinunterging, daß die Vergangenheit mich schützte, daß sie mit ihren pergamentenen, kleistrigen Fingern einen unsichtbaren Schild bildete, der jeder Faust und jeder Waffe trotzte. Dort, diese hell erleuchteten Fenster im fünften Stock – Serjoschas Wohnung. Da saß er, mein blonder, gebildeter Freund, dachte über Mathematik und schwarzes Licht nach und half mir, ohne es zu wissen. Ein Besuch würde ihn freuen, wir hatten uns schon einige Tage nicht mehr gesehen. Ich stieg zu ihm hoch und fand ihn an seinem großen Tisch stehend, treu begafft von seinem hechelnden, schwarzen Köter. Auch in Ruhestellung arbeitet die Brust dieses Hundes wie die eines erschöpften Athleten. Serjoscha fluchte leise – er war dabei, einen langen, dünnen, in Zeitungen gewickelten Gegenstand mit rostrotem Packpapier zu umhüllen, doch seine feinen Finger mühten sich vergeblich. Praktische Arbeiten waren seine Sache nicht. Ich nahm ihm Schere, Kleber, Papier und Schnur aus der Hand, freute mich über seinen dankbaren Blick, ordnete, faltete, klebte und verschnürte und fragte, was er denn hier verschicke, ein Weihnachtspaket etwa? Das würde nicht mehr rechtzeitig ankommen. Er winkte vom Sessel aus ab. Nein, dies sei ein Brett. Ein Brett? Jawohl, ein Brett aus Sibirien, das in einer Holzhütte draußen an der Angara gefunden worden sei, ein Brett, das zu leuchten beginne in der Dunkelheit, wenn man den Namen der Person erwähne, die in dieser Hütte vor Jahren umgebracht worden sei. Eine kleine, schüchterne, in dampfende Pelze gehüllte Delegation aus Sibirien habe es ihm gebracht. Er habe es überprüft, eine Routineangelegenheit, er erhalte oft Sendungen von Abergläubischen mit der Bitte, seine geschätzte Expertenmeinung abzugeben. Das komme von seinem Ruf und seiner Stellung in der akademischen Welt. Meistens handle es sich um Blödsinn, rasch zu erledigen, denn die Leute seien ja so furchtbar abergläubisch, unfähig, das wirklich Übersinnliche zu begreifen; manchmal – hier seufzte Serjoscha aus seinem Sessel heraus, und der Hund hob den Kopf und sah seinen Herrn besorgt an – habe er das Gefühl, als seien gerade die Leute, die sich am meisten mit diesen Dingen beschäftigen, am wenigsten in der Lage, wirklich Auffälliges, wirklich Interessantes zu erkennen. Übrigens habe das Brett nicht geleuchtet, wenigstens nicht hier in Moskau, obwohl die pelzige Delegation fast unablässig von der ermordeten Person, einer unglücklichen jungen Frau, geredet habe. Und so schicke er das Ding wieder in die sibirische Weite zurück, wo es hingehöre, wenn auch nicht in jene Hütte, sondern vor die Stirn des geschwätzigen Delegationschefs, der ihn mit seiner impertinenten Ehrfurcht zur Verzweiflung getrieben habe. Das Ganze sei nicht wichtig; er habe gleich gesagt, wenn das Brett leuchte, dann vermutlich nur am Ort der Bluttat, und auch dann nur in der Nacht zu einer bestimmten Zeit, der Zeit der Bluttat vermutlich, vielleicht auch nur einmal im Jahr, und im übrigen halte er sowieso nicht viel von der Geschichte, denn vom Übersinnlichen erwarte er mehr, Qualität nämlich, ein gewisses Niveau, obwohl das vermutlich ungerecht sei, denn warum wolle man vom Übersinnlichen Qualität erwarten, wo doch schon das Sinnliche so langweilig und niveaulos sei? Ich nickte, und wir machten uns auf den Weg zum Postamt an der Twerskaja. Serjoscha sah russischer aus denn je, seine blonden Haare wucherten schick unter dem Pelz hervor, sein Mantel stand unten ab wie der Rock einer im Tanz sich drehenden Kosakin, und das lange, rostrote Paket, das er unter den Arm geklemmt hatte, gab ihm etwas Geschäftiges. Wie ein Mensch mit Rang und Ziel sah er aus, vielleicht nicht ganz so professoral, wie das der eine oder andere stumpfe Bürger von einem Mathematiker der Lomonossow-Universität erwarten würde, aber dennoch überzeugend. Wir sprachen von Hockey, Billard und Kongressen, ich freute mich an dem Hauch aus alten, unbeschwerten Zeiten, der mich gestreift hatte, und als auf der Höhe des Bolschoi die vier Lederjacken plötzlich neben uns standen, aufgetaucht aus dem Nichts, blieb ich ganz ruhig. Was konnte mir schon geschehen? Und recht hatte ich. Die vier sahen zwar schrecklich aus, aber sie gaben sich gar nicht feindselig. Sie stellten sich vor uns hin, in gehörigem Abstand, klopften geschäftig in die Hände, wie um zu zeigen, daß sie keine Waffen trugen, und einer, der älteste, ihr Anführer vermutlich, räusperte sich fast vornehm. Dann sagte er lässig und ziemlich genervt: »Menschenskind, Zwetkow, was machst du für Faxen.«

Serjoscha runzelte die Stirn.

»Wer sind die Herren?«

Keine Ahnung, sagte ich; sie hätten mich verfolgt, vom Slawjanskaja durch die Innenstadt bis hierher, zumindest hätte ich mich verfolgt gefühlt. Serjoscha sah auf die vier Typen, drei der vier sahen auf den Anführer, der Anführer sah auf mich und fragte, wer Serjoscha sei. Ein Freund, sagte ich, ein Freund aus alten Zeiten, und das schien ihnen zu genügen, denn jetzt wurde es still, der Anführer dachte nach, und alle vier wichen, einer nach dem anderen, Serjoschas grauen, hellen, harten Augen aus. Serjoscha war blond und grazil, er trug ein großes Paket mit sich, die anderen trugen nichts, sieht man von der lächerlichen Zipfelmütze ab, die der Kleine, der hatte rennen müssen, über die Ohren gezogen hatte. Es war Dezember, es war kalt, die Lider und Nasen der vier waren rot, man begann den Boden zu treten, die Stille wurde schwer und dumm, und schließlich sagte Serjoscha, da die Herren ja offensichtlich mit mir reden wollten, wäre es doch besser, man würde dies im Warmen tun, hier vorne beispielsweise, im Hotel *Moskwa*. Und schon ging er los, ohne sich umzudrehen, und nach einem kurzen Kopfnicken trotteten die vier hinter ihm her, mit gesenkten Köpfen, die Arme hoch angewinkelt, die Hände in den dünnen, unbrauchbaren Taschen ihrer Lederjacken. Ich folgte, unsicher und neugierig, und gemeinsam gingen wir auf den riesigen, leicht asymmetrischen Stalinbau zu, an dem ich vor einer

Stunde noch angstvoll vorbeigerannt war. Ein wahrer Freund, Serjoscha. Hatte nicht einmal gefragt, ob er mitkommen dürfe. Wie geschickt. Frage nie um Erlaubnis – das ist der Merksatz, den Tschistow zitiert, wenn er der staunenden Kollegenrunde erklärt, wie er es geschafft hat, zum regimekritischen, nonkonformistischen, aber dennoch in guter Gesellschaft verkehrenden Prominenten K. vorzudringen.

Die Typen mußten bekannt sein im Hotel. Du kommst nicht ohne weiteres ins *Moskwa*, und wenn du ein großes, langes Paket unter dem Arm trägst, mußt du mit echten Schwierigkeiten rechnen. Doch der Türsteher, ein alter, kinnstarker Mensch in einem dunkelroten Sakko und mit einer Trillerpfeife um den Hals, ließ uns ohne weiteres passieren und legte sogar die Hand an den Hut, als er unsere Begleiter sah. Zügig gingen wir durch die Halle und um die Ecke zu den runden Tischchen, die manchmal, wenn du Glück hast, bedient werden. Nach einem Konzert hatte ich hier einmal mit Galja ein Bier getrunken. Sie war zum ersten Mal in ihrem Leben im *Moskwa*, fühlte sich nicht recht wohl und erregte sich maßlos über eine Prostituierte, die sie abschätzig angeschaut und dann prustend losgelacht hatte.

Wir setzten uns. An einem Nebentisch saßen Kaukasier mit kurzgeschnittenem Haar vor winzigen Kaffeetäßchen und rauchten und schwiegen. Serjoscha setzte seine Pelzmütze ab, stellte das Paket neben sich auf den Boden, der Höhe nach, und legte den Ellbogen drauf. Zigaretten und Feuerzeuge wurden auf den Tisch geworfen. Der Kleine nahm die Zipfelmütze vom Kopf und ging unaufgefordert zur Theke. Der Älteste zündete sich eine Zigarette an, Nummer drei und vier legten ihre tätowierten Pranken auf den Tisch und schauten konzentriert in die Halle. Dem einen lief eine dicke, rote Narbe von der Stirn über die Augenbraue bis auf die Wange. Das Auge war unverletzt, und daß es unverletzt geblieben war gab ihm ein Leuchten, eine Kraft, von der ich meinen Blick eine Weile nicht lösen konnte. Der Typ machte sich nichts draus, er war es gewohnt, angegafft zu werden. Die Kaukasier nebenan hoben neugierig die Köpfe und begannen zu plaudern, vermutlich über uns. Große Nasen, dichte Brauen, massige Hände, tiefe Stimmen, lange, dunkle Vokale. Georgier vermutlich, Leute aus einflußreichen Familien; Literaten, Künstler, Professoren, Filmemacher – gibt es Georgier, die etwas anderes sind? Alles was sie sagen ist bedeutend und macht Russen schaudern. Sie wälzen Probleme, von denen wir Fliegengewichte keine Ahnung haben. Die Herren strichen sich nachdenklich übers Haar und ließen die Zigaretten so lange zwischen den trockenen Lippen stecken, bis Asche herunterfiel. Alle trugen sie Anzüge, bis auf einen, der den Kaffee brachte und jedesmal verdrossen wegsah, wenn die anderen ihr langsames, kehliges, wissendes Lachen lachten. Unser Kleiner kam mit einem Tablett zurück und stellte dem Ältesten, dann Serjoscha, dann seinen Kollegen und schließlich mir eine nasse Dose vor die Nase. Bei mir knallte es; der Junge war sauer, natürlich, was hatte er gelitten.

Der Chef hob das Glas, nahm einen langen Schluck, beugte sich vor, schüttelte den Kopf und sagte noch einmal: »Zwetkow, was machst du für Faxen.« Die Georgier verstummten und senkten die Köpfe, um zu lauschen. Vergeblich, der Chef hatte so leise gesprochen, daß ich es kaum verstanden hatte. Ich schwieg, schließlich hatte er mich nichts gefragt. Aber woher wußten sie meinen Namen?

Der kleine Dicke stieß seinen Chef an. »Nonverbale Kommunikation ist auch Kommunikation. Er schweigt. Das hat was zu bedeuten.«

Der Chef warf ihm einen interessierten Blick zu. Er war ein heller Typ in meinem Alter, mit den angenehmen Gesichtszügen eines schönen Süßwasserfischs. Seine vollen Lippen verdünnten sich in den Mundwinkeln zu einem permanenten, empfindsamen Lächeln. Er beugte sich vor und fragte leise: »Na, wie war's auf der Krim, Zwetkow? Interessante Reportage geschrieben? Unglückliche Russen getroffen? Schöne Ukrainerinnen? Ich für meinen Teil

– ich liebe die Ukraine. Schade, daß wir sie verlieren. Und die Krim – Schande, Schande. Urrussisches Land, auf immer und ewig unser.« Seine hellen, wäßrigen Augen glichen denen Karpows, des Schachspielers.

»Woher kennt ihr meinen Namen?« fragte ich. »Woher kennt ihr mich? Wer seid ihr?« Serjoscha fixierte nachdenklich den Chef der Bande.

Der Kleine stieß den Chef an und sagte: »Achtung, er weicht aus. Er versucht, das Thema zu bestimmen. Agenda setting, amerikanische Sache. Ein Kniff, hinterhältig. So werden Gesprächshierarchien verschoben und etablierte Autoritäten redefiniert. Laß dich nicht drauf ein, Alexei. Bleib dominant.«

Der Chef grinste, hob die Arme und sagte: »Du siehst, Zwetkow, ich muß insistieren. Der Kleine hier ist pausenlos am Lesen. Also, wie war's auf der Krim?«

Ich schwieg. Ich hatte ihnen nichts zu sagen. Nicht, solange sie sich nicht vorstellten. Nicht, solange Serjoscha neben mir saß. Ich war sicher, ich saß mitten in Moskau, im schönen alten Hotel *Moskwa*, und meine Gesprächspartner schienen mir zivilisiert zu sein. Die beiden Stummen hatten die Arme verschränkt und eine saturierte Ruhe in ihr Gesicht gelegt, die andeutete, daß sie an diesem Gespräch nicht teilzunehmen gedachten.

Mein Schweigen schien den Chef nicht zu ärgern. Er rauchte und lächelte mich liebenswürdig und geduldig an. Sein Lächeln erinnerte mich an die gelassenen amerikanischen Freunde Tracys; es war das Lächeln derer, die es schön und richtig finden, daß es ihnen gut geht, die aber großen Wert darauf legen, daß die anderen das auch wissen. Nach einer Weile hob er die Linke, um den Kleinen gar nicht erst zu Wort kommen zu lassen und sagte höflich und noch leiser als vorher: »Zwetkow, hör. Wir möchten ein paar Dinge wissen. Schau, du bist nicht auf der Krim gewesen. Du bist in New York gewesen, in Brighton Beach, und zwar nicht einmal, sondern zweimal. Du hast dort unsere Mitarbeiter kennengelernt, Juri Wiktorowitsch und Andrei Michailowitsch. Nun, wir haben ein paar Kommunikationsprobleme mit New York, schon seit Wochen. Du wirst wissen, daß einer von den beiden, Juri Wiktorowitsch, nicht mehr lebt. Er ist umgebracht worden, bedauerlicherweise. Von Andrei Michailowitsch haben wir auch schon lange nichts mehr gehört. Er ist verschwunden, wir wissen nicht, wo er ist, es ist wie verhext. Das alles ist sehr unangenehm. Unser Kontakt mit New York ist nicht mehr gut. Ich meine, er war immer schwierig, und Andrei Michailowitsch war immer eher wortkarg, wenn ich das mal so ausdrücken darf. Juri Wiktorowitsch ist uns immer ein wenig, wie soll ich sagen? fremd vorgekommen. Es gibt Leute bei uns, die vermuten, daß er Extratouren dreht da drüben, daß er uns, äh … Gelder vorenthält. Auch Andrei vermutet das. Besser gesagt: Er hat das vermutet – eben, hier ist das Problem –«

»Alexei!« Der Kleine legte eine rote, klebrige Hand auf den Ellbogen des Chefs. Der schaute ihn kurz an, ohne Freude, ohne Ärger, so, wie man den Fahrplan liest, und fuhr dann fast flüsternd fort: »Das Problem ist, Zwetkow, daß wir, wie gesagt, Kommunikationsprobleme haben. Unser Mann in Brighton Beach ist tot, und sein Stellvertreter ist weg. Verschwunden, vielleicht tot, jedenfalls unauffindbar. Wir wollen die Sache klären. Wir werden Leute rüberschicken. Aber bevor wir anfangen, wollen wir mit dir reden, Zwetkow. Du bist da gewesen, du hast sie gesehen. Hast du eine Ahnung, wer Juri Wiktorowitsch umgelegt haben könnte?«

Ich holte Luft, doch der Kleine kam mir zuvor. »Alexei!« sagte er. »Alexei, du redest zuviel. Du lieferst Informationen gratis. Du offenbarst dich geradezu. Der Typ hier kennt schon deine Lieblingsplatten, bevor er nur den Mund auftut. Das ist schlecht. Du versetzt ihn durch dein Gerede in die Lage des –«

»Klappe, Sascha.« Aha, noch ein Sascha am Tisch. Der Chef lächelte weiter, aber aus seinen Augen war jede Wärme gewichen. Er glotzte den Kleinen an wie ein Fisch, bevor er den Mund öffnet und die Winzigkeit ansaugt, die ihm vor der Schnauze rumschwimmt. Mein Namensvetter grinste schräg, zog den Kopf ein und hielt den Mund.

Ich verschränkte die Arme. »Ich habe keine Ahnung. Wirklich nicht. Vielleicht war es Andrei.«

»Das ist interessant.« Der Chef beugte sich noch einmal vor und gab seiner Stimme den höchsten Grad an Verbindlichkeit. »Das ist enorm interessant, daß du das sagst. Wie kommst du drauf?«

»Nichts Konkretes. Aber Juri Wiktorowitsch hat mir gesagt, er habe Angst vor Andrei.«

»Du hast mit Juri Wiktorowitsch gesprochen?«

»Kurz vor seinem Tod, ja.« Serjoscha blieb ganz still, aber irgend etwas an seiner Haltung zwang mich, zu ihm hinüberzuschauen. Seine grauen Augen hatten sich zusammengezogen und tadelten mich.

»Interessant, wirklich«, sagte der Chef. »Wir hatten nämlich genau dieselbe Idee. Könnte es sein, daß Andrei ihn umgelegt hat? Was meinst du?«

»Kann sein. Man muß mit allem rechnen. Vielleicht hat Juri Wiktorowitsch Extratouren gefahren, von denen niemand etwas wußte. Vielleicht ist er dabei reich geworden. Vielleicht hat ihn Andrei umgelegt und die Gelder an sich genommen. Falls es welche gab. Möglich, natürlich. Ich halte das sogar für wahrscheinlich.«

»Interessant, interessant.« Alexeis Flüstern machte alles noch viel interessanter. »Und … was denkst du? Könnte es sein, daß der Tod Juri Wiktorowitschs etwas mit diesem Markow zu tun hat, den du besucht hast?«

Von Markow wußten sie also auch. Sie schienen alles zu wissen. Wie transparent war eigentlich mein Leben geworden? Wußten sie auch, was ich dachte? Ich schüttelte den Kopf.

»Weiß ich nicht. Möglich. Ich blicke da nicht durch, wirklich nicht.«

Es wurde wieder still am Tisch. Die Kaukasier hatten sich abgewandt und schwiegen längst über etwas anderes.

»Hört mal, Jungs«, sagte Serjoscha. Er sprach leise und bestimmt in die Ruhe hinein, ein Erwachsener unter Kindern, obwohl er nicht viel älter war als Alexei, der Chef. »Hört mal. Ihr seid Banditen, ja?«

»Richtig.« Der Chef schaute ihn ohne Ausdruck an. Er schien weder stolz zu sein noch sich zu schämen. Auch der kleine Sascha nickte, obwohl Serjoscha nur den Chef angeschaut hatte.

»Hört, auch ich habe da, wenn ihr so wollt, ein kleines Problem. Obwohl ich, wie soll ich sagen? Privatmann bin. Ich wohne hier um die Ecke. Sretenski-Pereulok, Nummer siebzehn. Da habe ich eine sehr schöne Wohnung – drei Zimmer, Stukkatur, Holzböden, renoviertes Bad, goldene Wasserhähne, Küche europäisch, Waschmaschine, da kannst du die Oma einladen. Die Wohnung gehört mir; ich habe sie privatisiert, und sie dürfte auf dem Markt, na, was wollen wir sagen? zweihunderttausend wert sein. Leider ist es nun so, daß ich Interessenten ohne Sympathie für das, äh ... freie Spiel der Marktkräfte habe. Eine Gruppe von Leuten aus dem gebirgigen Süden unseres Landes« – Serjoscha hob die Augen zur Decke und deutete mit dem Hinterkopf zu den Kaukasiern – »hat mir eine Offerte gemacht, die jeden ehrlichen Makler zum Lachen brächte. Falls es euch interessiert: Zwanzigtausend. Zwanzigtausend Dollar für eine Wohnung mitten im Zentrum Moskaus, in hervorragender Lage, mit freundlichen, ruhigen Nachbarn, wenig Kindern und hervorragenden Verkehrsverbindungen.«

Ich dachte an die Männer in seinem Treppenhaus.

»Die Sache ist nun die, daß ich diese Leute nicht mehr loswerde. Ihr wißt, was ich meine. Sie bestehen auf ihrem Angebot, und sie haben mir klargemacht, daß es für mich von Vorteil wäre, auf ihre Offerte einzugehen.« Er legte eine kleine, weiße Hand in sein Blondhaar und lächelte auf den Chef hinab, der ihn von unten, von der Tischplatte her anglotzte wie ein Barsch im Schilf den Fischer. »Und drum hab ich mir gedacht, daß ihr vielleicht interessiert wärt an einem Kauf. Ihr seid von der Solnzewskaja, richtig?«

»Richtig.« Der Chef nickte sachlich.

»Na gut. Seht her. Die Wohnung kann ich eh vergessen. Früher oder später werd ich daraus vertrieben, stimmt's? Schon jetzt läuft ein Ultimatum, und ich habe die Absicht, die Frist einzuhalten. Ich bin der letzte Normalmieter im Haus, der Rest gehört, na ja, kommerziellen Strukturen, die alle billig an die Objekte gekommen sind und jetzt, wie ich höre, untereinander die Übernahme des ganzen Hauses verhandeln. Aber das ist ihre Sorge. Die einzige Frage für mich ist der Preis – was kann ich noch rausschlagen, bevor ich abhauen muß. Die Solnzewskaja ist eine der größten Gruppen in Moskau, stimmt's?«

»Nicht nur in Moskau.« Der Kleine hatte eine Stimme, die sich zum Flüstern nicht eignete. Die Kaukasier drehten die Köpfe, langsam wie Rindvieh, das einem Auto nachschaut.

»Na also. Ich schlage vor, ihr kauft meine Wohnung. Wenn ihr euch da reinmischt, kriegen die anderen kalte Füße. Ich weiß nicht genau, wer sie sind, aber ich bin sicher, daß sie nicht mit einer der großen, äh … Gruppen zusammenarbeiten. Wir machen einen Preis aus, der höher liegt, aber immer noch unter dem Marktwert, und damit ist allen gedient.«

Serjoscha kann reden, ohne sich zu ereifern. Er senkt die Stimme, wenn es spannend wird, macht kleine Pausen, und seine Augen verengen sich genießerisch. Es ist, als werde er beim Sprechen im Nacken gekrault. Jetzt lehnte er sich zurück und genoß die Aufmerksamkeit, die er erweckte. Alle starrten ihn an, auch die drei Mädchen, die sich an die Bar gesetzt hatten. Der vornehme Überdruß in seinen grauen Augen machte ihn fast überirdisch schön.

»Und hast du keine Angst, daß wir das gleiche tun?« Der Chef grinste vorsichtig wie ein gelifteter amerikanischer Filmstar.

»Nein«, sagte Serjoscha. »Wenn ihr gleichviel bietet, verkaufe ich den anderen. Wenn ihr mich umlegt, kriegt ihr nichts. Wenn ihr meinen Vorschlag annehmt, macht ihr einen sehr schönen Profit – vorausgesetzt ihr findet einen Käufer, der bereit ist, den Marktpreis zu zahlen. Aber das ist eine Frage der Zeit. Ihr seid ein Großunternehmen, ihr könnt warten. Mein Angebot ist gut, ihr geht kein Risiko ein, also werdet ihr es annehmen.«

Der Chef entspannte sich und lächelte wieder von Herzen. »Wir werden's uns überlegen. Eine interessante Sache, ohne Frage. Sag mal, was hast du eigentlich in diesem Paket? Ein Gewehr?«

Serjoscha ignorierte ihn. »Sagt mir noch was, Jungs. Ich interessiere mich für solche Dinge. Wenn ihr eure Arbeit tut ... wenn ihr tut, was ihr tut, was habt ihr da für ein Gefühl? Ist es eine unpersönliche Macht, die euch führt, oder sind es Leute?«

Die Runde glotzte ihn ratlos an.

Serjoscha lächelte fein. »Laßt mich konkreter werden. Ihr kriegt Befehle, nicht wahr. Ihr arbeitet ja nicht auf eigene Faust. Ihr kriegt Befehle, und zwar von Leuten, die ihrerseits wieder Befehle kriegen. Von oben. Hierarchie nennt man das. Aber die Pyramide spitzt sich zu. Irgendwann ist Schluß. Dann sind wir bei den Leuten, die keine Befehle mehr bekommen, sondern sie nur noch geben. Richtig?«

Schweigen. Der Kleine lächelte säuerlich. Mir war, als sehe er in Serjoscha einen Rivalen.

»Und jetzt, was denkt ihr? Werden diese Leute, die Leute, die ganz oben sitzen – werden die von einer höheren Macht geleitet, oder denken sie sich die Befehle selber aus?«

Alles sah auf Alexei, doch der blieb stumm. Dafür sagte der Kleine: »Aufgepaßt, Alexei. Falle.«

Alexei schaute zur Decke, nahm einen langen Zug an seiner Zigarette und sagte freundlich: »Laß das Gelaber, Genosse. Die Befehle kommen von Gott, das solltest du wissen. Alles was geschieht, geschieht, weil Gott es so will. Er ist allmächtig, er bestimmt, er gibt die Befehle, und drum ist es so schön hienieden. Also, was hast du in diesem Paket?«

Mit einem vorwurfsvollen Blick gab mir Serjoscha zu verstehen, daß es jetzt, wo er mich so perfekt aus der Schußlinie gezogen hatte, an mir sei, etwas für ihn zu tun. Ich hatte mich vorbereitet und sagte deshalb ohne Zögern: »Warum seid ihr eigentlich so sicher, daß nicht ich der Mörder Juri Wiktorowitschs bin?«

Da lachten sie alle vier, der Kleine am lautesten, der Chef mit geschlossenem Mund und zu Schlitzen zusammengepreßten Lidern, und lachten so herzlich, daß die Kaukasier an den Nebentischchen traurig herüberschauten. »Nein«, sagte der Chef schließlich. »Nein, Zwetkow, über dich wissen wir Bescheid. Ach Gott. Du bist 'n Hosenscheißer, ein aufgeblasener Schreiberling, eine Null. Du schießt nicht. Du hast keine Ahnung. Du hast kein Geld, du weißt nicht, wo man in New York die richtigen Seidenblusen kauft, du redest zuviel, und du merkst nicht, was unter deiner Nase vorgeht. Stehst da und zählst Krähen, wenn deine Freundin einen anderen fickt, und wenn dich mal einer böse anschaut kriegst du gleich die Masern.« Er lächelte zu den Kaukasiern hinüber, die unangenehm berührt wegschauten und die Heiterkeit an unserem Tisch mit dunklen, klagenden Lauten bedauerten.

Aber Alexei war in Fahrt gekommen. Es war, als ärgere er sich plötzlich doch noch über meine Flucht. Seine schweren Lider hatten sich gerötet, er rieb gereizt die Daumen aneinander. »Nein, Zwetkow, du bist zwar 'n Arschloch, aber ein Bandit bist du nicht, und allem Anschein nach auch kein Mann. Wie heißt das Mädchen, Sascha?« Er schaute auf den Kleinen, der aus dem Grinsen nicht mehr herauskam.

»Galja«.

Ich hatte dieses Gefühl das du hast, wenn du im Meer schwimmst und unter dir ein großer Schatten durchgleitet.

»Diese Galja ist dir ein Begriff, nicht, Zwetkow? Scharfer Zahn, erfreuliche Figur. Fickt aber nicht nur dich, mein Lieber, fickt auch einen anderen, einen mindestens, vielleicht auch mehr, was geht's mich an? Aber den, den ich kenne, den fickt sie richtig, das sag ich dir, und dem erzählt sie eine Menge, auch über dich. Und der erzählt es uns, so einfach ist das. Nie gemerkt, daß sie schon gefickt worden ist, wenn du am Abend nach Hause kommst? Gehörst nicht zu den Aufmerksamen, was? Schnupperst nicht an der Möse rum, was? Dein Pech, ihr Glück. Nun, ich geb dir etwas Nachhilfe. Sagt dir der Name Boris Andrejewitsch etwas? Boris Andrejewitsch, Familienname unerheblich, junger Geschäftsmann, neuer Russe, Inhaber der Kette *Lara*. Du kennst die Läden – an der Taganskaja, am

Armjanski-Pereulok, am Neuen Arbat. Lebensmittel, Schuhe, Konserven, Uhren, Schmuck, alles was du willst, alles westlich, oder zumindest türkisch, alles billig. Läuft bestens, die Kette, seit Jahren schon, und wir sorgen dafür, zusammen mit unserem geschätzten Boris Andrejewitsch, daß das auch so bleibt. Ein Mann mit Geld, viel Geld. Geizig ist er auch nicht, und zudem hat er Manieren – er hat doch Manieren, nicht wahr, Sascha?« – der Kleine nickte hingerissen, mit hochgezogenen Brauen, den Bierhumpen an den Lippen – »und ich kann dir sagen, Zwetkow, diese Mischung ist bei den Damen unschlagbar. Meist fehlt das eine. Ich zum Beispiel – ich habe Charme in Mengen, aber zu wenig Kohle. Mein Pech. Aber Boris Andrejewitsch hat von beidem mehr als genug. Gehen bei ihm ein und aus, die Damen, kommen zu ihm ins Geschäft. Bei ihm zu Hause weniger, was, Sascha? Zu Hause hat er eine, wie sagt man? feste Beziehung; ich habe sie mal gesehen: unschön, unschön, richtig häßlich, mit einer dicken Brille und fetten Lippen, sieht gescheit aus, aber unangenehm und die hat keine Freude an solchen Dingen. Weiß der Teufel warum diese reichen Schufte sich zu Hause immer so 'ne Katze halten, ist doch sinnlos. Ist ja egal, die Freundinnen also, Zwetkow, die bestellt er zu sich ins Büro, nach fünf, wenn die Tipsen gegangen sind, und da machen sie sich's dann im Hinterzimmer gemütlich. Sitzungsraum nennt sich das. Ist alles da: Ledergarnitur, Fernseher, Video, Bar, dicker Teppich, nur vom Feinsten, Badezimmer auch, finnisch, mit Sauna und Sprudelbad, muß irre sein, macht die Mädchen ganz verrückt, dieser unterirdische Strahl, hehe, und von noch weiter unten, vom Restaurant, bringen sie ihm die Sakuski und den Wasisubani hoch; Schweine, diese Reichen, irgendwie genial, nicht? Hat auch schon Mädchen vom Dolls Club zum Strip herbestellt, die bleiben stundenlang, na, er kann's ja zahlen, was kümmert's ihn? Manchmal lädt er mich ein, wir haben viel zu besprechen zur Zeit, die Konkurrenz wird unangenehm, aber ehrlich, ich könnte ihn in den Arsch treten, wenn ich sehe, was da reinspaziert kommt, wenn wir gehen müssen. Egal. Jedenfalls diese Galja« – sein bitteres Lächeln wich entspannter Schadenfreude – »geht bei ihm ein und aus, oft noch vor fünf, aber immer allein, nie mit anderen. Sie ist nicht wie die anderen, das muß man ihr lassen, sie hat Klasse, ist gebildet, genau wie Boris Andrejewitsch. Ich hab sie 'n paarmal gesehen – arrogante Ziege, wenn du mich fragst. Sieht dich nicht, spaziert an dir vorbei als seist du Luft, direkt rein ins Chefbüro, ohne anzuklopfen. Aber dieser Boris Andrejewitsch ist ganz schön scharf auf sie, meine Güte. Steine, Ketten, Broschen, Kleider, hei, da geht was rüber, die Tipsen passen gut auf, denen entgeht nichts. Nur das Geld, das sie in der Tasche wegträgt, das sehen sie nicht. Also, Zwetkow, ich fasse zusammen. Wir kennen deine Freundin, weil wir öfter in der Bude verkehren, in der sie auch verkehrt.« Seine Lippen öffneten sich zu einem tonlosen Grinsen. »Danke trotzdem für die Information. War sehr nützlich, vor allem die Bemerkung von Juri Wiktorowitsch. Du hast meinen Verdacht, wie sagt man? erhärtet. Und jetzt sag mal« – er deutete auf Serjoscha – »was hat denn dein Freund in seinem Paket?«

Er lachte, und die beiden Stummen grinsten. Nur der Kleine lachte nicht mehr. Der neue Ton schien ihn zu verwirren, und in seinen unglücklichen Zügen glaubte ich plötzlich eine dumpfe Solidarität mit Geplagten zu entdecken. Sie machte ihn auch nicht schöner. Serjoscha saß reglos und schaute auf den Tisch.

Ich gab keine Antwort.

Von den Mädchen an der Bar schaute nur noch eins zu uns herüber. Sie hielt ein hohes, dünnes Bierglas in der Hand und schaute mich mit offenem Mund an, in einer Art fasziniertem Grauen, so wie Kinder auf Insekten starren, die auch dann nicht zu fressen aufhören, wenn sie selber gefressen werden. Sie war vermutlich in Gedanken, hatte ihr Gesicht einfach vergessen, träumte, schaute mich gar nicht wirklich an. So hatte Galja ausgesehen, als ich am Abend nach unserem ersten Kuß in der Malaja Lubjanka zum ersten Mal in sie eindrang. Es war im Bad, sie war hereingekommen, während ich noch duschte, hatte mir verlegen burschikos ein

Handtuch zugeworfen und sich dann so vor den großen Spiegel gestellt, daß ich wußte, was zu tun war. Sie hatte das Kinn in die Höhe gereckt und die Augen geschlossen, als ich mich hinter sie stellte, aber als ich ihr Haar aus dem Nacken strich und »Augen auf!« ins Ohr flüsterte, öffnete sie sie sofort und recht willig, und dann schaute sie minutenlang mit offenem Mund zu, wie ihr weicher, etwas gewölbter Unterleib gegen meine haarigen Beine drängte. Sie schaute angewidert und erregt zugleich, und vor allem, Iwan Andrejewitsch, schaute sie starr. Sie mied meine Augen, sie ließ den Blick wo er war, als gehöre er nicht zu ihr, als wolle sie nicht beim Schauen ertappt werden. Ich bewegte mich kaum, ich hatte Angst, zu früh zu kommen, aber ich war hilflos, weil sie jetzt drängte, weil sie stöhnte und die Augen wieder schloß, aber diesmal nicht aus Scham, sondern weil sie allein sein wollte am Schluß, und schon kamen wir beide, ausgehungert nach Wochen der Händchenhalterei und der einfühlsamen, nächtlichen Konversation, hilflos aufgegeilt von unserem gemeinsamen, kindlichen Wagnis, schon beim ersten Mal hinzusehen. Harmlose Sache, natürlich, aber Galja schien außerordentlich erregt, und ich fragte mich, was jeder Nachfolger sich fragt – wie sie wohl ihren früheren Liebhaber umarmt hatte. Ich konnte mir Serjoscha nie im Bett vorstellen. Zu professoral, zu ätherisch, zu vergeistigt für Sex, und noch heute glaube ich nicht, daß seine blonden Haare und die kühlen grauen Augen wirkliche Gier wecken können. Liebe, Freundschaft, Freude an gehobener Kultur und schöner Unterhaltung – ja; Leidenschaft – nein. Seine Lippen sind zart geschwungen und einfühlsam, aber dünn und flach – akademische Lippen, Lippen, die behaglich an einem Füllfederhalter saugen, aus dem schon manch Geistreiches aufs Papier geflossen ist. Vielleicht hatten sie sich nur nachts geliebt, in der Dunkelheit, vielleicht hatten sie selten Sex, vielleicht überhaupt keinen, ich weiß es nicht. Galja redete nicht darüber, und ich fragte nicht. Aber sie genoß den Blick auf unsere arbeitenden Genitalien; sie genoß es, wenn ich im Bad meinen Kopf zwischen ihre Schenkel drängte. Und ich genoß ihre

Lust und ihr Stöhnen, diese völlig neuen, aufregend animalischen Laute, die ich aus ihrem Mund nie erwartet hätte. Wenn wir uns gestritten hatten, vögelten wir besonders leidenschaftlich, und manchmal redete ich mir in meinem törichten Überschwang ein, sie zettele einen Streit in der Hoffnung an, mit besonderem Ideenreichtum versöhnt zu werden. Aber als ich ihr das sagte, wurde sie zornig, enthielt sich mehrere Tage und strafte mich einen Monat durch Zurückhaltung und Beharren auf elementaren, unerfreulichen Praktiken. Ich hatte sie tief verletzt. Wir hatten uns übrigens schon am ersten Tag gestritten, gleich nach dem Kuß an der Malaja Lubjanka. »Sascha«, hatte sie gesagt und mir mit erstaunlich harten Fingern Lippenstift vom Kinn gewischt. »Ach, Sascha. Wie schön, wie wunderschön. Endlich. Warum hat das nur so lange gedauert? War ich blind? Komm, begleite mich noch einige Schritte. Weißt du, Saschenka, wie du dir meine Liebe erworben hast? Durch deine Geduld und deine zartfühlende Art. Durch deine Fähigkeit zu warten, Rücksicht zu nehmen. Wenn du gedrängt hättest, hättest du mich nie gewonnen, niemals. Ach ja, Sascha, du bist so einfühlsam. Wie schön.« Und sie umarmte mich wieder, drängte sich an mich wie ein warmes, vertrauensvolles Tierchen und spitzte die Lippen, aber ich stieß sie weg, nicht heftig, aber doch gewaltig irritiert, das können Sie mir glauben, Iwan Andrejewitsch, denn auf Liebe als Lohn für gutes Benehmen hatte ich keine Lust, und das sagte ich ihr auch und kickte wütend Steine in die Gegend. Wir stritten uns stundenlang an diesem Tag, wir standen vor ihrem Verlag, warfen die Hände in die Luft und konnten uns nicht trennen. Der erste Tag eben. Schließlich hatten wir genug, gingen in eine Bar, tranken uns Friedfertigkeit und Lust an und fuhren nach Hause, händchenhaltend, erregt, stumm die kommenden Seligkeiten ahnend.

Die Frau an der Theke schaute noch immer auf Serjoscha. Wie sie das wohl macht? Wird gleich am Anfang bezahlt oder erst am Schluß? Zieht sie sich vor dem Freier aus, oder muß er erst nackt dastehen, bevor sie die Reißverschlüsse öffnet? Heuchelt sie Lust oder bleibt sie gleichgültig? Was tut Galja, wenn Boris zur Sache kommen will in seinem luxuriösen Sitzungszimmer? Küßt sie ihn, lächelt sie ihn an, hält sie ihn mit Luftküßchen und wendigen, fraulichen Ausweichmanövern auf Distanz? Knöpft sie sich selber die Bluse auf oder läßt sie seine Finger ran? Tanzt sie vielleicht sogar? (Sie tanzt nicht gut, Galja. Sie wirkt schwer, obwohl sie leicht ist, sie lacht nicht und sie weiß nicht, wohin mit den Armen). Streckt sie den Arsch in die Luft, beugt sie sich vornüber, stemmt sie die Hände auf die Knie? Faßt sie sich gar in den Schritt wie die Mädchen im Up & Down, die sie im Sommer mit mir zusammen gesehen und beim Nachhausefahren erstaunlich gnädig beurteilt hat? Wirft sie Boris schmachtende Blicke zu, legt sie sich zu ihm aufs Sofa? Oder setzt sie sich auf den Tisch, wirft die Haare nach hinten und zieht die Beine hoch – komm her, Junge, laß sehen, was du hast, wag es, vor mich zu treten, so wie du bist. Zeigt sie ihm ihr Bäuchlein, dieses Frauenbäuchlein, dieses weiche, etwas faltige Halbrund, unter dem Julia lag, Serjoschas Kind? Zeigt sie es, oder versteckt sie es unter albernen Négligés? Wirft sie sich hastig aufs Bett, um sich mädchenhaft zu strecken, streift sie sich rasch was über, wenn sie sitzt? Zu Hause hat sie sich nie geschämt für ihr Bäuchlein, und manchmal habe ich es gestreichelt nach dem Vögeln, eher bewundernd als zärtlich, und Galja hat stumm und sehr erwachsen auf meine Hand geschaut und sich eine Zigarette angesteckt. Aber sie hat es genossen. Genießt sie Boris?

»Das Paket. Ich will wissen, was in dem Paket ist.«

Alexei war lauter als vorher. Ich sah hoch in die feixende Runde und sagte: »Hör mal. Woher hat dieser Boris denn gewußt, daß ich zweimal nach New York fuhr? Ich habe niemandem etwas von der zweiten Reise gesagt, auch Galja nicht. Sie hat nichts davon gewußt.« Serjoscha hob den Kopf und schaute mich dankbar und gleichzeitig verächtlich an.

»Teufel, Zwetkow.« Alexei schnaubte vor Widerwillen. »Was

meinst du denn eigentlich? Meinst du, Galja habe dir die Krim je geglaubt? Du mußt besser lügen lernen. Im übrigen: Anruf genügt. Aeroflot gibt gerne Auskunft; wir leben nicht mehr in der Sowjetunion. Nein, du bist wirklich ein Kretin. Was bildest du dir eigentlich ein? Akademiker, was? Journalist? Tut sich groß, aber hat keine Ahnung von der Welt, von Frauen am allerwenigsten. Hör zu, ein Tip: Weniger labern, und dafür der Kleinen zu Hause mal so richtig den Arsch versohlen. So treibst du ihr die Flausen aus. Gib ihr Pfeffer, verdammt; hau sie, und ich garantiere dir, dein Leben bessert sich. Mußt ja nicht meinen« – er beugte sich plötzlich kollegial vor – »daß ich diesem Boris Andrejewitsch was gönne. Widerlicher Drecksack, wenn du mich fragst. Aber du hast noch einiges zu lernen, wirklich.« Er sah zu Serjoscha hinüber. »Na, hab ich recht, Blonder? Immer kräftig drauf, was? Obwohl, wenn ich mir deine Pfötchen anschaue – wie willst du denn mit so was Mickrigem zuschlagen? So, und jetzt sagst du mir auf der Stelle, was in diesem Paket ist, sonst verlier ich die Geduld.«

Serjoscha schaute noch immer stumm vor sich nieder. Er hatte Galja geliebt. Vermutlich liebte er sie noch immer. Er hatte sie geschlagen, und sie hatte ihn verlassen.

Er starrte auf den Tisch und sagte: »Ein Brett.«

»Ein Brett«, johlten die vier, »ausgerechnet ein Brett. Was Besseres kommt dir nicht in den Sinn, was?« Serjoscha nickte nachdenklich, wie in Trance. »Doch, ein Brett. Bestimmt.« Schützend legte er seine Händchen aufs Paket und zog es an sich. In seinen Augen stand noch immer keine Furcht, aber sie waren stumpfer geworden. Die vier begannen sich zu strecken. Sie lachten zu den Kaukasiern hinüber – da, schaut her, jetzt machen wir uns einen Spaß. Serjoscha wurde ein letztes Mal – »ein allerletztes Mal, hörst du?« – aufgefordert, das Paket herzugeben, aber er weigerte sich, stur, stumm, die Füße zusammengepreßt, die Augen auf der Tischplatte. Wie klein er plötzlich aussah! Die drei Mädchen an der Theke schauten mitleidig herüber. Es wurde lauter, Alexei setzte sich gerade hin, die beiden Stummen räusperten sich und schauten erwartungsvoll auf den Boß. Der Kleine grapschte ungeschickt nach dem Paket, aber als Serjoscha ihn anblitzte, zog er seine dicke, rote Hand erschrocken zurück. Die Kaukasier beugten sich milde interessiert vor, Hotelgäste blieben erstaunt stehen und gingen, als sie Lederjacken und Tätowierungen sahen rasch weiter. Der Barmann beugte sich über die Theke, um besser zu sehen. Im Hintergrund steckten zwei Uniformierte die Köpfe zusammen, nickten sich zu und entfernten sich wieder. Serjoscha schaute mich an, und zusammen standen wir auf, angespannt, ohne wirkliche Hoffnung, daß uns die Typen weggehen lassen würden. Sofort erhoben sich die beiden Stummen, legten uns ihre Pranken auf die Schultern, nicht grob, aber bestimmt, so daß wir stehenblieben und uns nach ein paar Sekunden wieder setzten, mit gebeugtem Kopf, den Blick der Mädchen an der Theke vermeidend. Alexei lachte, gab den beiden Stummen ein Zeichen, und der Typ mit der Narbe streckte schon die Hand nach dem Paket aus, über das sich Serjoscha jetzt verzweifelt beugte, da kamen zwei Herren auf uns zu, dunkelrot uniformierte Herren mittleren Alters, Sicherheitsangestellte des Hotels, entsprechend beschriftet, Männer mit blassen, verquollenen Augen und Mützen und großer Kragenweite. Sie näherten sich vorsichtig, schickten neutrale, nicht provozierende Blicke voraus; einer der beiden lächelte sogar verbindlich, na, was ist denn hier los, eine kleine Meinungsverschiedenheit? Kommt, Jungs, regelt die Sache in Frieden, wir mögen keinen Ärger hier. Sie schauten auf Serjoscha, natürlich, er war der Älteste und der Eindrücklichste, doch Serjoscha sagte nichts, und deshalb wandten sie sich Alexei zu, der sämtliche Aktivitäten am Tisch durch eine waagrecht ausgestreckte Hand zum Stillstand gebracht hatte. Aha, der Boß. Alexei blieb selbstbewußt sitzen. Er reckte sich und deutete auf Serjoscha. Hier, meine Herren, hier. Sehen sie dieses Paket? Wir haben den Verdacht, daß es sich um eine Waffe handelt, um ein Gewehr vielleicht. Gefährliche Sache, hier in einem Hotel, mit all den Menschen, nicht wahr? Wir möchten, daß dieser Herr, den wir nur flüchtig kennen, sein Paket öffnet, zwecks Sicherheit, zwecks allgemeiner und öffentlicher Beruhigung. Kleine Sache, nicht? Die beiden Herren blickten auf Serjoscha, der noch immer sein Paket umklammerte und blaß und verkrampft geradeaus schaute. Die beiden Stummen hatten die Arme verschränkt und sich so nebensächlich wie möglich gemacht. Tja, sagten die Sicherheitsbeamten in Richtung Serjoscha, das leuchtet ein, was der Herr hier sagt, finden sie nicht? Nein, sagte Serjoscha leise, das leuchtet überhaupt nicht ein, das kann keine Waffe sein, sehen Sie denn nicht selber, wie dünn das Paket ist? Haben Sie je ein so dünnes Gewehr gesehen? Dies ist ein Brett, ein ganz gewöhnliches Holzbrett, eines, das man zum Bau von Hütten verwendet, nichts Gefährliches, ganz bestimmt nicht, es sei denn, man haut es jemandem über den Schädel, wozu ich momentan, das gestehe ich Ihnen, große Lust hätte. Die Sicherheitsbeamten lächelten gutmütig tadelnd. Serjoscha machte ihnen Eindruck, sie waren schon wieder ratlos, murmelten und beugten die steifen Ärmel ihrer Uniform. Sie zeugte nicht von wahrer Autorität, diese Uniform – falsche Farbe, falscher Stoff, die Streifen zu dünn und zu spärlich; das war die Livree eines Dieners, nicht das Gewand eines Machtträgers, zudem war die Mütze verräterisch flach. Leute mit solchen Uniformen sind froh um Anweisungen, und da Alexei an diesem Tisch offenbar die Anweisungen gab, wandten sie sich hilfesuchend wieder an ihn. »Ha«, sagte Alexei. »Da habt ihr's. Jetzt habt ihr's selber gehört. Ein Brett, hat er gesagt – haben Sie schon jemanden gesehen, der ein verpacktes Brett mit sich herumträgt? Ist vollkommen unglaubwürdig, ist lächerlich. Kommen Sie, kommen Sie.« Er stand auf, machte ein paar Schritte zur Seite, blieb neben einer kargen, glanzlosen Topfpflanze stehen und winkte die beiden Uniformierten zu sich, mit gesenktem Kopf, ohne hinzusehen. Willig trotteten sie hinter ihm her, und gebannt verfolgten alle in der Halle – wir, die Kaukasier, die Mädchen an der Theke, der Barmann –, wie die drei die Köpfe zusammensteckten. Ein Chinese, der sich an die Bar neben die drei Mädchen gesetzt hatte, strich sich über seinen unglaublich weit hinten beginnenden Haaransatz, der seine Stirn absurd vergrößerte, und grinste verbindlich. Sascha, der kleine Klugscheißer, war in sich zusammengesackt; er schnaufte laut und unregelmäßig, mit offenem Mund, krank, leidend. Sonst war es still am Tisch. Die beiden Stummen lächelten mörderisch in sich hinein und bewegten ihre Finger; Serjoscha stützte sich wieder auf sein Paket und vermied meinen Blick. Nach einer Weile kamen die drei zurück, und der imposantere der beiden Uniformierten sagte mit fester Stimme: »Mein Herr, ich muß Sie bitten, dieses Paket umgehend zu öffnen. Wir haben den begründeten Verdacht, daß Sie unbefugterweise eine Waffe mit sich tragen, und angesichts der Tatsache, daß sich in diesem Hotel eine großer Zahl unbescholtener Personen befindet, ist es unsere Pflicht, jegliches Risiko zu eliminieren und uns Gewißheit über Inhalt und Charakter dieses Paketes zu verschaffen.« Ein Brett sei dies, sagte Serjoscha, in dessen Augen langsam der alte Glanz zurückkehrte, ein Brett, sonst nichts, und sie würden sich lächerlich machen, wenn sie auf dieser Forderung beharrten. Der Uniformierte, Serjoschas Status ahnend, seufzte. Er verbeugte sich und sagte fast flehend: »So verstehen Sie doch, Genosse. Kleine Sache. So machen Sie's halt auf; wenn's wirklich nur ein Brett ist, dann packen Sie's eben wieder ein, obwohl« – und hier faßte er die Lehne von Serjoschas Stuhl – »obwohl ich mir wirklich nicht vorstellen kann, daß jemand wie Sie in solch eleganten Kleidern mitten in Moskau Bretter mit sich herumträgt. Eingepackte noch dazu. Also, seien Sie so gut. Bitte.« »Nein«, sagte Serjoscha. »Doch«, sagte der Uniformierte, ermuntert durch ein feierliches Nicken Alexeis. »Doch. Denn hier« – er drehte sich um und begrüßte einen dritten, ernst aussehenden Uniformierten – »steht unser Sicherheitschef, Wassili Wiktorowitsch, und der hat unter anderem dafür zu sorgen, daß den diversen internationalen Delegationen aus aller Herren Länder, die sich in unserem Haus einquartiert haben, nichts geschieht, nicht wahr, Wassili Wiktorowitsch?« Wassili Wiktorowitsch war ein fester Mensch mit graurotem Gesicht, dickem Hals und müden, ersoffenen Augen. Es dauerte eine

Weile bis ihm die Dimension des Problems klar war, aber als er schließlich genickt und sich geräuspert hatte, stellte sich heraus, daß er kein Freund langer Reden war. Auspacken, sagte er zu Serjoscha, gröber als nötig, verschränkte die Arme und trat einen Schritt zurück. Nun gut, sagte Serjoscha im Ton einer Nervensäge, aber nur, wenn Sie mir garantieren, dieses Brett danach gleich wieder einzupacken, in Packpapier wie dieses, weil ich es nämlich verschicken muß. Man hätte mich an der Tür zurückweisen können mein Herr, aber ich wurde hier eingelassen, und ich bezweifle, daß sie auf Grund des Gesetzes das Recht haben, mich in diesen Räumlichkeiten – er warf einen abschätzigen Rundblick in die Halle – meiner Habe zu berauben. Hier beraubt Sie niemand, sagte der Sicherheitschef, und die Garantie bekommen Sie auch. Hier, Pawel – er legte dem einen Uniformierten die Hand auf die Schulter –, du sorgst dafür, daß dieser Herr wieder Packpapier bekommt, wenn das wirklich ein Brett ist da drin. Das ist nichts als Anstand. Kundendienst. Dann beugte er sich ungläubig vor. Sie wollen ein Brett verschikken? Jawohl, sagte Serjoscha. Ist meine Sache, nicht wahr? Richtig, sagte der Sicherheitschef, das ist Ihre Sache. Falls es wirklich ein Brett ist. Und unsere ist es, für Sicherheit zu sorgen. Die Zeiten, in denen gewisse Leute sich aufführen konnten wie sie wollten, nur weil sie einer gewissen Partei angehörten, sind vorbei. Heute gibt es keine Geheimnisse mehr in Rußland. Dafür gibt es Transparenz, auch und vor allem in diesem Hotel. Er trat wieder einen Schritt vor, wippte auf den Zehenspitzen und kümmerte sich einen Dreck um meinen erstaunten Blick. Serjoscha nickte und begann umständlich am Packpapier zu fingern, das ich so mühsam zusammengeklebt hatte. Schneller, sagte der eine Uniformierte. Serjoscha legte das Paket auf die Knie, kratzte mit akademischer Inkompetenz an einem Klebstreifen herum, preßte die Lippen zusammen, stöhnte ein wenig – und schreckte plötzlich hoch, weil der Typ mit der Narbe das Paket gepackt und an sich gerissen hatte. Mit ein, zwei geübten Griffen riß er das Papier weg und erstarrte.

Da lag das Brett.

Nichts als ein Brett. Ein rauh gehobeltes, ziemlich helles Brett, Birkenholz vermutlich, an einem Ende etwas rötlich bemalt, voller abgesplitterter Stellen und Nagellöchern. Der Typ mit der Narbe legte es auf den Tisch, als habe er sich die Finger verbrannt, und alle, auch die Kaukasier, die es nicht mehr auf ihren Sesseln ausgehalten hatten, auch die Mädchen von der Bar, auch der Chinese, standen um den Tisch und starrten auf das Brett. Das ist ja ein Brett, verdammt noch mal, sagte Alexei. Hab ich ja gesagt, sagte Serjoscha. Na? Genug gesehen? Der eine Uniformierte streckte vorsichtig die Hand aus und drehte das Brett. Es sah fast gleich aus von der anderen Seite, vielleicht etwas dunkler. Ziemlich genau in der Mitte saß ein großes braunes Astloch. Du bist ja ein schönes Arschloch, sagte Alexei. Läufst echt mit einem Brett in der Gegend rum, mit einem verpackten Brett, bei dir sind wohl nicht alle zu Hause, was? Was willst du denn damit? Meine Sache, sagte Serjoscha. Hier. Er sah zum Sicherheitschef hoch. Packen Sie's bitte wieder ein. Doch der Sicherheitschef drehte sich wortlos um und verschwand, die beiden Uniformierten im Schlepptau, und niemand kümmerte sich um die schwachen Proteste meines blonden Freundes, der jetzt, inmitten des aufgerissenen Papiers, angegafft von mindestens einem Dutzend Fremder, aussah wie ein Kind an Weihnachten. Mit geröteten Wangen saß er da, eine Hand auf dem Brett, die andere auf der Pelzmütze, plötzlich wieder unsicher. Sein Triumph war kurz gewesen. Meine Verfolger begannen zu lachen, und der Kleine, der seinen Anfall von Feinfühligkeit überwunden hatte, lachte munter mit. Die Kaukasier zogen sich finster grinsend zurück. Die Mädchen verschränkten die Arme, schauten eisig auf den schönen Mann vor ihnen und gingen zur Bar zurück, kopfschüttelnd, als habe man sie durch eine unerhörte Taktlosigkeit beleidigt. Der Chinese griff sich an den Kopf und lächelte entzückt; er begriff nichts. Schließlich ergriff Serjoscha das Brett. Unbehindert gingen wir durch die Halle; die Mädchen an der Bar drehten sich nicht einmal mehr um. Nach ein paar Schritten blieb Serjoscha stehen, reichte mir wortlos das Brett, ging zurück zum Tisch und beugte sich zu

Alexei hinunter. Die Wohnung, sagte er beim Zurückkommen, ich hab ihm noch die Telefonnummer gegeben, wegen der Wohnung. Er lächelte gequält, nahm das Brett und ging zum Ausgang ohne sich noch einmal umzudrehen. Aus den Schaltern links und rechts beugten sich neugierige Damen hervor, ihre Ketten berührten den Tresen. Der Türsteher griff nach der Trillerpfeife, aber er pfiff nicht, sondern öffnete uns verwundert die Tür. Draußen stellte Serjoscha das Brett auf den Boden und streckte mir die Hand hin. Er gehe jetzt nach Hause, das Ding neu verpacken. Tja. Ich spürte, daß er auf ein Angebot wartete, aber ich sagte nichts. Ich nickte nur, drückte ihm die Hand und ging davon, hinunter zur Manege. Nach ein paar Schritten drehte ich mich um. Dort ging er, mein Freund, das Brett unter dem Arm, mit kleinen, hastigen Schritten, und er sah aus wie einer, der auszieht, um Maß zu nehmen, Maß am neuen Rußland, das er nicht versteht. Er ging in Schlangenlinien, er wich aus, und links und rechts von ihm strömten die Leute in ihren Pelzmänteln vorbei, langsam, auf geraden Bahnen, ohne den Kopf zu drehen, mit schweren, kalten Kinnladen und erfrorenen Augen. Nur zwei Mädchen drehten sich nach ihm um. Sie hoben die Hände an den Mund und steckten die Köpfe zusammen, und ihr Atem wurde zu einer kleinen, grauen Wolke, einer winzigen, leeren Sprechblase.

XVI

Ich ging nach Hause und schwieg.

Galja saß am Küchentisch und las; mein Schweigen störte sie nicht. Sie schälte sich einen Apfel, schnitt das Kerngehäuse heraus, teilte ihn in ebenmäßige Achtel und steckte sich Stück für Stück in den Mund. Sie kaute gewissenhaft, schaute manchmal vom Buch zum Kochherd, als überdenke sie eine Textpassage, und griff, während sie kaute und schaute, bereits nach dem nächsten Stück. Ich setzte mich aufs Sofa und starrte in den Himmel über dem Freundschaftspark. Nun, Alexander? Lust auf die große Abrechnung? Ich murmelte Sätze vor mich hin, ganz leise, ich bewegte die Lippen kaum – Galja, ich weiß, daß du mich hintergehst. Galja, wie kannst du nur! Galja, das ist das Ende. Dann schaute ich hoch. Sie las, die Glastür zerlegte ihre unbewegliche Silhouette in feine, graue Streifen. Unsinn. Anders. Ich räusperte mich und murmelte lauter und klagender. Galja, wie kannst du nur? Wie kannst du mir das antun? Wo wir es doch so gut hatten. Oder hatten wir es etwa nicht gut? Sie bewegte sich nicht. Natürlich. Nicht mal der Tisch vor mir hatte mich hören können. Ich versuchte es noch einmal, nochmals etwas lauter, mit deutlicheren Zischlauten – Galja, so nimm doch Vernunft an. Schlag dir um Gottes willen diesen Typ aus dem Kopf! Schau ihn dir doch an – kein Umgang für dich. Diese Beine. Als sei er auf dem Pferd geboren. Diese Hände, diese dicken, bäurischen Knie. Dieser Kopf. Galja, wo sind deine Augen? Ein neuer Russe, ein parfümierter Russe – deiner nicht würdig. Der macht dich unglücklich, du wirst es sehen!

Hast du was gesagt? Sie rief aus der Küche, sie hatte den Kopf gehoben; er sah verzerrt und grotesk vergrößert aus hinter dem gewellten Glas, wie der eines Insekts. Nein, sagte ich; nichts, ich hab hier nur was gelesen, hier – und ich nahm die Zeitschrift, die vor mit lag und ging in die Küche – hier, sieh mal, ist doch unglaublich, dieser Bericht aus Kostroma, die Menschen sterben wie die Fliegen in der Provinz, kriegen keinen Lohn, saufen sich zu Tode, das haben wir nun vom Kapitalismus. Hier, schau dir das Bild an. Und das an der Wolga, an unserer Wolga. Überall sind sie, die Obdachlosen, sie schlafen draußen, schlafen in den Bahnhöfen; die Schulen sind geschlossen, weil die Lehrer keinen Lohn mehr kriegen, die Beamten sind abgehauen. Unglaublich. Sie hielt das letzte Stück Apfel in der Hand, aber sie schob es sich nicht in den Mund. Ja, sagte sie, unglaublich. Eine Schande. Und dann daneben, unmittelbar daneben all dieser Luxus. Unerhört. Schreib doch mal was drüber.

Ich kehrte zum Sofa zurück und lauschte in der Stille meinen gemurmelten Anklagen nach. Sie waren verklungen. Gut so. Nein, ich würde nichts sagen. Warum auch? Sie war hier, bei mir, sie lebte mit mir. Nicht mit ihm. Das zählte. Bei ihm war sie nur zeitweise, eine Leihgabe, ihm gewährte sie nur ein paar unverbindliche, knisternde Minuten zwischen Akten und Terminen. Mir fordert sie den Alltag ab, und der wiegt schwerer. Mir schaut sie beim Rasieren zu am Sonntagmorgen und beim Eieressen. Mit mir redet sie, wenn sie auf dem Klo sitzt. Sie wäscht meine Wäsche, liest meine Artikel, wühlt in meinen Taschen. Ich weiß viel, Boris weiß nichts. Ich weiß, daß sie Kochrezepte ausschneidet und in ein unschön sich blähendes Buch einklebt, genau wie ihre Mutter. Daß sie Kalenderbilder sammelt und in einer Schachtel versteckt, süße, blaugoldweiße Bilder mit fürchterlich wahren, unwiderlegbaren Sprüchen drunter. Ich kenne die Gesichter, die sie vor dem Spiegel macht, wenn sie glaubt, sie sei allein. Ich ertrage ihren Rachmaninow. Ich höre ihr zu, wenn sie getrunken hat, ich beobachte sie beim Abschminken. Ich bin eine erprobte Kraft, getestet unter widrigen Umständen, verläßlich, und drum werde ich siegen. Boris ist eine Phase, ein vorübergehendes Phänomen, sie wird ihren Fehler einsehen und zu mir zurückkehren, freudig sogar, geläutert.

Gleich würden wir essen, ein wenig streiten auch, aber nicht sehr, und dann würde sie sich mit Julia beschäftigen, würde Breichen löffeln, Näschen küssen, kichern und singen, falsch, aber mütterlich, aus drei Metern Distanz und doch aus unendlicher Ferne beobachtet von ihrem für derartige Arbeiten untauglichen, aber im Ganzen verläßlichen Lebensgefährten. Am Abend würden wir vögeln, und beim Einschlafen würde sie ihre Hand auf meine Hüfte legen und mir ihren Jungmädchen-Pfefferminzatem in den Nakken blasen. Alles wie immer, trotz Boris. Kein Grund zur Aufregung. Zudem – was konnte ich ihr schon vorwerfen? In der Schublade meines Pultes lagen Fotos von Tracy, gut versteckt. Ich schaute sie mir jeden Tag an, jeden Morgen, noch in Mantel und Hut; es war ein Wiedersehen, ein Gruß, ich brauchte das wie Kaffee. Sie gaben mir Kraft, diese Fotos, sie weckten mich. Liebte ich Galja etwa weniger, seit ich Tracy getroffen hatte? Eben. Und bei ihr war das sicher das gleiche.

Vielleicht auch nicht.

Galja driftete weg von mir wie ein Boot, das in die Strömung geraten ist. Langsam, zum Verrücktwerden langsam gleitet es weg. Da ist diese Sekunde in der es zuckt in deinen Beinen, in der du noch springen könntest, aber dann ist es vorbei, und du stehst da und weißt, daß du es nie wieder erreichen wirst – nicht schwimmend, nicht mit einer Jagd durchs Unterholz. Ihre Küsse wurden flüchtig und geschäftsmäßig. Sie strich sich die Haare aus der Stirn und musterte mich kühl, bevor sie etwas sagte. Gemeinsame Kinobesuche lehnte sie ab – keine Zeit, keine Lust, Sascha, ich habe einen Beruf, der mich fordert, und abends bin ich müde. Beim Essen versank sie in langes Schweigen, drehte mühsam die Kiefer und schichtete mit der Gabel kleine Häufchen auf. Erzählte ich etwas, stellte sie die falschen Fragen. Wenn sie mich am Morgen beim Abschied streichelte, spürte ich keinen Übermut mehr, nichts Verspieltes, bestenfalls eine traurige Zärtlichkeit, eine Art von Mitleid, die mich erschreckte. Von der Krim wollte sie nichts mehr hören. Hätte sie gefragt, ich hätte ihr vielleicht alles gestanden.

Aber das war nur das eine. Seltenen, spitzen Andeutungen entnahm ich, daß sie mir übelnahm, daß Amerika nichts von seinem sagenhaften Glanz an mich weitergegeben hatte. Ich war unauffällig aus dem gelobten Land zurückgekommen, unverändert, unbekehrt, bleich, ärgerlich russisch. Wäre ich spöttisch gewesen oder herablassend, hätte ich ihr vielleicht Eindruck gemacht. Aber ich war ganz der Alte, und wenn ich von New York erzählte, dann eigenartiges Zeug von Verbrechern und kranken Russen, und das paßte nicht zum Lachen der amerikanischen Models auf den Reklametafeln an der Leningrader Chaussee, die sie heimlich bewunderte. Ich blieb Russe, aß Kartoffeln und Kohl, trank Wodka und ging gerne spazieren. Ich fiel in meinen alten Trott zurück, ohne auch nur einmal zu sagen, in Manhattan müßte man ein Penthouse haben. Manchmal schaute sie mich an, als sei sie drauf und dran zu sagen, ich habe ihr ihren Traum geklaut. Wenn ihre Freundinnen vom Verlag zum Teetrinken und Tratschen herüberkamen, strich ich mit dem Fuß die Teppichfransen glatt und spürte den Argwohn im Kreis der Damen. Eigenartiger Kerl. War in Amerika und macht sich nichts draus. Verrat.

Manchmal schien meine Passivität sie anzustacheln. Dann hielt sie mir unvermittelt Vorträge über ausgefallene Themen. Mit funkelnden Augen redete sie über Politik und kritisierte gewisse, nicht sehr kontroverse Ansichten mit einer Heftigkeit, die mir rätselhaft war. Freundinnen, über die sie sonst nie redete, wurden geradezu seziert. Alla zum Beispiel. Ich hatte sie nur einmal gesehen – eine Frau aus der Provinz, mit heller Haut, schönem Hals und kurzem, blondem Haar. Alla hatte einen Freund aus Deutschland, einen verheirateten Geschäftsmann, der sehr lieb und aufmerksam und korrekt war und von dem ihr Mann wußte, ohne eifersüchtig zu sein. Daß er nicht eifersüchtig war, freute Alla. Einerseits. Anderseits wußte sie nicht recht, ob er ihr eifersüchtig nicht doch lieber gewesen wäre. Daß er ihre Untreue einfach hinnahm, machte ihn in ihren Augen stark und schwach zugleich. Er konnte leben mit ihrer Untreue – stark. Er wehrte sich nicht ›wie ein Mann‹ – schwach. Verwirrend. Alla war hin- und hergerissen; ihr Mann wurde ihr ein wenig unheimlich, aber sie liebte ihn sehr und bewunderte ihn ›für seine Größe‹, wie sie manchmal traurig sagte. Sie hatte Anfälle rasenden Glücks, weil sie hatte, wovon andere träumen, weil sie beide Männer lieben konnte ohne zu lügen, weil alles so reibungslos, so wunderbar schmerzlos lief, so ganz anders als bei den andern, die sich anschreien und quälen bis aufs Blut, bis sie endlich loskommen voneinander und dann wieder bei den Eltern sitzen oder in einer himmeltraurigen Kommunalwohnung, geschunden und verbittert, aber wenigstens allein. Es kam ihr zerbrechlich, ja irreal vor, dieses Glück, und manchmal, wenn sie in der Metro saß und all die verhärmten Gesichter sah, dann verlor sie plötzlich alle Zuversicht und war überzeugt, daß sich alles schon in Luft aufgelöst haben würde, wenn sie nach Hause kam. Eines Tages brachte ihr Bernd eine wertvolle alte Vase aus China mit. Frühe Ming-Dynastie, formvollendet, leichte Patina, zarte, fast verblaßte Motive von atemberaubender Eleganz. Sie mußte Hunderte, was sag ich, Tausende gekostet haben, und Alla wußte wieder einmal nicht, ob sie sich freuen sollte oder nicht. Sie brachte die Vase aus dem hellen Apartment ihres Freundes in ihre Durchschnittswohnung an der Profsojusnaja und stellte sie neben die Balkontür. Dann setzte sie sich hin, rauchte eine Zigarette und schaute sie an. Was sollte sie ihrem Mann sagen? Die Wahrheit natürlich, wie immer. Schließlich wollte er nichts anderes, schließlich war das die Basis ihrer Beziehung. Und doch. Diesmal war alles ein wenig anders. Diese Vase war kein Wässerchen aus Paris. Was hieß das? Sie, Alla, war einem Mann, der vielleicht ein-, zweimal im Monat mit ihr schlief, Tausende von Dollar wert. Mußte da ihr Mann nicht zwangsläufig denken, es gebe etwas Besonderes in ihrer Beziehung? Etwas, das sie für Bernd reserviere? Ein Geheimnis, eine erotische Tollheit vielleicht, die ihn banne, die sie aber ihm, ihrem

Mann, vorenthielt? Tausende von Dollar, das ist schließlich kein Pappenstiel, auch im Westen nicht. Aber ihr Mann war nicht zimperlich. Er sah die Vase, umschritt sie freudig, umarmte Alla und küßte sie. Er hüpfte vor Aufregung, rief seine Freunde herbei, schubste sie ins Wohnzimmer und holte den Wodka. Alla saß im Schatten und hörte zu, wie er Unklares über Geschäftsverbindungen und die Neigung chinesischer Geschäftsleute zu teuren Geschenken erzählte. Abends im Bett lobte er Bernd, bezeichnete ihn als Mann mit Geschmack und Verstand und forderte Alla auf, ihn doch mal vorbeizubringen. Da brach sie zusammen. So viel Lob für ihre Untreue konnte sie nicht ertragen. Sie stieß ihn entrüstet von sich, lief heulend aus der Wohnung und rief von der Metrostation aus Galja an. Sie trafen sich am Arbat, setzten sich ins Café, und sie erzählte Galja unter wieder aufwallenden Tränen, daß sie es einfach nicht mehr aushalte. Ihr Mann beleidige sie mit seinem Verständnis. Er erniedrige sie. Seine Freude, dieses blöde, infantile Strahlen! Pervers, so etwas! Manchmal habe sie schon fast das Gefühl, er habe sie zu Bernd geschickt, damit sie kostbare Vasen nach Hause bringe. Galja tröstete sie so gut es ging, zeigte aber wenig Verständnis. Was sie denn wolle? Schließlich, verdammt noch mal, habe sie es so gut wie die wenigsten Frauen in dieser Stadt, und wenn ihr Mann diesen Deutschen schon schlucke, dann sehe sie nicht ein, warum er sich nicht auch über eine Vase freuen sollte. Sie müsse schon einsehen, daß sie viel von ihrem Mann verlange und daß sie nicht alles haben könne.

»Du kannst nicht alles haben. Wer kann das schon. Schau mich an – was hab ich denn?« fragte Galja die nicht anwesende Alla und schaute mich trotzig an.

Nun, was hatte Galja? Nicht wenig, fand ich. Sie hatte Julia, mich, Boris, meine Geschenke, seine Geschenke. Mehr als die Obdachlosen in Kostroma jedenfalls. Knausrig war der Importeur sicher nicht. Aber natürlich zählten seine Geschenke nur halb. Sie konnten an der Flotskaja Uliza nicht gezeigt werden – vermutlich lagerten sie in ihrem Büro, versteckt in Wandschränken, sicher vor den Blikken neidischer Kolleginnen. Meine Geschenke blieben ohne Echo. Die Seidenbluse aus New York trug sie selten, obwohl sie darin fabelhaft aussah. Vielleicht hatte Alexei recht, vielleicht mochte sie sie wirklich nicht. Ich fragte sie ganz nebenher, aber sie sagte nur, so ein gutes Stück dürfe man nicht allzu oft tragen, sonst verliere es an Glanz. Ich nahm das hin und tröstete mich mit dem Gedanken, daß sie bald im Besitze eines zwar teuren, aber dafür besonders erotischen, ja verwegenen Parfums sein würde. Neujahr nahte. Fast jeden Tag ging ich an diesen Reklametafeln an der Twerskaja vorbei, und eines Tages konnte ich nicht mehr widerstehen. Einen Monatslohn kostete mich das Wasser, aber wer war ich denn? Sollte sie sehen, daß auch ich etwas ausgeben konnte. Boris war nicht der einzige Mann mit Geld. Die letzten Dollar von Sergei Maximowitschs großzügigen Reisespesen für Amerika zu verschleudern war mir geradezu ein Bedürfnis geworden. Weg damit, weg mit dem morbiden Geruch Markows. Das Parfum wählte ich aus, weil mir die Frau auf der Reklame gefiel. Sie gleicht Tracy, ist nur etwas länger und bleicher. Zwei große Fotos hängen im Schaufenster. Auf dem ersten riecht die Frau mit geschlossenen Augen an ihren Fingerspitzen, den Kopf zurückgelegt, den Mund leicht geöffnet. Es ist morgen, das Licht ist hell und diffus, die Frau trägt einen weißen Bademantel und scheint zufrieden zu sein mit dem Duft, der in ihre anspruchsvolle Nase steigt. Was für ein Unglück es wäre, diesen Duft missen zu müssen! Irgend etwas an dem Bild sagt dir, daß der Mann schon aus dem Haus ist. Auf dem zweiten Bild ist es Abend. Die Frau hat sich geschminkt und geschmückt, die Brust ist sanft gehoben, die Lippen leuchten dunkelrot, die Augen liegen in einem violetten, sündigen Kreis. Im Hintergrund funkeln die Lichter der Großstadt. Aber jetzt ist sie nicht mehr zufrieden, sondern ernst und erregt und großäugig wie eine Katze, die vor dem Fressen noch einmal den Kopf aus dem Napf hebt. Zweimal träumte ich von dieser Reklame, und nach dem zweiten Mal trat ich in den Laden. Ich hatte mich extra gut angezogen und dachte an Amerika, um meinem Gesicht die nötige Selbstsicherheit zu geben. Es ging leichter, als ich gedacht hatte. Eine platinblonde Dame in einem braunen Kostüm erblickte meine Nase und ließ auf der Stelle ein unentschlossenes älteres Ehepaar stehen. Obwohl ich meinen Wunsch rasch und klar formulierte, bestand sie darauf, mich mit der ganzen überwältigenden Breite ihres Angebotes bekanntzumachen, und sprühte mir einen Duft nach dem anderen auf den Handrücken. Ich hob die linke Hand, die rechte, ich hob die Brauen. Ich atmete tief, schnupperte wie ein Hund an meinem Puls herum, und jedesmal wenn ich bewundernd nickte, freute sich die Dame entzückend, griff hurtig nach dem nächsten Spray und sprühte wieder, sprühte und sprühte, bis ich ihr mit der Entschiedenheit des Experten Einhalt gebot und die Herausgabe des erstgenannten Parfums forderte. Das schien sie ein wenig zu enttäuschen, aber sie gab nach, packte mir eine Flasche ein, zählte die Noten, die ich ihr hinlegte, zweimal und wünschte mir ein frohes Neues Jahr. Das, Iwan Andrejewitsch, wünschte ich ihr auch, von ganzem Herzen. Ich grüßte ein letztes Mal und lief auf die Twerskaja hinaus, aus allen Poren duftend, unschlüssig, wohin ich mich wenden sollte, denn nach Hause gehen konnte ich in diesem Zustand nicht. Also begab ich mich in die Banja, schwitzte und wusch mir Cartier und St. Laurent und Estée Lauder mit Seife und Moskauer Chlorwasser vom Leib und war, glauben Sie mir, zum ersten Mal seit Wochen wieder guten Mutes. Wer war denn schon dieser Boris? Ein Händler, ein schmieriger Spekulant, ein Krämer. Was vermochte er gegen meinen Charme? Er hatte Geld, aber er hauste in den muffigen Kontoren von Import und Export. Ich zog die heiße Luft in die Nasenlöcher bis die Schleimhäute knackten, und stand minutenlang unter der kalten Dusche, leicht und gefühllos, kein Mensch mehr, sondern ein Wesen von einem anderen Stern, das weder Kälte noch Hitze spürt, Herr über meine Sinne. Vielleicht hatte sich Markow am Schluß so gefühlt – abgehärtet durch all den Schmerz, mit einem Fuß im Jenseits, unfähig zu leiden oder sich zu freuen, gelassen dem Moment entgegenschauend, in dem alles vorbei ist und das wirklich Neue, das Unerfahrbare, das einzig Aufregende kommt. Zu Hause wickelte ich das Parfum in Zeitungspapier, legte es in den Schrank und sagte Galja mit munterem Augenzwinkern, sie solle es nicht auspacken. Noch nicht. Überraschung. Sie nickte nur und lächelte, aber so traurig, Iwan Andrejewitsch, so elend traurig, daß ich die Schuhe gar nicht auszog und zwei Stunden lang verzweifelt durch das graue Eis des Freundschaftsparks wanderte.

Nach Neujahr intensivierte Galja ihr Privatstudium der Psychologie. Wenn ich nachts vom Spätumbruch nach Hause kam, schaute sie kaum noch hoch von ihren Zeitschriften. Früher hatte sie mir ganze Abschnitte aus Büchern vorgelesen, hatte sich im Bett aufgesetzt, den Finger über die Zeilen laufen lassen und mich, wenn sie sich ausgeredet hatte, aus purer Freude über ihre Intelligenz umarmt. Jetzt las sie nur noch. Die Hefte – Amerikanisches, Europäisches, Kosmopolitisches – stapelten sich neben dem Bett, und wenn ich einmal drin blätterte, sah ich neben Artikeln über das Abnehmen, die fünf männlichen Grundtypen und die Notwendigkeit, vom Boß mehr Lohn zu fordern, große, mit Filzstift gemalte Frage- und Ausrufezeichen, stumme Beweise dafür, daß sie sich noch immer erregen konnte. Ich malte weitere Ausrufezeichen daneben und unterstrich die dümmsten Sätze karminrot, aber sie reagierte nicht. Sie reagierte kaum noch. Je höher die Stapel neben dem Bett wurden, desto friedlicher wurde sie. Früher hatte sie über ihren Boß geschimpft – jetzt bedauerte sie ihn. Sie bedauerte alles, und mich am meisten. Sie fand, daß ich Hilfe nötig habe und gab mir Tips betreffs Emotionskontrolle. Schimpfen und Klagen schien ihr als Ausdrucksform nicht mehr akzeptabel. Und dabei hatte sie früher so schön gelästert. Sogar die Maximows wurden gute Leute. Die Leute haben alle ihre Sorgen, Sascha, und wenn sie darüber verzweifeln, sollte es unsere Aufgabe sein, ihnen zu helfen. Wen meinte sie mit ›uns‹? Uns beide? Die Leser der kosmopolitischen Zeitschriften? Ich schien jedenfalls nicht dazuzugehören.

Mir schien, man müsse ein Geheimnis kennen, um zur Gruppe derer zu gehören, die sich nicht mehr über andere ärgern. Ich fragte sie danach, aber sie schüttelte nur den Kopf, verächtlich wie ein Verkäufer, wenn du ein längst ausrangiertes Produkt verlangst. Selbst wenn ich über Subow oder Tschistow schimpfte, lächelte sie mich nur träumerisch an. Sascha, sagte sie, ach, Sascha. Du mußt noch hart an dir arbeiten. Mit der neuen psychologischen Ordnung kam übrigens auch Ordnung in unsere Wohnung. Sie räumte den Kleiderschrank um, erstand an der Dorogomilowskaja für teures Geld einen rosaroten Zahnbürstenhalter aus Plastik mit Mickymausfiguren drauf und nötigte mich, meine Zahnbürste, die bisher im Zahnglas gut aufgehoben war, in das Ding zu klemmen. Abgewaschene Gläser stellte sie in Reih und Glied hin, eine feindliche Reihe transparenter Soldaten, die mich beim Zeitunglesen am Morgen daran erinnerten, daß Disziplin eine Tugend ist, die auch Verlierern gut ansteht.

Eines Tages tauchte sie mit einem neuen, sehr schicken hellbraunen Hut auf, lächelte sich im Spiegel dunkel zu, legte ihn sorgältig auf die Garderobe und fragte mich nicht, wie er mir gefalle.

Meine zaghaften Versuche, gut Wetter zu machen, schlugen fehl. Wenn ich mich um Julia kümmerte, hatte ich plötzlich zwei linke Hände, machte alles verkehrt. Ich ›tat dem Kind weh‹. Ich hielt es falsch, machte es durch falsche Bewegungen nervös, schaute es aus dem falschen Winkel an, weckte in ihm Erwartungen, die ich nicht befriedigen konnte. Ich packte es nicht warm genug ein für den Spaziergang im Freundschaftspark. Brachte ich Pampers nach Hause – sie machen dich zum Bettler, diese Wegwerfwindeln –, dann waren es die falschen. Und Julia gab Galja recht. Sie spürte meine Inkompetenz. Die Milch, die ich ihr gab, schmeckte ihr nicht, den Brei spuckte sie mir auf die Hände. Sie zappelte, kaum hatte ich sie aufgenommen, sie schrie, wenn ich sie nicht sofort wieder hinlegte, und sie verstummte zufrieden, wenn Galja herbeigeeilt kam, um sie meinen ungeschickten Händen zu entreißen. Tat ich einmal hartnäckig und methodisch das Richtige, wurde ich von Ferne ungnädig beäugt.

»Galja, ich bin's. Hör, ich komm heute erst spät nach Hause, so gegen Mitternacht vermutlich. Wir arbeiten noch an einer Sondernummer, die muß unbedingt fertig werden. Lästige Sache, aber Arbeit ist Arbeit. Mach dir keine Sorgen. Ich versuche, leise zu sein, wegen Julia. Bis dann.«

Der Hörer liegt, das Herz klopft, eine giftige kleine Vorfreude rinnt in den Adern. So weit war es also gekommen mit mir, doch doch, Iwan Andrejewitsch, und statt um Mitternacht stürme ich schon um sieben in die Wohnung, mit fröhlichem, lautem Rufen aus dem Flur, 'n Abend auch, Galja, weißt du was? Die Sitzung ist ausgefallen, die Nummer ist gestrichen, erscheint nicht, Entscheid der Chefredaktion, was soll's, dann machen wir uns eben einen gemütlichen Abend. Aus dem Wohnzimmer kommt kein Laut. Haben wir ja auch mal verdient, findest du nicht, man arbeitet eh zuviel – die Schnürsenkel verheddern sich, die Schuhe klammern sich an die Ferse, verdammt, noch immer kein Gruß aus dem Wohnzimmer, die Vorfreude wird plötzlich schwarze Angst – liegen sie etwa im Bett? Das wäre unangenehm, sehr unangenehm, dann müßte ich handgreiflich werden, und das wäre nicht ungefährlich, der Mann hat ein Dach, der Mann genießt den Schutz der Solnzewskaja. Galja? Galja, bist du da? Galja? Da war doch Licht in der Wohnung, ich hab's gesehen von der Straße, natürlich ist sie da, und endlich geben die Schuhe nach, sie müssen nachgeben, weil sie unbarmherzig gedehnt werden, die Schnürsenkel kann ich morgen mit der Schere auftrennen – Galja? Hörst du mich? –, und vorsichtig schiebe ich mich ins Zimmer, schaue mich sofort argwöhnisch um, ich kann nicht anders, ich verrate mich wie der Hund, der den Kuchen gefressen hat, und da sitzt Galja, Julia im Schoß, schaut mich müde an und sagt, Guten Abend, Sascha, schön, daß du früher kommst, in der Küche sind noch Reste, falls du Hunger hast.

Oh, ich ging hart mit mir ins Gericht nach solchen Niederlagen.

Warum nur, Alexander, warum? Warum baust du solchen Mist? Hat Boris etwa Besuche bei Galja nötig? Boris empfängt, er läßt antraben. Er öffnet die Tür, im weißen Hausrock wie ein reicher Lateinamerikaner, hebt den Arm und weist einladend auf seine Herrlichkeiten. Er serviert Pralinen, er wählt die Musik, und wenn er sich schließlich in die jungen Damen erleichtert, tut er es gelassen, ohne Zeitdruck, ohne Angst, ertappt zu werden, und wenn er fertig ist und ihm die Damen plötzlich etwas lästig erscheinen, weil sie nach der Kopulation mitteilsam und trivial werden, dann zückt er ein Nötchen, und schon ist alles vorbei, denn das Nötchen ist der Gong, das Schlußzeichen, der Wink, den jede versteht. Dann werden hastig Lippen nachgezogen, Röcke geglättet und winzige Täschchen gepackt; den Weg zum Lift finden die Damen auch alleine, man ist ja im Hausrock, und schon ist alles vorbei und er lehnt sich geruhsam zurück, stellt endlich die Musik ein, die ihm gefällt, und greift nach der Zeitung. Also, Alexander – warum soll er sich hierherbemühen? Schau dich doch um. Wo soll denn der Herr Importeur hier vögeln? Auf diesem alten Schlafsofa? Auf dem Tisch dort, unter der braunorangen Sowjetlampe, mit Sicht auf den Freundschaftspark? In diesem Bad soll er sich den Schweiß abspülen, hier, wo alles tropft, die Wäsche, der drehbare Wasserhahn, das Kaltwasserrohr? Soll er sich in dieser fleckigen, braungeäderten Wanne einseifen, vor diesem blinden Spiegel abtrocknen, vor dieser erbärmlichen Scherbe, die alles zerlegt, was vor ihr steht? Und dann, wenn er ruhen und rauchen und fernsehen will mit der Geliebten – soll das Modell Berjoska 216 seine empfindlichen, an japanischen Wohlklang gewöhnten Ohren beleidigen? Und was geht ihn der Streit der Maximows an? Nein, Alexander, komm zur Welt. Rechne nicht mit weiteren Besuchen dieses Herrn. Er war einmal hier, er hat sich umgesehen, das dürfte genügt haben. Und stelle ihm um Gottes willen keine Fallen. Er weiß sich selber zu helfen, er ist nicht auf deine Arglist angewiesen, um glücklich zu werden.

Zwei Tage später war er trotzdem da.

Federnd kam er mir durchs Wohnzimmer entgegen, als habe er sich eben von einer Liane aus dem Dschungel der russischen Wirtschaft zu uns herabgeschwungen. Die Arme hingen gelassen zu den Knien herunter, die Lippen kauten an einem imaginären Zweig, und unbefangen, ja freundlich grinste er mich an und streckte mir die Hand entgegen. Vorsichtig hielt er Abstand zu Galja, die die Arme verschränkt hatte und mit geröteten Wangen beobachtete, wie sich ihre Männer umkreisten. Er mußte gehen, auf der Stelle, leider, leider, und schon griff er sich Mütze und Mantel und ließ uns allein mit unserer schlechten Laune. Ich präzisiere, Iwan Andrejewitsch – Galjas Laune war schlecht, denn jetzt mußte sie mit mir vorliebnehmen, und nie ist schlechte Laune schlechter als unmittelbar nach guter Laune. Ich aber frohlockte finster. Er war weg, ich war allein mit seiner Geliebten, und böse machte ich mich daran, sie durch Anstand und Zuvorkommenheit zu kränken, wie ich es seit Wochen tat. Sollte sie sehen, was für einen Prachtmenschen sie hier betrog.

Von da an tauchte er öfter an der Flotskaja auf, und jedesmal, wenn ich nach Hause kam, verabschiedete er sich sofort. Sein Parfum plagte mich, aber es war Winter, und ich wollte Galja nicht durch demonstratives Lüften ärgern. Julia hätte sich erkälten können. Wenn wir uns verabschiedeten, versuchte ich zu lächeln, aber ich brachte nichts Rechtes zustande, und so lächelte er allein, dafür um so herzlicher. Ob er von meinem Treffen mit Alexei gehört hatte? Anzumerken war ihm nichts. Seine Wangen blieben entspannt, aus seinen Augen strahlten Freundlichkeit und gutes Gewissen. Falls da noch Spott war, entging er mir. Seine Korrektheit ernüchterte mich und forderte mich heraus. Einmal, als ich ihm unter der Tür die Hand drückte, verfiel ich auf die Idee, ihn zu bedrohen. Ich suchte nach rätselhaften, dunklen Wendungen, doch je länger ich suchte und je interessierter er mich ansah, desto leerer wurde es in meinem Kopf. Schließlich sagte ich mit belegter Stimme, ich wünsche ihm eine gute Heimfahrt; er solle aufpassen, schon so mancher sei in der Kälte steckengeblieben und umgekommen. Ich ließ seine Hand nicht los während dieser idiotischen Rede, sondern schüttelte sie wie ein alter Lehrer, der einem Schüler etwas einschärft, und er schaute mich an, als sei ich komplett verrückt geworden.

Dann blieb er länger. Er gab mir Feuer, lobte den Journalismus und redete charmant über Import und Zollbestimmungen. Ich hielt mit Politik dagegen, und während Galja mißtrauisch beobachtete, wie wir uns näherkamen, überflutete mich eine glitschige Ratlosigkeit. Er war mir gar nicht besonders unsympathisch. Als Mensch, Iwan Andrejewitsch – als Mensch war er in Ordnung. Etwas pomadig, etwas eingebildet, aber nicht ohne Überzeugungskraft und von beträchtlicher Energie. Wir fanden zu angeregten Gesprächen, er lachte viel, und wenn er lachte entspannte sich Galja, setzte sich auf die Sofakante, lachte mit und strahlte mich an, wie die Hausfrau einen unterhaltsamen Besucher anstrahlt. Fehlte nur noch, daß sie den Arm um seine Schulter gelegt hätte! Ich war plötzlich der Fremde, ein gerngesehener, origineller Mensch, mit dem man so richtig warm werden kann, den man bewundert, den man gerne wieder einlädt. Irgendwann sah er auf die Uhr, schnellte auf und verbreitete mit einem bewegungsreichen Aufbruch neue Duftwolken, die mir den Weg wiesen zurück in meinen vertrauten, stummen Haß.

Nach einer Weile sah sich Boris veranlaßt, sein betrügerisches Tun durch kühne Offenheit zu tarnen. Er mußte reden, er konnte nicht anders, er zeigte sich zu häufig an der Flotskaja. Unter der Tür beim Händeschütteln flossen die Komplimente wie ein Strom. Gratuliere, Sascha. Eine Klassefrau, diese Galja, wirklich! Intelligent, schön, warmherzig – ich bete sie an. Sie machen sich gar keine Vorstellung. Glückspilz, haha! Ganz nebenbei kam das, und immer so, daß ich nur noch dämlich nicken konnte. Nach einer weiteren Woche erhielt ihr Kontakt gar offiziellen Charakter. Galja, die Sprachbewußte, übernahm die Redaktion einer Werbebroschüre, die allwöchentlich mit munteren Texten und bunten Bildern die Schlager aus der garantiert westlichen Auswahl der Ladenkette *Lara* anpries. Die Texte waren dämlich, doch Galja verdiente an vier Abenden mehr als in einem Monat im Verlag, und statt sich über meinen Spott zu ärgern, erweiterte sie still ihre Garderobe – vermutlich war sie froh darüber, ein paar von den Dingern, die ihr Boris schenkte, endlich auch an die Flotskaja Uliza bringen zu können. Sie verdiente jetzt fast sechshundert Dollar, weit mehr als ich, und nach ein paar Tagen fragte sie mich, ob sie mir etwas kaufen solle – eine Hose etwa oder eine bessere Jacke. Zeit für was Neues, Sascha; die alten Sachen werden fadenscheinig, schau mal her, so kannst du doch nicht im Ernst herumlaufen. Ich verbat mir ihre Hilfe zornig und hätte um ein Haar den Namen Alla ins Gespräch gebracht.

Schließlich paßte auch ich mich der neuen Offenheit an – zu wenig Verdacht wäre verdächtig gewesen. Eines Abends, nachdem Boris gegangen war, küßte ich sie aufs Haar und sagte leichthin und, nein, Iwan Andrejewitsch, nicht im geringsten lauernd, man könnte meinen, Boris sei ihr Liebhaber, so häufig wie er hier auftauche. Galja nahm rasch einen Bissen, kaute lange und sagte: »So, könnte man.«

Ach so, wir wollen nicht lügen. Wir wollen zwar nicht die Wahrheit sagen, aber lügen – nein, wie garstig. Warum so fromm, verdammt? Aber ich ließ es dabei bewenden. Sie hatte mich gehört.

Wenn er nicht in meinem Sessel an der Flotskaja saß, gelang es mir mühelos, Boris zu hassen. Galja hatte zu leiden. Sollte sie. Ich redete. Ich kritisierte gutangezogene Männer und Ladenketten. Handel war problematisch, der Import von Westware war Scheiße, windige Profitmacherei, ein Verbrechen an den russischen Produzenten. Kapitalisten waren Spekulanten, Spekulanten Diebe. Herrenparfums waren das Letzte. Galja widersprach ein paarmal, dann ließ sie es bleiben. Aber sie rächte sich. Sie roch zum Beispiel plötzlich nicht mehr nach Julia. Früher hatte sie immer ein wenig nach Julia gerochen, und stets dachte ich, sie rieche so, um mich zu ärgern, zu demütigen oder zu strafen für alles, was ich ihr angetan hatte und noch antun würde. In ihren Kleidern, auf ihrer Haut, selbst in ihrem Haar – überall hatten Julias Magensäfte Duftspuren hinterlassen. Und jetzt waren sie weg. Ich roch an ihrer Garderobe: nichts. Ich roch an ihr, wenn sie nach Hause kam: nichts, keine Spur. Da war mein Parfum, das so wunderbar zu ihr paßte, fruchtig, frisch, frivol. Da war der Geruch ihrer Haut, da waren Reste von Boris' entsetzlichem kühlen Wasser – aber Julia war weg, verduftet, und beleidigt trat ich beiseite. Welch ein Verrat. Für Boris tut sie's. Für Boris, dem sie sich nur sporadisch nähert, entfernt sie die molekularen Zeichen ihrer mütterlichen Existenz und wird zur modernen, geruchlosen Hausfrau. Doch hätte mir das nicht schon früher auffallen müssen? Längst hatte sie einen Feldzug gegen Gerüche begonnen. Die Waschmaschine lief pausenlos. Achselschweiß wurde mit Spezialseifen und drehbaren Stiften bekämpft, die ekelhaft juckten. Hühnerfett und Hühnersülze flogen aus dem Kühlschrank – widerliches Zeug, wenn man es sich überlegt, Sascha, findest du nicht? Erstarrter Saft aus einem übermäßig erhitzten Vogelkörper; Teufel auch, nein, das muß man sich ja nicht antun. Alte Frauen, die ihre Unterwäsche einlegen, essen derartiges Zeug. Am meisten haßte ich Boris, wenn ich im Treppenhaus dem alten Maximow begegnete. Er grinste seit einiger Zeit jedesmal, wenn er mich sah, blieb stehen, fragte nach der Gesundheit und anderem und schaute mir fröhlich nach, das Einkaufstäschchen in der Hand, wenn ich verdrossen vorüberging. Nichts, kein böses Wort, keine verächtliche Miene brachte ihn um seine neue Heiterkeit. Er lächelte selig, wenn ich die Tür aufschloß, und verbittert trat ich in die Wohnung, in der meine untreue Freundin saß und ihr Kind wiegte.

Reden, sagen Sie, Iwan Andrejewitsch?

Ich dachte daran, sporadisch. Aber ich hatte nicht den Mut dazu. Das wäre das Ende gewesen, und ich fürchtete das Ende. Ich wollte es noch ein wenig hinausschieben, obwohl ich immer öfter spürte, daß es unvermeidbar war, daß es heranpirschte wie ein Schatten, der sich auch nie bewegt und trotzdem wächst. Ich sah das Ende kommen, wie Markow sein Ende hatte kommen sehen. Vielleicht fürchtete ich es mehr als er.

Ich schrieb, frühmorgens im Büro, zum vertrauten Knacken des Rohrs an der Decke, den Kaffeebecher neben mir. Die Fotos von Tracy ruhten in der Schublade.

›Galja, was ist nur los mit uns? Wir reden, aber wir verstehen uns nicht. Wir schauen uns an, aber wir sehen uns nicht. Wir machen Liebe, aber wir lieben uns nicht. Wo bist Du mit Deinen Gedanken? Ich weiß, daß ich in letzter Zeit etwas viel weg war und Dir nicht die nötige‹ – nein – ›nicht die passende‹ – nein – ›nicht die angemessene‹ – auch nicht gut, aber besser – ›Aufmerksamkeit entgegenbringen konnte. Bitte entschuldige. Ich werde versuchen, mich zu bessern. Aber ich finde, daß auch Du in letzter Zeit oft abwesend bist, nicht physisch‹ – ich grinste bitter – ›sondern psychisch. Du hörst mir kaum noch zu, und Du erzählst mir so wenig aus Deinem Leben. Wie geht's im Verlag? Was macht Alla? Gehen wir mal wieder essen? Gib mir etwas, das ich erkenne. Gib mir etwas, das mich verpflichtet. Mir ist, als habe sich in den letzten Wochen eine gläserne Wand –‹

Schwachsinn. Weg damit. Ich zerriß den Brief, warf ihn in den Papierkorb, nahm die Fetzen wieder heraus, warf sie ins Klo, pißte drauf und spülte. Sie drehten sich rasend schnell im Wirbel, senkten sich mit der gurgelnden Flut, verschwanden einen Moment. Aber dann tauchten sie wieder auf, die meisten wenigstens, und kreisten hell und unversehrt auf dem sich beruhigenden Wasser. Ich holte sie heraus, wickelte sie in Klopapier, steckte sie in die Hosentasche, wusch die Hände, ging zurück ins Büro und verstaute sie in einer Plastiktüte. Dann ging ich ins Klo zurück, um noch einmal die Hände zu waschen. Swetlana schaute mich aus ihrem Büro heraus neugierig an. Als Subow mich in sein Büro bat, fühlte ich mich, als sei ich bei einer Missetat ertappt worden, und ging mit klopfendem Herzen. Aber er war wie immer, redete über eine neue Artikelserie und fragte mich zum Schluß beiläufig, ob ich etwas von der Frau Markows gehört habe.

»Von Angela Sergejewna? Nein. Wieso?«

»Ach, nur so. Ich habe kürzlich mit den Beresowskis telefoniert. Sie sagen, sie sei noch immer verschwunden. Die Polizei suche sie jetzt. Man schließt offenbar ein Verbrechen nicht aus. Hast du eine Ahnung, wo sie ist?«

»Nein. Ich möcht's aber gerne wissen. Du gibst mir Bescheid, wenn sie wieder auftaucht, ja?«

Er drehte sich überrascht zu mir. »Ich? Wieso ich?«

»Na ja. Vielleicht meldet sie sich bei den Beresowskis, wenn sie wieder auftaucht. Du scheinst ja einen guten Draht zu ihnen zu haben.«

»Ach so. Ja. Ich geb dir Bescheid.«

Am Abend stopfte ich die Plastiktüte in einen Abfalleimer auf der Tschechowa und ging mit einem unguten Gefühl weiter, weil mich eine ältere Frau beobachtet hatte.

Verspäteter Neujahrsbesuch bei Galjas Schwester.

Irina heißt sie, ein Lichtblick in dieser grauen, bösen Welt. Tüchtig, bei weitem nicht so schön wie Galja, aber freundlicher, gefestigter. Zwei kleine Kinder, ein Mädchen, ein Junge. Der Mann, schweigsam, solide, verdient seine Rubel auf der Bank. Nicht viel, aber für einen westlichen Fernseher hat es gereicht. Er interessiert sich für Ruhe und Edelsteine und verachtet alles, was mit Meinung und Politik zu tun hat. Die Kinder lieben mich, sie haben mich immer geliebt, ich bin nicht so wie ihr Vater. Sie rennen herbei, umarmen mich, legen Plastikförmchen und Stäbchen vor mich hin. Ich muß essen, wir sind im Restaurant, sie sind die Kellner. Jedes Förmchen bedeutet etwas Bestimmtes: Brot, Braten, Bier, Wein;

Verwechslungen sind nicht gestattet. Nein, schreien sie, nein! Das ist das Bier, das kannst du doch nicht zerschneiden! Ich esse, trinke, zersäge und schlürfe, ich kaue und schlucke und schmatze. Die Kinder stehen vor mir, mit geöffneten, glänzenden Lippen, und starren mich an. Die Erwachsenen lächeln ab und zu herüber, erfreut darüber, daß ich die Kinder ablenke. Galjas Augen sind dunkel geworden, sie beobachtet mich unruhig, schaut öfter herüber als die andern. Die Kinder sind zart, aber unerbittlich. Der Dialog hat in geregelten Bahnen zu verlaufen, mein Appetit darf keine Grenzen kennen. Ich kaue, wische den Mund und bestelle von neuem; die kleinen Kellner rennen, kochen, schleppen Nachschub herbei, stellen ihn vor mich hin und betrachten mich wieder, reglos und fasziniert. Für übrige Kunden haben sie keine Zeit. Sie fordern nicht, daß ich die Förmchen verschlucke. Aber sie dulden keinen dramaturgischen Fehler. Jeden Bissen muß ich zerschneiden und – happ, happ, happ – zum Schein verschlingen. Dann erst darf ich ihn wieder hinlegen. Weintrinken erfordert geschlossene Augen. Mit sich selber sind die Kinder großzügiger; wenn sie nachschenken, tun sie es rasch und lieblos. Da, fertig, trinken Sie; sie wollen mir zusehen, nicht sich selber im Spiel erleben. Endlich kommt die Nachspeise, riesig, süß, wunderbar; nein, wie machen Sie das nur? Kompliment dem Koch. Kichern, zur Seite. Schließlich darf ich rauchen und bezahlen. Ich beuge mich vor, zücke den Geldbeutel, den echten, gebe ihnen ein paar hundert Rubel. Sie nehmen sie in größter Aufregung, stecken die Köpfe zusammen, schauen auf die Eltern und rennen weg, in die Küche. Man hört nichts – ob geteilt oder annektiert wird? Ich bin allein, ich wende mich dem Gespräch der Erwachsenen zu, für ein paar Sekunden noch ein Kind. Galja schaut weg, traurig, wie mir scheint. Sie streicht sich mit dem Handrücken über die Augen und legt die Hand auf Julia, die in einem Körbchen neben dem Sofa schläft. Der Lärm der Kinder beruhigt Julia; sie schläft immer bei Irina; Irina mag das, weil es so praktisch ist. Da stehen die Kinder schon wieder, hektischer noch als zuvor. Jetzt ist der Junge Arzt, das Mädchen Arzthelferin. Ich weiß, was zu tun ist. Ich stöhne, ich lasse mich in den Sessel fallen und mache einer kleinen, glühenden, aber maßlos barschen Arzthelferin die nötigen Angaben.

»Wie heißen Sie?« Der reinste Kasernenton.

»Markow.« Galjas Augen weiten sich.

»Beruf?«

»Weiß ich nicht. Ich dachte Händler. Aber ich bin nicht mehr sicher.«

Die Kleine schüttelt den Kopf, beugt sich vor, zischt mir ins Ohr. »Das geht nicht. Du mußt es wissen!«

Wie recht sie hat. »Ach so. Geschäftsmann. Händler.«

Sie leckt die Lippen und kritzelt in ein imaginäres Heft.

»Alter?«

»Ungefähr sechzig.«

Sie verzieht unwillig das Gesicht. »Nicht ungefähr. Du mußt es wissen!« Jede Regieanweisung stört den Genuß. Puristen.

»Einundsechzig.«

»Aha.« Sie malt eine sechs und eine eins. Bolzengerade sitzt sie auf dem Schemel; ihr Bruder hält sich im Hintergrund, ein skeptischer Zuschauer, begierig darauf einzugreifen.

»Und? Was fehlt Ihnen?«

»Ich habe Krebs. Im Endstadium.«

Mißbilligende Blicke der Erwachsenen. Galja schüttelt den Kopf. Aber die Kleine ist befriedigt. »Krebs«, sagt sie langsam und schreibt. »Sehr gut. Ziehen Sie sich aus, der Doktor kommt gleich.« Ich kremple den Ärmel hoch. Der Junge kommt, er stampft, er will schwer sein. Die Schwester reicht ihm die Instrumente. Er klopft auf mir herum, nimmt den Puls, legt mir ein Stethoskop aus Plastik auf die Brust und lauscht. Die Arzthelferin darf auch mal lauschen. Dann nimmt er einen Bleistift und herrscht die Schwester an, sie solle ihm die Medizin reichen, auf der Stelle. Ist die Welt der Erwachsenen so erbarmungslos? Aber die Schwester erwartet nichts anderes. Sie eilt und bringt ein Glas Wasser. Der Arzt hält den Bleistift hinein und zieht eine Spritze auf. Alle, auch die

Erwachsenen, schauen zu, wie er den Bleistift zwischen Zeige- und Mittelfinger in die Höhe hält und mit dem Daumen von unten vorsichtig hochdrückt. Seine grauen Augen sind schmal geworden. »So, das wird jetzt unglaublich wehtun«, sagt er. »Aber Sie werden gesund, und das wollen Sie ja, nicht wahr?« Und er sticht mich in den Oberarm, gnadenlos, bis ich aufschreie vor Schmerz und Galjas Schwester nervös den Kopf hebt. Der Vater, der sich nicht am Gespräch der Schwestern beteiligt hat, murmelt Unwilliges in der diskreten Art der Bankangestellten. Der Junge gibt etwas nach, aber der Bleistift piekt noch immer. Ich schreie weiter, krümme mich, fange an zu weinen, nicht laut, aber laut genug, um die Kinder zu entzücken. Sie wußten, daß ich weinen würde, mein Weinen ist der Höhepunkt dieses Spiels. Aber wieder wachen sie streng auf die Einhaltung der Regeln. Übertreiben darf ich nicht, und wie ein Kind heulen darf ich auch nicht. Ich muß weinen wie ein Erwachsener, ernst und gleichzeitig beschämt, nach Fassung ringend, mit gelegentlichem Zucken. Und wieder stehen die beiden vor mir, mit dünnen Beinen und großen Augen. Während ich weine, denke ich an Andrei, ich höre seine heisere Stimme, ich sehe ihn vor mir knien, ein finsterer, mächtiger Untertan seiner Bosheit, und ich erinnere mich daran, daß er roch. Nicht so stark wie Markow, aber immerhin. Er roch nach Rauch und Schweiß und nach Tier, nach einem kleinen, flinken Tier, das in Löcher kriecht und im Finstern jagt. Ich schnupperte durch meine Tränen, aber da war nur der rauchige, feine Geruch der Kinderhaare und das pudrige Aroma des Sofas. Vor ein paar Tagen in der Metro war mir plötzlich wieder der Geruch Markows in die Nase gestiegen, dieses markante Gemisch aus Kraft, Tod und Pfefferminze, und ich war aufgefahren, hatte mich umgesehen, aber vergeblich, da saß kein Markow, da saßen nur ein paar Leute, und jeder von ihnen hätte den Geruch absondern können. Nichts als kalte, abgestandene Metroluft, muffige Dämpfe winterlicher Kleider. Ich weinte weiter, bitterlich, es fiel mir leichter als sonst, die Kinder waren hingerissen. Markow. Von wegen! Ich wußte, daß er nicht Markow hieß, ich wußte, daß er mich angelogen hatte. Was ging er mich also noch an? Er hatte getan, als weihe er mich in etwas Besonderes ein, und ich war ihm auch noch dankbar gewesen dafür. Eine Ehre war das für mich, jawohl, Iwan Andrejewitsch – eine Gnade fast, durchaus vergleichbar mit der Gnade, die Tschistow jedes Jahr an Silvester zuteil wird, wenn ihm die weißgoldene Karte ins Büro flattert, die ihm und seiner Gattin den Zutritt zu den Empfängen im Kreml garantiert, über die er sich nachher so charmant lustig macht. Flattert nicht jedem ins Büro, diese Karte, mir zum Beispiel nicht. Aber Markow hatte gelogen – von wegen Ehre. Keine Wahrheit, keine Ehre, keine Gnade. Ich heulte jämmerlich und hob den Kopf. Befriedigt und etwas grausam schauten die Kinder auf mich herunter. Daß so kleine Gören schon ein Doppelkinn haben können. Aber hatte Markow wirklich gelogen? Was wäre zum Beispiel, wenn alles stimmte, was er sagte, nur sein Name nicht? Wenn er die Wahrheit gesagt hätte über sich und Aljoscha, nichts als die Wahrheit, nur eben unter einem anderen Titel sozusagen? Ist doch möglich. Und erklärt eigentlich alles. Kann man so etwas dann noch Lüge nennen? Wo liegt die Wahrheit, verehrter Iwan Andrejewitsch, wenn nicht in der Substanz? Was sind schon Namen!

Wie? Die Absicht des Erzählers mache die Lüge aus, sagen Sie? Markows Geschichte sei kein Versehen gewesen, sondern bewußte Irreführung, und das sei entscheidend? Mag sein, Iwan Andrejewitsch. Sie müssen es ja wissen; wo finden wir einen, der sich besser auskennt als Sie in Sachen Lug und Betrug? Aber vergessen Sie nicht, daß Lügen manchmal der Wahrheit dienen können. Und machen Sie ihre Einwände zu einer anderen Zeit. Ich kann mich nicht konzentrieren bei dem Geheule – haben Sie sich schon mal an den letzten Dingen versucht, während Sie weinten, um grausame Blagen zu unterhalten? Kinder, sage ich; Kinder, könnt ihr nicht mal einen anderen Patienten behandeln? Euren Vater zum Beispiel; schaut doch wie er aussieht. Ich setze mich wieder gerade hin, meine Tränen sind versiegt, ich grinse, der Bankangestellte sieht in phlegmatischem Zorn herüber, die Kinder zögern. Vater zählt nicht, Vater ist immer hier, Vater ist untauglich. Herr und Frau Doktor, sage ich, ich danke euch. Ich fühle mich besser, mir geht es prima dank eurer Spritze. Habt Dank, geht spielen. Aber sie geben nicht auf, ich bin so selten da. Ich verhandle. Einmal noch den Haxen brechen, damit ihr ihn einschienen könnt, aber dann ist Schluß, o. k.? Abgemacht, auf Ehre. Sie nicken, sie wissen ein faires Angebot zu schätzen. Kindskopf, sagt Galja in der Metro. Es ist das einzige, was sie sagt im langen Tunnel zwischen Kolomenskaja und Retschnoi Woksal. Ich betrachte uns im Fenster gegenüber und stelle fest, daß ich nicht genüge – sie ist schön, ich bin häßlich, und sie wird noch schöner werden in den nächsten Jahren, reifer, strahlender, während ich bereits den Schmelz der Jugend verliere und nur noch markanter werde, hagerer, eigenartiger. Ich werde die Leute abstoßen. Im Licht der Deckenlampe, die meine Nase aus dem Dunkel des Gesichtes holt, sehe ich aus wie ein hungriger Vogel.

An diesem Abend zog sich Galja nicht mehr im Wohnzimmer, sondern im Bad aus. Im Schlafanzug, die Frisur hochgesteckt, kam sie ans Bett. Als ich fragend den Kopf hob, blieb sie stehen und sagte, sie störe sich an meinem Blick auf ihren nackten Körper. »Ich weiß, Sascha, früher hat mir das nichts ausgemacht. Aber jetzt schaust du mich nicht mehr an, sondern glotzt. Und ich will nicht angeglotzt werden.«

»Ich schaue genau wie früher. Früher hat es dich nie gestört. Ich sehe dich gern. Was ist Schlimmes daran?«

»Das verstehst du nicht. Es ist etwas in deinem Blick.«

»Ich verberge mich ja auch nicht vor dir.«

»Egal. Wenn du mich anglotzt, erregt mich das nicht. Im Gegenteil, es ist mir unangenehm. Irgend etwas paßt da überhaupt nicht zusammen. Aber du genießt es, wenn ich dich anschaue. Es erregt dich, das ist nicht schwer zu sehen. Und das ärgert mich. Ich will dich gar nicht nackt sehen. Ich brauche das nicht. Mir entgeht nichts.«

»Aber mir. Komm, Galja, du bist schön. Du hast das schönste Gesicht, die schönsten Beine, die schönsten Brüste, die wunderbarsten Haare –«

»Ach, du Arsch, hör doch auf. Ich bin keine Kuh.«

»Na komm. Warum sollte ich dich nicht anschauen?«

Warum hatte ich das Gefühl zu lügen? Dabei sagte ich genau, was ich dachte. Aber mir war, als gebe es da eine Wahrheit, für die mir das Sinnesorgan fehlte.

Galja seufzte verärgert. »Es kommt doch sowieso nicht aufs Äussere an. Bald bin ich alt, dann ist's aus mit der Schönheit. Ich hab mich heute in der Metro beim Nachhausefahren angeschaut. Ich werde alt, Sascha. Ich hab ein Kind, bald bin ich dreißig. Du hast es gut, du bist ein Mann, dein Gesicht verändert sich nicht. Ich hab immer gedacht, du magst mich meinetwegen, weil ich ich bin, weil –«

»Die inneren Werte?«

»Genau. Doch, ganz genau; die inneren Werte, lach nicht so dämlich! 'ne schöne Larve kriegst du doch überall, was ist das schon.«

»Aber das eine schließt doch das andere nicht aus. Ich mag dich doch nicht nur wegen deines Äußeren. Nehm ich dir was weg, wenn ich dich anschaue? Für die anderen auf der Straße putzt du dich heraus.«

»Die kennen mich nicht. Die sollen auch nur mein Äußeres sehen. Das ist Schutz. Tarnung.« Sie schwieg eine Weile. »Doch, Sascha, du nimmst mir was weg. Ich spür's. Aber ich will's jetzt nicht diskutieren. Ich hab ein Recht darauf, es nicht zu diskutieren. Bleib mir vom Leib.«

Natürlich, Iwan Andrejewitsch, freute ich mich auch ein wenig über ihre neue Scham. Sie hatte etwas Geheimnisvolles, Intimes, sie bestätigte meinen abbröckelnden Status als Freund und gab mir eine traurige Schwere. Aber das war ein schwacher Trost.

Und von wegen vom Leib bleiben. Im Bett war Galja so leidenschaftlich wie eh und je. Sachlicher vielleicht, aber nicht kälter. Nur Licht wollte sie keins mehr. Mein Glied wurde öfter geküßt als mein Mund. Sie glitt auf mich, ein schwarzer Schatten mit unklaren Umrissen und kalten Händen. Sie arbeitete, zuckte, stöhnte – leise nur, um Julia nicht zu wecken –, drehte sich weg und schlief ein.

Zwei Tage später kam sie mit einer fiebrigen, gefährlichen Begeisterung in den Augen nach Hause. Sie lächelte mich an, noch bevor sie die Tür zugezogen hatte, setzte Julia auf den Boden und beobachtete ruhig, wie ich mich mit einer furchtbaren Vorahnung in den Sessel senkte.

»Sascha«, sagte sie. »Entschuldigung. Verzeih mir. Ich habe dir Unrecht getan. Es ist, wie soll ich sagen – ich habe versucht, dich zu ändern, monatelang. Ich habe an dir herumkritisiert und nicht gemerkt, daß ich dazu kein Recht habe. Aber jetzt weiß ich, daß das alles Selbstbetrug war. Ich darf niemanden ändern außer mich selber. Wenn ich an anderen herummäkele, betrüge ich mich. Im Grunde genommen bist du toleranter gewesen als ich. Du hast mich immer so akzeptiert, wie ich bin, du hast kaum je etwas an mir auszusetzen gehabt. Ich dachte es sei Desinteresse, und in Wirklichkeit war es Toleranz. Aber ich, ich habe aus dir weiß Gott was machen wollen, habe dich formen wollen nach meinen Wünschen, statt dich anzunehmen und dir zu helfen. Ich habe dich erpreßt, Sascha, mit fiesen kleinen Methoden erpreßt, und ich habe dich betrogen, und mich damit. Und drum bitte ich um Entschuldigung. Sei so gut, nimm sie an.«

Sie können sich vorstellen, Iwan Andrejewitsch, wie ich erschrak. War das noch Galja? Der Glanz in ihren Augen machte mir angst. »Von wem hast du denn das nun wieder? Was meinst du mit ›betrogen‹?« Und schon spürte ich, daß das nicht die richtige Frage war.

Aber Galja wurde nicht böse. »Von Alla. Sie war in einem Kurs. Irgendetwas Amerikanisches. Sie ist ganz begeistert. Hat ihr Leben verändert, sagt sie. Von einem Tag auf den anderen. Sie ist all ihre Ängste, all ihre, äh … Komplexe, na, du weißt schon, wegen Bernd und ihrem Mann – also, sie ist alles losgeworden, auf einen Schlag. Sie hat gelernt, die Lage zu akzeptieren. Genauso übrigens, wie ich es ihr empfohlen habe. Ich bin auch schon mal hingegangen. Es ist wirklich phantastisch.«

»Freut mich.« Nichts freute mich. »Und es freut mich auch, daß du mich … daß du mich in einem anderen Licht siehst. Aber deswegen brauchst du dich doch nicht gleich zu entschuldigen. Warum sollst nur du an allem schuld sein? Ich habe doch auch Fehler gemacht. Mindestens so viele wie du. Ich war richtig widerlich manchmal. Ekelhaft, wenn ich dran denke. Egoistisch. Denk an die Sache mit Maximow. Ich singe zu laut, ich bin grob, ich saufe zuviel, ich rauche. Ich bin zu nationalistisch« – ich merkte, daß ich ins Lächerliche steuerte und machte sofort kehrt – »und ich lüge. Ich lüge, Galja, und nicht mal selten.« Jetzt war ich bereit, alles zu gestehen. Die Krim, Tracy, alles. Sie brauchte nur zu fragen.

»Ja, natürlich.« Sie merkte nichts. »Aber darauf kommt's doch gar nicht an. Wichtig ist, daß ich versucht habe, dich zu verändern, und dabei mich selber betrogen habe. Ich kann dich nicht ändern. Ich kann keinen neuen Menschen aus dir machen. Du bist, der du bist. Und ich, ich hab mir was vorgemacht, statt konsequent zu sein und dich zu verlassen.«

»Verlassen?« Das war nicht mehr Galja.

Aber sie glühte, während ich erlosch. »Natürlich. Ist doch nur logisch, nicht? Ich habe mir und dir was vorgemacht. Und warum? Nur aus Angst allein zu sein, aus Angst zu versagen, aus Angst vor der Angst. Immer hab ich nach Entschuldigungen gesucht. Damit ist jetzt Schluß. Ich muß lernen, meine Gefühle ernst zu nehmen. Ich muß spüren, wo meine wahren Leidenschaften sind. Und dann danach leben, für mich allein, ohne jemand anderen zur Geisel zu nehmen, ohne jemand anderen für mein Glück verantwortlich zu machen.«

»Und was ist deine wahre Leidenschaft? Oder sollte ich besser fragen, wer? Boris?«

Einen Moment zogen sich ihre Brauen zusammen, und einen winzigen Moment sah ich die alte Galja und schöpfte Hoffnung. Aber schon war sie wieder entspannt, überlegen und fern. »Boris? Sascha, sei nicht albern. Boris ist ein guter Freund, ein tüchtiger Geschäftsmann, ein netter Kerl, aber gewiß keine Leidenschaft. Du bist doch nicht etwa eifersüchtig? Nein, ich will es dir erklären. Mit Leidenschaften meine ich meine innersten, tiefsten Bedürfnisse. Ich muß in mich hineinhören, ganz intensiv, ohne mich vom Lärm der anderen ablenken zu lassen. Ich muß geduldig sein und vor allem ehrlich, ich muß Vorurteile beiseite schieben und alte Gewohnheiten ändern. Bloßlegen muß ich mich, Schicht für Schicht. In mein Innerstes vordringen. Das ist ein schwieriger Prozeß, Sascha. Das dauert. Aber ich bin sicher, daß ich es schaffe. Und wenn ich es geschafft habe, dann weiß ich, wer ich bin. Dann kann ich endlich frei und autonom leben, ohne andere zu manipulieren.« Sie schaute auf und faßte zusammen. »Es ist letztlich, wenn du so willst, eine Frage der Identität.«

Ich vermied ihren Blick, zog eine Zigarette aus der Tasche und wußte, noch bevor sie den Mund auftat, was sie sagen würde. »Sascha«, sagte sie. »Darf ich dich bitten, in der Wohnung – in meiner Wohnung – nicht mehr zu rauchen? Wegen Julia. Sie hat schon genug Gestank um sich herum den ganzen Tag. Sei so lieb.«

Ich gehorchte; meine Finger zitterten. »Was heißt das, du willst mich verlassen? Suchst du dir eine neue Wohnung? Soll ich ausziehen?«

»Das eilt nicht, Sascha. Such dir in Ruhe was Neues. Aber es wäre schon gut, wenn du bald etwas fändest. Ich brauche Ruhe für eine Weile. Ich brauche Zeit für mich.«

»Wie selbstbewußt doch so ein paar Dollar machen.« Ich hatte zum Tisch hinuntergemurmelt.

»Was meinst du damit?«

»Ach, nichts. Nichts. Vergiß es. Danke für deine Mitteilung. Ich werde mich danach richten.«

Ich nahm die Zigaretten und machte mich für einen Spaziergang durch den Freundschaftspark bereit. Während ich in die Stiefel schlüpfte, redete Galja vor sich hin, leise und lockend wie eine Fee, träumerisch und dennoch bestimmt – »Geh nur, Sascha. Ich weiß, wie es einem in solchen Momenten zumute ist. Da braucht man viel Ruhe, viel Zeit zum Überlegen. Du mußt dir jetzt alles durch den Kopf gehen lassen, das kam ja alles etwas plötzlich. Laß dir Zeit, ich dränge dich nicht, suche deinen eigenen Weg, such' das, was richtig ist für dich, und wenn du –« Ich zog die Tür zu, zog nach, bis die Schlösser knackten, und schlich die Treppe hinunter, an den Maximows vorbei, an den Sokolows und der Rybkins vorbei, rasch, auf den Zehenspitzen, mit angehaltenem Atem. Eine Sternennacht, bitterkalt. Zum Erfrieren. Hart schlug die Holztür hinter mir auf den Rahmen. Was für ein Mist, Iwan Andrejewitsch. Was für eine Schande, was für ein Elend! Ich ging zum Markt an der Metro, kaufte eine Flasche Wodka, setzte mich auf eine Bank und trank und rauchte. Markow hatte aus einer Papiertüte getrunken, damals am Meer, erinnern Sie sich? Das ist nicht nötig hier, was? Wir trinken aus Flaschen, aus handlichen, hellen Flaschen, wir trinken den richtigen Wodka, den hauptstädtischen, den mit den Medaillen, spezielle Serie, Stärke 40 Prozent. Wir trinken ohne Handschuhe, rasch und mit Hingabe, so wie es sich gehört, die tauben Finger auf dem eiskalten Glas, daß es brennt. Die Zigarette werfen wir aufs Eis. Wir trinken Klares, ohne Nebengeschmack, ohne eingelegte Kräutchen, sind wir Touristen? Und wir machen die Flasche leer. Wer braucht Gläschen? So ist es recht. Oh, ich bin nicht gemacht für das Maß. Zur Hölle mit dem Maß. Zur Hölle mit der Ausgewogenheit. Zur Hölle mit der Offenheit. Sie lügt, die Offenheit, und ihre Lüge verkauft sie als Wahrheit. Verstehen Sie mich, Iwan Andrejewitsch? Ich bin vielleicht etwas ungenau. Gott, wie das wärmt! Freundschaftspark, sei mein Freund! Und ich liebe Markow doch. Vielleicht weil er mich angelogen hat.

Die letzten Tage mit Galja füllte ich mit vergeblichen Versuchen, sie wütend zu machen. Im Zorn sah ich meine einzige Rettung. Ich soff jeden Tag. Ich sang, wenn ich nach Hause kam, schon im Treppenhaus, nicht laut, aber doch so, daß sich Türen schlossen, wenn ich angestapft kam. Maximow erstarrte, wenn er mir begegnete, und hörte auf zu grinsen. Ich sang im Flur, wenn ich mich aus dem Mantel schälte, und ich sang in Julias Wiege hinein, und Julia lächelte und mochte meinen Gesang. Ich sang im Bad, stellte den Wodka auf die Waschmaschine, griff nach ihm, während mir das Wasser über den Kopf rann und trank mit geschlossenen Augen; Wasser über mir, in mir, an mir, Wasser zum Versauen. Ich sang beim Abtrocknen und beim Pissen, und wenn ich ins Wohnzimmer trat, sang ich besonders schön, breitete die Arme aus und tanzte weich und aus den Knien heraus wie die Schlagerstars. Galja verzog sich in die Küche, und dort ließ ich sie sitzen, bis ich aufgehört hatte zu singen und mit dem Reden begann. Ich redete Nationalistisches. Ich erzählte von Markow, von Subow und von Tschistow, und ich forderte aufmerksame Zuhörer. Ich schimpfte, die Flasche in der Hand, und nahm mit gerunzelter Stirn zur Kenntnis, daß Galja mir furchtlos zulächelte. Sie trotzte mir, überlegen wie ein Tennisschiedsrichter auf seinem Podest, mit einem genierten Grinsen, wenn ich den Blödsinn übertrieb. Ich schaute sie genauer an. Warum hatte ich das eigentlich nie bemerkt? Hatte mich das nie gestört? Diese stupide Trance, in die sie bei gewissen Arbeiten verfällt. Dieses eingebildete Ächzen beim Aufstehen, diese dummen Lippenbewegungen, wenn sie zu denken versucht. Wie ein Fischerjunge sieht sie aus, wie ein Dummkopf, der am Meer hockt und Netze flickt. Wie sie sich vergißt, wie sie in den Spiegel starrt und sich mit einem Wattebausch im Gesicht herumfährt, mit aufgerissenen Augen, fürchterlich grimassierend. Dieses Lächeln, wenn sie alte Fotos anschaut. Diese heuchlerische, aufgesetzte Liebe für die Vergangenheit. Da sitzt sie, beachtet mich nicht, schaut sich Fotos an und sagt mitten in die Stille hinein, ›Ach ja‹, oder ›Wenn er es damals schon gewußt hätte‹ – leise, mit ruhiger, schmerzlich belegter Stimme, wie eine arrogante, etwas beschränkte Oma.

Am 5. Februar, abends um acht, klingelte das Telefon. Ich stellte die Flasche hin und ging eilig durchs Zimmer, um als erster an den Hörer zu kommen. Ich wollte im Bilde sein über ihre Freunde, ich gönnte ihr nichts mehr, kein vertrauliches Gekicher, kein verstehendes Schweigen, keine mitfühlenden Ahas. Hastig griff ich nach dem Hörer und raunzte mein rüdes ›Hallo?‹ Nichts. Nichts, wie so oft in letzter Zeit. Ist das eine Verschwörung? Was sich die Leute eins verwählen! Du nimmst ab, und da ist sie schon, eine aufgeregt aus der Ferne schreiende Frauenstimme. Kolja, kann ich ihn sprechen? Kolja, ist er nicht zu Hause, nein? Hallo, hallo? Ist das etwa die falsche Nummer? – Hören Sie, hier gibts keinen Kolja. – Ach! Keinen Kolja? Nein? Aber er muß doch da sein! Ist das nicht … – Und sie sagt eine unglaublich falsche Nummer herunter, langsam, vermutlich liest sie sie von einem Zettel ab, irgendwo in einer Küche im Ural oder vielleicht auch nur im Proletarski Rayon, und du fragst dich, ob sie ihren Kolja je finden wird. Doch was stören dich Mütter, die sich auf der Suche nach ihren Söhnen vertun? Was dich wirklich stört, ist dieses überraschte Schweigen, das auf dein ›Hallo‹ folgt – eine konfuse, angespannte Stille, gefolgt nach ein paar Sekunden von einem beleidigenden Knacken. Auch diesmal blieb alles still. Ich wartete, aber da kam kein Knacken. Da war nichts als mein erregtes Schnaufen und das leise Singen der Leitung. Jemand lauschte am anderen Ende. Ich nahm einen Schluck und lächelte böse vor mich hin. Ei. Hoho! Da hängt also einer am Draht und horcht, genau wie du. Dein Bruder, Alexander; dein Antipode. Wie nah wir uns sind! Die Stille zwischen uns wuchs, wurde bedrohlich. Da – ein Knacken, ein neues Geräusch; eine Frauenstimme, weit, weit weg. Wie vielstimmig doch die Moskauer Telefonleitungen sind! Die Dame zirpte und jubelte, sie redete wie ein Wasserfall, in unangenehmer, überschnappender Kopfstimme. Es ging um die Liebe, um was sonst; sie erzählte einer schweigsamen Ljudmila von ihrem Liebesglück, detailliert, aber nur, was die Worte des Geliebten betraf, und beide hörten wir mit, mein stummer Partner und ich, was dieser Sergei für ein Teufelskerl war, was er alles wußte, konnte und versprach. Ich setzte mich auf die Sofalehne und nahm einen Schluck. Ein Räuspern, aber nicht aus der Leitung, sondern aus dem Zimmer – Galja schaute mich fragend an. Sie hatte Julia im Schoß und gab ihr die Flasche. Ich schüttelte den Kopf, hob den Zeigefinger samt Wodka zum Mund, psssst!, und lauschte weiter. Jetzt war die schweigsame Ljudmila an der Reihe. Sie hatte einen elegischen Alt, sagte ein paar lobende Worte, und dann war plötzlich Schluß, klick, die Freundinnen hatten sich ausgesprochen. Aber mein Gegenüber war noch immer da, und auf einmal wußte ich, daß es Boris war. Ich sah seine Augen, seine Hand am Hörer, seinen hervorstehenden, in atemloser Spannung geöffneten Mund, seinen nach innen gerichteten Blick. Natürlich, Boris! Da saß er in seinem Büro, in seinem Arbeits- und Liebesnest, nagte an einem Bleistift und verzehrte sich nach Galja, die hier vor mir im Stuhl saß, aber nicht im schwarzen Négligé, sondern in grauer Alltagskleidung, und ernst zu mir hochschaute, als wisse sie, wen ich hier an der Angel hatte. Ich sagte noch einmal ›Hallo‹. Nichts. Vielleicht ein leichtes Atmen. »Hör mal«, sagte ich. »Wer immer du auch bist –« ich machte eine kleine Pause, um nach den richtigen Ausdrücken zu suchen. Galja sah gespannt zu mir hin – »wer immer du auch bist, sag was du willst, oder leg auf.« Stille. Meine Nackenhaare sträubten sich. »Du willst nicht, was? Du willst dich nicht zu erkennen geben? Du willst lieber dein gottverdammtes Ohr an die Muschel pressen und lauschen, Kretin, elender? Na, dann sag ich dir eben einfach so, was du bist. Du bist ein toter Mann, mein Lieber. Du denkst, du lebst, du denkst, du atmest, du denkst, dir kann nichts geschehen. Aber du irrst dich. Du stirbst! Demnächst! Fahr zur Hölle!« Ein Knacken, dann kam der Summton. Er hatte aufgelegt, ohne etwas zu sagen. Er hatte sich geschlagen gegeben, der Arsch, hatte sich davongeschlichen, ohne mir die Stirn zu bieten. Im Siegesrausch schoß mir das Blut unter die Stirn.

Ich legte den Hörer auf die Gabel, und in dem Moment verschoben sich Möbel und Bilder. Mein Mund wurde trocken, ich verlor Tastsinn und Zeitgefühl, und dann, Iwan Andrejewitsch, wurde ich von einer rasenden Wut gepackt. War es die Scham über meine meine grotesk unzureichenden Flüche? Die Tatsache, daß ich geredet hatte, während er lauschte? Mein Triumph war verraucht, bevor ich den nächsten Schluck nehmen konnte. Nicht ich war der Sieger, sondern Boris. Ich hatte geredet – nur Arschlöcher erklären sich. Er war ruhig geblieben, hatte sich nicht provozieren lassen, hatte vielleicht sogar gelächelt in seinem Lehnstuhl, was weiß ich. Das war es ja: Ich weiß nichts, während er schon damals alles wußte; er war im Bild, er war sicher, er war am Zug. Langsam drehte ich mich um und stierte ins leise schwankende Zimmer. Hier, der Fernseher. Der Tisch. Die Küchentür, einen Spalt offen. Galja. Entgeisterung in Galjas Gesicht. Ich nahm einen Schluck und sagte lauernd: »Hast du das mitbekommen? Verwählen sich dauernd, diese Kretins; bringen es nicht fertig, eine Nummer richtig zu wählen, und dann sagen sie nicht mal was, sondern schweigen in die Leitung. Lüstlinge sind das, perverse Schweine, die am Telefon sitzen und aufs Geratewohl Nummern wählen und sich dabei ihre altersschwachen, stinkenden Schwänze reiben. Schweine sind das, ziehen sich nicht einmal die Hosen aus beim Wichsen, sitzen mit nacktem Arsch auf dem Stuhl, und unten, auf den Schuhen, da stauen sich die Hosen, und die Unterhosen spannen, kannst du dir das vorstellen? So sehen sie aus, meine Liebe, so sehen diese Wichser aus, das mußt du dir mal vorstellen.« Ich kam einen Schritt näher. »Aber das ist nicht lustig, Galja. Ich finde, man sollte etwas tun dagegen. Ist doch langsam eine echte Plage, findest du nicht? Da geilen sich diese alten Knacker an den Stimmen anständiger Moskauerinnen auf – das geht zu weit. Das geht zu weit, findest du nicht?« Galja schaute kurz hoch und trocknete Julias Mündchen ab. Wie ich ihn hasse, diesen übelriechenden, von gelblicher Kotze steifgewordenen Fetzen! Ich trat näher und stellte ein Bein auf den Tisch. »Unglaublich ist das, Galja. Was muß das für Gesindel sein, das an so etwas Gefallen findet? Wenn man sie doch entlarven könnte, diese Untermenschen! Hast du eine Ahnung, wer das eben gewesen sein könnte?« Sie schaute auf Julia hinunter, die gierig weitersaugte und mich mit riesigen, klugen Augen fixierte. Ich stellte die Wodkaflasche auf den Tisch. »Da bemüh ich mich extra an den Apparat, verstehst du, und was muß ich erleben? Schweigt dieser Untermensch doch einfach in die Leitung! Ob er vielleicht dich wollte? Glaubst du, daß er dich wollte? So sag doch! Vielleicht wagte er nicht zu reden, weil er überrascht war, weil er dich erwartet hatte? Na, was meinst du?« Sie hob den Kopf, hob ihn wie aus einem süßen, stillen See ins Unwetter meines Elends und ließ ihn wieder sinken. Dann sagte sie leise zu Julia: »Sascha, du bist ein Hasser geworden. Du haßt alles und jedes, sogar einen harmlosen, armen Menschen, der sich verwählt hat. Und warum? Weil du dich selber haßt. Du haßt alles und alle, aber am meisten haßt du dich selber. Du bist krank, Sascha, du brauchst Hilfe.« Ich stampfte, daß es krachte, ganz nah bei Galja, und jetzt sah sie erschrocken auf, endlich, und als ich ihren Blick sah, diesen eitlen, dämlichen Samariterblick, da hob ich meine schwere, krallenbewehrte Tatze, endlich, zog die Nase kraus, zeigte die Zähne und knurrte. Galja schlang die Arme um Julia, sprang hoch und schoß in gebückter Haltung davon, zur Küchentür. Ich machte einen riesigen Schritt hinter ihr her, breitete die Arme aus, knurrte noch einmal und stieß die Tür auf, bevor sie sie abschließen konnte. Da stand sie, mitten in der Küche, sie wußte nicht mehr weiter, sie beugte sich über Julia, zeigte mir ihren runden, schönen Rücken, den sauberen Knoten der Schürzenbänder, und ich riß die Augen auf, stöhnte, brüllte, hob die Hand –

– aber da, Iwan Andrejewitsch, sah ich plötzlich Markow.

Cool it, man, sagte er. Er hatte nie englisch geredet in Brighton Beach, aber jetzt sagte er klar und deutlich Cool it, man, mit starkem russischem Akzent, schwerfällig, aber nicht ohne Charme. Er saß im *Winter Garden* an seinem Tisch, in der einen Hand ein halbvolles Wodkaglas, in der andern eine Zigarette. Cool it, man, sagte er. Regen Sie sich ab, Alexander; um Gottes willen, was tun Sie da? Er schüttelte langsam den Kopf, nahm einen Schluck und zog an seiner Zigarette. Ich stöhnte noch einmal, mit hoch erhobenem Arm, ich versuchte den Arm hinunterzuzwingen – vergeblich, da schwebte er, gleich neben dem Nudelholz, eine mächtige, matt schimmernde Keule im Halbdunkel, ein Fremdkörper, in dem kaltes, giftiges Blut floß. Ich starrte und stöhnte, noch immer wild, aber auch schon etwas geniert, und während Galja reglos vor mir stand, gebückt, den Kopf zwischen den Schultern, verblaßte das Bild Markows, und an seine Stelle trat Vater – Vater am Ufer der Moskwa, im Unterhemd, ernst, gesund. Er stemmte seine Hanteln, grinste rhythmisch, und während er atmete und die Arme kreisen ließ, floß mein Blut zurück in den Arm, und er nahm wieder menschliches Maß an. Galja richtete sich auf und drehte sich langsam um. In diesem Augenblick entfuhr dem Mund Julias ein kleiner, aber scharfer Rülpser, etwas Milch war wohl auch dabei, und während Galja einen ärgerlichen Laut ausstieß und unter meinem Arm hindurchglitt und ins Wohnzimmer eilte, begann ich zu lachen. Ich präzisiere, Iwan Andrejewitsch: Ich wollte lachen; ich dachte, ich würde lachen, weil der Rülpser so wohltuend war, so wunderbar profan; weil mich dieser Rülpser noch viel mehr erleichtert hatte als Julia und weil er mich endgültig zurückholte aus der Hölle. Aber ich lachte nicht. Ich öffnete den Mund und wimmerte, und entsetzt über den erstickten, fremdartigen Laut, der da aus meiner Kehle drang, schlug ich an die Wand, so hart, daß es knackte in meiner Handwurzel und ein scharfer Schmerz mir sagte, daß hier ein Arzt nötig sein würde.

Galja kauerte wortlos neben Julias Wiege und beachtete mich nicht. Ich packte die nötigsten Sachen zusammen, fuhr ins Büro und rief Serjoscha an. Niemand nahm ab. Ob sie ihn endgültig vertrieben hatten? Ich öffnete die Tür und lauschte in die Redaktion hinaus. Alles war still und dunkel, nur aus Swetlanas Büro drang das Ticken ihrer lauten Wanduhr. Ich legte mich in den Kleidern auf die Couch und machte das Licht aus. In meinem Handgelenk pochte das Blut. Morgen würde ich zu Vater an die Schumkina ziehen. Das Rohr an der Decke redete leisen, angenehmen Unsinn, wie immer. Ich dachte an Tracy und schlief ein.

XVII

Schritte. Unter der Tür erschien ein dünner, scharfer Lichtbalken. Wieder Schritte. Ein paar polternde Geräusche im Nebenzimmer, dann Ruhe. Subow. Ich drehte mich lautlos auf den Rücken und hielt die Uhr dicht vor die Augen. Zehn vor zwölf. Warum kam er um diese Zeit hierher? Ich lauschte. Er ging hin und her, blieb manchmal stehen, ging wieder ein paar Schritte. Dann ein hohles Rollen und ein gemütliches Ächzen – er hatte den Stuhl unter dem Schreibtisch hervorgezogen und sich gesetzt. Ich lag still und starrte zu meinem Rohr hoch. Da saß er, mein schüchterner, wortkarger Vorgesetzter, und las. Oder arbeitete. Um diese Zeit. Orenburger Sitten? Konnte er nicht schlafen? Wenn er wüßte. Seine Nähe machte ihn mir sympathisch. Wie gut, daß er Chefredakteur war und nicht Tschistow. Wie gut, daß wir jemanden hatten, der sich weigert, gewisse Dinge zu verstehen. Lästig, so still liegen zu müssen. Ob ich mich absichtlich –

Sein Telefon läutete. Er redete leise wie immer, ich konnte kaum etwas hören. Vorsichtig richtete ich mich auf und ging zur Tür. Sie knarrte, aber nur für meine Ohren. Aus Subows Büro fiel ein Lichtstreifen in den Flur. Ich streckte den Kopf.

»Nein.« Ein langes Schweigen.

»Nein.« Ein Klopfen. Vermutlich trommelte er mit einem Bleistift aufs Pult.

»Nein, auf keinen Fall.«

»Weiß ich nicht. Nein.« Lange Pause. Ich betrachtete mein klopfendes Handgelenk. Eine kleine Schwellung, und du kennst deinen Körper nicht mehr.

»Nein.«

»Ich hab ihn gefragt. Er weiß nichts.« Wer weiß nichts?

»Ja.« Zur Abwechslung.

»Sicher, sicher.«

»Nein. Ja. Ja. Bis dann.«

Er hängte auf, seufzte und hielt sich eine Weile absolut still. Ich sah ihn vor mir, den Kopf in den Händen, mit traurig hängendem Silberhaar: so denkt er nach. Er kämpft, wenn er denkt. Tschistow genießt. Er lehnt sich zurück, schließt die Augen und saugt an seiner Pfeife – er bittet die Gedanken herein. Subow zwingt sie zu sich. Gefällt mir besser. Eigentlich ein netter Kerl, dieser Subow. Vorsichtig zog ich den Kopf zurück ins Zimmer. Um mich jetzt noch erkennen zu geben war es zu spät – ich hatte gelauscht. Er rollte den Stuhl an den Schreibtisch, löschte das Licht und trat in den Flur. So rasch? War er nur zum Telefonieren gekommen? Ein Klirren, dann das autoritäre Geschepper eines umfangreichen Schlüsselbundes. Ein argloses Husten, eilige Schritte den Flur hinunter, sportliches Treppengehüpfe – weg war er. Ich legte mich wieder auf die Couch. Wie ärgerlich. Wie anders war das doch in den Filmen, die Tracy und ich in Greenwich Village bei Wein und Delikatessen von ihrem Bett aus angesehen hatten. Da bekamen die Helden stets das Nötige zu hören, wenn sie hinter dem Vorhang standen; die Bösewichte waren von zuverlässiger Redseligkeit. Aber hier? Hier ticken bestenfalls Uhren und Subow schweigt.

Um sechs stand ich auf und ging aus dem Haus, ohne jemandem zu begegnen. Die Luft war eiskalt und trocken. Vater öffnete mir im Morgenmantel, grau, faltig, erstaunt. Ich machte Kaffee, während er sich anzog, und dann erzählte ich ihm vom Streit mit Galja. Er wirkte müde und sagte wenig, und was er sagte war eigenartig förmlich; wenn ich an ihn denke ist er immer jünger und lebendiger als in Wirklichkeit. Er schien irritiert und erkundigte sich von Anfang an vor allem nach der Möglichkeit der Versöhnung. Seine Distanz beleidigte mich nicht. Sie war nicht Kälte und nicht Abwehr, sondern Bitte um Respekt für seine Welt, eine stiller Hinweis darauf, daß er sein Leben gelebt hatte und es nicht nach Belieben in Frage stellen konnte. Galja hatte ihm gut gefallen, weil sie bescheiden war und etwas über Literatur wußte, jedenfalls sagte er das, und zwar so lange, bis ich ihn darauf hinwies, daß sie nicht nur aus Bescheidenheit bestand. Er nickte widerwillig, aber ich merkte, daß für ihn feststand, daß ich Galja verlassen hatte und nicht sie mich und daß ich ihn durch nichts, weder durch Argumente noch durch Bekenntnisse, vom Gegenteil würde überzeugen können. Männer verlassen Frauen; Frauen bleiben, wenn man sie anständig behandelt; so war das, das sagten die kleinen Falten in seinen Mundwinkeln. Wie fern er mir war! New York war für ihn ein Name, mehr nicht. Er hatte nichts gesehen von der Welt, war im Westen bis nach Prag vorgestoßen und im Osten bis nach Wladiwostok; er hatte alle seine Gedanken in dieser Welt gedacht und auf diese Welt bezogen. Und trotzdem: Wie würdig er war, wie gescheit, wie schön! Dieses nachdenkliche Kinn, diese schweren, strengen Lider. Boris zu erwähnen, brachte ich nicht übers Herz, und damit blieb meine Geschichte ohne Konturen und ohne Sinn, und das entging ihm nicht. Aber er hakte nicht nach. Er war dankbar für meine Diskretion, er wollte nichts wissen von Fremdgehen und von Unmoral, er war zu alt. Mutter fehle ihm, sagte er vorwurfsvoll und wies mit seiner dicken, braungefleckten Hand in die unordentliche Wohnung. Kaffeekochen falle ihm schwer. Er stolpere über das Kabel des Elektroofens. Schon zweimal sei er fast gefallen. Um neun gingen wir im Ismailowo-Park spazieren, in seinem Tempo, und ich sah, daß er ein alter Mann geworden war, trotz seiner Übungen. Alle zehn Schritte blieb er stehen und schaute sich etwas an – einen Schaschlikstand, ein Mädchen mit Eis, ein Eisenzäunchen, eine Baumgruppe. Er schaute verständnislos und völlig ungeniert, wie ein Kind, als könne man ihn nicht sehen, als schaue er zurück ins Leben aus einer anderen Welt. Er hatte sich bei mir untergehakt, und wenn Stufen kamen, spürte ich, wie sein Herz arbeitete. Als uns ein Herr in seinem Alter begegnete verbeugte er sich höflich und wechselte ein paar nette Worte, aber nachher zog er kräftig vom Leder. Nichtsnutziger Geselle, unseriöser Wissenschaftler, Anpasser, Plagiator. Er verdammte erbittert, aber ohne wirkliche Argumente; was der Mann auf dem Gewissen hatte, blieb unklar. Seine Wut kam mir sinnlos vor, leer, ein Strohfeuer in der Öde seines langsam auskühlenden Lebens. Er erzählte von Irina; er hatte Irinas Kinder getroffen. Glückstrahlend waren sie auf ihn losgerannt, hatten ihn umarmt, obwohl er doch eigentlich nichts für sie getan hatte, obwohl er ihnen nichts mitgebracht hatte, obwohl er nicht mit ihnen spielt und nicht mit ihnen redet, nicht wirklich. »Eigenartig, Sascha. Sie lieben mich einfach so. Zuerst dachte ich, ihre Freude sei Ritual. Eine soziale Übung, spielerisch, ohne Tiefgang. Aber dann erzählte mir Irina, daß eins ihrer Kinder – ich vergesse den Namen – nachts nicht mehr habe schlafen können und stundenlang geweint habe als es herausfand, daß Großvater einmal sterben würde. Das hat mich gerührt. Aber dann habe ich gedacht, daß kleine Kinder eben Gewohnheitstiere sind und es nichts Erstaunliches ist, wenn sie sich von dem, was sie kennen, nicht trennen wollen. Sie haben Angst vor dem Unbekannten, genau wie wir, also klammern sie sich ans Bekannte, und wir nennen es Liebe. Ich liebe das Leben. Aber nur noch, weil ich Angst habe vor dem Sterben. Was ist das schon, mein Leben? Schau her, wie meine Hand zittert.« Er streckte seine zitternde Hand aus, hielt sie mir unter die Nase. »Ich kann kaum noch die Hanteln fassen. Ich mag die Kleinen von Irina übrigens nicht. Sie sind zu lärmig. Sie stören mich. Ich bin froh, wenn sie auf der Datscha sind, wenn ich komme. Wie lange willst du bleiben?«

»Nicht lange. Ein paar Wochen. Bis ich was Neues gefunden habe.«

»Gut. Ich geb dir den zweiten Schlüssel. Du wirst kochen, wir werden ein Glas Wodka trinken am Abend. Du kannst den Abfall in den Müllschacht werfen und aufräumen. Ich geh früh schlafen; sei leise, wenn du nach Hause kommst.«

So zog ich zu Vater. Wir kamen gut miteinander aus, von gelegentlichen Reibereien abgesehen. Ich machte die Einkäufe, holte seine

Pension ab und staubte den verstimmten Flügel ab. Nachts störten mich die häufigen Gänge aufs Klo und sein Schnarchen, tagsüber sein Mundgeruch und seine übervorsichtigen, kleinen Schritte. Er gefiel sich nicht schlecht als Greis. Wenn er auf dem Bett saß, mit nacktem Oberkörper, und mir mit trotzigem Stolz seine Leberflecken zeigte, fand ich ihn häßlich und abstoßend, aber noch liebenswerter als sonst. Von Mutter sprach er selten. Er wollte nicht an früher erinnert werden; der Alltag war schwer genug. Ich erzählte ihm von Markow; er nahm es zur Kenntnis und schwieg. Zu Amerika hatte er nichts zu sagen. Nach ein paar Tagen wurde er krank, und über eine Woche lang pflegte ich einen erstaunlich wehleidigen Menschen, der vor allem eins wollte: fernsehen. Ich war enttäuscht. Die Kiste lief Tag und Nacht; der Herr Professor hatte kaum noch andere Interessen. Sogar die Temperaturtafeln schaute er sich an und die Bilder dazu – lange Sequenzen aus der russischen Landschaft, verschneite Dörfer unter einem mächtigen, kalt verschleierten Himmel, Eiszapfen, schlittenfahrende Kinder. Er wollte abgelenkt werden. Lesen war beschwerlich. Ausgehen war beschwerlich. Es war kalt, man erkältete sich. Er wusch sich kaum noch die Haare; seine Mützen stanken; in den kühleren Ecken stand sein Geruch. Nur morgens, nach dem Kaffee, loderte seine Energie nochmals auf. Dann stellte er sich im Schlafanzug mitten ins Wohnzimmer, ließ die Arme kreisen und entblößte jedesmal wenn die Hanteln zur Decke strebten ein Stück seines erstaunlich aufgeblähten, weißen Bauchs. Die Augen hielt er offen, vor ihm lief der Fernseher.

Markow war mir fern.

Zwei Wochen später, an einem Samstagnachmittag, saß ich mal wieder im Hotel *Moskwa*. Eine Firmenfeier, nichts Besonderes – jedes Jahr feiern wir die Gründung unserer Zeitung im Restaurant im zweiten Stock. Sie kennen ihn, Iwan Andrejewitsch: ein großer Saal mit Sicht auf die Manege, nach Belieben unterteilbar. Hohe

Säulen, gewaltige Balustraden, kleine Holztische vor dem Eingang zur Küche für die Kellner und die Aufpasser. Massive Quader und gigantische Rechtecke geben selbst dem unsteten Blick festen Halt. Schöner, klobiger Stalinismus, etwas für die alten Knacker, die noch von den Zeiten Stalins schwärmen und selbst den Neuerer Chruschtschow einen guten Mann sein lassen, weil er ihnen wenigstens die Sowjetunion gelassen hat, anders als diese Schlange aus dem Nordkaukasus, der verräterische, der fehlerhaft sprechende, der mangelhaft gebildete, der unsägliche, schändliche Gorbatschow. Längst sind sie in Pension gegangen, unsere Stalinisten, aber für die Firmenfeier kriechen sie wieder aus den Löchern. Sie sind willkommen, natürlich, es sind nur wenige, sie stören nicht, und die, die noch leben, sind auch schon bald unter der Erde. Im steifen schwarzen Anzug kommen sie daher, sie haben ihn schon am Vorabend an den Bügel gehängt, auf daß er sich strecke und den Mottenkugelgeruch verliere. Sie tragen das Ordenskissen auf der Brust, und mit glänzenden Schuhen und glänzenden Augen marschieren sie ins Hotel *Moskwa*, wo die Welt, sieht man von spanischen Bars und Restaurants ab, noch in Ordnung ist, denn es riecht nach billigem, sowjetischem Putzmittel, und da steht auch noch der Garderobier, der schon vor Jahren die Mäntel in Empfang nahm, und vor den Klos sitzt noch immer diese Frau mit der Schürze hinter dem Holztisch, die nie gelächelt hat und nie lächeln wird. Hier kennen sie sich aus, unsere Stalinisten, hier leben sie auf. Sie klopfen sich auf die Schultern, weiten militärisch die Augen und werfen Besitzerblicke um sich. Welche Größen haben nicht schon hier, in diesem Raum, vielleicht auf diesen paar Zentimetern, gestanden. Hier kann ihnen niemand dreinreden. Heimat. Vaterland. Ich saß am Tisch der gewöhnlichen Redakteure, schüttete Champagner und Gin in mich hinein und sang leise zu den Klängen der elektrischen Orgel des Dreimannorchesters aus Minsk, das sich auf der Bühne wiegte. Der Verwaltungsrat hatte sich für die Dame und die zwei Herren aus Weißrußland entschieden, weil sie geschickt Modernes mit Traditionellem vermengten, weil sie anständig gekleidet auftraten und dennoch wußten, daß ein solider Sowjetbürger das Recht hat, bei bestimmten Gelegenheiten das Leben zu genießen. Nur die Sängerin bewegte sich; die Herren, in Anzügen, verwalteten mit ruhigen Griffen ihre Instrumente und blinzelten geniert, wenn der Scheinwerfer, der sich hoch über ihnen drehte, seine blauroten Strahlen auf sie warf. Vor ihnen drehte sich die Belegschaft des *Sputnik* im Halbdunkel – ein kleines Häufchen, das sich im riesigen Saal verlor. Wir hatten uns im hinteren Teil des Restaurants niedergelassen; ein paar spanische Wände verstellten den Blick in den leeren vorderen Teil mit seinen langen Reihen weißgedeckter Tische, die keusch den Abend erwarteten. Mir war das alles recht. Ich dachte an Brighton Beach, an Tracy und an Angela Sergejewna und schaute dem Tanz der alten Knacker zu. Sie schienen verantwortungslos fröhlich. Sie prosteten sich zu, sie besuchten sich feierlich an den Tischen, ließen die Orden baumeln und meckerten wie die Ziegen, wenn sie sich ihrer Streiche erinnerten. Neben mir saß Natascha und ließ ihre dunklen, kalten Augen durch den Saal wandern. Sie war gerne für Galja eingesprungen, denn am Nachmittag war im Metropol noch nicht viel los, und sie mochte mich noch immer, weiß der Teufel, warum. Sie sah dezenter aus als sonst, mehr Königin denn Prinzessin, und am Nebentisch kamen Subow, Tschuchin und Blinnikow und Tschistow vor lauter Gaffen kaum ins Gespräch. Natürlich war es nicht ausgeschlossen, daß der eine oder andere der Herren Natascha im Metropol schon einmal gesehen oder sogar für ein paar Minuten erworben hatte, aber das störte mich nicht. Schließlich begleitete sie mich als Freundin, nicht als Nutte, und wenn ich sah, wie die Herren uns anstrahlten, wenn wir tanzten, wurde mir für ein paar Augenblicke wieder warm ums Herz. Am Tisch beeindruckte Natascha die Kollegen durch eine verblüffende Kenntnis wirtschaftlicher Zusammenhänge – du ahnst ja nicht, Sascha, was du von diesen Weltbankmenschen im Metropol alles lernst, hatte sie mir beim Tanzen ins Ohr geflüstert. Nach einer Stunde wagte Tschistow einen Vorstoß, doch Natascha lehnte ab, lächelnd zuerst und dann, als der Erfolgsgewohnte nicht nachgab, mit damenhaftem, eisigem Hochmut. Es folgte ein unschöner Rückzug mit gehetzten Blicken zur Decke und in die Tiefe des Raumes. Wird mir unvergeßlich bleiben. Dutzende von Augen folgten ihm.

Das Klo war verwaist. Die Klofrau war weg, ihre zerlesene Zeitung lag da und die schmutzige Brille, der Stuhl war vom Tisch weggerückt. Aus einer Kabine drangen die Geräusche der Entleerung, die ihren Berufsalltag begleiten. Ich pißte, ging zum Waschbecken und wollte schon am Hahn drehen, da piepste es aus einer der Kabinen heraus elektronisch, und sofort meldete sich eine harte, geschäftsmäßige Stimme, die mir bekannt vorkam. Ich blieb stehen und sah mich um. Niemand. Auf den dunkelblauen Wänden schimmerten Lichtstreifen. Ich nahm den Kamm aus der Hose und lauschte, während ich mich zum Spiegel vorbeugte, bereit, mich beim geringsten Geräusch meinem Haar zu widmen. War das jetzt die Filmszene, die mir neulich entgangen war?

Der Mann zischte wie ein Boß in Zeitnot.

»Hör mal, ich kann jetzt wirklich nicht –«

»Nein, ich sitz auf'm Klo, verdammt. Ich ruf dich … – ach so.«

»Ich? Nein auf keinen Fall. Das wäre zu auffällig. Subow? Ja, der ist hier. Gut. Natürlich, ich sag's ihm.«

»Oh, doch. Mit Sicherheit. Bis dann.«

Nochmals ein Piepsen, eine steigende, optimistische Quart, Ende.

Ich legte ein paar Rubel in den Teller der Klofrau, stellte mich hinter eine Säule im Treppenhaus und sah nach ein paar Sekunden Tschuchin herauskommen, Tschuchin, Vorstandsmitglied der Firma *Alinaimpex*, die lange, gefährliche Hälfte der beiden Überwacher Subows. Rasch und ohne sich umzusehen schritt er in den Saal zurück, in dem die geschlossene Gesellschaft bei Kaffee und Wodka ziemlich laut geworden war. Ich ging hinunter ins Vestibül und rauchte eine Zigarette, erhitzt vom Champagner, und sah mich im Spiegel an. Leere, trübe Augen. Kein Fleisch auf den Knochen. Ausgelaugt. Was bin ich schon ohne Galja? Woher kommt dieses Sausen in den Ohren? Warum wird bei solchen Anlässen immer nur süßer Champagner aufgetischt? Ein paar Neuankömmlinge schauten mich an, stirnrunzelnd, als fürchteten sie, meine Niedergeschlagenheit könne sich auf sie übertragen. Ich wechselte ein paar Worte mit dem gelangweilten Garderobier und stieg die Treppe hoch. Auf dem Absatz wurde mir schwarz vor den Augen. Ich ging in die Knie und hielt den Kopf nach unten, bis wieder Farbe in mein Leben zurückkehrte.

Subow kam auf mich zu, noch bevor ich unser verrauchtes, heißes Geviert hinter der spanischen Wand erreicht hatte. Er ging in einer Wolke von Vorsatz, die den Rest des Saals zur Kulisse machte, hielt die schüchternen Augen fest auf mich gerichtet und hob schon von weitem die Hand, um zu zeigen, daß er mich zu sprechen wünsche. Aber einmal vor mir, schien er nicht mehr weiterzuwissen. Meine Nähe lähmte ihn, wie immer. Sein Blick glitt ab nach rechts, suchte die Weite, das Licht der Fenster, einen Fluchtpunkt, der ihm meinen Anblick ersparte. An seinem Kragen steckte eine kleine, rote Anstecknadel – Lenin. Er lächelte einer Kellnerin zu, die an einem kleinen Tischchen Servietten faltete, erkundigte sich nach meinem ›alten, kranken Vater‹ und bedachte die Antwort – gut, danke – mit langem, bedrücktem Schweigen. Dann gratulierte er mir mit deutlichem Befremden in der Stimme zu Natascha und verstummte wieder, offensichtlich unzufrieden darüber, noch immer nicht zum Thema gekommen zu sein. In seinen grauen Wangen zuckte es. Er war wohl mit dem linken Fuß aufgestanden. Eine lange, dunkelbraune Kruste am Hals zeugte von Ärger und Morgenstreß; etwas Blut war am Hemdkragen hängengeblieben. Wozu hatte er mir da gratuliert? Zu Natascha. Was meinte er damit? Ihre Schönheit? Den Umstand, daß sie sich, schön wie sie war, mir angeschlossen hatte? Ich musterte ihn böse.

»Und, Sascha? Schon was von Angela Sergejewna gehört?« Er bebte vor Bemühen um Nebensächlichkeit.

Ich wurde unwillig. »Nein.«

»Nichts, was?«

»Nein, nichts.«

»Hm. Hat sich nicht gemeldet bei dir?«

»Nein, Dmitri. Hörst du schlecht? Hat sie nicht. Hat sie sich bei dir gemeldet?«

Er erschrak. »Bei mir? Nein. Natürlich nicht. Wieso sollte sie?«

»Weil du Kontakt zu den Beresowskis hast und sie sich bei den Beresowskis gemeldet haben könnte, wie ich dir schon gesagt habe. Wieso sollte sie sich bei mir melden?« Er schwieg und verschränkte die Hände, die ihm hinderlich geworden waren, hinter dem Rücken. Mein Unwille wuchs. »Na, sag doch, warum? Kennt sie mich etwa? Wer bin ich denn? Ich hab sie ein paarmal gesehen in New York, das ist alles, ich habe doch gar nichts mit ihr zu tun. Warum in aller Welt sollte sie da, verdammt nochmal, ausgerechnet mit mir in Verbindung treten?«

Er hob die Rechte, Handfläche nach oben, halb entschuldigend, halb beschwichtigend, preßte die Lippen zusammen und weitete die Augen. Es war diese Geste, Iwan Andrejewitsch, dieses ekelhafte, kriecherische Eingeständnis seiner Trotteligkeit, das mich wirklich wütend machte. Ich hob die Stimme.

»Sag mal, Dmitri, was ist eigentlich los? Was soll das alles? Was geht dich diese Angela Sergejewna an? Eine alte Liebe oder was? Da hat sich ein Typ umgebracht in Amerika, mit dem ich einmal geredet habe, und du gehst hin und machst dir Gedanken über seine Frau. Merkst du nicht, wie idiotisch das ist?«

»Ach, Sascha, ich dachte nur … –«

»Was?«

»Nun, ich habe mir eben Sorgen –«

»Sorgen?« Jetzt begann ich zu schreien. Seit ich mich im Spiegel unten gesehen hatte, hatte ich darauf gewartet. Ich stampfte, es war mir egal, wer vor mir stand. Meine Stimme – echolos in diesem weiten, trockenen Saal, aber erlöst und kernig – übertönte das diskrete Minsker Orchester mit Leichtigkeit. Die serviettenfaltende

Kellnerin schaute besorgt auf. »Sorgen machst du dir um Angela Sergejewna? Du, der Chefredakteur des *Sputnik*? Das ist doch lächerlich. Nein, Dmitri, du machst dir überhaupt keine Sorgen. Das einzige, was dich interessiert, sind doch die Befehle der Herren, die mit dir am Tisch sitzen, oder? Ein Botengänger bist du, ein Schnüffler –«

»Sascha, um Gottes willen, beruhige dich.« Er hatte wieder die Rechte gehoben, Handfläche diesmal nach vorn. Durch eine Lücke in der spanischen Wand drängten sich die Mitarbeiter wie Wespen, die ihr rauchgefülltes Nest verlassen. Fragende, erschrockene Gesichter. Ich sah Tschuchin und Blinnikow, ein paar andere graue Eminenzen, dazwischen Tschistow, dessen Gesicht vor Erregung glänzte. Tschuchin und Blinnikow steckten die Köpfe zusammen und kamen näher. Jetzt tauchte auch das Aprikosenkostüm Nataschas auf. Sie blieb an der spanischen Wand stehen.

Ich trat einen Schritt zurück und holte Luft. In den Händen und Füßen spürte ich ein freudiges Kribbeln. Endlich! Jetzt brüllte ich, entzückt über die Geschmeidigkeit meiner Stimme. »Einen Scheiß werd ich, Dmitri! Nicht jetzt. Da, dreh dich um! Sind das etwa nicht deine Auftraggeber? Die wollen doch wissen, wo Angela Sergejewna ist, etwa nicht? Kommt nur her!« Ich winkte über Subow hinweg wie ein Badender zum Strand. Tschuchin kam näher, feindlich, mit verschränkten Armen. »Nur keine Angst, hier bin ich, ich kann euch helfen. Ihr sucht doch Angela Sergejewna, stimmt's? Und ihr denkt, ich weiß, wo sie ist, stimmt's? Dann kommt her, stellt euch vor und fragt mich selber. Seid so frei, ihr Zwerge, fragt, aber spendiert mir ein Glas dazu, benehmt euch wie zivilisierte Russen, seid menschlich, verdammt nochmal – menschlich!« Ich stampfte wieder und nahm etwas Lautstärke zurück. »Fragt, was ihr wollt, aber gebt euch zu erkennen und schickt nicht ständig diesen armen Menschen vor! Seit Wochen schnüffelt er an mir herum! Er klebt an mir, mit euren Fragen. Er ist mir widerlich!«

Subow wollte weg. Er machte einen Schritt, aber ich packte ihn an seinem derben, erstaunlich gut bemuskelten Oberarm. Er riß sich los, floh in den Schutzkreis der Herren Verwaltungsräte zurück und drehte sich japsend um. Jetzt hatte ich alle gegen mich.

»Nun, nun, was geht hier vor? Mäßigen Sie sich.« Tschuchin. Er sprach zischend wie vorhin auf dem Klo; ein Mann, der es gewöhnt ist, rasche Antworten zu bekommen. Der Bauch hing ihm schlaff über den Gürtel, aber in seinem Gesicht war alles gespannt und hart.

Das weiße, leichte Kribbeln flutete zur Körpermitte und wurde stärker. Ich witterte Freiheit. Hier hatte ich die richtigen Leute vor mir. Von jetzt an würde alles rasch gehen. Ich jubelte fast. »Mäßigen? Ich soll mich mäßigen? Das soll wohl ein Witz sein, was? Mäßigt ihr euch doch erst mal. Mäßigt eure Neugier, verdammt! Benehmt euch wie Menschen! Was geht euch Angela Sergejewna an, könnt ihr mir das mal sagen? Ihr seid doch hinter ihr her, oder etwa nicht?«

»Erregen Sie sich nicht! Mäßigen Sie sich! Wovon reden Sie überhaupt, junger Mann?« Tschuchin war nähergetreten. Einen Schritt hinter ihm hatten sich etwa zehn neugierige Redakteure um Blinnikow und Subow geschart. Sie grinsten vor Freude über die Ablenkung. Einer steckte sich eine Zigarette an, zur Vertiefung des Genusses.

»Das wissen Sie genau! Oder habt ihr etwa diesem Menschen nicht befohlen, mich auszuhorchen? Seit Wochen fragt er mich nach Markow. Wie sieht er aus, Sascha? Was sagt er, Sascha? Zeig mir doch Fotos von ihm, Sascha, sei so nett. Und meine Wohnung, habt ihr die etwa nicht durchsucht? Keine Fotos gefunden, was? Wenigstens habt ihr nichts geklaut, gratuliere. Oder soll ich euch danken?« Ich senkte die Stimme. Monologe verlangen eine gewisse Zurückhaltung. Du kannst nicht ständig schreien. Dafür begann ich zu zischen, genau wie Tschuchin. »Zuerst Markow und jetzt Angela Sergejewna! Da wird spioniert, meine Herren! Da wird spioniert wie in den guten, alten Zeiten. Und hier, mitten unter Ihnen, steht der Schnüffler!« Ich zeigte auf Subow, mit ausgestreckter Hand und finster zusammengezogenen Brauen, einen Fuß dramatisch vorgestellt. Er ließ den Kopf hängen wie ein ertappter Sünder. Daß sich andere für ihn in die Bresche warfen, machte ihn klein und arm. Man drehte sich um nach ihm, Hand am Kinn. Die Redakteure glotzten hingerissen. Ich fixierte Tschuchin und spie ihm die Wörter vor die Füße. »Ich möchte wirklich, wirklich mal wissen, warum ihr euch in alles reinmischt. Markow – was geht er euch an? Und Angela Sergejewna – was hat sie mit euch zu tun? Hat sie euch Orden geklaut? Oder wollt ihr sie etwa auch noch erledigen? Na?« Und plötzlich wieder laut, mit einem Schuß Hysterie: »Wer seid ihr überhaupt? Schleicht rein und raus bei uns wie die Diebe, diktiert eurem Oberschnüffler die Texte und mischt euch in fremde Reportagen ein! Wer gibt euch das Recht? Wer gibt euch den Auftrag? *Alinaimpex*! Daß ich nicht lache! Das ist doch alles nur Tarnung! Ein Spionagebetrieb seid ihr! Verdammt!«

Das war ein recht schwacher Schluß, ich weiß, Iwan Andrejewitsch, und die Gänsehaut, die ich mir angeschrien hatte, verging auf der Stelle. Aber zu meinem Erstaunen blieb er nicht ohne Wirkung. Tschuchin und Blinnikow sahen sich wortlos an, bahnten sich einen Weg durch die erstaunt zurücktretenden Redakteure und begannen in einer leeren Ecke erregt aufeinander einzureden. Subow warf mir einen eigenartigen Blick zu, resigniert und forschend, ohne Haß. Dann trat er bis auf drei Schritte an mich heran, beugte sich vor und sagte mit fester Stimme, ich sei entlassen. Das Wort schockierte mich einen Augenblick, aber dann stellte ich fest, daß der Schock nur in den Ohren saß, daß ich schon lange gewußt hatte, was kommen würde, und daß ohne dieses Wissen das Gefühl des Übermuts und der Freiheit, das mich durch die letzten zehn Minuten getragen hatte, nicht möglich gewesen wäre. Ich hob das Kinn und schaute ihn an, bis er aufgab. Langsam trottete er zum Ausgang und verschwand, ohne sich umzusehen. Die Kollegen begannen zu murmeln, schielten zu mir herüber, zu Tschuchin und zogen sich schließlich zögernd hinter die spanische Wand zurück. Ich winkte Natascha zu, die etwas abseits stand. Durch einen Vorhang von Blicken und zaghaften Einwänden der Kellner gingen wir hinaus auf den Balkon, erhobenen Hauptes, unantastbar wie Verbrecher auf dem Weg zum Schafott. Über dem Manegeplatz lag ein staubiger, grauer Nebel, aus dem Lastwagen und Baumaschinen herausragten, schwarz und eckig wie Bäume aus einem Sumpf. Natascha hielt mir eine pastellfarbene Zigarettenschachtel unter die Nase und gab mir Feuer. Ich legte ihr den Arm um die Schulter und zog sie weiter, zu den Türmen des Kreml hin, weg von den Fenstern. Während ich mit zusammengekniffenen Augen in die untergehende Sonne schaute und bedauernd feststellte, daß die Zigarette nach Menthol schmeckte, wühlte sie in ihrer Handtasche und steckte mir einen Brief zu. »Ist gestern gekommen. Für dich. Aus der Schweiz. Kennst du jemanden in der Schweiz?« Sie schaute mich einen Moment dunkel an; mit ihren kurzen Haaren und dem Make-up sah sie aus wie ein sehr hübscher, etwas fiebriger Junge. »Da hast du ja eine große Nummer abgezogen, Sascha. Nicht schlecht. Aber paß auf. Ich kenne diese Art von Leuten, glaub mir. Dieser Lange ist gefährlich. Ruf mich an, wenn du Probleme hast. Sei nicht zu mutig. Wer ist dieser Markow?« Ich winkte ab. »Nicht jetzt, Natascha. Zu kompliziert. Zu widerwärtig. Zu verdreht.« Sie nickte, hob den Arm und warf einen Blick auf das goldene Ührchen an ihrem Handgelenk. Ich brachte sie hinunter zur Straße und schaute ihr nach, wie ich vor ein paar Wochen Serjoscha nachgeschaut hatte. Sie ging rasch und zielbewußt, und die Leute drehten sich um nach ihr, obwohl sie kein Brett unter dem Arm trug. Als ich mich umdrehte, sah ich oben auf dem Balkon Tschistow und Tschuchin stehen, unbeweglich und ausdruckslos wie Politbüromitglieder vor dem Heer der Paradesoldaten.

Ich trat unter den Balkon und riß den Brief auf.

›Lieber Alexander, ich bin in der Schweiz, in Zürich. Ruf mich am 4. Februar um 20 Uhr Moskauer Zeit unter dieser Nummer an. Wenn du den 4. verpaßt, dann am 20. Gleiche Zeit. Gruß! Angela.‹

Ungelenke amerikanische Schriftzeichen, hastig hingeworfen,

charakterlos. Darunter eine Telefonnummer. Der zwanzigste war heute. Es war sechs Uhr abends.

Sebastian räumte sein Büro mit einer großen, etwas angeheiterten Geste. Er grüßte beim Gehen laut nach allen Seiten; er ging Fußball spielen und danach saufen, der Erfolg des Abends war gesichert. Angela Sergejewna nahm auf der Stelle ab und hustete, wie Markow gehustet hatte. Sie sei krank, sagte sie, es sei schrecklich. Husten, Fieber, alles zusammen. Sie liege den ganzen Tag nur im Bett. Alles sei schrecklich. Aber sie habe nicht viel Zeit. Es gehe ihr gut, im Prinzip, und sie wolle mir sagen, daß alles in Ordnung sei, im Prinzip. Gennadi habe ihr gesagt, daß sie mir vertrauen könne, voll und ganz, und deshalb habe sie mir geschrieben. Nein, nicht deshalb – das habe sie ja sowieso gewußt. Daß man mir vertrauen könne. Oder etwa nicht, Sascha? Na, wie geht's, du Vertrauenswürdiger? Gennadi habe ihr den Zettel mit der Adresse dieser Natascha – sag, eine Freundin? – gegeben und sie ermahnt, ihn an einem sicheren Ort aufzubewahren, man könne ja nie wissen. Am besten wäre es, du würdest die Adresse auswendig lernen und den Zettel dann verbrennen, habe er gesagt und gelacht dabei. Er wolle im übrigen auch verbrannt werden. Richtig gefreut habe er sich über diese furchtbaren Kindereien, und sie habe mitgelacht. Heute wisse sie natürlich, daß dieses Lachen ein Zeichen gewesen sei, eine Art Vorbote der furchtbaren Zeit, die dann auch sofort angebrochen sei – der Tod Gennadis, die Flucht, die Unruhe, die Angst.

»Aber Angela – warum, um Gottes willen, bist du auf der Flucht? Vor wem fliehst du? Was machst du in Zürich?«

»Ich bin nur noch ein paar Stunden in Zürich, Alexander, dann reise ich weiter, ich kann dir nicht sagen, wohin. Ach, Sascha, ich kann dir nichts sagen. Nichts. Ich muß mich versteckt halten, noch lange vermutlich, ich darf niemandem sagen, wo ich bin, nicht einmal dir. Gennadi will es so. Wollte es so.«

»Aber … Angela, ich verstehe nichts. Es war doch Selbstmord.

Gennadi Borissowitsch hat doch Selbstmord begangen. Warum bist du da auf der Flucht?«

»Natürlich. Natürlich. Aber das ist nicht das Problem. Gennadi hat mir gesagt, daß er sich umbringen werde. Er hat es mir gesagt, bevor er mich weggeschickt hat, Sascha, kannst du dir das vorstellen? Wir haben uns fürchterlich gestritten. Ich wollte nicht gehen, wie hätte ich ihn allein lassen können? Stell dir das mal vor. Dein Mann, also … dein Partner bittet dich, ihn zu verlassen, und du weißt, daß du ihn niemals wiedersehen wirst, daß er sich das Leben nehmen wird, während du weg bist. Unmenschlich ist das. Aber ich hatte keine Wahl. Ich –«

»Vor wem bist du denn auf der Flucht? Vor Andrei?«

»Das kann ich nicht sagen, Sascha, das ist gefährlich. Bitte frag nicht mehr, ich –«

Etwas an ihrer Stimme gefiel mir nicht. Da war etwas Neues, Hartes. Hatte sie Markow umgebracht? Hatte sie ihn umgebracht, einen Selbstmord vorgetäuscht und dann – aber nein, warum denn? Sie war doch seine Frau, sie erhielt doch alles, was er hatte. Ein Versicherungsbetrug? Aber warum dann die Flucht? Die Polizei verdächtigte sie doch gar nicht. Niemand verdächtigte sie. Nur ich. Nein, das war sinnlos. Ich hörte wieder hin.

»– eine mörderische Zeit hinter mir, Sascha. Das kannst du dir gar nicht vorstellen, wie schrecklich das ist. Man ist so einsam. Bald pfeif ich auf alles, ich spür's schon. Momentan bin ich in Zürich. Schön, sauber, still. Du hast immer Angst, jemanden zu wekken. Wie geht's in Moskau? Alles in Ordnung? Sascha, ich muß jetzt gehen, höchste Zeit, also, mach dir keine Gedanken, ich werde mich wieder melden mit einem Brief, von ganz woanders. Vergiß mich nicht. Bis dann.«

Vater lag im Bett, als ich kam. Auf dem Tisch lag ein Zettel. ›Ein gewisser Tschistow hat angerufen, er ruft morgen früh zurück. Habe Kartoffeln gekocht, es sind noch welche in der Pfanne. Sei leise. Vater.‹ Ich war leise, aber nicht leise genug. Vater stand auf und ging grußlos an mir vorbei auf die Toilette, bleich, mit halbgeschlossenen Augen. Er drückte sofort auf die Spülung, ich sollte sein Pissen nicht hören. Dann drückte er noch einmal, wusch sich grimmig die Hände und ging wieder ins Bett, ohne sich nach mir umzusehen. Seine Lippen waren etwas vorgeschoben, er tastete mit der Zunge auf dem Zahnfleisch herum, dort, wo tagsüber sein Zahnersatz klebt. Er kämpft um seinen Schlaf; wenn er nicht genug geschlafen hat, redet er am Morgen kaum. Ich schaute ihm aus der Dunkelheit des Flurs nach und ahmte seine Zungenbewegung nach. Dann legte ich mich aufs Bett. Unten auf der Straße versuchte ein ungeschickter Mensch, ein Auto zu parken. Er fuhr hin und her, bremste, gab Gas, bremste. Die Kupplung knackte. Vater hielt die Augen geschlossen, zwischen seinen Brauen stand eine Falte. Er hörte zu, er litt, er fürchtete um seinen Schlaf. Endlich erstarb der Motor. Vater seufzte und drehte sich zur Wand.

Der Anruf kam schon kurz nach acht. Tja, sagte Tschistow. Eine üble Geschichte. Entlassen, was? Unglaublich sei das, unfaßbar. Er wolle sich gewiß nicht aufdrängen, aber wenn ich ihm sage, worum es bei der Sache gehe, dann könne er unter Umständen etwas für mich tun, da er ja nun doch in der glücklichen Lage sei, sagen zu können, daß er im Verwaltungsrat der *Alinaimpex*, vor allem natürlich bei den Herren Tschuchin und Blinnikow über einigen Einfluß verfüge, jedenfalls traue er sich zu, die Dinge wieder ins Lot zu bringen, zumal, nicht wahr, die Position Subows ja auch nicht über alle Zweifel erhaben sei. Verloren sei die Sache auf keinen Fall. Entlassungen seien doch in Rußland etwas ganz anderes als im Westen, und einen derart bewährten, ja, wertvollen Mitarbeiter wie mich auf die Straße zu setzen – also das sei ja nun doch maßlos übertrieben, unrussisch geradezu, zumal wegen einer derartigen Bagatelle, wie es den Anschein habe. Natürlich müsse ich auch bereit sein, meinen Teil beizutragen zur Versöhnung. Eine Entschuldigung sei sicher nicht zuviel verlangt und übrigens auch angebracht, denn in der Tat sei ja auch ich im Hotel *Moskwa* zu weit gegangen, viel zu weit, so könne man niemanden anschreien, er habe das ja nun auch selber oft erleben müssen, zum letzten Mal beim alten Gorjatschew; solche Ausbrüche seien nicht zu tolerieren, nicht zuletzt und vor allem, weil sie niemandem etwas nützten. Er habe andere Vorstellungen von Kommunikation, ihm seien diese Schreiereien nur schon deshalb so unangenehm, weil sie so eingleisig seien, so banal, so furchtbar banal letztlich, nicht wahr? und weil sie alles von vornherein festlegten und emotionale Schranken aufrichteten, wo es doch sinnvoller wäre, den Dialog zu fördern. Was ihn gestört habe am alten Gorjatschew damals, das sei nicht so sehr das Inhaltliche gewesen, damit könne er leben, damit müsse er leben, sondern das Undynamische, das Unkreative, die Tatsache, daß er, Tschistow, von vornherein in eine Schablone gepreßt worden sei und keine Möglichkeit gehabt habe, sich zu verteidigen. Also nicht, daß er etwas gegen Streit habe. Aber Streit müsse kreativ sein, müsse Sauerstoff in die Bude bringen, nicht die Luft zum Atmen wegnehmen. Und dann, nicht wahr: Wo geschrien wird, gehen die leisen Töne unter. Wo gebrüllt wird, Sascha, wird immer nur der Laute gehört! In seiner ›Brain-Factory‹ würden Konflikte von allen Mitarbeitern besprochen, interaktiv, proaktiv, kreativ. Zu einer Suppe würden sie verrührt, haha, regelrecht, und zwar von vielen Köchen, und dadurch würden sie automatisch entpersonalisiert, sprich reduziert auf ihren tatsächlichen Gehalt, sprich befreit vom Ballast persönlicher Ressentiments, und nichts wirke motivierender. Perspektiven baue er so auf, Spielplätze der Phantasie, geistige Bastelecken, mit unerhört erfreulichen Ergebnissen. Die Streitereien in der ›Brain-Factory‹ jedenfalls brächten immer ganz neue Erkenntnisse, und das sei nur möglich, weil angstfrei, lustvoll, fast möchte er sagen: zärtlich gestritten werde. Zärtlich, jawohl. Zärtlich und frech. Natürlich gehe das nur, solange man Spannungen offen auslebe, und das sei nicht möglich mit derartig, er sage jetzt einmal: destruktiven Ausbrüchen, wie er sie gestern habe erleben müssen. Ich sei da doch sehr, sehr verschlossen und feindlich gewesen, völlig unnötigerweise, und er wolle mir helfen, aus dieser Feindlichkeit herauszufinden. Sonst, ja sonst … bestehe die Gefahr, daß ich mir selber abhanden komme. Selber abhanden komme, wiederholte er mit weicher Stimme und schwieg ein paar Sekunden. Also. Er sei überzeugt, daß Kommunikation auch in diesem Fall nützlich sein werde, und wenn er mit den Herren Tschuchin und Blinnikow ein paar Worte rede oder mit, nun ja, höhergestellten Personen, zu denen er aus Gründen, die er hier weiter nicht erörtern wolle, ebenfalls Zugang habe, dann könne er bestimmt –

Aber da hatte ich schon aufgelegt. Ich setzte mich zu Vater an den Tisch. Er schnitt in den Käse, der Käse klebte an seinem Messer, seine Hand zitterte. Er hatte fragend aufgeschaut, als ich aufgehängt hatte, aber als ich den Kopf schüttelte und zum Brotmesser griff, lächelte er nur. Er hatte gut geschlafen, trotz meiner späten Ankunft, trotz des parkenden Autos. Wie fröhlich eine passable Nacht einen alten Menschen machen kann! Richtig begeistert ist er, wenn er dem Bewußtsein ein paar Stunden entkommen ist. Er werde in die Lenin-Bibliothek fahren, sagte er. Dort fühle er sich wohl und finde immer wieder hervorragende alte Schriften, und die Angestellten seien zivilisierte Menschen. Was ich denn vorhabe? Nichts Spezielles, sagte ich. Mir sei gestern gekündigt worden. Er schaute erschrocken auf und stellte die Kaffeetasse hin. Ich kaute, rührte in der Tasse und sagte dann so wegwerfend wie möglich: »Ach, ja. Wir haben uns gestritten. Etwas Politisches.« Er schaute mich an, wieder mit diesem Blick, in dem sich Mißtrauen und Dankbarkeit über meine Diskretion mischten.

Du mußt es ja wissen, sagte er.

XVIII

Ich wußte, daß etwas geschehen würde. Als ich neben Vater in der Metro saß, begann ich am Rattern der Schwellen vorbeizulauschen auf etwas, was lauter war und mächtiger als das Geräusch eines fahrenden Zuges. Es wurde still um mich, obwohl ich Vater kaum verstand vor Lärm, und ich lauschte in die Stille hinein wie damals, als Onkel Kolja im Ural mit den Wölfen heulte. Onkel Kolja kannte die Wölfe. Er wußte, wann sie kamen und wo sie auftauchten, und manchmal, wenn ihm eine innere Stimme gesagt hatte, daß dies die Nacht sei, standen wir auf, stapften durch die Nacht auf einen kahlen Berg und richteten die Augen wie Blinde in die dimensionslose Finsternis, dorthin, wo der Waldrand sein mußte. Ich murrte immer, wenn Kolja zu den Wölfen wollte, weil die Erwachsenen viel zu laut und zu vergnügt redeten, während wir durch den Schnee gingen. Sie hatten gut lachen, sie hatten 50 wärmende Gramm geschluckt vor dem Abmarsch – wir Kinder hatten Tee bekommen. Aber auf dem Berg war mein Unmut rasch verflogen. Weit legte Onkel Kolja den Kopf zurück, formte die Hände zu einem Trichter und heulte los, mit aufgerissenen Augen und leicht sich wiegendem Oberkörper. Er heulte nicht lange, denn seinen Lungen fehlten Volumen und Kraft, seit ihn vor Jahren an der Lena ein Eissturm überrascht hatte. Aber er heulte wie ein Wolf, Iwan Andrejewitsch, wie ein wirklicher, echter Wolf, und ich bekam Gänsehaut, weil er mir plötzlich fremd war, weil sein Schreien nicht zu seiner modernen Windjacke paßte und weil er sich bewegte wie ein Schamane, was ich übertrieben fand. Anna und Sweta faßten sich betreten an der Hand. Kolja heulte, keuchte, steckte die Hände in die Taschen und wir warteten. Nichts. Die Sterne glitzerten, Sweta kicherte, Mutter sah sie strafend an. Vater sog an der

Pfeife. Blauschwarz wölbte sich der Schnee. Lose Kristalle rieselten über meine Schuhe. In unseren Spuren schimmerte es wie Blei. Stille. Wieder heulte Kolja, diesmal länger und hingebungsvoller. Er sang hoch und rein, er hielt den Ton, bis es mich in den Adern fror, er holte neue Luft, verkrümmte sich, verdrehte die Augen, wurde zum Wolf, es war zum Fürchten. Schwer schnaufend brach er ab. Ich suchte seinen Blick, um sicher zu sein, daß das noch Onkel Kolja war, aber er hielt den Kopf gesenkt; er war weit weg, draußen bei den Wölfen. Wieder warteten wir. Ich hob die Ohrenklappen, um besser zu hören. Sofort stach die kalte Luft mit glühenden Nadeln zu. Anna grinste, es sah wohl lächerlich aus. Ich zog die Brauen zusammen und horchte. Nichts. Lautlos tastete der Wind an einem Zweig herum. Da legte Vater die Pfeife in den Schnee, nickte Onkel Kolja zu, und zu zweit heulten die Brüder Zwetkow zum Waldrand hinüber. Sie verbogen sich, als litten sie große Not, sie schwankten; fast wäre Kolja hingefallen. Aber unermüdlich riefen sie in die Nacht hinaus, und plötzlich kamen mir die Tränen, weil Vater so klein und hilflos aussah, weil er so innig um eine Antwort flehte, obwohl er nicht wußte, ob es da draußen in der Ferne überhaupt Ohren gab, die ihn hörten. Keuchend hielten die Männer inne. Vater nahm die Pfeife vom Boden und klopfte sie aus; ein paar rote Punkte tanzten über den Schnee und erloschen. Kolja legte sich die Hand aufs Herz, und wieder standen wir stumm und warteten. Vergeblich. Irgendwo im Dunkel flatterte ein Vogel auf – ein heftiges Peitschen, zwei-, dreimal, dann war er weg. Ich sah auf Mutter, sah ihr andächtiges Gesicht, die vor Spannung zusammengezogenen Lippen, und mußte lachen. Wie dumm das aussah, wie beflissen! Wir warteten noch ein paar Minuten, aber als sogar Kolja zu stampfen begann und Mutter verzeihend nickte, ließen wir wieder Geräusche zu. Verlegen munter redeten wir in die Stille hinein und stapften in unseren Spuren zurück, und so laut girrte es unter meinen Schuhen, daß ich den Wolf erst hörte, als Kolja mich an der Schulter packte. Wieder hob ich die Ohrenklappen, und richtig: Leise und klagend kam es vom Waldrand herüber. Lange, etwas gezierte Heuler waren das; mir war, als meldeten uns die Tiere ein beträchtliches, aber nicht übermäßiges Erstaunen. Ein Wolf nach dem anderen stimmte ein, einmal näher, dann aus unbestimmbarer, abenteuerlicher Ferne. Der Mond stand starr und überdeutlich im Weltraum und sah aus, als sei nur er mit seiner silbernen Kälte für all den Schnee und das Eis hier unten verantwortlich. Immer mehr Wölfe begannen zu heulen; wir drehten uns, schauten dahin, dorthin, und ich suchte mir einen aus, einen ganz besonders fern und schwermütig singenden Wolf, weil ich mir dachte, daß es besonders traurig und schön sein müsse, so weit weg zu singen. Nur noch auf diesen einen Wolf hörte ich, und wenn er eine Weile schwieg, wie Kolja, vielleicht um Luft zu holen, vielleicht um zu lauschen, sah ich ihn vor mir, alt, mit zerbissenen Ohren, dunkler als die anderen, häßlich, ein mageres, stinkendes Tier, das mit glitzernden, intelligenten Augen aufmerksam in die Ferne sah, in der seine Vettern heulten. Mutter faßte meine Hand, preßte sie und lächelte ergriffen auf mich herunter, aber ich machte mich los, denn mein Wolf sang nicht für sie und nicht für die anderen, sondern für mich. Während auf dem Hügel gegenüber der Gesang dünn und dünner wurde, erhob er unermüdlich seine ferne, durchdringende Stimme, und ich war sicher, daß er heulte, weil ich ihn erkannt und auserwählt hatte, weil ich ihn besonders mochte und mit wölfischem Instinkt verstand und mit meinem Lauschen sein Singen begleitete wie eine zweite Stimme. Am Schluß sang nur noch er, und während meine Begleiter gesättigt weiterstapften, blieb ich stehen, legte den Kopf in den Nacken und heulte einen kindlichen, zaghaften und sehr unwölfischen Gruß durch die Nacht. Die andern blieben stehen, schauten zurück und lachten. Ich hob die Ohrenklappen an und lauschte, aber vergeblich; der Wolf gab keine Antwort, und verdrossen eilte ich den andern nach und wünschte, ich hätte nicht geheult, denn sein Schweigen war mir vorgekommen wie Spott. Ein paar Nächte später hörte ich ihn wieder. Er sang wieder für mich, wieder länger als die andern Wölfe, und ich schloß die Augen und sah, wie er sich setzte, wie er die Ohren stellte und sich die Schnauze leckte, wie ihm der Wind in die Nackenhaare fuhr, wie er den Kopf hob und Luft holte. Doch diesmal gab ich ihm keine Antwort. Sein Fehler. Sollte er sich grämen. Er sang ungeniert, als sei es ihm recht, und schließlich senkte er den Kopf, knabberte an den Klauen, drehte sich auf den Hinterläufen und rannte weg.

Durch die olympische Ruderanlage von Krylatskoje blies ein kalter, böser Wind. Ich marschierte. Ich wartete auf etwas, also mußte ich marschieren, denn wenn ich warte, kann ich nicht sitzen und nicht stehen, und wo ließe sich besser marschieren als in Krylatskoje? Du gehst am Ruderkanal entlang, immer gegen den Wind, du ziehst den Kopf ein und stierst auf die winzigen Wohntürme am Prospekt Marschala Schukowa. Du hast Eis unter dir und Eis neben dir, sieben Monate im Jahr, und wenn die Schneekruste auf der glatten Unterlage fehlt, mußt du leicht und tänzerisch gehen, denn wenn du dich abstoßen willst, gleitest du aus und kommst nicht vorwärts. Rohe Kraft taugt nichts in diesem Eispalast; du mußt das Eis lieben, mußt dich vorwärtsschieben wie ein Kind, dem die Hosen heruntergefallen sind, und nur der Eismensch, der gewiefte Anpasser schafft eine Runde, ohne wütend zu werden. Aber an diesem Tag brauchte ich nicht zu tanzen. Die Schneekruste war günstig, nicht zu tief und nicht zu seifig, und ich kam gut voran. Wenn ich gehe, Iwan Andrejewitsch, rollt die Landschaft unter mir hindurch wie die Zeit, und ich werde zur verkörperten Gegenwart, zur Schaumkrone auf der Welle des Bewußtseins, und wenn mir warm wird in den Füßen und sich der Kopf langsam leert, dann kann ich manchmal in die Zukunft sehen. Nun ja. Sagen wir, ich blicke in die Zukunft. Ob ich sie sehe, weiß ich nicht. Auf jeden Fall habe ich das Gefühl einer gewissen Klarsicht, wenn ich die Gegenwart unter meinem derben Schuhwerk zur Vergangenheit zerstampfe, und ich bin ziemlich sicher, daß ich dann für Zeichen empfänglich bin. Aber meist belasse ich es beim Genießen dieses Gefühls. Selten nur hatte ich das Bedürfnis, in die Zukunft zu sehen, und als ich es doch einmal tat, gefiel sie mir nicht, und ich war froh, mit Hilfe dieser Erkenntnis das zwar nicht fatale, aber durch und durch widerwärtige Schicksal, das auf mich wartete, noch einmal abwenden zu können. Von diesem Zeitpunkt an war es allerdings auch mit meiner Verehrung für die Unabwendbarkeit dahin. Zudem lasse ich mich gerne ablenken. Vor Jahren war einst das Wasser aus dem Kanal abgelassen worden. Ich war überrascht, wie viele Fische in dieser braungelben Brühe überlebt hatten. Man hatte zwar versucht sie einzufangen, aber alle hatte man nicht erwischt, und deshalb schlugen da und dort Flossen im Schlamm, ein Signal für die Männer, die mit Fangnetzen und Eimern durch das stinkende Kanalbett stapften. Die Sonne trocknete den Kanal in wenigen Stunden aus, und ich war erstaunt darüber, wie rasch die jahrelang wassergefüllte Rinne von der Welt der Luft erobert wurde. Der Schlamm sah aus wie Gras, der Betonboden wie Betonboden, aus den Ritzen wucherte Unkraut, und die Kinder genossen das Gefühl, dort zu gehen, wo sie vor ein paar Tagen noch ertrunken wären. Was, wenn unserer Welt die Luft abgelassen würde? Wir lägen kreuz und quer, auf Straßen und in Häusern, ohne zu verwesen, vom Vakuum erhalten wie Schlangen im Formaldehyd, von der Sonne gebräunt vielleicht, und kämen eines Tages Wesen wie ich, Wanderer aus einer anderen, besseren Welt, dann müßten sie sich nicht einmal die Nase zuhalten, wenn sie sich über uns beugten und die Torheiten belächelten, von denen ihnen unsere bestens erhaltenen, unendlich toten Gesichter erzählten. Ich schaute hoch in der Erwartung, ein riesiges Gesicht, vielleicht in der Art Serjoschas, über der Ruderanlage zu sehen, aber da waren nur graue, kompakte Wolken. Schade. Immer gehe ich auf eine Strafe zu beim Gehen, auf ein Urteil – geht Ihnen das auch so, Iwan Andrejewitsch? Schließlich lasse ich immer etwas im Stich, wenn ich losmarschiere, und wie kann ich glauben, daß dort, wo ich hinkomme, niemand davon weiß? Aber ich möchte ja auch beurteilt werden beim Gehen, und zwar von kompetenter Stelle, also von Wesen, die trotz unendlicher Überlegenheit unsicher und etwas zerstreut sind. Von

Göttern, die an den Fingernägeln herumbeißen, wenn Sie so wollen. Ich brauche solche Wesen; von Allwissenden könnte ich niemals ein Urteil annehmen. Wenn ich gehe, dann glaube ich übrigens auch daran, daß meine verworrenen Rechtfertigungen verstanden werden können. Hat mit der Wärme in den Füßen zu tun und mit dem regelmäßigen Schnaufen. Wenn ich sitze oder liege, bleibe ich kalt und weiß, daß ich schuldig bin, daß es niemanden gibt, der meine Taten jemals verstehen könnte. Beim Gehen kann ich mich besser erklären. An diesem Tag aber hatte ich nicht das Gefühl, auf gütige Richter zuzugehen. Ich wurde warm, ich atmete tief, aber vorne, dort, wo der Wind herkam und die Richter warteten, da braute sich Gefährliches zusammen. Ich beschleunigte den Schritt, was sollte ich tun? Ich wartete ja auf etwas, und so kurz vor dem Richterstuhl konnte ich nicht mehr abhauen. Galja. Ich sah ihr Profil im Schiguli, ihre von einer Zigarette zu einem ironischen Lächeln auseinandergedrängten Lippen, ich sah sie auf mich zukommen im Flughafen, eine völlig unbekannte Frau, die mich ängstigte, weil sie bedrohlich die Arme ausbreitete, als wolle sie mich einfangen, und kannibalisch dazu grinste. Ich sah sie während unseres Urlaubs in Vilnius, lachend; sie stand unter dem Torbogen eines alten Hauses aus Stein, eine Cola in der Hand, und sie rief mir etwas zu, das ich nie verstanden habe – Sascha, rief sie, wenn du das nächste Mal in Urlaub fährst, mußt du mich aber mitnehmen! Dann sah ich mich, einen langen, dünnen Russen, der die Worte der lachenden, schönen Frau mit etwas Saudummem beantwortete und den Rest des Tages kaum noch lachte. Ich sah Galja im Badeanzug am Strand –

– Ich sah einen weißen Mercedes an mir vorbeifahren, nur ein paar Meter oberhalb, auf dem kleinen Kiesweg. Er fuhr langsam, er schaukelte vornehm, spulte, machte sich wieder frei und hielt. Ach. Da kamen sie also. Vier Männer stiegen aus, alles gesetzte Erscheinungen um die sechzig. Sie schauten sich um, drehten sich zu mir und warteten auf dem Weg, die Hände in den Taschen. Ich ging ruhig weiter. Was sollte ich mir Sorgen machen? Ich hatte sie erwartet; sie würden meine Fragen beantworten, sie würden das Geheimnis Markows lüften. Die Herren trugen Hüte und lange Mäntel; sie sahen nach Geld aus und nach Macht und ein wenig nach Wildem Westen, italienische Art; einer von ihnen rauchte, und der Wind bauschte ihnen drohend die Mäntel. Ich drehte mich um – drei Typen stapften hinter mir her, alle in Lederjacken, ähnlich wie Alexeis Leute. Aber das waren nicht Alexeis Leute, sondern Fremde, alle breit und schwarz und bleich. Ich schaute nach rechts – noch einmal zwei, einer in Lederjacke, einer im Mantel, und diese beiden kamen direkt auf mich zu. Sie kamen auf mich zu mit dem grundehrlichen Grinsen des Folterers, und als ich sie kommen sah, Iwan Andrejewitsch, als ich ihre erwartungsvollen, feisten Gesichter sah, die kleinen Augen und diese fiesen Stiefelchen, die unter Mördern Mode sind, da hatte ich plötzlich keine Lust mehr auf Richter. Ich erwachte, ich sah mich umzingelt, und ich floh nach links, nach Westen, in die Freiheit, aufs Glatteis. Wohin denn sonst? Auf der Insel in der Mitte des Kanals standen Hunderte von Autos; billige japanische Importe, rot, beige oder weiß, und zu ihnen rannte ich, kletterte hoch und tauchte ab, hinunter zu Auspuffen, leuchtendem Lack und schwarzen, kantigen Gummireifen mit rätselhaften, asiatischen Kreideaufschriften. Stimmen. Der Schnee machte sie leise und stumpf, aber sie kamen näher. Natürlich, sie brauchten nur den Spuren zu folgen. Gebückt hetzte ich durch die Reihen der Autos zur anderen Seite. Ein Sprung, und wieder rannte ich übers Eis, aber verdammt, da vorne, direkt vor dem Stadion warteten zwei weitere Gestalten, die Arme verschränkt, in langen Mänteln. Gehörten sie zu den anderen? Verlegen rannte ich auf sie zu, mit steifen Beinen; es ist unangenehm, auf jemanden zuzurennen, den man nicht kennt. Die beiden schauten mich erwartungsvoll an, und einer griff in die Tasche und zog etwas Kleines, Schwarzes hervor – nein, das waren keine Spaziergänger. Ich stoppte, glitt aus, rappelte mich hoch. Wohin? Zurück zum Tor, zurück zu den Menschen, zu diesem kaukasischen Schaschlikverkäufer neben dem Sportgeschäft, der in seinem Bretterverschlag sitzt und seinen Schaschlick selber frißt vor Kälte. Ich ließ die beiden stehen und rannte, aber schon wieder hörte ich Stimmen hinter mir, und dort, von links, kamen auch noch die drei quadratischen Jungs in den Lederjacken auf mich zu. Sie brauchten sich nicht mal zu beeilen, ich lief ihnen direkt in die Arme, ich war verloren –

Da sackte ich ab.

Ein Schlag. Chaos, Hitze und Kälte zugleich, ein schriller Schmerz. Ich war in ein Loch gerannt, steckte bis zur Hüfte im Eiswasser. Mir wurde schwarz vor den Augen, ich schrie, strampelte, stützte mich auf, glitt ab, sackte tiefer, spürte grauen, saugenden Schlamm und dicke Fischlippen – raus! Oh, oh, raus! Verdammt, die Kälte amputiert mir die Beine! Ich hatte nicht gewußt, daß Kälte derart schmerzhaft sein kann, Iwan Andrejewitsch. Ich bin kein menschlicher Eisbär, der sich im Winter freiwillig in die Moskwa stürzt, um gesund zu sterben, ich brauche die Schutzschicht der Hitze, bevor ich mich in die Kälte begebe, meine Haut ist dünn und empfindlich. Diese gottverdammten Fischer! Selbst im kältesten Winter hauen sie Löcher ins Eis, selbst hier, in diesem Tümpel, wo doch ein paar Meter weiter die Moskwa fließt. Ob sie essen, was sie aus dieser Pfütze ziehen, in die die Hunde pinkeln? Noch einmal stemmte ich mich hoch, aber da brach Eis weg, und ich tauchte wieder, diesmal fast bis zum Hals. Ich schnappte nach Luft und strampelte panisch, aber dennoch langsam, mit bleischweren Schuhen, und während ich Wasser trat und fühlte, wie die Kälte in mir hochkroch, sah ich die drei Lederjacken herbeieilen. Sie knieten nieder. Der eine hielt den anderen; der andere hielt den dritten an den Füßen, und der dritte legte sich aufs Eis, packte meine Handgelenke, grinste mir zu, und schon glitt das Eiswasser unter mir weg, ölig und geräuschlos wie kalter Wodka, und ich stand wieder auf festem Grund, umringt von drei breiten, unempfindlichen Jungs mit glatten Wangen und kalten Augen. Sie rauchten –

um einen wie mich zu retten, nehmen Typen wie die die Zigarette nicht aus dem Mund. Ich hustete, spuckte, stampfte und verlangte nach einer Zigarette, die mir wortlos gewährt wurde. Die drei unterhielten sich leise, riefen einen der Herren herbei, der aus dem Auto gestiegen war, und traten etwas beiseite. Ich fluchte leise und schaute zu Boden. Sie hatten mir das Leben gerettet, was ging mich der Rest an? Die Jungs und der Herr palaverten. Der Wind blies mir die Hosen steif; ich krümmte mich, ein dumpfer, hohler Schmerz hatte sich in die Hoden gekrallt. Schließlich kamen sie zurück, nahmen mich in die Mitte, und zu viert gingen wir auf das Stadion zu. Ergeben trottete ich neben meinen Rettern her. Der Eiswind nagte an meinen Fesseln; das Wasser in den Schuhen wurde unwirklich warm. Einen Moment wurde mir schwarz vor den Augen. Ich stolperte, und einer der drei packte mich am Arm. Dankbar nickte ich ihm zu, aber er sah es nicht. Er schaute geradeaus zur Tribüne, von deren Rängen in grauer kommunistischer Vorzeit Tausende von Zuschauern den olympischen Ruderern zugejubelt hatten, und plötzlich schämte ich mich, weil ich hier, ausgerechnet hier, wo sich die Jugend der Welt getroffen hatte, wo einst schmale, elegante Rennboote über das Wasser gerast waren, ins Eisloch gefallen war und mich von ein paar barmherzigen Verbrechern aus dem Wasser hatte ziehen lassen. Ich senkte den Kopf.

Wir erreichten Land, eilten hoch zur Tribüne und klopften an eine verglaste Hintertür. Ein alter, kräftiger, rotblonder Mann eilte herbei, schaute die Jungs einen Augenblick besorgt an und öffnete rasch, als er mich sah. In der überheizten, mit Sperrgut vollgestopften Buchhalterei, Zimmer 18, quälte ich mich aus den nassen Sachen – wie erbittert sich Socken wehren können! – und trocknete mich mit einem harten Frotteetuch ab, während der Alte in einer Holzkiste nach liegengelassenen Sportklamotten wühlte und einen hellgrauen Trainingsanzug mit zwei großen Löchern am linken Bein für mich auswählte. Unter einer Gedenkplakette für die Ruderer, die im Großen Vaterländischen Krieg ihr Leben gelassen hatten, schlürfte ich einen heißen Tee mit Wodka. Der Alte hatte sich neben mich gesetzt und erzählte vom Krieg; mein Malheur im Kanal schien ihn an die Heldentaten seiner rudernden Kollegen zu erinnern. Er war zufrieden mit mir, ich hatte gelitten, er betrachtete mich mit einem gewissen Respekt, und in seiner redseligen Obhut fühlte ich mich wie ein Krieger, der aus einer verlorenen Schlacht zurückgekehrt ist. Die Jungs und der Herr im Mantel rauchten und redeten, ohne uns zu beachten. Sie warteten auf jemanden, genau wie ich.

Der weiße Mercedes fuhr vor. Die Jungs gaben mir ein Zeichen. Ich stand auf, versprach dem Alten, meine Kleider morgen abzuholen, und drückte ihm die Hand. Morgen, übermorgen, wann immer du willst, Genosse, sagte er und schaute dabei auf die Jungs. Laß dir Zeit. Ich nickte und ging. Im Mercedes war es warm und still; aus dunklem Holz leuchteten kleine, farbige Lichter. Überlegene westliche Technik. Ich liebe sie, Iwan Andrejewitsch, sie macht mich glücklich. Glück, geben Sie's zu, das ist die Kommandostation eines Raumschiffs, mit sehr vielen, kleinen, farbigen Lichtern und einem atemberaubenden Blick auf den kältesten der Jupitermonde. Wir fuhren, aber vom Motor war nichts zu hören. Langsam glitt der Kanal vorüber, in dem ich vor ein paar Minuten noch um Hilfe geschrien hatte. Durch die getönten Scheiben sah er warm und aufregend, ja verlockend aus. Seine weißen Flanken liefen zu einer nadelfeinen Spitze aus, die fest im Fleisch der gelbbraunen Dämmerung saß. Ich nahm mir vor, im Sommer einmal hier zu rudern.

Vor dem Sportgeschäft standen mit laufendem Motor zwei weitere Wagen. Der Fahrer ließ die Scheibe herunter, verhandelte ein paar Sekunden mit seinem Kollegen und nickte. Im Konvoi fuhren wir hoch zum Eingangstor, das schief in den Scharnieren hing, bogen nach links ab und hielten vor einem häßlichen, hellgrauen Gebäude der sowjetischen Art, einem kantigen Klotz mit vorspringendem Dach, fensterlosen Erkern und sinnlosen, klobigen Auswucherungen, kubischem Krebs, wie er nur den Gehirnen Verdienter Helden der Sozialistischen Architektur entspringen kann. Sechs Treppenstufen führten zu einer Holztür hinauf, über der in großer blauer Schrift ›Pirs‹ stand. Vier senkrechte Designerbuchstaben präzisierten: ›Klub‹. Vor der ersten Treppenstufe ragten zwei verkrüppelte Baumstämme aus dem Boden. Die Herren stiegen aus und schauten sich um. Die beiden, die mich vor der Tribüne erwartet hatten, waren auch dabei. Ich zählte und lehnte mich mit einem Gefühl betretenen Stolzes zurück. Elf, wahrhaftig. Elf Typen hatten sich wegen mir nach Krylatskoje bemüht; sieben Herren und vier Jungs in Lederjacken. Ein ungeduldiges Handzeichen vor dem Fenster; ich durfte aussteigen. Wir gingen hoch zur Tür. Einer der Jungs klopfte und trat zwei Schritte zurück. Stumm stand unsere elfköpfige Delegation vor dem Tor, stumm und schwarz und selbstbewußt wie einst weitgereiste Händler vor den Mauern der Zarenstadt.

Der Junge trat wieder vor, doch bevor er anklopfen konnte ging die Tür auf, und zwei ganz außergewöhnlich finstere Typen starrten auf unsere Gruppe. Ich hob den Kopf, Iwan Andrejewitsch, denn hier geschah Außergewöhnliches. Banditen standen Banditen gegenüber. Die Herren kannten sich nicht, das sah ich auf den ersten Blick. Die Jungs, die geöffnet hatten, sahen aus wie Ratten – nervöse Geschöpfe mit dünnem Fell, langen Krallen und einer unsichtbaren Hand im Genick. Verlierer waren das, kleine, struppige Vorstadtbanditen, geprügelte Existenzen. Sie nahmen die Zigaretten aus dem Mund, wandten sich um und riefen ein paar rauhe Worte in die Bar zurück, und schon drängten sich weitere Gestalten ans Tageslicht, bleiche, feste junge Männer mit kurzem Haar und schwarzen, speckigen Hosen. Was wir wollten, fragte einer. Einen Kaffee trinken, sagte der Junge, der geklopft hatte. Moment, sagte eine der Ratten und verschwand. Wir warteten. Auf meinen neuen, warmen Turnschuhen ließen sich große, nasse Schneeflokken nieder und schmolzen langsam vor sich hin. Nach einer Weile trat ein etwas älterer, unrasierter Mann unter die Tür, der Chef vermutlich. Er blinzelte in unsere Gruppe und sagte, die Bar sei geschlossen.

Da trat ein weißhaariger Mann aus unserer Gruppe vor und sagte leise, er wolle hier einen Kaffee trinken und zwar schnell, und ich schaute schon wieder auf. Noch nie hatte ich eine derartige Stimme gehört, Iwan Andrejewitsch. Höflich, eingebildet, drohend. Es war, als komme sie aus großer Ferne, als habe nicht der Mann selber gesprochen, sondern seine Stimmbänder von fremden, für unsere Ohren zu tiefen Schallwellen in Schwingungen versetzen lassen. Der Typ unter der Tür wich sofort zurück. Der Weißhaarige ging voran und wir folgten, trappelnd und lärmend wie eine kleine militärische Abteilung, und während wir uns an den erstaunten, etwas muffenden Banditen vorbeidrängten, wußte ich, daß das der Mann war, auf den ich gewartet hatte. Natürlich. Mit ihm würde ich reden; er wußte die Antworten auf meine Fragen. Ein paar Minuten später saß ich ihm gegenüber an einem Tisch im gepflegten Restaurant im Keller des Klubs und nippte an einem Espresso. Er hatte acht seiner Leute an die Bar beordert und war mit mir und drei der gepflegten Herren nach unten gestiegen, wo uns eine unglücklich aussehende Kellnerin mit schönen Augen und verkniffenen Lippen bediente.

Der Weißhaarige steckte sich eine Zigarre an und verscheuchte mit ein paar höflichen Worten den Rattenkönig, der uns hinunterbegleitet hatte und im Hintergrund neugierig das Geschirr zu zählen begann. Ich schluckte und verdammte die Ängstlichkeit, die mich aufs Eis getrieben hatte – wieviel besser hätte ich mich neben diesem eindrücklichen Herrn doch in meinen eigenen Kleidern gemacht! Zu spät. Laut und selbstsicher atmete ich ein, aber ich fand den Mut nicht, den Weißhaarigen länger als eine Sekunde anzuschauen. Auf seiner weißhaarigen Würde lag ein Makel, der mich verwirrte: Das eine Auge lag eingefallen in einer graubraunen, schrumpeligen Höhle, fast wie tot.

»Nun, Zwetkow.« Er lächelte den drei Herren zu, die sich von einem anderen Tisch Stühle genommen hatten und sich etwas abseits hingesetzt hatten. »Sind Sie wieder warm.« Er gebrauchte die Frageform, aber er fragte nicht.

Ich nickte und versuchte festzustellen, ob er mit dem toten Auge etwas sah.

»Sie sind auf dem Eis herumgehüpft wie ein Dieb, Zwetkow; man hätte meinen können, wir wollten Ihnen etwas antun. Es war recht unterhaltsam. Warum sind Sie nur ausgerissen? Schlechtes Gewissen?«

Er weitete sein sehendes Auge etwas. Natürlich, wie hätte mich so einer verstehen sollen! Derartige Leute reißen nicht aus. Sie stehen auf Hügeln und schauen verächtlich auf ihre Feinde hinunter, die ohne Deckung zu ihnen hochkrabbeln.

Ich schluckte. »Ein schlechtes Gewissen? Nein, warum denn?«

»Weil Sie so rennen. Gefallen wir Ihnen nicht?«

»Nun, ich meine … Ja. Doch. Wer sind Sie?«

Er ignorierte mich. »Zwetkow, Sie machen uns Sorgen. Sie schulden uns etwas, wissen Sie das nicht? Nun. Wo ist Angela Sergejewna?«

Und so, Iwan Andrejewitsch, begann das vierte Verhör. Es war ergiebig, erfreulicherweise vor allem für mich, und wenn ich es mit seinen Vorgängern vergleiche, den beiden Befragungen in Brighton Beach und dem Treffen mit Alexei und Serjoscha im Hotel *Moskwa*, dann war es auch mit Abstand das zivilisierteste. Ich wurde von den Herren bis auf eine kleine Ausnahme vorzüglich behandelt, und zeitweise fühlte ich mich so zuversichtlich wie auf meinen Wanderungen durch Krylatskoje. Der Einäugige war ein brauchbarer Richter, ohne Zweifel, obwohl ihn seine Verunstaltung nicht unsicher machte, wie ich mir das gewünscht hatte, im Gegenteil. Er war fremdartig und ehrfurchtgebietend, trotz eines klaren Zugs ins Eitle. Aber der Mann hatte mehr Stil als alle meine bisherigen Befrager zusammen, und in diesem Rattenloch am Ruderkanal kam sein Gefühl für Takt und Anstand besser zur Geltung als in einem Nobellokal. Er sprach ohne die geringste Emotion, und nie hat sich jemand den Mund dezenter abgetupft und die Serviette gezierter hingelegt. Befriedigt stellte ich fest, daß ich von ihm Gerechtigkeit erwarten konnte, und ich betrachtete ihn von Anfang an als einen Menschen mit privilegiertem Zugang zur Wahrheit. Er war weißhaarig, einäugig und vermutlich teuflisch schlecht, und nach meinen Erfahrungen in Brighton Beach wußte ich, wie sehr solche Eigenschaften dir helfen, zur Wahrheit vorzudringen. Ich war sicher, daß er alles sehen konnte, was um ihn vor sich ging, und vermutlich erlaubte ihm sein totes Auge, auch durch Mauern zu sehen, hinab in die Erde und bis auf den Grund der Seelen seiner Feinde. Er schien alles zu wissen. Er wußte, wie man Leute herumbefiehlt und wie man mißmutige Kellnerinnen behandelt. Nur wo Angela Sergejewna war wußte er offenbar nicht.

»Angela Sergejewna? Keine Ahnung.«

»Keine Ahnung. So. Sind Sie sicher?«

»Ja.« Ich schaute weg. Wie Subow.

»Überlegen Sie sich gut, was Sie sagen, Zwetkow. Denken Sie noch einmal nach. Ich werde unterdessen einen der Jungs rufen. Er wird Ihnen beim Denken helfen.« Er gab einem der Herren, einem schweratmigen Sechzigjährigen, ein Zeichen. Der öffnete die Tür und rief nach einem Mischa. Aus der Bar kam kehliges, verhaltenes Lachen. Dann polterten Schritte die Treppe hinunter. Ein fester, eher kleiner Junge erschien und wandte sich fragend an den Einäugigen, der ihn mit einer kleinen Handbewegung warten hieß.

Ich gab sofort auf. Der Gedanke an Andrei, an seinen höhnischen Kniefall in Brooklyn, an seine Hände und an meine Ohren genügte. Meine Mutreserven waren erschöpft. Der Junge lächelte mich an, gar nicht mal unfreundlich. Oder war das Vorfreude? Ich verdrängte einen kurzen Impuls, so zu tun, als komme mir die Wahrheit erst jetzt in den Sinn, und sagte seufzend, mein Lügen eingestehend, »In Zürich. Als ich das letzte Mal mit ihr sprach, war sie in Zürich.«

»Ja, ja. Das wissen wir. Wo ist sie jetzt?«

»Das weiß ich nicht. Wirklich. Woher wißt ihr, daß sie in Zürich ist?«

Er lächelte zum ersten Mal. »Zwetkow, wir suchen sie. Das sollten Sie gemerkt haben. Wir verfolgen ihre Spur rund um die Welt. Wir haben etwas mit ihr zu besprechen, und Sie könnten dazu beitragen, daß dieses Gespräch zustande kommt. Also. Wo ist sie?«

»Ich weiß es wirklich nicht. Sie sagte mir, unmittelbar nach dem Telefongespräch würde sie wegfahren. Weg aus Zürich, weiter, irgendwohin. Aber mehr könne sie mir jetzt nicht sagen. Ich nehme an, daß sie weiß, daß ihr hinter ihr her seid.«

Hatte ich zuviel gewagt? Der Einäugige schaute mich an wie ein Optiker, der einem Kunden die Brille zurechtrückt – konzentriert, aber nur an einem Detail interessiert. Dann winkte er dem Jungen, der an der Türe stehengeblieben war, und sagte: »Los, Mischa. Nicht zu stürmisch.«

Ich schrie, bevor der Junge mich angefaßt hatte. Ich schrie so laut, daß der Einäugige sich unwillig abwandte. Ich wußte nicht, wo Angela Sergejewna war, ich wußte es wirklich nicht, und wenn ich schrie, konnte ich ihn davon vielleicht überzeugen. Jetzt packte mich der Junge. Er drückte meinen rechten Arm nach hinten, so weit und so hart, daß ich vor Schmerzen die Luft anhielt. In der rechten Achsel knackte etwas. Mischa drückte ein paarmal heftig und ließ dann nach. Ich keuchte, glücklich über die Pause, und schaute mit Tränen in den Augen zum Einäugigen hinüber, der mich aufmerksam studierte. Ich hörte seine kurze, gelassene Frage, hörte meine krächzende, dumm verneinende Stimme und machte mich auf neuen Schmerz gefaßt. Er kam sofort, stärker und lauter als zuvor, und während ich die Zähne zusammenpreßte und winselte, versuchte ich das Zeichen zu finden, nach dem der Einäugige suchte, aber da war kein Zeichen, da war nur der Schmerz, eine roter, länglicher Strahl, ein pulsierendes Inferno, und noch im Schmerz freute ich mich auf die Ruhe, die kommen würde. Als sie kam, japste ich ergeben, mit vollkommen fremder Stimme und restlos konzentriert auf das einzige, was wichtig war in dieser Welt: ein paar schmerzfreie Sekunden. Der Einäugige fragte noch einmal, aber diesmal machte ich mir nicht mehr die Mühe zu antworten, sondern glotzte keuchend auf die Löcher in der Trainingshose. Vom Tisch her kam ein neuer Befehl. Der Junge zog mich an den Haaren hoch, drückte mich in die Lehne und setzte sich vor mich hin, fast wie Andrei damals, nur kühler. Er nahm ein Klappmesser aus der Tasche, ließ es aufschnappen, belächelte es mit klugen Augen, strich mit dem Daumen über die Klinge und setzte es mir auf den kleinen Finger. Ich konnte nicht mehr schreien. Ich starrte auf das Messer, riß die Hand zurück und legte sie auf einen kurzen, heiseren Befehl des Jungen folgsam wieder hin. Der Einäugige hatte sich zurückgelehnt, als schaue er sich einen längst bekannten Film an, bei dem ihn nicht die Geschichte interessiert, sondern die Inszenierung. Ich bewegte die Lippen.

»Si … sasa.«

Es klang recht lustig, eigentlich. Der Junge zog das Messer zurück. Der Einäugige beugte sich vor.

»Was?«

Ich nickte und schluckte.

»Sin … nur.«

»Was sagen Sie da, Zwetkow? Drücken Sie sich deutlich aus, Genosse. So können wir nicht reden miteinander. Sie müssen sich schon etwas bemühen.«

»Singapur.«

Der Einäugige beugte sich etwas vor und legte die Hand ans Ohr. »Wie?«

»Singapur.« Ich krächzte. Wie gut, daß mein Finger noch da war. Keinen Kratzer hatte er abbekommen. »Singapur. Angela Sergejewna hat gesagt, sie wolle nach Singapur weiterreisen.« Der Junge hatte seine Hand auf meinen Arm gelegt, als wolle er mir den Puls messen oder mich beschwichtigen. Wie Freunde mußten wir jetzt aussehen.

Der Einäugige schaute mich lange an. Sehr lange. Dann schüttelte er den Kopf und sagte: »Unsinn, Zwetkow. Warum lügen? Nein, sie ist nicht in Singapur. Nicht in Singapur und nicht in Bangkok und nicht Tokio. Sie haben keine Ahnung, wo sie ist, stimmt's?«

Was hätten Sie darauf geantwortet, Iwan Andrejewitsch? Ich schüttelte erschöpft den Kopf.

»Gut. Ich glaube Ihnen. Sie sehen mir nicht aus wie ein Held, Zwetkow. Sie sind kein Held. Das erleichtert Ihnen das Leben, gratuliere. Also. Was trinken Sie?«

Der Junge ließ meine Hand los und stellte sich wieder neben die Tür. Ich räusperte mich und sagte etwas, das wie Bier klang. »Ein Bier,« wiederholte der Einäugige. »Mischa, geh hoch und hol uns Bier. Was Anständiges; Tuborg, Heineken.« Der Junge drehte sich, doch bevor er verschwand, warf er mir ein fröhliches, fast unschuldiges Lächeln zu. Er hatte nichts gegen mich. Ich war Teil seiner Arbeit. Vorsichtig bewegte ich den Arm. Die vier Herren am Tisch betrachteten mich stumm. Der Einäugige war der älteste, zwei waren um die sechzig. Der vierte, ein schlanker, kleiner Dunkelhaariger, wohl Mitte Dreißig. Mir war, als seien sie genauso froh wie ich, daß dieser Teil des Verhörs vorbei war. Mischa kam mit einem vollbeladenen Tablett zurück, stellte acht Büchsen Bier und vier Gläser auf den Tisch und ging ohne sich umzusehen.

Der Einäugige lehnte sich zurück. »Nun, Zwetkow. Sie wissen nicht, wo Angela Sergejewna ist. Gut. Wissen Sie, wo Wiktor Borissowitsch seine Konten eingerichtet hat?«

»Wiktor Borissowitsch?«

»Ach so.« Er grinste. »Ich vergesse. Wiktor Borissowitsch Schtigaschew. Der Mann, den Sie unter dem Namen, äh … wie hat er sich genannt?«

Einer der Herren machte eifrig Meldung. »Markow. Gennadi Borissowitsch.«

»– Markow, richtig. Was für ein Name. Nun, Genosse. Wir möchten wissen, wo Wiktor Borissowitsch seine Konten eingerichtet hat. Wissen Sie darüber Bescheid?«

»Über Markows Geld? Nein.«

Die bedrohliche Enttäuschung im Blick des Einäugigen trieb mich zum Weiterreden an. »Auf der Bank wird er's haben. Wo sonst? In Amerika haben die Leute ihr Geld auf der Bank. Es ist sicher dort, niemand klaut's, nicht einmal der Staat. Die Bank berät bei der Anlage. Wenn einem die Zinsen der Bank nicht genügen, wendet man sich an Investitionsfonds. Die Inflation ist unter Kontrolle. In den letzten vier Jahren –«

»Wo ist sein Geld?« Er lächelte, aber in seinem toten Auge glomm ein faules, gefährliches Feuer.

»Ich weiß es nicht. Ich würd's Ihnen sagen, wenn ich's wüßte. Er hatte ein Elektrogeschäft in Brighton Beach. Er hat gut verdient, soviel ich weiß, aber ich sage Ihnen, ein reicher Mann war er deswegen noch lange nicht. Du wirst nicht zum Millionär, wenn du in Brighton Beach japanische Stereogeräte verkaufst. Sie sind doch viel reicher als er. Die Mercedese, alles. Was wollen Sie da an sein Geld in New York? Das ist doch sinnlos, das versteh ich nicht. Wie hat er geheißen, sagen Sie?« Es redete nur so aus mir heraus.

»Wiktor Borissowitsch.«

»Und sein Nachname?«

Der Einäugige lächelte, schwieg eine Weile und sagte dann gutmütig, »Schtigaschew. Wiktor Borissowitsch Schtigaschew.«

Hätte mich das beeindrucken sollen? Ich grübelte, gab aber rasch auf.

»Sagt Ihnen nichts, der Name, was?«

Das war nicht mehr der Einäugige, sondern einer der beiden anderen älteren Herren, ein Dicker mit vollen, grau glänzendem Schläfenhaar, das er ständig in Form streichelte, obwohl es perfekt lag. Er hatte dem Einäugigen mit ein paar nervösen Blicken und heftigem Schnaufen die Erlaubnis für seine Intervention abgerungen. Sein Chef überließ ihm das Feld mit einer müden Handbewegung und lehnte sich zurück.

»Sagt mir nichts, nein.«

»Nun gut, Zwetkow. Ich will Sie ins Bild setzen.« Der Dicke

schielte zum Einäugigen hinüber. »Vielleicht fällt Ihnen mehr ein, wenn Sie die Umstände kennen, nicht wahr? Sie sehen, wir haben ein gewisses Alter, Genosse. Wir sind –«

»Ihr seid vom KGB, nicht wahr?«

Da kam es, ganz von selbst, und es klang wie ein Kompliment. Natürlich waren die Herren vom KGB. Aber wenn Sie meinen, ich hätte das schon vorher gewußt oder die ganze Zeit geahnt, wie die hellsichtigen Helden im amerikanischen Kino, dann irren Sie sich, Iwan Andrejewitsch. Nein. Ich war erst jetzt draufgekommen, keine Sekunde vorher, obwohl es doch offensichtlich war. Woher kommen heute sechzigjährige Banditen? Aus der Partei oder aus dem Komitee. Ich verfluchte mich. Wie blind darf man sein?

Der Dicke strich sich über die rechte Schläfe und schaute mich mit einem Ausdruck an, den ich als Wohlwollen deutete. »Vom KGB. Vortrefflich, Zwetkow. Jawohl, wir sind vom Komitee für die Staatliche Sicherheit. Das heißt, wir waren im Komitee, nicht wahr? Im Neunten Direktorat waren wir, damals, als unsere Sowjetunion, das Vaterland des Weltkommunismus und aller Werktätigen, noch existierte.« Er lächelte irgendwo im Bereich zwischen Ironie und Wehmut. »Heute, in diesen … interessanten Zeiten, haben wir uns selbständig gemacht, Sie verstehen. Wir sind Geschäftsleute, wir leiten an verantwortungsvoller Stelle ein nicht unbedeutendes Konsortium. Eine Holding, wenn Sie so wollen. Wir sind alle« – er legte den Kopf zur Seite und nickte dem Einäugigen respektvoll zu – »im Verwaltungsrat dieses Konsortiums. Sie kennen es, Genosse Journalist – die *Aljans*. Banken, Baufirmen, Versicherungen. Eine Allianz zwischen Bürger und Geschäft, zum Besten Rußlands, Sie verstehen. Wir handeln mit Immobilien, mit Edelmetallen, mit Öl auch, und wenn unsere Saat auf fruchtbaren Boden fällt, werden wir noch lange Jahre gut verdienen.« Er zündete sich mit einem rotgoldenen Feuerzeug eine Zigarette an und sog ein paarmal heftig. »Und wie kommt das alles? Ich will es Ihnen sagen –«

»Halt, Oleg. Ich weiß wirklich nicht, ob es nötig ist ...«

Der kleine, gut angezogene Mann mit dem dunklen Haar hielt die Hand hoch und schaute fragend auf den Einäugigen.

Aber der lächelte nur und sagte: »Laß ihn, Waleri. Laß ihn nur.«

Der dicke Oleg grinste Waleri triumphierend an. »Also, ich will es Ihnen sagen, Zwetkow: Wir haben Glück gehabt. Aber nicht irgendein Glück: Das Glück des Tüchtigen. Sie verstehen. Schließlich hatten wir schon vorher, in der Sowjetunion, eine beachtliche Karriere gemacht, und Leute mit Fachwissen setzen sich durch, nicht wahr? Das ist überall so, das wissen Sie auch, Sie sind ja Intellektueller.«

Ich blieb stumm und betrachtete Waleri. Seine Stimme war mir bekannt vorgekommen. Waleri fixierte den Dicken.

Der polierte sich nervös die Schläfen. »Zurück zu Wiktor Borissowitsch. Tja, Zwetkow, Wiktor Borissowitsch Schtigaschew, der Mann, den Sie als Markow kennengelernt haben, hat für das KGB gearbeitet. Verstehen Sie? Wie wir alle. Aber er war etwas Besonderes. Intelligent, charmant, nicht wahr, und drum machte er rasch Karriere. Spuckte in jede Suppe, schaute jedem über die Schulter, sagte allen, wie man es besser macht. Spricht sechs Sprachen, hat ausgezeichnete Kontakte im Zentralkomitee, auch abseits von den Dienstkanälen. Redet mit der Frau des indischen Botschafters indisch und später, im Séparée, französisch, Sie verstehen. Ein Provokateur, ein arroganter Mensch, jawohl.«

»Oleg.« Wieder diese Stimme. Waleris Augen verengten sich.

Der Dicke schaute hilfesuchend zum Einäugigen. Der hielt die Augen geschlossen, was den Dicken zum Weitermachen anspornte. »Im Vierten Direktorat hat er angefangen, bei der Botschaftssicherheit, aber das hat ihn natürlich nicht befriedigt, und schließlich ist er im Ersten Direktorat gelandet. Anfang der achtziger Jahre, nicht wahr. Und gesoffen hat er, Zwetkow« – er hob den Kopf und zwickte sich an den Hals – »ganz fürchterliche Mengen. Ich sag Ihnen, Genosse, er soff schrecklich. Wodka, immer nur Wodka.«

Ich sah Markow vor mir auf der Bank am Boardwalk in Brighton Beach, die Flasche in der Hand, Tracy neben sich.

»Egal. Hat ihm nichts ausgemacht, verstehen Sie, er konnte saufen. War sein Naturell. Also. Mitte der achtziger Jahre hat die Partei begonnen, im Ausland große, kommerzielle Strukturen aufzubauen. Sie verstehen. Das war die Zeit von Wolski. Arkadi Wolski. Sie kennen ihn?«

Ein Seitenblick auf Waleri. Der regte sich nicht.

»Wolski hat das alles aufgebaut. Das war kein Problem für ihn, er hatte ja die Wissenschafts- und Industrieunion, nicht wahr? Und mit deren Hilfe bringt er Millionen von Dollar ins Ausland. Er –«

»Wozu?«

»Wozu? Nun, mein Gott, Zwetkow, für die Propaganda eben. Wir haben die Leute im Ausland gekauft. Persönlichkeiten. Politiker, Geschäftsleute, Figuren – wie heißt es? des öffentlichen Lebens. Geistesgrößen, Sie verstehen. Natürlich haben wir auch gehofft, mit guten Investitionen ein wenig Geld zu machen. Für die Partei. Eine sehr vernünftige Sache an sich. Riskant, aber vernünftig. Kühn. Wir alle stehen heute noch dazu, auf eine Art, nicht wahr?«

Er blickte wieder in die Runde und konstatierte dankbar, daß ihn der Einäugige mit einem stillen Lächeln anspornte.

»Nun. Wolski bringt also das Geld ins Ausland. Und jetzt passen Sie auf, Zwetkow. Geld ins Ausland bringen ist eine heikle Sache, vor allem, wenn es niemand merken darf. Diplomaten kommen nicht in Frage. Zu geschwätzig« – er hielt einen Moment schuldbewußt inne – »zu eitel, zu viele Bekannte, Sie verstehen. Also übergibt man die Sache dem Geheimdienst. Und hier kommt unser brillanter, aber unangenehmer Wiktor Borissowitsch ins Spiel. Ihr Markow, wenn Sie so wollen. Er hört etwas läuten, und er braucht nicht lange, um rauszukriegen, was da läuft. Macht sich an Wolski ran und wechselt nach einigen Auftritten in der Lubjanka ins Neunte Direktorat. Zu uns.« Er schaute zufrieden nach oben. »Achtundachtzig war das. Die Aufgaben des Neunten sind Ihnen geläufig?«

»Nein.« Was für ein elender Schnösel.

»Nicht? Sie enttäuschen mich. Merken Sie sich das, Zwetkow, das Neunte Direktorat war zuständig für« – er hob die Stimme und deklamierte – »den Schutz der nationalen Führung und wichtiger Einrichtungen. Jawohl. Militäranlagen. Regierungsdatschen. Kremlwachen. Und« – er hob den Zeigefinger – »die Leute vom Neunten wurden für die Geldtransporte eingesetzt. Da lief eine Menge, eine Menge, glauben Sie mir.«

»Ich glaube Ihnen.«

Der dicke Oleg schaute irritiert, aber der Einäugige lächelte noch immer.

»Nun. Wiktor Borissowitsch ist also mittendrin, verstehen Sie? Er war ja immer mittendrin, das war ja das Widerliche an ihm. Mochten Sie ihn?«

»Ja.«

»Das erstaunt mich. Wieso?«

»Ich weiß nicht. Er hatte Mut. Er lag im Sterben. Ich möchte mal wissen –«

»Mut.« Er strich sich angewidert über die Schläfen, die wie Pölsterchen über seinen Ohren hingen. »Ist Ihnen nicht aufgefallen, wie billig er war? Wie effekthascherisch?«

»Nein. Im Gegenteil.« Ich verschränkte die Arme. Im rechten Schulterblatt schrie ein offener, frischer Schmerz.

»Nun, das ist Ihre Ansicht. Ich teile sie nicht. Egal. Wiktor Borissowitsch sitzt also bei Wolski und verschiebt Geld ins Ausland. Und hält die Ohren offen, nicht wahr? Merkt sich eine Menge – Personen, Banken, Konten, Treffpunkte, alles. Und er arbeitet perfekt. Keine Unregelmäßigkeiten, keine Unannehmlichkeiten. Die Partei ist zufrieden, und er erwirbt sich das Vertrauen maßgeblicher Persönlichkeiten. Wir reden vom Kreml, Zwetkow, vom Politbüro. Gorbatschow, Janajew, alle. Krjutschkow natürlich auch. Und weil

Wiktor Borissowitsch so phantastisch zuverlässig arbeitet, holt man ihn auch, als es drum geht, eine neue, geheime Abteilung im KGB aufzubauen. Superneu, supergeheim. Die Existenz dieser Abteilung« – er beugte sich vor und grinste vertraulich – »ist von Jelzins Leuten bis heute nicht bestätigt worden. Dementiert allerdings auch nicht. Aber ich – ich, Zwetkow, kann Ihnen versichern, daß es sie gab.«

Wieder ein Blick hinüber zum Einäugigen. Der schien zu schlafen.

»Es gab sie, weil Ende der achtziger Jahre einige Leute in der Partei langsam kalte Füße bekamen. Alle wollten sie frei und selbständig sein: die Ukraine, die Balten, die Kaukasier. Gott, Sie erinnern sich, Zwetkow; hat es Sie auch so, äh … entmutigt wie uns? Aber Sie sind ja ein junger Mensch. Na ja. Jedenfalls im Politbüro und im ZK, da mag man das nicht. Und weil man klug ist, rechnet man mit dem Schlimmsten und will sich wappnen für den Fall, daß die KP-Führung emigrieren muß. Man will diese Abteilung. Und wer baut sie auf? Wiktor Borissowitsch. Er ist willig und verläßlich, erfahren und klug, und er hilft gerne, verstehen Sie? Und schon bald merkt er, daß diese Sache groß ist. Sehr groß, Zwetkow. Sprengt jeden Rahmen. Nur die ganz dicken Fische im Politbüro und im ZK ahnen etwas von der Aktion. Und nach einer Weile merkt Wiktor Borissowitsch, daß auch diese dicken Fische gar nicht so viel wissen. Immer nur etwas, nie das Ganze. Glauben Sie mir, Zwetkow – alles, wirklich alles wußten damals nur vier Personen. Soll ich Ihnen sagen, wer?«

Aber er schaute nicht auf mich, sondern auf den Einäugigen. Der lächelte mit geschlossenen Augen vor sich hin, als träume er von lange vergangenen, schönen Zeiten. Waleri, der junge Mann mit dem dunklen Haar, stieß einen ärgerlichen Seufzer aus.

»Ich sag's Ihnen, Zwetkow: Gorbatschow. Wolski. Krjutschkow. Und Wiktor Borissowitsch Schtigaschew, wie Sie ganz richtig vermuten.« Er schüttelte träumerisch den Kopf. »Und Wiktor Borissowitsch war darüber sehr, sehr glücklich.«

»Sie brauchen nicht jedes Detail auszuleuchten, Oleg. Bleiben Sie beim Wesentlichen.« Die Stimme des Einäugigen kam leise und ehrfurchtgebietend. Er hatte die Augen geöffnet. Die Herren setzten sich alle gerade.

»Nun ja.« Oleg seufzte geniert. »Dann kam der Putsch. Jelzin steigt auf den Panzer, die Union wird hinterrücks erdolcht, und das Komitee kommt immer mehr unter Druck. Alles geht kaputt, die Republiken setzen sich ab, sogar die Ukraine, unser russisches Vaterland, es ist zum Verrücktwerden. Und da ist auch der Zeitpunkt für Wiktor Borissowitsch gekommen, verstehen Sie? Er merkt, daß er handeln muß und sammelt alles Geld ein, alles Geld, stellen Sie sich das vor! das er in den Westen gebracht hat, und ... und verschwindet damit.« Er war nicht glücklich mit dieser Formulierung.

Bravo, dachte ich. Bravo. Gut gemacht.

»Und wissen Sie, wieviel er hat mitgehen lassen?«

»Eine Milliarde Dollar.«

Das kränkte ihn. »Nun, ich bitte Sie. Nein, so viel war das natürlich nicht. Aber immerhin – hundert Millionen. Ziemlich genau hundert Millionen Dollar. Etwas mehr. Das ist eine Menge Geld, auch für uns.«

»Und dieses Geld wollt ihr finden?«

»Dieses Geld wollen wir zurückbekommen. Und wir werden es zurückbekommen.«

»Zurückbekommen? Es gehört doch dem russischen Volk?«

»Zwetkow. Ich bitte Sie.« So reden Irrenärzte.

»Halt, Moment. Ihr seid doch gar nicht mehr beim Geheimdienst. Will denn das neue KGB das Geld nicht?«

Oleg lächelte. »Gescheit, Zwetkow, gescheit. Sie sind zu gebrauchen. Natürlich wollen es auch Jelzins Leute, versteht sich. Aber, hehe, sie wissen nichts. Die Operation war ja streng geheim, also gab's keine Papiere, keine Dokumente, nichts, verstehen Sie?« Er beugte sich vor. »Verstehen Sie, Zwetkow?«

»Ja. Ja, ich verstehe.« Herrgott! Bin ich blöd?

»Gut. Sehen Sie. Und drum gibt es heute niemanden mehr im KGB, der die Einzelheiten kennt. Nur wir wissen von der Sache. Und unser Boß« – er deutete auf den Einäugigen – »weiß von allen am meisten.«

Ich gestand mir ein, daß ich jetzt neugierig geworden war und es bereute, keinen Notizblock dabeizuhaben. Irgendwie bist du immer Berufsmann. »Und Gorbatschow? Wolski? Wollen die nicht auch ans Geld?«

»Oh nein, Zwetkow, oh nein.« Er lächelte schlau. »Gorbatschow sagt nichts. Er haßt Jelzin, und allein kann er nichts machen. Krjutschkow genau gleich. Er hat geputscht, einundneunzig, erinnern Sie sich? Jelzin ist sein Todfeind. Nur bei Wolski sind wir nicht so sicher. Die, äh … Anpassungsfähigkeit dieses Herrn ist immer wieder beeindruckend. Aber bis jetzt haben wir nichts gehört. Nein, sie schwimmen.«

»Und warum fragen sie euch nicht?«

»Oh, sie haben uns gefragt. Sie haben gefragt, mehrere Male, und wir haben gesagt, wir wissen nichts. Nichts, tut uns leid.«

»Und wie wollt ihr nun an euer … an das Geld kommen?«

»Mit Ihrer Hilfe, Zwetkow, mit Ihrer Hilfe.« Mit einer eleganten Bewegung perfektionierte er die Form seines Schläfenhaars. »Sie haben uns übrigens schon sehr geholfen.«

»Ich? Wie?«

»Nun, Sie sind nach Brighton Beach gefahren und haben uns von Wiktor Borissowitsch erzählt.«

»Euch?«

»Na ja, nicht uns direkt natürlich. Ihrem drolligen, schüchternen Chefredakteur. Wie heißt er? Subow. Wir haben diesen Subow instruiert, und zwar über unsere Verwaltungsräte von der *Alinaimpex*. Sie kennen sie, Zwetkow – Blinnikow und Tschuchin. Sie haben sie angeschrien und der Spionage verdächtigt, und das im Hotel *Moskwa*. Wunderbar – ich hätt' was drum gegeben, Sie zu sehen. Aber ich garantiere Ihnen, Blinnikow und Tschuchin sind unschuldig. Die wissen nichts, die wissen nicht mal, daß wir vom Komitee sind. Vielleicht ahnen sie's, egal. Und Subow hat Sie ausgehorcht –«

»Unbeholfen –«

»Wieso?«

»Ach, er hat mich pausenlos gefragt. Viel zu auffällig.«

»Wir haben davon gehört, ja. Bedauerlich. Aber Sie, Zwetkow, waren ja auch offenherzig genug. Sogar Fotos haben Sie ihm gegeben. Er hat sie uns gezeigt, und das hat uns bestätigt, daß wir auf der richtigen Spur waren.«

Ich überlegte einen Moment. »Aber sagen Sie, woher habt ihr überhaupt gewußt, daß Markow, ich meine, dieser Wiktor Borissowitsch –«

»Schtigaschew.«

»– also, daß dieser Schtigaschew in Brighton Beach war? Ich meine, wie soll denn das gehen? Ich fahre auf Reportage nach Amerika, und ganz zufällig, einfach so, stolpere ich in Brooklyn über diesen Schtigaschew, den ihr so verzweifelt sucht? Das ist doch Quatsch. Nein, ihr müßt schon vorher einen Verdacht gehabt haben. Natürlich.« Ich setzte mich gerade. »Natürlich. Ihr habt mich auf Markow gehetzt. Bewußt. Dieser Beresowski, der war's. Der hat mir doch Markow so ans Herz gelegt. Er war's. Das war euer Mann, stimmt's?«

»Nicht schlecht, Zwetkow. Nicht schlecht. Aber falsch.« Er rukkelte auf seinem Stuhl hin und her. Sein Anzug raschelte vornehm. »Beresowski ist nur ein alter Bekannter von Subow. Er hat das getan, was ihm Subow aufgetragen hat. Mit uns hat er nichts zu tun. Ein Trottel, wie uns Subow erzählt hat.«

Ich verkniff mir ein Nicken. »Und woher habt ihr gewußt, wo Markow …?«

»Von Aldrich Hayden Ames.«

So häßlich russisch war dieser schöne Name noch nie ausgesprochen worden. Oleg lächelte triumphierend zur Decke hoch. Alle lächelten nun, auch der Einäugige. Wissen macht stolz.

»Ach.«

»Überrascht, Zwetkow, was? Jawohl, Genosse – von Aldrich Hayden Ames. Von unserem wichtigsten Spion in Amerika. Ein Glückstreffer, so was hatten wir eigentlich gar nicht verdient. Fünfundachtzig ist er bei uns eingestiegen, und obwohl er mit unserem Geld um sich geworfen hat, haben die Amis erst zweiundneunzig Verdacht geschöpft. Nicht die hellsten. Und erst im letzten Jahr haben sie ihn geschnappt. Ames, ach ja. Netter Kerl. Von der Sorte hätten wir mehr gebraucht, dann gäbe es die Union noch heute, das sag ich Ihnen. Sitzt in der Gegenspionage in der CIA und verrät alle. Alle. Poljakow haben sie wegen ihm hingemacht; na ja, verdient hat er's. Verräter.« Er schnaufte empört und blickte streng.

»Und Ames hat euch von Markow erzählt? Wieso hat Ames von Markow gewußt?«

»Schtigaschew, Zwetkow; Wiktor Borissowitsch Schtigaschew. Hören Sie auf mit diesem unmöglichen Markow. Ja, Ames hat uns von Wiktor Borissowitsch erzählt. Er hört bei der CIA, daß da ein russischer Mann übergelaufen ist, und er –«

»Markow ist übergelaufen?«

»– Wiktor Borissowitsch. Ja. Natürlich. Er ist übergelaufen zu den Kapitalisten. Zur CIA. Ihre Wangen röten sich, Zwetkow. Habe ich Sie enttäuscht?«

Markow, ein Verräter? Sie werden verstehen, daß ich schwieg, Iwan Andrejewitsch. Natürlich, der kalte Krieg ist vorbei. Die Atomwaffen zielen auf die Antarktis oder auf Timbuktu, Boris und Bill mögen sich, umarmen sich und lachen über Witze, die keiner außer ihnen versteht, und alles ist gut. Wir kriegen Kohle von den Amis, ihre Astronauten schauen in der Mir rein, und in New York wimmelt es von Russen. Aber trotzdem. Überlaufen, das ist etwas anderes. Und dann noch zur CIA. Zum zweiten Mal fühlte ich mich betrogen.

Oleg grinste schmierig. »Ich sehe, Zwetkow, wir nehmen Ihnen

Illusionen. Tut mir leid. Sehen Sie, das war so. Wiktor Borissowitsch, der Eifrige, geht also in den Westen und sammelt das Geld ein, das ihm die Partei Lenins in guter Absicht anvertraut hat. Schwer fällt ihm das nicht; er kennt die Konten und hat sich mit den nötigen Dokumenten versehen. Da steht er also im Westen mit all dem geklauten Geld und hat ein Problem. Denn er weiß, daß er von nun an nirgends unter seinem Namen leben kann, weil wir ihn sonst finden. Verstehen Sie?«

»Sind Sie da so sicher?« Ich begann, diesen Oleg zu hassen.

»Ja.«

»Warum?«

Statt Oleg antwortete plötzlich der Einäugige. »Weil wir gut sind, Zwetkow. Sehr gut. Weil wir Erfahrung haben und ein Netz von Leuten, weltweit, die uns helfen. Und weil wir das Geld wollen.«

»O. k.« Ich beeilte mich. Einer solchen Stimme glaubst du alles.

Zufrieden fuhr Oleg fort. »Also, was tut Wiktor Borissowitsch? Er geht zur CIA, bietet ihr ein paar schöne, wertvolle Informationen an; er wußte ja einiges. Und dafür verlangt er eine neue Existenz. Einen neuen Namen, ein neues Gesicht, Sie verstehen. Sicherheit. Einen Namen vor allem; die Fresse hätte er sich auch privat neu richten lassen können. Die CIA kratzt sich am Kopf, wägt Für und Wider ab und willigt ein. Und Wiktor Borissowitsch kriegt einen neuen Namen und ein neues Gesicht und heißt Markow. Gennadi Ichweißnichtwie Markow. Und als solcher lebt er froh in Brighton Beach, heiratet, wird krank und wartet, bis Sie dort auftauchen, hehe.«

»Und warum ausgerechnet in Brighton Beach? Ich meine, es gibt doch wahrhaftig, wie soll ich sagen – angenehmere Orte.«

»Weil er nicht auffallen wollte, Zwetkow. Vergessen Sie nicht, wir sind gut, und er weiß das. Alle wissen das – haben Sie gesehen, wie diese Kinder oben in der Bar gekuscht haben? Dabei kennen sie uns gar nicht. Sie haben uns noch nie gesehen, aber sie haben es sofort begriffen, instinktiv. Das ist es, Zwetkow. Man hat Angst vor uns. Angst, verstehen Sie? Wir sind gut, wir haben geschultes Personal. Bei uns herrscht Disziplin, und unsere Spezialisten sind Weltklasse, immer noch. Haben Sie die Kerle gesehen, die Sie aus dem Kanal gezogen haben? Ausgebildete Nahkämpfer, sag ich Ihnen, alle. Wenn sie schießen, treffen sie, wenn sie kämpfen, gewinnen sie. So ist das. Und Markow weiß das, und drum versteckt er sich. Einen reichen Russen in einer Villa auf Barbados oder in Südfrankreich findest du jederzeit, nicht wahr? Also geht er nach Brighton Beach, und das ist keine schlechte Wahl, das geben wir zu. Dort wimmelt es von Russen, dort fällt er keinem auf, dort stellt niemand dumme Fragen. Und, wissen Sie, Zwetkow – er ist ja auch ein sentimentaler Trottel. Haben Sie das nicht gemerkt? Er hat Rußland geliebt – was soll er da draußen in der Vorstadt leben, wo die Amerikaner sich in ihre Häuser einschließen und mit der Knarre hinter dem Fenster sitzen?«

»Aber er ist doch erpreßt worden! Alle Geschäfte in Brighton Beach werden erpreßt. Warum will er ausgerechnet dort leben, wo man ihm die Kohle, die er euch geklaut hat, gleich wieder abnimmt?«

»Aber Zwetkow. Gibt es für ihn eine bessere Tarnung? Was wissen denn die Banditen von seinen Konten auf Barbados? Nichts, zum Teufel. Für die ist er doch nur ein Elektrohändler, einer unter vielen, ein braver, nicht mehr so neuer Russe, der hier noch ein paar Dollar machen will, bevor es ins Grab geht. Verstehen Sie? Ist doch ideal für unseren Wiktor Borissowitsch. Er ist beschützt, er gibt ein wenig von seinem Profit ab, genau wie alle andern, und wenn er verreist ist, mein Gott, dann ist er eben verreist, und niemand weiß, daß er mit seiner schönen jungen Gattin erste Klasse nach Rio fliegt und dort den Samba tanzt. Nein, Zwetkow – Wiktor Borissowitsch wußte genau, was er tat. Er stellte sich klein, aber in Wirklichkeit war er groß. Er war reich, er war der Boß, er war – der Zar von Brooklyn.« Er freute sich sichtlich über seine Formulierung.

»Seit wann leben Zaren inkognito?«

»Seit dem Zusammenbruch, Zwetkow, seit der Wende.« Er grinste. »Nein, er war schlau. Er hat es uns nicht leicht gemacht. Ohne Ames wären wir echt aufgeschmissen gewesen.«

»O. k. Aber wozu habt ihr dann mich gebraucht?«

Er nickte zufrieden. »Gut aufgepaßt, Zwetkow. Kompliment. Sehen Sie, wir sind nicht nur gut, wir sind auch vorsichtig. Fast möchte ich sagen: Wir sind gut, weil wir vorsichtig sind. Wir hören also von Ames, daß dieser Markow wahrscheinlich unser Wiktor Borissowitsch ist. Aber noch bevor wir eine kleine Delegation nach Brighton Beach schicken können, wird Ames festgenommen. Das kommt uns sehr ungelegen. Das alarmiert uns. Verstehen Sie? Wir wissen zu wenig. Hat er etwa gesungen? Hat er den Amis gesagt, daß er Wiktor Borissowitsch verraten hat? Hat er ihnen von uns erzählt? In einer solchen Lage fangen gute Spione an zu denken, Zwetkow. Was, wenn die CIA und unsere famosen neuen Leute im Sicherheitsdienst in Moskau zusammenspannen? Was, wenn –«

»Hat er denn der CIA überhaupt von dem Geld erzählt?«

»Woher sollen wir das wissen, Zwetkow? Wir glauben es nicht – warum hätte er den Amerikanern den Mund wässerig machen sollen? Aber wir konnten es natürlich nicht ausschließen. Jedenfalls« – er verbeugte sich leicht in die Richtung des Einäugigen, der sich wieder mit geschlossenen Augen zurückgelehnt hatte – »hat unser Chef gesagt: Achtung, Genossen. Vielleicht hat Ames gesungen. Vielleicht sind die Kollegen von der CIA schon daran, zusammen mit den Leuten Jelzins eine Falle aufzubauen. Vielleicht überwachen sie Wiktor Borissowitsch, liegen auf der Lauer und warten auf uns. Nein, Zwetkow, da muß man vorsichtig sein. Kann sein, er hat schon lange vorher gesungen, und die Festnahme später ist nichts als Schau. Sie sehen, Gefahren überall. Und Fehler können wir uns keine leisten. Man kann sich keine Fehler leisten in unserer Branche.« Ein Griff zu den Schläfen, ein Lächeln. »Wir denken also nach, und während wir noch denken kommt uns zu Ohren, daß Sie, Zwetkow, nach Amerika fahren. Sie arbeiten beim *Sputnik*, der *Sputnik* gehört uns, also gehören Sie uns, und drum beschließen wir, von Ihnen, äh ... Gebrauch zu machen. Den Rest kennen Sie.«

»Und warum hat Subow mitgemacht? Hat er von der Sache gewußt?«

»Nicht alles. Nur, daß wir jemanden suchen. Aber er hat nicht gefragt. Er fragt nie. Er gehorcht, immer. Drum haben wir ihn ja aus Orenburg geholt. Und er hat Angst.«

»Wovor?«

»Na, vor so einem Redakteur eben, wie heißt er denn?«

»Tschistow?«

»Tschistow, genau. Dieser Tschistow ist beliebt. Tschuchin und Blinnikow sähen ihn gerne als Chefredakteur. Er ist dynamisch und wendig, und er liebt große Namen. Sie können ihm den größten Trottel vor die Nase setzen – wenn er bekannt ist, kriecht er ihm sofort in den Arsch.«

Ich öffnete eine zweite Dose Bier, ohne zu fragen. »Na gut. Aber jetzt mal was ganz anderes. Warum erzählen Sie mir das alles?«

»Was meinen Sie?« Er schien etwas irritiert.

»Na, all diese Geheimnisse. Ich meine, das brauchen Sie doch nicht zu tun? Ist doch ein Risiko, nicht?«

»Ein Risiko?« Wieder der Einäugige, wieder diese Stimme. Er hatte die Augen nur halb geöffnet, aber er war präsent. »Nein, Zwetkow, ein Risiko ist das nicht.« Er horchte einen Moment nach innen. »Denken Sie doch mal nach. Denken Sie.«

Wenn einer aussieht wie der Einäugige, dann schaust du immer nur auf eine Stelle. Den Rest des Gesichts nimmst du kaum wahr, es ist, als läge er im Schatten. Ich merkte plötzlich, daß er Juri Wiktorowitsch ähnelte. Er war älter und gesetzter, sowjetischer, aber um sein Mündchen spannten sich die gleichen dünnen Lippen, und auch er redete, als sitze er vor einem erwartungsvollen, wohlwollenden Publikum. Aber er faulte etwas mehr unter der Oberfläche als der Bandit in Amerika. Wenn ihm die Belustigung die Wangen hob, verschwanden die Lippen völlig, und übrig blieb ein kleines, monströses Loch mit ein paar schiefstehenden, fleckigen Zähnen. Falls er Geld hatte, investierte er es nicht in die Zahnpflege. Seine grauen Hosen hingen traurig um die spindeldürren Beine eines Menschen, der nicht weiß, was ein Spaziergang ist. Die Ohren waren absonderlich geformt wie alle Ohren, die du länger anschaust, und klein – keine Ohren, die viel hören. Eine winzige, scharfgeschnittene Nase; Zierrat, kein lebendes Organ. Nein, das war kein sinnlicher Richter, Iwan Andrejewitsch. Kein liebenswürdiger, zerstreuter Gott mit der Fähigkeit, mich zu verstehen. Meine vage Zuneigung wich und machte einer nervösen Angst Platz. Diese Art von Gesicht kannte ich. Wir alle kennen sie doch, wir haben sie doch jahrzehntelang gesehen. Was hatte ich mir da nur vorgemacht? Das war das Gesicht des Menschen, der nie zweifelt, nie. Das war das Gesicht der Macht, und Macht darf nicht zweifeln, sonst geht sie zugrunde.

Mir war nach zusammenfassen zumute. »Ich verstehe. Ich gehe also nach Brighton Beach, treffe Markow und spioniere ihn für euch aus. Ihr seid sicher, daß er dieser, dieser … Schtigaschew ist, geht hin und bringt ihn um.«

Der Einäugige grinste verächtlich. »Wir sollen Wiktor Borissowitsch umgebracht haben? Warum sollten wir das tun, Zwetkow?«

»Ihr wollt doch sein Geld.«

»Eben. Und jetzt, wo er tot ist, kommen wir nicht dran. Überlegen Sie doch. Wir haben alles durchsucht. Wir haben diesen Geschäftsführer zwei Tage lang befragt – nichts. Er weiß nichts, das steht fest. Er ist wie Sie, Zwetkow: schmerzempfindlich. Nein, wir haben Wiktor Borissowitsch nicht umgebracht.«

»Dann war es doch Andrei!«

»Andrei –?«

Der Einäugige schaute zu Waleri hinüber. Der sagte gleichgültig:

»Popow. Der zweite. Andrei Michailowitsch. Die rechte Hand Noschikows.«

Jetzt war ich sicher. Diese Stimme hatte ich schon gehört.

»Ach so.« Der Einäugige hustete vornehm und hielt sich dabei die Hand vor den Mund. »Nein, Zwetkow, um Gottes willen. Nein. Es war nicht Andrei. Es waren nicht die Banditen. Wiktor Borissowitsch hat sich selber umgebracht. Niemand weiß das besser als Waleri. Der war nämlich dabei.« Er hob die Hand. »Los, Waleri, klär unseren wißbegierigen jungen Genossen auf. Und du, Stas, ruf Mischa. Diese Lampe geht mir langsam auf die Nerven.«

Direkt über seinem Kopf hatte eine kleine, an der Wand angebrachte Lampe zu flackern und sirren begonnen. Es war, als habe sich ein großes Insekt in ihr verfangen, und ich schwöre Ihnen, Iwan Andrejewitsch, daß das Licht immer dann ausging, wenn der Einäugige redete. Es war, als wolle es ihm ins Wort fallen oder uns daran hindern, ihm zuzuhören. Ob es etwas mit seiner Verworfenheit zu tun hatte? Ich wünschte, Serjoscha wäre hier. Er hätte Rat gewußt, er hätte die Sache richtig gedeutet. Überhaupt, Serjoscha. Seit unserer Begegung mit den Jungs von der Solnzewskaja im Hotel *Moskwa* hatte ich nichts mehr von ihm gehört. Ich hatte ihn ein paarmal angerufen, aber er nahm nicht ab, und als ich bei ihm vorbeischaute, war niemand zu Hause. Ich hätte ihn gerne zu einem Eishockeymatch eingeladen oder zu einem Spiel Billard, einfach um ihm zu zeigen, daß ich noch immer der alte war, daß ich ihn noch immer mochte. Er war nicht gesunken in meiner Achtung, im Gegenteil. Seit ich gesehen hatte, wie er wegging vor dem *Moskwa* damals, mit hocherhobenem Kopf, das Brett unter dem Arm – seither mochte ich ihn noch mehr. Ich kann es Ihnen nicht erklären, Iwan Andrejewitsch, aber dieses Bild – Serjoscha, der blonde Haarkranz unter seiner Mütze, der abstehende Kosakenrock – war für mich zum Inbegriff des vernünftigen, verantwortbaren Lebens geworden. Zum Gegenteil dessen, was mir der Einäugige hier anbot. Ich kann's nicht erklären, wie gesagt. Aber ich weiß: So muß man sein, so muß man leben. Wir alle sollten sein wie Serjoscha. Oder, wenn Sie so wollen: Jeder von uns sollte ein Brett unter dem Arm tragen.

Mischa kam, wickelte sich ein Taschentuch um die Finger und begann vorsichtig an der Lampe herumzudrehen. Er beugte sich über den Einäugigen, der nicht zur Seite gerückt war, und achtete nicht darauf, daß seine offene Lederjacke das tote Auge seines Chefs fast streifte. Im Schatten seines jungen Angestellten sah der Einäugige plötzlich müde und deprimiert aus. Er hielt seine dünnen Beine leicht gespreizt, und ich sah, daß er noch immer sowjetische Schuhe trug, alte, abgelaufene, unmögliche Latschen mit kleinen, braunen Rändern über der Sohle, in denen du im Moskauer Winter sofort nasse Füße bekommst. Eigenartig. Seine Macht und seine Verworfenheit ertranken für einen Moment in der Müdigkeit. Mischa schraubte, seine Jacke schrappte am Gesicht des Einäugigen hin und her. Der ließ es geschehen, und während er reglos verharrte, wartete auch Waleri geduldig auf seinen Einsatz. Er trug gute, feste, allem Anschein nach deutsche Schuhe, und er schaute zufrieden auf sie hinunter, als freue er sich auf all die Orte, an die sie ihn noch tragen würden. Dann warf er dem Einäugigen einen bedauernden Blick zu und lächelte mich halb schelmisch, halb entschuldigend an, so wie sich Junge in der Gegenwart Alter, Verbrauchter, manchmal zulächeln. Ich seufzte manierlich. Mischa arbeitete verbissen. Er fluchte leise, entlockte der Lampe ein zischendes Geräusch, zog die Hand ruckartig zurück und lachte verlegen über die Schulter. Seine Jacke hing jetzt mitten im Gesicht des Einäugigen, aber der wehrte sich noch immer nicht. Schließlich hörte das Sirren auf, und Mischa drehte sich strahlend um, die ausgeschraubte Glühbirne in der Hand mit dem Taschentuch. Das Licht über dem Einäugigen war erloschen.

»Sie waren dabei?«

Ich wandte mich höflich Waleri zu. Der nickte, blieb aber stumm.

»Als sich Markow, also ... Wiktor Borissowitsch umbrachte?«

»Ja.«

Gesprächig war er nicht. Also fragte ich weiter. »Wie ... wie war es denn?«

Waleri regte sich, schaute mit einem leidenden Ausdruck zum Einäugigen und fixierte wieder Oleg, der betreten wegschaute. Dann sagte er leise: »Wir kommen rein. Sergei und ich.«

»Sergei?«

»Mein Mitarbeiter.« Er deutete mit dem Kopf zur Tür, durch die gedämpftes Lachen und Gläserklirren drangen. »Wir kommen also. Es ist Abend, neun Uhr. Er ist allein.« Er schwieg, als sei das alles.

»Und?« Ich rückte auf dem Stuhl vor.

»Da sitzt er. Sieht fertig aus. Hält sich eine Pistole an die Schläfe. Keinen Schritt näher, sagt er. Keinen Schritt, oder ich erschieße mich.«

Oleg lachte. »Merken Sie was, Zwetkow? Sonst heißt's immer, keinen Schritt näher, oder ich schieße. Hier ist es genau umgekehrt.«

Waleri nickte ernst und verächtlich. »Wir ziehen unsere Pistolen, aber er lacht nur. Los, sagt er, nur zu. Knallt mich ab, dann seht ihr nichts von der Kohle.« Ausdruckslos betrachtete er seine Schuhe. Sie glänzten matt, wie sehr gesunde, dicke Haut.

»Weiter, weiter.« Oleg war ungeduldig. Seine Augen glänzten, sein Anzug raschelte.

Waleri legte die Beine übereinander. »Ich habe euch erwartet, sagt er. Ihr seid vom Neunten. Ihr wollt die Kohle. Ich sage ja und biete ihm den Handel an. Wie abgemacht. Zehn Prozent für ihn, der Rest für uns. Er lacht uns aus. Dann hustet er und spuckt. Unappetitlich. Er hustet wie blöd, aber die ganze Zeit hält er sich die Knarre an die Schläfe und schaut uns an. Erstaunlich. Er stinkt.«

»Und dann?« Oleg lächelte mir in Vorfreude zu.

»Dann?« Nie hatte ich eine monotonere Stimme gehört. »Dann sagt er, die Leute von der Solnzewskaja hätten herausgefunden, daß er unser Geld habe. Ich versuche ihn zu beruhigen. Verhandeln wir, sage ich. Niemals, sagt er. Wenn ihr die Vollmacht habt, legt ihr mich um. Haut ab. Na ja. Da leiten wir eben Plan zwei ein.«

»Plan zwei?«

»Nachdruck. Folter.« Jetzt war mir, es husche ein Lächeln über sein Gesicht. Sanft strich er über das hellbraune, aufgerauhte Leder seines linken Schuhs. Sein Finger hinterließ einen mattglänzenden Streifen, den er mit ein paar raschen, zärtlichen Strichen wieder zum Verschwinden brachte.

Oleg strahlte mich an. »Wenn Waleri foltert, redet jeder, Zwetkow. Jeder. Auch der, der noch zwei Wochen zu leben hat. Auch der, der noch zwei Minuten zu leben hat. Verstehen Sie? Wenn unser Waleri ihn drannimmt, dann sagt er alles, und sei's für seine zwei Minuten. Weiter, Waleri!«

Diese Vertraulichkeit trug ihm einen langen, kalten Blick ein. »Wiktor Borissowitsch trinkt. Aus einer Wodkaflasche. Ich warte, will ihm die Pistole entreißen. Aber er macht keinen Fehler. Hält die Wodkaflasche in der Linken. In der Rechten die Pistole. Er prostet uns sogar zu.« Wieder der Anflug eines Lächelns. »Ich gebe Sergei ein Zeichen. Er macht einen Schritt vorwärts – zu spät. Es knallt, aus. Wiktor Borissowitsch fällt auf den Boden.«

Ich starrte auf die Löcher in meiner Hose und versuchte, ruhig zu atmen. Dann riß ich mich zusammen. »Und die Banditen?«

»Hab ich umgelegt.«

»Sie haben Juri Wiktorowitsch umgebracht?«

»Ja.« Er sprach zu seinen Schuhen. »Und diesen Andrei auch. Bei ihm war's schwieriger. Hat Lunte gerochen. Ist abgehauen. Ich hab eine Weile gebraucht, bis ich ihn gefunden habe.«

»Und warum haben Sie sie umgebracht?« Ich kannte die Antwort, aber ich wollte sie aus dem Mund Waleris hören.

Er seufzte. »Weil sie vom Geld wußten. Von unserem Geld.«

Ich starrte erschöpft vor mich hin. Waleris Sprache war zu einfach, zu dünn. Wie der Faden einer Spinne, der jedesmal, wenn du nach ihm greifst, von der Windwelle deiner Hand weggeweht wird. Ich schloß die Augen und stellte fest, daß ich mir sein Gesicht nicht vorstellen konnte. Dabei saß er doch vor mir. Ich schaute ihn noch einmal an, prägte mir seine Gesichtszüge ein und versuchte es von neuem. Nichts. Sein Gesicht verschwand sofort, und zurück blieben ein paar graue Striche auf schwarzer Fläche, Zweige im Nachtwald, die sich sofort zu träger Dimensionslosigkeit zusammenzogen. Mit einemmal standen mir die Haare zu Berge. Angst, Iwan Andrejewitsch, jawohl; panische Angst. Ich versuchte es noch einmal. Ich schaute ihn an, sah seine feinen Gesichtszüge, die dunklen Haare, die ausdruckslosen Augen. Er hatte eine Hand auf seine Schuhe gelegt und sah nachdenklich aus. Mir war, als höre er nach innen. Wieder schloß ich die Augen – wieder nichts. Das Bild implodierte auf der Netzhaut, sackte weg in eine allähnliche Tiefe, rutschte quer aus der Zeit. Ich atmete tief durch. Er schaute mich an, als wisse er, was mir eben durch den Kopf gegangen war.

Die Herren reckten die Köpfe, als erwarteten sie noch etwas.

Ich dachte eine Weile nach und sagte: »Wäre es nicht gescheiter gewesen, sofort Angela Sergejewna zu suchen? Statt die Banditen zu jagen, meine ich. Schließlich ging es euch ja ums Geld.«

Waleri zupfte spielerisch an seinem breiten, dunkelbraunen, geflochtenen Schürsenkel. »Nein.« Er schaute zum Einäugigen hinüber, der sich zurückgelehnt hatte und in der Art alter Männer durch den Mund atmete. »Ging nicht. Zuviel Polizei.«

»Zuviel Polizei?«

»Ja. Wiktor Borissowitsch hatte so eine Anzeige aufgegeben, in dieser russischen Zeitung. Idiotisches Zeug. Über seinen Selbstmord und die Mafia. Drum war da überall Polizei. Fernsehen auch. Nein, das ging nicht. Wir wären aufgefallen. Da hielten wir uns eben an die anderen.« Eine warme Welle der Bewunderung stieg in mir auf. Idiotie zum Schutze Angela Sergejewnas. Die Verzweiflung hatte seine Umsicht nicht beeinträchtigt.

»Und Sie haben … Sie haben Andrei persönlich …?«

»Ja.«

Oleg konnte nicht mehr an sich halten. »Und dieser Andrei, Zwetkow, der hat noch etwas gesagt, bevor ihn Waleri umlegte. Nicht wahr, Waleri? Etwas über einen Aljoscha.«

Waleri nickte neutral.

»Über einen Aljoscha?« Ich beugte mich vor.

Waleri, der Oleg studiert hatte, drehte langsam den Kopf. »Aljoscha, ja.«

»Was denn?«

»Geschäftsmann, reich. Na ja, das eben, was du mir am Strand erzählt hast, Zwetkow.«

Ich zuckte unter seiner direkten Anrede zusammen. »Ich, Ihnen?«

»Sicher.« Er grinste schwach. »Du erinnerst dich doch an jenen Abend in Brighton, Zwetkow? Am Boardwalk?«

»Ja. Natürlich.« Meine Fingerspitzen sahen aus, als seien sie aus Wachs. Und wieder sträubten sich mir die Haare. Eigentlich sah er ganz normal aus. Ein feines, fast hübsches Gesicht. Irgendwie modern. Ein Gesicht von heute; ein Ausdruck, den du auf alten Fotos nicht findest. Mittellange, gewellte Haare. Ausdruckslose, aber auch arglose Augen. Kein unheimliches Feuer, keine geronnene Bosheit – nichts von dem ganzen Quatsch. Unendlich ausgeruht sah er aus. Das Kinn war etwas zu klein – nicht zu kurz, aber es lag zu nahe am Mund. Die Stirn rund und ohne Falten – eine praktische Intelligenz, die instinktiv erkennt, was sie bewältigen kann und wo sie scheitern muß. Ich schloß die Augen, sicher, daß ich sein Bild diesmal eingefangen hatte. Vergeblich. Kreisende, pulsierende Dunkelheit, gelöschtes Licht. Ich sah nichts, Iwan Andrejewitsch, nichts. Er hatte keine Seele.

Oleg stellte sein Bierglas hin, strich sich erfüllt Schaum vom Mund und setzte sich gerade hin. »So, meine Herren, das war's dann wohl, ich denke –«

»Halt.« Meine Stimme schnappte über, obwohl ich nicht laut gerufen hatte. »Halt, ich will vorher ... also, ich möchte noch wissen, wer dieser Aljoscha war. Der Name scheint euch ja doch irgendwie ... scheint euch etwas zu sagen?«

Ich hatte mich an den Einäugigen gewandt, und der enttäuschte mich nicht. Lächelnd nickte er Oleg zu. Der lehnte sich erfreut zurück, strich seine Schläfenhaare glatt und sagte: »Nun ja, Zwetkow. Wir hatten im Neunten vor langer Zeit einen ganz besonderen Mitarbeiter. Alexei Wladimirowitsch Stepanow, bekannt unter dem Namen Aljoscha. Kommunist, spindeldürr und bleich, ein unbeugsamer Fanatiker der Wahrheit und der Gerechtigkeit und drum natürlich bestens aufgehoben beim KGB.« Er lachte eitel vor sich hin. »Sonderbarer Mensch. Jedes Projekt hat er auf seinen revolutionären Gehalt hin beurteilt, und wenn er Korruption witterte, ist er böse geworden. Gott, er hat sich's schwer gemacht. Ein Masochist, verstehen Sie. Hat wie ein Tier gearbeitet; aber weil er ständig allen auf die Finger geschaut hat, ist er natürlich nicht vorwärtsgekommen. Keiner hat ihn gemocht. Wer mag schon Puristen. Sogar sein Büromaterial hat er selber gekauft. Um den Staat nicht zu belasten, verstehen Sie. Er war, wenn Sie so wollen, das Gegenteil von Wiktor Borissowitsch, nicht wahr, und als Wiktor zu uns ins Neunte wechselte, hat er ihn natürlich gleich gehaßt wie den Teufel. Ich glaube nicht, daß auf dieser Welt jemals so gehaßt worden ist, Zwetkow. Aber eigentlich war es nur logisch.«

Er nahm einen langen Schluck Bier und blinzelte mir zu.

»Nur logisch. Wiktor Borissowitsch war weltläufig, geldgierig und opportunistisch, Aljoscha provinziell, tugendhaft und prinzipienfest. Manche sagten, er sei nur neidisch auf Wiktor Borissowitsch, aber das war es nicht. Aljoschas Haß war Religion. Verstehen Sie? Es dauerte nicht lang, und Aljoscha hat begonnen, Wiktor Borissowitsch nachzuspionieren. Hat alles über seine Sonderaufgaben wissen wollen. Hat geahnt, daß hier etwas Unsauberes läuft.

Hat sich umgehört, hat Eingaben geschrieben, die Vorgesetzten bearbeitet, Aussprachen verlangt. Natürlich ohne jedes Ergebnis, die Sache war ja geheim. Aber das hat ihn nur angespornt. Schließlich merkt Wiktor Borissowitsch etwas. Er sieht, wie dieser Aljoscha ihn verfolgt, und vermutlich spürt er auch, wie er ihn haßt. Das hat ihn wohl sehr gequält. Wiktor Borissowitsch wollte immer geliebt werden, vestehen Sie; er war eitel. Jedenfalls schaut er eine Weile zu, wie sich der Mann, der ihm den Hals umdrehen will, im Kreise dreht. Und dann tut er etwas, was uns alle überrascht. Etwas Geniales, wenn Sie so wollen. Er sorgt dafür, daß Aljoscha in seine Gruppe versetzt wird. Neunundachtzig war das. Im Winter. Was für ein Leichtsinn, denken wir, was für eine Dummheit. Aber siehe da, die beiden scheinen sich plötzlich zu mögen. Es entwickelt sich eine sonderbare Freundschaft. Sie gehen zusammen auf die Datscha, in die Banja. Sie treffen sich zu viert; Aljoscha mit seiner Frau, wie hat sie geheißen? Albina. Wiktor Borissowitsch mit irgendwelchen Freundinnen. Sie tauschen Literatur aus, reden die Nächte durch und saufen, Sie glauben's nicht, Zwetkow: sogar Aljoscha nimmt hie und da einen Schluck. Und trotzdem.« Oleg war nachdenklich geworden. »Aljoscha hat sich nicht kaufen lassen. Er hat Wiktor Borissowitsch zwar in Ruhe gelassen. Aber wirklich gemocht hat er ihn nicht. Und das wurmte unseren Superspion gewaltig. Er wollte mehr, er wollte Freundschaft. Er hat alles versucht, aber er hat nichts erreicht. Nicht wirklich. Er ist an Aljoscha abgeprallt, jawohl. Hat ihn fürchterlich getroffen. Das war eine Niederlage, und Niederlagen war er nicht gewohnt.«

Waleri stand auf, ging ein paar Schritte und redete dann plötzlich. »Also, Zwetkow. Jetzt weißt du's. Das war Aljoscha. Eigenartig …«

Alle starrten auf ihn. Niemand hatte erwartet, daß er irgendetwas eigenartig finden konnte.

Waleri schüttelte den Kopf. »Eigenartig. Als ich Andrei umlegte. Und diesen … diesen Juri Wiktorowitsch. Da war mir, als werde ich geführt.« Er setzte sich auf einen Stuhl, legte sorgsam seine Beine übereinander und schwieg.

Wieder trat mir der Angstschweiß auf den Rücken. Ich beugte mich nach vorn und atmete durch den Mund. Was war nur los mit mir, Iwan Andrejewitsch? Heute versteh ich das auch nicht mehr. Waleri bedrohte mich nicht. Er schien mich zu mögen, seine Freunde hatten mir das Leben gerettet. Aber ich konnte ihn kaum noch ansehen. Verzweifelt suchte ich nach irgendeinem Halt. Das Atmen bereitete mir plötzlich Mühe. Verdammt, warum mußten wir auch hier unten sitzen, metertief unter der Erdoberfläche, in einem fensterlosen Restaurant am Ruderkanal? Durch die Musikfetzen, die von der Bar kamen, glaubte ich einen Eissturm heulen zu hören, obwohl das natürlich unmöglich war. Ich stellte mir vor, wie das Loch im Kanal, in das ich gefallen war, langsam wieder zufror. An den Rändern beginnt das Eis zu wachsen, in hauchdünnen Scheibchen, und langsam sich staffelnd breitet sich eine dünne Haut über das schwarze Wasser aus, eine mit schnurgeraden Fäden durchzogene, silbrige Schicht, die jeder Finger leicht durchstoßen kann, die aber keine Luft mehr durchläßt.

Der Einäugige streckte die Beine von sich und sagte mit geschlossenen Augen: »Sie müssen wissen, Zwetkow – Waleri hat ein emotionales Defizit.« Hatte er mich durchschaut? Alles schaute auf Waleri, und Waleri verneigte sich leicht, ernst und gefaßt. Ich spürte, wie mir schlecht wurde, schloß die Augen und dachte an Galja, an ihre schönen, leichten Gesten beim Rauchen, an ihr Morgenlächeln und, jawohl, Iwan Andrejewitsch, an ihre Nackenhaare, die ihren ganz eigenen Duft haben. Das tat weh, aber es gab Kraft. Ich schaute Oleg voll ins Gesicht und sagte: »Hören Sie mal. Jetzt habe ich aber auch noch ein paar Fragen. Erstens. Warum sind Sie eigentlich so sicher, daß Angela Sergejewna sich bei mir melden wird? Ich kenne sie doch kaum. Sie hat doch bestimmt andere Freunde, die ihr näher stehen?«

Der Einäugige sagte mit geschlossenen Augen: »Wegen dem Kind, Zwetkow.«

»Wegen was für einem Kind?«

»Ihrem Kind.« Jetzt öffnete er die Augen und verzog die Lippen zu einem säuerlichen Grinsen. »Gratuliere, Zetkow, Sie werden Vater.«

»Ich verstehe nichts.«

»Oh doch, Zwetkow, Sie verstehen sehr wohl. Angela Sergejewna hat in der Tat ein paar gute Freundinnen. Auch eine allerbeste Freundin, wie das eben so ist. Wir haben mit ihr geredet. Das heißt, Waleri hat mit ihr geredet. Sie war sehr mitteilsam. Angela Sergejewna hat ihr alles erzählt – gestanden heißt das wohl. Auch, daß sie schwanger ist. Und daß Sie der Vater sind.«

Ich lehnte mich steif zurück in meinen langsam trocknenden Rückenschweiß und ignorierte Olegs anzüglichen Blick. Wir hatten uns ins *Wolna* gesetzt an jenem Abend, Angela und ich, und schon beim ersten Bier berührten sich unsere Knie, und alles, was nachher kam, war so selbstverständlich wie der Nachmittagstee auf der Datscha. Angela setzte ihren nackten Fuß auf meinen Schuh, und als ich ihr sagte, sie mache sich schmutzig, lächelte sie nur und drückte mir ganz kurz die Hand. Dann rauchte sie und sah hinaus auf den hell erleuchteten Boardwalk, und während ihr Fuß mein Schienbein liebkoste, schaute ich in ihren Ausschnitt und schluckte. Sie atmete schnell und tief. Seit sie die Schuhe ausgezogen hatte, kam sie mir jung und geschmeidig und etwas liederlich vor. Sie wollte nicht reden. Sie rauchte und sah in die Nacht hinaus, hoch zu den Flugzeugen, ohne sich zu bewegen, und ich weiß nicht einmal, ob sie die Schlager hörte, die vom Boardwalk zu uns herüberdrangen. Ab und zu lächelte sie traurig, und ich vermutete, daß sie an Markow dachte, der vor zwei Stunden ein paar Meter weiter gedemütigt worden war. Ihr Lächeln war mir peinlich. Die Situation war mir peinlich. Was, wenn Bekannte auftauchten? Ich schaute mich um, suchte in den Gesichtern ringsum nach Argwohn oder hämischem Erkennen. Aber die Leute beachteten uns nicht. Angela schien alles egal zu sein. Sie drückte hastig, wie in einem plötzlichen Entschluß, ihre Zigarette aus, beugte sich vor und küsste mich, mit geschlossenem Mund, aber lang, lang, lang, und zupfte mich dabei hart am Ohrläppchen. Ihre Lippen waren trotz Lippenstift ziemlich rauh und schmeckten süßlich. Ich hielt still, entsetzt und entzückt, legte meine Hand halb beschwichtigend, halb liebkosend auf ihren Unterarm und wünschte ein wenig, sie würde aufhören. Aber sie küßte weiter und hielt mich fest dabei, und erst als der Kellner an unseren Tisch trat, wandte sie sich ab, unzufrieden, unruhig, mit flackernden Augen. Ich schaute mich um, aber außer dem aufmunternden Grinsen eines älteren, die Jugend von heute begeistert verstehenden Amerikaners stellte ich keine Reaktion fest. Wir zahlten, und ohne ein Wort zu sagen führte mich Angela aus der sauren Wärme des Restaurants hinaus auf den Boardwalk und hinunter zum Strand. Ich zog die Schuhe aus und folgte ihr mit klopfendem Herzen, wie ein Junge, der seinem ersten Abenteuer entgegengeht. Es war Ebbe, und es dauerte eine Weile, bis sich meine Augen so weit an die Dunkelheit gewöhnt hatten, daß ich den Pfützen ausweichen konnte. Ich war zusammengezuckt, als ich zum ersten Mal das erstaunlich warme Wasser unter den Füßen gefühlt hatte, die harten, kleinen Rippen im Sand und die Muscheln. Aber dann freute ich mich, wenn ich es schimmern sah, lief durch die Pfützen und spritzte Angelas Waden voll. Sie lachte ohne sich umzudrehen; ihr weißes Kleid schimmerte im Dunkeln wie das bleiche Fleisch einer Muschel. Sie ging rasch; ihre Beine, kürzer und etwas breiter ohne die Schuhe, bewegten sich sonderbar staksig, wie die Hinterläufe eines Tieres. An einem kleinen Steinwall blieb sie stehen, drehte sich um und umarmte mich fordernd. Ich trug in jeder Hand ein Paar Schuhe und hob hilflos die Arme, bevor ich sie fallenließ, angewidert von meiner Zaghaftigkeit. Während wir uns küßten, horchte ich ins Dunkel hinein. Vom Boardwalk her kam leise Musik; wenn der Wind drehte, war sie fast nicht mehr zu hören. Unten am Ufer fielen müde

Wellen in sich zusammen und starben mit leisem Rauschen im Sand. Angela drängte sich an mich und löste sich wieder, und dann hob sie ihr Kleid mit der gleichen sachlichen, etwas vulgären Bewegung, mit der Mutter vor dem Konzert jeweils noch einmal die Strumpfhosen hochgezogen hatte. Still, mit gesenktem Kopf, ohne Anmut zog sie den Schlüpfer aus. Ich zögerte. Ich begehrte sie, Iwan Andrejewitsch – oh, das war es nicht. Aber da war die Musik, da waren die Leute auf dem Boardwalk, und da war vor allem Markow, der jetzt ein paar hundert Meter weiter in seiner Wohnung saß, allein, und auf seine Frau wartete. Ich öffnete den Mund, aber in der Dunkelheit schienen mir Angelas Augen einen fremden, fast bedrohlichen Ausdruck anzunehmen, und ich schwieg. Komm, murmelte sie heiser und legte die Hände flach auf meine Brust. Komm jetzt, komm. Sascha. Sie drehte sich um, und in automatischer männlicher Hilfsbereitschaft zog ich ihr den Reißverschluß hinunter. Mit vorgerecktem Kopf, die Arme nach hinten verdreht, löste sie den Büstenhalter, zog ihn aber nicht aus. Von weitem drangen Stimmen durchs Dunkel. Hörst du? sagte ich und rührte mich nicht. Hörst du? Stimmen. Sascha, sagte sie leise. Laß die Stimmen. Laß den Blödsinn. Komm. Ich streckte den Hals wie ein Vogel Strauß und lauschte. Kultiviertes Lachen, erst männlich, dann weiblich. Ein Paar auf dem Nachtspaziergang. Hand in Hand vermutlich. Sie gingen durch die seichten Wasserzungen, die das Ufer leckten; ich hörte leises, regelmäßiges Spritzen. Das bewundernde, aufgeregte Lachen der Frau klang noch einmal auf und erstarb. Sie waren weg. Ich hatte sie nicht gesehen, sie hatten uns nicht gesehen. Wir standen hinter dem Steinwall im Dunkeln; geschützt, sicher, frei.

Galja, sagte ich und haßte mich. Ich habe eine Freundin. Galja. In Moskau. Sie ist …

Angela reagierte nicht.

Ich hab kein Präservativ dabei, sagte ich und krümmte mich fast vor Scham. Hast du vielleicht …?

Da schnaubte sie so verächtlich, daß ich die Augen schloß und sie heftig an mich zog. Eine halbe Stunde blieben wir an der Mauer stehen. Wir bewegten uns langsam, und Angelas Seufzer drangen wohl keine zwei Meter weit. Trotzdem lauschte ich immer auf Schritte, und als eine Möwe über uns hinwegglitt, erschrak ich so sehr, daß ich das Gleichgewicht verlor und mich, Angela mitziehend, auf einen großen Stein setzen mußte, um einen Sturz zu verhindern. Der langsame, hilflose, dank einem blind nach hinten ausgestrecktem Arm etwas gebremste Fall schien sie nicht zu stören. Sie legte ihren Kopf zurück und rieb zärtlich meine Stirn. Nachdem ich gekommen war, bat sie mich, noch ein paar Minuten in ihr zu bleiben, und sanft sich wiegend und recht schwer saß sie auf meinem Schoß, während sich mir die Kanten und Spitzen des Steins in den Arsch bohrten. Ich wünschte mir sie würde aufhören, aber jedesmal, wenn ich Anstalten machte aufzustehen, hob sie gebieterisch die Hand und bewegte sich etwas rascher. Ich drückte die Nase in ihr Haar und stellte fest, daß mich ihr süßes Parfum in dieser Nähe störte. Wir schauten zurück ans Ufer, nach Südwesten, hoch zu den Häusern, in denen die Leute beim Abendbrot saßen; wir waren in der Zwischenzone, zwischen den Menschen und dem Meer, in einem unbewohnten, flachen, öden Niemandsland, in dem es nach nichts roch, nicht einmal nach verfaultem Tang oder Asphalt. Ihre Brüste waren groß und weich, ich drückte sie hoch und gegeneinander, mit beiden Händen, und immer spürte ich dabei auf meinem Handrücken die Stange des Büstenhalters, dieses Indiz reifer, definitiver Fraulichkeit. Weder Galjas noch Tracys Büstenhalter enthielten derartige Einlagen; sie waren leicht, mädchenhaft und unerotisch, man konnte sie zusammenknüllen und im Koffer in Lücken stopfen wie Socken. Heftig drückte ich den Kopf in ihr Haar und flüsterte ihr Dinge ins Ohr, an die ich mich nicht mehr erinnere; bedeutungsvolle, unwichtige Dinge, die sie mit Schweigen oder mit leisem Murmeln beantwortete, ohne den Kopf zu drehen. Ich verstand nichts und wollte nichts verstehen. Sie wand sich langsam, in einem stummen, geilen Ernst. Sie beugte den Kopf nach vorn und legte ihn wieder zurück, aber nicht hastig, wie die Pornomodelle in den Sexshops am Times Square, sondern bedächtig, fast wie in Zeitlupe. Sie war eine Unbekannte, eine reife, elegante Unbekannte, die etwas tat, das mich nicht sehr viel anging. Einmal saß sie reglos, mit gesenktem Kopf, als ob sie sich ausruhen wolle, aber als ich mich besorgt zu regen begann, stoppte sie mich mit einem harten, beidhändigen Griff an meine Hüften. Ihre Haut wurde feucht, unter ihren Achseln bildeten sich Rinnsale. Schließlich lösten wir uns, sahen uns an und zeigten uns mit kleinen, raschen Küßchen, daß wir uns noch immer mochten. Angela hakte mit einer routinierten Bewegung den Büstenhalter ein und verschwand für zwei Minuten auf der anderen Seite des Steinwalls. Ich zog die Hosen hoch, zündete mir eine Zigarette an und stellte mir vor, wie sie jetzt meinen wäßrigen, warmen Samen in den Sand rinnen ließ, breitbeinig kauernd, die Arme auf den Knien, die Zehen zusammengekrallt in der Abendkühle. Gerne hätte ich gewußt, ob sie aufs Meer hinausschaute oder hoch zum Land. Auf dem Rückweg blieb sie plötzlich stehen. Sie vermißte ihren linken Ohrring, und wir gingen denselben Weg noch einmal zurück, gebeugt, mit kurzen Schritten. Ich hatte keine Hoffnung, in diesem Meer von Sand das kleine, schwarze Metalldreieck zu finden, doch als wir an unseren Platz an der Mauer kamen, kratzte das Plättchen schon nach ein paar Sekunden den Stein unter Angelas tastenden Fingern. Der unverhoffte Fund machte sie fröhlich, fast übermütig, und als wir hochgingen zum Boardwalk, erzählte sie wie erlöst aus ihrer Jugend. Es war, als habe sie mich plötzlich als Vertrauten akzeptiert, als wolle sie nachholen, was sie zuvor schweigend verpaßt hatte. Vielleicht wollte sie auch nur vermeiden, daß ich redete. Über den Boardwalk ging sie noch barfuß. Dann zog sie die Schuhe an und sah auf einen Schlag wieder damenhaft aus. Vor der *Seabreeze Plaza* verabschiedeten wir uns mit einem sachlichen, für die Augen des Portiers bestimmten Händedruck, und weil ich in einem Film gesehen hatte, wie ein Verliebter darauf wartete, daß sich die Frau, die er verehrt, nach ihm umdreht, blieb ich stehen und sah ihr nach. Sie stöckelte durch die

Glastür, grüßte den freundlich nickenden Portier und eilte über den Marmor zum Lift, klack, klack, klack; ich hörte es, weil sich die Haustür, pneumatisch gebremst, nur langsam schloß. Dann blieb sie stehen, wartete, und tatsächlich – sie drehte sich um und schaute in meine Richtung. Aber ich glaube nicht, daß sie mich sah. Ich stand im Dunkeln, und bevor ich den Arm heben und winken konnte, war sie verschwunden. Leise pfeifend ging ich zur Metro, mit einem warmen, angenehmen Brennen am Schwanz. Ich fühlte mich leer und erfüllt und benutzt, wunderbar benutzt. Selbstbewußt und immer noch erhitzt schritt ich auf die Plattform, setzte mich in den Zug und wartete liebend und vollkommen ruhig, bis sich die Türen schlossen.

»Sind Sie sicher, daß sie ein Kind bekommt? Sind Sie sicher, daß es von mir ist? Sie könnte ja auch, äh … andere Männer gekannt haben, nicht wahr?« Ich nahm mir eine Zigarette. Meine Hände waren eiskalt, ich begann zu frösteln.

Der Einäugige wehrte ab. »Ziemlich sicher, Zwetkow. Die Freundin war sehr überzeugend. Wir glauben ihr, in diesem Fall. Natürlich kann sie's abtreiben. Aber ich denke, daß sie's behalten will.«

»Wieso?«

»Überlegen Sie. Sie ist fünfunddreißig. Geld hat sie genug. Warum soll sie's nicht behalten? Die Freundin sagte, sie habe sich immer ein Kind gewünscht. Und wenn sie's behält, Zwetkow, dann garantiere ich Ihnen, daß sie sich bei Ihnen meldet. Früher oder später. Zweitens?«

»Wie, zweitens?«

»Sie haben zwei Fragen angemeldet. Die erste habe ich beantwortet. Nun?«

»Ach so. Ja, also. Was ich nicht verstehe – Sie haben sich doch sicher nicht alle meinetwegen hier nach Krylatskoje begeben? Ich meine, diese ganze Delegation. Ich verstehe zwar, daß Sie mit mir reden wollen. Aber hätten dafür nicht auch weniger Leute gereicht? Das ist doch, äh … Overkill.«

»Ich schätze Ihre Wortwahl, Zwetkow. Nun. Sie haben recht. Nein, wir sind nicht Ihretwegen hier. Nicht nur. Wir haben heute abend hier in der Nähe eine Besprechung mit den Leuten von der Solnzewskaja. Gleich oben an der Straße, in einem privaten Lokal. Es gibt ein paar Dinge zu regeln, und wir wollen rauskriegen, ob sie etwas wissen von Wiktor Borissowitsch und dem Geld. Kann sein, daß ihnen Juri doch etwas erzählt hat. Für solche Besprechungen nehme ich jeweils ein paar Leute extra mit. Wegen dem Eindruck. Und der Sicherheit. Daß Sie hier spazierengegangen sind, Zwetkow – das war reiner Zufall. Aber es kam uns gelegen.«

Er lehnte sich erschöpft in den Schatten zurück. Wie leicht du so einen alten Mann erledigen könntest. Der Alte bestand doch nur aus Haut und Knochen. Und aus einem Kopf, der an diesem Körper viel zu groß aussah. Wenn einer gescheit aussieht, hat das immer etwas Bedrohliches, finden Sie nicht, Iwan Andrejewitsch? Wer setzt schon Intelligenz ein, um sich Gutes auszudenken?

Ich beugte mich vor und blickte mit fiebrigem Ernst in sein gesundes Auge. »Entschuldigen Sie, aber wer sind Sie eigentlich? Ich kenne Ihren Namen nicht. Ich heiße Alexander Michailowitsch Zwetkow. Ich bin Journalist – war Journalist. Stellen Sie sich vor.«

»Oho.«

Er schmunzelte und drehte seinen Kopf ins Licht. Sein totes Auge erinnerte mich jetzt an das eines Wals. Es starrte mich an aus einer anderen Zeit und einem anderen Raum, gräßlich gescheit, unendlich mächtig. Vielleicht war er ja so etwas wie ein Wal, der Alte. Wale wollen springen, wollen sich aus dem Wasser erheben, aber sie kommen nicht recht hoch und gleiten immer wieder zurück, kaum haben sie den Kopf und die Hälfte ihres mächtigen, wasserumfluteten Leibes ans Licht gebracht. Sie sind zu schwer, sie können nicht fliegen wie die Delphine, die hoch über dem Wasser stehen und in der Sonne glänzen. Die Wale stemmen sich vergeblich gegen das Element, und drum singen sie in den eisigen Tiefen diese traurigen Lieder, die über Tausende von Kilometern zu hören sind und die mich im Seaquarium von Coney Island zum Weinen gebracht haben, oh doch, Iwan Andrejewitsch, ich gesteh's Ihnen gern. Vielleicht sehnte sich der Einäugige einfach nach Licht und Wärme. Er sah nicht aus, als habe er oft Sonne gesehen. Einen Moment lang war ich sicher, daß es meine Aufgabe war, ihm die Kraft zum letzten, gewaltigen Sprung zu geben. Einen Moment lang war mir, als bitte er mich darum. Man kann mit Walen Kontakt aufnehmen, Iwan Andrejewitsch. Wußten Sie das? Wenn du tauchst und sie gerade nichts dagegen haben, lassen sie dich ran, und du kannst ihnen um die Flossen schwimmen und ihre harte, muschelbesetzte Haut berühren, und wenn sie dich mögen, bringen sie vielleicht sogar ihren ungeheuren Leib mit dieser Zeitlupeneleganz in eine andere Lage und inspizieren dich, genauso, wie mich jetzt dieser eigenartige Alte musterte, mit kleinen, intelligenten, überanstrengten Augen. Er war müde. Seit seinem Oho war sicher eine Minute vergangen, und Oleg begann unruhig zu werden. Ob er das noch schaffen würde, heute abend mit der Solnzewskaja? Er brauchte Schlaf. Wale schlafen nachts in Buchten, Kopf nach unten, und die elastische, geteilte Schwanzflosse ragt in die Luft wie eine übergroße Wasserpflanze. Verdammt, ich hätte etwas Wasser brauchen können! Meine Wangen glühten. Fieber. Der Schmerz im Schulterblatt war stärker geworden. In den Gläsern brach sich das Licht der Deckenlampen und leuchtete grell, wie aufgemaltes Gelb.

Da schloß der Einäugige die Augen und öffnete sie wie vorher erst, als er beim zweiten Satz angekommen war. »Ich habe Ihnen gesagt, wer wir sind, Zwetkow. Mein Name tut nichts zur Sache. Wir sind vom Neunten. Wir waren vom Neunten. Heute sind wir unabhängig, ein Konsortium, wie gesagt, geleitet von einem Verwaltungsrat, in dessen Auftrag wir handeln. Vorsitzender, falls Sie das interessiert, ist der Genosse Gubin. Iwan Andrejewitsch Gubin.«

Er lächelte, als habe ihn etwas betört.

Das war das erste Mal, daß ich Ihren Namen hörte, Iwan Andrejewitsch, und auf der Stelle beschloß ich, mich an Sie zu wenden. Ich kenne nur wenige Leute, die sich in wirklich verantwortlicher Position befinden, und wenn jemand wie Sie ein Interesse an mir zeigt, muß ich diese Chance wahrnehmen. Sergei Maximowitsch ist der eine. Sie sind der andere. Von Sergei Maximowitsch habe ich nichts zu erwarten. Er mag mich nicht, weil ich kritisch über die Kohleindustrie geschrieben und den Russen Subversion zugemutet habe; mit ihm hab ich's verspielt. Macht nichts. Sie sind schlauer und mächtiger. Richtig frohlockt hab ich, als ich Ihren Namen hörte. Schön, klangvoll und komplex – Iwan Andrejewitsch Gubin. Eine Herausforderung, so ein Name. Trost auch. Am liebsten wäre ich auf der Stelle gegangen, um meinen Bericht an Sie in Angriff zu nehmen, aber ich wagte es nicht. Ruhe war über unsere Runde gekommen. Die Herren saßen schweigend und lauschten den Melodien, die aus der Bar kamen. Der Einäugige hielt die Augen geschlossen und schien zu dösen. Der vierte, der Stumme, legte behutsam seine Pistole auf den Tisch, zog Tücher hervor und begann, liebevoll an den schönen, eckigen Metallteilen herumzureiben. Dann hielt er den Lauf ans Ohr, schloß die Augen und bog den Zeigefinger langsam durch. Ein scharfes Klicken, und auf seinem breiten Gesicht erschien ein Ausdruck animierter, unkomplizierter Befriedigung, dem einer Hausfrau nicht unähnlich, die den Braten ins Wohnzimmer trägt.

Unter der Tür hielt ich den Einäugigen zurück. Wir waren als letzte die Treppen hochgegangen und standen zusammen mit den Leibwächtern in der Bar, in der die unglückliche Frau Gläser wusch. Die kleinen lokalen Banditen hatten sich beruhigt; sie saßen in einer Ecke und prosteten uns anbiedernd zu, wie Menschen, die unverhofft in den Genuß prominenter Nachbarschaft gekommen sind.

»Noch eine Frage. Dieser Aljoscha. Was ist aus ihm geworden?«

Er öffnete die Tür und trat in die Kälte hinaus. Der Leibwächter vor ihm zog die Pistole und schaute nach links und nach rechts. Es war dunkel und ruhig. Keine Spur vom Eissturm, den ich gehört hatte. In den Verwaltungshäusern an der Stirnseite des Kanals brannten die Lichter.

Er drehte sich um und zog seinen Schal übers Kinn.

»Ich wußte, daß Sie das fragen würden, Zwetkow. Nun, er wurde eines Tages ermordet. Man fand ihn auf seiner Datscha. Zwei Kugeln im Kopf, zwei im Bauch. Es gab eine lange Untersuchung. Intern, natürlich. Die Polizei haben wir rasch zurückgepfiffen. Sie hat sich nie mit dem Fall befaßt. Einen Polizeioffizier, der neugierig wurde, haben wir versetzen lassen. Die Resultate der Untersuchung wurden nie veröffentlicht.«

»Das ist alles?«

»Offiziell, ja. Aljoscha ist ganz einfach verschwunden. Routine. Kein Mord, kein Mörder. Das Ganze war gar kein Fall.«

»Und inoffiziell? Was wissen Sie?«

Er lächelte und seufzte. »Alles.«

»Sie wissen, wer Aljoscha umgebracht hat?«

»Ja.«

»Wer?«

»Wiktor Borissowitsch. Ihr Markow.«

XIX

»Markow?«

»Wiktor Borissowitsch, ja. Ich war dabei, Zwetkow.«

»Sie waren dabei?«

»Ja.« Der Einäugige strich sich über die Stirn. »Ach, sehen Sie. Aljoscha ist doch allen auf die Nerven gegangen, nicht nur Wiktor Borissowitsch. Und seit er sich mit dieser Sache im Neunten beschäftigte war alles noch viel schlimmer. Er stellte Fragen. Du stellst keine Fragen im KGB. Nicht als Untergebener. Vorgesetzte stellen Fragen. Die Fragen gehen nach unten, die Antworten nach oben. So war das. Aber Aljoscha hat sich natürlich nicht um solche Regeln gekümmert. Er hat Lärm gemacht, wie gesagt, hat Briefe geschrieben. An Krjutschkow, an Wolski. Auch an Gorbatschew. Scheußliches Zeug – Genossen, ich habe Ihnen Verrat zu melden. Gelder der Partei werden ohne Ihr Wissen ins Ausland gebracht, vorbei am Volk, vorbei an den Kadern, und so weiter und so weiter. Betrug am Sozialismus. Verabscheuenswürdig, reaktionär, was weiß ich. Er hatte sich eben nicht korrumpieren lassen, Aljoscha. Und eines Tages kündigt er an, da seine internen ›Vorstöße‹ nicht genützt hätten, werde er sich an die Öffentlichkeit wenden. Er, Alexei Wladimirowitsch Stepanow, werde den Medien Bericht erstatten, das sei seine Pflicht, es gehe um sein moralisches Antlitz. So hat der geredet, Zwetkow, wirklich. Immer nur so. Wie ein Roboter.«

»Und? Ist er zu den Zeitungen gegangen?«

»Wo denken Sie hin. Wer hätte das schon abgedruckt? Nein, das war im Winter neunzig, Zwetkow. Vor der … Tragödie. Da gab es die Sowjetunion noch, und das KGB gab es auch, und die Leute hatten noch Respekt und hielten das Maul. Was glauben Sie, was damals passiert wäre, wenn einer mit einer solchen Geschichte auf Ihre Redaktion gerannt wäre?«

»Keine Ahnung.«

»Man hätte sofort das KGB unterrichtet. Man hätte mit den Leuten geredet, mit Wolski, mit Krjutschkow. Und dann hätte man die Finger von der Sache gelassen. Nein, das war keine Gefahr. Das ist übrigens auch heute keine Gefahr – ich komme, ich komme!« Er winkte beschwichtigend zu den Autos hinunter, von denen ein mahnender Ruf gekommen war. Dann trat er näher an mich heran und hob den Finger. »Aber es reichte, Zwetkow. Verstehen Sie? Es reichte ganz einfach. Man hatte genug von Aljoscha. Der Befehl kam von oben, ich weiß nicht, von wem. Ist auch egal. Und Wiktor Borissowitsch hat die Sache gleich selber erledigt. Er hat Aljoscha gehaßt wie ein verschmähter Liebhaber. Er hat doch alle gehaßt, die nicht das taten, was er wollte. Also hat er ihn erschossen, auf der Datscha. Ich war dabei.«

»Wie … wie hat er ihn erschossen?« Ich zitterte, streckte den Kiefer und preßte die Ellbogen an die Rippen. Die Kälte. Das Fieber.

»Ach, ganz einfach. Wir trinken Tee. Aljoscha geht in die Küche, er ist Gastgeber. Wiktor Borissowitsch steht auf und sagt, na, dann woll'n wir mal. Ich weiß es noch. Zieht die Dienstpistole, steckt sie unter den Pullover. Geht in die Küche. Wasser rauscht, dann kommt der Schuß. Dann der zweite, der dritte, der vierte. Wiktor Borissowitsch kommt zurück. So, sagt er. Das wär's. Gehen wir. Und wir gehen.« Sein kleines Mündchen spitzte sich, er spuckte in den Schnee. Dann drehte er sich weg und schaute in den Himmel.

Ich schüttelte den Kopf. »Hören Sie, das ist doch Irrsinn. Entschuldigen Sie. Das heißt doch, Sie waren Zeuge. Mitwisser. Hat man denn – hat man denn keine Angst gehabt, Sie könnten …?«

Er schaute an mir vorbei in die Ferne. In seinem toten Auge stand so etwas wie Trauer. »Nein.«

Ich klopfte mit den Turnschuhen ein festes, kleines Quadrat in den Schnee. »Und seine Frau? Albina?«

»Hat ihn am nächsten Tag gefunden. Sie ist hinausgefahren, weil er nicht angerufen hatte. Ach, sie hat ziemlich Lärm gemacht. Beschuldigte sofort Wiktor Borissowitsch; sie hat ihn immer durchschaut. Klug war sie, klug. Zur Polizei ist sie gelaufen und zu den Zeitungen. Wirklich, Zwetkow, es war recht unangenehm. Wir hatten Mühe, sie zur Ruhe zu bringen. Es gab Pläne, sie notfalls auch zu eliminieren. Aber wie sich dann herausgestellt hat, war das nicht nötig.«

»Wieso? Hat sie sich umgebracht?«

»Wie kommen Sie da drauf? Nein. Nein, sie hat einfach aufgegeben. Sie war gescheiter als Aljoscha. Sie ist auf die Datscha gezogen, und dort lebt sie noch immer. In der Nähe von Desna. Kennen Sie's?« Er lächelte plötzlich breit. »Ein kleines Dorf, nicht weit von Moskau. Sie fahren die Profsojusnaja hinunter, und dann immer geradeaus, Richtung Südost. Sie lebt gut dort, wie man hört. Die Pension von Alexei Wladimirowitsch Stepanow wird regelmäßig bezahlt. Und vom Komitee hat sie auch etwas Geld bekommen. Eine beträchtliche Summe, doch. Außergewöhnlich. Hat einigen Neid erregt. Aber es war richtig. Und sie hat verstanden. Seither hält sie still.«

Er legte den Kopf schräg, konzentrierte sich noch einmal und faßte mich am Arm. »Hören Sie, Zwetkow. Wir werden Sie im Auge behalten. Und wir vertrauen darauf, daß Sie sich melden, falls Sie etwas hören von Angela Sergejewna. Falls Sie sich nicht melden, wäre das für Sie von großem Nachteil. Und denken Sie über unser Treffen nach. Ich bin sicher, Sie werden die richtigen Schlüsse ziehen. Auf Wiedersehn.«

Kein Händedruck.

Vorsichtig ging er die Treppe hinunter und richtete einen argwöhnischen Blick auf den Baumstumpf, der im Licht der Leuchtschrift rötlich schimmerte. Die Herren warfen ihre Zigaretten weg und verschwanden in den Autos. Einer der kräftigen Jungs hielt ihm die Tür auf und schlug sie, als er im Wagen verschwunden war, mit dosierter Kraft zu. Ein sattes, hochklassiges Klicken, dem der Pistolen des Leibwächters nicht unähnlich. Langsam und fast unhörbar setzte sich der Konvoi in Bewegung. Unter den Rädern knirschte der gefrorene Schnee.

Eine Hand legte sich auf meine Schulter. Oleg.

»Sie sehen krank aus, Zwetkow. Kommen Sie. Ich fahr Sie nach Haus.«

XX

Nach ein paar Tagen im Bett ging ich in den Fili-Park.

Es war warm, der Schnee war weich, in der Luft hing ein leises Frühlingsversprechen. Ich fühlte mich neu, schwach und rein. Drei Tage lang hatte ich still gelegen und an gar nichts gedacht, aber dann, als ich mich eines Morgens unter Vaters müdem Blick mühsam aufrichtete und gierig den heißen Tee schlürfte, den er mir hingestellt hatte, kam mir der Baum in den Sinn.

Vorsichtig, mit kleinen, vorsichtigen Schritten stieg ich hinunter zur Moskwa und spazierte den Uferweg entlang. Der fettige, zu Eis gepreßte Schnee saugte sich an den Sohlen fest, und in den ersten Löchern im Eis gurgelte frisches, schwarzes Frühlingswasser. Kreischend schwangen sich die Krähen von Baum zu Baum und ließen mich keinen Moment aus den Augen. Nun, wo ist er? Er ruft, Sie erinnern sich, Iwan Andrejewitsch. Ich blieb stehen und schloß die Augen, aber erst, nachdem ich sichergestellt hatte, daß ich der einzige Spaziergänger war. Nichts. Ein warmer, unsteter Wind biß mich in den Hals und schlüpfte in die Ärmel der Windjacke. Langsam ging ich weiter. Dort, eine einzelne hohe Birke. Ein schöner Baum, der weit in den Boden zu reichen schien; schlank, mit schwarzen und silbrigen Streifen und großen, dunklen Rechtecken zwischen eingerollter Borke. An den Ästen zitterte fahles Winterlaub, und um dem Stamm herum war der Schnee eingesunken. ›Rufen‹, das darf man nicht wörtlich nehmen, Iwan Andrejewitsch. Ich schaute den Baum an und wußte, der ist's. Da stand er und lockte mich, indem er sachte die Zweige bewegte. Ich schaute mich noch einmal um, stapfte durch den Schnee und blieb neben ihm stehen. Keine Hundepisse, immerhin. Natürlich, solche Bäume fürchtet die niedrige Kreatur. Ich beugte mich vor, umfaßte den Stamm mit beiden Händen, legte das linke Ohr an die Rinde und schloß die Augen. Nach einer Weile öffnete ich sie wieder und schaute hoch in die Äste. Aufgeregt wisperten die dürren, zusammengerollten Blätter. Sie klammerten sich an das lebende Holz wie Käferlarven, gehalten von einem erstarrten Sekret, nicht von der Kraft des Lebens. Ein Vogelnest steckte hoch oben in einer dünnen, unzuverlässig aussehenden Astgabel. Es hob sich deutlich vom milchigen Himmel ab, ein schwarzer, großer Flecken, eine Ganglie im Nervengeflecht der Äste. Ich legte den Kopf wieder an die Rinde und fragte.

Hat Markow Aljoscha umgebracht?

Nichts. Vom Fluß her Kinderstimmen, jubelnd, mutig. Nun gut, lassen wir mal das Umbringen. Die Liebe gibt mehr her, nicht wahr? Du begehrst meine Frau, nicht wahr, Alexander? hatte mich Markow gefragt. Beim zweiten oder dritten Treffen war es, ich weiß es nicht mehr genau, jedenfalls Tage nach unserer Umarmung am Strand. Angela Sergejewna stand schweigend auf und ging in die Küche, ich dachte schon, sie sei beleidigt, aber sie kam gleich wieder zurück, mit einer neuen Flasche Wein, und lächelte mir aufmunternd zu, so daß ich Mut faßte und sagte: Ja, natürlich, welcher gesunde Mann würde eine so schöne Frau nicht begehren, Gennadi Borissowitsch? Das ist doch ganz natürlich, hahaha. Ich schämte mich, meine Stimme wollte versagen vor so viel Unsinn, aber du verstehst, Baum – ich wollte abwehren, wollte die Gefahr mit einem kleinen dummen Scherzchen ins Arglose umbiegen. Doch was nützt das bei einem Menschen wie Markow? Nichts natürlich, und als er mich stumm ansah, nicht unfreundlich, aber stumm eben, als warte er auf ein Geständnis, da packte mich eine kreisende, nervöse Unruhe, und ich redete weiter wie ein Trottel, eigensinnig, unaufhaltsam, und während ich saß und quatschte, betrachtete mich das Ehepaar Markow ruhig, wissend und unendlich vereint, wie mir schien, und als ich ausgeredet hatte, lachten sie mich auch gemeinsam aus, und ich lachte mit ihnen und dachte, da bist du noch einmal glimpflich davongekommen. Aber eine kleine Unsicherheit blieb, und sie ist bis heute geblieben. Noch heute weiß ich nicht, ob Angela Sergejewna Markow von unserem Abenteuer am Strand erzählt hat. Weißt du das, Baum? Fallen solche Fragen überhaupt in deinen Kompetenzbereich? Möglich, daß sie ihm nichts gesagt hat, möglich, daß ihr unbefangenes Lachen an diesem Abend nichts als meisterliche Tarnung war; die Frau ist gescheit. Sie war mir nah an jenem Abend, viel näher als damals am Strand. Am Strand war sie mir erhaben vorgekommen, einsam, schutzlos auch, vor allem, nachdem sie wieder in ihre Schuhe geschlüpft war. Da hatte sie nicht nur reifer ausgesehen, sondern auch älter, mir fiel ihr faltiger Hals auf und diese Schwere um die Hüften, die gewisse Frauen nicht mehr weggkriegen, selbst wenn sie ihren Freundinnen sagen, daß sie sich nie wohler gefühlt haben als jetzt, wo sie mollig geworden sind. Aber ich bewunderte sie, weil sie mir zum Abschied die Hand reichte, ohne auch nur das Geringste zu unserer Umarmung zu sagen, obwohl uns draußen auf der Straße niemand hätte hören können. Sie wollte weder Versprechungen noch Abmachungen, sie ermahnte mich nicht zu schweigen; das einzige, was sie bekümmerte, war Markow, war ihr Mann, und nichts hätte unwichtiger sein können, als daß sie ihn eben betrogen hatte. Sie hatte noch nie geboren, Angela Sergejewna, sie war eine reife Frau, aber kinderlos, und jetzt ist sie schwanger, und zwar von mir – wenn es stimmt, was diese alten Säcke sagen. Stimmt es, Baum? Hör', ich hab kein Kind, und ich weiß wirklich nicht, ob ich eins will. Mein Kind ist Julia, Julia mag ich, vor allem nachts, wenn sie in meine kleinen, besoffenen Augen staunt, aber auch tags, wenn sie sich am Tischbein hochzuziehen versucht und wieder hinplumpst, ohne Schreck und ohne Überraschung, es ist mehr ein Sichsetzen, und sich gleich wieder hochzieht, zielstrebig, kleinkindlich seufzend und überhaupt nicht verärgert darüber, daß ich ihr nicht helfe. Denn ich helfe ihr nie, sondern schaue unbeweglich von meinem Sessel aus zu, wie sie arbeitet; mit wehem Herzen schaue ich, denn verdammt noch mal, was weiß das Kind schon von der Welt, in die es sich so mühsam hochzieht? nichts weiß es, und dann strahlt es mich auch noch an, wenn es endlich steht, beglückt, schwankend und etwas leichtsinnig, denn patsch, da sitzt es schon wieder, und während es den Blick aufs neue mutig in die Höhe richtet, merke ich, daß ich Julia mag, weil ich Mitleid mit ihr habe, und das ist nicht richtig, das haben mich Tracys gelassene Freunde gelehrt, Mitleid haben ist Scheiße, Mitleid erniedrigt den Bemitleideten und erhöht den Mitleidenden, und deshalb gehört es eliminiert, und ich werde mich bemühen, kein Mitleid mehr mit ihr zu haben. Als ob ich noch Gelegenheit dazu hätte! Ich habe doch Julia schon seit Wochen nicht mehr gesehen, und ich vermisse sie, wirklich, fast wie ein Vater, dabei ist Serjoscha Julias Vater, mein Freund Serjoscha – wo ist er eigentlich? Es ist, als habe ihn der Erdboden verschluckt. Sein Verschwinden beunruhigt mich, ich leide, wenn ich vor seiner Tür stehe und lausche und nichts höre, ich warte auf seine Schritte, auf das erregte Gekeuche seines Köters unten und die beschwichtigenden Worte oben, ich warte auf das Rasseln der Riegel, auf das Klirren der Kette, aber nichts geschieht, und die Stille verstopft mir die Ohren, und ich drehe mich um und poltere die Treppe hinab – verdammt, haben sie ihn etwa auch noch umgebracht? Wo ist Serjoscha? Los, Baum, sag mir, wo Serjoascha ist!

Ich öffnete die Augen. In den Himmel hinter den Ästen hatte sich milchiges Blau gemischt; ein paar blasse, fast durchsichtige Win terwolken wanderten nach Osten. Was mußte dort oben für ein Wind wehen! Hier war nichts davon zu spüren. Die Blätter bewegten sich kaum, sie redeten leise und verstummten immer wieder, alle zugleich, und erhoben alle zugleich wieder ihre Stimmen.

Hat Markow Aljoscha umgebracht?

Das ist dir wohl zu einfach? Machen wir's schwieriger. Ich stehe am Fenster, es ist nur ein paar Wochen her, und sehe Galja nach Hause kommen. Sie geht über den Hof, ich schau ihr vom Fenster aus zu, ich telefoniere, und weil ich das Gespräch nicht unterbrechen möchte, ermuntere ich sie in Gedanken und sage, halt, Galja, halt, bleib stehen, bleib doch dieses eine Mal stehn im Hof, schwatz mit den Nachbarinnen, gib mir noch ein paar Minuten. Und wirklich, unglaublich, sie unterbricht ihren stolzen Marsch, steht still, lächelt, grüßt die Damen Maximow und Sokolow und Rybkin und redet mit ihnen, seit Jahren müssen sie darauf gewartet haben. Erleichtert rede ich weiter. Es ist Tracy, ich mußte sie anrufen, ich mußte ihre Stimme hören, ihre Morgenstimme, denn bei ihr ist Morgen, und ich weiß, sie liegt noch im Bett, und verzweifelt begehre ich sie, und verzweifelt freue ich mich über jede Minute, die Galja unten mit den Damen von der Flotskaja verbringt, denn das treibt die Rechnung für dieses transatlantische Gespräch in schwindelerregende Höhen, und das ist mir recht, denn dieses Gespräch ist auch eine Rache, Galja hat mich auf die Straße gesetzt, am Vorabend erst, und wenn sie mich schon rausschmeißt, dann soll sie wenigstens für mein Seelenheil zahlen, das ist das mindeste, Boris ist ja auch nicht knausrig, soll sie ihm doch die Rechnung schicken. Tracy fragt und lacht, sie schmeichelt mit Worten und mit Schweigen; seit sie vom Mord an Juri Wiktorowitsch weiß, ist sie wieder ganz die meine, und natürlich erzähle ich ihr von meinen Erlebnissen mit den Jungs von der Solnzewskaja, nicht ganz wahrheitsgetreu, aber fast, das darf mir niemand übelnehmen, und während ich Tracys teilnahmsvolle Fragen beantworte und auf Galja hinuntersehe dabei, die mir an diesem Morgen noch einmal kühl empfohlen hatte, mir doch eine andere Bleibe zu suchen, wird mir plötzlich leicht ums Herz, und aus dem verzweifelten Begehren wird ein unbelastetes, fröhliches, das ich sofort mit einer erregten, etwas heiseren Tracy teile, und aus der verzweifelten Freude, Galja da unten stehen zu sehen, während ich ihr Geld in den Ozean werfe, wird unschuldige Entrückung, und wie sie schließlich vor mir steht, versehen mit sämtlichen Neuigkeiten aus der Nachbarschaft, komme ich aus dem Lächeln kaum mehr heraus, was sie beträchtlich irritiert, und natürlich, Baum, liebe ich sie in diesem Moment mehr denn je, ich weiß nicht, warum, und während ich sie mit meiner guten Laune verwirre, schaue ich immer wieder aufs Telefon, an dem noch mein Handschweiß klebt, und frage mich, warum sie immer so mißmutig gewesen war, nachdem Boris bei uns vorbeigeschaut hatte, so ganz und gar verdrießlich, wo mich doch der Kontakt mit meiner Geliebten so fröhlich macht. Warum? Warum, Baum, hat sie kaum noch den Mund aufgebracht, nachdem Boris sie besucht hatte? Ich grinse, bis sie böse wird, ich biete ihr an, Bier zu holen, in der törichten Hoffnung, daß wir uns im Rausch vielleicht versöhnen, und federnd trabe ich durch den Freundschaftspark, in einer fast schon militanten Hochstimmung, grüße die Leute, sogar die Nachbarn, und merke, wie sie mir neugierig nachschauen – das Glück der andern ist fast so interessant wie ihr Unglück.

Hat Markow Aljoscha umgebracht?

Wenn Galja wüßte, wie sehr mir ihr Haarknoten gefällt. Dieses lockere, duftige, leicht wippende Gebilde über ihrem Hals, aus dem am Abend kleine Strähnen herausfallen, darunter der Flaum, fein wie Babyhaar, der sich im Nacken verliert. Sie senkt den Kopf am Morgen, steckt sich grimmig die Haarnadel in den Mund, hebt die Arme, hantiert grob mit verschiedenen Strähnen, wirbelt, dreht und stopft nach einem mir unverständlichen, sehr komplizierten Plan und steckt schließlich mit einer entschlossenen Bewegung die Nadel durch das kunstvolle Gebilde, mit weit aufgerissenen Augen und zusammengepreßten Lippen, ohne etwas zu sehen. Tracy behandelt ihr Haar mit der gleichen groben Sachlichkeit. Sie legt den Kopf auf die Seite und streckt ihre drahtigen Wellen mit harten, langen Strichen. An verknoteten Stellen wird sie noch heftiger. Sie greift sich oberhalb der problematischen Stelle eine Strähne heraus und verdoppelt die Strichkadenz, zähneknirschend, in stiller, geduldiger Wut, sie reißt sich die Haare zu Dutzenden aus, und ich wunderte mich immer, wie leicht diese drahtigen Fäden plötzlich waren; sie blieben an der Bürste kleben, schwebten mit ihr hoch und nieder, folgten ihr geschmeidig wie Seegras in den Wellen, sie glänzten hellrot im New Yorker Morgenlicht, und manchmal schwebte eines langsam zu Boden und wurde auf dem Teppich dunkel und klebrig. Abends, wenn wir irgendwo saßen, fand ich ihre Haare auf meinem Hemd und rollte sie auf den Zeigefinger, sie waren phantastisch strapazierfähig, und ich versuchte ihnen neuen Drall zu geben, was nie klappte, denn ihre Locken waren reine Natur, da wurde nichts gebrannt und nichts geföhnt, das war nicht nötig, Tracy erklärte mir das oft, nicht ohne Stolz, und stets inspizierte sie dabei mit vorgestülpter Unterlippe ein Büschel, das sie sich aus der roten Pracht herausgegriffen hatte. Ich schaute sie an und war glücklich. Russisches Glück in Amerika. Und hier in Moskau? Hier hörte ich Galja zur Tür hereinkommen, hörte ihr erstaunlich lautes Ächzen beim Anziehen des Mantels, hörte sie summen beim Lesen, leise, selbstvergessen, sah sie lächeln, wenn sie sang und mich anschaute dabei, und war glücklich. Ist das mein Problem, Baum? Ich will jemandem danken für mein Glück, aber ich weiß nicht, wem.

Eigenartig. Hier knie ich vor dir, Baum, demütig, weil ich etwas wissen will, dabei haben mich diese KGB-Säcke zwei Stunden lang aufgeklärt, als würden sie dafür bezahlt. Ich platze fast vor Wissen, aber trotzdem kommt mir das Ganze unwirklich vor, trocken wie ein Traumbild. Den Einäugigen kann ich mir noch in Erinnerung rufen, aber diesen Waleri gibt es nicht mehr für mich; wie soll ich wissen, ob er überhaupt existiert? Er ist jetzt wie Trevor, Tracys Freund – eine Stimme aus der Ferne, ohne Körper, aber mit einer gewissen Autorität. Ich denke ungern an Trevors Stimme, sie klang hektisch und männlich, irgendwie eindrücklich. Ich stellte ihn mir immer mit einem Seidentuch um den Hals vor, Seidentücher haben etwas Eindrückliches, und ich wurde unruhig, wenn seine Stimme aus Tracys Handy kam, er störte mich, er machte mir angst, er hätte mich sicher verhauen; Amerikaner sind ganze Kerle, sie verhauen nicht ihre Frauen wie wir, wenn sie sie mit andern erwischen, sondern ihre Konkurrenten, sie springen sie an, quer übers Bett hinweg, mit wildem Schrei, es kracht, und die Frauen schreien und raffen das Bettuch und du kommst in real trouble.

Vater. Warum liebe ich Vater?

Das interessiert mich, Baum. Er ist ja nicht nur gut. Er ist alt, eigensinnig, leicht irritierbar und nachtragend, mehr noch als Tracy. Er haßt die Kollegen; alle sind sie Versager und Verbrecher; keiner, der etwas taugte. Sind Nachtragende die besseren Menschen? Liebe ich ihn, weil er ernsthaft und fleißig ist? Vielleicht ist es wirklich so, wie Markow gesagt hat, vielleicht kommt es drauf an, ein wenig besser zu sein. Vermutlich ist es die Unermüdlichkeit. Vater ist, wie Markow war – unermüdlich. Er steht an der Moskwa und hebt seine Hanteln, eine bemitleidenswerte Gestalt mit schlaffen, dünnen Armen, da nützt ihm alles Stemmen nichts. Er wirft die Arme hoch, immer wieder, weder strapaziert noch begeistert, nur einfach fleißig; sie ist so sinnlos, diese Akrobatik, aber immerhin, da steht er und weiß, was er tut und was er morgen tun wird, und mit Markow war es das gleiche, er hat unermüdlich geredet und gesoffen, nicht entspannt und nicht überlegen, nur unermüdlich, und deshalb liebte ich ihn.

Es riecht nach Verwesung.

Hier, unter meinem Knie, was ist das? Ein Vogel, ein toter Vogel, ziemlich groß, keine Krähe, kein Star, ein Vogel eben, ich kenn mich nicht aus mit Vögeln. Da liegt er, mit blinden, bläulich-weißlich schimmernden Augen, halbgeschlossenen Lidern und nach hinten verbogenem Hals. Der Schnabel ist leicht geöffnet, von Blut ist nichts zu sehen. Sein Gefieder liegt am Körper an und scheint erstaunlich trocken, trotz des Schnees, nur die Federn am Hals sind naß, sie haben sich zu regelmäßigen, dünnen Kränzen verklebt und geben den Blick frei auf einen unglaublich dünnen, weißen Hals. Ich strecke die Hand aus und schiebe die nassen Federchen zur Seite: ein knorpeliges, etwas schmieriges Röhrchen gerät mir zwischen die Finger. Süßlicher, leicht schimmliger Geruch. Ich rutsche weg und reibe die Hände mit Schnee ein, plötzlich angewidert vom gefiederten Aas. Schade, daß Markow Galja nie kennengelernt hat. Sie hätten sich gemocht, da bin ich sicher, er hätte sich gefreut über ihre Schönheit und ihren ungeschickten Ernst, vielleicht hätte er sich lustig gemacht über sie, aber das wär mir egal gewesen, ich mochte ihn, er konnte sich einiges herausnehmen. Und er mochte mich, und seine Frau mochte mich auch, und er mochte es, daß wir am Strand waren und uns liebten, nachdem er verhauen worden war; das war ihm recht, mehr als recht, eine Genugtuung war ihm das, und jetzt weiß ich's endlich: Deshalb mochte ich ihn. Ich mochte ihn, weil ihm das eine Freude war, doch, das hab ich deutlich gespürt; er war stolz auf seine Frau und stolz auf mich und stolz auf sich. Eine stolze Gruppe waren wir. Natürlich war er auch betrunken, jedenfalls war er in Feststimmung an jenem Abend, es ging ihm noch einmal gut, er schwankte weniger als sonst beim Gehen, er holte die Weinflaschen selber, er spürte vermutlich gar nicht, wie er übers Parkett eilte, von der Küchentür her strahlte er uns an, glasig und selig, vielleicht war es ein letztes Aufbäumen, richtig aufgekratzt war er, vielleicht hat es ihn sogar erregt, unser Abenteuer, ist ja möglich, jedenfalls haben wir eins ums andere Mal angestoßen, vollkommen versöhnt, und als es Zeit wurde und ich Anstalten machte zu gehen, hat er sich vorgebeugt und uns beide an der Hand genommen, gleichzeitig, im Sitzen, und hat uns alles Gute gewünscht, ganz still, ohne die üblichen Markowschen Schnörkel, und dann hat er geweint, ohne sich die Tränen abzuwischen, sie liefen ihm links und rechts an der Nase runter und in den Mund, und es war mir äußerst unangenehm, ihn so zu sehen, nicht wegen der Tränen, sondern wegen der Hand, die er nicht mehr hergab, ich hätte sie gerne zurückgezogen, aber er drückte sie, unermüdlich, zitterig, mit krankem Schweiß, und wir saßen fest, Angela Sergejewna und ich, es war furchtbar, ich hasse es, wenn sich die Leute an den Händen fassen, an Tracys Universität hatten sich in einer Pause ein paar Studenten an der Hand gefaßt und gesungen, um gegen etwas zu protestieren, sie bildeten einen großen Kreis und lachten sich an und sangen ›We shall overcome‹ – es war grauenhaft, ich mußte auf der Stelle raus, Tracy hat sich gewundert, sie glühten fromm wie unsere Kommunisten, wenn sie die Internationale singen; aber damals, an jenem Abend bei Markow, da sang niemand, und keiner wollte recht haben und keiner siegen, und drum saßen wir einfach da, versöhnt, vereint, besoffen, und nach einer Weile fiel der Widerwille von mir ab, und ich begann seine Hand auch zu drücken, Gott, was soll ich mich zieren? Der Mann stirbt, und er spürte es und grinste ein wenig durch seine Tränen, grinste und weinte, und ich konnte meine Augen nicht mehr von seinem Gesicht abwenden, von diesem kräftigen, ausgelaugten, überheblichen, sterbenden Gesicht, nie habe ich ein schöneres gesehen, das schwöre ich, nie in meinem ganzen Leben, und wenn es tausendmal das Gesicht eines Mörders ist, das ist mir jetzt egal, wirklich, denn damals war es unfaßbar schön, und ich tastete nach Angela Sergejewnas Hand, drückte sie, und weinte auch.

XXI

Brief von Markow.

Mit ein paar Zeilen Angela Sergejewnas. Vaters Zettel daneben: ›Eine junge Dame, Natalja Wladimirowna mit Namen, ist am Abend vorbeigekommen und hat diesen Brief für dich abgegeben. Wir haben uns zwei Stunden unterhalten, sie hat Biskuits gekauft und Tee gekocht. Du hast nicht gefehlt. Eine außerordentlich sympathische und intelligente Dame, gewiß nicht ohne akademische Bildung – in welcher Beziehung steht sie zu dir? Sie wäre der richtige Umgang für dich. Sei leise, ich habe kaum ein Auge zugetan letzte Nacht.‹

Ich riß den Umschlag noch im Flur auf. Zwei Blätter, mit der Maschine geschrieben, enge Schaltung, wie bei den Spinnern, die den Unsinn, den sie täglich auf die Redaktionen schicken, auch immer so zusammenquetschen. Klare, manchmal erstaunlich lange Sätze, aber unzählige Tippfehler. Ich habe sie für Sie korrigiert, Iwan Andrejewitsch, was sollen Sie sich quälen?

»Alexander, verehrter Freund,

ich beneide Sie. Sie wissen mehr als ich; zumindest nehme ich das an, jetzt, wo ich schreibe. Ich habe mich entschlossen, meinem Leben ein Ende zu setzen. Es ist nicht mehr viel wert. Die Schmerzen sind unerträglich geworden, die Gelegenheit ist günstig. Ich habe heute auf Morphium verzichtet, damit ich Ihnen schreiben kann, aber ich habe viel getrunken. Verzeihen Sie, wenn ich abschweife oder eigenartig werde. Ich sitze im Büro. Ich war öfters hier in den letzten Tagen, ich hatte plötzlich die Vorstellung, daß die Atmosphäre um Wladimir Anatoljewitsch etwas Krebsbesiegendes haben könnte. Wegen Sauerstoffmangel oder ähnlichem.

Die Vorstellung war falsch, wie mir der Arzt heute morgen bestätigt hat. Es hat mich seit langem gereizt, Ihnen zu schreiben. Der Gedanke, daß Sie dieses Papier, dieses Papier hier in den Händen halten, wenn ich tot bin, fasziniert mich. Ich habe Angela angewiesen, Ihnen den Brief erst nach ein paar Wochen zu schicken.

Drollig, dieses Zittern. Prost.

Wie gesagt, Alexander, Sie wissen mehr als ich. Sie leben, ich bin tot, und ich gehe davon aus, daß ›tot sein‹ dasselbe ist wie ›nicht sein‹, und wer nicht ist, kann auch nichts wissen. Richtig? Wenn ich es bedenke, ist dieses Defizit an Wissen das einzige, was mich stört an meinem Krepieren. Übrigens erstaunlich, daß nur noch Klischees verwendbar sind in meiner Lage: Ich habe Angst. Und es ist so schwarz dort, so leer.

Vermutlich haben Sie inzwischen Kontakt mit meinen Kollegen vom Komitee gehabt. Famose Kerle, was? Ich mag sie nicht, habe sie nie gemocht. Aber ich kann ihnen eine gewisse Klasse nicht absprechen. Und ich mag den Gedanken, daß sie mir, in gewisser Weise, noch einmal dienstbar sein werden.

Die Sache mit Juri Wiktorowitsch und Andrei werden Sie mir verzeihen. Es ist nicht so, daß mich der nahe Tod milde gestimmt hätte, obwohl ich das eigentlich erwartet hatte. Ich bin erstaunlich hart geworden. Ich lache, wenn ich dran denke, wie sie abserviert werden. Sie haben keine Chance. Unterstellen Sie mir keine niedrigen Motive, Alexander. Rache ist Pflicht, ist das einzig Vernünftige. Das einzig Wichtige, das einzige, was mich wärmt und was diesen satten Gott da oben vielleicht noch etwas entrüstet. Ich möchte, daß man sich entrüstet über mich. Mir wird leicht, wenn ich an Rache denke. Rache ist Ordnung. Und so habe ich denn meinen Nachlaß geordnet: rachsüchtig und pflichtbewußt.

Natürlich könnte ich versuchen, sie selber zu erschießen. Aber ehrlich gesagt, ich habe Angst nicht richtig zu treffen. Ich sehe schlecht, meine Hand zittert, ich kann ja kaum noch schreiben, und den zweiten würde ich sowieso nicht mehr treffen, und dann sähe es schlecht aus für mich. Nein, ich will sicher sein. Ich will, daß beide sterben, und drum werde ich meine ehemaligen Kollegen mit dieser Aufgabe betrauen. Bessere gibt es nicht. Sie sind Profis, und sie dulden keine Konkurrenz. Wie haben Juri Wiktorowitschs Augen geglänzt, als ich ihm von diesem blödsinnigen, reichen Aljoscha erzählte! Gierig, diese Lehrer – unzufrieden, ehrgeizig, gierig. Gier macht dumm. Hat die Ohren gespitzt wie ein Musterschüler, der gute Juri, und nicht gemerkt, daß er sein Todesurteil hört; ich hab mich hervorragend amüsiert. Nach zwei Tagen hat schon ganz Brooklyn gewußt, daß er nach einem Aljoscha sucht, sogar Wladimir Anatoljewitsch hat davon gehört, und seither weiß ich, daß es aus ist mit ihnen. Den Scherz mit Aljoscha werden Sie mir nachsehen, Alexander. Natürlich hätte es genügt, wenn ich den Kollegen klargemacht hätte, daß ihnen gewöhnliche kleine Banditen im Weg herumstehen. Leute, die sich ans Geld des Komitees machen, leben nicht lange – bin ich nicht das beste Beispiel? Aber ich konnte einfach nicht widerstehen. ›Aljoscha‹ – das ist ein Signal, das sie nicht überhören werden. Wenn ich ›Aljoscha‹ sage, dann heißt das soviel wie Komitee. Wie Komitee, Geld und Tod. An Zufall glauben die nicht.

Apropos Aljoscha: Es kann sein, daß meine Kollegen Ihnen Dinge aus meiner Vergangenheit erzählt haben, die ich etwas anders dargestellt habe. Glauben Sie nicht alles! Wer einmal im Komitee gearbeitet hat, bleibt sein Leben lang ein Lügner. Propaganda war unser Leben. Die Wahrheit – ach ja. Überlassen wir sie Menschen wie Aljoscha. Dort ist sie gut aufgehoben. Aljoschas sind, Sie wissen es, alle ein wenig besser als wir.

Vergessen Sie aber auch nicht, was ich Ihnen damals gesagt habe: Ich bin schuld an seinem Tod. Das gebe ich zu. Habe ich immer zugegeben.

Zu Ihnen. Sie sind ein Lump, Alexander, ein Hasardeur und feige dazu. Und dümmer, als Sie glauben. Aber ich mag Sie trotzdem. Vielleicht ist es der Alkohol. Sie haben mir so nett zugehört. An Ihren Antworten war etwas, das mich rührte. Etwas an Ihrer unschuldigen Nase stimmte mich versöhnlich. Sie haben mich nie verstanden, aber Sie haben mir zugehört, und ich habe Ihnen gefallen. Das tat gut. Die meisten verabscheuen mich, seit ich krank bin. Nehmen Sie's als Charakterschwäche: Ich will gefallen. Allen. Sogar Ihnen. Ich will gefallen und mich trotzdem schlecht benehmen dürfen dabei.

Vielleicht sagt Ihnen Angela eines Tages, wo sie ist. Ich habe ihr geraten unterzutauchen, irgendwo in Südamerika. Kein Problem, im Prinzip. Aber wer weiß, was sie tun wird? Vielleicht will sie Sie sogar heiraten. Geld hat sie genug, sie braucht nur auf die Caymans zu fahren, da liegt mehr, als sie je verschwenden kann. Oder hab ich mich da geirrt? Sind es gar nicht die Caymans?

Im übrigen alles Gute. Ich habe Angst, wie gesagt. Es ist ein Elend.

Leben Sie wohl.

Brighton Beach, 26. Oktober.«

Eine riesige, schwungvolle Unterschrift.

Ich blies die Backen auf, stieß die Luft stoßweise wieder aus und legte den Brief in meine Nachttischschublade. Wie hatte Waleri gesagt? Er sei geführt worden. Gott, wie lustig. Leise kichernd schlüpfte ich unter die Decke und schaute in den Lichtbalken an der Decke. Der Kühlschrank summte. Vater atmete ruhig und regelmäßig, vermutlich war er wach. Vom Fenster her kam ein feines Rauschen; der erste Frühlingsregen. Ich horchte und sah mit geschlossenen Augen. In der Dachrinne sammeln sich riesige Tropfen. Sie hängen am Blech, werden schwerer und schwerer, grotesk aufgeblähte, schimmernde Riesen. Sie dehnen sich, lösen sich und fallen mit lautem Knall auf das Plastiktischchen auf dem Balkon. Ich zählte. Das Knallen kam regelmäßig, immer bei zwanzig, und jedesmal, wenn wieder ein Tropfen zerplatzte, atmete ich erleichtert durch. Der Frühling. Wie schön.

Ich sitze in Vaters Sessel, wähle Galjas Nummer und warte. Dreimal klingelt es. Dann ein Knacken und ein tieferes, gebrochenes Surren. Eine kaum hörbare, männliche Stimme, eine Tonbandstimme, eindeutig nicht für mich bestimmt. Sie ruft barsch Zahlen in einen fernen Raum; über jede neue Zahl scheint sie sich mehr zu empören. Ich begreife: Die Stimme meldet Galja den Anrufer. Mich. Ich presse den Hörer ans Ohr und höre mein eigenes Schnaufen. Dann ein lautes, metallisches Orgeln, Dreiklänge, eine kleine, muntere Melodie. Wieder ein Knacken, und dann dieselbe Stimme, viel lauter diesmal und an mich gerichtet: »Der elektronische Sekretär nimmt Sie auf.« Ein paar Sekunden Stille, dann ein langer Pfeifton. Jetzt muß ich sprechen. Aufhängen kann ich nicht, sie kennt Vaters Nummer. Ich räuspere mich, gerate plötzlich in Panik, hänge doch auf und starre betäubt vor mich hin. Dann nehme ich den Hörer wieder auf, wähle, lasse noch einmal den Zorn der Tonbandstimme über mich ergehen, warte, bis es pfeift und sage, »Galja, hier ist Sascha. Ich wollte mal sehen, wie's dir geht. Ich bin hier bei Vater, es geht ihm gut. Mir geht's auch gut. Na ja, gut ist relativ, ich habe meinen Job verloren. Wie geht es der Kleinen? Ich hoffe, alles in Ordnung. Ich vermisse sie. Äh ... ja. Nun, bis dann.« Ich lege den Hörer auf und weiß, das war die idiotischste Nachricht, die je auf einem Anrufbeantworter hinterlassen worden ist. Ein Gefühl wie früher auf der Post, nach dem Abgeben eines Liebesbriefs – unklare, wütende Verzweiflung.

Am nächsten Tag ging ich zum Ruderkanal. Nach dem Regen war strenger Frost gekommen, das Eis lag schwarz und spiegelblank. Ich marschierte eine Runde, kaufte einen Schaschlikspieß und eine kleine Flasche Wodka und trank und kaute. Eine Krähe vor mir öffnete langsam ihre Schwingen und schaute mich erwartungsvoll an. Ich spuckte aus. Mit einem abschätzigen Krächzer hüpfte sie herbei, bemächtigte sich eilig des weißgrauen Geäders und flog weg. Ich nahm einen Stein, bückte mich und warf ihn so flach wie möglich auf die schwarze Eisfläche hinaus. Er schlidderte endlos dahin, ich hörte ihn noch, als ich ihn längst nicht mehr sah. Dann hob ich die Arme wie Vater und schloß die Augen. Ruhig atmen, Alexander, tief atmen, entspannen. Zieh dir die Moskauer Luft in die Nase, fülle die Adern mit Sauerstoff, werde endlich, endlich gesund. Laß die Arme kreisen. Los, laß sie kreisen. Gib dich der Natur hin, werde eins mit Boden und Wind. Gib dir Bedeutung, werde du selber, werde groß und schwer, es ist höchste Zeit. Ich hielt die Arme eine Weile oben, hoch über dem Kopf und wartete auf etwas, auf irgendein Signal, auf ein Zeichen, auf einen Startschuß. Ein leichter Wind strich mir um die Nase. Ich mußte niesen, ließ die Arme fallen, steckte die Hände in die Taschen und atmete langsam aus. Nein, das war nicht der richtige Ort. Hier fließt kein Wasser wie in der Moskwa. Hier steht es nur, sauer und trüb, bedeckt von einer dünnen, harten Eisschicht. Ich schloß die Augen und marschierte los, hart am Kanalrand entlang. Nie mehr würde ich reinfallen, nie mehr. Ich fühlte mich sicher, ich hielt nach rechts, ich gab meinem linken Bein verwegenen Schwung, ließ es stärker ausgreifen als das rechte. Gut so. Langsam zählte ich bis zehn, machte immer kleinere Schritte, atmete kaum noch und öffnete die Augen. Wunderbar. Sicher und trocken stand ich auf dem Weg; ich war einen Bogen gegangen, einen schönen, gegen Schluß sich stärker krümmenden Bogen, weg vom Wasser, weg von der kalten, ebenen Fläche. Ich ging weiter, trat in die gefrorenen Pfützen. Was gibt es Schöneres? Manchmal knackt die feine, blaugraue Scheibe nur, und unter deinem Fuß girrt es, wenn die weißen Zacken zum schneeigen Kranz der Ränder hinausschießen. Weiße Blasen zeigen dir, daß der Frost den Grund nicht erreicht hat. Trittst du fester, birst die Platte, und aus dem schwarzen Grund quillt ein Schwall weichen Wassers. Splitter schießen auf, dein Fuß sackt etwas ab, und im Weitermarschieren genießt du das wohlige Gefühl kontrollierter, niemanden störender Zerstörung.

Nochmals nahm ich einen Stein und warf mit aller Kraft. Ich wollte ihn so weit wie möglich treiben, über den Rand des Kanals hinaus, an den Rand der Erde, durch die Sphären, hinaus, hinauf, ins Nichts. Der Stein prallte auf, hüpfte ein paarmal und schoß auf der glatten Schwärze dahin wie ein Komet. Ein sattes, geschmeidiges Sirren, dem Geräusch elektrischer Drähte im Winter ähnlich. Es wurde breit auf dem Eis, es kam von überall her, die ganze Eisdecke vibrierte, und vom Grund des Tümpels, wo die Fische müde hin und her glitten und auf den Frühling warteten, kam ein kaum hörbares Echo.

*

Soweit mein Bericht, Iwan Andrejewitsch.

Legen Sie ihn weg, schauen Sie auf. Es ist dunkel draußen, von der Stadt glüht es rötlich an die Wolkendecke hinauf – Zeit für einen großen, einsamen Entscheid, finden Sie nicht? Sie sind ungestört. Die Sekretärin hat sich längst verabschiedet, mit einem bescheidenen Nicken und der kaum hörbar gemurmelten Aufforderung, Sie möchten doch um Gottes willen die Pultlampe anmachen. Wegen der Augen, Iwan Andrejewitsch! Oder hätte sie sagen sollen: wegen des Auges? Denn Sie sind der Einäugige, Iwan Andrejewitsch. Wir kennen uns längst, wir haben uns unterhalten, damals am Kanal. Sie zierten sich, aber Sie haben mir den Namen des Chefs der *Aljans* genannt, Iwan Andrejewitsch Gubin, und natürlich habe ich sofort gemerkt, daß das Ihr eigener war. Man spricht den eigenen Namen anders aus als den anderer Leute: mit einer gewissen Verwunderung; es ist, als höre man die eigene Stimme vom Tonband, sie ist fremd und vertraut zugleich, und die Überraschung darüber zwingt zu einem Lächeln. Und heute nachmittag, als die Sekretärin die Tür zu ihrem Büro öffnete, da war mir, als sähe ich Ihren weißen Haarschopf aufblitzen, und ich grinste, wie Sie damals. Ich kenne Sie, Iwan Andrejewitsch, und weil ich Sie kenne, wende ich mich an Sie.

Treten Sie ans Fenster. Wunderbar, unser Moskau. Nichts als Lichter, Straßen, Häuser und blutige, russische Geschichte; ein Fest, ein Glück. Und irgendwo da unten in dieser Wüste aus Stein und Lichtfäden sitze ich, der Autor dieses Berichts, Alexander Michailowitsch Zwetkow, Journalist, gemeinhin Sascha genannt, 31 Jahre alt, ledig und durch eine Verkettung unglücklicher Umstände gezwungen, mich an Sie zu wenden.

Hören Sie also meine Bitte.

Ich fieberte schon stark, als mich Oleg nach unserem Treffen am Kanal nach Hause brachte, und vielleicht ist mir deshalb alles überdeutlich im Gedächtnis geblieben – egal, jedenfalls weiß ich noch genau, wie angenehm es war, in diesem leisen, starken, deutschen Klassewagen über den Gartenring zu fahren. Niemand sah uns hinter den getönten Scheiben, aber wir sahen alles, wir atmeten nasenschleimhautgerecht klimatisierte Luft, alles schien uns furchtsam auszuweichen, die Ampeln schalteten bereitwillig auf Grün, und dann fiel mir auf, daß Oleg, Ihr dicker, gesprächiger Adlat, den Kopf etwas vorsteckte beim Lenken, genau wie Galja, und daß er auch die Zigaretten anzündete wie sie. Wie angenehm alles, wie vertraut! Das Stück im Radio kannte ich auch, natürlich, das war Tracys Lieblingslied! Herrgott, wie klein die Welt ist. Oleg gefiel das Stück auch, jedenfalls lachte er zufrieden und trommelte mit der ausgestreckten Rechten aufs Steuerrad, während er zwischen Ladas und Schigulis hindurchraste und sang mit, falsch wie Tracy, nur lauter: *Teachers, teachers, millions of teachers; tamda, tamda, tamdadatamda;* seine Hand trommelte so schnell, daß meine müden, fiebrigen Augen ihr kaum folgen konnten. Na, Zwetkow, sagte er und schaute geradeaus. Gehen Sie zur Polizei? Verraten Sie uns?

Um Gottes willen, sagte ich.

Bestimmt nicht?

Sicher nicht. Bin ich verrrückt?

Gut, sagte Oleg. Gut. Hier – er hielt mir einen Zettel hin – hier ist unsere Nummer. Melden Sie sich. Melden Sie sich, wenn diese Angela anruft. Oder wenn Ihnen langweilig ist. Oder wenn Sie Sehnsucht nach uns haben. Dann lachte er plötzlich meckernd, und es dauerte eine Weile, bis er sich wieder erholt hatte. Er stieß den Kopf rhythmisch vor und trommelte vergnügt aufs Steuerrad. *Teachers, teachers, millions of teachers, tamda, tamda, tamdadatamda.* Nach links ging's, in die Kalantschowskaja, und während er mit banditischem Ungestüm zu den drei Bahnhöfen herunterflog, wurde mir noch einmal kalt. Waleri. Wie konnte Oleg so fröhlich sein, nach allem, was geschehen war? Wie konnte er einen Menschen wie Waleri neben sich ertragen? Noch einmal versuchte ich, mir Waleri ins Gedächtnis zu rufen – nichts. Er hatte keine Seele. Was konnte ich von solchen Menschen erwarten?

Werdet ihr mich umbringen?

Oleg schaltete und schwieg und fuhr, und ich dachte, Herrgott, Iwan Andrejewitsch, natürlich werden Sie mich töten. Früher oder später. Ich bin doch für Sie nur aus einem Grund von Interesse: Ich bin der, der Angela Sergejewna kennt, ich bin der, bei dem sie sich melden wird. Und wenn sie sich meldet, und wenn Sie wissen, wo sie ist, und wenn Sie sie erpreßt haben und zu Ihrem Geld gekommen sind, dann ist es aus mit mir. Wozu sollten Sie mich dann noch leben lassen? Ich weiß zuviel. Sie sind reich, Iwan Andrejewitsch, aber Rußland gehört nicht mehr Ihnen allein. Sie haben Konkurrenz. Und wie war das doch mit Aljoscha? Er hat reden wollen, er hat zu den Zeitungen gehen wollen. Und Sie? Haben Sie ihn etwa machen lassen, weil er ach so harmlos war, weil er sowieso keine Chance hatte, wie Sie mir weismachen wollten? Nein. Sie haben ihn umgebracht, ohne mit der Wimper zu zucken. Sie oder Markow oder einer ihrer Killer, ist doch egal. Und das, obwohl Sie noch Sowjetbürger waren damals und auf die Regierung noch Verlaß war. Nein, ich habe keine Chance. Sie werden mich töten.

Und während Oleg am Kasaner Bahnhof vorbeiraste und auf sein grauledernes Steuerrad einschlug, seufzte ich verzweifelt. Gott, was für ein Ende. Gott, was für ein Elend. Dieses Trommeln. Gott, was für ein energiegeladener Bandit.

Warum tut ihr das? Warum bringt ihr Leute um?

Olegs Trommeln erstarb, er verzog die Lippen, als wolle er spukken.

Warum tut ihr das? Der Einäugige. Was sagt denn der? Keine … Schuldgefühle?

Da grinste er und entspannte sich. *Teachers, teachers, millions of tea-*

chers, tamda, tamda, tamdadatamda. Der Einäugige? Ach, ich weiß genau, was der denkt. Wir machen uns alle schuldig, sagt er. Ob wir wollen oder nicht. Verstehen Sie? Wir müssen uns schuldig machen, weil es heute ganz und gar unmöglich ist, in Rußland etwas aufzubauen, ohne gewissen Leuten weh zu tun. *Millions of teachers for me. Millions of teachers for free. Tamtam da tamtam da ta*. Denken Sie doch an Jelzin – hat er etwa nicht Millionen ins Elend gestürzt mit seinen Reformen? Ist nicht so mancher Rentner krepiert, weil er die Pension nicht erhalten hat und seine Medikamente nicht mehr kaufen konnte? Soll man Jelzin deswegen auf den Scheiterhaufen schleppen? Nein. *Tamda, tamda, tamdadatamda*. Nein, soll man nicht. Wer nur über Schuld diskutiert, Zwetkow, der verliert das Wichtigste aus den Augen: das Maß. Die Vernunft. Das Ganze. Es ist alles eine Frage der Güterabwägung. Die meisten Dinge im Leben tun weh. Opfer müssen gebracht werden. Bewahren wir also Distanz, entscheiden wir kühl. *Millions of teachers for me. Millions of teachers for free. Tamtam da tamtam da ta*. Aber wenn wir uns einmal entschieden haben, dann müssen wir entschlossen ans Werk gehen. Auch wenn die Späne fliegen. Wer zaudert, macht alles nur noch schlimmer. Das ist in der Politik so, und so ist das auch im gewöhnlichen Leben, denn wodurch, bei Lichte betrachtet, unterscheidet sich die Politik vom gewöhnlichen Leben? Durch nichts. Auch wir Geschäftsleute – *tamtam da tamtam ta da* – müssen unangenehme Entscheidungen treffen. Diese Entscheidungen tun weh, aber sie sind nötig. *Tamta tamta*. Unumgänglich. Wer sie verpaßt schadet nur sich selber. Und anderen. Jawohl, auch anderen. Nein, Zwetkow, sagte Oleg; es ist nicht leicht. Es-ist-nicht-leicht, es-ist-nicht-leicht. *Tam ta ta ta, tam ta ta ta*. Es ist nicht leicht.

O. k, Iwan Andrejewitsch, es ist nicht leicht.

Aber müssen Sie mich deswegen umbringen? Müssen Sie hobeln? Muß ich ein Span sein? Geben Sie mir eine Chance. Lassen Sie mich am Leben.

Noch etwas, sagte ich, als ich mit Oleg nach Hause fuhr. Etwas

Letztes. Ich begreife, daß ich nicht zur Polizei gehen soll. Begreife ich ohne Probleme, wirklich. Sagen Sie das dem Einäugigen, sagen Sie das diesem Gubin. Ich gehe nicht zur Polizei. Aber die Sache mit dem Nachdenken plagt mich. Warum hat er Sie reden lassen? Warum hat er zugelassen, daß Sie mir alles erzählt haben? Warum hat er mir selber so viel erzählt? Helfen Sie mir!

Diesmal grinste er nur. Also gut, Zwetkow, ich will Ihnen helfen. Er muß einen bestimmten Zweck verfolgt haben, der Einäugige, nicht? Ist ja klar.

Welchen?

Ganz einfach, sagte Oleg. Er will, daß Sie im Bild sind. *Tam, tam, tam tam, tatatatata*. Er will, daß Sie keine Fehler machen, Zwetkow. Wenn ich Sie wäre, würde ich das so verstehen: Sie sollen keine Tricks probieren. Wir mögen keine Betrüger. Betrüger bringen wir um. Aber ehrliche, zuverlässige Leute, mein Gott, warum sollen wir die töten? *Tam ta ta ta, tam ta ta ta*. Wir sind ja keine Bestien. Wir tun nur, was sein muß. Wir sind Minimalisten, sozusagen, haha. Passen Sie auf: Der, äh ... der Einäugige, wie Sie ihn nennen, hat Sie mit Wissen belastet. Wir haben Sie eingeweiht. Das ist eine Ehre. Aber auch eine Verpflichtung. Wir erwarten etwas von Ihnen. Denken Sie drüber nach. *Tatata tatata tatata tatatataaa*.

Da lachte ich und lehnte mich erleichtert zurück. Natürlich!

Die Verpflichtung.

Die Verpflichtung ist meine Rettung.

Ach, Iwan Andrejewitsch, wie konnte ich nur? Sie entschuldigen. Muß am Fieber liegen. Natürlich. Bin ich etwa der einzige, der etwas weiß? Oleg weiß Bescheid, Ihre Kollegen vom Neunten wissen Bescheid, der Leibwächter weiß Bescheid, oder hatte er etwa Watte in den Ohren? Mit geschlossenen Augen hat er auf das Klicken seiner Pistole gelauscht, ich hab's genau gesehen. Jedes Wort, das in diesem Raum gesprochen wurde, hat er gehört, dieser stumme Befehlsempfänger. Und trotzdem denken Sie nicht daran, ihn zu töten. Im Gegenteil: Sie loben ihn, Sie verlassen sich auf ihn, Sie legen Ihr Leben in seine Hände.

Also. Vertrauen Sie auch mir, Iwan Andrejewitsch.

Ich brauche einen Job,.

Man hat mich entlassen beim *Sputnik*, hat mich auf die Straße gestellt, ich verdiene nichts mehr, bald stehe ich am Kasaner Bahnhof und verkaufe Schnürsenkel. Vater wird schon unruhig. Gestern, als ich ihm von Amerika erzählte, wurden seine Augen ganz glasig, und ich merkte, daß er mir schon lange nicht mehr zuhörte, und als ich nachschenkte, schob er bitter die Lippen hin und her und fragte mich rüde, wann ich denn endlich, bitte schön, wieder etwas zu verdienen gedenke. Und hat er nicht recht? Die Spesen Sergei Maximowitschs sind weg. Lohn vom *Sputnik* ist keiner mehr gekommen; ich erwarte nichts mehr. Gespart habe ich nie. Wir haben stillschweigend zu teilen begonnen, Vater und ich, aber von seiner Pension können wir uns auf die Dauer nicht ernähren. Und immer nur Brot kauen und Tee trinken? Nein. Ich weiß schon, wo auf dem Markt die Billigangebote sind – ein schlechtes Zeichen, das müssen Sie zugeben. Serjoscha ist der einzige, den ich anpumpen könnte, nur habe ich von Serjoscha schon seit Wochen nichts mehr gehört. Er ist verschwunden, verdammt. Wissen Sie, wo er ist?

Aber ich habe gesehen, wie es in Ihrer Organisation zugeht, Iwan Andrejewitsch. Ich habe Disziplin gespürt, einen starken Willen und eindrückliche Vernunft. Klarheit, Vision, Perspektive. Sie wissen, was Sie wollen, und Sie erreichen Ihre Ziele. Das gefällt mir. Und darum, da bin ich mir sicher, werden Sie auch ein vernünftiges Angebot nicht verschmähen.

Ich bin willig und verläßlich.

Ich bin erfahren und klug.

Ich bin geprüft.

Ich bitte um Aufnahme.

Die wichtigsten Personen

In Moskau:

Alexander Michailowitsch Zwetkow, Redakteur bei der Zeitschrift *Sputnik*
Galja, seine Freundin
Sweta und Anna, seine Schwestern
Dmitri Subow, Chefredakteur des *Sputnik*
Serjoscha, Mathematiker, Freund Saschas
Tschuchin und Blinnikow, Vorstandsmitglieder der *Alinaimpex*
Tschistow, aufstrebender Redakteur beim *Sputnik*
Boris, alter Bekannter Galjas, Unternehmer
Iwan Andrejewitsch Gubin, Vorstandvorsitzender der Holding *Aljans*

In Brooklyn:

Gennadi Borissowitsch Markow, Elektrohändler
Angela Sergejewna, seine Frau
Wladimir Anatoljewitsch, sein Geschäftsführer
Tracy, Bekannte Saschas
Juri Wiktorowitsch Noschikow, einst Lehrer, heute Bandit
Andrei, sein Gehilfe